国家社科基金
后期资助项目

魏晋南北朝文论范畴的现代阐释

赵建章 赵迎芳 著

中国社会科学出版社

图书在版编目（CIP）数据

魏晋南北朝文论范畴的现代阐释 / 赵建章，赵迎芳著 . —北京：中国社会科学出版社，2024.3

ISBN 978-7-5227-3114-8

Ⅰ.①魏⋯ Ⅱ.①赵⋯②赵⋯ Ⅲ.①中国文学—古代文论—范畴论—研究—魏晋南北朝时代 Ⅳ.①I206.2

中国国家版本馆 CIP 数据核字（2024）第 041597 号

出 版 人	赵剑英
责任编辑	彭 丽　涂世斌
责任校对	郝阳洋
责任印制	王 超

出　　版	中国社会科学出版社
社　　址	北京鼓楼西大街甲 158 号
邮　　编	100720
网　　址	http://www.csspw.cn
发 行 部	010-84083685
门 市 部	010-84029450
经　　销	新华书店及其他书店

印　　刷	北京君升印刷有限公司
装　　订	廊坊市广阳区广增装订厂
版　　次	2024 年 3 月第 1 版
印　　次	2024 年 3 月第 1 次印刷

开　　本	710×1000　1/16
印　　张	26.5
插　　页	2
字　　数	471 千字
定　　价	139.00 元

凡购买中国社会科学出版社图书，如有质量问题请与本社营销中心联系调换
电话：010-84083683
版权所有　侵权必究

国家社科基金后期资助项目

出 版 说 明

后期资助项目是国家社科基金设立的一类重要项目，旨在鼓励广大社科研究者潜心治学，支持基础研究多出优秀成果。它是经过严格评审，从接近完成的科研成果中遴选立项的。为扩大后期资助项目的影响，更好地推动学术发展，促进成果转化，全国哲学社会科学工作办公室按照"统一设计、统一标识、统一版式、形成系列"的总体要求，组织出版国家社科基金后期资助项目成果。

全国哲学社会科学工作办公室

自　　序

  我童年最刻骨铭心的记忆是贫穷和匮乏，但那并不意味着物质上一无所有而精神却格外充实，那时的精神世界其实也同样乏味无聊。如果一定要说在荒芜的记忆中还能寻觅出一点乐趣的话，那大概就是我曾在广播里听过一个相声，叫《扒马褂》。

  《扒马褂》由三个人表演。从观众的视角看，舞台上的三个角色从左到右分别是甲、乙、丙。丙是马褂的主人，甲借了丙的马褂，乙则负责甲、丙二人之间的弥合调停。

  丙信口开河，胡说八道，经常说出诸如"骡子掉到茶碗里烫死了"之类的话。乙不相信丙的胡说，丙就凭马褂要挟甲为其圆场。甲因为借了丙的马褂又想多穿几天，所以不得已就要对丙的胡说进行合理的解释。这个作品最精彩的地方，就是甲费尽周折对丙的胡说进行解释时表现出的窘态。

  小时候仅仅对那些胡说和解释感到可笑，后来我学习理论和哲学，却发现这些胡说其实是一些颇具哲学意蕴的语言现象。《扒马褂》有许多不同的版本，至今还在舞台上频频演出。不同版本的区别主要在于丙编造出的各种胡说，但最经典的大致可以概括成三个陈述。

  第一个陈述是："骡子掉到茶碗里烫（淹）死了。"甲对这句话的解释是：丙（马褂主人）用骡子换了一只蝈蝈，但在喝茶的时候，蝈蝈蹦到茶碗里烫死了。因为蝈蝈是用骡子换来的，所以对丙来说，就相当于骡子掉到茶碗里烫死了。

  这里的所谓"包袱"是骡子与蝈蝈的替代。你炒股赔了50万，就可以说赔进去一辆宝马。当然，如果你买了一辆宝马，也可以说自己屁股下面坐着50万。文学修辞中众多的比喻、借代都是这种形式。不同的是，文学修辞中的喻体和所喻之间存在某种相似性，而骡子和蝈蝈恰恰在特征上存在巨大差异，因此才产生了可笑的艺术效果。

  这种替换是之所以可能，是因为我们的语言系统由语词和语法构成，语词把世界拆分成各种不同的元素，对世界做出描述就是把语词按照一定的语法规则拼装起来。但按照语法规则拼装起来的句子未必都有意义，比如"凯撒是一个质数"，卡尔纳普喜欢用这样的句子来嘲讽形而上学。乔姆斯基则发现了生成语句的语法装置——转换生成语法，据此可以生成一种语言中的所有句子，包括诸如"无色的绿观念狂怒地沉睡"（Colorless green ideas sleep furiously）这种不知所云的句子。与"凯撒是一个质数""无色的绿观念狂怒地沉睡"相比，"骡子掉到茶碗里烫死了"简直就是通俗易懂，因为骡子和蝈蝈虽无相似之处，但毕竟还属于同一个逻辑范畴。违背逻辑句法的语句在文学艺术中司空见惯，只是文学家和艺术家很清楚这些句子的作用不是提供事实和真理。但有些哲学家却十分严肃地对待这种句子，认为自己以此揭示了关于世界的真理。海德格尔有句名言："那个虚无虚无着"（The Nothing nothings），据说这个"虚无"就大有深意。在这方面，我们的古人也不遑多让，比如老子说"道生一，一生二，二生三，三生万物"。解释者说这里的"一""二""三"都意谓着某种东西如"混沌""阴阳"等等。既然如此，他们为什么不把自己要说的东西直接说出来呢？这与不说"蝈蝈死了"却说"骡子死了"有什么不同？究竟是蝈蝈本身就深刻呢，还是因为该说"蝈蝈"的时候说了"骡子"才变得深刻呢？

  第二个陈述是："从窗外飞进一只烤鸭。"甲对此的解释是：楼下有个小伙计扛着一根扁担，扁担上挂着一只烤鸭。小伙计因为与人产生纠纷，抡起扁担打人，结果就把扁担上挂的烤鸭从窗外甩进了楼上的房间里。这样，楼上房间里的人就看到从窗外"飞"进来一只烤鸭。

  事实上，这句话如果脱离了相声舞台的具体语境，根本就没有任何可笑之处。从楼下小伙计的视角来看，自然可以说烤鸭是"抡""甩"或者"扔"到楼上房间的，但房间里的人并不清楚烤鸭是如何进入房间的，他们除了用"飞"，还能用什么别的词来描述呢？你当然可以用"进来""过来""出现""运动"等等，但似乎都不如用"飞"更准确。

  这里的困境是，我们的语言中没有一个专门的词来描述烤鸭在空中的运动形态。不止烤鸭，其他诸如砖头、茶壶、手机之类的东西，如果被扔在空中，我们也只能用"飞"来形容它们。"从窗外飞进一只烤鸭"之所以可笑，是因为当时的语境以及丙的描述使观众把烤鸭的"飞"理解成了像鸟那样展翅摇翎的"飞"。而甲的解释，只是帮我们恢复了日常生活中对"飞"这个词的正常用法而已。

  我们的语言系统很大程度上是靠一层层的隐喻建构起来的。"飞"最初只是用来描述鸟的飞,如果我们说本来不会飞的东西如雨雪、云彩、柳絮甚至沙石也"飞",大概就是在使用隐喻。而后来,这些隐喻慢慢"死"掉,变成了直接的表达,从而飞雪、飞絮、飞沙走石等表达就不再是修辞方式。

在这个过程中,诗人炫耀着他们的天才,也成就了汉语的美妙。"落霞与孤鹜齐飞,秋水共长天一色","况属高风晚,山山黄叶飞","谁家玉笛暗飞声,散入春风满洛城","又疑瑶台镜,飞在青云端",现代歌词里也有"浪花里飞出欢乐的歌",这些"飞"字的使用,"皆形容景物,妙绝千古"。但当前充斥网络的"让子弹飞一会儿"之类的修辞却败坏着我们的语感。以喻体形容所喻,多少带有增饰、丰富、提升的意味。子弹的速度本来就比鸟"飞"得快,用"飞"来形容子弹,起不到"形容"的作用。相反,在人类发明火器之后,我们更倾向于把子弹作为喻体去形容其他东西的速度,比如形容某物"像子弹一样发射出去"。"让子弹飞"已属不伦,再"飞一会儿"就更加不类,因为"一会儿"对庸才的构思而言算得上是机敏,但对子弹的运动来说却过于漫长,子弹不像苍蝇蚊子似的飞一会儿休息一会儿。

我们关于鸟飞的经验还有自由、轻盈、优雅等内涵,而子弹的运动与这类感觉经验毫不相干。或者干脆说,我们根本就没有关于子弹"飞"的经验,尤其是视觉经验。也就是说,没有人能看见子弹"飞"。我们能够经验到的,只有开枪射击或击中目标时的声音。就像对于食物的消化过程,我们最重要的经验是开始的吃和最终的排泄。在这两个方面,我们有足够的语词来描述。但对中间这个过程,我们缺少语词。我们没有一个专门描述大便在肠道中运动的词。但这并非言不尽意,而是生活不需要,生活需要描述之处,均不缺少语词。生活最有意义的地方,语词也最为丰富。

然则,"让子弹飞一会儿"这种粗劣的感觉是如何产生的?它十有八九是来自利用现代科技在影视中制作的慢镜头视觉影像。据此形成的关于子弹"飞"的视觉经验,就像隔了两层靴子搔痒,何况还戴着手套:作者企图创造一个自己的才华无法胜任的修辞。

第三个陈述是:"大风把井刮到墙外边去了"。甲对此的解释是:这里的墙不是砖墙或石头墙,而是草木扎成的篱笆墙。院子里的井本来在篱笆墙的里边,但由于篱笆墙根部腐朽,刮大风的时候,就被吹到井的另一侧,于是井就到了墙的外边。

有一类哲学家热衷于颠倒事物之间的相对关系。我来到井边,你不妨说井来到我身边。但世界上不是只有我和井，我除了到井边还要去河边等地方，而井却来不到河边，河也来不到井边。在我们的语言中，人类吃饭是把饭往嘴里送，嘴的位置是固定的；猪进食的时候是把嘴往食物里插，食物的位置是固定的。如果你硬要颠倒人嘴与食物的动静关系，那么猪那边同时也要颠倒，乃至整个世界的动静关系都要颠倒，这样我们的世界似乎就变成了一张胶卷的底片。

当然，对老子和庄子来说，这些区分都不重要。"故为是举莛与楹，厉与西施，恢诡谲怪，道通为一。"只是我不确定阮咸"与猪共饮"的时候，是否真的像猪一样把嘴伸进酒瓮里。庄子的本意是教导我们取消物我、是非、对错、善恶、美丑的差别，但他在论证的时候用力过猛，以至于让我们感觉不是厉与西施一样美，而是厉比西施更美。

这种境界在禅宗那里更是空灵得一塌糊涂。"不是风动，不是幡动，仁者心动"。按照惠能的这种语法规则，每当地震的时候，我们就应该说：不是大地摇晃，不是房子摇晃，是仁者的心在摇晃。于是，一个老师就摇晃着他自由的心灵，抢在那些愚钝的学生之前逃出了并不摇晃的教室。不，也许应该说：是教室把他排泄了出去。

哲学宣称自己是解释世界的，但到头来哲学自身却变得比世界还要难以解释。每当我看到学者们满头大汗地解释老庄、禅宗、海德格尔那些云苫雾罩的陈述，心中就会产生一丝不怀好意的欢乐：有这劲头你们自己买一件马褂不好吗？

赵建章
2024 年 3 月于青岛西海岸

目　　录

绪　论 ……………………………………………………………(1)

第一章　原道篇 ……………………………………………(42)
第一节　说"不可说" ……………………………………(42)
第二节　道言之而成 ……………………………………(58)
第三节　形而上学的命运：解构抑或重建 ……………(67)
第四节　从道论到文论 …………………………………(89)

第二章　情志篇 ……………………………………………(100)
第一节　诗言志 …………………………………………(100)
第二节　诗缘情 …………………………………………(116)
第三节　诗无情 …………………………………………(132)

第三章　言意篇 ……………………………………………(149)
第一节　言意关系的历史描述 …………………………(149)
第二节　言不尽意的反方理论 …………………………(155)
第三节　言不尽意的正方理论 …………………………(167)
第四节　言意关系的语法考察 …………………………(179)
第五节　文学中的言意之辩 ……………………………(193)

第四章　形神篇 ……………………………………………(208)
第一节　形与神的语法关系 ……………………………(208)
第二节　绘画书法的形与神 ……………………………(218)
第三节　文学创作的形与神 ……………………………(225)

第五章　文质篇 ……………………………………………（232）
第一节　文与质的语法关系 …………………………（232）
第二节　重质轻文的语法错乱 …………………………（239）
第三节　文质彬彬 ………………………………………（243）
第四节　芙蓉出水 ………………………………………（250）

第六章　神思篇 ……………………………………………（254）
第一节　神思与想象 ……………………………………（254）
第二节　灵感与应感、通塞、天机 ……………………（263）
第三节　直觉与直寻 ……………………………………（271）

第七章　比兴篇 ……………………………………………（278）
第一节　比兴阐释的概念错位 …………………………（278）
第二节　比兴的变义 ……………………………………（284）
第三节　文化人类学的阐释 ……………………………（287）
第四节　比兴变义的深层语法 …………………………（289）

第八章　隐显篇 ……………………………………………（297）
第一节　隐显与蕴含 ……………………………………（297）
第二节　隐显与隐秀 ……………………………………（305）
第三节　隐显与情景 ……………………………………（311）

第九章　刚柔篇 ……………………………………………（320）
第一节　刚柔与风骨、气韵 ……………………………（320）
第二节　中西范畴的错位和对应 ………………………（328）
第三节　主客关系中的刚柔 ……………………………（335）

第十章　通变篇 ……………………………………………（346）
第一节　文学创作的通变 ………………………………（346）
第二节　文学接受的通变 ………………………………（365）

第十一章　外篇：文学的自觉 ……………………………（384）
第一节　纯文学与杂文学之辨 …………………………（384）
第二节　文学自觉与纯文学观念 ………………………（388）

第三节　质疑者的逻辑错乱 …………………………………（392）
第四节　质疑"魏晋文学自觉"如何可能 ……………………（397）
余　论 ……………………………………………………………（401）

参考文献 ………………………………………………………（403）

绪　　论

　　本书的研究对象是魏晋南北朝时期的文学理论范畴。这是一个普通甚至陈旧的研究对象。虽然众多的古代文论研究未必以范畴为题，但它们都必然涉及理论范畴，甚至就是以范畴为中心的。因此就对象而言，我们的研究谈不上有什么拓展或创新。本书采用的研究方法是语言哲学的概念分析和语法分析方法。语言分析在20世纪曾经独领风骚，在西方哲学史形成了"语言的转向"，其地位和影响毋庸讳言。只是西方哲学"江山代有才人出"，语言分析"至今已觉不新鲜"。但作为一种影响深远的哲学方法，语言分析似乎对中国的哲学研究并未产生应有的影响。就我们有限的信息而言，目前国内仅有陈嘉映等少数学者运用这种方法进行哲学思考。而运用语言哲学的分析方法来思考文学理论问题，特别是阐释中国古代的文学理论范畴，就更是绝无仅有。因此，尽管本书的研究对象和研究方法都略无新意，但运用语言分析方法来考察中国古代文论范畴，我们自信还是一件没有人做过的工作。

一　关于范畴、语法和阐释

　　我们对"范畴"一词没有自己的特殊理解。本书所说的文论范畴就是魏晋南北朝文学理论中的一些重要概念。对此，我们采取的是日常语言学派对语词的态度，可谓"操斧代柯，取则不远"。"范畴"一词的意义既不是任意的，也不是绝对确定的。因此我们既不需要事先为"范畴"下一个严格而规范的定义，也不讨论或争论我们研究的这些概念到底算不算是范畴。当然，事实上在通行观念看来，我们研究的这些概念大致都是被认可为范畴的。至于魏晋南北朝文学理论中是否还存在其他的或者更重要的范畴，这是一个见仁见智的问题，也是另一个层面的问题，在此也不讨论。我们一共选择了十个（对）范畴，分别是道、情志、言意、形神、文质、神思、比兴、隐显、刚柔、通变。总之，如果一定要问什么是"文论范畴"，那么我们就是把这十个（对）概念作为范畴的，"文论范畴"的意义就体现在我们对这十个（对）概念的选择之中。之所以要选择这十个（对）范畴而不是其他，是因为我们觉得这十个范畴是最重要的，也是最容易引起误解和混乱的，因而也是最需要解释和分析的。

　　本书所谓"语法"是维特根斯坦所谓的"哲学语法"，不是语言学所说的普通语法。这对熟悉维特根斯坦思想的人来说并不是一个问题，但对普通读者来说可能比较陌生。维特根斯坦所谓"语法"或"哲学语法"，是指语词的用法和意义。"语法描述语词在语言中的用法。""语词在语言中的用法是语词的意义。"① 因此也可以说，语法决定了语词的意义。普通语法是从众多语言现象中抽象出来的形式化的规则，如词性、时态、句法结构等等，不涉及语词的具体意义以及语词与现实、思想的关系。但哲学语法关注的恰恰是语词的意义，也就是通过语词的使用所表达的我们对世界的理解。因此陈嘉映说，哲学语法"就是凝结在、体现在语言用法中的理解方式。""哲学语法关心凝结在语言中的一般理解方式，普通语法寻找语法规则和语法机制。"② 普通语法以语言为对象，为研究语言而研究语言。哲学语法以理解和意义为对象，为澄清我们对世界的理解而研究语言。这个区别也可以用表层语法和深层语法来表示。表层语法相同的命题可能具有不同的深层语法。违背哲学语法的表达式是无意义的，但违背哲学语法的句子可能完全符合普通语法。也就是说，并不是表面看来符合普通语法的句子都是有意义的。

　　维特根斯坦提出哲学语法的目的在于批判形而上学。形而上学家被语言表达式的表面相似性迷惑，制造了大量表面看来有意义甚至是真理而实际上却违背哲学语法的无意义的命题。他们混淆概念研究和事实研究，也就是混淆语法命题和经验命题，把关于语词用法的语法命题理解成关于世界的必然真理，或者以经验命题的形式去理解语法命题。形而上学命题不是关于经验事实的陈述，而是在语法层面上构造的关于语词使用规则的语法命题。因此形而上学不是对于世界本质的认识，而是关于世界的理解方式或概念框架。但是形而上学家往往意识不到这一点，把语法命题误认为是关于世界的必然真理。而维特根斯坦指出，形而上学真理的必然性不过是语法规则的必然性。

　　语法命题描述语词用法，它或者表达了语法规则，或者本身就是语法规则。而经验命题则描述经验事实。语法命题和经验命题处于两个不同的

---

① 〔奥〕维特根斯坦：《哲学语法》，韩林合译，商务印书馆2012年版，第31页。
② 陈嘉映：《谈谈维特根斯坦的"哲学语法"》（续），《世界哲学》2011年第4期。

层面，不能在同一层面上并列使用。语法命题是经验命题的前提和基础。在日常生活中，我们用来描述经验事实的时候使用经验命题，只有在建立语法规则的时候才使用语法命题。语法命题只是用来遵守的规则而不是对于经验事实的陈述，或者说我们在日常生活中根本用不到语法命题。通俗地说，日常语言是用来说生活和现实的，而语法命题是用来说语言本身的。

中国古代哲学同样存在语法命题与经验命题的混淆，并严重地渗透进了文学理论中。一方面，中国古代同样存在脱离日常语言的形而上学命题，这一点特别表现在老庄对道的言说上。在老庄关于道的言说中，那些使人困惑的命题大都是违背日常语言用法的形而上学命题。而这些形而上学命题有时又表现为经验命题的形式，其实却是一些具有经验命题形式的语法命题。老子和庄子实际上构造了一种不同于日常语言的语法，但他们却认为自己比常人揭示了更深层的关于世界的真理。

另一方面，中国古代哲学没有一个充分脱离经验世界的概念和逻辑的原理系统，其形而上学命题往往与关于经验世界的知识分离得不彻底。古人在陈述形而上学命题的时候，经常以经验现象来作类比，这就更加重了语法命题和经验命题的混淆。比如言不尽意论的筌蹄鱼兔之喻，神不灭论的薪火之喻，文质论的皮毛之喻、买椟还珠之喻、秦伯嫁女之喻，等等。"道不可说""言不尽意""形尽神存""内容决定形式"等命题都不是对经验事实的描述，而是关于"道""说""言意""形神""文质"等语词的用法的建议。这些命题本质上是向我们推荐了一种不同于日常语言的语法。

形而上学命题不陈述经验事实，因此形而上学问题无法通过考察事实来解决，而只能通过概念考察和语法分析来澄清。罗素认为形而上学的争论不是因为我们缺乏对某些事物的知识，而是因为我们未能对这些知识加以适当的逻辑表述，因此这里所需要的就只是关于问题中的这些语词应如何使用的知识。卡尔纳普所谓"形式的说话方式"和蒯因的"语义上溯"策略也都主张把关于对象的讨论转变为对语词用法的讨论。这些分析方法本质上都属于维特根斯坦所说的语法考察。

语法分析或概念考察并不意味着在需要考察事实的时候也无视事实或放弃对事实的考察。因为语法体现在对语词的实际使用当中，所以语法分析需要考察语词在文献资料中的具体使用。我们对相关文献进行了详尽的甚至流于烦琐的分析，绝非从概念到概念、从语法到语法的凌空蹈虚。只是我们不赞成仅仅罗列语词和概念的出处，然后于众多材料中通过简单归纳得出结论。简单归纳法经常犯的一个错误是先有结论，然后根据结论去选择有利的或无视不利的证据材料，因而其对材料的使用往往体现出能够说明结论的一致性。而语法分析关注的恰恰是人们对相同语词使用中的差别、不一致甚至混乱，通过对语词的不同使用考察人们对事物的理解方式。

在对"语法"一词进行了说明之后，也就可以指出，本书虽然名为"现代阐释"，但同样不是阐释学通常所说的"阐释"。通常所谓阐释意在发掘文本中隐藏的微言大义，据称这些意义不为常人所知，要靠目光敏锐和思想深刻的阐释者把它们揭示出来。如同语言哲学经常宣称的那样，我们所做的工作不增加关于事实的知识。我们无意为研究对象提供一种新的理解和解释。我们所谓的"阐释"主要是分析和澄清概念，而不是赋予这些理论范畴一种新的意义。就像维特根斯坦所说的那样："既然一切都公开地摆在那儿，也就没什么需要解释的。而我们对隐藏的东西不感兴趣。"① 就我们所研究的这些概念而言，古人一方面就是在日常语言的意义上使用这些语词的。在这种情况下，根本不需要提供一种深层的阐发，只需要让那些语词维持原状，它们就是我们对事物的直接理解，并且我们只能那样去理解事物。但另一方面，古人似乎不满足于在日常意义上使用那些语词，他们认为日常语言没有揭示出事物的本质，因而倾向于把日常语词形而上学化。相对于日常语言对经验事实的描述，形而上学实际上已经是一种阐释。然而，形而上学概念是哲学家发明的一种语词的新用法，他们误以为通过这种新的用法就能揭示出事物深层的真理。如果赋予语词一种新的用法就能发现真理，那么发现真理就成了一件太过廉价也太不严肃的事情。今天的阐释者如果不能看清这一点，就会沿着形而上学开辟的歧途愈骛愈远。而语法阐释要做的就是恢复形而上学语言的日常用法。因此，我们的阐释与其说是要发现旧概念的新意义，不如说是让这些概念回到被阐释之前的状态。就通常所谓阐释而言，我们的语法阐释恰恰是一种反阐释和逆阐释。

本书虽然使用现代西方哲学的语言分析方法，但我们对古代文论的研究既不是中西比较或中西结合，也不是现代转换，这样就避开了因中西思想文化之间的差异而造成的龃龉不合。但是，语言分析毕竟是一种西方的理论方法，它是否适用于中国哲学乃至中国文论？对此，我们想指出两

---

① 〔奥〕维特根斯坦：《哲学研究》第126节，陈嘉映译，上海人民出版社2005年版，第59页。

点：第一，在我们看来，语言分析方法就像物理学、化学、医学的方法一样，没有中西之分，它适用于对任何语言进行概念分析。以维特根斯坦的"哲学语法"为例，哲学语法是我们对语词的具体用法，它反映了我们对世界的理解方式。单就语法而言，西语和汉语当然有不同的语法。我们不能以西方语言的语法来规范和要求汉语的语法。但是就语法对语言意义的作用而言，在不同语言系统中是相通的。也就是说，各种不同的语言系统中都存在着语法错误等现象。第二，语言分析之所以在西方为一种影响深远的哲学方法，是因为西方形而上学传统的强大，所谓"魔高一尺，道高一丈"。中国古代没有西方那样典型的形而上学，因此对这种方法的运用也就不明显，但也并非完全不存在。范缜对"神不灭"论的批判，王夫之对言意关系的理解就是语法分析的经典运用。另外还有很多对道家和禅宗的批评，往往都显示出概念分析的哲学智慧。当然，我们往往更愿意把道家和禅宗对语言的诗意运用或曰"负的方法"当作一种智慧。那我们就把这种对立当作两种智慧的交锋吧。

二 相关范畴的研究综述

现代学者早期的古代文论研究很少以"范畴"为题，但范畴是构成理论的基本概念，各种古代文论研究不可避免地都要涉及范畴问题。较早对古代文论范畴进行专门研究的是朱自清和郭绍虞。郭绍虞20世纪20年代就发表了《中国文学批评史上的"神""气"说》《文气的辨析》等文章，后收入《照隅室古典文学论集》(1983)。朱自清在30年代也发表了关于"诗言志""比兴"的论文，后收入《诗言志辨》(1947)一书。另外，朱自清在40年代的中国文学批评研究的讲义都是以范畴、概念、术语为中心展开的。同时，郭绍虞、罗根泽等学者的几部《中国文学批评史》虽以时代、作者、文本为线索，但对重要的理论范畴都有精彩的论述。

80年代以来，古代文论范畴研究出现一个高潮。王元化《文心雕龙创作论》，后更名为《文心雕龙讲疏》，对《文心雕龙》中的一些重要概念范畴如"虚静""言意""情志""才性""比兴"等作了释义，其观点在当时颇具新意，在方法上古今融会，中外结合，尤其能够看出黑格尔和马克思主义的影响。[①] 王运熙《文心雕龙探索》《中国古代文论管窥》[②] 收多

---

① 王元化：《文心雕龙创作论》，上海古籍出版社1979年版；王元化：《文心雕龙讲疏》，上海古籍出版社1992年版。
② 王运熙：《文心雕龙探索》，上海古籍出版社1986年版；王运熙：《中国古代文论管窥》，齐鲁书社1987年版。

篇论文讨论"文气""文质""风骨""比兴"等概念范畴。王著的特点是不依傍某种理论框架，以日常语言解释古代文论概念，但用语准确，理解透彻。张少康《中国古代文学创作论》虽名为"创作论"，实际是以概念、范畴为线索的。此书资料丰富，论述平实，其后学者，多有取材。① 作者另有《文心雕龙新探》《古典文艺美学论稿》，亦论及众多古代文论范畴。② 陈良运《中国诗学体系论》以"言志""缘情""言意""意象""境""神"等概念范畴为核心，试图建立中国古代诗论的范畴体系。③

同时，众多古代文论通史和美学通史相继出版，其中蔡钟翔、黄保真、成复旺的《中国文学理论史》（1987），王运熙、杨明的《中国文学批评通史》（1996）和罗宗强的《魏晋南北朝文学思想史》（1996）等最为突出，其特点是注重文本分析，资料丰富翔实，结论严谨。另外，叶朗的《中国美学史大纲》（1985），李泽厚、刘纲纪的《中国美学史》（1987），周来祥主编的《中国美学主潮》（1992），吴功正的《六朝美学史》（1994），陈望衡的《中国古典美学史》（1998），陈炎主编、仪平策著的《中国审美文化史》（2013）也都涉及对古代文论、美学范畴的阐释，更注重对原著作现代性的理解和阐释。

另外，港台和海外学者在文论范畴研究方面也颇有成就，其中对国内产生重要影响的有徐复观《中国文学论集》（1965）、《中国艺术精神》（1966）、《中国文学论集续编》（1981），刘若愚《中国的文学理论》（1975），等等。徐复观涵泳儒道，论通诗画，旁及西学而不为所缚，对"气韵""逸""形神""比兴""境界""风骨"等概念范畴进行多方阐释，推本溯源，擘肌分理，感受敏锐，洞见迭出。刘著的特点是中西比较，以西释中，其中最有意义的是把某些中国文论范畴如"气"等翻译为英文。日本和韩国学者的古代文论研究主要集中于《文心雕龙》，较少涉及范畴，国内影响亦小，兹不赘述。

80年代以来陆续出现了一批明确以"范畴"研究为题的论著。这些研究成果对文论、美学范畴的理解、切入角度、研究方法各有不同，总其归途，大致有以下几种情况。

一是概括出古代文论史、美学史上的主要范畴，试图以这些范畴为骨架建立起古代文论和美学的范畴体系。如曾祖荫《中国古代美学范畴》，

---

① 张少康：《中国古代文学创作论》，北京大学出版社1983年版。
② 张少康：《文心雕龙新探》，齐鲁书社1987年版；张少康：《古典文艺美学论稿》，中国社会科学出版社1988年版。
③ 陈良运：《中国诗学体系论》，中国社会科学出版社1992年版。

意图以"情理""形神""虚实""言意""意境""体性"六对范畴为中心,初步形成古典美学的范畴系统。① 张海明《经与纬的交结——中国古代文艺学范畴论要》,以"道"和"气"为核心展开古代文论的潜体系并对古代文论范畴的民族特色进行了概括。② 詹福瑞《中古文学理论范畴》以文德、文术、文体、文变为框架,分别对应文学本质、文学创作、文学风格、文学发展,从哲学、文学自身的发展及社会历史背景三个方面对魏晋南北朝文论范畴进行阐释。③ 汪涌豪《中国古代文学理论体系——范畴论》梳理古代文学理论范畴的发生发展历史和主要特征,最终构建出以本原性、创作论、形态风格论、鉴赏批评论为结构的范畴体系。该书的最大特点是除了诗文理论,同时涵盖了词曲、戏剧和小说等各体文学范畴。④ 李欣复《中国古典美学范畴史》揭示了范畴发展的不同历史阶段之间的逻辑关系,勾勒出潜在的逻辑系统。⑤

二是寻找、确立范畴的逻辑起点,描述范畴的发生发展过程。涂光社《中国古代美学范畴发生论》从思维方式、汉字特征、哲学依据等方面进行发生学研究。⑥ 李建中主编《中国古代文论范畴发生史》把古代文论范畴追溯到儒道两家的三部经典,描述其哲学范畴对文论范畴的催生和塑造作用。⑦ 杨星映、邓心强、肖锋等《中国古代文论元范畴论析:气、象、味的生成与泛化》从民族思维方式特征和哲学基础入手,以气、象、味三个哲学范畴为逻辑起点,描述古代文论范畴由核心到边缘的衍生、泛化并形成体系的过程。⑧

三是探讨范畴背后的哲学、文化原因,对范畴理论内涵进行现代阐释。张皓《中国美学范畴与传统文化》选择了"人""气""道""心""意""象"等二十个范畴,以文化还原方法揭示其背后的文化内涵。⑨ 王振复《中国美学范畴史》认为中国美学范畴史是一个由"气""道""象"为中国美学范畴的本原、主干与基本范畴,分别在人类学意义上、哲学意

---

① 曾祖荫:《中国古代美学范畴》,华中工学院出版社1986年版。
② 张海明:《经与纬的交结——中国古代文艺学范畴论要》,云南人民出版社1994年版。
③ 詹福瑞:《中古文学理论范畴》,河北大学出版社1997年版。
④ 汪涌豪:《中国古代文学理论体系——范畴论》,复旦大学出版社1999年版。
⑤ 李欣复:《中国古典美学范畴史》,中国社会科学出版社2003年版。
⑥ 涂光社:《中国古代美学范畴发生论》,人民教育出版社1999年版。
⑦ 李建中主编:《中国古代文论范畴发生史》,武汉大学出版社2009年版。
⑧ 杨星映、肖锋、邓心强:《中国古代文论元范畴论析:气、象、味的生成与泛化》,上海古籍出版社2015年版。
⑨ 张皓:《中国美学范畴与传统文化》,湖北教育出版社1996年版。

义上、艺术学意义上构成了三维的历史、人文结构。① 第环宁等《中国古典文艺美学范畴辑论》选取了二十多个古典美学范畴，对各范畴的源流与发展进行梳理，同时与其他民族的美学基本范畴进行比较，侧重对范畴内涵进行理论阐释。② 赵建军《魏晋南北朝美学范畴史》以儒学美学、玄学美学、佛学美学、艺术学美学为理论框架，对魏晋南北朝美学范畴进行分类阐释，侧重探讨美学范畴的文化历史内涵和哲学基础，不是严格意义上的范畴史。③ 蒋述卓、刘绍瑾《通向现代的中国古典文艺美学范畴》选取"言志""比兴""意境""意象""气韵"等十四个范畴时行现代性阐释，意在对古典美学范畴进行中西比较和现代转换。④

另外，蔡钟翔、邓光东主编《中国美学范畴丛书》分别于 2001 年和 2006 年出版两辑，汇集众多学者专著，每一专著集中讨论某一特定范畴。类似这样就某一特定范畴进行讨论的还有大量期刊论文，此处不一一论列，在下文述及相关范畴时再作评述。

期刊论文中也有对范畴研究进行宏观讨论的。党圣元主张将传统文论、文论范畴与传统文化哲学结合起来，⑤ 认为古代文论范畴具有独特的思维方式和哲学基础，表现出多功能性、互渗性、衍生性、艺术性等特征，初步提出古代文论范畴体系应该由文原论、文体论、功用价值论、作家主体论、创作论、作品论、风格论、批评鉴赏论、通变论九个方面组成。⑥ 蔡钟翔、涂光社、汪涌豪回顾了 20 世纪以来的古代文论范畴研究，认为古代文论范畴研究尚在起步阶段，未来的研究应集中在范畴序列的清理、范畴性质的界定、范畴指域的判明、范畴分布的了解、范畴层次的确立等五个方面，并主张范畴研究既要重视古代文论范畴的民族特色，又要进行现代转换。⑦

80 年代以来的古代文论范畴研究也表现出一些共同特征，如一般都认为中国古代文论存在潜在的体系结构，主张对古代文论进行整理、归纳和概括，从而建立起以范畴为中心的体系结构；都强调中西文论有不同的思维方式和哲学基础，中国古代文论范畴有自己的独特性；无论是否自觉，

---

① 王振复：《中国美学范畴史》，山西教育出版社 2006 年版。
② 第环宁等：《中国古典文艺美学范畴辑论》，民族出版社 2009 年版。
③ 赵建军：《魏晋南北朝美学范畴史》，齐鲁书社 2011 年版。
④ 蒋述卓、刘绍瑾主编：《通向现代的中国古典文艺美学范畴》，暨南大学出版社 2019 年版。
⑤ 党圣元：《中国古代文论范畴研究方法论管见》，《文艺研究》1996 年第 2 期。
⑥ 党圣元：《中国古代文论的范畴和体系》，《文学评论》1997 年第 1 期。
⑦ 蔡钟翔、涂光社、汪涌豪：《范畴研究三人谈》，《文学遗产》2001 年第 1 期。

都在用现代语言对古代范畴进行解释说明,因此本质上都是一种现代阐释和现代转换。只是有些学者认为自己是在还原古人的本义,有些学者则明确表示意在发现其现代意义。

鉴于以上论著涉及的范畴众多,难以对范畴内涵作具体分析,以下以本书所涉及的几个概念和范畴为线索,对相关研究成果略作梳理。

(一)道

对于"道"范畴的研究众家争鸣,千头万绪,但对文论范畴影响最大、意见最为分歧的主要是与老庄哲学有关的"道"。以下述评主要集中于老庄哲学的"道"范畴。

1919年胡适出版《中国哲学史大纲》,首次使用西方学术方法进行中国哲学史研究,从形式到观点在当时都令人耳目一新。胡适依照古希腊自然哲学的宇宙论,以西方哲学的"本源"和"自然法"(law of nature)等概念来解释道的意义,并高度评价老子提出"道"这一观念的意义是"立下后来自然哲学的基础"。胡适首次对"道"作了宇宙论的解释。[①] 此后,冯友兰、汤用彤、金岳霖等学者完善了"道"的现代解释,而其中尤以冯友兰的解释最为详尽而系统。冯友兰首先以西方哲学为参照确定哲学的内容大致分为三部分,即宇宙论、人生论和知识论。宇宙论(a theory of world)即通常所谓形而上学,又分为本体论(ontology)和狭义的宇宙论(cosmology)。本体论研究"存在"之本体及"真实"之要素,狭义的宇宙论研究世界之发生及其历史。据此,冯友兰认为老庄所谓"道"是"天地万物所以生之总原理",但此时冯友兰尚未明确老庄之"道"属于宇宙论还是本体论。[②] 在《中国哲学简史》中,则明确说道、有、无的关系是本体论,不是宇宙发生论。[③]《中国哲学史新编》则认为对老子的"道"可以作宇宙论的解释,也可以作本体论的解释。[④] 汤用彤论魏晋玄学的特征说:"夫玄学者,谓玄远之学。学贵玄远,则略于具体事物而究心抽象原理。论天道则不拘于构成质料(cosmology),而进探本体存在(ontology)。"中国哲学对道的认识经历了从宇宙论到本体论的过程,"其变迁同古希腊由 Thales(泰勒斯)至 Plato(柏拉图)"。[⑤] 张岱年认为"中国古代

[①] 胡适:《中国哲学史大纲》,商务印书馆1919年版。
[②] 冯友兰:《中国哲学史》,华东师范大学出版社2000年版,第3、4、135、171页。
[③] 冯友兰:《中国哲学简史》,涂又光译,北京大学出版社2010年版,第82页。
[④] 冯友兰:《中国哲学史新编》上册,人民出版社1998年版,第335页。
[⑤] 汤用彤:《魏晋玄学论稿》,生活·读书·新知三联书店2009年版,第25、139页。

哲学中，本根论相当于西方的 ontology，大化论相当于西方的 cosmology"[1]。"道"在本根论意义上即"究竟理则"和"究竟规律"，在大化论意义即宇宙之变化历程。50 年代之后，关于"道"的讨论大量集中于唯心唯物之争。老庄之"道"究竟是物质性的还是精神性的，正反双方各执己见，争论旷日持久而终无定论。任继愈在 80 年代梳理了数十年来争论两派的观点和论据，而他自己最初主张老子唯物论，后来又主张老子唯心论，最终认为两派主张都有依据但都不充分。[2] 随着研究的不断发展，唯物唯心之争渐渐无疾而终。而胡适、冯友兰等人开启的研究路径则继续发挥影响，如张永义、[3] 余治平、[4] 沈顺福、[5] 林光华、[6] 邱文山[7]等人的期刊论文，实际上都延续了冯友兰等人的研究方法，成为学术界理解、阐释"道"范畴的主流观念。

另外，钱锺书《管锥编》曾对提出"道"与西方哲学概念"逻各斯"的可比性。[8] 张隆溪《道与逻各斯》沿着钱锺书的思想对这两个概念进行了更深入的比较。[9] 孙月才、[10] 汪裕雄、[11] 曹顺庆、[12] 刘毅青、[13] 刁俊春[14]等人的论文则同时从同异两个方面对这两个概念进行了比较。

在以西方形而上学视角解释"道"的同时，也有学者指出中国哲学的本体论与西方不同。如张岱年《中国哲学大纲》认为中国哲学的本根论中没有现象与本体分离和对立。[15] 牟宗三《中国哲学十九讲》提出老子的

---

[1] 张岱年：《中国哲学大纲》，中国社会科学出版社 1982 年版，第 92 页。
[2] 任继愈主编：《中国哲学发展史（先秦）》，人民出版社 1983 年版，第 260 页。
[3] 张永义：《论冯友兰和金岳霖对形而上学的重建——〈新理学〉和〈论道〉的比较研究》，《中州学刊》1993 年第 5 期。
[4] 余治平：《道、器、形之间——中西哲学形而上学的通汇》，《现代哲学》2004 年第 3 期。
[5] 沈顺福：《道与无——对本体的形而上学分析》，《东岳论丛》2006 年第 5 期。
[6] 林光华：《〈庄子〉：从"道"到"无"的过渡》，《哲学研究》2010 年第 2 期。
[7] 邱文山：《先秦哲学中"道"的本体论属性》，《管子学刊》2014 年第 4 期。
[8] 钱锺书《管锥编》，中华书局 1979 年版。
[9] 张隆溪：《道与逻各斯》，冯川译，四川人民出版社 1998 年版。
[10] 孙月才：《道·梵·逻各斯——试论中国、印度、西方文化的最高思想范畴》，《学术月刊》1994 年第 8 期。
[11] 汪裕雄：《"道"与"逻各斯"再比较——论中西文化符号的不同取向》，《学术月刊》1995 年第 1 期。
[12] 曹顺庆：《道与逻各斯：中西文化与文论分道扬镳的起点》，《文艺研究》1997 年第 6 期。
[13] 刘毅青：《解释学的逻各斯与道的解释学——中西解释学的差异根源》，《学术探索》2007 年第 5 期。
[14] 刁俊春：《论"道"和"逻各斯"》，《复旦外国语言文学论丛》2015 年第 1 期。
[15] 张岱年：《中国哲学大纲》，中国社会科学出版社 1982 年版。

"道"是"境界形态"的形而上学。① 赵馥洁发挥了牟宗三的这一思想。② 徐复观《中国人性论史·先秦篇》认为"道"等宇宙论观念主要是人生的一种内在精神境界。③ 蒙培元认为老子之"道"不是西方哲学意义上的绝对的实体,而是生命的源泉和根本,是通过主体的修养而实现的价值原则、价值本体。④ 此外,樊美筠、⑤ 吴学琴、高晨阳、⑥ 陈国庆、付粉鸽、⑦ 黄克剑、⑧ 倪培民、钱爽、⑨ 钟纯⑩等论文都从生命价值、精神境界、审美意义等角度对"道"进行阐释。

刘笑敢对"道"的诠释进行梳理并分为四类:以胡适、冯友兰等为代表的客观实有类,以方东美、唐君毅等为代表的综合解说类,以牟宗三为代表的主观境界类和以袁保新为代表的贯通类。刘笑敢对各类诠释的得失进行评析权衡之后,提出了自己的主张,即防止用西方二元对立的方法或现成的、现代的概念解释中国哲学的"道",而代之以功能性、描述性的定义。刘笑敢的主张从理论上看是合理的,但是否能够做到则仍然是大可怀疑的。⑪

虽然西方传统形而上学的视角受到质疑,但对"道"的阐释似乎仍然无法摆脱其他西方哲学视角。熊伟批评冯友兰的黑格尔哲学视角,但他自己则在《道家与海德格尔》《海德格尔与中国哲学》两文中以海德格尔视角阐释老庄。⑫ 张世英《天人之际——中西哲学的困惑与选择》从天人合一的角度把老庄的"道"理解为一种人生境界,并以海德格尔思想与老庄思想对比,指出二者颇多相通之处。但张世英仍然同意老庄的"道"具有传统形而上学本体论的意义,与海德格尔的反形而上学思想不可同日而

---

① 牟宗三:《中国哲学十九讲》,台北:台湾学生书局1983年版。
② 赵馥洁:《老子"道"的价值意蕴》,《中国哲学》1993年第2期。
③ 徐复观:《中国人性论史·先秦篇》,台北:台湾商务印书馆1969年版。
④ 蒙培元:《"道"的境界——老子哲学的深层意蕴》,《中国社会科学》1996年第1期。
⑤ 樊美筠:《老子之"道"的美学意义》,《人文杂志》1995年第4期。
⑥ 吴学琴、高晨阳:《"道"与老子哲学的基本精神》,《文史哲》1997年第2期。
⑦ 陈国庆、付粉鸽:《论老子的生命之"道"是纯朴本真而无私无碍的宇宙境界》,《西北大学学报》(哲学社会科学版)2009年第6期。
⑧ 黄克剑:《老子之"道"义旨阐要》,《哲学动态》2018年第2期。
⑨ 倪培民、钱爽:《知"道"——中国哲学中的功夫认识论》,《文史哲》2019年第4期。
⑩ 钟纯:《由"观"入"道":论老子哲学中"观"之本体认识及其审美境界》,《云南社会科学》2021年第2期。
⑪ 刘笑敢:《老子古今:五种对勘与析评引论》,中国社会科学出版社2006年版,第85页。
⑫ 熊伟:《自由的真谛——熊伟文选》,中央编译出版社1997年版,第38、140、144页。

语。① 张祥龙对海德格尔与老庄思想之间的沟通用力最深，认为"海德格尔思想与中国天道观之间确有一个极重要的相通之处，即双方最基本的思想方式都是一种源于（或缘于）人生的原初体验视野的纯境域构成的思维方式"。② 张祥龙反对以西方形而上学框架对"道"所作的宇宙论和本体论解释，主张对"道"进行一种非现成、非概念、源发性、构成性的解读，但其自创的一些概念如"终极视域"之类往往令人不明所以。孙周兴《说不可说之神秘》用老庄哲学的"大道"翻译后期海德格尔的关键概念Ereignis，认为海德格尔使用 Ereignis 一词是受了老子的启发和影响。又把 Sage 翻译为"道说"或"大道之说"。尽管孙周兴对海德格尔与老庄之间的类比持谨慎态度，但他仍然认为在"非"形而上学的意义上，二者确有相通之处。③ 韩林合《虚己以游世》（2005）以分析哲学的理论和方法解读庄子，在方法论上看似跨度很大，但分析哲学重视对文本作语言分析而不是进行过度阐释，因此其对道所作的"世界整体"的解释在方法上极为新颖，而结论则平实中肯，既未偏离庄子文本，亦未与冯友兰等前期学者的理解有明显对立。④

期刊论文方面，彭锋结合现象学、阐释学思想对道作了审美境界的解读，⑤ 陆建华立足老子思想本身来讨论海德格尔对老子的解读，⑥ 汪冷以"事件"为联系探讨了"本有""逻各斯"与"道"的关系，⑦ 王珏、李俊以现象学还原方法对"道"的意义进行阐释。⑧ 另外，陈嘉映、⑨ 彭富春、⑩ 邓晓芒⑪等人也对这种互释提出疑问和批评。

（二）情志

中国古代文论史上历来有"诗言志"和"诗缘情"之说。周作人认为"言志"就是抒情的意思，而抒情与载道是对立的，中国文学的发展历史

---

① 张世英《天人之际——中西哲学的困惑与选择》，人民出版社 2007 年版。
② 张祥龙：《海德格尔思想与中国天道》，生活·读书·新知三联书店 1996 年版，第 14 页。
③ 孙周兴：《说不可说之神秘》，生活·读书·新知三联书店 1995 年版，第 278—318 页。
④ 韩林合：《虚己以游世》，北京大学出版社 2006 年版，第 17 页。
⑤ 彭锋：《"道"的美学阐释》，《东方丛刊》1998 年第 4 期。
⑥ 陆建华：《海德格尔对〈老子〉及其"道"的解读》，《周口师范学院学报》2016 年第 6 期、2017 年第 1 期。
⑦ 汪冷：《"本有"的"道"说——论海德格尔的事件观》，《南京邮电大学学报》（社会科学版），2020 年第 1 期。
⑧ 王珏、李俊：《"道"的现象学阐释引论》，《浙江学刊》2020 年第 6 期。
⑨ 陈嘉映：《缘就是源》，《读书》1998 年第 12 期。
⑩ 彭富春：《海德格尔与老子论道》，《江汉论坛》2013 年第 2 期。
⑪ 邓晓芒：《迷失的路标》，《人文杂志》2020 年第 1 期。

就是言志与载道两派的此消彼长。① 朱自清则认为先秦两汉时所谓"言志"并非今天所谓抒情,而是意在政治教化,其实恰好就是"载道"的意思。② 而缘情或抒情的诗则与政教无关。罗根泽讨论荀子所谓"诗言志",说其思想不仅是"文以载道",而简直就是"诗以载道"了。③ 朱自清奠定了言志缘情问题讨论的基本框架,后来学者的研究基本上沿着三个方向展开的。

一是对朱自清的观点进行修正、补充和细化。王元化认为志、情侧重不同,但情、志之间的界限区分并不严格,情、志可以相通而混用,而刘勰更是情志对举,互文足义。④ 敏泽也反对把言志与缘情对立起来。⑤ 裴斐认为言志论本身就包含了诗缘情的观念,但又存在极大的片面性。缘情论产生于言志论,又是对言志论的否定。言志论是政治家和经史家的讨论,缘情论是诗家的诗论,古代诗论的主流是后者而不是前者。⑥ 张少康也认为志含有情的成分,言志派和缘情派都没有把情与理对立起来。⑦ 陈良运从心理学角度考察"志"字的含义,认为从荀子到汉儒强化了"志"的理性内涵,对情感进行规范,而六朝时期则出现了志与才、气、性、情的整合与贯通。⑧

二是对诗言志的发生进行溯源,考察诗言志的历史文化渊源。漆绪邦通过考察《诗经》和先秦文献中的作诗之意及其中的讽谏意识来论证言志与政治教化的关系。⑨ 曹胜高认为"志"是具有道德预设、符合群体价值取向的理性思考,是对个体感性体验的升华,对"情"具有约束作用。"诗言志"的本义在于"止乎礼义",是诗歌表达的外在尺度,与"诗缘情"所强调的内在情感这一动因不同。⑩ 钱志熙从诗乐舞三位一体的综合艺术的成熟、古代政教制度建立、伦理体系的确立三方面来探讨这一诗歌

---

① 周作人:《中国新文学的源流》,华东师范大学出版社1995年版,第17页。
② 朱自清:《诗言志辩》,华东师范大学出版社1996年版。
③ 罗根泽:《中国文学批评史》,上海书店出版社2003年版,第40页。
④ 王元化:《文心雕龙讲疏》,上海古籍出版社1992年版,第183页。
⑤ 敏泽:《我国古论中的情感论》,《古代文学理论研究》第四辑,上海古籍出版社1981年版。
⑥ 裴斐:《诗缘情辨》,四川文艺出版社1986年版,第22页。
⑦ 张少康:《中国古代文学创作论》,北京大学出版社1983年版,第221—222页。
⑧ 陈良运:《中国诗学体系论》,中国社会科学出版社1992年版,第64、89页。
⑨ 漆绪邦:《中国诗论的滥觞和"诗言志"说的提出》,《北京师范学院学报》(社会科学版)1991年第5期。
⑩ 曹胜高:《由先秦情志说论"诗言志"之本义》,《文艺理论研究》2009年第3期。

本体论产生的历史条件。① 刘茜认为《尚书·尧典》和《诗大序》所说的诗是指宫廷礼仪活动中的雅乐，而非抒发性情的文学之诗。这一阐释实际是对朱自清最初观点的重新论证。② 而叶舒宪则从文化人类学和训诂学角度把"诗言志"的意义追溯到上古的净身祭司制度和尹寺文化，完全颠覆了传统上对"诗言志"的理解。③

三是与西方文学理论进行比较。周来祥、陈炎认为中国的古代美学以"言志说"开端，发展为"意境论"；西方的古代美学以"摹仿说"开端，发展为"典型论"。前者从抒发主观的意志开始，最终实现了主体与客体的统一；后者从再现个别的物象开始，最终实现了个性与共性的统一。④ 何文祯从"诗言志"与"模仿说"的角度对中国文学的抒情传统与西文学的叙事传统进行了宏观地比较。⑤ 王文生从文学内容、创作方法、价值观念、思想体系等四个方面对中西代表性的文学理论进行了比较。⑥

言志与缘情本质上是一个文学情感的表现倾向乃至表现类型问题，但学术界对此缺少敏感，至今还没有在言志和缘情的基础上形成成熟的文学情感分类理论。张少康看到六朝时期的缘情派有进步和消极两种不同倾向，可视为对此问题的初步探讨。⑦ 张节末把中国古代的情感经验分为三类，即道德情感、生活情感和审美情感，是一次可贵的尝试，⑧ 但其分类与传统的言志、缘情系统仍有龃龉之处，其概念内涵还有进一步确定和明晰的余地。

(三) 言意

言意问题的研究实际上有两个层面。一是研究"言不尽意"论这一历史上的著名命题，讨论这一命题的内容、影响等；二是直接面对言和意或语言和思维本身，发表自己对言意关系的看法。前者以汤用彤为代表，后者以冯友兰为代表。

---

① 钱志熙：《先秦"诗言志"说的绵延及其不同层面的含义》，《文艺理论研究》2017 年第 5 期。
② 刘茜：《先秦礼乐文化与〈诗大序〉"诗言志"再阐释》，《文艺研究》2021 年第 11 期。
③ 叶舒宪：《诗经的文化阐释》，湖北人民出版社 1994 年版，第 135 页。
④ 周来祥、陈炎：《中国的言志说和意境论与西方的摹仿说和典型论》，《文艺理论研究》1991 年第 6 期。
⑤ 何文祯：《"诗言志"与"模仿说"》，《天津师范大学学报》(社会科学版) 1995 年第 5 期。
⑥ 王文生：《"诗言志"文学纲领与亚里士多德〈诗学〉的比较——"诗言志"诠之五》，《文艺理论研究》2011 年第 2 期。
⑦ 张少康：《中国古代文学创作论》，北京大学出版社 1983 年版，第 223 页。
⑧ 张节末：《中国古代审美情感原论》，《天津社会科学》1998 年第 1 期。

汤用彤《魏晋玄学论稿》并不直接讨论言意关系，而是讨论"言不尽意"论的产生、内涵及其与魏晋时期经籍解释、哲学本体论、学术论争、士人行为、佛学格义、文学艺术等等之间的关系。[1] 后来学者大多延续这一研究路径，并且在研究内容上多数没有超越汤用彤设立的框架，特别是各种哲学史、美学史、文论史的研究。如曾祖荫《中国古代美学范畴》（1986），孔繁《魏晋玄学和文学》（1987），陈良运《中国诗学体系论》（1992），蒋述卓、刘绍瑾《通向现代的中国古典文艺美学范畴》（2019）等著作均对历史上的言意之辨作某种阐释，进而讨论其与文学艺术之关系。刘文英、[2] 王锺陵、[3] 朱立元、[4] 朱志荣、[5] 陈定家、[6] 陈波[7]等人的论文以及自2009年以来出现的十数篇硕士和博士学位论文，大都不出上述阐释框架。而陈跃红、[8] 章燕、[9] 白寅、[10] 杨丽萍、[11] 余卫国、[12] 王永豪、[13]李宝达[14]等人的论文，则尝试以西方语言学、符号学、语言哲学等理论与传统言意理论进行比较的沟通，对上述阐释框架有所突破。

与汤用彤不同，冯友兰是借助传统资源发表自己对言意关系的理解的。不过这一路径的研究者对于言意关系大都有明确的倾向，即主张"言不尽意"。冯友兰认为"道"等形而上的概念都不可说，但又认为可以通过诗或负的方法显示出来。[15] 张世英融合道家思想和海德格尔，认为天人合一的整体境界是不可说的，但又与冯友兰一样认为可以通过诗的语言将

---

[1] 汤用彤：《魏晋玄学论稿》，人民出版社1957年版。本所所收文章，作于1938—1947年。
[2] 刘文英：《关于魏晋的"言意之辨"和文学理论》，《学术月刊》1982年第8期；刘文英：《中国古代的言意问题》，《兰州大学学报》1984年第1期、第7期。
[3] 王锺陵：《关于"言、意之辨"》，《古代文学理论研究》第八辑，上海古籍出版社1983年版；王锺陵：《哲学上的"言意之辨"与文学上的"隐秀"论》，《古代文学理论研究》第十四辑，上海古籍出版社1989年版。
[4] 朱立元：《先秦儒家的言意观初探》，《复旦学报》（社会科学版）1994年第4期。
[5] 朱志荣：《中国古代文论中的言意关系新论》，《古代文学理论研究》第十九辑。
[6] 陈定家：《中国诗学中的言意关系论》，《武汉理工大学学报》（社会科学版）2001年第4期。
[7] 陈波：《言意之辩：诠释与评论》，《江海学刊》2005年第3期。
[8] 陈跃红：《语言的激活——言意之争的比较诗学分析》，《文学评论》1994年第4期。
[9] 章燕：《解构的语言观与中国古典诗论中言意观之辨析》，《中华文化论坛》2003年第2期。
[10] 白寅：《"言意之辨"与符号论的困境》，《中南大学学报》（社会科学版）2003年第3期。
[11] 杨丽萍：《文心雕龙言意观的语用学分析》，硕士学位论文，浙江师范大学，2006年。
[12] 余卫国：《庄子"言意之辨"的本体论视阈和诠释学维度及其意义》，《社会科学研究》2009年第1期。
[13] 王永豪：《能指与所指视野下庄子的言意关系》，《东岳论丛》2013年第2期。
[14] 李宝达：《王弼言意观的语言哲学分析》，硕士学位论文，西藏民族大学，2016年。
[15] 冯友兰：《新知言》，《贞元六书》，华东师范大学出版社1996年版，第960页。

之烘托出来。① 张祥龙认为海德格尔和孔子都意识到终极者不可说而又可以通过诗来开启。② 郁振华结合维特根斯坦关于"不可说"的思想，重提冯友兰、金岳霖等人关于形而上的智慧不可说的问题。③ 在文学理论上，胡经之、李健"语言表意的局限性、语言本身的多意性、语言的私人性和语言的文化性等方面"论述了语言表意的局限性。④ 对于诗意的言说方式，蒋寅从古代诗学"以禅喻诗"的角度进行了考察，认为"感觉、体验甚至情感都是不可传达的"，"诗同样也是一种不可言说的言说，而且它像禅一样，不可言说却必须要说。"这种说的方式就是"不说破"和"绕路说禅"。⑤ 陈嘉映对言意关系问题的思考最为深入，但他说"虽然字词语言是人类最主要的表达系统，这却并不意味着我们的经验都可以通过字词语言获得充分表达"⑥，仍然为"言不尽意"保留了一席之地。

言意关系在现代理论中表现为语言与思维的关系。20 世纪八九十年代，有的学者运用系统论、控制论和信息论来解释思维的本质。尚乐林提出了"思维内反馈"的观点。⑦ 刘文英《漫长的历史源头》认为高等动物的思维萌芽，即是内反馈的发生和发展。⑧ 苏富忠《思维论》提出，意识的形成离不开语言的参与，是在人类祖先创造和传播语言的过程中由动物心理转化而来的。⑨ 陈嘉映也从哲学角度指出：用语言表达思想，是自我领会着的、有标的有控制的活动。⑩ 这种对思维和思想的理解实际上蕴含着思维与语言在逻辑和概念上的同一性。

在西方心理学、哲学、语言学理论中，洪堡特、索绪尔、萨丕尔、卡西尔等人的观点可用来支持言尽意论，皮亚杰、维果茨基、默会知识论者、平克等人的观点可用来支持言不尽意论。但对于动物心理学、儿童心理学、比较心理学等实验中所观察到的那些现象，例如儿童和高等动物的

---

① 张世英：《说不可说——再论哲学何为》，《北京大学学报》1995 年第 1 期。
② 张祥龙：《从"不可说"到"诗意之说"——海德格尔与孔子论诗的纯思想性》，《河北学刊》2006 年第 5 期。
③ 郁振华：《说不得的东西如何能说？——维特根斯坦的"沉默"和冯友兰、金岳霖的回应》，《哲学研究》1996 年第 6 期。
④ 胡经之、李健：《言不尽意：语言的困惑与文学理论的拓展》，《深圳大学学报》2003 年第 5 期。
⑤ 蒋寅：《古典诗学的现代诠释》，中华书局 2003 年版，第 67、68、85 页。
⑥ 陈嘉映：《言意新辨》，《云南大学学报》2013 年第 6 期。
⑦ 尚乐林：《思维内反馈刍议》，《哲学研究》1984 年第 11 期。
⑧ 刘文英：《漫长的历史源头》，中国社会科学出版社 1996 年版。
⑨ 苏富忠：《思维论》，香港：中联出版社 1992 年版。
⑩ 陈嘉映：《言意新辨》，《云南大学学报》2013 年第 6 期。

行为方式及其反映的心理活动，上述双方都不否认它们的存在，只是他们对这些事实、现象作了不同的理解、解释、描述和运用。

语言哲学的发展为研究言意关系提供了新的视角和方法。陈嘉映《语言哲学》通过分析前期维特根斯坦所谓"不可说的东西"澄清了通常对"言不尽意"的误解，把言意关系的讨论引向深处。① "对于人来说，现实在语词平面上成象，在语词平面上是其所是"，"人在语词的水平上成象，在这个水平上和世界打交道"。② 前述陈嘉映《言意新辨》一文代表了目前对言意问题思考的最高水平。

（四）形神

现代学术最初对形神问题的研究兴趣不如古代浓厚。汤用彤《魏晋玄学论稿》在讨论言意之辩时谈到汉代与魏晋人物品评的区别在于筋骨和神明，但并未展开形神问题的讨论。③ 郭绍虞《中国文学批评史上之"神""气"说》批评古人论神论气是一些"玄之又玄"的把戏，可见其对古人的神气论颇不以为然。为驱除古代文论"神气"说的神秘性，郭绍虞梳理了"神""气"概念从先秦诸子到清代的几个发展阶段。④ 不过郭绍虞的讨论主要集中于文学创作的精神状态、心理过程以及作品的审美特征方面，并不涉及形与神、形似与神似的关系问题。钱锺书《谈艺录》也从王士禛"神韵"说谈起而不及形神关系。⑤ 徐复观《中国艺术精神》从"气韵生动"论传神和神似，贯通哲学、文学、绘画、音乐、书法，旁征博引，鉴识深邃，其议论往往入木三分，不同流俗，至今难以超越。⑥

80年代之后，形神问题的研究因受之前哲学上唯物唯心之争的影响，讨论反而日趋热烈。当然，美学和文论因为与文学艺术关系密切，很大程度上可以避开唯物唯心之争的困扰，而集中于文学艺术本身。牟世金《中国古代文学艺术的形神问题》，⑦ 张少康《神似溯源》⑧《中国古代文学创作论》⑨ 是较早对形神范畴及二者关系进行梳理和讨论的文章和著作。牟、张两位学者奠定了此后文论和美学形神研究的基本框架，此后的各种论著

---

① 陈嘉映：《语言哲学》，北京大学出版社2003年版。
② 陈嘉映：《无法还原的象》，《泠风集》，东方出版社2001年版，第163、168页。
③ 汤用彤：《魏晋玄学论稿》，人民出版社1957年版。本所收文章，作于1938—1947年。
④ 郭绍虞：《照隅室古典文学论集》，上海古籍出版社1983年版，第46页。
⑤ 钱锺书：《谈艺录》，中华书局1984年版。
⑥ 徐复观：《中国艺术精神》，商务印书馆2010年版。本书作于1965年。
⑦ 牟世金：《中国古代文学艺术的形神问题》，《文学评论》1980年第1期。
⑧ 张少康：《神似溯源》，《古代文学理论研究》第四辑，上海古籍出版社1981年版。
⑨ 张少康：《中国古代文学创作论》，北京大学出版社1983年版。

在思路和内容上基本上是在此基础上的扩展和细化，如曾祖荫《中国古代美学范畴》(1986)，郁沅《文学审美意识论稿》(1992)，陈良运《中国诗学体系论》(1992)，朱恩彬、周波《中国古代文艺心理学》(1997) 等著作。这些研究体现出以下共同特征：一是梳理形神问题的源流，描述这一问题在哲学和文学艺术领域的发展历程。二是对具有代表性的理论主张的内涵、意义做出解释和辨析。三是针对历史上出现的重神与重形、神似与形似等争论进行比较权衡，并在一定程度上提出自己的主张。另外，杨铸、① 周蔚、② 陈晓虎、③ 刘玉叶④等期刊论文同样是上述研究框架的延续。众多著作和论文丰富了形神研究的成果，但也表现出方法单一，材料重复，观点雷同等问题。在上述框架之外，张晶尝试从现象角度阐释形神问题，在方法上有一定突破，但类似研究不多。⑤ 关于形神关系的讨论面临一个困境，而研究者对此缺少自觉。他们都企图调和形神之间的关系，一般不否定形对于传神的作用，但另一方面中国古代文论、美学传统明显是重神轻形的，所以他们在谈论具体文学艺术问题时一般都援引庄子、《淮南子》、慧远等人的观点，而范缜《神灭论》则很少被提及。

上述研究还有一个缺陷，就是大多都是整理古人关于形神问题的思想，而很少自己对形神问题本身的思考，尤其是借助哲学、心理学等相关学科的成果对形神问题做出解释。西方哲学史上与形神问题相似的是关于心身关系的讨论，其中占统治地位的是笛卡尔的心物二元论。维特根斯坦《哲学研究》、赖尔《心的概念》、约翰·塞尔《心、脑与科学》等著作使用概念分析和语法分析的方法对心身二元论进行了有效的澄清和批判，有助于我们讨论形神问题。

(五) 文质

现代学者对文质范畴的认识具有明显的时代特征。蔡守湘认为刘勰提出了内容与形式相统一、以内容为主导的文质观。⑥ 齐树德不赞成笼统地

---

① 杨铸：《中国古代艺术形神观念研究》，《北京社会科学》1998 年第 3 期。
② 周蔚：《中国古代文艺批评中的形神论》，《扬州大学学报》(人文社会科学版) 1998 年第 6 期。
③ 陈晓虎：《魏晋时期人物品藻与形神范畴论——由〈世说新语〉出发探析形神范畴发展趋向》，《首都师范大学学报》(社会科学版) 2012 年第 1 期。
④ 刘玉叶：《慧远形神论及其对南朝文论的启导》，《中北大学学报》(社会科学版) 2017 年第 4 期。
⑤ 张晶：《"形"论的现象学之思》，《江西师范大学学报》(哲学社会科学版) 2010 年第 5 期。
⑥ 蔡守湘：《评刘勰的文质观》，《武汉大学学报》(哲学社会科学版) 1979 年第 2 期。

说刘勰文质并重，而认为刘勰对不同的文体类型在文质关系上有不同的要求，有些情况下重质，有些情况下重文。① 吴圣昔认为文和质有两种含义，一是指语言风格的华丽和质朴，二是指文学作品的形式和内容。② 王运熙、杨明认为，文和质主要是指文辞风格上的华丽和质朴，只有在少数情况下才指形式和内容。③ 而张少康《中国古代文学创作论》则认为，文和质主要指形式和内容，同时也有华丽和质朴的意思。④ 上述几位学者基本上都揭示出了文质概念的两重内涵：华丽和质朴、形式和内容。但其中也有微妙的差别，如王运熙认为文质的意义主要是华丽和质朴，而张少康则认为主要是形式和内容。这一微妙差别反映的是两个时代的差别，王运熙保留了较早学者对文质概念的理解。黄侃《文心雕龙札记》（1927）、朱东润《中国文学批评史大纲》（1944）、刘师培《汉魏六朝专家文研究》（1945）、朱自清《中国文学批评研究讲义》（1945—1946）、刘永济《文心雕龙校释》（1962）、周振甫《文心雕龙注释》（1981）等著作，论文质仅从作品风格着眼，而不联系内容和形式。早期学者的思想中并没有内容与形式的概念。内容与形式的概念是因为西方哲学特别是黑格尔哲学和马克思主义的影响才进入中国现代文论的，具体时间难以详考。郭绍虞《中国文学批评史》（1934）、罗根泽《中国文学批评史》（1934）曾以"尚用""尚文""尚美"等语词论文质。郭绍虞偶尔使用内容与形式的概念，如论王充时称其重在内容不在形式，论南朝时说重形式，有时则采用"内质"与"外形"的说法，而罗根泽在论及文质时则更为频繁地使用内容与形式的概念。傅庚生《中国文学批评通论》（1946），陆侃如、牟世金《文心雕龙选译》（1962），刘大杰《中国文学批评史》（1964），周勋初《中国文学批评小史》（1981）均认为文质、情采讲的就是内容与形式的关系。

上述对文质概念的理解构成了文质研究的主流观点，后来的研究者基本上是对主流观点的拓展和细化。如陈良运《文与质、艺与道》考察了质、文二字在最初使用中的审美意义，从文质在先秦的文化意义经汉代文章与文学的分化，到魏晋南北朝时期成为独立的文学范畴，以及在唐代以后文质意义

---

① 齐树德：《从刘勰的文质论谈文心雕龙的研究方法》，《郑州大学学报》（社会科学版）1980年第1期。
② 吴圣昔：《刘勰文质统一观初探》，《齐鲁学刊》1981年第2期。
③ 王运熙、杨明：《魏晋南北朝和唐代文学批评中的文质论》，《文艺理论研究》1980年第2期。王运熙：《中国文学批评史上的文质论》，《中国古代文论管窥》，齐鲁书社1987年版，第44页。
④ 张少康：《中国古代文学创作论》，北京大学出版社1983年版。

在诗文两大领域的分途,以历史顺序描述了文质意义的引申、发展和流变。①李炳海、②赖勤芳、③周悦④等人的论文大致不出主流研究框架。

也有极少数学者对上述主流观点提出怀疑。寇效信《文心雕龙美学范畴研究》认为,文和质既不分别指形式和内容,也不单纯指形式的华丽与质朴。《文心雕龙·情采》中的质本身就是内容与(朴素的)形式的统一,而文则仅指华美的形式。⑤寇效信发现了主流观点以形式、内容比附文质时在逻辑上出现的困难和混乱,但他自己在分析文质关系时仍然使用了形式与内容的概念框架,这就导致他无法彻底解决文质关系讨论中的逻辑混乱问题。

当代学者把形式与内容与文质对应有其合理性与必然性。但是西方理论对内容与形式关系的理解同样存在混乱,而这种混乱与中国古代对文质关系的理解有相似之处,即把二者的关系理解为容器与内容物的关系。这种共同的混乱反而使二者的对应成为可能。文质在很大程度上被抽象为事物的逻辑结构,其关系与文与道、形与神、言与意相同,在很多情况下,文就是形或言,质就是神或意。之所以说中国古代对文质关系理解存在混乱,是因为范缜、朱熹、王夫之等人在某种程度上更清楚地揭示了这种逻辑关系,但他们的方法在古代文学理论和美学中并未成为主流。

(六)神思

对神思概念的研究分歧较少,或者即使存在某些分歧,也不具有重要的理论意义。当代研究者最初以为最早使用"神思"一词的人是刘勰,后来陆续发现刘勰之前宗炳、曹植、韦昭等人已经开始使用。这一点无关宏旨,不影响对神思概念的理解,可以不论。郭绍虞《中国文学批评史上的"神""气"说》实际上已经开始讨论文学创作中的心理活动特征,如庄子论神与"感兴""虚静"关系,以及司马相如和扬雄论辞赋创作,却未提及《文心雕龙·神思》。⑥其《中国文学批评史》认为刘勰"神思"指兴到神来,受庄子和陆机影响,但语焉未详。⑦罗根泽《中国文学批评史》对从庄子到曹丕、陆机等人的天才说、应感说论着墨较多,对刘勰"神

---

① 陈良运:《文与质、艺与道》,中国人民大学出版社1992年版。
② 李炳海:《周代的文质概念与古代文论的文质理论》,《古代文学理论研究》第十三辑,上海古籍出版社1988年版。
③ 赖勤芳:《刘勰文质论再释》,《江淮论坛》2006年第1期。
④ 周悦:《南朝文论中的文质观及其意义》,《中国文学研究》2011年第2期。
⑤ 寇效信:《文心雕龙美学范畴研究》,陕西人民出版社1997年版,第142—164页。
⑥ 郭绍虞:《照隅室古典文学论集》,第46页。
⑦ 郭绍虞:《中国文学批评史》,商务印书馆1934年版。

思"论仅提到其中的心物关系。①

王元化《文心雕龙创作论》是较早对"神思"概念进行系统研究的著作。他认为神思主要就是现代所谓艺术想象，同时也讨论了"志气""辞令"与想象的关系，以及历史上的言意关系、虚静等与神思有关的问题。②可见，神思概念涉及的几个关键问题，王元化都已经提出来并进行了初步讨论。周振甫认为神思不仅是想象，而是始于想象的构思。③ 胡子远、陈君谋、赵伯英通过考察"神""思"二字的意义，指出神思活动中精神因素的复杂性，但并未厘清这些因素之间的关系。④ 郭外岑认为神思是以想象为特征的艺术思维。⑤ 林同华认为神思是包括抽象思维和形象思维在内的精神思维活动。⑥ 张少康在《中国古代文学创作论》中主要结合"神思"概念考察了想象的特征如超时空、情感性、形象性等，⑦ 又在《文心雕龙新探》中进步讨论了神思与虚静、言意、养气等问题的关系。⑧ 另外，李泽厚、刘纲纪、罗宗强、叶朗等学者均认为神思是艺术想象，而牟世金、王运熙、吴功正等学者则更倾向于认为神思是艺术构思。但精神、心理、想象、构思、思维这些术语实际上经常被混用，至少在众多学者的文章中无法明确区分。

李平以系统论方法从整体上对创作过程中各要素的相互关系和结构功能进行了系统描述，几乎涵盖了神思活动所涉及的所有心理因素，并绘制了神思系统的结构表。⑨ 90年代以来关于神思的概论基本延续了之前的研究框架，在观点上也没有取得明显进展。略有新意者，是几篇与西方文艺心理学进行沟通、比较的文章，如陶华，⑩ 李大西，⑪ 贺天忠，⑫ 何潇、吴

---

① 罗根泽：《中国文学批评史》，商务印书馆1947年版。
② 王元化：《文心雕龙创作论》，上海古籍出版社1979年版。
③ 周振甫：《文心雕龙选译》，中华书局1980年版。
④ 胡子远、陈君谋、赵伯英：《"神思"小议》，《古代文学理论研究》第七辑，上海古籍出版社1982年版。
⑤ 郭外岑：《释〈文心雕龙·神思〉篇——兼谈我国艺术思维理论形成的特征》，《古代文学理论研究》第八辑，上海古籍出版社1983年版。
⑥ 林同华：《中国美学史论集》，江苏人民出版社1984年版。
⑦ 张少康：《中国古代文学创作论》，北京大学出版社1983年版。
⑧ 张少康：《文心雕龙新探》，齐鲁书社1987年版。
⑨ 李平：《"神思"创作系统论》，《文艺研究》1989年第5期。
⑩ 陶华：《刘勰的"神思"与弗洛伊德的"无意识"——两种艺术创作论的比较》，《西北第二民族学院学报》（哲学社会科学版）1991年第2期。
⑪ 李大西：《论"神思"与灵感及自由之关系》，《中南民族学院学报》（哲学社会科学版）1997年第4期。
⑫ 贺天忠：《"神思"是灵感来临的文思》，《湖北大学学报》（哲学社会科学版）2004年第4期。

林博,① 王建波②等人的论文。这些文章在拓展神思研究方面所作的尝试是可贵的,但一般仅止于表层的对比,缺乏有深度的理论解释。另外,徐子涵把神思研究扩展到书论、画论、乐论、雕塑理论、园林建筑理论等方面,推进了对神思概念内涵的全面认识。③

张晶《神思:艺术的精灵》总结了神思研究的已有成果,并从文学创作的准备、发生、构思、传达等阶段,结合灵感、意象的产生,虚静的心理状态等方面对神思的内涵进行了全面揭示,认为神思是一个具有自由性、超越性、直觉性和创造性等特征的动态心理过程,可以说是一部神思研究的集大成之作。④

神思概念在中国古代文论阐释体系中已经得到了非常充分的说明,在与西方文学理论的沟通方面也取得了一定进展,但神思所涉及的众多创作现象更多的是一个心理学和思维科学问题,在这方面的阐释还远远不够。

(七) 比兴

现代学术对比兴的研究大致有三个视角。

一是从文学创作角度着眼,把赋比兴作为一种表现方法或创作手法,进而探讨这些方法之间的区别及其对创作的意义;这一研究路径的最大特点就是以汉儒对赋比兴的界定为起点,但又结合《诗经》甚至全部文学创作的特征颠覆了汉儒的认识。这种研究在古代是以朱熹等人为代表的宋学,在现代则是以顾颉刚为代表的古史辨派以及朱自清等人。这类研究主要集中在两个问题上:一是比和兴的区别,二是兴象和诗歌意蕴的联系。对于比的认识基本没有分歧,分歧主要表现在对兴的认识上。朱自清说:"《毛传》'兴也'的'兴'有两个意义,一是发端,一是譬喻;这两个意义合在一块儿才是'兴'。"⑤ 郭绍虞说兴"兼有发端和比喻的双重作用。……但兴亦有仅具发端而无比喻的作用的;也有喻意由于时代久远,已难明确的;也有仅具音律上的联系作用的"⑥。朱自清区分了赋比兴概念在典籍中最早出现时的本义、《毛传》《郑笺》中的赋比

---

① 何潇、吴林博:《"神思"与"灵感"——从"思接千载""视通万里"说起》,《成都大学学报》(教育科学版) 2007 年第 10 期。
② 王建波:《中西古典文论中关于文学构思活动阐释异同之一种——刘勰的"神思"说与柏拉图的"灵感"说之比较》,《语文学刊》2010 年第 3 期。
③ 徐子涵:《六朝神思论研究》,硕士学位论文,山东大学,2013 年。
④ 张晶:《神思:艺术的精灵》,百花洲文艺出版社 2006 年版。
⑤ 朱自清:《诗言志辨》,华东师范大学出版社 1996 年版,第 53 页。
⑥ 郭绍虞主编:《中国历代文论选》第 1 册,上海古籍出版社 1979 年版,第 65 页,注 21。

兴观念、赋比兴在《诗经》中的意义以及后世文学中的变义等不同意义，但这种思路清晰的区分在后来的研究中却被忽视了。

王季思1945年在《国文月刊》第34期上发表《说比兴》，结合刘勰和李仲蒙的解释指出比兴的区别：第一，兴是诗人情感先被外物触发，然后形成意象，而比是先有情感意象，再用外物来比附。第二，兴和比有起情和附理之不同，比是诗人的理性思索，而兴则是情感的偶然触发。① 徐复观在《释诗的比兴》一文中也提出了类似看法。② 刘永济在《文心雕龙校释》中持论大致相同。③ 程俊英对兴的理解也基本相同。④ 叶嘉莹发挥了以上看法，认为就心物关系的先后而言，兴是由物及心，即物的引发在先而情的感动在后，比是由心及物，即情的产生在先而物的表达在后；就心物关系的性质而言，兴是自然的感发，而比是理智的安排。⑤ 叶朗《中国美学史大纲》赞同叶嘉莹的观点。⑥ 袁长江把兴象与诗意之间的关系概括为如下几种：起兴之物与作者之情没有联系；为了渲染气氛；情感相通；借以为喻；兴象物与作者感情的融汇。以上研究基本上说清了比兴的区别以及兴象与诗歌意蕴的关系。⑦

二是从先秦礼乐制度和诗教着眼，探求赋比兴古义，把赋比兴作为诗体、乐歌名称或古人对诗的使用方法，从而疏通典籍中对"六诗""六义"的记载以及汉儒笺注的难解之处。章太炎、郭绍虞曾经提出赋比兴是诗体，朱自清也曾说赋比兴是乐歌名。张震泽提出所谓"六义"是《诗经》的六种用途或用法，而作为体裁和表现方法的六义是后来的曲解。⑧ 陈元锋同样否认赋比兴是表现方法，认为赋比兴的古义是从赋陈乐器到比次乐律以及兴举乐仪等一整套程序、仪节。⑨ 鲁洪生认为汉儒所谓"兴"已具有用诗方法与表现方法的双重性质。⑩ 赋、比、兴的本义是对赋诗言志的用诗方法以及用诗全过程的总结概括，汉儒沿袭用诗方法说诗，使

---

① 王季思：《说比兴》，《国文月刊》第34期，1945年。
② 徐复观：《释诗的比兴》，《中国文学精神》，上海书店出版社2004年版，第23页。此文作于1958年。
③ 刘永济：《文心雕龙校释》，中华书局1962年版，第142页。
④ 程俊英：《诗经的比兴》，《文学评论丛刊》第一辑，中国社会科学出版社1978年版。
⑤ 叶嘉莹：《中国古典诗歌中形象与情意之关系例说》，《古代文学理论研究》第六辑，上海古籍出版社1982年版。
⑥ 叶朗：《中国美学史大纲》，上海人民出版社1985年版，第86页。
⑦ 袁长江：《先秦两汉诗经研究论稿》，学苑出版社1999年版，第264—268页。
⑧ 张震泽：《〈诗经〉赋比兴本义新探》，《文学遗产》1983年第3期。
⑨ 陈元锋：《〈诗〉赋、比、兴古义发微》，《文学遗产》1988年第6期。
⑩ 鲁洪生：《赋、比、兴本义的转变》，《江西师范大学学报》1991年第2期。

赋、比兴逐渐转变为表现方法，开启了后人对《诗经》表现方法的研究。①袁长江认为"兴"在《周礼·大师》那里是一种歌唱演奏诗的技能，在《周礼·大司乐》和《论语·阳货》中变成了用诗之法，到了《毛诗序》中又转换成了一种诗歌的创作表现方法。②

三是从原始文化和原始思维方式入手，结合现代文化人类学理论，阐释原始宗教神话的思维方式、行为方式如何积淀为后来的赋比兴等艺术形式。这类研究以闻一多、孙作云、赵沛霖、叶舒宪、傅道彬、刘怀荣以及港台学者陈世骧、周英雄、周策纵等人为代表，其中以赵沛霖《兴的源起》③影响最大。这类研究的最大价值是通过论证原始巫术思维、神话思维与艺术思维的同源性和一致性，揭示了兴这一思维方式的人类学根源和本质特征，也解释了诗歌作品中的兴象物最初的原始宗教、神话内涵。其局限则是，原始兴象的宗教内涵在后世已不可确知，无法直接用来解释作品兴象的意义。

比兴研究的第一个视角是自古至今的主流视角，也就是把赋比兴作为文学创作的表现手法。而第二、三种研究的意义主要在于疏通了古籍中对比兴理解的混乱和矛盾之处。就文学创作自身而言，早期学者如朱自清曾经从修辞学角度把比兴与"显喻""隐喻"作比较，而当前学者如叶嘉莹等则明确表示比兴不同于西方文论中的比喻或隐喻。泓峻对比兴和比喻的异同进行了分析比较。④ 目前这方面的研究还远远不够。

（八）隐显

《文心雕龙·隐秀》一篇的补文，自纪昀到黄侃以及刘永济、范文澜、杨明照等人均认为系明人伪作。当代学者詹锳坚持认为补文不是伪作，周汝昌也认为主张伪作的证据不足。目前尚无更有力的证据证明补文的真实性，主流意见依然认为补文是伪作。

对于隐秀概念的内涵，各家注解纷纭，但彼此之间并未形成尖锐争论，原因大概是文本证据缺失，既不足以证成己见，亦不足以否定异见。

刘师培《汉魏六朝专家文研究》认为秀是"有警策而文采杰出"，"每篇有特出之处"，隐是"有含蕴不发者"，又认为隐秀是偏于柔的

---

① 鲁洪生：《从赋、比、兴产生的时代背景看其本义》，《中国社会科学》1993年第3期。
② 袁长江：《先秦两汉诗经研究论稿》，第235—256页。
③ 赵沛霖：《兴的源起》，中国社会科学出版社1987年版。
④ 泓峻：《"比兴"与"比喻"——中西两个概念理论旨趣的差异及其成因》，《学术研究》2017年第6期。

风格。① 黄侃《文心雕龙札记》(1927)，范文澜《文心雕龙注》(1958)，刘永济《文心雕龙校释》(1962)，陆侃如、牟世金《文心雕龙译注》(1982) 均在含蓄的意义上理解隐，在警句、警策的意义上理解秀。朱自清论"显晦"说显即明白，晦即含蓄，《文心雕龙》的隐与秀即晦与显。② 罗根泽认为隐秀是指风格而言，隐是基于文字而溢于文字的一种风格。③ 周振甫《文心雕龙注释》认为隐秀分别指修辞学上的婉曲和精警格。④ 目前有一种被普遍接受的理解是从意象构成的角度分析隐秀。张少康《中国古代文学创作论》《文心雕龙新探》认为，秀是指意象的外在特征而言，隐则是指意象的内在意蕴而言。⑤ 叶朗《中国美学史大纲》持论大致相同。⑥

还有的学者把"隐秀"与西方文论、美学进行了比较研究。赵毅衡试图改造"隐秀"中的"复意"为"复义"以对应西方新批评文论中的"含混"(ambiguity)。⑦ 张世英用海德格尔思想解释"隐秀"，认为隐秀就是"隐蔽与显现的关系"，即"从'目前'的（在场的）东西中想象到'词外'的（不在场的）东西"。⑧ 杨继勇以天人合一为逻辑起点对"隐秀"说与西方存在哲学的"显隐"说进行了比较和沟通，认为两者都是围绕着显—隐互动这个线索而展开的。⑨

另有众多从《周易》、言意关系、文学鉴赏等角度对隐秀概念的阐释，因其影响不大，不一一评述。

（九）刚柔

中国古代美学、文论自古有刚柔两种基本形态或风格的区分，但在理论上少有系统的总结，直到姚鼐才自觉以阳刚、阴柔指称二者，并给予形而上学的说明。王国维把西方美学的两个基本范畴 beauty 和 sublime 引入

---

① 刘师培：《魏晋六朝专家文研究》，《中古文学论著三种》，辽宁教育出版社1997年版，第119页。此文作于1945年。
② 朱自清：《朱自清中国文学批评研究讲义》，刘晶雯整理，天津古籍出版社2004年版，第210页。
③ 罗根泽：《中国文学批评史》，上海书店出版社2003年版，第241页。
④ 周振甫：《文心雕龙注释》，人民文学出版社1983年版，第436页。
⑤ 张少康：《中国古代文学创作论》，第79页；张少康：《文心雕龙新探》，齐鲁书社1987年版，第70页。
⑥ 叶朗：《中国美学史大纲》，第228页。
⑦ 赵毅衡：《新批评》，中国社会科学出版社1986年版，第170—172页。
⑧ 张世英：《哲学导论》，北京大学出版社2002年版，第157页。
⑨ 杨继勇：《"隐秀"说和"显隐"说的比较研究——中西方两个学说的抽象统一性初探》，博士学位论文，山东大学，2008年。

中国，并分别译为优美和壮美（或宏壮），但王国维并未把这两种审美形态与阴柔和阳刚对应，亦未说明二者之关系。朱光潜《文艺心理学》把姚鼐所谓阳刚和阴柔称为刚性美和柔性美，将其分别对应于西方美学的 sublime 和 grace，并将后者译为雄伟和秀美。①

早期的几部《中国文学批评史》对阳刚阴柔均未有详论。朱自清从《周易·系辞》和《诗经·烝民》开始，简要叙述了历史上"刚柔"二字从描述物性、人性、宇宙性到描述诗文性的发展。②徐复观以刚柔分析风骨和气韵等概念，其《中国文学精神》据刘勰"气有刚柔"推论，"刚者为骨，柔者为风"，但又认为风也可分出刚柔，风骨之"风"是豪迈俊爽型的风。③徐又认为，气是"表现在作品中的阳刚之美"，韵是"表现在作品中的阴柔之美"。④郭绍虞、王文生《中国历代文论选》第一册释曹丕《典论·论文》"气之清浊"意近于《文心雕龙·体性》之"气有刚柔"，清即阳刚之美，浊即阴柔之美。此说被后来研究者普遍采纳。⑤

张少康围绕姚鼐的阳刚阴柔之说，指出曹丕最早以阴阳二气解释文学风格，并初步梳理了此后阳刚阴柔说在刘勰、钟嵘、司空图、严羽等人思想中的发展，同时又辅以相应的文学作品进行解释说明。⑥陈永标分几个历史阶段对阳刚阴柔论的发生发展作了更细致深入的考察。一是先秦两汉典籍中关于阴阳刚柔的论述为美学和文论提供了思想资源，二是魏晋南北朝时期曹丕、刘勰等人以刚柔论文学的不断深化，三是唐宋时期对阳刚阴柔理论内涵的丰富和发展，最后是明清时期的概括和总结。此后的相关研究主要集中于姚鼐的阳刚阴柔理论，在深度和广度上都没有很大进展。⑦

值得注意的是 80 年代以后，某些学者对阳刚阴柔范畴与西方美学优美崇高范畴的异同进行了比较。叶朗认为，阳刚之美仍然属于美的范畴，不破坏感性形式的和谐，因而与突破感性形式的崇高不同。⑧李泽厚、刘纲纪认为壮美不伴随痛感，不强调恐怖、灾难、悲剧等因素，也极少宗教

---

① 朱光潜：《文艺心理学》，《朱光潜美学文集》第 1 卷，上海文艺出版社 1982 年版，第 231 页。此文作于 1936 年。
② 朱自清：《朱自清中国文学批评研究讲义》，刘晶雯整理，第 203—204 页。
③ 徐复观：《中国文学精神》，上海书店出版社 2004 年版，第 93 页。此书作于 1965 年。
④ 徐复观：《中国艺术精神》，华东师范大学出版社 2001 年版，第 107 页。
⑤ 郭绍虞主编：《中国历代文论选》第 1 册，上海古籍出版社 1979 年版。
⑥ 张少康：《中国古代文学创作论》，第 333—339 页
⑦ 陈永标：《试论阳刚阴柔之美——我国古代文论民族审美特征浅议》，《古代文学理论研究》第十辑，上海古籍出版社 1985 年版。
⑧ 叶朗：《中国美学史大纲》，第 80 页。

意味。[1] 周来祥认为中国古典美中的壮美和优美虽有刚柔之分，但都是刚柔结合，是和谐的、自由的、愉悦的，而崇高则是分裂的，夹杂着痛感和不自由感。[2] 陈望衡认为西方美学史上的"崇高"是主、客体分裂、对立的产物，而中国美学史上的"壮美"都是主客体统一的结果。[3] 董志强、[4] 李梦、[5] 祁志祥[6]等在上述观点基础上对优美、壮美、崇高之间的异同行了细化分析。

郭绍虞、王文生《中国历代文论选》第一册认为风骨、风力指气的清新刚健，因此对风骨概念的研究亦属刚柔范畴。[7] 王运熙认为，风骨是作品思想感情表现得鲜明爽朗，语言质朴、刚健有力的风格。[8] 徐复观认为，"由内容以言风骨，则情是主观的、热的、流动的，所以抒情之文，多偏于风；事义是客观的、冷的、静的，所以叙事言理之文，多偏于骨"[9]。其他几种代表性的观点与此大同小异。如李泽厚、刘纲纪认为，风的力是一种外向的、飞动的、情感的力，骨的力是一种内向的、凝聚的、理性的力。[10] 叶朗认为，风是一种情感的力量，而骨则是一种逻辑的力量。[11] 张少康认为，"风侧重于指作家主观的感情、气质特征在作品中的体现；骨则侧重于指作品客观内容所表现的一种思想的力量"[12]。80 年代至今，众多研究者不断为风骨提出各种不同的定义，但在本质上没有根本的不同。

（十）通变

目前在刘勰"通变"观研究中的主流观点是"继承—创新"说，即通是继承，变是创新。但在这种观点的提出之前和之后，都有不容忽视的不同意见。而这些不同观点之间又渗透交叉，异同互见，以下对这些观点略作梳理，大致分为三类。

---

[1] 李泽厚、刘纲纪：《中国美学史·先秦两汉编》，安徽文艺出版社 1999 年版，第 295—296 页。
[2] 周来祥：《壮美与优美》，《光明日报》1987 年 9 月 8 日。
[3] 陈望衡：《"崇高"与"壮美"的辨析——中西美学比较札记》，《吉首大学学报》（社会科学版）1986 年第 2 期。
[4] 董志强：《壮美与崇高之比较》，《四川师范大学学报》（社会科学版）1996 年第 3 期。
[5] 李梦：《壮美与崇高的比较研究——兼论西方崇高说的演变及其人文语境》，《美与时代》2013 年第 8 期。
[6] 祁志祥：《论壮美与优美》，《陕西师范大学学报》（哲学社会科学版）2016 年第 7 期。
[7] 郭绍虞主编：《中国历代文论选》第 1 册，上海古籍出版社 1979 年版。
[8] 王运熙：《文心雕龙风骨论诠释》，《学术月刊》1963 年第 2 期。
[9] 徐复观：《中国文学精神》，第 98 页。
[10] 李泽厚、刘纲纪：《中国美学史·魏晋南北朝编》，安徽文艺出版社 1999 年版，第 702 页。
[11] 叶朗：《中国美学史大纲》，第 234 页。
[12] 张少康：《文心雕龙新探》，第 131 页。

首先是复古说。纪昀在《文心雕龙·通变》的评中说:"盖当代之新声,既无非滥调,则古人之旧式,转属新声。复古而明之以通变,盖以此尔。"① 黄侃《文心雕龙札记》认同纪昀之说:"通变之道,惟在师古,所谓变者,变世俗之文,非变古昔之法也。"② 朱自清同样对纪评深表赞赏:"这番话透彻的说出复古怎样也是通变,解释刘氏的用意最为确切。"③ 范文澜《文心雕龙注》完全认同纪昀和黄侃的观点。郭绍虞以进化论解释纪昀之说:"盖历史事实恒成为循环式的进化,所以新变的结果往往成为复古,而复古的主张反能成为革新。"④ 朱东润认为:"通变之道,则托于复古。复古之旨,其意实在革新,而必以复古为名者,所谓假物以为济者也。"⑤ 刘永济《文心雕龙校释》虽质疑复古说,但其对"可变"与"不可变"的理解与纪、黄并无本质不同。⑥ 周振甫说:"革去讹浅的弊病,恢复古代文质兼备的作风,写出文质备而自铸伟词的讲究辞采声律对偶的文辞,这不正是以复古为创新吗?"⑦ 持以上论点者均为学术巨擘,其见解恐非轻易提出,故亦不可轻易抹杀。

其次是"继承—创新"说。马茂元首先提出通变的精义在于把继承与创新结合起来。⑧ 郭绍虞《中国历代文论选》(1979)则改变早期看法,认为通变讲的是文学发展中的继承与革新的问题。郭晋稀《文心雕龙译注十八篇》(1963),陆侃如、牟世金《文心雕龙选译》(1963)、《刘勰和〈文心雕龙〉》(1978)及《文心雕龙译注》(1981),詹锳《刘勰与〈文心雕龙〉》(1980),赵仲邑《文心雕龙译注》(1982),张少康《中国古代文学创作论》(1983)、《文心雕龙新探》(1987),蔡钟翔、黄保真、成复旺《中国文学理论史》(1987),王运熙、杨明《魏晋南北朝文学批评史》(1988)均以继承和创新释通变。继承与创新之说被普遍接受,一直影响到今天,成为阐释刘勰通变观的主流观点。在一般意义上以继承与创新谈文学发展并无不妥,甚至是合理的、必要的。继承—创新说的漏洞在于把通、变二字与继承和创新机械对应,但《通变》篇的文本自身却不支持这种解释。

---

① 范文澜:《文心雕龙注》,人民文学出版社1958年版,第521页。
② 黄侃:《文心雕龙札记》,华东师范大学出版社1996年版,第131页。
③ 朱自清:《诗言志辨》,第166页。
④ 郭绍虞:《中国文学批评史》(上),百花文艺出版社1999年版,第13页。
⑤ 朱东润:《中国文学批评史大纲》,上海古籍出版社1983年版,第47页。
⑥ 刘永济:《文心雕龙校释》,中华书局1962年版。
⑦ 周振甫:《文心雕龙注释》,第337页。
⑧ 马茂元:《说通变》,《江海学刊》1961年第11期。

其三是"会通适变"说。李逸津对"继承—创新"说提出怀疑，指出"通"对应的不是"有常之体"，而是"无方之数"，因此"通变"都是针对"无方之数"和"文辞气力"而言的。[1] 这一点对"继承—创新"说是致命的，因为这是直接从《文心雕龙·通变》文本出发而得出的结论。寇效信同样指出通与变在《系辞》中不是矛盾对立的两个方面，在《文心雕龙·通变》中，刘勰并没有把"通"与"变"对举，而是把"通变"与"相因"对举，因此"通变"只是变化发展的意思，"通变"的对象只是"文辞气力"。[2] 牟世金改变了过去的观点，认为刘勰"通变"论的主要思想并非继承与革新，而是"文辞气力"的发展创新。[3] 张国庆也指出，"通变"与"相因"对举，意思是"通晓变化"而不是"继承"。[4] 詹福瑞《中古文学理论范畴》、[5] 蔡钟翔《释"通变"》、[6] 高文强《"通变"辨义》、[7] 戚良德《刘勰与〈文心雕龙〉》[8] 等均从文本考察入手质疑了继承—创新说。

以上观点在质疑了"继承—创新"说之后，把通变的主旨转移到"变"的方面，提出了"会通适变"说。但"会通适变"本是《通变》篇中的成词，至于如何理解"会通适变"，主张者又各有不同的侧重。"会通适变"说在澄清"通"的意义问题上功不可没，但"继承—创新"说的失误在于其机械地把通与继承、变与创新对应起来，而不在于以"继承—创新"来阐释刘勰的通变观，毕竟刘勰的通变观中的确存在继承与创新的问题，这一点也不能轻易否认。

复古说、"继承—创新"说、会通适变说在逻辑上互相交融，很难形成截然对立。复古即继承，适变即创新。继承与创新说拆开就是复古与适变，复古与适变合起来就是继承与创新。对刘勰通变观的理解，不必偏执一端。复古说因不符合文学进化观，似乎已被摒弃。但持复古说的学者多为饱学深思之士，轻忽其说，难以服人。近来已有研究者对复古说重新审

---

[1] 李逸津：《"通变"三说》，《天津师大学报》1983年第5期。
[2] 寇效信：《〈通变〉释疑》，《陕西师大学报》（哲学社会科学版）1985年第4期。
[3] 牟世金：《文律运周，日新其业——〈文心雕龙·通变〉新探》，《文史哲》1989年第3期。
[4] 张国庆：《略谈〈文心雕龙〉中的"通变"》，《古代文学理论研究》第十八辑，上海古籍出版社1997年版。
[5] 詹福瑞：《中古文学理论范畴》，河北大学出版社1997年版。
[6] 蔡钟翔：《释"通变"》，《文心雕龙研究》第四辑，北京大学出版社2000年版。
[7] 高文强：《"通变"辨义》，《文心雕龙研究》第四辑，北京大学出版社2000年版。
[8] 戚良德：《刘勰与〈文心雕龙〉》，山东文艺出版社2004年版。

视,如姚爱斌认为,《通变》篇的主旨不是提倡和推动"变",而是主张通过对源于经典的"有常之体"的"相因"来规范"变",从而克服"变"之弊。而"通"则是对"有常之体"的"会通",是"变"的前提。① 这一观点是对过去几类观点的比较客观的取舍和总结。

另外,刘永济论常与变,马茂元、詹锳等人把通变理解为对立统一的范畴,已经认识到通变还有普遍与特殊之意。因此通变所涉及的不仅有时间和经验层面的变与不变,也有逻辑层面的普遍与特殊、共同与差异。而一旦从逻辑层面上理解通变,则不仅文学创作有通变问题,而且文学接受也有通变问题,即对作品意义理解的共同性和差异性问题。但古代文论中文学接受的通变问题还没有受到研究者重视。

以上是对本书所涉十个(对)范畴的研究综述。下面,我们再就本书最后一章所论文学自觉的问题,进行学术回顾。

日本学者铃木虎雄在发表于日本《艺文》杂志的《魏晋南北朝时代的文学论》(1920)和《中国诗论史》(1925)中提出中国的魏晋时代是一个文学的自觉时代,其说被鲁迅介绍到中国,形成了著名的"魏晋文学自觉"说。这一观点在20世纪三四十年代被中国学界普遍接受,郑振铎、刘大杰、陈钟凡、罗根泽等学者均认同这一观点,并以"文学的自觉"描述、分析魏晋时期的文学现象。20世纪80年代以来,王运熙、章培恒等学者继续使用这一概念,并对其内涵作了进一步揭示,使这一概念的界定更加明晰和完善。

《文史哲》1988年第5期发表龚克昌文章《汉赋——文学自觉时代的起点》,拉开了对"魏晋文学自觉"说质疑的序幕。该文以汉代辞赋创作表现出的浪漫主义、对华丽辞藻的追求等特征为理由,认为文学自觉的时代应该在汉代,由此形成了"汉代文学自觉"说。张少康认为"文学自觉"的时代应该从战国后期开始,在西汉中期明确,理由是刘向《别录》、刘歆《七略》、班固《汉书·艺文志》在图书分类上把诗赋从其他学术中独立出来,专业文人队伍的出现,各种文学体裁的发展和成熟等。② 詹福瑞认为两汉时期文士的兴起和经生的文士化推动了文学的自觉,辞赋家对物象和文辞的丽的追求标志着文学的自觉。③ 詹福瑞提出了汉代文学自觉的三个标志:一是观念的自觉,即从认识上区分文学和非文学;二是创作

---

① 姚爱斌:《〈文心雕龙〉文学通变论的意义建构与整体解读》,《北京师范大学学报》(社会科学版)2019年第3期。
② 张少康:《论文学的独立和自觉非自魏晋始》,《北京大学学报》1996年第2期。
③ 詹福瑞:《文士、经生的文士化与文学的自觉》,《河北学刊》1998年第4期。

的自觉,作家对文学作品的艺术特征有了比较清醒的认识,并能成为比较自觉的追求;三是作家的自觉,文人开始把著文作为一种生活的目标或人生的理想。① 此外,李炳海、赵敏俐等学者也质疑"魏晋文学自觉"说,主张汉代文学自觉。

刘跃进提出文学自觉的"宋齐"说。其理由有三:一是刘宋元嘉年间文学馆从儒学、玄学、史学中独立,说明文学从制度上与学术研究分离;二是宋齐时代的文笔之辨;三是诗歌创作中对四声的运用。②

傅道彬提出文学自觉的"春秋"说。③ 傅文认为春秋时期出现了文言的自觉文饰和美化,呈现出表现方法自由灵活,修辞手段广泛应用,语言鲜活生动,形式多变,骈散结合,语助词普遍使用等特征。同时各种文体逐渐完备,独立的文人阶层趋向形成,文学理论表现出体系性成熟,标志着文学发展进入自觉时期。李永祥对这一观点作了进一步论证。④

在学术界对"魏晋文学自觉"说提出质疑的同时,也有学者对质疑者提出质疑,如李文初连续发表多篇论文坚持主张魏晋文学自觉说。⑤

由上述关于"文学自觉"的不同主张可以看出,分歧不是因为"文学自觉"的概念多么复杂深奥,而是因为各种不同观点任意把不同的文学现象命名为"文学自觉",因此彼此之间并未形成对同一问题的不同看法和争论,只是在"文学自觉"这一标题下进行的彼此无关的各自表述。

三 本书的结构和主要观点

本书对十个(对)范畴的分析各自独立成篇,彼此之间并无逻辑上的必然联系。因此就全书而言,也就不存在一个整体性的内在结构。但按照传统的习惯,这十个(对)范畴大致可以分为几组。《原道篇》和《情志篇》是一组,大致相当传统上所谓本体论的部分。《言意篇》《形神篇》《文质篇》是一组,是关于作品的逻辑结构的。《神思篇》和《比兴篇》是一组,是关于创作的心理过程、心理现象和创作方法的。《隐显篇》和《刚柔篇》是一组,是关于作品的审美形态的,传统上往往称之为风格论。

---

① 詹福瑞:《从汉代人对屈原的批评看汉代文学的自觉》,《文艺理论研究》2000年第5期。
② 刘跃进:《门阀士族与永明文学》,生活·读书·新知三联书店1996年版,第16—22页。
③ 傅道彬:《春秋时代的"文言"变革与文学繁荣》,《中国社会科学》2007年第6期。
④ 李永祥:《论"文学的自觉"始于春秋》,《中南大学学报》(社会科学版)2010年第2期。
⑤ 李文初:《从人觉醒到"文学的自觉"——论"文学的自觉"始于魏晋》,《文艺理论研究》1997年第2期;李文初:《再论"文学的自觉时代"——"宋齐说"质疑》,《学术研究》1997年第11期;李文初:《三论"我国文学的自觉时代"》,《文艺理论研究》2000年第1期。

《通变篇》自成一组，是关于文学的变与不变、普遍与特殊的，传统上一般视之为发展论。不过我们所说的通变不仅是文学创作方面的，也包括文学接受方面的。

(一) 道、情、志

道、情、志是传统所谓的本体论范畴。我们采用的语言分析方法是反形而上学和反本体论的，所以这里说道和情志是本体论范畴是在传统意义上讲的。本体论（ontology）研究什么是最真实的东西（实在，reality）以及实在的等级结构。西方哲学自古致力于实在与现象、本质与表象的二分。现象背后的实在和本质是深层的真实的东西，而现象和表象则是表层的看起来显得如此的东西。本质与现象的二分在中国哲学中同样存在，"形而上者"和"形而下者"就是这种二分的一种表现。因而我们说道是本体论范畴，大致是没有问题的。道是深层的、本质的、最真实的东西，器则是道显现出来的表层的东西。文学作为道的显现，处于器的层面。但我们也经常说，诗言志、诗缘情、文学表现思想情感，所以情志处于道的层面。但要说情志就是道，却于理不通。不过没有关系，在形而上学中，没有什么是不能说通的。本质的东西可以分出层次和等级。相对于思想情感，道是更深层的，道比情志更真实。但相对于语言文字，情志则是更深层的，情志比文辞更真实。尤其是我们发现在魏晋南北朝哲学、美学和文论中，除了志和情，还存在一个被人忽视了的与情志处于同一层次的概念：无情，就更加可以这样理解。道家和玄学以无为本，无情比有情更为真实、更为本质，无情是更深层的东西。无情就是无，无就是道。在我们的论述中，无情与有情处于同一层面，于是情志也就成了本体层面的范畴了。

不过以上都是我们在传统形而上学范围内做的解释，并非我们自己的主张。文原于道，道显为文，这是一个形而上学命题。我们不认为它对，也不认为它错，因为它对经验事实无所陈述，其真假是无从验证的。但诗言志、诗缘情甚至诗无情都是经验命题，都是有意义的。对于有意义的命题，我们可以支持或反对。对于无意义的命题，我们无法支持或反对。事实上，诗言志、诗缘情、诗无情，这三种主张彼此之间就是相互争论和反驳的。但对于道显现为文，文表现道这样的命题，我们无法从经验上论证其对错。我们在《原道篇》将论证，它们是一些语法命题，对经验事实没有做出有意义的判断，因而无所谓对错。

我们对"道不可说"这一重大命题进行了语法批判，认为它是一个没有经验意义的形而上学命题。"不可说"的主张者自己无法在经验上提供有效的论证支持自己的主张,而"不可说"的反对者同样也无法在经验意义上反对这样一个命题。从前期维特根斯坦和逻辑经验主义的立场看,"不可说"不是对经验事实的陈述,其真假无法对过事实来验证,因而无意义。从后期维特根斯坦的立场来看,"不可说"是对日常语言的误用,我们在日常语言中根本没有"道不可说"这样的用法。它只是对如何使用"道""不""可""说"这样一些语词提供了一种新的语法建议,建构了一种新的语法规则,实施了一次无效的语法活动,因而同样是无意义的。

道不可说,没有任何性质,但道为了成为"不可说"的,却又必须具有一种"不可说"的性质。人们一方面声称道不可说,另一方面又对道说了何止千言万语。因为主张不可说的人比主张可说的人显然面临更多的困境和麻烦,主张不可说的人反而赋予了道太多的含义。我们面临的问题已经不是道不可说,而是道太容易说,以至于人尽可说。谁都可以煞有介事地对道"不可说""不可说"地说一番,反正道本来就什么也不是。这对老子和庄子来说不啻是一种讽刺。因此我们愿意重申本书的方法和主张,我们不准备增加一种关于道的意义的理解。我们做的只是分析人们对道这个语词的使用及其使用中的误导和混乱。我们采纳冯友兰的意见,比照西方哲学,认为中国哲学的道同样有宇宙论和本体论两种意义。另外,我们也赞成韩林合关于道是"世界整体"的说法。各种对于道的阐释,大致不出这三种意义。

我们虽然同意冯友兰在形而上学意义上对道的解释,但并不赞成冯友兰重建形而上学的新理学。原因就是经过分析哲学的批判之后,重建形而上学已经没有任何意义。为世界提供整体和深层解释已经成为科学的任务。面对哲学的危机,维特根斯坦认为哲学问题应当消失,哲学家的任务是语法批判和语言治疗。海德格尔则把形而上学弄成了艺术和诗,但艺术和诗自古就有,那时它们不叫形而上学。如果现在形而上学成了艺术和诗,那么原来的艺术和诗又该叫什么?海德格尔讽刺日常语言是精华尽损的诗,那么形而上学就是呕哑嘲哳的音乐。

与道的形而上性质不同,情、志、思想、情感都是有迹可循的东西。前面已经指出,诗言志、诗缘情都是一些经验命题,因此可以对其进行具体的有意义的讨论。在今天,言志和缘情都可以理解为抒情。但是在古代特别是两汉魏晋朝北朝时,二者却有微妙的差别。言志虽然在概念上含有抒情的意思,但更重要的意义却是政治教化。言志中即使有抒情,也是为了政治教化而抒情。而缘情的意思则是抒发与政教无关的个体情感。这一点朱自清论之甚详,人所共知。我们把言志中的情感称为道德情感,把缘情中的情感称为自然情感，以示区别。这不是一个规范的定义，只是为了行文方便。

对于言志和缘情的历史演变，一般认为先秦两汉盛行言志观，魏晋南北朝则用缘情观颠覆了传统的政教观念。泛泛而论，这种通行的观念大致可以接受，但更具体地看，它忽视了这一时期文学创作与文学理论的不一致和不同步。一方面，缘情的事实大量出现在创作之中，并在陆机《文赋》中得到理论概括；另一方面，在理论层面，以政治教化为本体的文学观念从未失去统治地位，几乎没有人明确反对。曹丕虽然主张"诗赋欲丽"，但并未如鲁迅所说，反对"寓训勉于诗赋"。相反，有证据表明，曹丕赞成政治教化论；桓范、挚虞、葛洪、刘勰、裴子野等人，都持明确的政治教化论；阮籍、嵇康的礼乐理论也是主张政治教化的，可以折射出其文学思想；而王粲、皇甫谧则是人云亦云，反映了时代的共识；作为新变派的代表，萧纲偶尔也主张政治教化，虽然言不由衷，但反映了正统文学观念在当时的霸权地位。

在言志和缘情之外，还存在一种被忽视的诗学观念，即无情观。与言志和缘情不同，言志观和缘情观无法建立情志与道的直接联系，而无情观直接与道家形而上学有关。无情论仅仅存在于哲学讨论中，在文学理论中并没有人明确主张一种无情论。但道家和玄学的无情论对文学创作和文学理论的深刻影响使我们有理由认为在文学创作、文学理论和审美活动中存在一种"无情"的观念。无情观在理论上的表现是嵇康的《声无哀乐论》，在审美活动中的表现是东晋士人的山水审美，在文学创作中的表现是陶渊明的诗歌创作。

通行的文学理论对审美情感作了泛化理解，把文学创作中的自然情感甚至道德情感都理解成审美情感，从而使审美情感与非审美情感的区分失去意义。狭义的审美情感是康德美学意义上的无利害的情感。我们已经提出了道德情感和自然情感的区分，所谓无情，就是既无道德情感，又无自然情感。审美情感与非审美情感的区别恰恰在于审美情感是"无情"的。相对于道德情感和自然情感，无情的"无"就是无概念、无内容、无目的、无利害。相对于道德情感和自然情感的"有"，无情的"无"与审美情感相通。魏晋玄学在情感论上的"以无为本"揭示了审美情感的无利害特征。何晏和王弼在"圣人无情"的问题上其实并无根本分歧，但魏晋之际又是一个重情和多情的时代，在剧烈的政治冲突中，无论是何晏、王弼，还是阮籍和嵇康，都无法真正践行无情论。理论与现实的这一冲突在东晋得以解决，玄学对世界的无情态度成功实现在山水意识、玄言诗和山水诗特别是陶渊明的诗歌创作中。

（二）言意、形神、文质

这三对范畴描述的是文学作品的结构，但这种结构是逻辑结构而不是实质结构。逻辑结构也就是冯友兰所谓"本体论的讲法"，我们把这种结构关系称为语法关系。因为所谓本体论的讲法，只是一种语言的形而上学的用法。在日常生活中，我们既不说"言不尽意"，也不说"言尽意"，只有在形而上学中人们才争论这些问题。语法命题是经验命题遵循的规则。在某种意义上，我们盲目地遵循这些规则，并不需要特意把它们指出来。维特根斯坦关于语法命题和经验命题的区分，使我们能够彻底地澄清形而上学语言带来的混乱。

形而上学最大的问题就是用语法命题来描述经验事实。在文学理论中，最典型地表现在对言意、形神、文质这些范畴的理解上。意、神、质处于道的层面，言、形、文处于器的层面，前者与后者之间是一种语法上和逻辑上的必然关系，或者说是一种概念设置上的必然关系。但形而上学往往这种关系类比成经验中的两个具体事物的关系。比如庄子就经常把言意、形神的关系理解成筌和鱼、蹄和兔、死猪和活猪的关系。但我们在现实中根本不能像观察到两个具体事物那样观察言与意、形与神。

在《言意篇》中，我们考察了语言学、心理学等学科中关于言意关系的两种对立观点。大致而言，能够用来支持言不尽意论的有皮亚杰、维果茨基、默会知识论者、平克等人的思想，而能够用来反对言不尽意论的则有洪堡特、索绪尔、萨丕尔、卡西尔等人的思想。不过事实上正反双方对经验事实的认识并无根本分歧，对立产生于他们描述事实时对语词的使用，也就是罗素所说的他们未能对已知的知识加以适当的逻辑表述。经过语法分析，言不尽意论的各种命题都可以转换成可以理解的日常语言。比如，言不尽意论所谓不可言传的"意"是一种动物心理。在动物心理中，不存在需要表达的东西，也就是没有东西可说，而不是有某种东西不可说。言不尽意论所谓的言与意的不对应，本质上是两种不同思想的不对应或两种不同语言的不对应，而不是语言与思想的不对应。言不尽意论还有一个意思是说语言不能代替感觉和现实，但这只是一个没有经验内容的语法命题，相当于说一不是二、画饼不是饼。

受言不尽意论的影响，陆机和刘勰等人把物、意、言看作三个相互独立的实体领域，这样文学创作就被理解成一个意反映物和言符合意的过程。陆机和刘勰又认为意不能完全正确地反映物，言也不能完全准确地符合意。言不尽意论最终走向语言意义的观念论和私有语言论，从而在逻辑上使思想的形成、交流和文学创作都成为不可能之事。经过对言意关系的语法分析，可以说，意是我们在语言层面上对世界的理解。在文学创作中，从物到意，不是一个意符合物的过程，而是一个物的意义在语言中得以建构的过程；从意到言，也不是一个把非语言的意转换成语言的过程，而是一个把不成形的语言组织成形从而产生意义的过程。言外之意是文学语言产生的艺术效果，不是无法表达的神秘之物。

庄子和慧远等人对形神关系的理解在哲学、美学和文学理论中造成了严重的混乱和误导。形神范畴大致有三种意义，一是人的肉体与灵魂，二是事物的现象与本质，三是作品的内容与形式。形神关系是逻辑和概念上的必然关系而不是在经验事实中的并存关系。肉体与灵魂、现象与本质、内容与形式都不是经验层面上并存的两个实体或过程，而是我们对同一实体或过程的两种不同描述。对于造型艺术，神的意义在语法上已经蕴含在形的概念中，因此神似与形似是同一种相似，传神与写照是同一个过程。形神二元论用形神分别指称两个不同的对象或一个对象的两个部分，造成神似与形似、传神与写照的分裂。在文学作品中，情况就更为复杂。因为文学作品本身是一个审美对象，因此作品有自己的形与神。但文学作品又再现、反映现实中的对象，因此文学中又有对象的形与神。文学又可以直接表现创作主体的思想情感，因此文学中又有主体的精神。这三个层面的形与神经常被混为一谈，结果魏晋南北朝文学中对自然对象的刻画被理解成形似，而风骨和风力则理解成神似。事实上刘勰和钟嵘并不把形似与神似对举，他们所说的形似同时就是对象的神似，而风骨、风力则是主体的思想情感形态。"形似之言"并不与风骨、风力构成形神关系。

形神关系的第三个意义是作品的内容与形式，在古代文论中也经常被说成文与质。在内容与形式的意义上，文与质是逻辑和语法上的必然关系。内容与形式不是事物的实质结构，而是我们关于事物的陈述方式和思考方式。通常所谓"内容决定形式""形式服务内容"等说法都把内容与形式的关系误解为经验中的并存关系，从而使内容和形式成为各自独立的两个事物或一个事物的两个部分。

把文质关系理解成两个具体事物的关系，自然就会产生哪个更重要的问题。但文质之间是一种语法关系，二者是无法用重要不重要来描述的。文学理论中关于文质关系的争论，本质上都是关于两种不同内容的争论或两种不同形式的争论。如刘勰主张"为情而造文"，反对"为文而造情"，并不能抽象地说他重视内容，轻视形式。而只能具体地说如果刘勰重视某种内容，同时也就必然重视表现这种内容的形式。如果刘勰轻视某种形式，同时必然也就轻视了这种形式所表现的内容。

文与质还有另外一种意义，即文学风格或审美形态意义上的华丽与质朴。在这一意义上，文与质就不是语法上的必然关系，而是经验中的并列关系了。在华丽与质朴的意义上，文与质是经验中并存的两种不同风格。对这一意义上的文质关系，魏晋南北朝文论推崇二者统一的文质彬彬，但这一共同的理论主张却掩盖着不同甚至相反的审美取向。华丽与质朴是两种相反的性质，二者的结合只能是一种中和状态，无法在统一中保持各自的独立，所以"芙蓉出水"是"质木无文"与"错彩镂金"的中间状态，而不是后二者的相加。风骨与文采性质不同但并不相反，所以可能并存于同一作品中，但二者的关系经常被误解为内容与形式的关系。

（三）神思、比兴

《神思篇》讨论了三个概念，想象、灵感和直觉。文学创作中的这三种现象更容易被理解成超语言、非逻辑的。从表面上看的确如此。但从机制上说，这三种心理过程都建立在语词和言语思维的基础上。想象的形成在于语言的分解—组合机制对浑然一体的世界所做的划分。只有通过语词把世界区分为不同的单位，才有可能把这些单位重新组合生成新的形象。

灵感和直觉本质上是言语思维、逻辑思维的遗忘—唤醒和压缩—解压缩。但文学创作中的直觉更多的是审美直觉，也就是对形象的直接感知。这对文学来说是个无法克服的难题，因为文学提供的只有语言文字。于是真正的直觉就只能是对语言的声音和文字的形状的感觉。对事物的形象的直觉在文学中是不能产生的，只能依靠想象。必须承认，灵感和直觉主要涉及的是心理学的内容，语法分析在这里没有太多的用武之地。

主流观念以赋比兴划分《诗经》篇目的依据来自汉儒，但对于比兴手法的解释以及对《诗经》比兴意象内涵的理解又不同于汉儒，因此造成了比兴阐释的概念错位。为澄清这种混乱，我们区分了比兴的三种不同意义，即毛郑义、本义和变义。毛郑义是汉儒从政治和道德角度对比兴的理解，本义则是汉代以后学者对比兴的文学性解读。毛郑义和本义都仅就《诗经》而言比兴，变义则是对《诗经》之后出现的意在言外、情景相生等创作方法的概括。魏晋南北朝时期的创作和理论都呈现了比兴的变义。就变义而言，《诗经》中恰恰是缺乏兴的，因此通行观念用兴的变义讨论《诗经》就无法避免文不对题。毛郑义和本义都把兴理解为比喻，因而无法在深层结构上区分比和兴。哲学语法意义上的隐喻不同于修辞学中的隐喻，后者在深层结构上与明喻并无区别，而前者则是通过语言的深层语法把未成形的经验形式化。兴的变义与隐喻具有同样的深层语法，都是把尚未获得表达的情感经验凝结为语言从而形成诗歌的蕴含状态。

（四）隐显、刚柔

隐显和刚柔是关于作品形态或风格的。这是一种经验层面的描述。但是隐显在古代有时也用来描述作品的逻辑结构。道是隐的，器是显的。这样，意、神、质是隐的，言、形、文是显的，隐显就是一种语法关系。正是这种意义导致了一些学者对《文心雕龙·隐秀》的误解，把隐理解成作品的内在意蕴，把秀理解成作品的外在形式。我们认为，隐和秀是作品的不同审美形态和风格。刘勰所说"隐秀"的主要意义相当于"隐显"，因此"隐"和"秀"是指两个对象的不同形态或特征，而不是指同一对象的内在意蕴和外在表现。

作为审美形态的隐和显可以从两个层次去理解，一是从外在表现上，隐是平淡质朴的，显是鲜明华丽的，这个意义相当于质和文；二是从内在意蕴上，隐指蕴含丰富深厚，显则指意义单纯明确。合并起来讲，隐往往是形式单纯质朴而蕴含丰富，显则是形式繁富华丽而意义单纯。在中国古代文论中，作品意蕴的隐大致有三种情况：一是表达的歧义、多义，二是表达的委婉含蓄，三是意蕴的丰富深广。阮籍和陶渊明的作品表现出"隐"的特征，刘勰和钟嵘则在理论上对"隐"的内涵有所揭示，但魏晋南北朝时期的审美理想并不是"隐"而是显性的风骨、风力。中国古典美学有一种追求是写情宜隐、写景宜显，但无论是写情还是写景，都可以表现出或"隐"或"显"的特征。

刚柔同样是经验层面的两种不同形态。这对概念不会产生类似隐显那样的误解，而且更容易结合具体作品进行经验层面的分析。阳刚和阴柔大致相当于西方美学中的崇高和优美。但有一种观点认为，中国美学的阳刚不同于西方美学的崇高，优美和崇高的分别在于一个是和谐的，一个是冲突的，阳刚之美是和谐的，因而属于优美的范畴。这种观点看到了中西美学范畴的差异，但由此却容易得出一个错误的结论，即中国美学是没有崇高形态的。这显然是不可接受的。无论是在自然、现实还是在文学艺术中，中国都存在着崇高的对象和形态，同时也存在理论上的概括，这一点中西没有不同。建安风骨和鲍照的诗赋都具有典型的崇高色彩。当然，中西美学有不同的审美理想，阳刚的理想形态与崇高的理想形态是有差别的。我们认为阳刚—阴柔与崇高—优美这两对范畴大致是能够对应的。只是中西美学对这两种对立形态的划分采取了不同的标准，因此这两对范畴的外延又不完全重合。大致而言，阴柔的对象都属于优美，优美对象的范围大于阴柔。崇高的对象都属于阳刚，阳刚对象的范围大于崇高。也就是说，优美和阳刚有一部分外延是重合的。这部分重合的外延在中国不是阴柔，而在西方又不属于崇高。崇高是高度的阳刚，阴柔是低度的优美。实现通约的办法是对这两对范畴进行细分，细分之后就能找到双方的最大公约数。事实上，无论是中国美学和西方美学，对审美形态的划分都不止于简单的刚柔二分或崇高优美二分。在阳刚和阴柔之间，崇高和优美之间，都存在着更多的审美形态。两种性质对立的审美形态之间无论是在中国还是在西方都是逐渐过渡的。因此这两对范畴概念的核心内容是相同的，差别在于其意义的边缘。我们不能因为这两对概念边缘的差异而否认其大部分内涵是可以通约的。

（五）通变

学界一般都把刘勰在《文心雕龙》中所说的"通变"理解为文学创作的继承和创新，即通是继承，变是创新。《通变》篇的确涉及了继承与创新的问题，但刘勰所谓"通变"并不是作为两个词分别与继承和创新对应。它的意思就是《周易·系辞》所谓"穷则变，变则通，通则久"的意思。这个意义上的通不是继承的意思，而是通行和发展的意思。

更重要的是，刘勰在《通变》篇中讲的不仅是继承与创新的关系，还包括同与异、一与多、普遍与特殊的关系，而继承与创新只是这种关系的一种表现。普遍与特殊、继承与创新是两种性质不同的关系，我们觉得刘勰和《通变》篇的研究者并没有清楚地区分这两种关系。普遍与特殊是一个逻辑上和概念上的关系，而继承与创新是一个时间上和经验上的关系。继承和创新在时间上有一个先后关系，但普遍与特殊不存在时间上的先后。所以对于文学创作中的普遍因素，是不能用继承来描述的，而能够被继承的只能是特殊的东西。但人们经常把普遍性误解为继承，把特殊性误解为创新。

刘勰论通变的目的是为文学创作寻找一个万变不离其宗的普遍原则，这个追求限制了他对文学的继承与创新的认识。继承与创新是一代一代文学、一个一个具体作家之间的家族相似，而不是一个共相之下的各种殊相。如果为文学确立一个不可改变的普遍原则，那么文学的发展就只能局限在这个普遍性之中。相反，如果把文学创作看作一种家族相似，那么文学就可以在各种具体因素的继承和创新中获得发展的无限空间和无限的可能。文学创作的复古派，要求作家遵循的正是一个本质主义的普遍原则，而新变派的创作要求则是一种无限延展的家族相似性。

在文学接受中，存在着对同一部作品有多种不同理解的现象。因此我们把文学接受中出现的一与多、同与异也置于通变的题目之下。文学接受中的多与变当然是一种对作品不同的理解,但文学接受的同与通却不是对作品的共同理解。因为文学接受中的同,不是从众多不同理解中抽象出共同性,而是本来就已经存在的作品本身。无论对作品的理解在读者之间有多么不同,这些不同理解之间可以不一致,但任何理解都不得与已经存在的作品本身不一致。作品的唯一性是时间上在先的,而不是事后从众多理解中概括出来的。作品不是一个统摄各种不同理解的概念,而是形成各种不同理解的共同基础。这个共同基础与各种不同理解之间的关系不是地位平等的并列关系,而是处于优先的基础地位。我们可以在各种不同理解之间取舍,但不能在作品本身与对作品的理解之间取舍。理解是对作品的理解,离开这个共同的作品,理解就是没有意义的。文学接受中的同与通,既是时间在先的,也是逻辑在先的。作品与读者的理解之间,既不是普遍与特殊的关系,也不是家族相似的关系。

孟子强调接受的绝对性和共同性,认为不同的主体对同一对象的感受、理解是相同的。而庄子则强调理解的相对性和个别性,认为同一对象在不同的主体看来,意义是完全不同的。中国古代的文学接受论基本上是在孟子的绝对主义和庄子的相对主义的影响下形成的。魏晋南北朝时期的文学思想,大都认识到了批评鉴赏中存在的差异性和多样性,但有的认为这种多样性的地位是等同的,有的则认为这些多样性中仍有一个唯一正确的标准。

我们承认作品本身就是一个可以进行多种有效解释的可能性结构,但所有可能性都属于作品结构的组成部分,其中也包括作者的原意。强调作品意义的多种可能性,并不意味着可以对作品进行任意的解释,甚至也不意味着作品的意义是无限的。同时,对作品意义的不同解释,其地位也不是等价的。而讨论哪种理解是有价值的,正是文学研究的意义所在。

强调文学接受的多种可能性很容易导向言不尽意论,即文本的意义是语言无法穷尽的。但这只是一种语法上的争论。你可以把文本作为言,把读者的各种理解作为意,从而得出意是无限的。但我们也可以说,无论有多少理解,都是从文本的言产生的,你永远无法穷尽对文本之言的理解。因此也可以说意不尽言。

(六) 文学的自觉

"文学的自觉"并不是魏晋南北朝文学思想中的一个概念,而是后人对魏晋南北朝文学思想特征的一种描述。但是由于这个概念产生的深远影响,以及当前出现的各种不适当的质疑和误解,我们把这个问题作为本书的外篇放在最后来讨论。

我们认为铃木虎雄和鲁迅以"文学的自觉"来描述魏晋南北朝的文学思想是完全正当的和适当的,这里面没有任何值得争论或质疑的余地。因为把"魏晋南北朝"称为"文学的自觉时代"是一个在语法层面上的命名活动。在这种命名活动发生之前,并不存在一个"文学自觉"的问题。这在很大程度上类似于一种注册商标权。质疑者千方百计想从经验事实层面证明鲁迅关于"文学自觉"的命名是错的,意识不到自己是在质疑鲁迅的一种合法权利。鲁迅知道的文学史上的事实并不比质疑者更少。质疑者只是选择了一些不同的事实来批评鲁迅对另外一些事实的命名,完全不得要领。

"文学自觉"提出的理论背景是纯文学与杂文学之辨。纯文学与杂文学是在两个层面上区分的:一是文学本质层面,其意义在于区分了文学与非文学。二是在文学功能层面,其意义在于区分了"为艺术"的文学与"为道德"的文学。铃木虎雄和鲁迅所说的"文学自觉"是一种文学功能层面的纯文学观念。"文学自觉"指的是在理论层面上认识到文学的价值不是"为道德"而是"为艺术",其理论贡献在于揭示了魏晋以来的文学思想相对于先秦两汉所产生的新变。但20世纪80年代以来"魏晋文学自觉"的质疑者曲解了"文学自觉"的含义,把"文学自觉"理解为文学创作层面表现出的审美特征或文学与其他文化类型的区别。这种误解使其对鲁迅的质疑成为无的放矢,也使这一概念失去了明确的理论意义,造成了文不对题、自言自语和答非所问的荒诞现象。而这些质疑和争论最终也未能产生有价值的结论,成为一个在学术讨论中滥用语词、偷换概念的失败案例。

第一章　原道篇

　　谈论中国古代的哲学、美学和文学理论，最基础的概念当然就是道。然而一谈起道，人们首先想到的却不是"道是什么"，而是"不可说""不可言传"之类玄妙莫测的形容和修辞。无论对道做出怎样的解释，在道家和禅宗及其追随者看来都已经着了痕迹，已落第二义。论道而至于最深微高明处，总是空灵缥缈，令人茫然若失。两千年来，我们对道的理解似乎没有任何进步，始终停留在"不可说"的境界。怀特海说欧洲哲学传统"是对柏拉图学说的一系列注脚"[①]。我们至今还在研究与古希腊人同样的问题。对此，维特根斯坦戏谑道："多么令人惊奇的事情。柏拉图能够走那么远，这是多么不同寻常啊！或者，我们不能走得更远！这是因为柏拉图过于聪明了吗？"[②] 面对"道不可说"这样一个两千年没有取得进展的命题，我们不禁也要问：是老子太聪明了吗？在确定是否老子太聪明或后人太笨之前，我们不妨先不讨论道本身如何如何，而是先考察一下那个用来谓述道的"不可说"。

第一节　说"不可说"

一　"不可说"的论证

　　无论对道的理解是否透彻，我们对道的言说已经是一个事实。这些言说凝结在日常语言中，以及词典和各种论著中。比如，道的本义是道路，从"道路"引申出做事必须或应当遵循的方法、途径、规则。在道德上所应遵循的规则就是正当的手段、道义。在经验事实领域所必须遵循的规则就是道理和规律。哲学家则在形而上学的意义上，把道作为整个世界存在

[①]　〔英〕怀特海：《过程与实在——宇宙论研究》，李步楼译，商务印书馆2012年版，第63页。
[②]　〔奥〕维特根斯坦：《哲学语法》，韩林合译，商务印书馆2012年版，第294—295页。

的依据和原理。

当孔子说"朝闻道,夕死可矣"的时候,当孟子说"得道多助,失道寡助"的时候,我们可能会问,这里的"道"是什么意思,但我们从未想到这里有什么不可说的。我们就这些问题进行讨论,就已经是对道的言说。但是,老子和庄子却说,"道可道,非常道","不可以言传",极力渲染道是不可言说的、不可理喻的、不可解释的。任凭你对道说出千言万语,老子和庄子及其追随者都会说那不是真正的道。也就是说,"不可说""不可思议""不可解释"已经蕴含在道的概念里面。这样,"道"这个词的意义就只剩下了"不可说"。

但是这里有一个问题需要讨论一下,就是老子说"道可道,非常道",所表达的意思究竟是不是"道不可说"?老子和庄子究竟是否有"道不可说"的思想?一般来说,"道不可说"这个思想源自老子和庄子,这是一个学界公认的常识。但为了稳妥起见,我们还是分别从两个层面来对这一问题作一剖析。

第一个层面,如何理解"道可道,非常道"。从字面上看,"道可道,非常道"说的是"常道不可说",而不是"道不可说"。也就是说,道分为"常道"和"非常道","非常道"是可以言说的,"常道"是不可言说的。但这样理解太拘泥于字面了。事实上老子并没有作这种区分。"常道"二字连用,《老子》全文中只在第一章出现过这一次。在其后的言说中,老子用的全是"道"。据陈鼓应的统计,"道"字在老子全文中共出现73次,这些"道"在有些地方是指"形而上的实在者",有些地方是指"一种规律",有些地方是指"人生的一种准则、指标或典范"。[①] 但无论是哪种意义,老子除了在第一章使用了"常道",在其他各章都只使用一个"道"字。至于这些不同意义的道,哪些是可说的,哪些是不可说的,老子并没有明确指出。也就是说,即使在谈论不可说的"常道"时,老子也只用一个"道"字。从古汉语的词汇特征来看,古代特别是先秦汉语词汇以单音词为主。《老子》第一章的"常道"在当时尚未成为一个双音词,而是两个单音词,第一章中的"常无""常有"也都分别是两个单音词,所以老子在第一章之后没有再出现"常""道"两字连用。以下略举数例:

道冲而用之或不盈。渊兮似万物之宗。(第四章)

[①] 陈鼓应:《老子注译及评介》,中华书局1984年版,第13、2页。

道之为物，惟恍惟惚。惚兮恍兮，其中有象；恍兮惚兮，其中有物。窈兮冥兮，其中有精；其精甚真，其中有信。（第二十一章）

有物混成，先天地生，寂兮寥兮，独立不改，周行而不殆，可以为天下母。吾不知其名，字之曰道。（第二十五章）

道生一，一生二，二生三，三生万物。（第四十二章）①

以上都是指形而上的本体或宇宙的源头"常道"而言，而不是指形而下的具体的道。"道可道，非常道"隐含着这样一个意思："可道"的不是最重要的和最根本的，"不可道"的才是最重要的和最根本的。如果把"道可道，非常道"理解成"道可说，常道不可说"，那么《老子》全文中七十多个"道"字所说的就不是关于"常道"的，而是关于非"常道"的。这样的话，我们研究老子对道的言说，就无法触及最根本、最重要的"常道"了。因此，在很多的时候，老子所说的"道"就是作为本体的"常道"。老子自己没有区分"道"与"常道"，我们也不必刻意区分。至于为什么老子乃至庄子都认为"道不可说"却又对道说了千言万语，我们在后文有进一步的分析。

第二个层面，老子和庄子究竟有没有"道不可说"的意思。对这个问题，我们可以在逻辑上作一种假设，即老庄并没有认为"道不可说"，但是后人都误解了他们，误认为老庄有这种意思。不过即使如此，"道不可说"这个问题仍然是存在的，只不过它不是老庄的观点，而是后人的观点。那么我们在这里就只是讨论"道不可说"这个命题，而不是讨论这个命题究竟是不是老庄的。至于老子和庄子真正的意思，可以另做实证的考察。但无论考察的结果如何，"道不可说"这种观点在历史上是真实存在的，而且事实上这种观点的确与老庄的思想存在着无法回避的联系。

即使从实证的角度看，我们也认为老庄特别是庄子的确是存在"道不可说"这一思想的。老子关于道是否可说只有"道可道，非常道"一句话，所以产生歧义和误解的空间更大一些。但至少从王弼的理解来看，老子的意思就是道不可说。"可道之道，可名之名，指事造形，非其常也。故不可道，不可名也。"② 现代人对老子这句话的理解，基本上也都是"道

---

① （三国魏）王弼注，楼宇烈校释：《老子道德经注校释》，中华书局2008年版，第10页。
② （三国魏）王弼注，楼宇烈校释：《老子道德经注校释》，第1页。

不可说"。如陈鼓应对这一章解释说：

> 整章都在写一个"道"字。这个"道"是形而上的实存之"道"，这个形上之"道"是不可说的，任何语言文字都无法用来表述它，任何概念都无法用来指谓它。
>
> 本章只在说明：一、"道"具有不可言说性，"道"是不可概念化的东西……①

主流的《老子》注释者基本上都是这样理解的，限于篇幅，不再过多举例。而庄子关于"道不可说"的思想就更明确而丰富，并且庄子的这一思想本身就是继承老子的。庄子关于"道不可说"的陈述至少有以下几处：

> 世之所贵道者书也，书不过语，语有贵也。语之所贵者意也，意有所随。意之所随者，不可以言传也。(《庄子·天道》)
>
> 可以言论者，物之粗也；可以意致者，物之精也；言之所不能论，意之所不能察致者，不期精粗焉。(《庄子·秋水》)
>
> 道不可言，言而非也。(《庄子·知北游》)②

更为重要的是，老庄"不可说"的思想在历史上产生了深远而重大的影响，以至于从实证角度考察他们是否认为"道不可说"已经不重要，因为后人就是这样去理解他们的。例如魏晋时候的荀粲。"粲独好言道，常以为子贡称夫子之言性与天道，不可得闻，然则六籍虽存，固圣人之糠秕。"(《三国志》《魏书·荀彧传》注引何劭《荀粲传》) 在魏晋玄学中，"言不尽意"论实际上是与"道不可说"密切结合在一起的。因为"言不尽意"中的言和意最初主要是指圣人的著作和圣人的思想，而圣人之意当然是主要关于道的。所以言不尽意与道不可说已经成为相互蕴含的两个命题。佛教本来并没有"道不可说"的思想，但发展到禅宗，"不立文字"却成了一个核心命题，这是佛教中国化的结果，而其中最重要的因素就是老庄和玄学的"道不可说"论和"言不尽意"论。

---

① 陈鼓应：《老子注译及评介》，第62—63页。
② 郭庆藩著，王孝鱼点校：《庄子集释》，中华书局1961年版，第488页。

至于为什么道不可说,而老庄又说了那么多,对此我们作如下解释。

第一,对道的言说过程同时也是对道的认识过程。认识的局限决定了言说的局限。尚未得到认识的东西也就不可说,认识不清的东西就无法言说清楚。但对已经认识的东西,则不得不通过语言来表达。因此,我们对道总是已经有所说,而就世界整体而言,又总是存在着某种"不可说"。但暂时不可说的将来必可说,因此对道又不得不说。(详见本章第三部分)

第二,"道不可说"不是一种逻辑判断或事实判断,而是一种情感判断或情感表达。也就是说,"不可说"只是在情感、价值的层面上用来凸显道的重要性、根本性、崇高性和神圣性,而不是用来陈述一种关于道的事实。对此我们将在后文从哲学语法的角度分析"不可说"的这一意义。(详见本章第三部分)

第三,对"道不可说"作形式化的理解必然导致既然不可说为什么还要说的悖论。道是无所不包的大全、全体,所以"道不可说"这个命题也被包含在道中,因此就形成了悖论。悖论是语言形式化的结果,而日常语言不可能也不必要完全形式化,所以悖论既不能用来论证"道不可说"(如冯友兰),也不能用来质疑"道不可说"。以下是对这一点的详细论证。

反对老庄的人可能根据悖论推出:老子和庄子自己也写了著作对道进行言说,这不就证明是道可以言说的吗?但是,反对者能想到的,老子和庄子自然也会想到。他们会在日常语言的层面说,他们的著作所"道"者并非"常道",真正的道仍然是不可说的。在西方,维特根斯坦写完了《逻辑哲学论》之后也曾表示,他说的这些也都是无意义的。[①] 当然这种回答也算不上是真正的回答,因为问题本来也不是真正的问题。

但是有一个问题却是老庄或其追随者无法搪塞的,那就是你需要向我们解释为什么道不可说。这不是一个过分的要求。寻求理解、要求解释是人的天性,我们不能轻易接受一个未经解释的论断,尤其是对于像道这种涉及世界和人生的重大问题。但老子和庄子对此却没有提供像样的解释或论证。如果你可以独断地提出"道不可说",那么我们也可以独断地做出其他任何论断。这样,"道不可说"就不比"道可说"拥有更多的理由,而"道可说"也不比"道不可说"拥有更少的理由。这种境地简直可以说是公说公没理,婆说婆没理。

并非任何判断都需要提供理由。只有那些违背和超出我们的直觉和常

---

① 〔奥〕维特根斯坦:《逻辑哲学论》(6.54),陈启伟译,涂纪亮主编:《维特根斯坦全集》第一卷,河北教育出版社 2002 年版,第 263 页。

识的判断才是需要解释的。日出日落,月圆月缺,这是我们的常识和直觉。而科学却告诉我们,这一切都是错觉,太阳没有东升西落,月亮也没有阴晴圆缺。天文学理论解释了错觉的原因和真相。直觉和常识经常会错,但在被证明是错的之前,它们并不需要解释,需要解释的恰恰是它们为什么会错。"道不可说"是一个需要提供理由的判断。这不是因为它是错的,而是因为它超出了我们的直觉和常识。在老子之前,我们的直觉和常识中并没有"道不可说"这样一个问题。因此,即使"道不可说"是对的,也仍然是需要提供理由的。

老庄没有对"道不可说"做出令人满意的论证,用现代逻辑方法对"不可说"进行论证的是冯友兰。

冯友兰为建构他的新理学,提出"理""气""道体""大全"四个概念,其中后三者所涉及的形而上对象都是不可说的。① 他关于道体和大全不可说的论证是通过阐释庄子的这段话而展开的:"天地与我并生,而万物与我为一。既已为一矣,且得有言乎?既已谓之一矣,且得无言乎?"(《庄子·齐物论》)道是"大一"和"大全",是无所不包的世界整体,它是一切却不是任何一个具体的对象。但当我们对道有所言说的时候,道就成了一个对象,语言就成了外在于道的另一个对象。于是,道与言就成为"二",这就与道是无所不包的整体相矛盾。由此得出,道是不可说的。

不过这个论证远不能令人满意,它显然没有考虑到其他一些重要的可能性。比如,为什么语言一定要外在于道并与道成为两个对象呢,如果语言就是道呢?道随着言说而生成,言就是道。再比如,为什么要设定这样一个超验的整体然后说它不可说,为什么不能怀疑这样一个整体并不存在或者是没有意义?但这些可能性在此先不讨论。

庄子的这段话本身其实并不是论证道不可说的。庄子在这里描述的是物我一体、主客不分的一种状态。在这种状态之中,"我"不存在,"言"当然也是不存在的;但是当我们说"万物与我为一"时,我和语言却同时现身了。这里出现了涉及全体的悖论,由此是很容易推出"不可说"之类的命题的,但庄子并没有继续推论下去。冯友兰的论证方法其实是从维特根斯坦那里来的。

前期维特根斯坦也认为存在着"不可说"的东西,这些东西包括:逻辑形式;形而上学、伦理学和美学;神秘之物;等等。维特根斯坦认为,语言是世界的图像,是对世界的摹画。语言为了能够摹画世界,就必须与

---

① 冯友兰:《新原道》,《贞元六书》,华东师范大学出版社1996年版,第852页。

世界具有共同的逻辑形式。逻辑形式内在于语言本身，语言只能摹画世界，却不能对自己有所摹画。"命题能表现全部实在，但是不能表现其为能表现实在而必须与实在共有的东西——逻辑形式。""为能表现逻辑形式，我们必须能使自己连同命题都处于逻辑之外，亦即处于世界之外。"①所以逻辑形式不可说，但它显示自身。哲学问题、伦理学和美学都在世界之外，因此也都是不可说的。陈嘉映认为，其实语言本身就是世界的逻辑形式。逻辑形式不可说就是语言本身不可说。② 通俗地说，"这朵花是红的"，是一个事实的图像，却不是这个命题自己的图像。"这朵花是红的"这个命题本身就已经显示了自己。一个命题当然不能在摹画世界的同时也摹画自身。如果一个命题在摹画世界的同时也摹画自身，就会出现悖论。但这个命题不能摹画自己的图像，我们可以用另一个命题来摹画它。前期维特根斯坦大概认为，语言作为命题的总和，对应着世界整体。语言的界限就是世界的界限，我们不能在语言之外再说语言。如果我们用另一个命题来摹画一个命题，那么另一个命题还需要下一个命题来摹画它，这样会导致无穷后退。

从冯友兰和维特根斯坦的论证可以看出，他们实际上想通过悖论来证明存在着不可说的东西。但推出悖论就能证明存在着不可说的东西吗？恐未必然。更何况"不可说"本身也隐含着悖论。"不可说"并不是一个典型的悖论，但它与经典悖论有一个共同特征，就是它隐含着对自身的否定。当我们肯定"道不可说"的时候，我们就不能说道"不可说"。也就是说，对于道，连"不可说"也不能说。但当我们否定"道不可说"的时候，却不构成对"道不可说"的肯定。这是它与经典悖论不同的地方。如果不说，就无法把"道不可说"的意义确定下来；而一旦要确定"道不言说"的意义，则已经是对"道"的言说。

为了澄清"不可说"命题给我们带来的困惑，我们需要考察悖论的性质。

二 "不可说"与悖论

最经典的悖论就是"说谎者悖论"。一个克里特人说：所有克里特人都是说谎者。那么这句话是真的还是假的？无论如何回答，都无法避免矛

---

① 〔奥〕维特根斯坦：《逻辑哲学论》（4.12），陈启伟译，涂纪亮主编：《维特根斯坦全集》第 1 卷，河北教育出版社 2002 年版，第 211 页。
② 陈嘉映：《语言哲学》，北京大学出版社 2003 年版，第 149 页。

盾。说谎者悖论后来被改造为更简洁的形式：本语句是假的。如果它是真的，那么它是假的；如果它是假的，那么它又是真的。在"说谎者悖论"的基础上，人们构造了各种各样的悖论，其中包括著名的罗素悖论：由那些不是自身元素的类所组成的类是不是自身的一个元素？

　　罗素企图通过他的类型理论解决这些悖论：指涉一个类的陈述不能是这个类的一员。例如"所有克里特人所说的话"是一个类，那么关于这个类的陈述"所有克里特人所说的话都是谎言"就不能成为这个类的成员。关于一个类的陈述属于这个类之外的另一个类。所有悖论都产生于混淆了不同级别的类型。一个陈述或命题只能指涉它所在类的下一级类型。

　　罗素的类型理论产生了深远的影响。维特根斯坦所谓"不可说"即与此有关。哥德尔的不完全性定理也是对类型理论的进一步发展。根据哥德尔定理，任何足够复杂的形式系统中都有可能构造一些命题，其真假在这个系统内是不可证的。因此，一个形式系统内的悖论只能在更高层次的系统中得到解决。塔尔斯基认为，悖论的产生是因为使用了"语义学上封闭的语言"。语义封闭的语言不仅包含了这种语言的表达式及其名称，又含有指称语句的语义学词项如"真""假"。[①] 对于说谎者悖论，如果用 S 表示"所有克里特人说的话"，那么在语义封闭的语言中，"S 是假的"既可以是对 S 的判断，同时又是对"S 是假的"这个判断的判断，从而形成悖论。塔尔斯基解决悖论的方案是通过对象语言和元语言的划分形成"语义开放的语言"。对象语言是被谈论的语言，元语言则是谈论对象语言的语言。在对象语言中不能断定本层次语句的真假，只有在对象语言的上层语言——元语言中才能断定对象语言的真假。如 S 属于对象语言，"S 是假的"则属于元语言。在对象语言中不能构造出"S 是假的"这样的语句，所以 S 的真假只能在元语言层面得到断定。而"S 是假的"是在元语言层面用来断定 S 的，其自身则无法在元语言层面被断定。如果要对"S 是假的"有所断定，则需要在元语言的上层语言——元"元语言"中进行。以此类推，悖论由此消除。显然，无论是哥德尔定理还是塔尔斯基的语言分层理论，其实都有罗素类型论的影子。

　　维特根斯坦对不可说的论证在结构上与悖论非常相似，语言是用来言说世界的，但语言不能用来言说自身，否则就会形成悖论。人们往往对维特根斯坦的"不可说"津津乐道，而不愿意提及罗素在为《逻辑哲学论》

---

① 〔美〕A. 塔尔斯基：《语义性真理概念和语义学的基础》，〔美〕A. P. 马蒂尼奇编：《语言哲学》，牟博、杨音莱、韩林合译，商务印书馆1998年版，第91页。

写的引言中就已经提出的："但是可以有另一种语言处理前一种语言的结构，且其自身又有一种新的结构，语言的这种层次是可以无限的。"① 卡尔纳普及维也纳学派的其他成员一开始就与维特根斯坦的看法相反："我们完全可能有意义地谈论语言以及一个句子与它所描述的那个事实之间的关系。"② 卡尔纳普并且构造了关于语言形式的一般理论——语言的逻辑句法，从而证明了语言的逻辑形式在该语言之内就可以有意义地表述出来。③

维特根斯坦之所以得出不能在语言之外说语言的结论，是因为他关于语言与世界的关系的思想在前期仍然是一种符合论。后期维特根斯坦不再主张早期的图像论，所以"逻辑形式"不可说的问题也就不存在了。后期维特根斯坦认为语言的意义在于其用法，所以用一个命题说明另一个命题是语言的一种具体用法。在日常生活中，我们用 S_1 对 S 做出说明之后，S_1 的用法也就完成了，解释最终会止于某处，无须考虑 S_{N+1} 的无限后退问题。

悖论在很大程度上是语言形式化的结果。为了建立一致的形式系统，消除悖论是必要的。但在自然语言中，悖论的存在并不是一个严重的问题，甚至根本不是问题。说谎者悖论如果不形式化，在自然语言中也不会引起注意。在日常生活中，当一个中国人说"所有中国人都说谎"的时候，并不会对我们形成困扰。我们可以根据经验就判断这句话是错的或者是无意义的。如果这句话是有意义的，那么它无非表达了一种情绪，而不是提出了一个有关事实的命题。如果一定要求它在事实意义上使用，那么只要加上一个限制条件，"除了我之外，所有中国人……"问题就解决了。在日常语言中出现的否定全体的悖论，根据直觉就可以判断是错的，无须指出其存在悖论。并且这种否定全体的判断本质上并非事实判断而是情感表达，所以即使指出其存在悖论也不能说服对方承认自己错了。

冯友兰和前期维特根斯坦想通过悖论的性质来论证存在着不可说的东西，但这种论证是不成功的。用悖论来论证不可说，意在指出语言相对于现实的局限性，即语言是无力完全描述现实的。然而悖论的出现，恰恰说明了语言相对于现实的超越性，即语言不但能够描述现实及其可能性，而且能够构造出现实中不可能甚至逻辑上也不可能的东西——自相矛盾的命题。现实自身并没有悖论，悖论产生于语言的自我建构。语言的分解—结

---

① 〔英〕罗素：《名理论（逻辑哲学论）》引言，张申府译，北京大学出版社 1988 年版，第 14 页。
② 〔德〕卡尔纳普：《卡尔纳普思想自述》，陈晓山、涂敏译，上海译文出版社 1985 年版，第 45、84 页。
③ 〔德〕卡尔纳普：《语言的逻辑句法》，上海外语教育出版社 2012 年版，第 53、282 页。

合机制使我们不仅能够谈论只是逻辑上可能而现实中不可能的事物，而且也能够谈论逻辑上不可能的东西。"马""飞""方""圆"都是在现实中可能的，但"飞马"却只是逻辑上可能而现实中不可能的，而"方的圆"则是在逻辑上也不可能的。语言的本质使我们能够构造出像"方的圆"这样的在逻辑上不可能的自相矛盾的概念，而并非世界上存在着一个现实的方的圆而语言却无法对其进行描述。

道不可说，不是任何世界中的一个事态，而是语言构造的一个自相矛盾的命题。对不可说的东西进行言说，就相当于画一个方的圆。我们画不出方的圆，不是因为我们的绘画技巧不够高明，而是因为方的圆不仅是一个在现实和想象中不存在的东西，而且根本就是一个在逻辑上也不存在的东西。道不可说，不是因为语言无能，倒是说明只有借助语言，才能构造出这样一个在逻辑上不可能的命题。不可说的道和方的圆，除了在语言中存在，不能在任何别的意义上存在。语言不是气喘吁吁地跟在道的后面疲于奔命，而是在自由地建构着关于道的一切。在语言产生之前，根本就无所谓常道和非常道，也无所谓可说不可说。

三　"不可说"的不同意义

以上维特根斯坦和冯友兰通过悖论来论证的"不可说"只是一种情况。众多"不可说"的主张者实际上各有自己的理解，彼此之间并不一致。老庄和禅宗在今天的追随者已经不满足于把"不可说"作为中国思想的特色，而是把维特根斯坦和海德格尔也拉进来作为旁证。当然，据说西方人对"不可说"的参悟往往不够透彻，这就更显得我们的思想之空灵玄妙远在西方人之上。现在我们先让维特根斯坦与老庄对质，在后面的部分再传唤海德格尔。

很多人看到维特根斯坦说"对于不可说的东西应当保持沉默"，很自然地就想到"道可道，非常道"。我们前面已经说明，老庄并未想到维特根斯坦利用悖论证明"不可说"的思路，是冯友兰用这种思路来论证了老庄的"不可说"。除此之外，我们还要对"不可说"做出如下区别。

首先，老子的"不可说"在很大程度上可以作一种朴素的理解，就是人类对世界认识的有限性。也就是说，之所以"不可说"，是因为我们对事物认识得不够深入。认识不清楚，当然也就说不清楚。随着思想和科学的发展，原来认识不清的事物得到了理解和解释，"不可说"的东西也就被说清了。近代科学出现之前，解释世界的使命是由哲学（形而上学）来承担的，哲学就是科学。近代以来，实证科学占领了传统哲学的大部分领地，并对世界做出了更可靠的解释，以至于逻辑经验主义乐观地宣布，没有什么是不可解释的了。目前存在的不可解释的东西将来必定获得解释，这只是一个时间问题。"没有什么原则上不能回答的问题，没有什么原则上不能解决的问题。人们一向认为不能回答、不能解决的，并不是真正的问题，而是无意义的语词排列。"[1]

其次，庄子所谓"不可说"主要是指万物浑然一体的无差别状态，在这种状态里，没有物与我、世界与语言的界限。没有主体，也没有语言，因此也没有说不说的问题。所以庄子的"不可说"是没有东西可说，也没有用来说的工具，而不是有某种东西不可说。

再次，庄子和禅宗的意思在很多时候是指，说不能代替做，语言不能代替生活。生活不仅仅是由语言构成的，生活中很多问题不是靠说解决的，而是靠实行和实践。这当然是我们都能同意的。但似乎没有人主张需要做的事情只要说说就行了。"说"的目的从来就不是代替做，而是为了使"做"得到理解。言说使得生活有了意义。人与动物的不同就在于人除了活动，还对自己的活动有所说，而动物则仅仅是活动。"不可说"的主张者完全误解了说的意义。在生活需要言说之处不断提示"不可说"以示深刻，未免有些矫揉造作。

最后，"不可说"是一种修辞技巧。我们在日常生活中经常说"热死了""烫死了""辣死了"等，这本来都是一些带有隐喻性质的修辞方式，它们逐渐成为一种日常的表达方式。在日常生活中，如果你对一个说"热死了"的人说："你说得不对，你没死"，那就说明你根本不理解"热死了"这样的表达式。"不可说"就是这样一种带有修辞性质的表达式。它的意思无非是说，道是最根本的、最重要的，以至于到了"不可说"的程度。

以上"不可说"的几种意思都是维特根斯坦所没有的。

在前期维特根斯坦看来，语言是世界的界限，语言只能说界限之内的东西。界限本身不可说，而形而上学、伦理学、美学和神秘之物则处于语言的界限之外，所以也不可说。维特根斯坦"不可说"的理论根基是世界与语言对应的图画论，这实际上是一种语言的符合论，即语言摹画世界。世界之内的东西都是可以被语言摹画，因此都是可说的，世界之外的东西无法被语言摹画，因此是不可说的。世界之内的事物全部由实证科学来解释，而不能由实证科学解释的东西都是不可说的。对于不可说的东西的言

---

[1] 〔德〕石里克：《哲学的转变》，载洪谦主编《逻辑经验主义》，商务印书馆1982年版，第8页。

说，都是无意义的。"有关哲学的东西所写的命题和问题大多并非谬误，而是无意义的。因此，我们根本不能回答这类问题，而只能明确指出其无意义性。"① 哲学不是一门实证科学，不摹画任何现实，所以是不可说的。"哲学的正确方法实际上是这样的：除了可说的东西，即自然科学的命题——亦即与哲学无关的东西——之外，不说任何东西，而且每当别人想说某种形而上学的东西时，就给他指出，他没有赋予其命题中的某些指号以任何意谓。"② 伦理学、美学为世界提供意义和价值，但同样不摹画现实，因此也同样不可说。"世界的意义必在世界之外。""在世界中不存在任何价值……如果存在一种有价值的价值，那么它必在一切发生的并如是存在的东西之外。"③ 不难看出，维特根斯坦所谓"不可说"是在一种非常弱的意义说的，其意义在很大程度上相当于"不可验证"。也就是说，凡是不能以实证科学的方法去解释的东西都是不可说的。这种意义上的"不可说"显然与我们通常的理解相去太远。

在通常意义上，即使那些主张存在着"不可说"领域的人，恐怕也不认同形而上学、伦理学和美学不可说。但无论是"不可说"的支持者还是反对者，在这一点上应该是一致的：即形而上学、伦理学和美学的言说方式不同于实证科学。而对于神秘之物的言说，不仅不同于科学，也不同于形而上学、伦理学和美学。因此，即使把这些东西称为"不可说"，那么也要看到它们是一些不同的"不可说"。也就是说，逻辑形式、形而上学、伦理学、美学、神秘之物等都不可说，但它们不是一类的东西，其不可说的理由各不相同。按照前期维特根斯坦对概念文字的要求，同一个符号不能指称不同的对象，那么这些不同的"不可说"就不应该都称为"不可说"。"为了避免这些错误，我们必须使用这样一种指号语言，这种语言不用同一指号表示不同的符号，不以表面相同的方式使用以不同方式进行指称的指号，因而避免了混淆的错误。"④ 然而事实上维特根斯坦没有这样做，而是把它们全都装进了"不可说"这个筐里。无怪乎陈嘉映说他制定了一个过于狭窄的食谱。

---

① 〔奥〕维特根斯坦：《逻辑哲学论》(4.003)，陈启伟译，涂纪亮主编：《维特根斯坦全集》第1卷，河北教育出版社2002年版，第204页。
② 〔奥〕维特根斯坦：《逻辑哲学论》(6.53)，陈启伟译，涂纪亮主编：《维特根斯坦全集》第1卷，河北教育出版社2002年版，第263页。
③ 〔奥〕维特根斯坦：《逻辑哲学论》(6.41)，陈启伟译，涂纪亮主编：《维特根斯坦全集》第1卷，河北教育出版社2002年版，第260—261页。
④ 〔奥〕维特根斯坦：《逻辑哲学论》(3.325)，陈启伟译，涂纪亮主编：《维特根斯坦全集》第1卷，河北教育出版社2002年版，第200页。

而在这个食谱之外,"不可吃"的东西千差万别。①

对比一下"不可吃"的几种用法:有的东西不可吃是因为有毒,比如砒霜,但这不妨碍你硬要吃;有的东西不可吃是因为事实上做不到,比如癞蛤蟆想吃天鹅肉;有的东西不可吃是因为对"吃"这个词的用法是错的,比如你想吃2的平方根。如果以实证科学为唯一的言说方式,那么形而上学、伦理学、美学和神秘之物只能是不可说的。然而这只是一个对"不可说"的定义和使用问题。对于形而上学、伦理学和美学,我们无法像对实证科学那样去说。而对于神秘之物,我们不可能有意义地说它。

凡是可说的,都能说清楚;凡是不可说的,就应保持沉默。这里隐含着一个意思是,对于不可说的东西,即使说了,也说不清楚。既然说不清楚,不如保持沉默。维特根斯坦的这个主张很难令人满意。对于人生的意义,无论我们怎样说,都不可能像"二加二等于四"那样清楚。说不同的东西,要求不同的"清楚"。没有人期待人生的意义像数学和实证科学那样清楚,但因此就说人生的意义不可说还是太草率了。对道的言说所要求的"清楚"不同于今天天气如何那样的"清楚"。"道可道,非常道",就是说,对"常道"的说和对"非常道"的说要求不一样的清楚。对"非常道"的言说是清楚的,那么对"常道"的言说就不能要求一样的"清楚"。

对于神秘的东西,我们说它"神秘"就已经足够清楚。你还要求它怎样清楚呢?"神秘"这个词恰如其分地描述了"神秘的东西",增之一分则太多,减之一分则太少。否则,"神秘的东西"都将不再神秘。前期维特根斯坦持语言的图画论,认为"神秘的东西"没有语言与其对应,所以是不可说的。然而根据后期维特根斯坦,"神秘的东西"不过是"神秘"和"东西"这两个词的一种特殊用法而已。我们不是找不到与"神秘的东西"对应的语言,而是找不到与"神秘"一词对应的"不可说"的东西。在日常生活中,与"神秘"一词对应的东西都是可说的,都不在前期维特根斯坦的意义上成其"神秘"。后期维特根斯坦否定了前期的图像论,建立在图像论基础上的"不可说"论题也就消解了。语言的意义不全是对事态的摹画,还包括各种各样的其他用法。

我们还可以说,维特根斯坦对"不可说"的态度是严肃的,而庄子多少是不负责任的。维特根斯坦在努力地划定界限,而庄子却在一味地取消差别。维特根斯坦说"不可说",为的是把可说的说清,而庄子却要把本来清楚的东西弄得模糊。思想在维特根斯坦那里越来越清晰,在庄子那里

---

① 陈嘉映:《语言哲学》,第 152 页。

却越来越混沌。同样是"不可说",但对于我们思想的意义却截然不同。当维特根斯坦说"不可说"的时候,西方思想已经思考了两千年,而我们刚一开始思考就对思想判了死刑。这两种"不可说"岂可同日而语?

对于"不可说"还有一种理解,就是所谓"负的方法"。冯友兰说形而上学的方法有两种,即正的方法和负的方法。正的方法是以逻辑分析方法讲形而上学,负的方法是讲形而上学不能讲。负的方法不直接讲形而上学,而是通过讲其他东西对其有所表显。① 但这种对"不可说"的解释是无力的。这不是在论证"不可说",而是在给"不可说"下一个不同的定义。如果你可以任意给"不可说"下一个定义,那么任何东西都可以是"不可说"的。比如,我们可以把"诗意的说"定义为"真正的说",而科学反倒无所说。事实上海德格尔就是这样做的:科学不思。"负的方法"实际上是只把"逻辑的说"定义为"说",而逻辑之外的说都不是"说",所以逻辑所不能说的东西也就是"不可说"。这与前期维特根斯坦所认为的实证科学之外的东西都"不可说"是一样的。然而语言的用法是多种多样的,无论是日常的用法、逻辑的用法还是诗意的用法,都只是语言的可能性之一。诗意地说出的东西,当然无法通过逻辑说出来。然而逻辑地说出的东西,又何尝能够诗意地说出来?我们有时需要逻辑地说,有时需要日常地说,有时需要诗意地说,有时则需要沉默。沉默也是语言用法的一部分。唯有对使用语言的人,才谈得上沉默,动物不会说话,因此也谈不上沉默。沉默不是因为不可说,倒是为了更好地说。

更何况,老庄并未完全使用"负的方法",而是与常人一样大量使用正的方法。对老子而言,"负的方法"不是一种自觉的选择,而是一种不得已的办法。因为老子尚没有能力通过逻辑的语言(正的方法)表达自己对世界的认识,或无力用逻辑的语言形成自己的思想。也就是说,老子的道论是思想的雏形,是人类对世界的初级反思,因而并无深不可测的蕴含。表现在语言上,就是这种"负的方法"。思想的贫困与语言的贫困是一致的。庄子对"负的方法"的运用比老子娴熟,但其文学意义远大于哲学意义。根据黑格尔,理念在艺术阶段是一种感性的显现,而艺术的最初阶段又采用了象征的方式。理念在象征艺术中被困于物质因素,精神和理性是贫乏的。"负的方法"在很大程度上其实是一种无奈的选择。

禅宗对"负的方法"的使用是自觉的。但禅宗不是用负的方法说不可说的东西,而是在明明可说的地方故意不说或故意胡说,美其名曰"不立

---

① 冯友兰:《新知言》,《贞元六书》,第869页。

文字""无迹可求",其实不过是装腔作势和故弄玄虚。禅宗的所谓负的方法千奇百怪,此处仅举一例,以见其荒唐不堪:

> 俱胝和尚,凡有诘问,唯举一指。后有童子,因外人问:"和尚说何法要?"童子亦竖起一指。胝闻,遂以刃断其指,童子负痛号哭而去。胝复召之,童子回首。胝却竖起指,童子忽然领悟。①

在禅宗设计的这一出闹剧中,小和尚白白失去一根手指,在智慧上没有任何收获。他作为道具被师父残忍地戏弄,最后还要配合导演装作顿悟。这段公案显示的不是空灵的智慧,而是残忍和邪恶。冯友兰引用的这段公案出自《抚州曹山本寂禅师语录》,内容与《景德传灯录》基本一致。② 而在《五灯会元》中,小和尚领悟是因为当他再次想竖起手指的时候却发现手指没了,③ 这种改变估计是因为前者的思路容易使人不知所云,表演也就失去了意义。改变之后,故事比原来多了一丝启示,但因此也就着了痕迹。无论如何,都难掩其矫揉造作和邪恶气息。

负的方法仍然是对语言的一种使用。用得好,可以成为诗;用得不好,就成为胡扯和闹剧。

四 "不可说"的语法实质

"不可说"是对语言的一种不适当的使用。当我们把"不可说"转换为适当的表达式,误解和混乱也就消失了。对语言最严重的误解是囿于"奥古斯丁图画",认为每一个语词或表达式都指称一个对象,然后徒劳地去寻找这个对象。"不可说"可以有各种不同的用法,但唯独不能用来指称一个不可说的对象。维特根斯坦打了这样一个比方:大人常常给小孩画一些东西并且说"这是一个人""这是一幢房子"等,而小孩也模仿大人的样子胡乱画出一些随便什么的线条并且问:这是什么?④ "不可说"的道,就类似于这样一堆乱七八糟的线条。后期维特根斯坦指出,语言游戏不是仅仅用来指称对象的,它还包括各种各样的用法,如命令、描述、讲故事、开玩笑、请

---

① (唐) 本寂:《抚州曹山本寂禅师语录》卷下,转引自冯友兰《新知言》,《贞元六书》,第 952 页。
② (宋) 道原著,顾宏义译注:《景德传灯录译注》卷 11,上海书店出版社 2010 年版,第 783—784 页。
③ (宋) 普济著,苏渊雷点校:《五灯会元》卷 4,中华书局 1984 年版,第 250 页。
④ 〔奥〕维特根斯坦:《哲学语法》,韩林合译,第 209—300 页。

求、感谢、祈祷、谩骂……在我们看来，语言的功能也包括构造出悖论。如果我们不注意区分语言的这些不同用法，把任何语词都以一种方式使用，就会导致混乱和误解。形而上学的很多无意义的胡说就是这样产生的。

　　罗素说，我们对有些事物已经有足够的知识而且可以达到正确的结论，"但由于我们思想混乱或者缺乏分析的缘故而未能对我们所知的东西加以最好的逻辑的使用"。"这里所需要的，只是关于问题中的这些字应如何使用的知识。"① 卡尔纳普所谓"形式的说话方式"② 和蒯因的"语义上溯"策略主张把关于对象的讨论转变为对语词用法的讨论，③ 当我们在语词的用法上取得一致之后，关于对象的争论就消除了。如果我们对于语词的用法有不同意见，那么就继续上溯到一个比较一致的共同领域，直到我们对语词的使用取得一致。后期维特根斯坦更明确地说，哲学的考察是语法性的考察，哲学研究的不是现象而是现象的陈述方式。④ 因此，西方哲学关于外部世界是否存在、中国哲学关于道是否可以言说的问题都不是一个事实问题，而是一个语言使用即语法问题。我们要考察的，不是勉强被命名为"道"的不可说的东西，而是老子和庄子是怎样使用"道""不可说"这些语词的。我们的语言中有"道""说""不可"这样的语词，我们能够符合逻辑地使用它们，但也有可能自相矛盾地使用它们，也有可能虽然不违反逻辑却无意义地使用它们。说"方的圆"是自相矛盾的，而说"方比圆更高尚"是无意义的。"道不可说"这样的命题，在某种意义上既是自相矛盾的，又是无意义的。不是我们说不清"道"的意思是什么，而是说，之所以出现说不清的问题，是因为我们对"道"和"不可说"这些词的使用是错误的，不符合语法的。"方的圆"根本不是一个概念，它在逻辑上的不可能性是明显的。而"不可说"这样的语词隐含的矛盾却不容易看出，需要我们从概念上做出分析。澄清了这些语词的正确用法，伴随着"道"的那些说不清的问题就消解了。

　　最后，让我们以阿尔斯顿引用的"园丁寓言"结束关于"不可说"的讨论。这个寓言的大意是：两个探险家在密林中发现一片鲜花盛开的开垦地。其中一个说："一定有个园丁收拾过这块地。"另一个不同意。于是他们支起帐篷看守着，结果没有看到任何园丁。"不过或许他是一个肉眼看

---

① 〔英〕罗素：《西方哲学史》上卷，何兆武、李约瑟译，商务印书馆1963年版，第130页。
② 〔德〕卡尔纳普：《哲学和逻辑句法》，傅季重译，上海人民出版社1962年版，第36页。
③ 〔美〕蒯因：《语词和对象》，陈启伟、朱锐、张学广译，中国人民大学出版社2005年版，第307、308页。
④ 〔奥〕维特根斯坦：《哲学研究》第90节，陈嘉映译，上海人民出版社2005年版，第49页。

不见的园丁。"于是他们又在周围拉上电网,结果也没有证明任何人接近过那里。……最后,那个怀疑论者绝望了:

> 你那最初的论断还剩下些什么呢?你所说的那个不可见的,不可捉摸的,永远把握不住的园丁究竟是怎样区别于可想象的园丁的,乃至区别于根本没有园丁的呢?①

第二节 道言之而成

一 形而上者谓之道

亚里士多德《形而上学》第一句话就说:"求知是所有人的本性。"②人类与动物的不同,在于他总要寻求对自己所生活的世界做出理解和解释。几乎所有民族都假定,在具体可感的世界背后有一个决定着这个世界之所以如此的超越感觉经验的原因和本原。这种解释最初表现为神话的形式。每个民族都有一个神话系统,为宇宙和人生提供整体和终极的解释。到了雅斯贝尔斯所谓的轴心时代,人们开始尝试用理性的态度去理解世界。在古希腊,产生了所谓本体论的转向,哲学家开始用理性对世界背后的实在做出各种解释,认为世界的本原或本体是水、无限、理念、绝对等等。在中国先秦,思想家寻求这种解释的努力和冲动与西方是相同的,不过我们把隐藏在世界背后的原因称为道、理、气、太极、阴阳等等。

道家对世界背后的东西最感兴趣,但因为老庄喜欢说道"不可说",造成我们对道的理解的障碍。儒家本来缺少对超验世界的兴趣,但从正面来定义道的恰恰是儒家经典《周易·系辞》:"形而上者谓之道,形而下者谓之器。"③后来的朱熹对此表述得更为清晰:"形而上者,无形无影是此理;形而下者,有情有状是此器。"④冯友兰则称之为"不著形象,超乎形象底"⑤。

---

① 〔美〕威廉·阿尔斯顿:《语言哲学》,牟博、刘鸿辉译,生活·读书·新知三联书店1988年版,第181页。
② 〔古希腊〕亚里士多德:《形而上学》,苗力田译,中国人民大学出版社2003年版,第1页。
③ (三国魏)王弼注,(唐)孔颖达疏:《周易正义》卷7,北京大学出版社1999年版,第292页。
④ (宋)朱熹:《朱子语类》第6册卷95,(宋)黎靖德编,王星贤点校,中华书局1994年版,第2421页。
⑤ 冯友兰:《新原道》,《贞元六书》,第843页。

"形而上者"确认了在具体可感的经验世界之上有一个不可感的世界，它虽不可感，却是这个经验世界的原因、基础和依据。

在后人编纂的亚里士多德的著作中，《物理学》（physics）是研究自然事物和可感知的事物的。而《物理学》之后的著作则研究经验世界之外的、超越经验的、不可感知的事物，被称为 metaphysics。该词在中文里被翻译为"形而上学"，依据就是《周易·系辞》所说的"形而上者谓之道"。把 metaphysics 翻译为形而上学可以说达到了"信雅达"的标准，是中西思想的一次成功对话。即使有人认为"形而上者"与 metaphysics 的研究对象并不完全对应，我们也只能在这种翻译的基础上讨论中西形而上学的不同，或中西 metaphysics 的不同。倘若说，metaphysics 在中文里没有对应的词，因此是不可翻译的，那么，在西方语言里又何尝有另外一个与 metaphysics 完全对应的词，西方人要理解 metaphysics，不也需要用另外的语词对它做出解释吗？也许翻译不是为了对应，而是为了理解。因此我们可以说，形而上学的研究对象就是"形而上者"，也就是道。在中西思想的对话中，"道"在逻辑和语义上已经必然地成为形而上学的研究对象。我们用"形而上"对道进行言说，同时也就形成了对道的理解。我们用"形而上学"翻译 metaphysics，同时也就实现了中西思想的对话。

"形而上者"这个词的出现是思想和语言的一次巨大进步，其意义不亚于"道"的提出。它凝结了老子对道的各种描述，并把神秘的"不可说"消融在自己的语义里。因为所谓"不可说"无非是因为欲说的东西是超越经验和感官的。"不可说"隐含着一个背景：对于感觉经验之内的东西是可说的，而感觉经验之外的东西是不可说的。"形而上"已经成功地把"不可说"所欲说的东西揭示了出来。此后，你仍然可以说"形而上"的东西不可说，但仅仅说"不可说"是空洞的，而"形而上"却已经有所说，它已经把要说的东西的位置确定了。这是对语言的力量的一次展示。道非但可以言说，而且只能存在于言说之中。不是道外无言，而是言外无道。

二　宇宙论和本体论

但我们对"道"的言说，并不是在古今各种解释的基础上再增加一种新的解释。事实上已有的解释已经造成意义的泛滥和过剩，各种故弄玄虚和标新立异已经不能增加"道"的神秘和深度。现在要做的是从哲学语法上对"道"这个语词进行概念性的考察，澄清对"道"的理解中的各种混乱和误解，也就是考察人们通过"道"这个词都说了什么。

从老子对"道"这个词的使用来看，他并不非常清楚"道"的各种用法。所谓"道"不可说,隐含的一个意义就是对"道"这个词不太会用。正如一个刚刚开始学习语言的儿童,对有些词的使用会出现错误或不当。而纠正儿童语言中的错误和失当,靠的是人类已有的语言系统。考察老子对"道"的使用,当然也要置于我们的语言系统和思想系统中。

任继愈列举分析了众多学者的解释之后,概括了"道"的五种含义:(1)混沌未分的原始状态。(2)自然界的运动。(3)原始的材料。(4)道是肉眼看不见,感官不能直接感知的。(5)事物的规律。① 应该说,这些解释基本上都是用汉语对世界所做的直接理解,没有受到西方思想和语言的影响。

那么西方哲学最初是怎样理解这个世界的呢?按照亚里士多德的解释,世界的本原或始基是万物都由它构成,最初由它产生,最后又复归于它的那个东西。"希腊哲学家认为,最初存在的东西在运动变化过程中始终起作用,因此,事物的最初状态或者是事物的基本要素,或者是事物存在和运动的缘由。'本原'的这两层意思分别被译作'始基'和'原则'。""宇宙是本原(最初状态)分化演变的产物,本原(基质、原则)是在宇宙内部起作用并赋予宇宙万物特定的秩序的原因。"② 任继愈所概括的"道"的五个意义,就是世界本原的意思。我们不说老子所说的"道"等同于本原,但我们不得不说,中国人通过道对世界所做的理解,与西方人通过本原对世界所做的理解是相通的。

> 道可道,非常道。名可名,非常名。无名天地之始,有名万物之母。(第一章)
> 有物混成,先天地生,寂兮寥兮,独立不改,周行而不殆,可以为天下母。吾不知其名,字之曰道,强为之名曰大。大曰逝,逝曰远,远曰反。(第二十五章)
> 道生一,一生二,二生三,三生万物。(第四十二章)
> 道生之,德畜之,物形之,势成之。是以万物莫不尊道而贵德。(第五十一章)
> 天下有始,以为天下母。(第五十二章)

道是天地万物产生的本原,并在世界产生之后支配天地万物的运动和

---

① 任继愈主编:《中国哲学发展史(先秦)》,人民出版社1983年版,第264页。
② 赵敦华:《西文哲学通史》第1卷,北京大学出版社1996年版,第6页。

变化，所以同时又是天地万物的秩序和规律。世界产生于道，以道的方式运行，最终复归于道。这是人类最初以理性对世界做出的解释，这种解释的意义在于摆脱了之前原始宗教和神话的解释。

冯友兰认识到，老子对原始宗教的摆脱是不彻底的，所以有些地方对道的理解存在原始宗教的残留：

> 谷神不死，是谓玄牝，玄牝之门，是谓天地根。绵绵若存，用之不勤。（第六章）

原始宗教残留并不限于这一点，同样也表现在老子对道的描述方式上。他一方面明确认为世界产生于道，并且指出道的运行是有规律的，但另一方面又极力夸大道的不可描述性。"不可说"体现了从神话解释到理性解释的过渡形态。"不可说"一方面指向了神话解释的神秘性，另一方面把这种神秘性称为"不可说"。这本身就是对神秘性的一种认识，是理性的进步。因为当人们用神话来对世界作整体解释的时候，是意识不到这种解释具有"不可说"的特征的。古希腊神话众神的源头是混沌，混沌超越经验感知，然而混沌在神话中并不"混沌"。中国神话也有类似传说，认为天地之始是一种形象的"混沌"。在理性觉醒时代，道仍然保留了这种混沌的特征，只不过这时候它被理解为"不可说"了。

另外，当老子用"有无"来描述道的本质的时候，他混淆了"有无"的不同用法。

> 三十辐共一毂，当其无，有车之用。埏埴以为器，当其无，有器之用。凿户牖以为室，当其无，有室之用。（第十一章）

这里所说的"无"是经验世界的"无"，显然不是作为世界本原的"道"。这种混乱也可以看作原始宗教残留造成的，因为这里的"无"是虚空的意思，与"玄牝"的意思相关。

> 道冲而用之或不盈。渊兮似万物之宗。……湛兮似或存，吾不知谁之子，象帝之先。（第四章）
>
> 天地之间，其犹橐籥乎？虚而不屈，动而愈出。（第五章）

冯友兰又认识到，"道"的含义还有共相的意思，也就是一类事物的概念。但这个意思对老子来说太高了,老子还不能明确地意识到这一点。

  视之不见名曰夷,听之不闻名曰希,搏之不得名曰微。此三者不可致诘,故混而为一。其上不皦,其下不昧,绳绳不可名,复归于无物。是谓无状之状,无物之象,是谓惚恍。迎之不见其首,随之不见其后。执古之道,以御今之有。(第十四章)
  道之出口,淡乎其无味,视之不足见,听之不足闻,用之不足既。(第三十五章)
  明道若昧,进道若退,夷道若颣。上德若谷,大白若辱,广德若不足,建德若偷,质真若渝。大方无隅,大器晚成,大音希声。大象无形。道隐无名。(第四十一章)

  这些说法认为道是无形、无色、无声、无味,因此是超越经验的,是感官不能把握的。而这一点恰好是概念和共相的特征。概念和共相揭示了事物的本质,但又是感官所不能把握的。冯友兰认为老子对此认识得并不清楚,魏晋玄学比老子有所进步①,而朱熹对此认识得最为清楚。②
  徐复观说,"老子的所谓道,指的是创造宇宙万物的一种基本动力。我不称为'原理'而称为'动力',因为'原理'是静态的存在,其本身不能创生,要创生,后面还需要有一个指挥发动者,有如神之类"③。徐复观对"道"的解释是最贴近《老子》文本的,既能把老子的意思厘清,又不做过度阐释。所以在徐复观看来,"道"只有宇宙论上本原的意义,而没有本体论上原理的意义。一方面,老子的确没有把"道"的本体论意义明确揭示出来,但另一方面,人类理性却必然要追问事物背后的所以然之理,所以老子那些艰难的描述又暗示"道"是决定事物之所以然的原理。所以徐复观又说"德是道的分化",是"物之所以为物的根源"。④ 但是,"物之所以为物",显然是一个原理,是物之为物的本质、共相和概念,而不是根源。根源存在于经验中,而本质和原理却是逻辑上的。所以,"德"是具体事物所以然理,而"道"则是整个世界所以然之理。冯友兰的特点是能够深窥老子之所欲言而未言者,但又不是牵强比附。所以老子的

---

① 冯友兰:《中国哲学史新编》上册,人民出版社1998年版,第334页。
② 冯友兰:《中国哲学史新编》下册,第181页。
③ 徐复观:《中国人性论史·先秦篇》,载李维武编《徐复观文集》,湖北人民出版社2002年版,第295页。
④ 徐复观:《中国人性论史·先秦篇》,载李维武编《徐复观文集》,第303页。

道，主要是宇宙论意义上的本原，但根据人类思维的规律，也可以作本体论上的解释，那就是世界所以然之原理。对此，冯友兰说，"本体论是宇宙的逻辑构成论，主要的是用逻辑分析法看宇宙是怎样构成的。宇宙形成论是以当时的科学知识为根据，讲具体的世界是怎样发生和发展的"。"中国古代的哲学家对于这个分别都没有认识，朱熹也不例外。这并不是说他们的哲学思想中没有这个分别，只是他们没有认识到这个分别。"① 实际上，冯友兰的看法不是偶然的，汤用彤同样以宇宙论和本体论阐释中国哲学："夫玄学者，谓玄远之学。学贵玄远，则略于具体事物而究心抽象原理。论天道则不拘于构成质料（cosmology），而进探本体存在（ontology）。"又在《魏晋玄学讲课提纲》中说"魏晋玄学不但抽象化、简单化、合理化，而且取消实体（物）观念而逻辑化"。从宇宙论到本体论，"其变迁同古希腊由 Thales（泰勒斯）至 Plato（柏拉图）"。②

三 物我整体论

庄子继承了老子对道的解释，所以在庄子那里，"道"同时也具有宇宙论和本体论两个含义。但他更强调道在产生世界之前的混沌状态，更强调道的不可知和不可说。韩林合认为庄子的"道"是"世界整体"："作为整体的世界根本无所谓物与物、物与事、事与事的区别"，不是"通常的心智所了解的充满各种各样区别和变化的世界整体"。③ 这种理解是符合庄子对道的描述的。其实冯友兰很早就已经提出庄子所说的"道"是"全""大全"。④ 作为"世界整体"的道有这样几个特征：（1）无形无声。（2）在时空上无穷无尽。（3）道生万物，但自身不生不灭。（4）世界的本质和命运。（5）无所不包、无所不在。（6）道的原则是"虚静、恬淡、寂寞、无为"。韩林合关于"世界整体"的说法，明显有前期维特根斯坦的痕迹，但又不脱离庄子的本义。但把"道"的特征分为六个方面仍嫌琐碎。上述六个方面，2、3、6 仍与宇宙论相关，而 1、4、5 仍与本体论相关。但庄子的确既不关心宇宙论，也不关心本体论。他关心的是人生的境界，人应该怎样生活。那就是万物齐一，取消是非、善恶、美丑等差别。这种状态，在事实上，只能是世界生成之前的混沌，因此就不得不与宇宙论有关；在逻辑上，只能把已

---

① 冯友兰：《中国哲学史新编》下册，第 189、214 页。
② 汤用彤：《魏晋玄学论稿》，生活·读书·新知三联书店 2009 年版，第 25、139 页。
③ 韩林合：《虚己以游世》，北京大学出版社 2006 年版，第 17 页。
④ 冯友兰：《三论庄子》，《中国哲学史论文二集》，上海人民出版社 1962 年版，第 331、334 页。

经产生了差别的世界抽象为一个没有差别的整体，这就不得不与本体论有关。韩林合最后说"世界整体或道生成万物""世界整体或道无所不在"之类的说法是没有意义的，因为只有相对于世界或道之内的诸对象而言"生成""在……地方""无所不在"之类的说法才有意义。也就是说，道在世界之外，是不可说的。庄子想要论证的是人应该怎样生活，什么样的生活才是幸福的，因此庄子的道论是一种伦理学。

这样，我们就从人们对于道的理解中得到了关于"道"的三个含义：一是宇宙论意义上的本原、始基、质料。二是本体论意义上的原理、共相、本质、一般。三是人生论意义上的大全、整体，也就是物我一体、主客不分的混沌状态。

四　争议和辩驳

以上是关于道的意义的几种具有代表性的意见，其中有些看法借鉴了西方哲学概念。一般来说，对于道是形而上学的对象，以及道是宇宙论意义上的本原这两个问题，争议不大。争议集中在道的本体论的意义上。有的学者认为中国哲学中没有本体论。因为"所谓本体论就是运用以'是'为核心的范畴、逻辑地构造出来的哲学原理系统"，"它是把系词'是'以及分有'是'的种种'所是'作为范畴，通过逻辑的方法构造出来的先验原理体系。"[1] 由于中国语言中没有相当于西方语言中的系词"是"，因此也就无法建立起以"是"为核心的本体论。但冯友兰所谓的"本体论"显然并不是这种通过对"是"的逻辑分析而建立起来的原理系统，而是指以逻辑方法对世界的本质与现象、一般与个别、共相和殊相所做的思考。"道家和玄学的贵无论都说'无'就是'道'，它们都是强调无名。所谓无名就是没有规定性。这是本体论的讲法。"[2] 广义的形而上学包括宇宙论和本体论，狭义的形而上学就等同于本体论。在亚里士多德看来，形而上学是研究是者的科学。考虑到宇宙论后来被物理学取代从而不再是哲学研究的内容，如果再否认中国哲学有本体论，那么中国古代形而上学将失去最核心的内容，甚至连有没有形而上学或哲学也成了问题。说中国哲学是一种不同于西方本体论的境界论是无济于事的，因为哲学的概念本来就是由西方定义的。况且，境界论并不是一种只有中国有而西方没有的东西。与其说中国的包子与西方的汉堡是两种不同的汉堡，不如干脆承认中国没

---

[1] 俞宣孟：《本体论研究》，上海人民出版社1999年版，第27、3页。
[2] 冯友兰：《中国哲学史新编》中册，第403—404页。

有汉堡。但如果要坚持中国跟西方一样也有哲学，那冯友兰的做法就是不可避免的。

其实西方学者在讨论本体论的时候并非都要用到系动词"to be"。罗伯特·所罗门认为本体论研究什么东西是最真实（real）的，更进一步，本体论致力于建立实在（reality，即最真实的东西）的层级结构。"我们开始假设在现象背后有一个实在（reality），试图用那些不可见的事件来解释那些可见事件的序列。正是这种仅仅是我们看到的、显得如此的东西与我们用来解释它的深层图像之间的区别，迫使我们引入'实在'这个概念。"所罗门说本体论的本意是"发现什么是最真实的，什么是最基本的，什么是要靠什么来说明的"。① 这种对本体论的通俗的解释完全不涉及系动词 to be。这种讲法就避开了中西语言之间关于系动词的意义的纠纷。毫无疑问，在中国哲学中，道是最基本的、最真实的，天地万物都要由道来说明。实际上，用系动词的名词化来表示一般的存在，不仅对缺少系动词的中国人难以理解，对西方人同样存在困惑。否则，康德以及后来的分析哲学和海德格尔就不必劳神去分析 being 的不同意义了。像"God is"（上帝存在）这样的句子在西方语言中也并不是一种日常的通行用法，而是特殊的形而上学用法。如果西方哲学采用 being 一词的目的在于表达世界的普遍性和同一性，那么"道"同样也能胜任这一任务。

西方哲学对本体论和宇宙论的区分也有一个过程，直到沃尔夫才对形而上学的不同内容做出清晰的划分：本体论、宇宙论、理性灵魂学和自然神学。② 古希腊自然哲学家尚未摆脱以自然界的具体事物来解释世界的本原，所以古希腊哲学同样没有清楚地区分宇宙论和本体论。如果不是以西方成熟的本体论形态观照中国古代形而上学，而是把中西同时代的思想进行对比，就可以发现，所有思想都有一个从不清晰到清晰的过程，而这个过程在不同文化里有不同的路径和节奏。所以正如冯友兰所说，古人思想中的确已经出现了对宇宙论和本体论的区分，但他们未必能清楚地意识到自己进行了这种区分。只是在我们今天看来，古人的思想中有些说的是宇宙论，有些说的是本体论。"形而上"的说法比老庄具有更明显的本体论意味，但《易传》对宇宙论和本体论的区分同样是不自觉的。虽然"形而上者谓之道"可以作本体论的解释，但《易传》的主要思想其实还是宇宙

---

① 〔美〕罗伯特·所罗门、凯思林·希金斯：《大问题：简明哲学导论》，张卜天译，清华大学出版社2018年版，第112页。
② 〔德〕黑格尔：《哲学史讲演录》第4卷，商务印书馆1978年版，第189页。

论的。冯友兰本人对此也是相当谨慎，他一般不说老庄、玄学和理学有本体论，而是说他们对某个问题是"本体论的讲法"。也就是说，他们对道的认识，在我们今天看来在一定程度上相当于一种本体论。

冯友兰自称不是要把道与西方的什么概念等同起来，而是要把老庄未说清的东西说清楚。如果你认为老子和庄子所说的东西已经足够清楚，那冯友兰的工作当然就是不必要的。问题是每个阐释者都认为自己更清楚地表达了老庄的意思。刘笑敢主张"避免用现代的现成的或西方的哲学概念来定义老子之道，而采取对道之功能进行描述的方法来界定道的性质"，认为"老子之道可以概括为世界之统一性的概念，是贯通于宇宙、世界、社会和人生的统一的根源、性质、规范、规律或趋势的概念"。[①] 但是，这个定义里面的"统一""世界""社会""人生""根源""性质""规范""规律""趋势"等，无一不是现代或西方的概念，而且一点也不比其他现代或西方概念的解释更清楚易懂。冯友兰似乎早就料到了会有这个问题，所以他在说朱熹的"理"和"气"分别相当于亚里士多德的"形式因""目的因"和"材料因""动力因"的时候，就特意指出，这是"暗合"不是"硬套"。"其所以有这样的暗合，是因为有那么一个客观的道理，两家都有所见，所以说出来的话有些就是不谋而合了。"[②]

我们的现代语言和现代思想是在与西方语言和西方思想的冲突、摩荡、交流、融合当中形成的。事实上，因为信息交流方式的进步，不同文化之间的互相理解已经不是问题。我们与西方面对共同的世界，共同的问题，已经具备了充分交流和理解的可能。相反，我们现代的语言或思想却并不因为与老子属于同一个文化系统而使得老子的思想更容易理解。或许，我们今天的思想与老子的差距，比我们与西方的差距更大。我们找不到一套与老子共同的能够解释老子思想的话语。老庄对道的描述，在古代就已经不可理喻，并非只对我们现代人而言难以理解。这点从韩非、王充、玄学和理学对道的阐释就可以看出来。老庄思想之难懂，首先是因为他们对问题的认识本身就不清楚，其次是因为他们的言说脱离了我们对日常语言的用法。事实上，正如冯友兰所说，中国哲学发展到理学，老庄"道"中的宇宙论内涵和本体论内涵才被比较清晰地揭示出来。这不是误解了老庄，而是把老庄尚未说清楚的问题说清楚了。二程朱熹他们并没有我们现在所诟病的现代语言和西方概念。倘若说，王弼、朱熹也是用他们

[①] 刘笑敢：《老子古今：五种对勘与析评引论》，中国社会科学出版社2006年版，第85页。
[②] 冯友兰：《中国哲学史新编》下册，第186页。

自己的"现代语言"和他们当时接受的外来思想去解释老子的,那么我们今天依然无法避免那样做。如果一定杜绝这种阐释,那么任何阐释都将是不可能的。

第三节 形而上学的命运:解构抑或重建

一 逻辑经验主义:形而上学无意义

形而上学是超验的,所以从一开始就不得不面对常识、经验和科学的质疑。从古希腊的怀疑论到休谟、康德以及19世纪的经验主义者,都以不同的方式对形而上学提出批评,但真正对形而上学形成致命冲击的却是20世纪的分析哲学,特别是逻辑经验主义。

逻辑经验主义把所有命题分为两种,即分析命题和综合命题。分析命题或者是同义反复,或者是自相矛盾。分析命题不涉及事实内容,其真假决定于符号的定义和变形规则,因此不能通过经验来证实或证伪。数学公式和逻辑命题都属此类。综合命题对经验有所陈述,其真假要由经验来证实。而形而上学命题既不是分析命题,又不是综合命题,因此是一些无意义的语句。形而上学谈不上对错,而是根本无意义。

卡尔纳普认为形而上学的假陈述有两种情况,一是陈述所使用的语词无意义,二是虽然使用的语词有意义,但这些语词组成的句子却违反逻辑句法。[1]

对于第一种情况,卡尔纳普认为决定一个词的意义的是它的应用标准,而形而上学的词却不能满足这样的条件。例如常用的形而上学术语"本原"(principle)就是这样一个词。因为形而上学家无法告诉我们怎样使用这个词才是正确的。其他如"理念""绝对""无限""有的有""非有""本质"等,都是一丘之貉。

对于第二种情况,卡尔纳普认为自然语言允许构成无意义的词列而不违反语法规则,如"凯撒是一个质数"这样的句子。而形而上学陈述利用了这一点,构造了一些不违反语法句法却违背逻辑句法的伪陈述。

如果我们承认老庄的道论是一种形而上学,那么它同样要面临这种质疑。

---

[1] 〔德〕卡尔纳普:《通过语言的逻辑分析清除形而上学》,载洪谦主编《逻辑经验主义》,第14页。

一方面，按照逻辑经验主义的标准，"道""有""无"这样一些语词是无意义的。虽然我们在日常生活中能够有意义地使用这些语词，但老庄并不是在日常语言的意义上使用这些词的。"道可道，非常道"明确地指出老子所谓"道"不是通常意义上的"道"。那么我们如何确定老子所谓"道"的应用标准呢，答案是，没有标准。这样我们就不知道如何使用"道"这个词才是正确的。另一方面，含有"道""有""无"等词的句子虽然符合语法句法，却是违背逻辑句法的。如"天下万物生于有，有生于无""道生一，一生二，二生三，三生万物"等。

因此，按照逻辑经验主义的标准，老庄关于道的陈述也是无意义的，是形而上学的伪陈述。因为它们既不是分析命题，也不是综合命题，既不能从符号的定义和规则断定其真假，也不能根据经验事实来证实其真假。

但是，如果像有些人说的那样，以老庄为代表的道论并不是一种形而上学，那么从逻辑经验主义的角度对它进行批评就未免有无的放矢之嫌。不过要否认老庄思想中的形而上学因素似乎也难以持论，老子明言其所谓道是超越感官和经验的。道家形而上学与经验的分离的确不够彻底，但不彻底的形而上学仍然是形而上学。并且，由于它与经验分离得不彻底，就难以避免用经验来证实它的真假。当这种形而上学中的经验因素经不起验证的时候，它自然又要以道不来自经验或高于经验来辩护。例如在何王和程朱那里，道、无和理不再直接涉及经验世界，而是迂回到经验。但这种迂回最终还是造成道脱离经验，从而走向形而上学。朱熹在这一点上实际上非常清醒，他一再说理"无情意，无计度，无造作"，"是个洁净空阔底世界，无形迹"。[①]

另外，在某些语境中，所谓形而上学其实就是哲学，或者至少可以说形而上学是哲学最核心的内容。所以如果为了逃避逻辑经验主义的批判而辩称中国没有形而上学，那几乎就相当于说中国没有哲学。因此，即使为了使道家思想看上去像哲学，也需要对道作形而上学的阐释。事实上众多哲学史的研究者就是这样做的。

海德格尔的出现使某些学者可以对道作一种非形而上学的哲学阐释，然而海德格尔建构的新哲学形态同样无法免除逻辑和语言分析的质疑。（详后）这种非形而上学的哲学形态一方面仍然不接受经验证实的束缚，另一方面又无意构建形而上的逻辑结构，因此就走向了艺术和诗。然而，海德格尔的诗化哲学恰恰是自投罗网，印证了逻辑经验主义的讽刺，形而

[①] （宋）朱熹：《朱子语类》第1册卷1，（宋）黎靖德编，王星贤点校，第3页。

上学家是没有才华的音乐家。同时，从已有的研究来看，对老庄作海德格尔的阐释，比对其作传统形而上学的阐释更加艰难。

逻辑经验主义和维特根斯坦经常以"胡说"和"无意义"批判形而上学。这里的"胡说"和"无意义"有特定的含义，专指形而上学的命题没有经验上的认识意义。在这一意义上，"形而上学无意义"或"形而上学是胡说"就是一个分析命题，因为"形而上学"的定义里本身就包含了"超越经验"。在通常意义上理解形而上学是"胡说"显然不容易被接受，在人类思想史上，形而上学岂止不是胡说，而且是比科学更高的"真理"，是科学的"科学"。而逻辑经验主义恰恰是在这里指出，形而上学不是科学意义上的真理，甚至也不是日常生活中的真理。

逻辑经验主义并不否认形而上学具有情感意义和伦理学意义。形而上学之所以是胡说，不是说它没有任何价值，而是说它把表达情感的句子以及表达某种生活态度的句子作为关于世界的普遍真理。费格尔说："正如存在主义的讨厌鬼们指出的那样，像'生活的意义'或'为什么有某物而不是无'这样一些问题可能在情绪上或激励性上是完全有价值的，但在认识上，它们是绝对不可能回答的。人们提供的回答是似是而非毫无意义的。"①

正是在这个意义上，我们也可以说老庄关于道的言说是无意义的"胡说"。这当然不是说，老庄的道论没有任何价值，恰恰相反，在人生和审美意义上，它甚至具有某种非常重要的价值。但是，老庄对世界所做的陈述，无法通过经验和实证的手段证明其真假。如果我们把老庄的道论作为对世界本质的描述，那就成了胡说。或者换一种简单明了的说法，如果老庄说"人应该像道那样活着"，这当然是有意义的，它表达了一种人生态度；但如果老庄说"世界的本质是道"，那就成了胡说。因为老庄关于世界本质如何的断言是不可验证的。任何人都可以提出与老庄不同的断言，声称自己揭示了世界的本质，并同时提供不少于老庄的理由。当然这些理由，都不成其为理由。这也就是为什么任何人都能够建立一个自己的形而上学体系，并以理论的形式论证自己的主张，要求别人同意他的观点。"他们是不知不觉地把形象化或情绪化的意味当成事实性的意义了。"② 所以我们在这里不是否定老庄思想在伦理学和美学上的意义，而是避免把他们的主张当作对世界真理的揭示。赞成老庄的人，如果把道作为一种伦理

---

① 〔奥〕克拉夫特：《维也纳学派》，商务印书馆1999年版，第195页。
② 〔德〕克拉夫特：《维也纳学派》，第196页。

学的主张和生活方式,当然也是有意义的。但如果认为老庄所谓"道"揭示了世界的本质,那同样是胡说。说它是胡说,仅仅意味着它不具有经验的认识意义,而不是否认它在伦理和审美上的价值。

逻辑经验主义对形而上学的极端立场也受到很多质疑,因此在后期对形而上学的批判有所缓和,但基本立场并未改变。有些观点认为逻辑经验主义衰落之后,形而上学出现了复兴,未免言过其实。斯特劳森和蒯因等人并不是像有些人所说的那样重建了形而上学,而只是对针对逻辑经验主义的批判手法提出质疑。与其说他们恢复了形而上学,不如说他们更完善了对形而上学的批判策略。"本体论承诺"不是积极的建设而是对传统形而上学的一种宽容。蒯因甚至批评分析哲学对分析命题和综合命题的区分也是一种形而上学,指责分析—综合二分是"经验论者的一个并非来自经验的教条"[1]。这不啻是批评分析哲学仍然没有彻底褪尽形而上学的色彩。"分析的形而上学""描述的形而上学"之类的名称本身就显示了分析哲学对传统形而上学的胜利。也就是说,即使形而上学还有理由存在,它也只能是"分析的"或"描述的"了。事实上,在分析哲学之后,传统意义上的形而上学体系再也不可能建立起来了。当然,一些痴迷宏大叙事的民间哲学爱好者还在梦想像黑格尔那样建立自己的形而上学帝国。民科和民哲的灵感和想象力源自愚昧无知,因而取之不尽用之不竭。他们渴望在思辨的草原上像成吉思汗一样带领着语词和概念组建的铁骑纵横驰骋,踏遍一切经验和常识。建立形而上学帝国的野心证明了他们充其量是一些没有才华的诗人。

二 后期维特根斯坦:语法批判

后期维特根斯坦对自己的前期思想进行了激烈的批判,但其反形而上学的主旨则一以贯之。区别仅在于,他前期认为形而上学无意义是因为其命题无法证实,后期则认为形而上学命题违反了日常语言的用法。形而上学对语言的使用脱离了日常生活,违背了日常生活中自然语言的语法,因此解决哲学问题,不是提出一个相反的或更正确的命题,而是回归语言的日常用法,从而消除形而上学问题。哲学的任务是描述和治疗,而不是为世界提供普遍真理,因此哲学问题应当完全消失。[2]

---

[1] 〔美〕蒯因:《经验主义的两个教条》,载〔美〕A. P. 马蒂尼奇编《语言哲学》,牟博、杨音莱、韩林合译,第55页。
[2] 〔奥〕维特根斯坦:《哲学研究》第118—120、124、133节,陈嘉映译,上海人民出版社2005年版,第56—58、60页。

后期维特根斯坦反形而上学的策略是引入了语法或哲学语法的概念，认为形而上学的荒谬在于它违背了日常语言的语法。维特根斯坦所谓"语法"，是指语词在日常语言中的用法。"一个语词在语法中的位置便是其意义。""一个词在语言中的用法便是其意义。""语法描述语词在语言中的用法。"① 所以哲学语法不同于通常所说的语言学中的语法概念。普通语法是从众多语言现象中抽象出来的形式化的规则，如词性、时态、句法结构等，不涉及语词的具体意义以及语词与现实、思想的关系。但哲学语法关注的恰恰是语词的意义，也就是通过语词的使用所表达的我们对世界的理解。因此陈嘉映说，哲学语法"就是凝结在、体现在语言用法中的理解方式"②。普通语法以语言为对象，为研究语言而研究语言。哲学语法以理解和意义为对象，为澄清我们对世界的理解而研究语言。试比较如下语句：

我知道我牙疼
我知道他牙疼

从普通语法的角度看，这两个句子在语法形式上没有什么不同，"知道"在这两个句子结构中的语法作用也完全一样。但是从哲学语法的角度看，这两句子却有截然不同的语法，"知道"在其中有完全不同的意义。普通语法可以只关心这两个句子在形式上是否符合句法规则，而不必顾及它们在现实中的意义，哲学语法则要分析它们在现实中的具体使用。在日常语言中，说"我知道他牙疼"是有意义的，对这句话的否定"我不知道他牙疼"也是有意义的。但对于"我知道我牙疼"的否定，即"我不知道我牙疼"却是荒谬的。所以"知道"在这两个句子中的语法是不同的。事实上，在日常语言中，无论是"我知道我牙疼"还是"我不知道我牙疼"，都是无意义的表达式，只不过前者的荒谬不如后者明显。"在语法中，'意义'和'无意义'这两个词对应于规则所容许和禁止的东西。"③ 因此，违背语法规则的表达式是无意义的。但违背哲学语法的句子可能完全符合普通语法。也就是说，并不是表面看来符合普通语法的句子都是有意义的。

形而上学家被语言表达式的表面相似性迷惑，制造了大量表面看来有

---

① 〔奥〕维特根斯坦：《哲学语法》，韩林合译，第31页。
② 陈嘉映：《谈谈维特根斯坦的"哲学语法"（续）》，《世界哲学》2011年第4期。
③ 〔奥〕维特根斯坦：《维特根斯坦与维也纳学派》，〔奥〕魏斯曼记录，徐为民译，孙善春校，同济大学出版社2004年版，第90页。

意义甚至是真理而实际上却违背哲学语法的无意义的命题。像"我知道我牙疼"这样的句子，看起来似乎是放之四海而皆准的永恒真理，与"我知道他牙疼"相比，它永远不会错。然而这样的形而上学真理在日常生活中却是无法使用的，因而也是无意义的。在日常生活中，我们只说"我牙疼"，而不说"我知道我牙疼"。这里的"我知道"不是通常意义上的我知道。"我知道"在这里是多余的。但形而上学却由此得出感觉是私有的，我的感觉只有我知道，他人的感觉对我来说或我的感觉对他人来说是不确定的。但是在日常生活中，正是对那些不确定的东西才谈得上知道或不知道。澄清混乱的方法，就是把形而上学的命题带回日常语言，指出在日常生活中我们的语言不是这样使用的，形而上学命题脱离日常语言的用法，是无意义的胡说。在"人不能两次踏入同一条河流""万物皆流"这样的形而上学命题中，"同一条河流"的用法与日常语言是不同的。在日常生活中，我们不会因为一条河的水是流动的就说它不是同一条河。日常语言中的"河"指的就是不断流动、不断变化甚至已经干涸的河。有时候甚至一条河改道了，我们仍然把它称为同一条河。正是因为一个语词能够在一个对象不断变化的情况下仍然指称这个对象，这个语词才适合被我们使用。如果我们对于一个变化中的对象每时每刻都要用一个新的语词来指称，我们的语言将变得无法使用。当然哲学家说"人不能两次踏入同一条河流"的时候，他只是改变了"同一条河流"的语法，而"人"这个词还是在日常语言的意义上使用的。如果按照形而上学的语法规则，这个"人"也是在不断变化的，第一次踏入河流的跟第二次踏入河流的也不是同一个人。这样，按照形而上学的语法，像"两次""踏入"这些词的意义也就都无法确定。脱离了日常语言用法的形而上学命题最终不知所云。

形而上学违背日常语言语法的同时，也混淆了语法命题和经验命题。表达一条语法规则或能够作为一条语言规则使用的命题，就是语法命题。而经验命题则是陈述经验事实的命题。物体都有广延，棍子有长度，这是一只手，存在着物理事物，白色是最浅的颜色，以及数学公式和逻辑命题都是语法命题。语法命题是我们对语词用法的规定，不是对经验事实的描述。也就是说，我们把白色规定为最浅的颜色，我们说的棍子是一种有长度的东西。以指物定义而言，指着一个红色的东西说"这是红色的"，就建立了语词与现实的关系，或者说确定了"红色"这个词的用法。"这是红色的"就是一个语法命题。如果有人指着一个绿色的东西说"这是红色的"，我们无法通过经验来反驳他，我们只能说他不会使用"红色"这个词。"这是红色的"决定了"红色"这个词的用法。

语法命题与逻辑经验主义所说的分析命题都与经验命题相对，它们都不陈述经验事实。但语法命题的外延比分析命题更广。属于分析命题的数学和逻辑命题也属于语法命题，但很多语法命题并不是分析命题。而且有的语法命题与经验命题的界限不是那么分明，具有"经验命题的形式"。"我愿意相信并非所有具有经验命题形式的东西都是经验命题。""具有经验命题形式的命题，而不仅仅是逻辑命题，是一切思想（语言）运作的基础。"① "这是一只手""这是红色的"都具有经验命题的形式，但它们是语法命题。

语法命题和经验命题处于两个不同的层面，不是并列使用的两种命题。语法命题是经验命题的前提和基础。在日常生活中，我们用来描述经验事实的时候使用经验命题。只有在建立语法规则的时候才使用语法命题。语法命题是用来遵守的规则而不是被谈论的对象。比如，在日常生活中，我们会说"这根棍子长一米"或"红灯亮了"，但不会说"这根棍子有长度"或"这是红色的"。如果你在日常生活中动辄指着一个红色的东西说"这是红色的"，或指着一根棍子说"这根棍子有长度"，别人会误以为你精神不正常。除非你是在教一个不会说话的孩子学习"红色"或"长度"这些词。而教孩子学说话正是教他们学习我们的语法规则。对这种混淆语法命题和经验命题的情况，维特根斯坦调侃道：

> 我正同一位哲学家坐在花园里，他一次又一次说"我知道那是一棵树"，同时指着离我们很近的一棵树。第三个人来到听见了这句话，我告诉他说："这个人精神并没有失常。我们不过是在进行哲学思考。"②

形而上学不是对于世界的本质的认识，而是关于世界的理解方式或概念框架。形而上学命题不是关于经验事实的陈述，而是在语法层面上构造的关于语词使用规则的语法命题。但是形而上学家往往意识不到这一点，把语法命题误认为是关于世界的必然真理。而维特根斯坦指出，形而上学真理的必然性不过是语法规则的必然性。这种必然性在维特根斯坦看来又是任意的和约定的。"语言里唯一和自然必然性关联的东西是一种任意的

---

① 〔奥〕维特根斯坦：《论确实性》308、401，〔英〕G. E. M. 安斯康、〔芬兰〕G. H. 冯·赖特合编，张金言译，广西师范大学出版社2002年版，第48、62页。
② 〔奥〕维特根斯坦：《论确实性》467，〔英〕G. E. M. 安斯康、〔芬兰〕G. H. 冯·赖特合编，张金言译，第75页。

规则。这种任意的规则是我们能从这种自然必然性抽出来注入一个句子的唯一的东西。"①"对任何实际来说，语法都没有向其解释自己的行为的责任。语法规则首先决定了意义（构成了它），正因如此，它们对任何意义都没有责任，在这样的范围内它们是任意的。"②

　　语法规则是约定的、任意的，所以从逻辑上说，指着一个东西说"这是红色的"并没有先验的必然性，我们完全可以把它约定为"绿色的"。但语法规则建立之后，就不是任意而是必然的了。日常语言是由我们的生活形式决定的、在应对人类生活的过程中自然生长出来的。约定和任意只是针对形而上学的必然性而言，在这个过程中并不存在比较和选择不同语法规则的问题。语法是我们无可避免地接受下来的，我们在学习语言的时候并不选择。我们盲目地遵守这些规则。如果我们教一个孩子学说"这是红色的"，他总是问"为什么这是红色的""为什么不是绿色的"，那他就永远学不会说话。

　　因为语法规则在逻辑上是任意的，所以形而上学可以任意构造出自己的私人语法。但又因为在历史和现实中日常语言的语法是给定的和无可选择的，形而上学的语法规则就是无法使用的。或者说，我们对世界的理解是由日常语法决定的，因而形而上学的语法是无法理解的。

　　在老庄关于道的言说中，那些使人困惑的命题大都是违背日常语言用法的形而上学命题。而这些形而上学命题有时又表现为经验命题的形式，其实却是一些具有经验命题形式的语法命题。老庄实际上构造了一种不同于日常语言的语法，但他们却认为自己比常人揭示了更深层的关于世界的真理。形而上学家实际只不过是推荐了一种新的描述方式。但老庄没有能力全面颠覆日常语言的整个语法系统。他们的大部分陈述仍然遵循着日常语法。这是因为"形而上学家并未始终把一种新符号的构造贯彻到底"，而是"在切断赋予我们现行符号意义的语法联系时，保留了这些符号的要素"，把新概念嫁接到旧的语法片断上，这就像在国际象棋里的"兵"按照跳棋规则行棋，而"王"却仍然遵循国际象棋的规则。③

　　如果老庄始终使用日常语言，那么我们的理解就没有任何障碍。如果老庄始终使用他们自己构造的全新的私人语法，那也就不会有任何人能够理解。然而，老子和庄子做不到完全使用自己构造的私人语法，他们能做

---

① 〔奥〕维特根斯坦：《哲学研究》第372节，第136页。
② 〔奥〕维特根斯坦：《哲学语法》，韩林合译，第191页。
③ P. M. S. Hacker, *Insight and Illusion: Themes in the Philosophy of Wittgenstein*, Oxford: Clarendon Press, 1986, pp. 200, 201, 203.

的就是把新的语法规则嫁接到人类固有的日常语法上。这就造成了多数人共同的感觉：一方面弄不清他们到底要说什么，另一方面又感觉他们似乎确有所说。

当老子和庄子在按照日常语法使用语言的时候，我们并不感到困惑。令人困惑的是他们对语词的形而上学的用法，也就是他们构造的私人语法。像"民不畏死，奈何以死惧之""窃钩者诛，窃国者为诸侯"等这样的语句，都是对生活现象、经验事实的陈述，我们只要用事实来验证就可以了。但老庄显然并不甘心只对一种经验现象做出偶然性的陈述。他们的很多经验命题其实是以类比、隐喻和象征的方式被提升到了形而上学的高度。像"飘风不终日，骤雨不终朝"，本身是个经验命题，而且很容易被证伪。但老子在这里并非陈述一种自然现象，而是用它来类比一条普遍的形而上学原理：所有强大的东西都是不持久的。这种命题只有在老子的私人语法中才是成立的。而对那些不涉及经验的命题，其语法性质就更明显了。以下选取几个典型的命题略做分析。

"道可道，非常道。"我们已经在前面对"不可说"做了分析，现在我们从哲学语法的角度指出，这是老子构造的一个语法命题。这里出现了三个"道"，第一个"道"和最后一个"道"都是在日常语言中无法使用的。但是第二个"道"以及"可""非""常"都遵循了日常语言的用法。老子用我们日常语言中的语词定义了一个在日常语言中不存在的概念，即第一个"道"和最后一个"道"。老子对道的描述，并没有揭示世界的本质，而只是对"道"这个词的用法的描述。道不可说从语法上定义了道，即道是不可说的东西，也就是"不可说的东西不可说"。这只是一种同义反复，没有提供关于世界的任何有意义的信息。同时，老子为"道"制定的这条规则是无法使用的，它相当于说"棍子没有长度""物体没有广延"。谈论不可说的道，就像谈论没有长度的棍子，是无意义的胡说。

"道生一，一生二，二生三，三生万物。""天下万物生于有，有生于无。""道""一""二""三""有""无"这些词都不是在日常语言中的用法，我们无法确定它们的意义。而"生"则可以从日常语言意义上去理解，即"产生"或"生成"。通行的看法，认为"一"就是道，或者是最初的混沌之气，"二"则是阴阳二气，"三"则是阴阳合和。问题的本质不在于是否可以这样理解，而在于你可以对其做出任何一种理解。例如《易传》对宇宙生成的解释就是太极生两仪，两仪生四象，四象生八卦。为什么是"三"而不是"四"，为什么是"八"而不是"九"，这里没有任何经验的标准，也没有任何语词使用的标准。

"美言不信，信言不美。"作为经验命题它当然是有意义的，其真假可以在经验中得到验证。孔子也说"巧言令色，鲜矣仁"，就是在经验意义上使用的。一个命题是语法命题还是经验命题，有时不存在绝对的界限，这取决于我们对这个命题的使用。同一个命题有时可以作经验命题，有时可以作语法命题。老子显然是把"美言不信"作为形而上学的真理，因此它就不是经验命题，而是一条语法规则。它是对"美言"的定义：即"美言"就是"不信"之言。而这样一条语法规则在实际生活中根本无法使用。当然，如果允许任意阐释，也可以说"美言"是文学或诗性的语言，其标准是"美"而不是"信"。但这恐怕不是老子的本意。"大音希声，大象无形"同样是对"大音"和"大象"的定义或用法的规定，它们同样是一些无法使用的语法规则。

　　"庄周梦为胡蝶。"《齐物论》论证的是世界上的一切事物之间都没有区别，这个寓言则是说梦与醒没有区别。企图用经验驳倒怀疑论是徒劳的，因为怀疑论怀疑的恰恰是我们的经验。不过庄子的怀疑并没有改变我们的经验，他只是在对抗我们日常语言的用法。在我们的日常语言中，梦与醒是相对而言才有意义的。如果说一切都是梦，那么同样也可以说一切都不是梦。因为如果一个人永远在梦中，他就永远不知道自己在梦中。在"一切都……"的判断中不存在对立的东西。另一方面，纵使庄子把我们本来称为醒的状态称为梦，那么此"梦"仍然不同于彼"梦"。就像所有的人都把鹿称为马，那么这种被新命名的马仍然不同于原来的马。既然如此，又何苦把我们称之为醒的东西改称为梦呢。"人生如梦""人生就是一场梦"这样的说法，在日常语言中不仅是有意义的，而且有丰富的蕴含。然而，正因为人生不是梦，这样的说法才是有意义和有蕴含的。如果人生就是梦，那么"人生如梦"就相当于说"人生如人生"或"梦如梦"，"人生就是一场梦"就相当于说"人生就是人生"或"一场梦就是一场梦"，而这些表达式在日常语言中却是无意义的胡说。庄子在这个寓言中只是做了一次"语法运动"，他把自己观察事物的一种新的方式解释成看到了一个新的事物。①

　　因此，老庄的形而上学命题其实都是他们构造的私人语法，而我们在实际生活中根本不会使用这样的语法。但另一方面，老庄的私人语法的确又对我们的思想产生了影响，以至于成为一种理论上的准语法规则。比如在哲学、美学和文学理论中，道不可说，言不尽意，形神二分等几乎成为

---

① 〔奥〕维特根斯坦：《哲学研究》第401节，第142页。

基本命题和基本规则。但这正是我们所要指出的，这些规则在我们的日常生活和日常语言中是不起作用的，是一些空转的轮子。它们只有在哲学讨论和形而上学的文论中才被提及。而且，经过我们的分析，它们所表达的意义总是可以被转换为日常语言就可以表达的东西。即使在理论中，我们也不需要这样一种脱离现实的形而上学的语法规则。相反，把日常语言上升为这种形而上学语言的企图，总是带来混乱和误解。

当然，如果不把老庄的形而上学命题当作关于世界的普遍真理，而当作一种人生态度或情感抒发，那么他们的私人语法命题是无害的。形而上学构造的违背日常语法的句子，在文学中不仅是被允许的，而且是被鼓励的。我们可以称之为文学语法或艺术语法。

我们通过语法和概念分析对老庄形而上学所作的批判，不是简单地否定其思想价值。形而上学无论是在中国还是在西方，都是人类思想的必然追求，是人理解世界和自身所做出的理智的努力。我们并不像泰勒斯的婢女那样嘲笑这种努力，而只是澄清它们的性质。还是让我们用维特根斯坦的话来结束这一段：

> 由于曲解我们的语言形式而产生的问题，有某种深度。它们在深处搅扰我们；它们的根像我们的语言形式本身的根一样，深深扎在我们身上；它们意义重大，重如我们的语言本身。①

三 海德格尔：走向诗和艺术

在西方强大的形而上学传统背景之下，海德格尔语不惊人死不休，宣称两千年来以研究存在为己任的西方哲学研究的只是存在者，根本没有触及存在。这种耸人听闻的断言令西方人瞠目结舌，同时却让中国人看到了从存在哲学的角度对道家思想做出阐释的可能。海德格尔与中国学者共同翻译《老子》的史实，以及海德格尔多次引用和解读老子文本的证据，都引导人们寻找海德格尔乃至西方后现代思想的中国因缘。但也有人指出海德格尔与老庄是不同时代、不同文化中的思想形态，简单地比附是容易的，但也是轻率的。陈嘉映说："现在有一种流行的论调，把西方思想的现代转向和后现代转向说得像是西方思想向东方思想的输诚。""比较海德格尔与中国哲学的学者，特容易把海德格尔老庄化，忘掉了海德格尔是西

---

① 〔奥〕维特根斯坦：《哲学研究》第111节，陈嘉映译，第55页。

方哲学的传人,而西方哲学不同于中国思想的根本之处,可以表述为构成性,正是从这种构成性出发,发展出了西方的科学理论,有别于神话和阴阳五行的宇宙论。"[1] 毫无疑问,仅仅从形式上寻找老庄和海德格尔的相似性,很容易陷入西方现代思想在中国古已有之的怪圈。

但我们在这里不是要加入这种二者相通还是不通的争论,而是要追问是什么原因诱使人们把 2000 年前的道家思想看作海德格尔思想的中国版本。

其一,是形而上学形态发展的否定之否定造成的不同阶段在形式上的相似性。西方从柏拉图到黑格尔的哲学体系具备了形而上学的典型特征,如主客二分,概念思维,范畴体系,等等。在此之前的形而上学则尚未发展出这些特征,而在此之后的形而上学则企图克服这些特征。这样形而上学之前的思想和形而上学之后的思想之间就表现出某种相似性。而这种相似性同时也具有欺骗性,使人误以为二者是同一种东西。众所周知,黑格尔瞧不起粗陋的中国哲学,但黑格尔之后的西方哲学以颠覆黑格尔为乐,自然对黑格尔否定的东西有另外一种兴趣。在环形的赛道上,张三比李四多跑了一圈,从而使二者看上去处于并列的位置,但不能因此就说他们跑了同样的距离。

其二也是最重要的一点,形而上学话语的本性制造了任意阐释和暴力阐释的无限空间。如前所述,形而上学命题不是对经验事实的陈述,无所谓真假。但它们拥有经验命题的形式,以此冒充它们所不是的东西。然而最终,你无法在经验事实层面反驳形而上学命题。任何论断都可以在不同的形而上学之间自由穿行。在形而上学中,任何东西都可以是其他东西。海德格尔不仅可以与道家禅宗互释,而且可以与孔孟程朱陆王乃至任何思想互释。事实上,有的学者从海德格尔的存在中读出的是道家的自然无为,而有的人读出的却是儒家的积极进取。[2]

无论人们怎样阐释海德格尔的思想,有一点似乎是肯定的,海德格尔本人认为没有人能够理解他。海德格尔声称只有自己揭示了存在,但对于究竟什么是存在却始终语焉而不详。海德格尔前期主张通过只有此在揭示出存在,似乎此在比存在更为根本,后期又认为此在只能听命于存在的召唤。同时,海德格尔自负地宣称,存在问题是一个没人回答甚至没人能理解的问题。这个问题甚至神秘到了连"存在"这个词都不能用。海德格尔

---

[1] 陈嘉映:《缘就是源》,《读书》1998 年第 12 期。
[2] 赵敦华:《现代西方哲学新编》,北京大学出版社 2001 年版,第 112 页。

写下"存在"的同时还要再打上一个叉,这使他的哲学思考几乎变成一种行为艺术。他想通过这种故作高深的方式告诉人们,他的思想已经深刻到无法用人类的语言来表达了。因此对这样一种晦涩到不知所云的思想可以向任意方向进行阐释,然而同时任何理解也都不可能是正确的。所以那些自以为理解了海德格尔的人且慢自作多情,因为你的理解很可能要遭到海德格尔轻蔑的嘲笑。

但是对于海德格尔这样重要到几乎是20世纪最伟大的哲学家,一般的质疑显得人微言轻,不仅无损海德格尔的深刻,反而徒显批评者的浅薄。因此我们不妨借力阿多尔诺的批评,晃动一下海德格尔那沉重的傲慢。阿多尔诺的思想与海德格尔的一样具有反体系,反科学,反逻辑,反实证主义的后现代特征,其理论表述之晦涩艰深也与海德格尔在伯仲之间,但他对海德格尔在关于存在的神秘叙事中表现出的行步顾影和风流自赏似乎忍无可忍。"他的哲学就像是一种高度发达的信用制度:一个概念借自另一概念。"的确,海德格尔带领我们从一个不确定的解释跳到另一个更不确定的解释,一步步坠入困惑的深渊。然而你不能质疑,因为"存在既不是一个事实,也不是一个概念,因此它便躲开了任何批评,批评家所挑剔的任何毛病都可以被当作一种误解而不予理睬"。阿多尔诺说出了众人想说而不敢说的话:海德格尔关于存在的言说是空洞而贫乏的,他"实际上不敢思考任何东西,只敢思考一种完全的真空,一种比古代的先验主体空洞得多的 X"。这种空洞而贫乏的存在"为了成为无懈可击的,便不得不以它的虚无性为代价——它蔑视任何靠思想和靠直观形象而获得的满足,仅仅为了纯名称的自我同一而使我们一无所有"。但这种空洞和贫乏却"被重铸成一种优势","被重新评价为一种深刻的标志"。[①]

是什么原因促使海德格尔这样闪烁其词,故弄玄虚?揆之常理,无非是因为欲说的东西要么平淡无奇,要么不可告人,要么羞于启齿,要么以上兼而有之。说到中西相通,"以艰深文浅易"倒是一个放之四海而皆通的叙事策略。阿多尔诺在对海德格尔进行了一番尖刻的讽刺之后,仍然要"阐释"其浮华叙事背后的现实内容,尽管这种内容并不像他的叙事那样光彩夺目。比如,海德格尔做出一副反抗流俗的姿态,但最终却不过是现实的帮凶。他的思想"像希特勒一样悲怆地表演了一种孤勇姿态。它们在形而上学上故作无家可归和无法无天的姿态,是从意识形

---

① 〔德〕特奥多·阿多尔诺:《否定的辩证法》,张峰译,重庆出版社1993年版,第72、73、76、113页。

态上为那种迫使人们走向绝望并以肉体毁灭来威胁人们的秩序进行辩护。……海德格尔助长奴隶思维并且以反对舆论市场的标准姿态践踏'人道主义'这个词。他在反对一切'主义'的统一战线中得到了一席之地"①。我们在阐发海德格尔思想的微言大义之前，不妨先正视一下阿多尔诺的尖锐批评。

荷兰学者赫尔曼·菲利普斯认为，后期海德格尔思想的主旨是新黑格尔主义和后一神论宗教。新黑格尔主义主题是为纳粹主义颁发的形而上学许可证。而后一神论宗教则是纳粹主义在哲学上的延续。海德格尔的后期哲学应当被视为一种在精神层面继承纳粹主义的企图。"海德格尔哲学的基本动力最终是一种宗教追求和一种成为真正信仰者的企图，而这需要通过从根本上克服基督教传统来实现。"② 两次世界大战期间，包括纳粹党在内的德国社会普遍渴望把基督教转化为一种雄辩的、反犹的、国家主义的信仰。海德格尔的后一神论宗教满足了这种需求。由于这二者是反自然主义和反智主义的，对正常的理智来说太匪夷所思，所以必须处心积虑采用一种模糊的神秘的叙事策略，因为隐秘的意旨一经明确就会丧失魅力。③ 伊格尔顿则说："这并不是要说，海德格尔的哲学总的来说就只不过是法西斯主义的理论基础；而是说要说，海德格尔为现代历史的危机提供了某种想象的解决，就像法西斯主义也为之提供了某种想象的解决一样，而且二者分享了很多共同的特征。"④ 无论如何，人们把海德格尔的存在哲学与纳粹思想相联系都不是没有原因的。

克里斯托弗·克利帕认为："海德格尔的哲学，是为无法虔心信教的人所设的宗教信仰"，然而海德格尔最终为他们提供的却是一种"不可教的教义"。"海德格尔想要（1）使人们成为巧言善辩的不信者（sophisticated unbelievers）从而海德格尔可以（2）通过非道德的抽象概念来教育他们，使之进入（3）一种对 being（存在）的自鸣得意的归顺（glorioussubmission）的状态，而他这种要求是不融贯的和完全行不通的。"这种教义需要"一种描述虚无的语言"，一种自我消解着的语言。"海德格尔以为他制作不出这样的语言的原因在于公众这块不毛之地；其实真正原因是这

---

① 〔德〕特奥多·阿多尔诺：《否定的辩证法》，张峰译，第86页。
② HermanPhilipse, *Heidegger's Philosophy of Being: A Critical Interpretation*, New Jersey: Princeton University Press, 1998, pp. 309, 383, 276, 291.
③ HermanPhilipse, *Heidegger's Philosophy of Being: A Critical Interpretation*, p. 385.
④ 〔英〕特雷·伊格尔顿：《二十世纪西方文学理论》，伍晓明译，北京大学出版社 2007 年版，第64页。

种语言根本不可能存在。"①

海德格尔一生都在煞有介事地寻找这种不存在的语言,并因此装出一种深刻的苦恼。对西方人而言,老子是一种陌生化的语言。东方话语在某种程度上可以满足海德格尔的渴求。邂逅老子就像是他与存在的美满婚姻中的一次出轨,他随即就为自己的不忠而感到不安。"道家思想在海德格尔那里从来都只是一个借用的工具,而并没有真正扎下根来。"② 因为这种工具对于海德格尔的历史使命来说显然是不称手的。

对于自己与东亚思想的关系,海德格尔一直讳莫如深。海德格尔毕其一生都在克服传统形而上学,如果这个形而上学在两千年前就已经被老子克服了,那么海德格尔的努力岂不是成了笑话?酒能刺激灵感,烂苹果也能,但灵感却不是酒,也不是烂苹果。如果海德格尔当年读到的是《诗经》或《论语》,也未必不会浮想联翩。起兴的要义是"先言他物以引起所咏之词",至于这它物是什么似乎无关紧要。《韩非子·外储说左上》说:

> 郢人有遗相国书者,夜书,火不明,因谓持烛者曰:"举烛。"云而过书举烛。举烛,非书意也,燕相受书而说之,曰:"举烛者,尚明也,尚明也者,举贤而任之。"燕相白王,王大说,国以治。治则治矣,非书意也。今世学者,多似此类。③

海德格尔解读老子,就如同上面的"郢书燕说"。如果说二者有什么不同,那就是海德格尔在读老子之前就已经想好了自己要说什么。但老子文本对海德格尔的帮助是极其有限的,而且必须通过歪曲解读才能实现。而学者们为老子影响海德格尔所举的例子,往往起到相反的作用。

海德格尔对《老子》第十五章"孰能浊以静之徐清"的理解完全是一种改译。④《从一次语言的对话而来》的副标题标明是与一位日本学者的对话,然而这次所谓对话其实主要是海德格尔编造的。⑤ 这篇对话充斥着海

---

① 〔美〕克里斯托弗·克利帕:《海德格尔的不可教的教义》,卓洪峰译,邓晓芒校,《德国哲学》2016年上半年卷,第138、144页。
② 邓晓芒:《迷失的路标》,《人文杂志》2020年第1期。
③ (清)王先慎撰:《韩非子集解》,中华书局1998年版,第279页。
④ 〔德〕莱因哈德·梅依:《海德格尔与东亚思想》,张志强译,中国社会科学出版社2003年版,第6页。
⑤ 〔德〕莱因哈德·梅依:《海德格尔与东亚思想》,张志强译,第24—26页。

德格尔对日本语词的肆意歪曲。与其说海德格尔受到了东方思想的启发，不如说是他把自己已有的思想读进了东方的文本。莱因哈德·梅依为了阐释"澄明"与"无"的关系，竟然追溯到了汉语"无"字的繁体写法"無"。"無"从字形上看是"原来覆盖着繁茂植被"被砍伐之后的开阔地。① 如此说来，点拨海德格尔的岂止是老子，就连仓颉在造字的时候都已经预见到了海德格尔的"林中空地"。可见想象力在这里发挥了多大的作用。把中国文字当作图画显然是一种想当然的误解。汉字的意义当然不是字形的样子。庞德根据"习"字的构成把"习"理解为白色的羽毛，把《论语》中的"学而时习之"翻译成"学习中季节飘飘飞去"。② 问题是，这句话的每个字都可以拆解成各种图画，庞德为什么不把它们都翻译成意象呢？解构主义在反逻各斯中心主义的时候往往把中国作为不同的东西加以肯定，但本质上仍然与黑格尔一样把中国视为另类。

东方思想对西方人来说往往神秘，但对中国人却未必。老庄、禅宗对我们来说无非是担水劈柴，百姓日用，所以庄子可以说"道在屎溺"。对中国人来说，老子思想的价值，是在很大程度上摆脱了商周时期的宗教神秘，走向对世界的理性解释。尽管这种摆脱是不彻底的，却是一个伟大的开端。如今我们却要把西方理性昌明之后的神秘反转与中国思想中尚未完全褪尽的神秘等同起来，这不能不说是一种双重的歪曲。但是，难道我们不是在海德格尔关于存在和虚无的叙事中感受到了与老庄、禅宗相似的神韵？当然，所有的形而上学都具有某种胡说的性质。"六家七宗"无一不是看到了玄学与佛学的某种相似。天地一指也，万物一马也。世俗中人指鹿为马是邪恶而无耻的，但是说马的"存在"与鹿的"存在"都是存在与虚无的同一，却是哲学家的特权。

海德格尔对老庄的生吞活剥同样表现在他对艺术作品的阐释中。他对凡高所画的"农鞋"所做的阐释脍炙人口。但夏皮罗却证实那双鞋其实是凡高自己的鞋。所以海德格尔在艺术品面前，"既体验太少又体验过度"③。海德格尔自己却说："要是认为我们的描绘是一种主观的活动，事先勾勒好了一切，然后再把它置于画上，那就是自欺欺人。"④ 这种辩解是此地无

---

① 〔德〕莱因哈德·梅依：《海德格尔与东亚思想》，张志强译，第61页。
② 张隆溪：《道与逻各斯》，四川人民出版社1997年版，第69页。
③ 〔美〕梅耶·夏皮罗：《描绘个人物品的静物画——关于海德格尔和凡高的札记》，丁宁译，《世界美术》2000年第3期。
④ 〔德〕海德格尔：《艺术作品的本源》，载孙周兴选编《海德格尔选集》，生活·读书·新知三联书店1996年版，第255页。

银三百两。我们可以不计较那双鞋的主人究竟是谁,但存在的真理究竟是把自己设置到凡高画的鞋,还是现实中的鞋,还是我画的鞋,这个问题不是无关紧要的。如果真如庄子所说"道在屎溺",那么开启存在的又何需是神庙或农鞋,蝼蚁、瓦甓、稊稗、屎溺,无往不能敞开存在,"万物与我为一"嘛。这也就不能责怪邓晓芒以戏谑的方式模仿海德格尔的口吻去阐释杜桑的作品"小便池"。① 海德格尔无法向我们说明,为什么凡高的鞋就比杜桑的"小便池"更本真地揭示了真理。只要澄清这样一个事实,海德格尔在意的不是艺术,而是存在,一切困惑都迎刃而解。任何东西都可以是海德格尔言说存在的道具。至于这个道具是老庄,禅宗,还是艺术,已经无关紧要。

海德格尔声称要超越传统形而上学,但实际上却发展出了一种更为矫揉造作的形而上学,把形而上学的痼疾发展到了极致。海德格尔与老庄的相似之处就在于它们都是形而上学的伪陈述,二者的差别则可以说是前形而上学与后形而上学的差别。老庄是想说清而说不清,形而上学是自以为说清实则没有说清,海德格尔是揣着明白装糊涂。老庄是纯朴的,传统形而上学是精致的,海德格尔则是造作的。形而上学在形式上是晦涩难懂,引人误解的,海德格尔在这一方面不是减轻了而是加重了这种晦涩和误解。传统形而上学的难解和误导有不得已的原因,海德格尔的晦涩难懂却是一种自觉的追求。并非海德格尔的思想深刻到无人能懂,因此必须采用一种无人能懂的语言。倒不如说,海德格尔为了防止自己的思想能够被轻易地理解,把人类的正常语言换成了密码。而密码本却深藏在海德格尔晦暗的心中。

这也就不难理解,为什么卡尔纳普在批判形而上学的时候选择了海德格尔作为靶子。海德格尔在《形而上学是什么》一文中断言"无"不仅仅是"不"和"否定",它是一种更原始的现象,因此形而上学要寻找和研究那个"无"。② 卡尔纳普说,海德格尔关于"无"的陈述都是无意义的。③ 首先,"无"并不是一个对象的名称,它只是在语句中执行否定的逻辑功能,是对对象的存在、性质、数量的否定。其次,"无"不是一个表示活动的动词。海德格尔先把"无"作为一个对象,然后又把"无"作为

---

① 邓晓芒:《凡高的"农鞋"》,孙周兴等编:《视觉的思想:现象学与艺术国际学术会议论文集》,中国美术学院出版社2003年版,第131页。
② 〔德〕海德格尔:《形而上学是什么》,载孙周兴选编《海德格尔选集》,第135页。
③ 〔德〕卡尔纳普:《通过语言的逻辑分析清除形而上学》,洪谦主编:《逻辑经验主义》,第23—25页。

这个对象的谓语，即"这个无虚无着"。同样，世界世界着，那么是不是一切主词都同时作为自己的谓词把自己重复一下？太阳太阳着，地球地球着？这完全是故弄玄虚。最后，"这个无怎么样""我们发现无"等句子都是无意义的伪陈述。

卡尔纳普推测，也许海德格尔的"无"专指某种特殊的情感结构比如"畏惧"，但另外，海德格尔在论文中对"无"的使用又的确跟我们日常语言一样，就是"没有"的意思。如果海德格尔要用"无"来表示"畏"（angst），那么直接说"畏"就可以了。既然海德格尔对无的使用仍然保留了日常语言的用法，那么他为什么不给自己所谓的与日常语言不同的"无"另外命名，就像卡尔纳普所嘲讽的那样生造一个词"呔"或"唭"。何况造词本身就是海德格尔的拿手好戏。事实上海德格尔之所以要使用"无"，就是因为他所要表达的东西跟日常语言中的"无"存在某种联系，但他又拒绝承认这种联系。因为如果承认他所说的无就是日常语言中的无，这个无就毫无奥妙和神秘可言了。

对"无"的错误使用在汉语中更为明显。也可以这样理解，汉语是不适合构造出形而上学的伪陈述的。在英语中，"There is nothing outside"意思是"外面没有东西"，但直译是"有'没有东西'在外面"，似乎外面有一个东西，这个东西是"没有东西"。但说"有一个东西是没有东西"是自相矛盾的。维特根斯坦指出这样的语言是引人误解的：不说"我发现屋里没人"（I found nobody in the room），却说"我发现没人先生在屋里"（I found Mr. Nobody in the room）。[①]"奥古斯丁图画"引导人们对语言做出错误的理解，以为每一个语词都对应着一个对象，所以系动词"是"（to be）也对应着一个特殊的对象或状态，相应的"无"也对应着一个"无"的对象或状态。而实际上在我们的语言中，"是"或"无"并没有这样的用法。

早期维特根斯坦有一种神秘主义倾向，因而对海德格尔的这种形而上学冲动表示同情和理解，"我可以想象海德格尔的'存在'和'畏'意味着什么"[②]。但是后来却对此做了比卡尔纳普更为彻底的批评。维特根斯坦认为，像"这个虚无无着"这样的句子之所以产生，是因为受到日常语言表层语法的误导。海德格尔把无作为哲学思考的基础，维特根斯坦认为这

---

① 韩林合：《维特根斯坦〈哲学研究〉解读》，商务印书馆2010年版，第1543页。
② 〔奥〕维特根斯坦：《维特根斯坦与维也纳学派》，〔奥〕魏斯曼记录，徐为民译，孙善春校，第34页。

个所谓的基础不过是一个不清晰的声音，就像房屋的横脚线，只是一种装饰而不是真正的基础。又像棍子头上做的标志，表示棍子在这里结束了。又像桌布的锯齿状花边，为的是把桌布融入环境。[①] 不知不觉中，维特根斯坦已经达成了与卡尔纳普一样的结论，类似"那个虚无无着"这样的句子，是一种文学的修辞。也就是说，海德格尔与传统形而上学一样，只不过是表达了一种生活态度和情感。但这种态度和情感的最适合的方式却不是形而上学。卡尔纳普赞赏尼采通过诗和艺术的方式表达了形而上学或伦理学所表达的东西，从而避免了使人误入歧途的理论形式。[②] 在这一点上海德格尔与卡尔纳普倒是走到了一起。也就是说，海德格尔的思想更适合以诗歌和艺术的形式来表现，并且这的确也是海德格尔自己的主张。然而，海德格尔自己的文字却绝不是一种出色的诗歌。

海德格尔进行的同样是一场语法运动。海德格尔并没有发现比传统形而上学更新的事实，他所做的只是对"存在"进行了新的定义。无论这个新的定义与传统形而上学有什么不同，它在日常生活中一样是不被人们使用的，同样是空转的轮子。但这种语法运动在文学艺术中是被允许的，我们在前面已经建议把这种语法称为文学语法或诗学语法。

海德格尔并非一无所言。他的很多主张是明确的，比如反科学，反技术，反逻辑，反犹太，同情纳粹。这些主张都可以明确地说出来，并不需要一个存在为其奠基。老子和庄子的人生主张同样可以明确地说出来，比如老子不断重申的不争，尚柔，庄子主张消灭（无视）一切差别。这些同样不需要形而上的道为其奠基。海德格尔和老庄无非是想宣称，我的这些主张是具有真理性的，建立在一个更深层的基础之上，比如道或存在。但我们知道，他们的这些主张没有任何必然性，无论它们的依据是神、道、存在，还是其他神秘的东西。它们就是一些主张而已，我们完全可以有另外的主张。

四　冯友兰：重建形而上学

当西方人在忙于批判和克服形而上学的时候，冯友兰却要重建形而上学的新理学。冯友兰认可维也纳学派对传统形而上学的批判，但他认为维也纳学派摧毁的是坏的形而上学，对真正的形而上学反而有一种"显正摧

[①] 韩林合：《维特根斯坦〈哲学研究〉解读》，第 1540—1541 页。
[②] 〔德〕卡尔纳普：《通过语言的逻辑分析清除形而上学》，载洪谦主编《逻辑经验主义》，第 35—36 页。

邪"的作用。康德在休谟的经验主义之后重建形而上学,而冯友兰则要在维也纳学派对形而上学的批判之后重建新理学,确乎有一种"为往圣继绝学"的气象。①

冯友兰自认为他的新理学受道家、玄学和禅宗的启示,继承宋明理学的传统,吸纳了现代逻辑方法对形而上学的批判,从而避免了传统形而上学的缺陷。新理学的特点是"不著实际""超乎形象",这是道家、玄学和禅宗的一个传统,而西方形而上学的问题则是没有做到"不着实际"(经验)。② 这个判断与常识相悖,而且与冯友兰的其他判断存在矛盾。维也纳学派批评西方传统形而上学,恰恰因为它是脱离实际的(其命题因无法被经验证实而无意义)。而中国古代形而上学与西方形而上学的不同,就在于它没有彻底与经验分离(所谓"道不离器")。冯友兰说,"《易传》所谓道是我们所谓理的不清楚底观念;道家的道是我们所谓气的不清楚的观念"③。这里所谓"不清楚"是指这些概念没有经过彻底的逻辑分析,因此还带有经验的成分。冯友兰对形而上学的重建工作本身说明,中国古代并不是像有些人所说的那样没有形而上学或本体论,而是它没有经过逻辑方法的洗礼,所以没有产生西方那种成熟完备的形而上学。这意味着中国古代哲学没有一个充分脱离经验世界的概念和逻辑的原理系统。但西方现代哲学恰恰是从不同角度激烈批判传统形而上学的这个抽象结构的。这就使中国哲学这种不成熟的本体论在一定程度上避免了现代哲学的批判,因为现代哲学所批判的形而上学的典型特征在中国哲学中是不明显的。但这不是说,中国古代哲学有先见之明,在两千年前就意识到了形而上学的缺陷从而自觉地克服了这些缺陷,而是说,它没有能力(比如缺少逻辑方法)发展出这样一种缺陷。

冯友兰凭借深厚的西方哲学素养,完成了中国自己的形而上学建构,把中国古代不成熟的形而上学发展为典型的形而上学。就这一点而言,新理学是成功的。当然,这种成功在逻辑经验主义和维特根斯坦看来依旧是无意义的。新理学并没有真正回应逻辑经验主义的批判,更没有看到后期维特根斯坦对形而上学所做的语法批判。所以,就冯友兰为形而上学所做的辩护而言,新理学是失败的。

逻辑经验主义认为形而上学之所以无意义,就在于它既不是分析命

---

① 冯友兰:《新知言》,《贞元六书》,第916、918页。
② 冯友兰:《新原道》,《贞元六书》,第843—844页。
③ 冯友兰:《新原道》,《贞元六书》,第851页。

题,又不是综合命题。新理学的逻辑结构是四组形而上学命题,而对于这四组命题究竟是分析命题还是综合命题,冯友兰显得有些犹豫。他一方面说这四组命题是分析命题,但又说它们"几乎"只是"重复叙述",也就是说并不完全是"重复叙述",因为它们肯定了主词的存在,涉及了经验,所以"也是综合命题"。① 以其中的一个命题为例:事物存在。冯友兰说这是形而上学"对于实际所作底第一肯定",而且可以用事实来证实。② 冯友兰拈出这样一个命题,可谓高屋建瓴。唯我论和怀疑论对外部世界存在的怀疑违背常识,但是在分析哲学之前,坚持常识的哲学家始终无法令人满意地驳倒这种怀疑。摩尔通过伸出自己的两只手来证明外在事物存在,实属迫不得已。看来冯友兰对摩尔的这种证明是认可的,因为冯友兰同样认为事物的存在可以通过事实来证明。但在维特根斯坦看来,这种证实是没有意义的。对于"这是一只手""我是一个人""事物存在"这样的命题,我们是无法从经验上提供理由的。因为我们提供的理由没有一个"同其所支持的事物一样确实"。③ 也就是说,这是一些语法命题。它们不但不能由经验来证实,反而是其他命题确定性的基础。它们是我们能够用语言来描述世界的前提,其必然性是语法规则的必然性。后期维特根斯坦通过语法批判继续清除形而上学,指出这些所谓形而上学命题的必然性,不过是语法规则的必然性。而冯友兰则通过这类命题来重建一种新的形而上学。冯友兰试图在分析命题与综合命题之间寻找一种有意义的形而上学命题。新理学的命题不是形而上学的必然真理,它们或者是生活常识,或者是语法规则,或者是无意义的胡说。

为避开逻辑经验主义的批评,冯友兰承认新理学不能使人有积极的知识和实际的能力,但它能够提高人的境界。"人学形上学,未必即有天地境界;但人不学形上学,必不能有天地境界。"④ 但这个论证很可疑。冯友兰的天地境界不像是通过四组形而上学命题推导出来的,倒像是先有了关于天地境界的观念,然后再构建出形而上学的命题。天地境界贯通儒道,融会中西,堪称"极高明而道中庸"。但天地境界仍然是一种伦理主张和人生态度,它说的是人应当这样活着。而新理学的四组形而上学命题则意欲为这种态度奠定一个基础。但这四组命题说的是世界事实如此。然而由

---

① 冯友兰:《新知言》,《贞元六书》,第 874 页。
② 冯友兰:《新知言》,《贞元六书》,第 919、914 页。
③ 〔奥〕维特根斯坦:《论确实性》307,〔英〕G. E. M. 安斯康、〔芬兰〕G. H. 冯·赖特合编,张金言译,第 48 页。
④ 冯友兰:《新知言》,《贞元六书》,第 864 页。

"世界事实如此"无论如何也推不出"世界应当如此"或"人生应当如此"。维特根斯坦所谓的伦理学和美学"不可说"在很大程度上就是在这种意义上说的。

冯友兰在提出新理学的四组命题之后,又指出形而上学的对象是不可说的。如果一定要说,也只能以负的方法去说。冯友兰谈到负的方法,只是指出道家、禅宗和诗,他自己却并未使用负的方法。对于"不可说",我们前面已经有澄清。道家和禅宗所谓"不可说",本质上就是没有东西可说,而不是有某种东西不可说。如果说道家和禅宗的"不可说"有意义,那么唯一的意义就是它们在一定程度上接近了诗和艺术。诗和艺术当然是有意义的,但道家和禅宗并不认为自己是在作诗。以老子和庄子而言,庄子比老子更富于诗意。以禅宗而言,其言说很少达到诗意,多是故弄玄虚的胡言乱语。因此,所谓负的方法,真正有意义的就剩下了诗和艺术。没有证据表明冯友兰熟悉后期海德格尔的思想,但正如卡尔纳普一样,他们奇妙地走到了一起。他们都得出了一个共同的结论:适合形而上学的是诗和艺术。形而上学表达的是作为人生态度的情感。

诗自身并非负的方法,对于诗自己的意蕴而言,诗意的言说就是正的方法。只有对于冯友兰的四个命题而言,诗才谈得上是负的方法。如果逻辑命题为正,则诗为负。这一点也适用于海德格尔。如果海德格尔对凡高的"鞋"的阐释为正,则凡高的画则为负。然而对凡高而言,他的画就无所谓正负。凡高并非以海德格尔的思想为正,而另创一种负的方法表现海德格尔的思想。

冯友兰说道家的"道"是新理学的"气"的不清楚的概念,而新理学的任务则是要把类似不清楚的概念说清楚。但这里新理学的方法与负的方法之间似乎产生了某种不协调。新理学概念是用正的方法即逻辑分析方法说的,那么这些概念是无法用负的方法说清楚呢,还是本来就能说清楚但故意不说清楚呢?负的方法是把已经清楚的概念重新说的不清楚吗?如果负的方法是一种更高明的方法,不清楚是更理想的状态,那么让道家的言说保持其不清楚不是更好吗?"不清楚"的语法对哲学家和诗人来说似乎是不一样的。我们可以指责一个哲学家说得不清楚,但无法这样去指责一个诗人。

诗和艺术自古就与形而上学并立,海德格尔和冯友兰要说的无非是:诗和艺术才是真正的形而上学,过去所谓的形而上学是假形而上学。陶渊明、王维、李后主、荷尔德林、凡高才是真正的哲学家,程朱陆王、柏拉图、亚里士多德、康德、黑格尔,不过是些假哲学家。但这样说有什么意思呢？在历史上哲学家和诗人一直在做不同的事情。这无非是说，哲学家抢了诗人的工作，却没把活干好。那么作为哲学家的海德格尔和冯友兰做的是什么工作呢——不断地提醒我们诗人比哲学家更深刻地揭示了真理？最终，我们不得不说，海德格尔和冯友兰都以负的方法消解了哲学，——如果说逻辑经验主义和维特根斯坦是从正面消解哲学的话。我们不再需要哲学，有诗就足够了。当然，你可以说，诗就是哲学，哲学就是诗，但那只不过又是一个新的语法建议而已。在同样的意义上，哲学也是宗教，宗教也是艺术，艺术也是人生，人生不过一场梦，恍恍惚惚，道通为一。哲学这样说话，活该被消解。

冯友兰认识到形而上学命题不同于经验命题，因为后者是偶然的、可错的，而前者却是必然的、永真的；但形而上学命题也不同于逻辑学和数学命题，因为后者与经验无关，是纯形式的，而前者却似乎对经验有所断言。他认识到在分析命题与综合命题之间有一个中间地带，应该说在一定程度上触摸到了语法命题的命脉。遗憾的是，冯友兰似乎没有接触到维特根斯坦的后期思想。否则，思想的切磋一定会无比精彩。维特根斯坦从消极的方面看形而上学命题，因而主张取消形而上学。而冯友兰则从积极的方面看形而上学命题，主张重建形而上学。前者看到形而上学命题的语法性质，后者却看到形而上学命题的特征是"一片空灵"。[1] 冯友兰的新理学同样是一个语法命题系统。新理学高于道家和禅宗的是，它经历了现代逻辑方法的洗礼，不再构造自己的私人语法。它就是我们日常语言的语法规则，但也仅仅是一些语法规则。

第四节　从道论到文论

孔德把人类精神的发展分为神学、形而上学和科学三个阶段。形而上学在自己的时代被认为是一切知识和科学的基础，并以提供对世界的整体解释和终极解释为己任。但近代实证科学的发展和成熟粉碎了形而上学的雄心。科学有自己确定的研究对象和研究方法，无须形而上学为自己提供基本原理。现在看来，形而上学更像是神学与科学的混合，或者说，是一种"后神学"或"前科学"。形而上学命题，能够被观察、实验所验证的就是科学；不能验证的，则仍不过是一种概念的神学。在今天，问题已经

---

[1] 冯友兰：《新知言》，《贞元六书》，第875页。

非常清楚，如果存在着对世界的整体解释的话，这种解释也应该是科学而不是形而上学。形而上学如果是有意义的，那么它或者本身就是科学，或者是科学发展的事后诸葛亮——对科学进行概括和总结。所谓"逻辑在先"，只不过意味着"时间在后"。最终，形而上学命题要么是无意义的胡说（逻辑经验主义），要么是语法命题（维特根斯坦），要么就是诗和艺术（海德格尔和冯友兰）。

关于文学艺术的知识和观念——文学理论，同样不需要形而上学为其提供基本原理。文学艺术是一种经验现象，我们自古就有关于文学艺术的非形而上学的知识和观念。当然，只要形而上学愿意，它仍然可以装作从自己的概念和体系中推演出某种文学理论。在这方面最具代表性的就是黑格尔。黑格尔不乏对文学艺术的真知灼见，然而这些见解并不是真正从他的本体论中推演出来的。毋宁说，他是把自己已有的关于文学艺术的洞见编织进了理念的自我运动过程之中。也就是说，文学理论完全可以摆脱形而上学，对文学进行经验层面的研究。为文学理论寻找形而上学的基础，即使不是不可能的，也是不必要的。

这一点在中国古代文论和美学中表现得尤其明显。中国古代形而上学——道论，同样是一种为世界提供整体解释的宏大叙事，要说与西方形而上学有什么不同，那就是它更缺少科学和逻辑的因素，体系建构的差别倒在其次，因此它提供的关于世界的基本原理就更不可靠。儒家一开始并没有自觉地建立一种形而上学，孔孟关于文学的认识，像"思无邪""尽善尽美""文质彬彬""兴观群怨""知人论世""以意逆志"等观念都是在经验层面针对《诗经》有感而发。儒家思想在《易传》中形成了自己的形而上学，但《易传》的世界图式意在为儒家的社会政治理想奠定基础，而不是为文学理论提供依据。道家虽然一开始就有自己的形而上学，但老庄同样没有因此推演出文学理论。毋宁说，道家形而上学是反文学艺术的，因为艺术是人为的东西，所以艺术是背"道"而驰。庄子比老子更经常地谈到艺术，但那不是为了讨论艺术本身，而是为了晓喻道境。由于老庄追求的道境与文学艺术的审美本质和审美规律有某种形式的相似性，所以老庄的道论在后来就成了美学和文学理论。因此中国古代文论和美学并不是从形而上学开始的。我们对文学的认识始于文学在社会、政治、人生中的作用，这完全是一些经验层面的问题。先秦之后，汉儒在《诗经》、楚辞、辞赋领域展开热烈的探讨和争论，但都不援引形而上学的原理来作为依据。盛行于先秦两汉的"物感说"也试图从人与世界关系的角度解释文学的产生，多少带有一点形而上学色彩，不过这个"物"也很难说完全脱离了经验世界。所以先秦两汉的文学理论基本上是经验形态的。当然，道家和《易传》的形而上学在逻辑上蕴含着对文学艺术进行本源解释的可能。融合儒、道、阴阳等各家思想的《吕氏春秋》就曾经从宇宙生成论的角度解释音乐的产生，《礼记·乐记》也根据《易传》的世界图式解释礼乐的产生和性质，并对汉代以后的文学思想产生了影响。形而上学真正对文学理论产生系统性的影响是从魏晋开始的，这可以从三个方面来看。

第一，道的宇宙论意义进入文学理论，成为中国古代文论解释文学的产生和发展变化的主要理论资源。

继《礼记·乐记》之后，阮瑀和应玚都曾据《易传》作《文质论》讨论广义的文质关系。阮籍《乐论》、嵇康《声无哀乐论》则把儒道合流之后的道论作为礼乐制度的形而上学基础，其中自然也就包括了对文学艺术发生的解释和本体论说明。挚虞和萧纲也都曾用《易传》的宇宙论思想来解释文学的产生和本质。而最完整地从宇宙论角度论述文学发生过程的，当属刘勰的"仰观吐曜，俯察含章，高卑定位，故两仪既生矣。惟人参之，性灵所钟，是谓三才。为五行之秀，实天地之心，心生而言立，言立而文明，自然之道也"[①] 这段话根据的是《周易·系辞》中的"易有太极，是生两仪……"《系辞》的这一思想在古代已经是一种非常成熟的宇宙形成论，刘勰据此把道（太极）作为文学的源头："人文之元，肇自太极。幽赞神明，《易》象惟先。"（《文心雕龙·原道》）魏晋南北朝时期，很多文学理论不再局限于经验层面谈论文学现象，企图到经验世界之外为文学寻找一个终极的源头，道的宇宙论意义支撑了这一理论追求。

曹丕以气论文，虽然并不涉及"道"字，但本质上仍然是道的宇宙论意义的一个结果。气是中国古代形而上学的基本概念，一般被认为是构成世界和生命的初始元素。冯友兰在建构新理学的时候保留了它。在本体论上，道比气更根本。而在宇宙论上，道与气都是宇宙构成的基本元素。曹丕把气作为构成世界、作家和作品的一个共同因素，从而解释了作家生命力的强弱、气质个性的刚柔，以及作品的审美特征和风格差异。曹丕在阴阳理论的基础上把作为创作个性的气也作了清浊之分，开启了以阳刚和阴柔区分文学艺术审美特征的先河。《文心雕龙·体性》说"气有刚柔"，并把文学风格分为八体。八体之中，虽无刚柔之名，而有刚柔之实。钟嵘《诗品》论五言诗作者及其风格，同样也有刚柔之分。此后，以阳刚和阴柔区分两种主要审美形态已经成为古代文论的惯例，只是很多人并不明确

[①] 范文澜：《文心雕龙注》，人民文学出版社1958年版，第1页。

以形而上学为依据，如严羽以"沉着痛快"和"优游不迫"区分诗歌风格。所以当清代的姚鼐再一次从形而上学的层面讨论阳刚阴柔的时候，给人的感觉并不突兀。

此外，《易传》关于通变的思想也影响到了古代的文学发展观，《文心雕龙·通变》无论是从思想上还是从字句上看都明显受到《易传》变易思想的影响。

第二，道的本体论意义进入文学理论，成为文学存在的本体依据，为古代文论建立逻辑结构提供了概念框架。

先秦两汉的文学理论一般是直接把文学艺术作为社会政治的反映，不寻求形而上学的解释。而从哲学本体论上对文学的本质进行论证的任务是由刘勰在《文心雕龙·原道》中完成的。"原道"的"原"，一方面是前面所说的时间上的源头，另一方面则是逻辑上的原理和依据。在本体论意义上，道和文是一种本质与现象、内容与形式的关系。道是文的抽象本体（本质意义上的而非本原意义上的），文是道的感性显现。

学术界曾有关于刘勰所谓"道"属于儒家、道家还是佛家的讨论，现在看来这个问题并非关键。魏晋南北朝时期思想相对自由开放，儒道固存，玄佛方炽。儒家经典《周易》本身就受到道家和阴阳家影响，玄学亦是儒道融合的产物，而时人对佛学的理解又常以玄学"格义"。所以一定要把刘勰的思想归入某家，既不可能也无必要。但总的来说，刘勰对道的理解以《易传》为根基，兼受道家和佛学的影响，这一点当无疑义。

中国古代哲学中的"道"，有本体论与宇宙形成论的不同。冯友兰说："本体论是宇宙的逻辑构成论，主要的是用逻辑分析法看宇宙是怎样构成的。宇宙形成论是以当时的科学知识为根据，讲具体的世界是怎样发生和发展的。"但"中国古代的哲学家对于这个分别都没有认识……这并不是说他们的哲学思想中没有这个分别，只是他们没有认识到这个分别"。[①]《易传》建构了一个能够涵盖自然和社会普遍规律（天道、地道和人道）的世界图式。在以"道"或"太极"解释它所建立的世界图式时，《易传》有时讲的是本体论，有时讲的是宇宙论，《易传》的作者没有意识到这个分别，但他们的思想中确乎存在这样的分别。汉儒对《易传》的阐释是宇宙论的，王弼的阐释则是本体论的。刘勰认为文原于道，以道为文之本体，其理论依据几乎全部源于《易传》。李泽厚、刘纲纪《中国美学

---

① 冯友兰：《中国哲学史新编》下册，第189、214页。

史》认为刘勰对周易的理解在根本上采取了汉儒的立场。① 其实，刘勰对宇宙论和本体论的区别同样是不自觉的，既然他是以《易传》为依据作《原道》的，那么《易传》中已有的宇宙论和本体论思想就会同时表现在他的理解当中。而且在《文心雕龙·原道》中，道是本体和本质，文是显现道的现象和形式，二者的关系不用本体论是解释不通的。

如"文之为德也大矣，与天地并生者何哉？"就是在本体论意义上讲的。"文之为德"即文（现象、形式）是道（本体）的显现。"与天地并生"不是说文是与天地并列、同时产生的一个独立事物（与天地并列的事物只能是人），而是任何事物都必然同时具备的形式。天地之存在必然具备两个方面——天地之道和天地之文，此所谓文"与天地并生"。

> 夫玄黄色杂，方圆体分，日月叠璧，以垂丽天之象；山川焕绮，以铺理地之形：此盖道之文也。……傍及万品，动植皆文：龙凤以藻绘呈瑞，虎豹以炳蔚凝姿；云霞雕色，有逾画工之妙；草木贲华，无待锦匠之奇。夫岂外饰，盖自然耳。至于林籁结响，调如竽瑟；泉石激韵，和若球锽：故形立则章成矣，声发则文生矣。夫以无识之物，郁然有采，有心之器，其无文欤？（《文心雕龙·原道》）

我们的感官所把握的自然界的一切色彩、形式、声音，都是"道之文"，也就是道显现出来的现象。它们是我们感官的对象，而那个本体——"道"，则是理性的对象。也就是说，道与文本来是一个东西，当我们以感官去把握它时，得到的就是文，而以理性去把握它时，得到的就是道。所以世界上的任何事物，都包括两个方面——道和文，人也是如此。人道即人之为人的规定性，人文即人道的外在表现形式。人具有人文，是从任何事物都有自己的内在规定性和外在感性形态这个前提推出来的。但刘勰没有注意到，其实人与"无识之物"还不能作完全的类比。因为人有双重规定性，即自然性和社会性。作为自然的人，完全可以和"无识之物"类比。在这个意义上，人道即人作为自然物的规定性，主要就是人体的生理规律，而人文则是它的解剖形态。在这一点上，人和动物甚至植物是相同的，例如人的消化、呼吸、运动等生理功能在本质上与动物并无不同，人体的外在形态也可以和动物进行类比。但人的社会性即人类文化与动物却没有可比性，而人类文化才是真正意义上的人道。这个人道的

---

① 李泽厚、刘纲纪：《中国美学史·魏晋南北朝编》，安徽文艺出版社1999年版，第628页。

表现形式即人文，包括人的语言、行为、制度、习俗、宗教、艺术、哲学等所有属人的东西。在本体论意义上，包括人在内的天地万物都是道的外化和显现。但自然的人和动物一样，只是显现着道，对此并无自觉。而社会的、文化的、理性的人，则不仅显现着道，而且能够自觉地认识、反思并描述道。人类显现、认识、揭示道的方式就是狭义的人文——主要以语言为形式的宗教、艺术、哲学等等。所以天地之文对道的显现是自然的、被动的，而人文对道的显现却是自由自觉的。

道与文（广义的文，相当于现象和形式）的关系构成了世界的逻辑结构。这种逻辑结构为分析所有事物的构成提供了概念框架，表现在文学理论中，就是狭义的道（作品意义）与文（语言文字）的关系。这种关系又被表述为言意关系、文质关系、形神关系等。

第三，"道不可说"这个命题在魏晋玄学中与"言不尽意"论结合，并进入了文学理论，成为中国古代文论描述言意关系、创作心理和审美理想的最核心、最根本的命题。

"道不可说"和"言不尽意"这两个命题分别出自道家经典和儒家经典，二者本来并无直接关系，并且有不同的理论趋向。前者走向不言之教、无声之乐、无言之境，后者走向立象以尽意、设卦以尽情伪、系辞以尽其言。但是这两个命题都假定存在着不可说的东西，因此不可避免地联系在一起。庄子在《天道》说道是"意之所随者，不可以言传也"，随后又用"轮扁斫轮"的寓言说明意同样不可言传。在《秋水》篇中，意和言分别对应着"物之精粗"，而道则是言所不追、意所不致，因而"不期精粗"。《外物》篇以"筌鱼蹄兔"为喻，只讨论言意关系，主张"得意忘言"。因此对庄子而言，"道不可说"的命题中已经蕴含着"言不尽意"的结论。《易传》所谓"书不尽言，言不尽意"从字面上看是讨论语言与思想的关系，但这里的"意"是"圣人之意"，而"圣人之意"当然又是关乎道的。

儒家对于言意关系总体上是乐观的，认为最终可以"立象以尽意"。但荀粲把"道不可说"的"道"转换成了孔子的"性与天道"，于是《易传》的"立象以尽意"又被玄学中的道家因素解构了。王弼企图调和二者，既承认言意有本末之不同，又主张通过言而达意。因此魏晋玄学中存在着"言尽意"与"言不尽意"两派，但总的来说，"言不尽意"论占据了理论上的优势。这一点也表现在文学理论对言意关系的讨论中。

"道不可说"和"言不尽意"论的影响最直接地体现在陆机和刘勰的

文学理论中。陆机《文赋》说"恒患意不称物,文不逮意"①,用文学创作的对象"物"替换了"道"的位置,而哲学上的"言不尽意"则转换为文学创作上的"文不逮意"。刘勰并未明确承认"言不尽意",但他对文学创作中言意关系的认识显然是"言不尽意"论的继续,如《文心雕龙·神思》说:"方其搦翰,气倍辞前;暨乎篇成,半折心始。""意翻空而易奇,言征实而难巧。"而"至于思表纤旨,文外曲致,言所不追,笔固知止。至精而后阐其妙,至变而后通其数,伊挚不能言鼎,轮扁不能语斤,其微矣乎",说的则是文学理论层面的言意关系。"轮扁斫轮"的寓言被陆机、沈约、刘勰、萧子显、刘知幾等等反复引用,已经凝固为古代文论描述言意关系的经典术语。同时,《系辞》的"立象以尽意"转换为文学理论的意与象,如《文心雕龙·神思》说"窥意象而运斤"。此后"意象"一词大量出现在中国古代文论中,成为一个颇具民族特色的理论范畴。因为"意象"本与"道"相关,所以古代文论中的"意象"特别强调形象中意蕴的无限性。

"道不可说"和"言不尽意"塑造了古代文论对文学的审美理想和最高境界的认识。我们在前文分析过,"道不可说"有一个可能的意义是:在浑然一体的道境里,不存在物与我的分别,更不存在语言。在这样一种"天地与我并生,而万物与我为一"的境界中,既没有言说的对象,也没有言说的工具。老子特别是庄子对这种物我一体的道境进行了艺术化、文学性的描述,如庄子的"咸池之乐""解衣作画""庖丁解牛""痀瘘承蜩"等寓言。不难看出,老庄所谓不可言说的道境与审美的本质、文学的理想有内在的一致性。庄子的作品本身就为文学创作提供了优秀的范本。魏晋之后的玄言诗企图以诗的形式谈论玄理,但往往落入理窟和言筌,而成功的玄言诗则最终走向自然山水。当然,"道不可说"在文学创作上最有价值的结果就是陶渊明的诗歌。(参见本书第二章第三节)不过在魏晋南北朝时期,理论更重视情感饱满的风骨、风力,而"道不可说""言不尽意"在逻辑上排斥对情感的过分渲染。所以陶渊明在当时没有受到应有的重视,而他的审美追求也没有在理论上得以总结。从唐代开始,一方面文学创作上出现了道境、禅境和诗境的结合,另一方面,理论对此也有了清醒的自觉。意境说、神韵说的出现与"道不可说"和"言不尽意"是不可分的。

同时,"道不可说"和"言不尽意"也影响了理论对文学创作中特殊

---

① (西晋)陆机:《文赋》,载严可均辑《全晋文》卷97,商务印书馆1999年版,第1024页。

思维方式和表达方式的认识。老庄认为道不可说，但又不得不说，因此就采用了一种非常规的说，即冯友兰所谓"负的方法"。因此老庄对道的描述走向了诗意的说、文学的说、审美的说。老子的"大音希声，大象无形"，庄子的"谬悠之说，荒唐之言，无端崖之辞"是"道不可说"的一个结果，在后世则被理论确认为一种文学艺术的表达方式。"不可说"在文学创作上产生的结果不是无可奈何地用语言去表达那些所谓"不可说"的东西，而是用富于蕴含的语言创造意味无穷的意境和神韵。在文学理论上，刘勰提出"文外之重旨""隐以复意为工""隐之为体，义生文外""深文隐蔚，余味曲包"（《文心雕龙·隐秀》），钟嵘则重新解释"兴"的意义是"文已尽而意有余"[1]。唐宋文论更是大畅厥旨，皎然《诗式》论谢灵运诗"但见性情，不睹文字"，刘禹锡说"义得而言丧""境生于象外"，司空图说"不着一字，尽得风流"。"不可说"被禅宗发展到极致，严羽"以禅喻诗"，高标"妙悟""羚羊挂角，无迹可求""言有尽而意无穷"。另外，"道不可说"排除了通过语言通达道境的可能，这就需要提供其他方式进入对道的体验。于是老子主张"涤除玄览"，庄子主张"心斋""坐忘""物化""虚静"。这些进入道境的心理方式自然很容易被文学理论汲取，用来说明文学创作的心理过程。《西京杂记》说司马相如作赋时的心理状态，"意思萧散，不复与外事相关"，"忽然如睡，焕然而兴"。陆机说"伫中区以玄览"，"收视反听，耽思傍讯"，刘勰说"陶钧文思，贵在虚静，疏瀹五藏，澡雪精神"。道家的"虚静"又与佛教的"空无"相结合，对古代文论产生了深远的影响，如苏轼论诗歌创作心理的静与空。

通过考察先秦两汉到魏晋南北朝文学理论的发展，我们得到这样一个发现：一方面，中国古代文论的历史说明，文学理论不是必然需要形而上学。二者的关系完全没有先验的必然性，而是一种事后的撮合。另一方面，形而上学又深刻地影响并且塑造了文学理论，魏晋之后，文学理论对形而上学的依赖已经成为一个事实。哲学中的道论、言意之辩、形神之辩（现象与本质）、物我之辩（主体与客体）、文质之辩（内容与形式）、阴阳之辩（阳刚与阴柔）、通变之辩（普遍与特殊）等，都深深地渗透了美学和文学理论，以至于文学理论似乎已经离不开形而上学了。

形而上学与文学理论的结合使文学理论具有了某种"深度"，从而使理论显得更像"理论"。形而上学是人的本性，因为人天性寻求解释，形

---

[1] 曹旭：《诗品集注》，上海古籍出版社1994年版，第39页。

而上学要为现象世界寻找一个深层的本质和原因。仅仅从经验层面描述文学现象似乎是不够的，在具体可感的文学现象背后，应该有一个更深层的原理在起作用，于是形而上学的解释就应运而生。

但是，如果像逻辑经验主义和维特根斯坦所说的那样，形而上学本身是无意义的，其自身存在的合法性都成为问题，又谈何为文学理论提供基本原理呢。如果像海德格尔和冯友兰所说的那样，形而上学本身就是诗和艺术，则更谈不上为其他东西提供基本原理。

以《文心雕龙·原道》为例，所谓"人文之元，肇自太极。幽赞神明，《易》象惟先"这个论断一方面可以说是无意义的，把人类文化（包括文学）的源头追溯到太极，这是一个无法证实的问题。如果一定要说它是必然的，那么这种必然性来自对"太极"的定义，因为"太极"被定义为世界及一切事物的源头。所以文学的起源已经蕴含在关于"太极"的定义中，这个论断是关于语言使用的而不是关于经验事实的。另一方面这个论断又可以说是错的。文学起源问题即使不是科学问题，也是一个实证问题。虽然文学的起源在今天未必有一致意见，但能够达成一致的是，文学并不起源于太极或易象。

这也就说明为什么《原道》作为文之枢纽，在《文心雕龙》的理论体系中处于一个奠基的位置，但在其后的内容中却不再提起这个基础，被反复提起的只是"征圣"和"宗经"。而后世的研究者无论是否自觉，都不会把《原道》篇作为《文心雕龙》的核心内容。因为"征圣"和"宗经"都是经验上可以讨论的，而"原道"却是一种形而上学的虚构。

形而上学进入文学理论带来的最大问题是语法命题与经验命题的混淆。我们在前面已经指出，很多形而上学命题本质上只是关于语词的使用规则，它们具有经验命题的形式，但其实并不描述经验事实。如果把它们作为对经验的描述，那么它们就会既不是真的，也不是假的，它们没有做出任何有意义的判断。这些命题进入文学理论，在形式上表现为揭示了文学现象背后的深层原理，实质上却是以一种新的语法规则来描述文学现象。但是这种新的语法规则与我们的日常语法是不一致的，我们在日常生活中对文学现象的经验认识经过形而上理论的解释之后，不是变得清楚了而是凭空增加了更多的困惑。以言意关系而言，在文学创作中，意的形成与言的形成是同一个过程，并不是说先形成一个不可见的意，再用可见的语言去跟它对应。否则就人人都可以说，我与陶渊明有相同的"意"，但我无法用语言把它表达出来。那个不可见的"意"是不可验证的，因而是无意义的。但形而上学却把"意"预设为一个"言"永远无法到达的超验领域，从而在文学理论中造成了永无止息的争论，就像在争论一个不可见的美女究竟是双眼皮还是单眼皮。"言意关系""形神关系""文质关系"等这些柏拉图的胡须磨钝了奥卡姆的剃刀。那么"言不尽意""以形传神"等就不能说了吗？当然不是，但这些命题在经验层面的意义与形而上学层面的意义是不同的。只要我们像维特根斯坦所主张的那样把这些命题带回到日常语言的用法，而不是上升到形而上学的必然真理，或者把形而上学命题理解成一种新的语法规则，就不会产生混乱。本书的主要任务就是通过语法分析澄清形而上学命题在文学理论中带来的误解和混乱。

文学理论的体系建构与形而上学的逻辑结构密切相关，甚至可以说，前者是后者的一部分或者是由后者推演出来的。由于中国古代形而上学发展不充分，因此文学理论也就缺乏严整的体系建构。这一点曾经令我们感到遗憾甚至自惭形秽。但是我们上面的分析表明，文学理论和美学并不必然需要形而上的体系建构。具体而言，中国古代的诗话、词话、小说评点等经验形态的文学思想，并不缺乏对文学的洞见。相反，由于形而上学命题违背日常语法，建立在形而上学基础上的文学理论非常容易构造出一些无意义的命题和不可理喻的概念范畴。因此，对文学艺术在经验层面的反思不仅不缺乏理论价值，反而更能贴近文学本身。这是本书与某些主流观念的一个不同认识。

但另有一种观点认为，这种不追求逻辑体系的经验形态正是中国古代文论和美学的民族特色，是与西方并列异质甚至抗衡的另一种理论形态。这也是本书所不能同意的。因为这种感性的、经验的理论形态并不是中国古代文论的自觉追求。中国古代文论没有建立抽象的逻辑体系，并不是因为它提前预见到了体系建构的弊病，而是因为它缺少形式逻辑和缺乏形而上学作为条件和基础，所以暂时无法完成这样一项事业。而一旦拥有那些条件，它同样也会热衷于建立体系。最能说明这一点的就是《文心雕龙》。众所周知，刘勰接受了佛教中因明学的逻辑训练，同时又受《易传》和道家形而上学的影响，所以同样构建出了与西方文学理论相媲美的理论体系。而另一方面，西方哲学和文学理论也并非全都具备逻辑严密的体系结构，只是相对而言，西方理论与中国理论相比，前者大多更追求抽象的逻辑体系，后者更喜欢具体的经验形态。况且，抽象的逻辑结构只是形而上学的特征之一。脱离经验的概念和特殊的语法规则才是形而上学更重要的特征。而这一特征在中国古代哲学中的表现与西方是一样的，所以即使是经验形态的文学理论也无法避免形而上学概念的影响。形神范畴在古代文论和美学中的出现就是一个例子。因此，中国古代文论一方面很少自觉地建立逻辑体系，但另一方面并不能避免形而上学概念的负面影响。这是本书与主流观念的又一不同认识。

中国古代文论对文学的真知灼见与西方文论相比毫不逊色，这是我们与主流观念一致的。但鉴于以上两点不同认识，我们对古代文论要做的，就不是把经验形态的文学思想"上升"或"抽象"到一种理论的高度，以揭示出中国古代文论的潜在的逻辑结构（就像冯友兰在其新理学中所做的那样），而是要澄清形而上学在语法层面的言说与经验命题在事实层面的言说的混淆，恢复形而上学概念在日常语言中的用法。这是本书与通行观念的又一不同之处。

第二章　情志篇

中国古代文论关于诗歌的认识有"诗言志"和"诗缘情"之说。周作人把中国文学的发展描述为言志与载道两派的此消彼长，在他看来，"言志"就是抒情的意思，而抒情与载道是对立的。[①] 朱自清针对周作人的观点指出，先秦两汉时所谓"言志"并非今天所谓抒情，而是意在政治教化，其实恰好就是"载道"的意思。[②] 在我们看来，二人对文学现象的认知其实并无分歧，问题出在他们对语词的使用上。朱自清是从观念层面考察"诗言志"在先秦两汉时期的本义，而周作人则是在创作层面用"诗言志"来描述诗歌的抒情作用。语词的不同使用带来的问题不仅出现在言志与缘情之间，魏晋时期关于"有情""无情"的争论也存在这种情况。人们只注意到言志与缘情的对立，却忽视了嵇康的"声无哀乐论"不仅与言志对立，而且与缘情也是对立的。本章除了考察诗言志和诗缘情这两个命题，又在古人的观念之外提出了"诗无情"这一命题，用来描述一种非常重要却被忽视了的文学观念。

第一节　诗言志

一　诗言志与文以载道

讨论"诗言志"这一命题，需要考虑两个区分。一是言志与缘情的区分，二是理论（概念）与创作（事实）的区分。没有这两个区分，问题就会纠缠不清。

关于第一个区分，朱自清说得很清楚，言志与抒情不同。在先秦两汉甚至之后，"言志"的概念与"载道"的概念一样，意思都是表达政治观

[①] 周作人：《中国新文学的源流》，华东师范大学出版社1995年版，第7页。
[②] 朱自清：《诗言志辩》序，华东师范大学出版社1996年版。

点或发挥政教作用，并不含有表现情感的意思。朱自清所做的是关于言志这个概念的考察，而闻一多所做的则是关于诗歌事实的考察。闻一多说，歌的本质是抒情的，诗的本质是记事的。"古代歌所据有的是后世所谓诗的范围，而古代诗所管领的乃是后世史的疆域。"① 诗和志本是一个字，都有记忆和记载的意思。作为史的"志"当然更多地与政教相关，而与抒情无关。抒情的歌与记事的诗本来是两个东西。这个事实恰好印证了朱自清的概念考察。但在作为史的诗分裂为韵文史和散文史之后，韵文便与抒情的歌合流了，其结果就是《三百篇》的诞生。② 《诗经》是言志的，当然同时也是抒情的。

因此就事实而言，诗歌创作中既有言志，又有缘情。但是事实上存在着缘情是一回事，理论上是否认识到这一事实却是另一回事。也就是说，虽然创作中存在着缘情的事实，但这种事实却未必在观念中被认识到，或者虽然被认识到，却没有被认为是有重要意义的，因此也就不能形成一种文学观念。所以这里就有了第二个区分，即文学理论与文学创作的区分。文学创作中存在缘情的事实，但作为文学观念的诗言志却并未反映这一事实。不是没有缘情的事实，而是没有缘情的观念。思想观念当然是经验事实的反映，但有些事实得到了反映，有些事实却被忽视了。诗缘情的事实在历史上就长期被忽视了。这说明观念不是被动地反映事实，而是主动地选择事实。

因此，一方面创作中的言志与缘情有表达政教思想与表现个体情感的不同，另一方面文学创作中言志与缘情的对立又不一定完全反映到理论上。《诗经》之后，文学创作经过辞赋、乐府诗和五言诗，缘情的事实一直在发展，但是在观念层面，它们的抒情本质却迟迟得不到理论的确认。

朱自清说，六朝人一方面看到诗歌的缘情特征，另一方面又不敢无视诗言志的传统，所以理论只能通过引申扩展志的含义来描述文学的情感特征。③ 六朝之后，理论上出现两种做法。一是混言情志，情志不分，言志就是缘情。如孔颖达说"情志一也"，陆游、袁枚都认识到言志其实也都有抒情的意思。另一种做法是严守情志之大防，攻击陆机"诗缘情"一语，如朱彝尊、沈德潜和纪昀等人。这种现象说明，一方面文学创作上存在言志与缘情两种对立倾向，另一方面，在理论上，言志派也可以言

---

① 闻一多：《歌与诗》，《神话与诗》，华东师范大学出版社1997年版，第204页。
② 闻一多：《歌与诗》，《神话与诗》，第206—207页。
③ 朱自清：《诗言志辨》，第37页。

"情",但需要加上止乎礼义的限制,而缘情派也可以言"志",但又突破了止乎礼义的限制。中国古代文论并不关注概念之间的明确界限,言志派忽视诗歌的抒情作用,却也不否认情感在诗歌中的存在;缘情派认识到诗歌的抒情作用,但也并不在理论上明确地与言志派势不两立,甚至也不刻意标举"缘情"二字,而是仍然沿用"言志"之说,但表达的却是"缘情"的内涵。

澄清了上述问题之后,我们就可以指出这样一个现象:在魏晋南北朝时期,文学创作本身无疑更加充分地显示了"缘情""绮靡"的特征,突破了诗言志的樊篱。但这种创作层面上的情感表现容易使人产生一种错觉,以为在理论层面上,缘情的观念也颠覆乃至取代了传统的言志观。而实际情况可能完全不同。文学创作上的新变并不意味着传统理论的寿终正寝。在这一时期,其实并没有人在理论上大张旗鼓地要颠覆传统的言志观。

言志派和缘情派往往分别从各自的立场把诗缘情的影响归罪或归功于陆机。然而诗缘情的提出其实不是石破天惊的创举,而是理论界的陈词。诗缘情至少在形式上并没有否定"情动于中而形于言"。由于文辞对仗的形式所限,陆机在说完"诗缘情而绮靡"之后,只能说"赋体物而浏亮",却无法再说"缘乎情而止乎礼义"或"虽绮靡而不淫"之类的话。陆机虽然没说"止乎礼义",但也没说"不必止乎礼义"。说到"止乎礼义",史载陆机为人"伏膺儒术,非礼不动"[①]。无论是立身还是为文,纪昀之徒都未必比陆机更加慎重。

更重要的是,陆机其实并未从理论上深入揭示缘情的内涵。真正在理论上对缘情内涵做出揭示的是钟嵘和萧绎。但无论是陆机,还是钟嵘、萧绎,都没有明确用缘情论来反对传统的言志论。相反,这一时期凡是被人们视为缘情派的标志性人物,几乎都发表过重复传统理论的言论,尽管有的可能是虚与委蛇、言不由衷,比如萧纲。缘情派的作家更多的是以创作的方式而不是以理论的形式,形成了对传统政教本体观的挑战。而在理论上咄咄逼人的反倒是传统理论的维护者,比如裴子野和刘勰。诗缘情的理论声势在很大程度上是后人渲染的结果。如果一定要把魏晋南北朝的文学理论描述为一场言志与缘情的交锋,那么缘情派实际上一直处于防守的状态。

同时,随着魏晋南北朝时期各种文学体裁的发展,诗言志所蕴含的政

[①] (唐)房玄龄等撰:《晋书·陆机传》卷54,中华书局1974年版,第1467页。

治教化观念已经不局限于诗论范畴,而是泛化为各体文学创作的共同纲领。在刘勰那里,它更以"原道""征圣""宗经"的明确形式成为文之枢纽。在后世,诗言志的真实面目逐渐模糊,然而它的精髓却保存在"文以载道"这个口号里。所以确如盛炳炜所说"文以载道,诗以言志,其源实一,孔子'志于道'之谓"①。

二 诗言志的话语霸权

以下分几个阶段,分别考察魏晋南北朝时期言志观的表现。

(一) 曹丕　王粲　桓范

自铃木虎雄和鲁迅提出曹丕的时代是一个"文学的自觉时代","文学的自觉"已经成为魏晋南北朝文学的标志。关于"文学自觉"的话题,我们在本书最后讨论。但"文学自觉"与我们现在讨论的问题相关,所以这里不得不先提出来。很多论者在描述"文学自觉"的时候往往援引"盖文章,经国之大业,不朽之盛事",实际上却错失了鲁迅的本意。鲁迅所谓"文学自觉"的核心内容是反对传统的政教观念:"他(曹丕)说诗赋不必寓教训,反对当时那些寓训勉于诗赋的见解。"② 如果曹丕的确说过这样的话,那么这无疑就构成了对政教传统的否定。即使不涉及文学的自觉不自觉,这样的观点在当时也可以说令人耳目一新。但我们从《典论·论文》中找不到曹丕反对"寓训勉于诗赋"的话。大概鲁迅认为曹丕只说"诗赋欲丽"而不像扬雄那样主张辞赋应该有讽谏作用,就算是反对"寓训勉于诗赋"了。所以这只是鲁迅的一种推测,实际上没有任何证据表明曹丕反对文学的政治教化作用。相反,《典论·论文》中有一条材料证明曹丕是支持传统的政治教化论的:"余观贾谊《过秦论》,发周秦之得失,通古今之制义,洽以三代之风,润以圣人之化,斯可谓作者矣。"③ 当然,《过秦论》不是诗赋,但它无疑属于曹丕所谓"经国大业"的"文章"。"经国之大业"的说法恰好说明曹丕并不反对政治教化论。曹丕所说的"文"和"文章",其内涵、外延与汉代是完全一样的,还没有像齐梁时期那样明确地区分"文"与"非文"。他所列的"四科八体","奏议"和

---

① (清)盛炳炜:《黄文节公全集序》,《黄庭坚全集》4,刘琳、李勇先、王蓉贵校点,四川大学出版社2001年版,第2403页。
② 鲁迅:《魏晋风度及文章与药及酒之关系》,《鲁迅全集》第3卷,人民文学出版社2005年版,第526页。
③ (三国魏)曹丕:《典论·论文》,载严可均辑《全三国文》卷8,商务印书馆1999年版,第83页。

"书论"无疑是具有政教作用的实用文体,而"铭诔"和"诗赋"在当时也并没有完全摆脱与政治教化的关系。所以"经国之大业"的说法其实并没有超越汉人对文学价值的认识。

王粲《荆州文学记官志》引刘表的话说:

> 于先王为世也,则象天地,轨仪宪极,设教导化,叙经志业,用建雍泮焉,立师保焉。作为礼乐,以节其性;表陈载籍,以持其德。上知所以临下,下知所以事上。官不失守,民德无悖,然后太阶平焉。①

刘表是汉末名士,明习经学,割据荆州,自然更关心文学的政治教化意义。而王粲对此完全接受,他说:"夫文学也者,人伦之首,大教之本也。"当然,王粲此文只是一种官样文章,但这至少说明,无论是刘表还是王粲,在当时都沿袭着传统的观点。王粲被刘勰称为"七子之冠冕"(《文心雕龙·才略》),在创作上代表着慷慨多气的建安风骨,但是在观念上却没有任何突破。

桓范《世要论·赞象》说:"夫赞象之所作,所以昭述勋德,思咏政惠,此盖《诗·颂》之末流矣。"②"赞象"源出于"颂",其作用仍是"美盛德之形容",可见即使对于新出现的文体,桓范的理解也是依据汉儒的旧说。如果说《赞象》篇不足以代表桓范对全部文学的意见,那么《序作》则完全显示了他的政教本体观:

> 夫著作书论者,乃欲阐弘大道,述明圣教,推演事义,尽极情类,记是贬非,以为法式,当时可行,后世可修。且古者富贵而名贱废灭,不可胜记,唯篇论倜傥之人为不朽耳。夫奋名于百代之前,而流誉于千载之后,以其览之者益,闻之者有觉故也。岂徒转相放效,名作书论,浮辞谈说,而无损益哉?而世俗之人,不解作体,而务泛溢之言,不存有益之义,非也。故作者不尚其辞丽,而贵其存道也;不好其巧慧,而恶其伤义也。故夫小辩破道,狂简之徒,斐然成文,皆圣人之所疾矣。③

---

① (东汉)王粲:《荆州文学记官志》,载严可均辑《全后汉文》卷91,商务印书馆1999年版,第921页。
② (三国魏)桓范:《世要论·赞象》,载严可均辑《全三国文》卷37,第389页。
③ (三国魏)桓范:《世要论·序作》,载严可均辑《全三国文》卷37,第389页。

这段话可以看作对曹丕"经国之大业"的注解，比今人的理解要贴切得多。《典论·论文》作于曹丕为太子时，《荆州文学记官志》作于王粲依刘表时，《世要论》则作于正始时期，它们基本上能够代表这四五十年间主流的文学观念。在这样一种理论背景中，我们怎样理解曹丕的"经国之大业"呢？说曹丕重视文章的价值，当然没有错。但如果说曹丕"并没有把文章当作治理国家的手段，没有强调文章的政教之用，而只是把文章当作可以垂名后世的事业而已"①，总使人感到有些似是而非。重视文章，可以重视文章的审美价值，也可以重视文章的政治伦理价值。其实曹丕在这里讨论的主要是文章使人不朽的问题，但文章使人不朽与文章有政教作用一点也不矛盾，甚至说文章可以通过发挥政教作用从而使人不朽。前引桓范在强调了文章的政教作用之后，不就说作者可以因此而"不朽"吗？无论是曹丕还是桓范，都主张通过著作来获得人生的不朽，二者明显都是受司马迁《报任安书》中"发愤著书"说的影响。曹丕说"西伯幽而演《易》，周旦显而制《礼》"②，所引用的事例其实比司马迁所言更具政教色彩。曹丕并未像有些论者所说的那样颠覆了前人关于三不朽的次序，《与王朗书》说："生有七尺之形，死惟一棺之土，惟立德扬名，可以不朽；其次莫如著篇籍。"这里没有提到"立功"，但"立德"毫无疑问仍然是第一位的，而著述仍然处于"其次"的地位。

在文章价值的问题上，曹植、吴质与曹丕、杨修恰好形成了两个阵营，而这两个阵营在文学理论上的观点与他们在政治利益上的位置恰好又是错位的。吴质在《答魏太子笺》中历数当代文人，颇为不屑，同时向曹丕陈情："犹欲触匈奋首，展其割裂之用"③，更希望在政治上有所作为。曹植因为在政治上失意，对文学的看法反而与吴质走到了一起："辞赋小道，固未足以揄扬大义，彰示来世也。昔杨子云，先朝执戟之臣耳，犹称壮夫不为也；吾虽薄德，位为藩侯，犹庶几戮力上国，流惠下民，建永世之业，流金石之功，岂徒以翰墨为勋绩，辞颂为君子哉？"④杨修也许是为了安慰曹植，对文学地位的肯定反而与曹丕一致："今之赋颂，古诗之流，不更孔公，风雅无别耳。修家子云，老不晓事，强著一书，悔其少作。若此，仲山、周旦之俦，为皆有愆邪！群侯忘圣贤之显迹，述鄙宗之过言，

---

① 罗宗强：《魏晋南北朝文学思想史》，中华书局1996年版，第27页。
② （三国魏）曹丕：《典论·论文》，载严可均辑《全三国文》卷8，第83页。
③ （三国魏）吴质：《答魏太子笺》，载严可均辑《全三国文》卷30，第308页。
④ （三国魏）曹植：《与杨德祖书》，载严可均辑《全三国文》卷16，第160页。

窃以为未之思也。若乃不忘经国之大美，流千载之英声，铭功景钟，书名竹帛，斯自雅量，素所畜也，岂与文章相妨害哉？"① 我们在这里要指出的是，尽管他们对文章价值的态度是对立的，但标准却都是一致的，即文章在政治上的作用。曹植和吴质是认为文章在政治上没有重要意义，曹丕和杨修则相反。但他们都没有从情感和审美的角度肯定或否定文学的价值。

就创作本身而言，徐公持认为："建安文学的主流，显然是积极用世的文学，是重视人事的文学，是修齐治平的文学。"② 这一点也可以印证建安作家对文学价值的认识。当然，建安文学中还有另外一种创作倾向——贵游文学，但那不是我们视野中建安文学的主要特征。建安文学的确出现了娱乐化、形式化的倾向，但当时的理论并不认可这种倾向，直到刘勰和钟嵘仍然如此。退一步说，这种倾向在汉赋中其实早已存在，只不过那时是作家逗皇帝玩，现在是作家逗自己玩了。但这种娱乐化倾向无论是在西汉还是在建安，都不曾被理论承认。它真正被认可恐怕要在宫体诗的理论中。

（二）阮籍　嵇康

阮籍、嵇康没有具体的文学主张，但他们的文学观可以从其礼乐观中窥见一斑。阮籍《乐论》以道家为体儒家为用，除了为儒家的伦理设计寻找一个形而上的基础，他对礼乐本质的认识，并没有超越儒家的政教本体观："先王之为乐也，将以定万物之情，一天下之意也。故使其声平，其容和。下不思上之声，君不欲臣之色，上下不争而忠义成。""礼治其外，乐化其内，礼乐正而天下平。"③《荀子·乐论》和《礼记·乐记》用"物感说"解释礼乐的本质，认为人的本性是静的，由于外物的感动而产生认识、欲望和情感。自然状态下的情欲必然导致纷争和混乱，所以先王和圣人制定了礼乐来制约和疏导人的情欲。在礼乐功能的问题上，阮籍与传统的政教本体观没有不同，只是阮籍在圣人制礼作乐之前增加了一个"天地之体，万物之性"的环节，即认为圣人制作的礼乐，不过是天地万物的本体——"乾坤易简，道德平淡"的"自然"的显现。阮籍蔑弃礼法的秘密也正在于此，他以"内儒外道"的真礼教对抗"内法外儒"的假礼教。这一点，我们认为鲁迅的说法仍不过时："魏晋时代，崇尚礼教的看来似乎很不错，而实在是毁坏礼教，不信礼教的。表面上毁坏礼教者，实则倒是承认礼教，太相信礼教。"④ 其实何止是魏晋，西汉的统治者早就已经"霸

---

① （东汉）杨修：《答临淄侯笺》，载严可均辑《全后汉文》卷51，第529页。
② 徐公持：《魏晋文学史》，人民文学出版社1999年版，第19页。
③ （三国魏）阮籍：《乐论》，载严可均辑《全三国文》卷46，第484页。
④ 鲁迅：《魏晋风度及文章与药及酒之关系》，《鲁迅全集》第3卷，第535页。

王道杂之"(《汉书·元帝纪》),儒家的牛刀一直充当法家杀鸡的不称手的工具,这真令那些笃信礼教的醇儒们有苦难言。所以阮籍只好说在目前混乱不堪的世道之前存在着一个淳朴的天下大同的美好时代,只是到了后世,"圣人不作,道德荒坏"。而拯救乱世依靠的仍然是圣人的礼乐,通过"立调适之音,建平和之声,制便事之节,定顺从之容",从而再次实现"风俗齐一"。①

同样,嵇康在《声无哀乐论》中对以《礼记·乐记》为代表的儒家文艺思想进行了驳斥之后,也以玄学的方式肯定了政教本体观。嵇康并不否认音乐具有"移风易俗"的社会作用:

> 君臣用之于朝,庶士用之于家,少而习之,长而不怠,心安志固,从善日迁,然后临之以敬,持之以久而不变,然后化成,此又先王用乐之意也。故朝宴聘享,嘉乐必存。是以国史采风俗之盛衰,寄之乐工,宣之管弦,使言之者无罪,闻之者足以自诫。此又先王用乐之意也。②

嵇康在音乐的情感内容问题上批判儒家文艺思想对音乐形式与社会政治内容的牵强比附,但在音乐的社会政治作用即施行教化问题上,二者并无不同。嵇康甚至连论辩的话语都只能从传统资源中选取,唯一的不同大概只是利禄之徒热衷于润色当前,而嵇康是在粉饰过去(批判现实)罢了。

(三) 挚虞 皇甫谧 葛洪

徐公持认为,传统政教精神的淡化和丧失,是从西晋开始的。"汉末建安时期,虽然儒学有所衰退,但在一代文士那里,儒家政教观念仍颇牢固,他们在文学思想和创作中,仍坚持政教精神不懈。""嵇康阮籍以淡泊无为取代政教功名,是时势所迫下的无奈之举,是被动的。"而西晋文士,则转变为自觉的政教淡化,其具体表现则是把注意力转向文学的技术方面或文学体裁问题上。前者以陆机《文赋》为代表,后者以挚虞《文章流别论》为代表。③徐公持的意见对西晋的文学创作而言是准确的,但就理论而言却未必如此。即以挚虞而言,《文章流别论》当然是以辨析诸体文章

---

① (三国魏)阮籍:《乐论》,载严可均辑《全三国文》卷46,第483页。
② (三国魏)嵇康:《声无哀乐论》,载严可均辑《全三国文》卷49,第517页。
③ 徐公持:《魏晋文学史》,第258页。

的发展源流和表现特征为主,但对政教功能却绝非"附带提及"。挚虞说:"文章者,所以宣上下之象,明人伦之叙,穷理尽性,以究万物之宜者也。王泽流而诗作,成功臻而颂兴,德勋立而铭著,嘉美终而诔集。"① 两汉政教本体观的代表《礼记·乐记》和《毛诗序》虽然以社会政治为文学本体,但其实都还没有为这一思想设立形而上的依据。上面所论阮籍《乐论》的思想基础是玄学,而玄学本来就是援道入儒的产物。乐作为"天地之体,万物之性",和礼——具体的儒家伦理,都是以抽象的老庄之道为本体的。挚虞在这里则把"与天地准""能弥纶天地之道"(《周易·系辞》)的《周易》的属性赋予了所有文章,可以说第一次为儒家的政教本体观找到了抽象的原理。刘勰则沿着这一线索,根据《易传》的思想敷衍出了一篇完整的文学原理——《原道》,形成了系统的政教本体论。挚虞对"风赋比兴雅颂"的认识,除了把"兴"释为"有感之辞",完全祖述《毛诗序》,而且颇为详切,恐怕不能说是率意而言。例如对于"颂",他首先强调"颂,诗之美者也",然后指出这一文体在后世班固、史岑、扬雄、傅毅、马融等人的创作中或者有"文辞之异",或者"颂而似雅",或者纯为赋体。这诚然是在辨析"颂"的发展和特征,却不是对这一文体的发展变化加以肯定,而是以政教本体观的标准——"美盛德之形容"来规范"颂"的文体特征。再如对于赋,他说赋的特征是"假象尽辞,敷陈其志",但他对赋提出的创作要求,则是汉儒政教本体观的变本加厉。扬雄批评辞赋还只是攻其一点,而挚虞则列举了四过"假象过大则与类相远,逸辞过壮则与事相违,辩言过理则与义相失,丽靡过美则与情相悖"②。同样,他对诗的认识也不出汉儒樊篱,而且认为"雅音之韵,四言为正,其余虽备曲折之体,而非音之正也"③。他从政治教化的角度肯定枚乘的《七发》说:"此因膏粱之常疾以为匡劝,虽有甚泰之辞,而不没其讽谕之义",但其后的模仿者却舍本逐末,"率有辞人淫丽之尤矣"。④他反复征引扬雄批判辞赋的言辞,完全不像是一个生活在文学自觉时代的理论家。这至少说明,挚虞并没有对西晋时期出现的"结藻清英,流韵绮靡"(《文心雕龙·时序》)等文学现象进行及时的总结。挚虞对于各体文学的发展采取的是一种刻舟求剑的态度,所以他的文学观已经落后于同时

---

① (西晋)挚虞:《文章流别论》,载严可均辑《全晋文》卷77,商务印书馆1999年版,第819页。
② (西晋)挚虞:《文章流别论》,载严可均辑《全晋文》卷77,第819页。
③ (西晋)挚虞:《文章流别论》,载严可均辑《全晋文》卷77,第820页。
④ (西晋)挚虞:《文章流别论》,载严可均辑《全晋文》卷77,第820页。

代的文学创作。而且,这种现象绝不是偶然出现的,而是代表着那个时代的共识。

当然,从创作上看,西晋的确是一个大胆追求外在形式之美的时代。理论上对此也有相应的反映。陆机陆云兄弟只谈情感和形式,不谈政教伦理(但也没有反对)。皇甫谧在《三都赋序》也正面肯定了辞赋的形式美,而不像汉儒那样念念不忘讽喻之义:"然则赋也者,所以因物造端,敷弘体理,欲人不能加也。引而申之,故文必极美;触类而长之,故辞必尽丽。"① 从皇甫谧的整体话语来看,他对辞赋的铺张扬厉、宏侈钜衍是肯定的。但即使在这种情况下,他还是忘不了顺便说道:"然则美丽之文,赋之作也。昔之为文者,非苟尚辞而已,将以纽之王教,本乎劝戒也。"可见,政教本体的文学观,在当时是一种理所当然的想法,虽然说者未必真诚地信奉,但也没有人旗帜鲜明地反对。

葛洪论文同样持明确的政教本体观,《抱朴子·应嘲》篇说:"夫制器者珍于周急,而不以采饰外形为善;立言者贵于助教,而不以偶俗集誉为高。若徒阿顺谄谀,虚美隐恶,岂所匡失弼违,醒迷补过者乎?"② 不过葛洪在此所谓"立言",是指子书的创作而言。我们辨析魏晋南北朝的文学观念,往往只注意纯文学与哲学政论等应用文体之间的功利与非功利之别,而葛洪却认识到子书中也存在着有用和无用之分。纯粹的哲学思辨和逻辑命题如"离坚白""合同异"等与纯文学一样,也没有现实的政治道德意义。葛洪与时代思潮是格格不入的,他在《抱朴子》的《疾谬》《刺骄》《正郭》《弹祢》《诘鲍》诸篇中,对汉末以来的纵诞、清谈、人物品藻等作风极尽攻击之能事。而玄学思潮影响下的士风,正是以其脱离现实,鄙弃功利而具有审美意义的。在这一点上,思潮、士风、文学遵循着共同的逻辑。所以葛洪以政教伦理来衡量子书,同样也可以称出诗赋的轻重。他在《辞义》篇中说:"不能拯风俗之流遁,世涂之凌夷,通疑者之路,赈贫者之乏,何异春华不为肴粮之用,茝蕙不救冰寒之急。古诗刺过失,故有益而贵;今诗纯虚誉,故有损而贱也"③,就已经是在用同样的标准谈文学了。也正是因为葛洪贯彻政教本体观的思想是清醒的,并且深知纯文学在政治教化上的无用,所以他明确地重视子书而轻视辞赋。《尚博》篇说:"或贵爱诗赋浅近之细文,忽薄深美富博之子书,以磋切之至言为

---

① (西晋)皇甫谧:《三都赋序》,载严可均辑《全晋文》卷71,第756页。
② 杨明照:《抱朴子外篇校释》下,中华书局1997年版,第414—419页。
③ 杨明照:《抱朴子外篇校释》下,第398页。

骛拙，以虚华之小辩为妍巧，真伪颠倒，玉石混淆，同广乐于桑间，钧龙章于卉服。悠悠皆然，可叹可慨也！"[1] 葛洪看重的文，恰恰是诗赋之外的经书和子书，因为经书和子书有助于道德、政治和教化；他又轻视诗赋，这恰恰又说明诗赋不能发挥政治道德上的作用，至少这种作用是不能与经书和子书相比的。

（四）刘勰

《文心雕龙》是文学自觉时代的理论结晶，但也正是这部理论巨著，在不废情感和形式的同时，其实是以政治教化作为文学本体的，这不能不说是一个深刻的矛盾。

刘勰根据《易传》的世界图式，把道作为世界的本体依据，把文作为世界的感性形式。道不仅是自然界的本体，也是人类社会的本体。"《易》之为书也，广大悉备。有天道焉，有人道焉，有地道焉。"（《周易·系辞》）《易传》本来就认为天地自然和人类社会具有共同的规律，所以天地之道具有人道的伦理性质，人道也与天地之道具有同样的性质。人（圣人）是"五行之秀，天地之心"，对道的显现和认识是自由而自觉的。"是故天生神物，圣人则之；天地变化，圣人效之；天垂象，见吉凶，圣人象之；河出图，洛出书，圣人则之。"（《周易·系辞》）据此，刘勰描述了从伏羲到孔子人类文化的发展过程，认为道是通过先王和圣人的智慧、才能、创作而显现出来的：

> 爰自风姓，暨于孔氏，玄圣创典，素王述训，莫不原道心以敷章，研神理而设教，取象乎河洛，问数乎蓍龟，观天文以极变，察人文以成化；然后能经纬区宇，弥纶彝宪，发挥事业，彪炳辞义。故知道沿圣以垂文，圣因文而明道，旁通而无滞，日用而不匮。（《文心雕龙·原道》）

圣人根据道的原理和规定，对社会实行治理和教化。而这个道的原理和规定，就是儒家的社会政治理想和伦理秩序。在刘勰看来，具有伦理属性的道，或者作为道的伦理本体，是以文学的形式显现出来的，"道沿圣以垂文，圣因文而明道"。因此，我们可以说刘勰的文学本体观是政教本体观。

刘勰的政教本体观，集中表现在"文之枢纽"——《原道》《征圣》

---

[1] 杨明照：《抱朴子外篇校释》下，第105页。

《宗经》《正纬》《辨骚》五篇之中，也贯彻在整个《文心雕龙》的其他各篇。刘勰认为，圣人的著作——五经是文学的极致，是道的最完美的显现："三极彝训，其书言经。经也者，恒久之至道，不刊之鸿教也。故象天地，效鬼神，参物序，制人纪，洞性灵之奥区，极文章之骨髓者也。"（《文心雕龙·宗经》）从而，圣人的经典就是后世所有文学创作的源头和典范："故论说辞序，则《易》统其首；诏策章奏，则《书》发其源；赋颂歌赞，则《诗》立其本；铭诔箴祝，则《礼》总其端；纪传铭檄，则《春秋》为根：并穷高以树表，极远以启疆，所以百家腾跃，终入环内者也。"刘勰主张文学创作在思想倾向、情感表现、语言风格等方面都应以五经为宗旨："一则情深而不诡，二则风清而不杂，三则事信而不诞，四则义直而不回，五则体约而不芜，六则文丽而不淫。"（《文心雕龙·宗经》）对这六个创作原则的理解，不能脱离五经自身的特点和刘勰对五经的理解。五经当中除了《诗经》，大部分在本质上不是文学作品或不是成熟完美的文学作品，以五经为标准进行文学创作不仅不合理，而且也是不可能的。所以刘勰就面临着一个根本性的矛盾：后世文学发展繁荣之后，基本上都是与五经完全不同的东西。对此，刘勰采取了两个办法来解决这一矛盾：一是强调经典在文学性上是完美的，这是他最主要的办法；二是对后世文学创作超越经典的方面进行符合经典的解释。第二点不太常用，他更多的是对不符合经典的东西进行批判。如果刘勰能够完全撇开经书，以我注五经的方式，把文学的发展都视为不违背经典，问题就简单了。但刘勰对经典的尊崇是真诚的，这使他的逻辑有时不能自洽。比如《正纬》篇认为纬书荒诞不经，却对"河图洛书"之类深信不疑。我们实在看不出河图洛书与谶纬在本质上有什么不同。刘勰批判纬书，不是因为它荒诞，而是因为它"不经"。如果纬书的思想内容不与经书矛盾的话，刘勰是能接受的。"若乃羲农轩皞之源，山渎钟律之要，白鱼赤乌之符，黄金紫玉之瑞，事丰奇伟，辞富膏腴，无益经典而有助文章。是以后来辞人，采摭英华。"（《文心雕龙·正纬》）奇特的想象、丰富的辞藻，刘勰都不反对，但它们必须以有益经典为限。这一点，也是《辨骚》的原则。屈原和楚辞在刘勰眼中到底处于什么地位？那就是看它在哪些方面与经典是一致的，哪些方面与经典是背离的。"陈尧舜之耿介，称禹汤之祗敬，典诰之体也；讥桀纣之猖披，伤羿浇之颠陨，规讽之旨也；虬龙以喻君子，云蜺以譬谗邪，比兴之义也；每一顾而掩涕，叹君门之九重，忠恕之辞也。"（《文心雕龙·辨骚》）刘勰认为楚辞在这四个方面是"同于《风》、《雅》"的，不但继承了《诗经》的思想情感和创作手法，而且能够发挥政治教化作用。但另一方面，楚辞又有"诡异之辞""谲怪之谈""狷狭之志"和"荒淫之意"等"异乎经典"的四个方面。所以刘勰认为楚辞"体宪于三代，而风杂于战国，乃《雅》、《颂》之博徒，而词赋之英杰也"。（《文心雕龙·辨骚》）也就是说，楚辞在辞赋中是最杰出的，但在文学上的地位仍然无法与《诗经》相比。与对纬书的态度相同，刘勰一方面对楚辞的情感表现和华丽的辞藻给予了高度的肯定："气往轹古，辞来切今，惊采绝艳，难与并能。"但另一方面，又要以经典的雅正来规范这些情感和形式："凭轼以倚《雅》、《颂》，悬辔以驭楚篇，酌奇而不失其真，玩华而不坠其实。"（《文心雕龙·辨骚》）如前所述，刘勰为了把经典确立为文学创作的典范而夸大其文学性，那么，追求形式的华丽本来就是文学创作的应有之义。但事实上，刘勰又总是批评那些追求情感和形式的作品背离了经典、忽视了政治教化。这一点成了刘勰始终无法解决的一个矛盾。

对于诗歌本质的认识，刘勰完全承袭《尚书》"诗言志"和《毛诗序》"在心为志，发言为诗"的观点。而诗歌的功能，则在于政治教化，"诗者，持也，持人情性；三百之蔽，义归无邪，持之为训，有符焉尔"（《文心雕龙·明诗》）。同样，在《乐府》篇中，刘勰又不厌其烦地复述《礼记·乐记》和《毛诗序》的思想，极力强调诗歌和音乐的政治教化作用，批评"郑卫之音"的"淫滥"：

  夫乐本心术，故响浃肌髓，先王慎焉，务塞淫滥。敷训胄子，必歌九德，故能情感七始，化动八风。
  故知诗为乐心，声为乐体；乐体在声，瞽师务调其器；乐心在诗，君子宜正其文。"好乐无荒"，晋风所以称远；"伊其相谑"，郑国所以云亡。故知季札观辞，不直听声而已。若夫艳歌婉娈，怨志诀绝，淫辞在曲，正响焉生？然俗听飞驰，职竞新异。雅咏温恭，必欠伸鱼睨；奇辞切至，则拊髀雀跃；诗声俱郑，自此阶矣！（《文心雕龙·乐府》）

刘勰认为秦汉以来的乐府创作无论是在歌词还是在音乐上，都背离了经典的政教传统。就连体现了"建安风骨"的曹操和曹丕，刘勰也认为他们的乐府诗是靡靡之音：

  至于魏之三祖，气爽才丽，宰割辞调，音靡节平。观其"北上"众引，"秋风"列篇，或述酣宴，或伤羁戍，志不出于淫荡，辞不离

于哀思。虽三调之正声，实《韶》、《夏》之郑曲也。(《文心雕龙·乐府》)

如果撇开刘勰对乐府诗在价值上的偏见，他对这些乐府诗自身特征的描述，与他在其他篇章中对"建安风骨"的认识是一致的。例如他在《明诗》篇中说"并怜风月，狎池苑，述恩荣，叙酣宴，慷慨以任气，磊落以使才"，在《时序》篇中说"观其时文，雅好慷慨，良由世积乱离，风衰俗怨，并志深而笔长，故梗概而多气也"。后人对建安风骨的理解，基本上就是依据刘勰对建安文学特征的精彩概括。为什么刘勰对建安文学评价很高，但对于体现了建安文学风貌的乐府诗评价甚低呢？因为刘勰一方面具有高度敏锐的审美感受能力，另一方面又坚持儒家诗教对诗歌创作的伦理要求。同样从政教本体观出发，刘勰一方面肯定辞赋辞藻华丽的形式特征，另一方面又要求辞赋创作必须具备思想的雅正和讽谏作用：

原夫登高之旨，盖睹物兴情。情以物兴，故义必明雅；物以情观，故词必巧丽。丽词雅义，符采相胜，如组织之品朱紫，画绘之著玄黄。文虽新而有质，色虽糅而有本，此立赋之大体也。然逐末之俦，蔑弃其本，虽读千赋，愈惑体要。遂使繁华损枝，膏腴害骨，无贵风轨，莫益劝戒，此扬子所以追悔于雕虫，贻诮于雾縠者也。(《文心雕龙·诠赋》)

刘勰在强调辞赋的政教作用时使用了"骨"和"风"两个字，但是人们在讨论风骨这个概念的时候却几乎不去想政治教化。事实上，刘勰在解释风骨的内涵时，首先指出的就是作品的道德感化作用："《诗》总六义，风冠其首，斯乃化感之本源，志气之符契也。"(《文心雕龙·风骨》) 对于风骨的创造，刘勰认为最重要的是要以经书为典范，然后再参考子书和史书的写作技巧，"熔铸经典之范，翔集子史之术，洞晓情变，曲昭文体，然后能孚甲新意，雕画奇辞"(《文心雕龙·风骨》)。他之所以认为潘勖的《九锡文》"骨髓峻"，仅仅是因为他"思摹经典"。刘勰在《情采》篇中主张"为情而造文"，有些论者据此认为他是重情的。其实《情采》篇中的"情"，并不是人们通常所理解的"情感"。"昔诗人什篇，为情而造文；辞人赋颂，为文而造情。何以明其然？盖风雅之兴，志思蓄愤，而吟咏情性，以讽其上，此为情而造文也。"(《文心雕龙·情采》) 刘勰所重视的性情，依然是汉儒所谓"发乎情，止乎礼义"并能产生政教作用的道德情感。而诸子之徒未必就是像刘勰所说的"为文而造情",只不过他们表现的情感不符合刘勰的规范而已。

论者大多对刘勰既要继承又要发展的"通变"观给予高度评价,但我们看到他对文学发展的描述至少从商周开始就已经一代不如一代:"黄唐淳而质,虞夏质而辨,商周丽而雅,楚汉侈而艳,魏晋浅而绮,宋初讹而新。从质及讹,弥近弥澹,何则?竞今疏古,风味气衰也。"那么到底应该怎样通变呢?"练青濯绛,必归蓝蒨;矫讹翻浅,还宗经诰。斯斟酌乎质文之间,而櫽括乎雅俗之际,可与言通变矣。"(《文心雕龙·通变》)可见,规范着文学发展方向的仍然是儒家经典。在《体性》篇中,刘勰论述先天因素和后天因素对文学创作的影响,认为从小就应该注意环境和学习的重要性,"夫才由天资,学慎始习,斫梓染丝,功在初化,器成采定,难可翻移。故童子雕琢,必先雅制,沿根讨叶,思转自圆"。在影响文学创作的后天因素当中,刘勰认为最重要的还是儒家经典对性情的陶冶。总之,刘勰一方面对文学自觉时代出现的新的文学现象有深刻认识,另一方面又时时不忘以传统的政教本体观规范这些现象。

政教本体观在文学自觉的时代不绝如缕,乃至蔚为大观,在刘勰那里形成了完整的体系。当然,刘勰在固守政教本体观的同时,并没有忽略文学自身的特征,这是他高于其他政教本体观的地方。但是我们不能因此否认刘勰在文学观上是以政治教化为本体的。

(五)裴子野　宫体诗派

从魏晋到齐梁,文学创作对情感、个性、形式和技巧的追求是一个不容否认的事实,也许正是因为这一点,人们往往把这个时代称为"文学的自觉时代",而裴子野似乎成了这一历史洪流中倒行逆施的异类。其实不然,裴子野只不过是以一种极端的方式表达了历史的常识和现实的共识而已。如前所述,魏晋以来的文学创作所表现出来的新的情感追求和审美倾向与同时代的理论形成了一个深刻的矛盾。一方面是创作上不断地标新立异,另一方面则是理论上的器唯求旧。虽然新变派与复古派在创作上势同水火,但在理论层面上却井水河水互不相犯。在齐梁之前,新变派在理论上从未否定过传统的政教本体观,而复古派也对新变派的创作采取了容忍的态度。但到了齐梁时期,这种状况改变了。传统的"不自觉"因素——政教本体观不再对新的文学现象视而不见,而是开始对新变派的文学创作展开批判和清理。刘勰的《文心雕龙》企图折中古今,实际上是把古今之争表面化了。刘勰的高明之处在于,不是对新的创作倾向一笔抹杀,而是力图把它纳入政教本体论的规范,所以刘勰对政教本体观的捍卫反而更有力量。而裴子野却没有刘勰那样圆融和折中，他在《雕虫论》中对流行创作倾向的抨击充满了情感色彩。他首先把《诗经》确立为文学创作的源头和标准："古者四始六艺，总而为诗，既形四方之气，且彰君子之志，劝美惩恶，王化本焉。"① 然后就开始抨击诗经之后的作者，从楚辞到汉赋，无不背离了政治教化的根本原则。而五言诗自苏李曹刘之后，也毫不足取。特别是刘宋大明之后，"淫文破典，斐尔为功。无被于管弦，非止乎礼义，深心主卉木，远致极风云，其兴浮，其志弱，巧而不要，隐而不深"②。同时，新变派似乎也厌倦了复古派喋喋不休的说教，萧纲的《与湘东王书》就与《雕虫论》针锋相对："未闻吟咏情性，反拟《内则》之篇，操笔写志，更摹《酒诰》之作，迟迟春日，翻学《归藏》，湛湛江水，遂同《大传》。"萧纲甚至从文学性的角度把矛头直接指向裴子野本人，"裴氏乃是良史之才，了无篇什之美"③。但耐人寻味的是，在这场复古与新变的争论中，裴子野没有表现出任何妥协，而萧纲有时意见却不太一致。《昭明太子集序》说：

  窃以文之为义，大哉远矣。故孔称性道，尧曰钦明，武有来商之功，虞有格苗之德。故易曰："观乎天文，以察时变，观乎人文，以化成天下。"是以含精吐景，六卫九光之庭；方珠喻龙，南枢北陵之采。此之谓天文。文籍生，书契作，咏歌起，赋颂兴。成孝敬于人伦，移风俗于王政，道绵乎八极，理浃乎九垓。赞动神明，雍熙钟石。此之谓人文。若夫体天经而总文纬，揭日月而谐律吕者，其在兹乎！④

作为那个时代最激进的情感本体论者，萧纲不仅有宫体诗的创作实践，而且有"文章且须放荡"的极端言论。⑤ 但在这里，萧纲却大谈"成孝敬""移风俗"之类冠冕堂皇的套话。这说明即使在宫体诗冲破了"发乎情止乎礼义"的束缚，把情感和欲望的表达推向极致的时代，政教本体观也仍然像一种集体无意识一样发挥着作用。值得注意的是，萧纲这段话无论是在句式上还是在逻辑上，都与《文心雕龙·原道》有内在的一致

---

① （南朝梁）裴子野：《雕虫论》，载严可均辑《全梁文》卷53，商务印书馆1999年版，第575页。
② （南朝梁）裴子野：《雕虫论》，载严可均辑《全梁文》卷53，第576页。
③ （南朝梁）萧纲：《与湘东王书》，载严可均辑《全梁文》卷11，第115页。
④ （南朝梁）萧纲：《昭明太子集序》，载严可均辑《全梁文》卷12，第125页。
⑤ （南朝梁）萧纲：《诫当阳公大心书》，载严可均辑《全梁文》卷11，第115页。

性,"文之为义,大哉远矣"与"文之为德也大矣"甚至在语气上都是相似的。二者都把《易传》作为理论依据来论证文学的产生,都把作为天文的自然现象和作为人文的文学看作道的显现,都认为古代的圣贤是道与文的中介并通过人文对社会政治实施教化。只是萧纲没有刘勰论证得严密细致。我们无法确定刘勰和萧纲之间是怎样互相影响的,或者说,二者之间并不存在相互影响,更可能的是,他们的观点其实只是那个时代的一般共识。

徐陵《玉台新咏序》是一篇为宫体诗张目的强文,但他说编纂《玉台新咏》的宗旨是"曾无参于雅颂,亦靡滥于风人,泾渭之间,若斯而已"[①],还是透露出他在正统文学观念面前的一丝羞怯。一个"参"字,已经默认了雅颂的崇高地位;一个"滥"字,则打消了彻底堕落的勇气;最终只能游走于雅俗之间"而已"。当徐陵鼓足勇气为宫体诗申辩时,眼角还是不自觉地瞟了一下雅颂的存在。

总之,作为一种"不自觉"因素,先秦两汉以政治教化为本体的文学观在魏晋南北朝时期依旧占据统治地位,就连激进的新变派也不能无视它的存在。而以情感和形式为本体的文学创作虽然被认为是"文学自觉"的标志,但直到萧绎《金楼子·立言》中的"文笔之辨",这种创作倾向才在理论上被正式确认。

这种观念带来了两个后果:一是对已有的诗缘情的事实造成歪曲,最典型的表现就是汉儒对《诗经》的解释。当然其源头早已在春秋时期的赋诗断章中形成,孔子和孟子对《诗经》的处理也难辞其咎。二是这个不完全的事实发展成为一种全面的创作规范和创作要求,影响到了后世的文学创作。最典型的就是汉代的辞赋创作。辞赋本身并不适合发挥政治上的讽谏作用,但是为了响应言志观念和政教观念,勉为其难地加上一条讽谏的尾巴。而理论竟然为这条尾巴争论不休。

第二节 诗缘情

一 诗缘情的创作表现

诗缘情是一个自有诗歌以来的事实,但这个事实得到理论上的概括却

[①] (南朝陈)徐陵:《玉台新咏序》,载严可均辑《全陈文》卷10,商务印书馆1999年版,第378页。

非常晚，我们倾向于认为它真正被确认是在齐梁时期。而诗言志作为另一部分的事实，却长期在理论上被确认为关于诗歌的全部事实。由于在齐梁之前理论中不存在对情感内涵的完整揭示，我们只能从文学创作中考察魏晋南北朝时期文学创作情感的表现形态。张少康先生看到六朝时期的缘情派有进步和消极两种不同倾向。① 当然，进步与消极之间的界限不一定那么分明。特别是从创作上看，言志和缘情更不存在明确的限界。朱自清区分"言志"与"缘情"的标准是，前者与政教有关，后者与政教无关。表现"一己的穷通出处"的言志诗都仍然与政教有关，不同于饥者歌其食，劳者歌其事的缘情诗，只有像秦嘉《留郡赠妇诗》那样的五言诗，自述伉俪情好，与政教无甚关涉处，才是真正的缘情诗。②

目前学界没有适合文学的情感分类。结合朱自清的观点，我们把那些与政教有关的情感称为道德情感，把朱自清所谓"真正的缘情诗"表现的情感称为自然情感。如果说"发乎情"是自然的、非道德的，那么"止乎礼义"就是道德的、不自然的。这种区分不具有规范意义，只是为了叙述的方便。同时这也不是说言志派反自然情感或缘情派反道德情感，而是说他们对情感的态度各有自己的理想和倾向。

总的来说，从魏晋到齐梁，文学创作中的情感内涵呈现出由社会性到个体性，由理性到感性，由道德情感到自然情感，由雅正的自然情感到低俗的自然情感，直到感官欲望的演变过程。如果只是简单地说这一时期的文学创作的特点是重情感、重个性，就会抹杀其中这些不同的倾向。大致而言，这一时期对情感的表现有三种倾向：一是以个人与社会政治的关系为重心，即使表现的是个人的悲欢离合，也仍然与社会政治保持着密切的联系，内容多为壮志难酬、人生失意。这种创作以道德情感为主；二是以个人的情感生活为重心，与社会政治几乎没有关系，主要表现亲情、友情、爱情等内容；三是以个体的感性欲望为重心，主要表现游戏娱乐、官能享受等内容。后二者都以自然情感为主。我们无法对这一时期的作品状况进行完全归纳，以下以当时最具代表性的作家略作描述。

第一种倾向以建安风骨为代表。《文心雕龙·时序》说："观其时文，雅好慷慨，良由世积乱离，风衰俗怨，并志深而笔长，故梗概而多气也。"这是对此类创作最精彩的描述。曹操在政治上厉行法家路线，但在文学创作上却表现出儒家博大的社会关怀和忧患意识。法家刻薄寡恩，而曹操在

---

① 张少康：《中国古代文学创作论》，北京大学出版社1983年版，第223页。
② 朱自清：《诗言志辨》，第33、34页。

作品中表现出的道德情感真挚而深沉，不像是乱世奸雄的伪善：

> 关东有义士，兴兵讨群凶。初期会盟津，乃心在咸阳。军合力不齐，踌躇而雁行。势利使人争，嗣还自相戕。淮南弟称号，刻玺于北方。铠甲生虮虱，万姓以死亡。白骨露于野，千里无鸡鸣。生民百遗一，念之断人肠。(《蒿里行》)[1]

他在《薤露行》中哀叹："贼臣执国柄，杀主灭宇京。荡覆帝基业，宗庙以燔丧。播越西迁移，号泣而且行。瞻彼洛城郭，微子为哀伤。"曹操在这里哀伤的，既不是个体生活的不幸，也不是霸业和野心的难以实现，而是乱世中生命的颓殒和家园的残破。曹操在《短歌行》中以周公自居，化用诗经的情感和形式表现自己怀抱，对人生意义的无限感慨与对社会的终极关怀水乳交融，不使人感到奸雄面目的可憎。再看《苦寒行》：

> 北上太行山，艰哉何巍巍。羊肠坂结屈，车轮为之摧。树木何萧瑟，北风声正悲。熊罴对我蹲，虎豹夹路啼。溪谷少人民，雪落何霏霏。延颈长叹息，远行多所怀。我心何怫郁？思欲一东归。水深桥梁绝，中路正徘徊。迷惑失故路，薄暮无宿栖。行行日已远，人马同时饥。担囊行取薪，斧冰持作糜。悲彼《东山》诗，悠悠使我哀。(《苦寒行》)

以曹操之残忍嗜杀，竟能写出这样感情深挚的杰作，不算奇迹，也属难得。或许是浸淫于东汉经学氛围之中，潜意识中积淀了圣人悲天悯人的情怀，情动于中，良知显现。曹操诗歌，苍凉悲壮，气势沉雄，其中有一种深沉博大的力量。但这种力量不是来自权谋和嗜杀，而是来自那种普遍的道德情感和社会关怀。因为有这种道德的力量，所以不必讳言哀伤。外强中干的战争浪漫主义者和肤浅的豪放派文学爱好者永远不会理解，乱世奸雄曹操在创作中竟然是一副哭哭啼啼的文艺腔。末世的"豪杰"，一面以流氓现实主义取天下，另一面又神往曹操的文采风流，于是附庸风雅，虚张声势，佯装霸气，动辄"威加海内""铁蹄踏遍""再活五百年"。然而流氓盗贼的成功靠的是邪恶奸诈而不是自吹的武功，更不要说道德和人

---

[1] 逯钦立辑校：《先秦汉魏晋南北朝诗》，中华书局1983年版，第347页。后引该书只随文标出篇目。

性，以此硬作帝王诗，可谓东施效颦、沐猴而冠。

建安时期，文学创作中道德情感的表现是一个普遍现象。王粲虽然没有帝王之威，但同样表现了博大的道德关怀：

> 西京乱无象，豺虎方遘患。复弃中国去，远身适荆蛮。亲戚对我悲，朋友相追攀。出门无所见，白骨蔽平原。路有饥妇人，抱子弃草间。顾闻号泣声，挥涕独不还。未知身死处，何能两相完。驱马弃之去，不忍听此言。南登霸陵岸，回首望长安。悟彼下泉人，喟然伤心肝。(《七哀诗三首》其一)

曹植也是如此：

> 步登北邙阪，遥望洛阳山。洛阳何寂寞，宫室尽烧焚。垣墙皆顿擗，荆棘上参天。不见旧耆老，但睹新少年。侧足无行径，荒畴不复田。游子久不归，不识陌与阡。中野何萧条，千里无人烟。念我平常居，气结不能言。(《送应氏二首》其一)

曹操、王粲和曹植对战乱的描写是概括的，而陈琳的《饮马长城窟行》和阮瑀的《驾出北郭门行》则是具体而微的，二者都是以对话的形式展示出底层人民（而不是自己）在战乱中的不幸。诗中并没有直接表达作者的情感，但其中透露出的人道关怀并不少于曹王。我们注意到上述作品中，触动作者情感的不是他们自身的不幸，而是社会和他人，甚至是与自己不属同一阶级的人，所以我们说这些作品中表现的是一种超越了个体悲欢得失的道德情感。

曹植以自身特殊的经历和遭遇表现了建安时代最为慷慨多气的情感。"人生处一世，去若朝露晞。年在桑榆间，影响不能追。自顾非金石，咄唶令心悲。""心悲动我神，弃置莫复陈。丈夫志四海，万里犹比邻。恩爱苟不亏，在远分日亲。何必同衾帱，然后展殷勤。忧思成疾疢，无乃儿女仁。仓卒骨肉情，能不怀苦辛。"(《赠白马王彪》) 把个人在现实中遭受迫害的不幸与对亲人故去的哀悼，以及因遭疑忌而被迫分离的怨愤融合在一起，一方面是个体的悲欢，另一方面又表现出着对社会政治、人生意义的普遍思索。《洛神赋》虽无具体所指，但其忧郁仍来源于现实中的遭遇则是无疑的。钟嵘说曹植诗歌"情兼雅怨"，就是对这一情感倾向的准确描述。其他如王粲的《登楼赋》写为"销忧"而登楼，其中有个人的不遇，有乡思，有功业未竟的焦躁，也有胸怀天下的忧患。《从军诗》表现对功名的追求，如"虽无铅刀用，庶几奋薄身"（其四）。再如刘桢《赠从弟》："亭亭山上松，瑟瑟谷中风。风声一何盛，松枝一何劲。冰霜正惨凄，终岁常端正。岂不罹凝寒，松柏有本性。"（其二）其中表现的情感都体现了个体与社会、感性与理性的统一。

由于玄学和政局的影响，正始文学已经开始远离社会政治，阮籍、嵇康等人开始以文学表现老庄的人生境界。但阮籍、嵇康与东晋的玄言诗人和山水诗人不同，他们并未真正走向自然。阮籍《咏怀》，就颇多忧生之嗟和感慨之词：

> 夜中不能寐，起坐弹鸣琴。薄帷鉴明月，清风吹我襟。孤鸿号外野，翔鸟鸣北林。徘徊将何见，忧思独伤心。（《咏怀八十二首》其一）

西晋文学与政教的关系更远，情感表现多局限于个人生活。徐公持说西晋文学缺少崇高精神，但仍有左思、刘琨等不乏风力的诗人。如左思《咏史八首》其一：

> 弱冠弄柔翰，卓荦观群书。著论准过秦，作赋拟子虚。边城苦鸣镝，羽檄飞京都。虽非甲胄士，畴昔览穰苴。长啸激清风，志若无东吴。铅刀贵一割，梦想骋良图。左眄澄江湘，右盼定羌胡。功成不受爵，长揖归田庐。（《咏史八首》其一）

左思批判了门阀政治的不公，"世胄蹑高位，英俊沉下僚"，而鲍照的批判更为激烈：

> 对案不能食，拔剑击柱长叹息。丈夫生世会几时，安能蹀躞垂羽翼。弃置罢官去，还家自休息。朝出与亲辞，暮还在亲侧。弄儿床前戏，看妇机中织。自古圣贤尽贫贱，何况我辈孤且直。（《拟行路难十八首》其六）

总之，上述不同时期的作家及其代表作品，表现了一种超越的道德情感，或不脱离社会政治的自然情感，大致都属于朱自清所说的表现"一己的穷通出处"的言志诗。

第二种倾向以曹丕、潘岳、陆机等人为代表。曹丕缺少像曹操、曹植、王粲那种直接表现社会政治和道德情感的作品,但他的很多拟作以他人如征夫思妇为抒情角色,关注的是社会和他人,多少仍有道德情感的色彩,不过就所拟的角色而言,则纯粹是个体的自然情感。比如那首著名的《燕歌行》,就是代思妇立言的:

秋风萧瑟天气凉,草木摇落露为霜,群燕辞归雁南翔。念君客游多思肠,慊慊思归恋故乡,君何淹留寄他方。贱妾茕茕守空房,忧来思君不敢忘,不觉泪下沾衣裳。援琴鸣弦发清商,短歌微吟不能长。明月皎皎照我床,星汉西流夜未央。牵牛织女遥相望,尔独何辜限河梁。(《燕歌行》)

就作者而言,表达的仍然是对社会人生的关怀,但就抒情主人公而言,则纯粹是个人的悲欢离合和喜怒哀乐。此外,他的《杂诗》二首写游子思乡、《陌上桑》写征夫从军、《秋胡行》写恋爱约会、《寡妇诗》写思念亡夫,都表现了这样一种情感。曹丕的赋在抒情内容上与其诗有相似之处,如《感离赋》写离家,《愁霖赋》写行旅。曹植也有与曹丕相同体裁的诗赋,表达了相似的自然情感,如拟作的《闺情诗》《美女篇》《弃妇篇》等,赋如《喜霁赋》《愁霖赋》等。

潘岳人品不足言,但《悼亡诗》所表现的亲情却是感人的:

荏苒冬春谢,寒暑忽流易。之子归穷泉,重壤永幽隔。私怀谁克从,淹留亦何益。僶俛恭朝命,回心反初役。望庐思其人,入室想所历。帏屏无仿佛,翰墨有余迹。流芳未及歇,遗挂犹在壁。怅恍如或存,回遑忡惊惕。如彼翰林鸟,双栖一朝只。如彼游川鱼,比目中路析。春风缘隙来,晨霤承檐滴。寝息何时忘,沉忧日盈积。庶几有时衰,庄缶犹可击。(《悼亡诗三首》其一)

陆机的感时伤物之作,大多抒发个体悲欢,与时局政治无直接关系,如:

总辔登长路,呜咽辞密亲。借问子何之,世网婴我身。永叹遵北渚,遗思结南津。行行遂已远,野途旷无人。山泽纷纡余,林薄杳阡眠。虎啸深谷底,鸡鸣高树巅。哀风中夜流,孤兽更我前。悲情触物

感，沉思郁缠绵。伫立望故乡，顾影凄自怜。(《赴洛道中作诗》)

徐公持认为，西晋文士如张华、潘岳、陆机等人，功名心并不淡薄，但他们的政治追求多不能与一定的社会理想相结合，仅仅是个体利益的欲求表现。① 而这也一点也决定了他们作品中情感表现的倾向性。按朱自清的标准，这类创作都属于真正的"缘情诗"。

第三种倾向与前二者的最大不同在于，它直接表现了人的感性欲望、官能享受甚至肉欲和色情。建安文学中的游戏成分与西晋的歌舞娱乐、南朝的宴集游戏直到宫体诗代表了这一倾向。

建安时期，邺下文学集团就已经开始写作宴饮游戏之作，如《公宴诗》《斗鸡诗》等，即刘勰所谓"怜风月，狎池苑，述恩荣，叙酣宴"。"傲雅觞豆之前，雍容袵席之上，洒笔以成酣歌，和墨以藉谈笑。"(《文心雕龙·明诗》) 同时又有大量的咏物赋，如《迷迭香赋》《弹棋赋》《车渠碗赋》《玛瑙勒赋》《槐赋》《柳赋》等。这些赋有的仍有寄托，有的则纯属游戏。这类创作缺少深沉的思想和情感内涵，表现的是感官享受的愉快。

沈德潜《说诗晬语》说："诗至于宋，性情渐隐，声色大开，诗运一转关也。"② 对声色的细腻感受和精致描写，可以引发审美感受，也可以导致生理快感。前者表现在大小谢等人的山水诗中，后者表现在咏物诗和艳情诗中。永明体同时代表了这两种情况。就后者而言，"强调情性反映在题材上，永明时期的诗歌和过去有宏细之分"。"特别是咏物诗，不仅数量大增，而且由吟咏自然物进而吟咏人工制品。"③ 罗宗强认为永明文学有明显的消闲娱乐性质，详尽论列了其所咏之物，并指出由咏物到咏妇人闺阁之物，再到宫体诗的咏妇人，是一脉相承的。④ 感性欲望的表达在宫体诗那里走向了极端，试看萧纲的《咏内人昼眠》：

北窗聊就枕，南檐日未斜。攀钩落绮障，插捩举琵琶。梦笑开娇靥，眠鬟压落花。簟文生玉腕，香汗浸红纱。夫婿恒相伴，莫误是倡家。(《咏内人昼眠》)

---

① 徐公持：《魏晋文学史》，第261页。
② (清) 沈德潜等：《原诗　一瓢诗话　说诗晬语》，人民文学出版社1979年版，第203页。
③ 曹道衡、沈玉成：《南北朝文学史》，人民文学出版社1991年版，第129页。
④ 罗宗强：《魏晋南北朝文学思想史》，中华书局1996年版，第218—220页。

邺下文学、二十四友、金谷集团、竟陵八友、宫体诗人等创作主体在现实中，其感性欲望获得了极大的满足，或许他们人生的高层次追求依然得不到实现，但低层次欲望的满足是不成问题的。这使得他们在闲暇之余，以美的形式来吟咏这些欲望的对象。应该说他们面对这些欲望的对象时，心态是健康的。这些对象对他们而言，象征着正常的满足而不是变态的匮乏。客观地说，对非审美对象的美的表现在一定程度上具有审美性，但欲望的对象天然不是审美对象，所以宫体诗一方面具有审美的形式，另一方面它产生的却是生理刺激和感官愉快。

二 诗缘情的理论表述

由于言志观念的强大影响，文学对自然情感的表现长期没有得到理论概括。最先从理论上确立自然情感地位的是陆机。而陆机在《文赋》中谈到情感的其实就一句话："诗缘情而绮靡。"严格地说，陆机想强调的不是诗歌的情感本体问题，而只是诗歌这一文体的特征问题。通读《文赋》，我们觉得这不过是陆机论列各种文体时很自然地说出来的。但这句话一经独立出来，置于"诗言志"的对面，置于政教本体观和道德情感论的背景之上，就显得特别醒目。其实陆机在当时并没有刻意标新立异，同时也没有另外一种相反的观念与它针锋相对。文学创作也许在不停地发展变化，但理论其实一直风平浪静。自然情感与政治教化的交锋，要到齐梁时期才真正展开。齐梁之前，虽然文学创作已经疏远了政治教化，突破了儒家诗教，但理论上并没有谁对传统的伦理本体观和道德情感论提出异议。直到沈约，也没有明确对情感的内涵做出与传统不同的界定。《宋书·谢灵运传论》说：

> 民禀天地之灵，含五常之德，刚柔迭用，喜愠分情。夫志动于中，则歌咏外发。六义所因，四始攸系，升降讴谣，纷披风什。虽虞夏以前，遗文不睹，禀气怀灵，理无或异。然则歌咏所兴，宜自生民始也。①

沈约对情感的产生以及情感与诗歌的关系，采取了传统"感物而动"和"情动于中而形于言"的说法，至于情感的内涵，沈约并未发表新的看法。结合魏晋以来的文学创作，这里情志的内涵应该是既包括道德情感，

---

① 《宋书》卷67《谢灵运传论》，中华书局1974年版，第1778页。

也包括自然情感的。但沈约既没有否定道德情感,也没有特意强调自然情感。

钟嵘是第一个从正面确立自然情感为文学本体的人,他对诗歌情感内涵的认识是清醒而又自觉的。《诗品序》开篇说:"气之动物,物之感人,故摇荡性情,形诸舞咏。照烛三才,晖丽万有,灵祇待之以致飨,幽微藉之以昭告;动天地,感鬼神,莫近于诗。"[①] 钟嵘化用了《礼记·乐记》和《毛诗序》的思想,但并未突出二者中"经夫妇,成孝敬,厚人伦,美教化,移风俗"有关政治教化的内容。不过钟嵘在这里未必是有意识地对传统政教思想做出修正,正如陆机说"诗缘情而绮靡",其与传统的不同很可能是受到语气和句式的限制,无法完全重复他们所参照引用的思想。当然,也不能说他化用了传统的思想,就等于是对传统的接受。我们觉得上面那段话可能是钟嵘借用传统的说法以壮声势,引出后面要表达的思想,并无特别深意可言。真正代表钟嵘对诗歌情感内涵认识的是下面这段话:

> 若乃春风春鸟,秋月秋蝉,夏云暑雨,冬月祁寒,斯四候之感诸诗者也。嘉会寄诗以亲,离群托诗以怨。至于楚臣去境,汉妾辞宫;或骨横朔野,或魂逐飞蓬;或负戈外戍,杀气雄边;塞客衣单,孀闺泪尽;或士有解佩出朝,一去忘反;女有扬蛾入宠,再盼倾国。凡斯种种,感荡心灵,非陈诗何以展其义;非长歌何以骋其情?故曰:"《诗》可以群,可以怨。"使穷贱易安,幽居靡闷,莫尚于诗矣。(《诗品序》)

这是对中国抒情文学情感内涵的精彩概括,基本囊括了有史以来诗歌表现的所有情感内容。钱锺书说钟嵘《诗品序》中"凡斯种种"的情感是《恨赋》和《别赋》的提纲。[②] 并且,钟嵘不再以伦理道德为诗歌显现的本体,而是直接把个体的自然情感确立为文学本体。从而,文学的价值也不在于政治教化,而在于它能展示人的心灵和情感,慰藉人生的孤独和痛苦。与钟嵘并世的刘勰,虽然也不乏对文学情感内涵的深刻认识,但与钟嵘相比,终有浅尝辄止之感。在《物色》篇中,刘勰谈到的只是自然景物对情感的激发;在《明诗》篇中,刘勰认识到建安文学的重情之旨,"并

[①] 曹旭:《诗品集注》,上海古籍出版社1994年版,第1页。后引该书只随文标出篇目。
[②] 钱锺书:《诗可以怨》,《钱锺书论学文选》第6卷,花城出版社1990年版,第152页。

怜风月，狎池苑，述恩荣，叙酣宴，慷慨以任气，磊落以使才；造怀指事，不求纤密之巧，驱辞逐貌，唯取昭晰之能"；在《时序》篇中，刘勰认识到社会时代与文学情感的关系，"幽厉昏而《板》、《荡》怒，平王微而《黍离》哀"，"观其时文，雅好慷慨，良由世积乱离，风衰俗怨，并志深而笔长，故梗概而多气也"。但刘勰始终没有在理论的高度上把个体的自然情感确立为文学表现的本体，而是依据传统的政教本体观，把这些情感所表现的价值和意义归结为政治教化。

钟嵘在理论上高扬的自然情感，其理想状态对应的却不是当代的文学创作。钟嵘对建安和西晋诗人评价很高，上品十二人（含古诗）中，魏和西晋占了九人，晋以后只有谢灵运位居上品；而《诗品》所涉及的齐梁诗人共四十人中，三十四人居于下品，只有六人居于中品，其中包括独步当时的谢朓和沈约。王运熙等认为钟嵘对近代诗人不太重视，与他对声律说不满有关。① 但我们认为更重要的还是在情感内涵和审美取向上。钟嵘所主张的情感内涵是雅正的自然情感，也就是我们前述三种情感倾向的第一种和第二种。这种自然情感虽然不以政教伦理为旨归，但又不脱离社会政治和崇高的人生理想。代表钟嵘审美理想的无疑是曹植。曹植创作中最重要的内容就是大量不离政治伦理的自然情感。

萧统编《文选》选取诗歌作品时，除了与钟嵘一样重视曹植、刘桢、王粲、阮籍、陆机、张协、左思、谢灵运等历史上公认的杰出作者外，也同样重视时人所推重的谢朓和沈约。萧统《答湘东王求文集及诗苑英华书》说：

> 吾少好斯文，迄兹无倦。谭经之暇，断务之余，陟龙楼而静拱，掩鹤关而高卧。与其饱食终日，宁游思于文林。或日因春阳，其物韶丽，树花发，莺鸣和，春泉生，喧风至，陶嘉月而嬉游，藉芳草而眺瞩。或朱炎受谢，白藏纪时，玉露夕流，金风多扇，悟秋山之心，登高而远托。或夏条可结，倦于邑而属词，冬云千里，睹纷霏而兴咏。密亲离则手为心使，昆弟晏则墨以亲露。又爱贤之情，与时而笃。冀同市骏，庶匪畏龙。不如子晋，而事似洛滨之游；多愧子桓，而兴同漳川之赏。漾舟玄圃，必集应、阮之俦；徐轮博望，亦招龙渊之侣。校核仁义，源本山川；旨酒盈樽，嘉肴溢俎。曜灵既隐，继之以朗

---

① 王运熙、杨明：《中国文学批评通史·魏晋南北朝卷》，上海古籍出版社1996年版，第282页。

月;高春既夕,申之以清夜。并命连篇,在兹弥博。①

与钟嵘相比,萧统对情感内涵的描述更多涉及自然景物,即物色,而与社会人生相关的相对为少。另外,他把自己的文学活动与建安邺下相比,提到宴游等内容。但《文选》中并没有选咏物、游戏等题材的作品。由此可见,萧统对文学情感内涵的态度与钟嵘相近,都持一种雅正的自然情感观。有的学者根据萧统在《答晋安王书》中对萧纲的诗"吟玩反覆,欲罢不能",认为萧统赞赏萧纲的宫体诗,②但萧统在信中所提到的诗看不出是宫体诗,而且只有一首,不能由此断定萧统对宫体诗的情感内涵是肯定的。只是钟嵘轻视当代,而萧统对齐梁时期的优秀诗人更为重视。在道德情感逐渐淡化、自然情感和感性欲望日益浓重的历史进程和创作氛围中,萧统较钟嵘走得更远一些。

萧子显、萧纲、萧绎对文学情感的认识,有一部分与钟嵘、萧统是重合的,如萧子显《自序》:"若乃登高目极,临水送归,风动春朝,月明秋夜,早雁初莺,开花落叶,有来斯应,每不能已也。"③ 在齐梁文论中,自然景物的意义一般不在于自身,而在于它对自然情感的激发。如萧纲《答张缵谢示集书》也说:

至如春庭落景,转蕙承风,秋雨且晴。檐梧初下,浮云生野,明月入楼,时命亲宾,乍动严驾,车渠屡酌,鹦鹉骤倾,伊昔三边,久留四战,胡雾连天,征旗拂日,时闻坞笛,遥听塞笳,或乡思凄然,或雄心愤薄。是以沈吟短翰,补缀庸音,寓目写心,因事而作。④

萧纲除了注意到自然景物对情感的激发,也描述了边塞生活在诗歌创作中的地位。这是建立在他自身生活经历基础上的,但同时也仅局限于他的生活经历,当他的生活由边塞转入宫廷时,他对文学情感内涵的认识就随之产生了变化。他在《与湘东王书》不仅是一般地确立了文学的抒情本质,实际上也表现了对不同情感倾向的轩轾:

比见京师文体,懦钝殊常,竞学浮疏,争为阐缓,玄冬修夜,思

---

① (南朝梁)萧统:《答湘东王求文集及诗苑英华书》,载严可均辑《全梁文》卷20,第216页。
② 李泽厚、刘纲纪:《中国美学史·魏晋南北朝编》,第538页。
③ (南朝梁)萧子显:《自序》,载严可均辑《全梁文》卷23,第259页。
④ (南朝梁)萧纲:《答张缵谢示集书》,载严可均辑《全梁文》卷11,第114页。

所不得，既殊比兴，正背风骚。若夫六典三礼，所施则有地，吉凶嘉宾，用之则有所，未闻吟咏情性，反拟《内则》之篇，操笔写志，更摹《酒诰》之作，迟迟春日，翻学《归藏》，湛湛江水，遂同《大传》。①

这里批评的"京师文体"，傅刚认为是指元嘉体和永明体，②说它指元嘉体还有些道理，说它指永明体则有些勉强。但此文明显是针对裴子野《雕虫论》而发，则是没有问题的。看来裴子野的复古主张在当时产生了实际的影响。③罗宗强也认为，"以裴子野为代表的一些作者，事实上形成当时的一种文风"④。而裴子野说"闾阎年少，贵游总角，罔不摈落六艺，吟咏情性，学者以博依为急务，谓章句为专鲁，淫文破典，斐尔为功。无被于管弦，非止乎礼义，深心主卉木，远致极风云，其兴浮，其志弱，巧而不要，隐而不深"（《雕虫论》），似乎当时泛滥成灾的恰恰是"吟咏情性"之作。不管谁的说法更符合事实，他们的主张针锋相对则是明显的。萧纲是明确反对吟咏情性还要学习经典、止乎礼义的。同时萧纲对裴子野所指摘的历代作家则多加肯定：

> 吾既拙于为文，不敢轻有掎摭，但以当世之作，历方古之才人，远则杨马曹王，近则潘陆颜谢，而观其遣辞用心，了不相似。若以今文为是，则古文为非，若昔贤可称，则今体宜弃，俱为盍各，则未之敢许。(《与湘东王书》)

对这段话的理解也颇有分歧。李泽厚、刘纲纪认为"今文"指的是萧纲深为不满的"当世之作"，这是正确的。但他们又认为萧纲嘲弄了推崇"古文"的人，并认为"俱为盍各，则未之敢许"，是指推崇古文的人不敢说自己的文章与古人的文章各有各的价值，则是理解有误。⑤萧纲的意思应该是：今文（京师文体）与古文（杨马曹王潘陆颜谢）是截然不同的，肯定今文，就要否定古文，肯定古文，则应否定今文，如果认为今文

---

① （南朝梁）萧纲：《与湘东王书》，载严可均辑《全梁文》卷11，第115页。后引该文只标篇目。
② 傅刚：《魏晋南北朝诗歌史论》，吉林教育出版社1995年版，第380页。
③ 曹道衡、沈玉成：《南北朝文学史》，人民文学出版社1991年版，第261页，注8。
④ 罗宗强：《魏晋南北朝文学思想史》，第381页。
⑤ 李泽厚、刘纲纪：《中国美学史·魏晋南北朝编》，第543页。

古文各有道理，那是不能同意的。罗宗强把这段话理解成了萧纲"是今而非古"，则是完全颠倒了萧纲的意思。① 陈良运则理解成"一代有一代之文学"，今文和古文都不能否定，也与萧纲意思正好相反。② 萧纲在这里实际上就是批判今文的"懦钝""浮疏""阐缓""殊比兴""背风骚"，而肯定了"古之才人"（杨马曹王潘陆颜谢）的抒情传统。在这一意义上，"京师文体"应该不是元嘉体和永明体。萧纲特别指出：

至如近世谢朓沈约之诗，任昉陆倕之笔，斯实文章之冠冕，述作之楷模，张士简之赋，周升逸之辩，亦成佳手，难可复遇。（《与湘东王书》）

与钟嵘的独钟魏晋不同，萧纲在确认魏晋文学抒情传统的基础上，更推崇齐梁文学。与萧统单纯选取作品相比，他更明确地以谢朓、沈约和任昉、陆倕为冠冕和楷模。要言之，在对文学本体的认识上，萧纲坚决反对儒家的政教本体观，因此肯定了历代作家的抒情传统。在对具体情感内涵的认识上，则反对征圣宗经，反对"发乎情，止乎礼义"的道德情感论。而在自然情感的价值取向上，萧纲则明确主张，远离社会政治的个体感性欲望高于曹王潘陆颜谢等人作品中的理性与感性相统一的情感内涵。

萧子显在对这一问题的认识上与萧纲基本相同，他首先确定文学的本体不是道德而是情感："文章者，盖情性之风标，神明之律吕也。蕴思含毫，游心内运，放言落纸，气韵天成，莫不禀以生灵，迁乎爱嗜，机见殊门，赏悟纷杂。"③ 在肯定了文学的抒情本质之后，他与萧纲一样对历代作家的成就作了肯定。同时他认为，情感的表现形式是多种多样的："属文之道，事出神思，感召无象，变化不穷。俱五声之音响，而出言异句；等万物之情状，而下笔殊形。吟咏规范，本之雅什，流分条散，各以言区。"（《南齐书·文学传论》）这就为文学创作的不断发展和创新提供了可能，"习玩为理，事久则渎，在乎文章，弥患凡旧。若无新变，不能代雄"。萧子显认识到历代作家在创作上的不同追求和独特风格：

建安一体，《典论》短长互出；潘、陆齐名，机、岳之文永异。

---

① 罗宗强：《魏晋南北朝文学思想史》，第423页。
② 陈良运：《中国诗学批评史》，江西人民出版社1995年版，第177页。
③ 《南齐书》卷52《文学传论》，中华书局1972年版，第907页。

> 江左风味，盛道家之言：郭璞举其灵变；许询极其名理；仲文玄气，犹不尽除；谢混情新，得名未盛。颜、谢并起，乃各擅奇，休、鲍后出，咸亦标世。朱蓝共妍，不相祖述。(《南齐书·文学传论》)

认识到文学创作的多样性，标榜独创性，并非没有自己的价值取向，事实上情感表现的不同方式在萧子显看来并不是等值的，他对当时文坛上的三种不同倾向提出了批评：

> 一则启心闲绎，托辞华旷，虽存巧绮，终致迂回。宜登公宴，本非准的。而疏慢阐缓，膏肓之病，典正可采，酷不入情。此体之源，出灵运而成也。次则缉事比类，非对不发，博物可嘉，职成拘制。或全借古语，用申今情，崎岖牵引，直为偶说。唯睹事例，顿失清采。此则傅咸五经，应璩指事，虽不全似，可以类从。次则发唱惊挺，操调险急，雕藻淫艳，倾炫心魂。亦犹五色之有红紫，八音之有郑、卫，斯鲍照之遗烈也。(《南齐书·文学传论》)

就是说，萧子显虽然认为文学以情感本体，但对情感内涵的各种不同倾向，他是有自己的偏爱的：

> 三体之外，请试妄谈。若夫委自天机，参之史传，应思悱来，忽先构聚。言尚易了，文憎过意，吐石含金，滋润婉切。杂以风谣，轻唇利吻，不雅不俗，独中胸怀。(《南齐书·文学传论》)

这种"杂以风谣"，"不雅不俗，独中胸怀"的自然情感，当然谈不上"止乎礼义"，也不同于钟嵘推崇的"情兼雅怨"，而是充满感性欲望的爱情、私情、闲情乃至艳情和色情，其实就是一直被正统思想所排斥的"郑卫之音"。萧绎《金楼子·立言》说"吟咏风谣，流连哀思者，谓之文"，又说："至如文者，惟须绮縠纷披，宫徵靡曼，唇吻遒会，情灵摇荡"[①]，亦此之谓也。非道德、反道德的性欲、情欲、情感在风谣民歌中的表现是直接的，说得好听一点，叫质朴，说得难听一点，就是赤裸裸。这种情感内容进入文人的作品时则要进行一番装点修饰，其典型表现当然就是宫体

---

① （南朝梁）萧绎：《金楼子·立言》，许逸民：《金楼子校笺》，中华书局 2011 年版，第 966 页。后引该书只随文标出篇目。

诗。萧纲《答新渝侯和诗书》说：

> 垂示三首，风云吐于行间，珠玉生于字里，跨蹑曹左，含超潘陆，双鬓向光，风流已绝，九梁插花，步摇为古，高楼怀怨，结眉表色，长门下泣，破粉成痕，复有影里细腰，令与真类，镜中好面，还将画等，此皆性情卓绝，新致英奇。故知吹箫入秦，方识来凤之巧，鸣瑟向赵，始睹驻云之曲，手持口诵，喜荷交并也。①

萧纲对新渝侯萧映的宫体诗推崇备至，甚至认为他超越了曹左潘陆等历史上的一流作家。这实际上是说，含有感性欲望的情感高于传统上止乎礼义的情感。而对这一情感倾向的肯定在此前的文学理论中从未出现过。萧纲在《诫当阳公大心书》中说："立身之道与文章异，立身先须谨重，文章且须放荡"②，实际上就相当于说"发乎情，不必止乎礼义"了。宫体诗虽然以表现女性以及与女性有关的事物为主，但也包括贵族日常生活中的闲情琐事。③萧纲《序愁赋》说："情无所治，志无所求。不怀伤而忽恨，无惊猜而自愁。玩飞花之入户，看斜晖之度寮。虽复玉觞浮碗，赵瑟含娇。未足以祛斯耿耿，息此长谣。"④ 此类情感一般与人的低层次情趣和感性欲求相联系，虽然未必下流无耻，但肯定谈不到崇高。从人本心理学的角度看，萧纲等宫体诗人在基本的生活需求满足之后，没有形成高层次的超越性需求，而是反过来以审美的形式重新咀嚼玩味那些他们已经餍足了的生活。虽然钟嵘也说诗歌有"使穷贱易安，幽居靡闷"的作用，但"凡斯种种，感荡心灵，非陈诗何以展其义；非长歌何以骋其情"（《诗品序》），其情感内涵的倾向性与宫体诗的差别是显而易见的。文学创作在宫体诗人手里，已经成为打发无聊、排遣空虚的玩具。徐陵《玉台新咏序》说："虽复投壶玉女，为欢尽于百骁；争博齐姬，心赏穷于六箸。无怡神于暇景，惟属意于新诗。可得代彼萱苏，微蠲愁疾。"⑤ 把文学与博弈相提并论，不自徐陵始，汉宣帝早就说："辞赋大者与古诗同义，小者辩丽可喜。譬如女工有绮縠，音乐有郑卫，今世俗犹皆以此虞说耳目；辞赋比

---

① （南朝梁）萧纲：《答新渝侯和诗书》，载严可均辑《全梁文》卷11，第115页。
② （南朝梁）萧纲：《诫当阳公大心书》，载严可均辑《全梁文》卷11，第113页。
③ 傅刚：《魏晋南北朝诗歌史论》，第382页。
④ （南朝梁）萧纲：《序愁赋》，载严可均辑《全梁文》卷8，第85页。
⑤ （南朝陈）徐陵：《玉台新咏序》，载严可均辑《全陈文》卷10，第378页。

之，尚有仁义风谕，鸟兽草木多闻之观，贤于倡优博弈远矣。"① 汉宣帝这样"瞧得起"文学，实在不是值得文学骄傲的事情。不过宫体诗人早已没有了扬雄的怀才不遇，徐陵明确说他们的作品"曾无参与《雅》、《颂》，亦靡滥于风人"，根本无意于攀雅附颂，当然也不甘于民歌的粗俗，所以就有了以美的形式吟咏情欲的宫体诗。已到宫体诗没落时期的陈叔宝依旧痴心不改：

> 吾监抚之暇，事隙之辰，颇用谭笑娱情，琴樽间作，雅篇艳什，迭互锋起。每清风朗月，美景良辰，对群山之参差，望巨波之混漾，或玩新花，时观落叶，既听春鸟，又聆秋雁，未尝不促膝举觞，连情发藻，且代琢磨，间以嘲谑，俱怡耳目，并留情致。自谓百年为速，朝露可伤，岂谓玉折兰摧，遽从短运，为悲为恨，当复何言。遗迹余文，触目增泫，绝弦投笔，恒有酸恨。以卿同志，聊复叙怀，涕之无从，言不写意。②

在他们看来，文学创作不是对本能的超越、欲望的升华，而是本能的直接展示，欲望的直接满足。他们也有悲伤，但不是因为那些低层次的需求得不到满足，却是因为满足之后又担心不能长久。

对宫体诗及其理论的评价已趋于全面客观，改变了过去片面否定的做法。但把宫体诗所表现的情感内涵称为"纯粹的审美经验"还是值得商榷的。③ 把它作为文学觉醒的一种极端表现，则涉及怎样理解文学的觉醒。④ 在欲望的饥渴和情感的压抑中"厚人伦，美教化"当然是文学的不自觉，但食欲和性欲满足之后的娱乐消遣也未必就是文学的觉醒。我们解构功利主义文学观使用的是审美无利害的观念，但是忘记了康德在解释审美无利害的时候，虽然强调审美活动不同于道德，但也不同于感官欲望的满足，而后者尤为根本。"对快适的愉悦是与利害结合着的"，而"快适就是在感觉中使感官感到喜欢的东西"。⑤ 叔本华把世界和人的本质叫作"意志"，即盲目而强大的欲求。审美就是对意志的超脱和逃避——主体上升为不带

---

① 《汉书》，卷64《王褒传》，中华书局1962年版，第2829页。
② （南朝陈）陈叔宝：《与詹事江总书》，《陈书》卷34《陆瑜传》，中华书局1972年版，第464页。
③ 傅刚：《魏晋南北朝诗歌史论》，第382页。
④ 罗宗强：《魏晋南北朝文学思想史》，第424页。
⑤ 〔德〕康德：《判断力批判》，邓晓芒译，杨祖陶校，人民出版社2002年版，第40页。

意志的纯粹主体，客体则转变为无关利害的纯粹理念。但是有一种与美对立的对象——媚美，"却是将鉴赏者从任何时候领略美都必需的纯粹观赏中拖出来，因为这媚美的东西由于（它是）直接迎合意志的对象必然要激动鉴赏者的意志，使这鉴赏者不再是'认识'的纯粹主体，而成为有所求的，非独立的欲求的主体了"。叔本华为媚美举的例子就是绘画和雕刻中的裸体人像，"这些裸体像的姿态，半掩半露甚至整个的处理手法都是意在激起鉴赏人的肉感，因而纯粹审美的观赏就立即消失了"①。显然，宫体诗向我们展示的对象，就是叔本华所说的"媚美"。

不过应当指出，宫体诗虽然描写肉欲和艳情，但并不猥琐下流，相反，它毋宁是努力把感官肉欲写得更美一些。它的失败是因为感官肉欲天然不是审美对象，宫体诗的美不是因为对象自身，而是因为对象的表现形式，这种形式是可以抽象出来作为独立的形式美的，比如音韵、色彩、辞藻。

第三节　诗无情

一　无情与审美情感

情感和审美往往被看作魏晋文学艺术的重要特征。如果是泛泛而论，这样说也并无不妥。但确切地说，通常所谓"情感"，其实并非审美情感，甚至与审美经验是矛盾的。与审美情感相通的，恰恰是庄学和玄学中所说的"无情"。当前一些文学理论和美学论著对审美情感的理解存在一种泛化倾向，几乎把文学艺术中所表现的所有情感都称为审美情感。我们在这里讲的审美情感是狭义的，也就是康德美学意义上的，是指对一个对象的形象或形式产生的没有利害关系的情感。康德说："鉴赏是通过不带任何利害的愉悦或不悦而对一个对象或一个表象方式作评判的能力。一个这样的愉悦的对象就叫做美。"② 审美对象不是以它的实际存在、质料以及概念使人愉快，而是以它的形式、外观使人愉快。康德区分了三种不同的愉快，即审美的愉快、感官的愉快和善的愉快，"在所有这三种愉快方式中惟有对美的鉴赏的愉悦才是一种无利害的和自由的愉悦；因为没有任何利

---

① 〔德〕叔本华：《作为意志和表象的世界》，石冲白译，杨一之校，商务印书馆1982年版，第289—290页。
② 〔德〕康德：《判断力批判》，邓晓芒译，杨祖陶校，第45页。

害，既没有感官的利害也没有理性的利害来对赞许加以强迫"[①]。

  情感是主体对客体是否满足自己的需要而产生的态度和体验，审美情感则是对一个对象的形象和形式是否令人愉快而产生的态度和体验。非审美情感，比如自然情感和道德情感，依据的是对象的实际存在和概念，而审美情感的产生则只依据对象的形式。审美情感不涉及对象是什么，有什么用，因此也就无概念、无利害、无目的。审美情感和非审美情感之所以难以区分，是因为一个对象经常既以自己的质料使人喜爱，又以自己的形式使人喜爱。如果一个对象的形式使人愉快而质料不使人愉快（比如荷花，其形式使人愉快，但其质料不能食用）；或形式不使人愉快而质料使人愉快（比如藕，其质料可满足食欲，而形式则不产生美感），那么审美情感与非审美情感就很容易区分。我们对荷花的喜爱是审美情感，对藕的喜爱则是非审美情感。

  对审美情感的泛化理解无法解释文学艺术中的不同情感类型，而这些情感类型的区分对理解文学艺术中的不同情感取向是至关重要的。如果把"秋兰被长坂，朱华冒绿池""池塘生春草，园柳变鸣禽"中的情感与"生民百遗一，念之断人肠""本是同根生，相煎何太急"中的情感混为一谈，审美与非审美的区分就失去了意义。前者是以其形象令人愉快，后者则是以道德和亲情令人感动。建安风骨既以形象和形式使人产生审美情感，也能以其社会人生内涵使人产生道德情感和自然情感。再如宫体诗，既能产生形式的美感，也能使人产生感官肉欲。因此文学中的美往往是依附性的，审美情感经常与自然情感、道德情感混合在一起。而绘画中的线条、色彩、形体相对于语言文字有更强烈的感性特征，因此审美情感的表现更具独立性。在书法和音乐中，理性和概念几乎完全消失，审美情感就非常容易辨认了。

  中国古人并没有审美情感的概念，他们对审美情感的描述是以另一套话语进行的，其中最重要的就是关于"有情无情"的讨论。庄子说："吾所谓'无情'者，言人之不以好恶内伤其身，常因循自然而不增益其生也。"（《庄子·德充符》）喜怒哀乐缘于主体之好恶，好恶缘于对象之利害。所谓"无情"，就是不因现实中的利害关系而产生喜怒哀乐等自然情感。《田子方》说：

    草食之兽，不疾易薮；水生之虫，不疾易水。行小变而不失其大

[①] 〔德〕康德：《判断力批判》，邓晓芒译，杨祖陶校，第44—45页。

常也，喜怒哀乐不入于胸次。夫天下也者，万物之所一也。得其所一而同焉，则四支百体将为尘垢，而死生终始将为昼夜，而莫之能滑，而况得丧祸福之所介乎！（《庄子·田子方》）

庄子所说的"好恶""得丧""祸福"都以对象的实际存在和概念为依据，由此而产生的自然情感和道德情感都是有利害关系的。而在他所追求的主客不分的道境里，无是非，无利害，无善恶，无得失祸福，甚至连生死的差别都消失了，自然也就没有喜怒哀乐，"天地与我并生，而万物与我为一"（《齐物论》），"得至美而游乎至乐"，"安时而处顺，哀乐不能入也，古者谓是帝之县解"（《养生主》），"至人无己，神人无功，圣人无名"（《逍遥游》）。这种境界超越了现实的利害关系和理性的认知关系，主体在无情的状态中获得了绝对的自由，因此庄子所谓"无情"与审美情感是可以通约的。

魏晋玄学在庄子无情论的基础上展开了关于有情无情的讨论：

何晏以为圣人无喜怒哀乐，其论甚精，钟会等述之。弼与不同，以为圣人茂于人者神明也，同于人者五情也。神明茂故能体冲和以通无，五情同故不能无哀乐以应物。然则圣人之情，应物而无累于物者也，今以其无累，便谓不复应物，失之多矣。[1]

据此，人们往往以为何晏和王弼在圣人有情无情的问题上意见相反。其实何晏和王弼的分歧只是表层的，无论是"圣人无喜怒哀乐"，还是"应物而无累于物"，其理论基础都是"以无为本"，而"无情"是"以无为本"的题中之义。老子用"无"来描述道的特征，"大音希声，大象无形"，由此也可以说"大情无情"。但老子以"有无"论道，经常不能分清经验世界的"无"和本体意义的"无"。在经验世界中，无就是空无、没有、虚空；在本体意义上，无就是无限的道和本体。经验世界是可见的、可感的，所以有形、有声、有色，本体世界是超验的概念世界，无形、无声、无色，因此相对经验世界的"有"而言，本体世界可以说是"无"。作为道和本体的"无"显然不同于经验世界中具体的"无"。魏晋玄学对"有无"的理解比老子深入，但也不能完全避免混淆，所以才会产生何晏和王弼在话语表层的分歧。在经验世界中，圣人当然不能免俗，也

---

[1] 《三国志》卷28，《魏书·钟会传》注引何劭《王弼传》，中华书局1959年版，第795页。

有七情六欲,对此何晏也无法否认。但何晏所谓圣人无喜怒哀乐,已经是本体意义上的无情。而王弼所谓"无累于物""以情从理"同样是从经验上升到了本体,与何晏并无差别。圣人与常人一样生活在经验世界中,所以与常人一样有日常生活中的喜怒哀乐。但圣人不同于常人的地方在于他的智慧能够穿透世俗经验的迷雾,从而与无同体,不为情所累。因此冯友兰认为王弼主张以理化情,最终还是无情。① 汤用彤则认为"不累于物"是"哀而不伤,怨而不怒,亦可谓应物而不伤"②,那么,相对于常人的"哀而伤""怨而怒",也还是无情。所谓"有情",即陷于现实利害的纠缠而不能自拔,为日常生活中的喜怒哀乐所困扰。所谓"无情"即超越现实利害,哀乐不入于心,其实也就是"不累于物"。

老子通过抽空事物的具体属性来描述道,而庄子通过则取消物我界限来描述道。庄子对道的描述更具美学意义,这一点可在与叔本华的对比中看出。他们都强调审美过程中(道境)主体与对象浑然不分。叔本华对审美无利害的认识承袭康德,又特别强调审美情感对意志和欲望的排斥。意志是世界的本体,它表现于主体就是求生的意志和无尽的欲望。主体因为意志和欲望的驱使而陷于痛苦之中,解决的办法只有审美和禁欲。在审美活动中,主体上升为不带意志的纯粹主体。这种纯粹主体超越了"根据律"的束缚,从而直观到的不再是具体的现实对象而是与自身无利害关系的对象的理念。此时,对象与主体就形成了审美关系,而主体则"自失于对象之中了,也即是说人们忘记了他的个体,忘记了他的意志;已仅仅只是作为纯粹主体,作为客体的镜子而存在;好像仅仅只有对象的存在而没有觉知这对象的人了,所以人们也不能再把直观者(其人)和直观(本身)分开来了,而是两者已经合一了……"③ 从有情无情的角度来看,这种审美经验可以说是"无情"的。

问题的本质之处不在于有情和无情在概念上的纠缠,而在于理论上的无情与它在现实中不可能实现之间的矛盾。何晏和王弼所谓的分歧只不过是这个矛盾的反映。何晏的圣人无情只是一个理论推导和魏晋玄学的一个人格理想。但当时惨烈的政治厮杀根本不允许他们实现那种超然物外的无情状态。在经验现实中,魏晋时期恰恰是一个"多情"的时代,其标志性的话语就是"情之所钟,正在我辈"④。何晏《言志诗》"常恐夭网罗,忧

---

① 冯友兰:《中国哲学史》下册,华东师范大学出版社2000年版,第77页。
② 汤用彤:《魏晋玄学论稿》,生活·读书·新知三联书店2009年版,第78页。
③ 〔德〕叔本华:《作为意志和表象的世界》,石冲白译,杨一之校,第249—250页。
④ 徐震堮:《世说新语校笺》,中华书局1984年版,第62页。

祸一旦并"才是其现实心境的写照,所以王弼不得不说圣人"同于人者五情也"。何晏被杀,王弼短寿,现实并没有给他们实践无情论的机会。

二 声无哀乐

何晏的"圣人无情"和王弼的"应物而无累于物"只能发生在本体界,在现象界,无论是圣人还是常人都是有情的。那么怎样才能由为情所累的现象界进入自由无累的本体界,何晏和王弼并没有给出具体的方法。这样有情和无情之间就隔了一条鸿沟,正如康德所说的"作为感官之物的自然概念领地"和"作为超感官之物的自由概念领地"之间的鸿沟。① 而阮籍和嵇康则在有情和无情、必然与自由之间架起一座桥梁,这就是审美和艺术,具体地说,就是音乐。

阮籍《乐论》的理论基础是玄学的"以无为本"和无情论。阮籍说"夫乐者,天地之体,万物之性也",把乐提高到了天地之本体的地位。作为本体的"无"是超越一切具体事物的,当然也就是"无情"的。这种乐是一切情感的本体,但又不是任何一种具体的情感,"形之可见,非色之美;声之可闻,非声之善"②。所以,"乾坤易简,故雅乐不烦;道德平淡,故无声无味"。对于孔子在齐闻韶三月不知肉味,阮籍说"至乐使人无欲,心平气定","圣人之乐,和而已矣"。③ 李泽厚、刘纲纪指出了阮籍所说的"乐"不同于日常生活中的欢乐,但又把它与王弼的"有情"论联系在一起,反而在逻辑上纠缠不清。我们在前文已经指出,"不累于物"的情其实就是"无情"。针对东汉末年以来"以悲为美"的审美趋向,阮籍说:"诚以悲为乐,则天下何乐之有?"④ 阮籍反对以"悲哀"为乐,但也并非主张以"悲哀"的反面"欢乐"为乐。欢乐虽与悲哀相反,但仍是具体的有利害关系的情感。阮籍所说的乐之"乐",是超越具体情感的"无情"之乐,也就是一切具体情感的本体,或者说是物我一体的自由境界。

嵇康对音乐"无情"的认识比阮籍更自觉而深入。针对传统的儒家乐论,嵇康认为音乐不能表现各种具体情感,更不能反映社会的治乱,即"声无哀乐"。音乐的价值在于其自身的"和","音声之作,其犹臭味在于天地之间。其善与不善,虽遭遇浊乱,其体自若而不变也。岂以爱憎易

---

① 〔德〕康德:《判断力批判》,邓晓芒译,杨祖陶校,2002年版,第10页。
② (三国魏) 阮籍:《清思赋》,载严可均辑《全三国文》卷46,第469页。
③ (三国魏) 阮籍:《乐论》,载严可均辑《全三国文》卷46,第485页。
④ (三国魏) 阮籍:《乐论》,载严可均辑《全三国文》卷46,1999年版,第486页。

操、哀乐改度哉?""音声有自然之和,而无系于人情。"① 音乐的"和"是对天地本体——道的显现,通过对音乐之"和"的审美体验,"和心足于内,和气见于外",主体就进入与道为一的境界。道境是超越经验的本体世界,其中当然就没有了现象界的喜怒哀乐。为了言说宇宙和人生的本体——无,老子、庄子和玄学都采用类比、象征、隐喻等所谓"负的方法"。其中通过音乐来描述道是最重要的方式之一,嵇康也说"无声之乐,民之父母也"。但老子和庄子所说的不是现实的具体的音乐,而是抽象的音乐本体。嵇康则把现实音乐的审美属性与道的本体论特征联系起来。对庄子而言,音乐只是用来描述、象征道境的方式之一,他同样可以用其他方式来描述,比如"解衣作画""庖丁解牛""佝偻承蜩"。而在嵇康,音乐直接就是进入道境的切实可行的途径,或者说对音乐的审美体验本身就是道境。

嵇康选择音乐作为进入道境的途径不是偶然的。音乐的形式化特征使它无法满足人的欲望,也不能提高人的道德,从而也就无法使人产生有利害的情感。音乐产生的是形式的美感,无利害、无概念、无目的,因此与生活中的具体情感没有必然联系。但是如何解释人们在听到音乐时会产生哭泣和欢笑这样的经验事实呢?嵇康的解释同样依据经验中的事实:"夫殊方异俗,歌哭不同。使错而用之,或闻哭而欢,或听歌而戚,然而哀乐之情均也。今用均同之情,而发万殊之声,斯非音声之无常哉?"同样的声音能够引发不同的情感,而同样的情感又可以表现为不同的声音。这样情感与音乐的关系就是任意的,而这就相当于说音乐与情感没有必然的联系。因此情感的产生必然有另外的原因:"至夫哀乐,自以事会,先遘于心,但因和声以自显发。"所以情感与音乐,"内外殊用,彼我异名。声音自当以善恶为主,则无关哀乐;哀乐自当以情感而后发,则无系于声音。名实俱去,则尽然可见矣"②。

如果情感不是音乐本身引发的,那么人们对音乐的反应又是什么呢?

> 声音之体,尽于舒疾。情之应声,亦止于躁静耳。……躁静者,声之功也;哀乐者,情之主也。不可见声有躁静之应,因谓哀乐者皆由声音也。且声音虽有猛静,猛静各有一和,和之所感,莫不自发。③

---

① (三国魏)嵇康:《声无哀乐论》,载严可均辑《全三国文》卷49,第509、512页。
② (三国魏)嵇康:《声无哀乐论》,载严可均辑《全三国文》卷49,第509—511页。
③ (三国魏)嵇康:《声无哀乐论》,载严可均辑《全三国文》卷49,第514页。

情感涉及对象是否满足主体的需要，而躁静则不涉及对象是否令主体满意。躁静基本相当于主体在心理上对声音特征的识别性反应，没有具体的情感内容。嵇康对音乐自律性的认识之深刻的确超越了他的时代。19世纪西方音乐美学家汉斯立克认为，音乐只能表现情感的力度和运动等属性，而不是情感本身。"有一类观念可以用音乐的固有方式充分地表现出来。那就是一切与接受音乐的器官有关的，听觉可觉察到的那些力量、运动和比例方面的变化，即增长和消逝、急行和迟疑、错综复杂和单纯前进等一类观念。"① 音乐所表现的这些"观念"，也就是嵇康所谓的"躁静"。而嵇康所谓的"和"，汉斯立克是这样描述的："音乐美是一种独特的只为音乐所特有的美。这是一种不依附、不需要外来内容的美，它存在于乐音以及乐音的艺术组合中。优美悦耳的音响之间的巧妙关系，它们之间的协调和对抗、追逐和遇合、飞跃和消逝，——这些东西以自由的形式呈现在我们直观的心灵面前，并且使我们感到美的愉快。"② 可见，嵇康对音乐形式美的认识与汉斯立克是一致的。不同的是，汉斯立克只强调音乐是自律的，而嵇康则企图通过音乐的自律性通达人生的自由境界。

嵇康对音乐的"无情"也就是审美本质的认识可以与他的养生论相对照，在某种意义上说，音乐也是一种养生的手段。嵇康的养生不仅是肉体上的，更是精神的自由：

> 清虚静泰，少私寡欲；知名位之伤德，故忽而不营，非欲而强禁也；识厚味之害性，故弃而弗顾，非贪而后抑也；外物以累心不存，神气以醇白独著；旷然无忧患，寂然无思虑，又守之以一，养之以和，和理日济，同乎大顺。③

养生需要超越利害得失，保持心境的平和，"爱憎不栖于情，忧喜不留于意，泊然无感，而体气和平"。嵇康说养生有五难，分别是名利不灭，喜怒不除，声色不去，滋味不绝，神虑转发。④ 而音乐"可以导养神气，宣和情志，处穷独而不闷者"⑤。对音乐的审美体验使人的心情趋于清静平和，所以，从无情论的角度看，养生、音乐、道境几乎就是一回事。

---

① 〔奥〕汉斯立克：《论音乐的美》，杨业治译，人民音乐出版社1980年版，第29—30页。
② 〔奥〕汉斯立克：《论音乐的美》，杨业治译，第49页。
③ （三国魏）嵇康：《养生论》，载严可均辑《全三国文》卷48，第502页。
④ （三国魏）嵇康：《答向子期难养生言论》，载严可均辑《全三国文》卷48，第508页。
⑤ （三国魏）嵇康：《琴赋序》，载严可均辑《全三国文》卷47，第493页。

主张音乐"有情"的观念大致有两种倾向：一是用来塑造情感，陶冶情操，这是传统儒家"发乎情止乎礼义"的诗乐理论。二是用来宣泄情感，特别是悲哀的情感。这是汉末以来流行的新乐的审美追求，在文学理论上的表现就是陆机、钟嵘、萧绎等人的"诗缘情"和"吟咏情性"。研究者通常都认识到嵇康昌言"声无哀乐"是针对儒家乐论，却没有注意到"声无哀乐"论与"缘情"论同样是不相容的。魏晋以来的"缘情"论虽然与传统"言志"论有道德与非道德之分，但二者都是有利害的情感。相对于审美情感而言，自然情感（如亲情、友情、爱情、色情）与道德情感都是非审美的。嵇康不仅认为音乐不表现儒家乐论所说的道德情感，同样也不表现后来陆机、钟嵘等"缘情"论所说的自然情感。在这里我们又一次看清了通常论者对审美情感的误解。

"无情"这个词的特殊用法造成了不必要的争论。李泽厚、刘纲纪认为嵇康"所说的声无哀乐，并非说音乐与情感不相关，而正好是要使音乐能唤起人们最广阔的情感"①，蔡仲德则说这是把"声无哀乐"理解成了"声有哀乐"。② 无情论所"无"之"情"，是带有利害关系的自然情感和道德情感，而审美情感正是在这一意义上可以说是"无情"的。所以只要理解了嵇康的"声无哀乐"的本质是审美情感无利害，分歧也就消除了。李泽厚、刘纲纪认为嵇康所说的"和"是"超越情感哀乐的个体精神的一种无限自由状态"③。其实也是对这种审美情感的描述。朱光潜则说："音乐只能表现这种普遍的抽象的情调，却不能表现特殊的具体的情思。由普遍的抽象的情调而引起特殊的具体的情思，这是由全体到部分的联想。"④那么，嵇康所谓"哀乐"指的就是"特殊的具体的情思"，尤其指由现实中的利害冲突引起的具体情感状态。

不过，何晏和王弼所面临的矛盾，同样表现在阮籍和嵇康身上。在理论上，阮籍和嵇康主张无情论，但是在现实中，他们又不得不表现出难以压抑的忧愤。阮籍和嵇康在创作中的确也创作了淡泊宁静的老庄境界，如嵇康的《赠兄秀才入军》："息徒兰圃，秣马华山。流磻平皋，垂纶长川。目送归鸿，手挥五弦。俯仰自得，游心太玄。"还有阮籍塑造的大人先生等形象。但他们在创作上的主要倾向还是继承了建安文学的慷慨任气，

---

① 李泽厚、刘纲纪：《中国美学史·魏晋南北朝编》，第220页。
② 蔡仲德：《乐记声无哀乐论注译与研究》，中国美术学院出版社1997年版，第351页。
③ 李泽厚、刘纲纪：《中国美学史·魏晋南北朝编》，第208页。
④ 朱光潜：《文艺心理学》，《朱光潜美学文集》第1卷，上海文艺出版社1981年版，第325页。

"多数仍表现出对世俗的憎恶和对人生的积极探求,在冲淡的背后隐藏着强烈的情感"①。何、王、阮、嵇的遭遇说明,生活在恐怖和忧愤中的主体,是很难进入对世界的无情或审美体验的。

三 以玄对山水

何、王、阮、嵇所面临的理想与现实、理论与创作的矛盾在西晋政权稳固之后得以解决。晋武帝司马炎一改乃祖乃父的险恶阴毒,对士族施以优容乃至宽纵。西晋士大夫不必再像阮籍、嵇康那样生活在恐怖和忧愤之中。郭象把玄学发展到独化论,有无、本末、现象与本体、名教与自然实现了统一。东晋南渡,士人们经历了短暂的丧家亡国之痛后,很快陶醉于优裕的物质生活和秀丽的江南风物。士族和皇权的平衡使东晋士人无论是在物质上还是精神上都拥有了前所未有的独立、自由和自尊。这些条件都使得纯粹审美态度和审美情感的产生成为可能,而审美经验的哲学基础,则是魏晋玄学的无情论。

生命和安全的威胁消除之后,审美态度和审美情感的产生还需要克服的一个障碍是对物质的占有欲。物欲与审美态度是矛盾的,但另一方面,审美态度却不能在贫困和匮乏中凭空产生。毋宁说,审美态度的产生建立在物欲满足的基础上。这种过渡恰好表现在以穷奢极侈而著名的石崇身上。他在《思归叹序》中说自己"晚节更乐放逸,笃好林薮,遂肥遁于河阳别业",毫不掩饰对良田美沼等物质财富占有的沾沾自喜。石崇虽然没有专注于自然景物独立的审美特征,但似乎已经开始思考物质享受和感性生命的有限性,"时光逝兮年易尽,感彼岁暮兮怅自愍",幻想"超逍遥兮绝尘埃,福亦不至兮祸不来"②。在《金谷诗序》中,石崇描写了奢华的物质生活和歌舞娱乐,同时又因担心失去而顿生悲凉和虚无之感,"感性命之不永,惧凋落之无期"③。石崇对时光易逝、人生不永的感慨,是以老庄和玄学思想为基础的,所以,由表现物欲和留恋生命的自然情感(有情)过渡到物我一体的审美情感(无情),并不存在不可逾越的障碍。只是石崇暂时还不能把对自然对象的占有欲和对自然的超然观审区分开。

钱锺书说石崇的态度"盖与恣情邱壑,结契烟霞,粲而几殊",与王

---

① 曹道衡、沈玉成:《南北朝文学史》,人民文学出版社1991年版,第31页。
② (西晋)石崇:《思归叹》,载严可均辑《全晋文》卷33,第333页。
③ (西晋)石崇:《金谷诗序》,载严可均辑《全晋文》卷33,第335页。

献之的"镜湖澄澈,清流泻注,山川之美,使人应接不暇"、雷次宗的"山水之好"、谢灵运的"山水、性分之所适"相比,"犹有及门入室之辨"。① 其实,与"金谷雅集"最具可比性的是后来王羲之组织的"兰亭雅集"。兰亭集与金谷集一样有娱乐的性质,二者本身的差别也许没有通常理解的那么大。"王右军得人以《兰亭集序》方《金谷诗序》,又以己敌石崇,甚有欣色。"(《世说新语·企羡》)可见,王羲之是自觉模仿石崇并以此为自豪的。但是,也许王羲之没有意识到,《兰亭诗序》对自然和生命意义的揭示的确非《金谷诗序》可比。从西晋到东晋,人们对自然和生命的态度的改变也许是在不知不觉中进行的,但在今天看来,却似有云泥之隔:在《兰亭诗序》中,石崇所津津乐道的观阁池沼、金田、鱼鸟羊鸡猪鹅鸭、水碓、鱼池、土窟等象征富贵豪华的东西消失或淡化了,而具有独立审美性质的自然对象如崇山峻岭、茂林修竹、清流激湍、惠风曲水则被凸显出来。

石崇所留恋的生命,主要是物质的占有与消耗,而王羲之等人对于生命则有了更高层次的观照。面对生死,王羲之同样感慨系之,不能释怀:"固知一死生为虚诞,齐彭殇为妄作。"② 孙绰表达了与王羲之相似的情感体验:"于是和以醇醪,齐以达观,快然兀矣,焉复觉鹏鷃之二物哉!耀灵纵辔,急景西迈,乐与时去,悲亦系之。"③ 但这里既没有对死亡的恐惧,也没有对感性生命的留恋。对于石崇所钟情的生命的物质层面,王羲之等人做到了"无情"。后者所钟情的,是一种超越的生命态度和山水意识。这种生命态度和山水意识与庄子哲学一脉相承,并孕育在玄学的无情论中。但庄子与现实是极端冲突的,一部《庄子》,几乎全是对现实的诅咒。而东晋士人对自己的生活是满足的,言谈之间充满了对生活环境的喜爱。自然对庄子而言是现实的反讽,而对东晋士人而言却是真实的生活。所以,尽管庄子极力主张齐物我、一死生,但"曳尾涂中""髑髅之乐""梦为蝴蝶""鼓盆而歌"等故事都恰恰使人感到无奈而沉痛。东晋士人并不轻言超越生死,并不讳言生命消逝的哀伤,但给人的感觉却是超脱而空灵。面对真实的生死,仅仅装作不在意是不够的。与东晋士人的直面生死相比,庄子的超越生死反而显得矫揉造作。生死之大因为王羲之对它的领悟而不再恐怖和沉重,而这正是王弼"应物而无累于物"的玄学理想。

---

① 钱锺书:《管锥编》,中华书局1986年版,第1037页。
② (东晋)王羲之:《三月三日兰亭诗序》,载严可均辑《全晋文》卷26,第257—258页。
③ (东晋)孙绰:《三月三日兰亭诗序》,载严可均辑《全晋文》卷61,第638页。

如果不是拘泥于"无情"的字面意义,那么可以说作为审美意义上的"无情",在东晋士人的山水意识中真正实现了。

这种审美意义上的无情论在孙绰《庾亮碑文》中得到了最本质的表述:"公雅好所托,常在尘垢之外。虽柔心应世,蠖屈其迹,而方寸湛然,固以玄对山水。"(《世说新语·容止》)"以玄对山水",就是在对自然山水的观照中忘掉自我,体验到物我一体的自由境界。孙绰又在《游天台山赋》中说:"太虚辽廓而无阂,运自然之妙有,融而为川渎,结而为山阜。"① 自然山水是道的显现和外化,对山水审美意义的发现,同时也是对玄学义理的体悟。"以玄对山水"几乎成为东晋士人的生存方式:

> 简文入华林园,顾谓左右曰:"会心处不必在远,翳然林水,便自有濠、濮间想也,觉鸟兽禽鱼自来亲人。"(《世说新语·言语》)
>
> 顾长康从会稽还,人问山川之美,顾云:"千岩竞秀,万壑争流,草木蒙笼其上,若云兴霞蔚。"(《世说新语·言语》)
>
> 王子敬云:"从山阴道上行,山川自相映发,使人应接不暇。若秋冬之际,尤难为怀。"(《世说新语·言语》)
>
> 司马太傅斋中夜坐,于时天月明净,都无纤翳,太傅叹以为佳。谢景重在坐,答曰:"意谓乃不如微云点缀。"(《世说新语·言语》)
>
> 郭景纯诗云:"林无静树,川无停流。"阮孚云:"泓峥萧瑟,实不可言。每读此文,辄觉神超形越。"(《世说新语·文学》)

以这种无利害的态度面对自然山水,就暂时消除了主体对客体的物质需求,超越了现实中主体与客体的对立,主体自失于对象之中,实现了自由。此时的对象,就成为对宇宙本体的显现。

同时,佛学的无情论也与玄学合流,共同阐释了山水意识中的审美经验。就对现实的否定而言,佛学的无情论比庄学和玄学更为彻底。但就通过自然山水显现本体,从而产生审美经验而言,二者又完全一致。佚名的《庐山诸道人游石门诗序》描写了自然山水的雄奇秀美,诸僧人从山水中感悟到"神丽""有灵"和"玄音","乃悟幽人之玄览,达恒物之大情,其为神趣,岂山水而已哉!"② "大情"即是"无情",这是老子"大象无形"在佛学中的运用。宗炳《画山水序》说:"圣人含道映物,贤者澄怀

---

① (东晋)孙绰:《游天台山赋》,载严可均辑《全晋文》卷61,第634页。
② 《庐山诸道人游石门诗序》,载严可均辑《全晋文》卷167,第1850页。

味象，至于山水，质有而趣灵。"① 自然山水能以其具体形迹显现道的无形本体，主体摒弃尘世的欲望和理智，就能从山水的具象中体会到道的无限。"山水以形媚道而仁者乐"，这种"乐"是超越了现实利害的"无情"之"乐"。体道的过程，也就是畅神，畅神也就是仁者之乐。仁者之乐，超越了具有利害关系的喜怒哀乐，是庄学、玄学、佛学的"无情"，也是嵇康的"声无哀乐"。

四 玄言诗和山水诗

刘勰和钟嵘等人把玄言视为一种对诗歌创作的不利因素。今人普遍认识到玄言诗与山水诗之间有密切的联系，但仍然把玄言看作山水诗的累赘。沈约、刘勰和钟嵘在文学理论上都持有情论，刘勰高标道德情感，钟嵘崇尚自然情感，风骨和风力都涉及强烈的情感表现。相对道德情感和自然情感而言，审美情感却是"无情"，冲和平淡，无哀无乐。所以刘勰和钟嵘批评玄言是完全符合逻辑的。但从山水诗的审美特征看，排斥玄言却完全没有必要。毋宁说，二者在无情这一点上是一致的。其实摆脱了玄言的山水诗也仍然不入刘勰和钟嵘的法眼，因为对风骨、风力而言，自然山水只是抒情的手段，没有独立的审美价值。

批评玄言者往往把玄言理解为抽象空洞的概念语言，这是一种狭隘的先入之见。为了揭示无情论、审美情感和自然山水之间的深层关系，我们需要重新审视玄言的意义。玄言就是对道的言说，抽象空洞的概念语言恰恰无力揭示道的无限，因此对道的言说需要本真、恰当而又蕴含丰富的语言。在最宽泛的意义上，音乐、绘画、书法与自然山水都可看作一种特殊的玄言，因为它们对道都有所显现。道、玄理，本体，并不是一个固定的、现成的概念，而是一种在人的言说和揭示中不断生成的意蕴。在玄学家看来，自然山水对玄理的呈现似乎比语言更有深度。这当然是对语言的一种误解。自然山水自己不会说话，它的意义最终要在人的语言层面上成形。所以仅仅是说"以玄对山水"，还是抽象的。如果对山水的审美意义没有理解和揭示，那么山水所呈现的玄理就是空洞的。自然山水审美意义的发现，同时就是对玄理的丰富和玄学理想的展开。玄理与对山水的审美理解之间本来就没有距离可言。没有山水的玄理是单薄、枯燥、僵死的，而缺少玄理的山水也是冥顽不灵的。除了道和玄理，还有什么能赋予自然

---

① （南朝宋）宗炳：《画山水序》，载严可均辑《全宋文》卷20，商务印书馆1999年版，第191—192页。

山水以生命？在这一意义上，与其说玄言诗是失败的山水诗，不如说山水诗是成功的玄言诗。

俗论以为老庄之道博大精深，语言无以表达其深邃不测。这其实是一种误解。老庄之道不可解，原因在于老庄对道的言说尚未臻于透彻，致使道无法向我们敞开。并非老庄确立了道的终极意义，后人千般解释却不得其意，而是：老庄对道的理解和揭示只是粗浅的开端，无限的道期待着我们更为本真、更为深入的言说。孙绰《答许询诗》"机过患生，吉凶相拂。智以利昏，识由情屈。野有寒枯，朝有炎郁。失则震惊，得必充诎"等所谓的玄言，都是空洞无物的老庄唾余，其实对玄理无所揭示，而许询的《秋日诗》则不同：

> 萧瑟仲秋月，飂戾风云高。山居感时变，远客兴长谣。疏林积凉风，虚岫结凝霄。湛露洒庭林，密叶辞荣条。抚菌悲先落，攀松羡后凋。垂纶在林野，交情远市朝。淡然古怀心，濠上岂伊遥。（《秋日诗》）

虽然同样是玄言诗，但其中的意蕴却非老庄所能穷尽。失败的玄言诗，不是因为其中有玄言，倒是因为其不善玄言。真正入玄的玄言诗不是对老庄思想的鹦鹉学舌，而是诗人自己对世界的理解，所谓"群籁虽参差，适我无非新"（王羲之《兰亭诗》）。王羲之的《兰亭诗序》既是优美的散文，又是境界超诣的书法作品，以语言和书法的双重形式对自然本体——道的揭示和显现，在老庄那里还不曾有过。在这一意义上，我们有理由说陶渊明的《饮酒诗》其实是最透彻的玄言诗：

> 结庐在人境，而无车马喧。问君何能尔？心远地自偏。采菊东篱下，悠然见南山。山气日夕佳，飞鸟相与还。此中有真意，欲辨已忘言。（《饮酒二十首》其五）

人们批评谢灵运的山水诗还拖着一条玄言的尾巴，但"此中有真意，欲辨已忘言"又何尝不是玄言的尾巴？我们不指责陶渊明，不是因为他诗中没有玄言，而恰恰是因为他最善玄言，以至于使人不觉其为玄言。这是最本真、最原始、最恰当的玄言。相比之下，其他的玄言诗都黯然失色，只有陶渊明的玄言最为当行、最为本色。陶诗不但对庄学和玄学所标举的浑然物我的自由境界有最恰当的理解，而且有最恰当的言说。套用海德格尔的话说，在陶诗中，不是陶渊明在说，而是道和语言自己在说：

> 孟夏草木长，绕屋树扶疏。众鸟欣有托，吾亦爱吾庐。既耕亦已种，时还读我书。穷巷隔深辙，颇回故人车。欢言酌春酒，摘我园中蔬。微雨从东来，好风与之俱。泛览周王传，流观山海图。俯仰终宇宙，不乐复何如。(《读山海经十三首》其一)

此正所谓"以物观物，不知何者为我，何者为物"。以作品中有没有"我"来区别"有我之境"和"无我之境"，完全是皮相之见。"无我之境"的本质不是诗境中没有"我"，而是其中的"我"已经物化，因此不辨物我，正如不知庄周梦为蝴蝶还是蝴蝶梦为庄周。

王羲之等人虽然超越了生命的物质层面，但仍然执着于自己重新解释的生命意义。他们做到了对物的无情，却无法对"无情"也采取无情的态度。皇侃《论语集解义疏》引顾欢注说圣人"无欲于无欲"，而贤人则"无欲于有欲"或"有欲于无欲"。又引太史叔明注说贤人"忘有"，圣人忘"忘"。① 忘"忘"之说，不免故弄玄虚。其实它的意思无非是说贤人需要刻意努力才能做到空无，而圣人则无往不在空无之中。由此而言，陶渊明达到了无欲于"无欲"、无情于"无情"的境界。陶诗所表现的物我两忘的自由境界，是陶渊明自然纯朴的天性和伟大人格与宇宙本体的浑然一体：

> 已矣乎，寓形宇内复几时，曷不委心任去留？胡为乎遑遑兮欲何之？富贵非吾愿，帝乡不可期。怀良辰以孤往，或植杖而耘耔。登东皋以舒啸，临清流而赋诗。聊乘化以归尽，乐夫天命复奚疑。(《归去来兮辞》)

陶渊明表现出的忘我和无我，不是庸俗的知足常乐，反而是对自由的积极进取。他理想中的五柳先生"不慕荣利""忘怀得失""不戚戚于贫贱，不汲汲于富贵"(《五柳先生传》)，但这个五柳先生并非想要富贵而不得，想摆脱贫贱而不能，也不是故意与常人立异，以富贵为苦，以贫贱为乐。五柳先生是因为人生更高的自由而超越了富贵和贫贱。程颢说："颜子在陋巷，'人不堪其忧，回也不改其乐'。箪瓢陋巷非可乐，盖自有

---

① （南朝梁）皇侃：《论语集解义疏》卷6，商务印书馆1937年版，第153页。

其乐耳。"① 冯友兰说这个"孔颜乐处"就是"浑然与物同体"的精神境界。② 陶渊明是因为体验到与物同体的境界而忘怀得失,欣然自乐,不是无可奈何、莫名其妙地以苦为乐。但陶渊明又并非刻意追求这种自由,把自由确立为某种生存方式而刻意去做,就成了"无欲于有欲"或"有欲于无欲"。"纵浪大化中,不喜亦不惧。应尽便须尽,无复独多虑。"(《形影神·神释》)因此不得不说唯有苏轼是陶渊明的千古知音:"欲仕则仕,不以求之为嫌;欲隐则隐,不以去之为高;饥则叩门而乞食,饱则鸡黍以迎客;古今贤之,贵其真也。"③ 用陶渊明自己的话说,就是"质性自然,非矫厉所得"。

魏晋玄学的无情论在陶渊明的生活和诗歌中得到了最完美的诠释。对世界的无情态度表现于音乐、绘画、书法、山水和诗歌,同时就是审美情感。而玄言,既是道在语言层面的敞开,也是审美经验的表达。从这个角度来看,谢灵运山水诗的局限就不在于没有摆脱玄言,而在于不能适当地使用玄言。换言之,谢灵运不能通过自然山水把浑然与物同体的玄学理想和纯粹的审美经验呈现出来。谢灵运陷于各种纷乱的政治斗争,其实又面临着与阮籍、嵇康相似的境遇,所以他失去了东晋士人和陶渊明那种进入玄境的条件。"池塘生春草,园柳变鸣禽"(《登池上楼》)之类的诗句,单独看来,不失为得道入玄。但置于全诗之中,却无法掩饰其傲岸不平之气。因此,与其说玄言影响了谢灵运山水诗的意境,不如说强烈的自然情感破坏了自然山水蕴含的玄意(审美情感)。所以白居易说谢灵运的山水诗"岂惟玩景物,亦欲摅心素。往往即事中,未能忘兴谕"④。徐复观也说,"因为谢灵运并不曾真正安于老庄的人生态度,所以他的山水诗,缺乏恬适自然之致。老庄思想,尤其是庄子的自然思想,在文学方面的成熟、收获,只能首推陶渊明的田园诗了"⑤。不过"田园"二字不足以揭示陶诗之伟大深广,如果一定要对陶诗冠以某种标志,恐怕非"天地诗""宇宙诗"无以当之。在某种意义上,陶诗对道的言说已经远远超越了老子和庄子。

① (宋)程颢、程颐:《二程遗书》,上海古籍出版社2000年版,第182页。
② 冯友兰:《中国哲学史新编》下册,人民出版社1999年版,第139页。
③ (宋)苏轼:《书李简夫诗集后》,《苏轼文集》卷68,孔凡礼点校,中华书局1986年版,第2148页。
④ (唐)白居易:《读谢灵运诗》,朱金城:《白居易集笺校》卷7,上海古籍出版社1988年版,第369页。
⑤ 徐复观:《中国艺术精神》,华东师范大学出版社2001年版,第137页。

五　无情论的内在矛盾

魏晋玄学的无情论在乐论、山水意识、玄言诗、山水诗以及魏晋士人生活中的种种表现揭示了这样一个深刻的矛盾：一方面，审美活动不涉及利害关系，审美愉快不是感官和欲望的满足；但另一方面，审美经验的产生又必须建立在生命安全和物质需求得到保障的基础上。

只有物质生活充分丰富之后，才有可能追求心灵的宁静和自由。只有感性欲望充分满足之后，才有可能反思情欲的局限，从而以审美的态度对待世界。阮籍、嵇康面对生命的毁灭，不能不在作品中表现出情感激烈的崇高和悲剧。西晋士人执着名利和物欲，被本能和欲望驱使，在精神上是一种更大的不自由。但自由的境界却只能从这种不自由中产生出来。王羲之等东晋士人因为拥有了优裕的物质生活和宽松的政治环境才有底气无意于富贵，而陶渊明则是能够富贵却不屑富贵。所以只有对于已经富贵或能够富贵的人才谈得上浮云富贵，才谈得上不计利害或忘怀得失。石头不会说话，因此也谈不上沉默。只能说话的人才懂得沉默。只有在拥有了审美活动的物质基础之后，主体才有可能产生无利害的审美态度。

无情论（特别是在庄子那里）容易产生而且也的确产生了一种误导，即主体可以无条件地任意地对世界产生超然的无情态度，那么相应地，审美经验的产生也就决定于主体的审美态度而不是对象的审美特征。

在康德看来，审美对象具有质料和形式，引起审美愉快的不是质料而是形式。主体态度决定其关注的是质料还是形式，但对象是否具有令人愉快的形式却在对象自身。而庄子和叔本华则倾向于认为，审美经验的产生决定于主体对客体的态度。叔本华认为，主体拒绝了意志，上升为纯粹的认识主体之后，直观中的事物就上升为理念而不与主体有利害关系。这时，"人们或是从狱室中，或是从王宫中观看日落，就没有什么区别了"[①]。但是，即使我们都坐在王宫里，看日落和看粪便也没有什么区别吗？叔本华似乎意识到了这个困难，所以他承认不同对象的审美价值是不一样的，有优美，壮美，还有不具审美价值的媚美和"那些令人作呕的东西"。也就是说，一个对象美不美，是怎样的美，在某种程度上仍然是由对象决定的。但叔本华的理论体系决定了他可以无视这样的矛盾：

> 既然一方面我们对任何现成事物都可以纯客观地，在一切关系之

[①] 〔德〕叔本华：《作为意志和表象的世界》，石冲白译，杨一之校，第275页。

外加以观察,既然在另一方面意志又在每一事物中显现于其客体性的某一级别上,从而该事物就是一个理念的表现;那就也可以说任何一事物都是美的。——至于最微不足道的事物也容许人们作纯粹客观的和不带意志的观赏,并且由此而证实它的美……①

我们知道叔本华并没有实践他自己的信念,以至于遭到罗素的嘲讽。②这倒不是苛求一个哲学家必须言行一致,而只是说他的理论其实并不可行。庄子也面临同样的问题,在他看来,实行了"心斋""坐忘"之后,主体就实现了无待的逍遥和绝对的自由,而对象之间的各种差别也就消失了。"故为是举莛与楹,厉与西施,恢诡谲怪,道通为一。"(《庄子·齐物论》)但主张无情论的魏晋士人同样不能贯彻这一理想。诚如庄子所说,道"无所不在"。既然"道在屎溺"(《庄子·知北游》),那么东晋士人为什么偏偏要"以玄对山水"而不是"以玄对屎溺"?践行无情论最彻底的无疑是陶渊明,但他笔下的菊花、南山、微雨、好风,都不能换成蝼蚁或瓦甓。并非只要主体对世界采取了无情的态度,世界就因此而变成美的对象。审美经验的形成,除了主体的审美态度,还必须有对象的合目的性的形式。只有在这一前提下,无情论所谓的"无情"与审美情感的通约才是可以被理解的。

---

① 〔德〕叔本华:《作为意志和表象的世界》,石冲白译,杨一之校,第293页。
② 〔英〕罗素:《西方哲学史》下册,马元德译,商务印书馆1976年版,第309—310页。

第三章 言意篇

言意关系之所以成为一个问题，很大程度上是因为"言不尽意""得意忘言""不可言传"等论题的提出。除非有人首先提出"言不尽意"，否则没有人会在日常生活中说"我能够说出我的思想"。这都是些语法命题，我们在日常生活中根本无法有意义地使用它们。本章讨论的问题实际上是第一章"原道篇"的继续，只不过"原道篇"的问题是"道不可说"，现在的问题是思想不可说。我们在前面对"道不可说"所做的语法考察也都适用于现在的言意关系。但言意关系涉及更多的是具体问题，特别是文学创作中的表达问题。另外，心理学也关注语言与思维的关系问题。但因为言意关系从根本上说是一个语法问题，而不是一个科学问题，所以心理学注定无法提供满意的答案。思想、思维、意识、心理，这些都是一些家族相似的概念，都可以归于"意"这个家族之内。在经验层面上产生的争论很大程度上都源于对这些相似概念的不同使用。我们将从概念分析的角度考察心理学提供的一些结论，澄清对言意关系的误解。

第一节 言意关系的历史描述

言和意的区分，大概缘于这样一个朴素的事实：我们心里的想法，可以用有声的语言说出来，也可以藏在心里不说出来，这样别人就不知道我们想什么。文字产生之后，有声的语言又可以用文字记录下来。心里的想法是隐藏的，而说出或写出的语言是公开的。前者就是意，后者就是言。因此在日常生活中，言就是说出的意，意就是藏在心里不说的话，其中根本就没有言不尽意的问题。言和意的分裂只有两种情况，一是有话不说，但这只是能说而不说，不是想说而说不出；二是心里想的和说出来的不一致，这同样不是想说而说不出，而是有意制造两种不同的说。这两点在日常生活中并不形成困扰。这样理解言不尽意没有什么意思，言不尽意论者绝不甘于自己的思想这样浅显。他们不会认为意就是心里的话，而是认为意已经先于言而存在，意比言丰富而深刻。意不得已而表现为言，而这种表现又是不完全的，因而需要寻求言之外的某种东西来尽意。《周易·系辞上》说：

> 子曰："书不尽言，言不尽意。"然则圣人之意其不可见乎？子曰："圣人立象以尽意，设卦以尽情伪，系辞焉以尽其言。"

《系辞》的真正兴趣其实不在言意关系，而在说明圣人创立八卦的伟大作用。"书不尽言，言不尽意"隐含了这样一种似是而非的看法：深刻的思想不会轻易被语言表达，否则将失其深刻。而这正好可以衬托出卦象的神奇功能，语言所不能说明、不能表达的，可以通过卦象来实现。然而，"立象以尽意"又带来一个问题，为什么象比言能够更完美地尽意？卦象的意义，最终仍要靠卦辞和爻辞来解释。既然卦象的意义仍然要靠语言来保证，那么为什么不用语言直接去说明意，而非要从语言绕道卦象再到达意。

与《系辞》有所不同，庄子关注的不是圣人之意，而是不可言传的道，但道不可言传同样隐含着言不尽意：

> 世之所贵道者书也，书不过语，语有贵也。语之所贵者意也，意有所随。意之所随者，不可以言传也。(《庄子·天道》)

> 可以言论者，物之粗也；可以意致者，物之精也；言之所不能论，意之所不能察致者，不期精粗焉。(《庄子·秋水》)

关于道不可说，我们在第一章已经作了澄清。在《系辞》那里，言与意相对。在老子那里，言与道相对。而在庄子这里，道处于比意更高的层次。一方面，言和意都不足以通达道；另一方面，言既不能达道，又不能达意。《系辞》在指出言的局限之后，求助于象，因此为我们理解圣人之意保留了一线希望。而庄子所谓道，主要是指物我两忘、主客不分的混沌状态，甚至还要更加原始："有未始有夫未始有始"，"有未始有夫未始有无"。(《庄子·齐物论》) 在这样一种浑然一体的境界里，岂止是物我主客不分，那里就谈不上有任何东西，当然也谈不上意和言。就连庄子也不确定自己对于道究竟说了什么:"未知吾所谓之其果有谓乎,其果无谓乎?"(《庄子·齐物论》)这样,无论是说道可以言传还是不可言传,都是无意义的。因为道不是理解或表达的对象,或者说对于道根本谈不上理解或表达。而《庄子·外物》则直接讨论了言意关系:"筌者所以在鱼,得鱼而忘筌;蹄者所以在兔,得兔而忘蹄;言者所以在意,得意而忘言。"得意忘言不像道不可说那样玄妙,但因此也就有踪迹可寻。我们不免要问,无论"得鱼""得兔"之前还是之后,鱼和兔都独立地存在着,但是"忘言"之后,意究竟是如何存在的?

魏晋玄学以道释儒,言不尽意论与道不可言传的论题结合起来,《三国志·荀彧传》载:

> 何劭为粲传曰:粲字奉倩,粲诸兄并以儒术论议,而粲独好言道,常以为子贡称夫子之言性与天道,不可得闻,然则六籍虽存,固圣人之糠秕。粲兄俣难曰:"易亦云圣人立象以尽意,系辞焉以尽言,则微言胡为不可得而闻见哉?"粲答曰:"盖理之微者,非物象之所举也。今称立象以尽意,此非通于意外者也。系辞焉以尽言,此非言乎系表者也;斯则象外之意,系表之言,固蕴而不出矣。"及当时能言者不能屈也。[①]

荀粲用庄子的"不可言传"解构了《系辞》的"立象以尽意"。《系辞》竭力建立起来的一点自信,又被荀粲摧毁了。不过荀粲的手法并不高明,如果意外还有意,言外还有言,那么即使有人提供了新的通达"意外""言外"的手段,荀粲仍然可以说还有"外之外""外之外之外"……以至无穷。所以荀粲并没有比言不尽意说出更多的东西。王弼则在庄子和《系辞》之间作了一种调和:

> 夫象者,出意者也。言者,明象者也。尽意莫若象,尽象莫若言。言生于象,故可寻言以观象;象生于意,故可寻象以观意。意以象尽,象以言著。故言者所以明象,得象而忘言;象者所以存意,得意而忘象。犹蹄者所以在兔,得兔而忘蹄;筌者所以在鱼,得鱼而忘筌也。然则,言者,象之蹄也;象者,意之筌也。是故存言者,非得

[①] 《三国志》卷十,《魏书·荀彧传》注引何劭《荀粲传》,中华书局1959年版,第319—320页。

象者也；存象者，非得意者也。象生于意而存象焉，则所存者乃非其象也；言生于象而存言焉，则所存者乃非其言也。然则，忘象者，乃得意者也；忘言者，乃得象者也。得意在忘象，得象在忘言。故立象以尽意，而象可忘也；重画以尽情，而画可忘也。①

王弼的解释稍嫌烦琐，有违玄学本色。剪除浮辞，王弼表达了三层意思：第一，意是最重要的，言能够尽象，象能够尽意。这一点与庄子不同。第二，言本身不是象，象本身不是意。这一点不足为奇。第三，得意必须忘象，得象必须忘言。这一点是庄子本意，与第一点虽然不矛盾，但庄子却是主张言不尽意的。王弼认为通过言、象可以尽意，但持论的理由却与庄子相同，所以王弼的解释徒增混乱，甚至把自己的真正主张都淹没了。

王弼为了融合儒道，在言意关系上不免首鼠两端。这一时期明确反对言不尽意论的是欧阳建，《言尽意论》说：

夫天不言而四时行焉，圣人不言而鉴识存焉；形不待名而方圆已著，色不俟称而黑白以彰。然则名之于物，无施者也；言之于理，无为者也。而古今务于正名，圣贤不能去言，其故何也？诚以理得于心，非言不畅；物定于彼，非言不辩。言不畅志则无以相接，名不辩物则鉴识不显。鉴识显而名品殊，言称接而情志畅：原其所以，本其所由，非物有自然之名，理有必定之称也。欲辩其实，则殊其名，欲宣其志，则立其称。名逐物而迁，言因理而变：此犹声发响应，形存影附，不得相与为二矣。苟其不二，则言无不尽矣，吾故以为尽矣。②

不过，欧阳建虽然贯彻了"唯物主义的反映论"，但其实与言不尽意论一样，把语言看作为已经存在的事物和概念命名。不同的只是，言不尽意论认为有些事物和概念是无法命名的，或者在语言中找不到合适的语词为它们命名，而欧阳建则认为，名与物、言与理如形影相随，不可分离。言不尽意论并非看不到欧阳建提出的理由，而是从起点上就怀疑这些理由。欧阳建用言不尽意论怀疑的理由反对言不尽意，当然无法令对手信

---

① （三国魏）王弼：《周易略例·明象》，《王弼集校释》，楼宇烈校释，中华书局1980年版，第609页。
② （西晋）欧阳建：《言尽意论》，载严可均辑《全晋文》卷109，商务印书馆1999年版，第1152页。

服。庄子可以说，你说的物、理根本就不是我说的物、理，我说的物、理仍然是不可言传的；荀粲可以说，物外还有物，理外还有理，物之外、理之表"固蕴而不出"；王弼可以说，过河拆桥，卸磨杀驴，得理饶言，得物忘名。总之，只要把事物、概念和语言看成两个现成的东西，就免不了如何使二者对应的问题。

欧阳建把言不尽意论者称为"雷同君子"，自称"违众先生"，就可见当时言尽意论处于孤立地位。不仅"蒋公之论眸子，钟傅之言才性，莫不引此为谈证"，当时的玄学代表人物何晏、王弼、嵇康、郭象、张湛等都持言不尽意立场。陶渊明甚至在诗中都说"此中有真意，欲辨已忘言"。在文学理论中，陆机和刘勰都接受了言不尽意论。佛教初传入中国，由于理解和接受的障碍，不得不依附于道家和玄学，所以佛学理论中也充斥着言不尽意论。支谦、竺道生、僧肇等人都喜欢引用"书不尽言，言不尽意"来渲染般若智慧之深微奥妙。禅宗更是强调"不立文字"，对语言的蔑弃到了无以复加的程度。当然，在言不尽意论大行其道的同时，邵雍、程颐、朱熹等人都对其极端立场持保留态度，而禅宗内部亦不乏惠洪、株宏、真可等抨击其悖谬者。欧阳建之后，对言不尽意论批评最为深刻的是王夫之。王夫之认为"天下无象外之道。何也？有外，则相与为两，即甚亲，而亦如父之于子也；无外，则相与为一，虽有异名，而亦若耳目之于聪明也"。"道抑因言而生，则言、象、意、道，固合而无畛，而奚以忘邪？"① 王夫之指出言意之间的关系不同于筌和鱼、蹄和兔之间的关系，后者是形而下的器与器之间的关系，而言与意则是形而下与形而上的关系。这在一定程度上揭示了言意之间的语法关系。

但总的来说，"言不尽意""不可说"等观念已经深入人心。这一方面是因为思想成形的艰难需要以"言不尽意"作为借口，另一方面是因为文学创作对含蓄蕴藉的追求需要"言不尽意"作为理论基础。"言不尽意"似乎更能凸显人们在思想表达中的困惑。因此直到现代，"言不尽意"的迷雾依然笼罩着我们的思考。

冯友兰为重建新理学的形而上学，接过庄子的"不可说"，认为"道"等形而上的概念都是不可说的，但又认为形而上的对象可以通过诗或负的方法显示出来。② 张世英融合道家思想和海德格尔，认为天人合一的整体

---

① 谷继明：《王船山〈周易外传〉笺疏》卷6，上海人民出版社2015年版，第239、240页。
② 冯友兰：《新知言》，《贞元六书》，华东师范大学出版社1996年版，第960页。

境界是不可说的，但又与冯友兰一样认为可以通过诗的语言来烘托出来。①
张祥龙认为海德格尔和孔子都意识到终极者不可说而又可以通过诗来开
启。② 郁振华结合维特根斯坦关于"不可说"的思想，重提冯友兰、金岳
霖等人关于形而上的智慧不可说的问题。③ 在文学理论上，胡经之、李健
"从语言表意的局限性、语言本身的多意性、语言的私人性和语言的文化
性等方面"论述了语言表意的局限性。④ 对于诗意的言说方式，蒋寅从古
代诗学"以禅喻诗"的角度进行了考察。蒋寅认识到禅宗的"悟"是需要
"证"的，在这方面诗禅一致，"诗人之所以被承认，也就在于他们能把感
受到的东西充分表达出来"。但他又认为"感觉、体验甚至情感都是不可
传达的"，"所以诗同样也是一种不可言说的言说，而且它像禅一样，不可
言说却必须要说"。这种说的方式就是"不说破"和"绕路说禅"。⑤ 但是
那些"不可说"的东西究竟是什么，通过"不说破"和"绕路说"所达
至的究竟是不是那些"不可说"的东西，蒋寅依旧语焉未详。陈嘉映对言
意关系问题思考最为深入，但他说"虽然字词语言是人类最主要的表达系
统，这却并不意味着我们的经验都可以通过字词语言获得充分表达"⑥，仍
然为"言不尽意"保留了一席之地。

我们看到，以冯友兰为代表的学者都把"不可说"解释为不能通过日
常语言或逻辑语言来言说，而认为对不可说的东西可以诗意地说或采用
"负的方法"去说。不过在我们看来，诗的语言和"负的方法"仍然是语
言。语言本来就有不同的用法，无论是日常的用法、逻辑的用法还是诗意
的用法，都只是语言的可能性之一。诗意地说出的东西，当然不同于逻辑
地说出的东西。如果说逻辑语言不能说出诗的意蕴，那么诗的语言同样也
不能说出逻辑语言的内涵。这样理解"言不尽意"是非常无趣的。把逻辑
的、概念的表达称为"语言"，把诗意的表达当作超越了语言，这本身就
是对语言的误解。我们有时需要逻辑地说，有时需要日常地说，有时需要
诗意地说，有时则需要沉默。我们的语言能够应对生活中的各种情境。但

---

① 张世英:《说不可说——再论哲学何为》，《北京大学学报》1995 年第 1 期。
② 张祥龙:《从"不可说"到"诗意之说"——海德格尔与孔子论诗的纯思想性》，《河北学刊》2006 年第 5 期。
③ 郁振华:《说不得的东西如何能说？——维特根斯坦的"沉默"和冯友兰、金岳霖的回应》，《哲学研究》1996 年第 6 期。
④ 胡经之、李健:《言不尽意：语言的困惑与文学理论的拓展》，《深圳大学学报》2003 年第 5 期。
⑤ 蒋寅:《古典诗学的现代诠释》，中华书局 2003 年版，第 67、68、85 页。
⑥ 陈嘉映:《言意新辨》，《云南大学学报》2013 年第 6 期。

是无疑,思想的言说和诗意的言说最为艰难,否则就人人可为思想家和诗人了。也正因如此,对"言不尽意"的浅表化理解,就产生了这样一种结果:意义成形的困难被解释成语言表达的困难,思想的贫乏被解释成语言的贫乏。

第二节 言不尽意的反方理论

言不尽意论者与其反对者各执一词,彼此都拿不出更充分的理由说服对方。如果没有新的经验证据、新的论证方法和新的理解方式,对这个问题的讨论就只能停留在公说公有理婆说婆有理的水平上。直到近代语言学、心理学等科学方法和哲学方法的出现,有关言意问题的讨论才有了新的进展。

一 洪堡特的语言学理论

通过对不同民族语言的实证考察,洪堡特得出一个重要结论,人类精神与语言的关系是密不可分的,二者不仅互相影响,而且在心智深处互相交织,难分彼此。一方面,人类精神是根本性和本质性的,语言是精神的创造。而另一方面,"在远古的某个时期,除了语言之外尚不存在任何文化,语言不仅只伴随着精神的发展,而是完全占取了精神的位置"。洪堡特认为语言产生的真正原因是人类的内在本性,也就是精神力量的不断发展。这种内在的精神力量具有本体论的意义,是语言产生的普遍而内在的原因,从这个意义上说,"语言并非总是能够把精神的努力全部付诸实现"。但他同时又说,"对于人类精神力量的发展,语言是必不可缺的,对于世界观的形成,语言也是必不可缺的"。[①] 可见,洪堡特的描述从一开始就显示出概念使用的困窘,要谈论精神与语言的关系,就免不了把二者当成两个东西,就免不了要问谁产生了谁,谁决定了谁的问题。但深入的考察则发现,二者的关系又不是通常人们所谓两个独立的事物之间的关系。也就是说,精神与语言并不是一种经验事物之间的关系。即使把精神的地位置于语言之上,也仍然是一种逻辑在先,而不是时间在先。因此洪堡特在逻辑上不得不给予精神以本体地位,但一旦从经验上追问二者的关系,

---

① 〔德〕威廉·冯·洪堡特:《论人类语言结构的差异及其对人类精神发展的影响》,姚小平译,商务印书馆1997年版,第20、23页。

他又不得不说:"语言与精神力量一道成长起来,受到同一些原因的限制,同时,语言构成了激励精神力量的生动原则。语言和精神力量并非先后发生,相互割绝,相反,二者完全是智能的同一不可分割的活动。"所以洪堡特有时直接就说语言与精神是一回事:

> 一个民族的精神特性和语言形成这两个方面的关系极为密切,不论我们从哪个方面入手,都可以从中推导出另一个方面。这是因为,智能的形式和语言的形式必须相互适合。语言仿佛是民族精神的外在表现,民族的语言即民族的精神,民族的精神即民族的语言,二者的同一程度超过了人们的任何想象。①

人类精神和语言最初是如何产生的,这不是一个经验考察所能解决的问题。因此在这个理论的起始之处,洪堡特不得不求助于哲学思辨,并带有一定的神秘色彩。他说语言不是产物或产品,而是精神不由自主的流射,是一个民族内在命运的馈赠。但洪堡特指出了非常关键的一点,语言不是始于个人的心理,而是从一开始就是属于整个民族和所有个体的。"语言的实际存在证明,有些精神创造绝非源自个人,再由个人传递给其他的人,而是导源于所有个人同时进行的自主的活动。语言无时无刻不具备民族的形式,民族才是语言真正的和直接的创造者。"洪堡特一直在讨论的是一个民族的语言,而不是某个个体的语言。对于同一对象,不同个体形成的表象是不同的。表象完全是个人化的,只有通过语言才能上升为概念,而这只有在群体中才可能实现。"转变为语言的表象不再仅仅属于一个主体,而被整个人类共同拥有,所以语言行为又是个人认识与人类共同本性的结合。"② 这一点隐含了私有语言是不可能的,我们将在本章最后讨论私有语言的问题。

洪堡特对语言和思维关系的具体论证结合了当时语言学、心理学和哲学思辨的最新成果,虽然在理论表述上有晦涩难解之处,但其基本思路大致清楚,并且在今天仍然成立。"语言是构成思想的器官。"如果不借助语言,智力活动本身会随着活动的完成而消失,无法被主体感知或意识到。所以智力活动必须与语音建立联系,"否则思维就无法明确化,表象就不

---

① 〔德〕威廉·冯·洪堡特:《论人类语言结构的差异及其对人类精神发展的影响》,姚小平译,第50页。

② 〔德〕威廉·冯·洪堡特:《论人类语言结构的差异及其对人类精神发展的影响》,姚小平译,第46、45、66页。

能上升为概念"。单纯的表象是主观的,而语言把表象客观化了,使主观的活动在思维中成为客体,从而重新被主体意识到。"没有这种过程,就不可能构成概念,不可能有真正意义的思维。"洪堡特对思维的本质的描述极其艰难。对此我们的理解是,思维不是单纯的形成对象的表象,而是通过语言符号再一次对表象进行反映。所以思维不是单纯对事物的反映,而是反映的反映。对这一点,洪堡特这样说:"词不是事物本身的模印,而是事物在心灵中造成的图像的反映。"事物在心灵中的图像是表象,可以推想,动物也能形成表象;而语词则是对表象的反映,这一点是动物所不具备的。"没有语言,就不会有任何概念,同样,没有语言,我们的心灵就不会有任何对象。因为对心灵来说,每一个外在的对象唯有借助概念才会获得完整的存在。"① 这里的意思大概是,没有语言,外在对象就谈不上"是"什么,就无所谓"是"(存在)。

洪堡特与黑格尔同处一个时代,其语言论与理念论异曲同工。精神发展的每一个阶段都有对应的显现方式,因而不同民族的语言在显现精神方面就有了高低之分。"即使是那些彼此间并不表现出任何历史联系的语言和语系,也可以被视为一种统一的形成过程的不同阶段。"② 但是这就必须首先设定在逻辑上人类精神已经先于语言而存在,某些语言更适合于实现这种精神。洪堡特几乎像黑格尔一样把不同民族的语言由低到高排列成精神发展不同阶段的表现。但是剥去思辨的神秘面纱,就可以看到这样的结论:精神的发展和语言的发展是一种内在的、逻辑上的关系。

洪堡特认识到语言的本质在于其分节性。"精神活动的形式与分节音的相互联系的一般特点是,二者的作用范围都可以划分为一些基本的要素,而这些要素构成的整体则又倾向于成为组建一个新整体的要素。"因此,语言就构成了一个系统,"其中的每个部分都与其余部分、各个部分都与整体有着或多或少清晰可辨的内在联系"。③

由此,洪堡特解释了聋哑人的思维问题。因为语言的本质不在于其物理的音响,而在于通过不同的音响形成的分节,所以其他能够形成区分的媒介就能够在一定程度上替代语言的功能。聋哑人听不到声音,但同样能

---

① 〔德〕威廉·冯·洪堡特:《论人类语言结构的差异及其对人类精神发展的影响》,姚小平译,第63、65、70页。
② 〔德〕威廉·冯·洪堡特:《论人类语言结构的差异及其对人类精神发展的影响》,姚小平译,第24页。
③ 〔德〕威廉·冯·洪堡特:《论人类语言结构的差异及其对人类精神发展的影响》,姚小平译,第78、82页。

通过视觉掌握分节功能，所以聋哑人同样具备语言能力：

> 聋哑人跟正常人的差别在于，前者的言语器官没有被引向模仿一种作为典范的现成的分节音，而是不得不学会以一种欠自然的、人为的迂回方式来表现自己的活动。聋哑人的例子还证明，文字虽然并不依赖听觉，但与语言有极其深刻、紧密的联系。①

概括地说，洪堡特的最大贡献是认识到思维与语言不可分割，并且在一定程度上看到了语言对思维的建构作用；第二，认识到语言不是产生于个人的心理而是人类共同体的协作交流；第三，认识到了语音分节在思维中的决定作用；第四，聋哑人的思维同样建立在学习语言的基础上。

二 索绪尔的共时语言学

洪堡特的语言学带有一定的思辨色彩，他虽然认识到了语言与思维的内在一致性，但仍然把人类精神作为一种先验的本体，而语言是从精神产生出来的。而在索绪尔看来，思想和语言并不是具有某种神秘关系的两个事物，而是同一个过程的两个方面。语言就是"组织在声音物质中的思想"：

> 从心理方面看，思想离开了词的表达，只是一团没有定形的、模糊不清的浑然之物。哲学家和语言学家常一致承认，没有符号的帮助，我们就没法清楚地、坚实地区分两个观念。思想本身好像一团星云，其中没有必然划定的界限。预先确定的观念是没有的。在语言出现之前，一切都是模糊不清的。②

索绪尔对语言和思想的认识可谓直截根源：语言就是思想。相对于说"思想和语言不可分割"，这是一个极端的说法，但也是一个最不容易产生误解的说法。这个说法的本质之处在于，没有现成的、先于语词而存在的概念，没有先于语言的思想。不借助两个不同的语词，就无法区分两个不同的概念。先于语言的思想实际上什么也不是。语言和思想不是两个已经

---

① 〔德〕威廉·冯·洪堡特：《论人类语言结构的差异及其对人类精神发展的影响》，姚小平译，第78页。
② 〔瑞士〕索绪尔：《普通语言学教程》，高名凯译，岑麒祥、叶蜚声校注，商务印书馆1980年版，第157页。

确定的各自清晰的领域，思想的表达也不是把语词与概念一一对应起来。

"思想和语言的关系"几乎是一个必然带来误解的表达式。说到关系，就是两个或更多事物之间的关系。因此人们在讨论思想和语言的关系时，往往把思想和语言设想为已经现成存在的东西，表达思想的过程就是选择与思想对应的语言的过程，这就必然导致言不尽意的结论。因为既然思想和语言是两个不同的东西，那么语言必定不可能完全对应于已经存在的思想。索绪尔反对的正是这样一种对思想和语言关系的误解：把语言理解成一个分类命名集，一个与同样多的事物相对应的名词术语表。

而在索绪尔这里，语言联结的不是事物和名称，而是概念和音响形象。这样，概念（思想）和音响就成了内在于语言的两个要素。而这两个要素无法独立存在，或者说，它们的独立存在是没有意义的，只有这两个要素的结合才成为语言符号。但人们往往用语言的音响形象代替了整个符号，这样就容易把概念当作符号之外的东西。为了避免误解和消除歧义，索绪尔主张把语言符号作为一个整体，把符号的概念意义称为所指，把符号的音响形式称为施指。施指和所指是符号的两个方面，这三个名称彼此呼应又相互对立。但这种对立是形式上的对立，而不是实质上的对立。就是说，实质上只有符号，符号既可以看作施指，也可以看作所指。施指的意义（概念）当然是所指，而所指要成为意义（概念）也只能依赖施指。没有意义的声音不是施指，而不获得施指的概念无法确定，从而也不能成为所指。

所以索绪尔说只有把施指和所指联结起来，语言符号才能实际存在。如果只保持其中的一个，语言实体就会化为乌有。概念是声音实质的一种素质，正如一定的音响是概念的一种素质。[①] 为了说明这种关系，索绪尔把语言符号比作水，把概念和音响比作氢和氧。但这个比喻也容易产生误导，因为氢和氧是可以独立存在的化学元素，而概念和音响无法独立存在。但这个比喻意在说明，语言符号既不是单纯的概念，也不是单纯的音响。语言符号是带有概念的声音，或者带有声音的概念，但无法在实质上分解为没有声音的概念或没有概念的声音。所以在这里没有一个既定概念与一个既定声音的结合，而是只有在语言符号中，概念才获得音响形式，音响才获得概念意义。音响形式是可感的，因而是实存的，而概念不可感，不能在同样的意义上实存。因此，概念有通过音响形式才能获得真正的存在，从而被我们把握；而音响也只有成为概念才能获得意义，从而区

---

① 〔瑞士〕索绪尔：《普通语言学教程》，高名凯译，岑麒祥、叶蜚声校注，第146页。

别于物理的声音。

索绪尔说语言出现之前，一切都是模糊不清的。但这不是说，思想确定之前，语言的声音方面已经划定了清晰的界限。当我们听到一种不懂的语言时，它只是一串没有意义的声音，我们不知道如何把这串声音分析为不同的单位。声音同样是一条没有界限的链条。这条声音的链条可以划分为不同的部分，为思想提供所需的施指。索绪尔把全部语言事实设想为一系列连续的划分为不同单位的链条，这样，浑然不分的观念（意链）和同样界限不清的音响（音链）就被划分成不同的实体或单位。因此语言是一个分节的领域，在每一个划定的单位里，一个观念就被固定在声音里，而这个声音就变成了这个观念的符号。语言的本质，不是为表达思想而创造一种物质的声音手段，而是作为思想和声音的媒介，在这两个无定形的浑然之物间分节、划界、制定单位。通过这种分节和区分，思想和声音才明确起来。所以要说对应，并不是把确定的概念与确定的音响对应起来，而是在划分单位的过程中，思想片段与音响片段被划成了一个单位，它们不得不对应。对应产生在划分界限之后，在这之前，无所谓对应不对应。同时，这种对应是一种形式上的对应，没有任何实质上的必然性。对此，索绪尔又打了这样一个比方：

> 语言还可以比作一张纸，思想是正面，声音是反面。我们不能切开正面而不同时切开反面，同样，在语言里，我们不能使声音离开思想，也不能使思想离开声音。[①]

无论把一张纸剪成多少碎片，每一片仍然具有正面和反面。正面和反面的关系是形式上的、逻辑上的、语法上的，我们无法在实质上把正面和反面分开。然而言不尽意论不关心每一片碎纸的差别，而是热衷于在实质上把正面和反面分开，然后谈论二者是否对应。

根据上述观点，就能很好地理解语言符号的任意性原则。一方面，任意性原则是说，施指和所指的关系是任意的。选择什么音段表示什么观念没有任何必然性。另一方面，对意链和音链的划分也是任意的，也就是说，不同的施指之间，不同的所指之间，同样是任意划分的。人们往往容易理解前者，而不理解后者。而后者是更为本质的。最能体现这一点的，就是各种不同语言中的概念不是完全一一对应的。英语和汉语并非拥有相

[①] 〔瑞士〕索绪尔：《普通语言学教程》，高名凯译，岑麒祥、叶蜚声校注，第158页。

同的概念而只是发音不同,如果是那样,不同语言之间的翻译就是一件简单的事情了。例如,英语的 book 可以翻译成汉语的"书",但"书"并不能代替 book 在英语中的意义。因为 book 在英语中还可以表示"笔记本"等意义,更不要说还可以用作动词表示预订、预约。反过来说,book 也不能代替"书"在汉语中的"书写""书信"等意义。学习一种语言,表面上是在学习一些发音不同的语词,本质上却是在学习一种不同的思想。在翻译过程中之所以会出现找不到对应的语词,就是因为这两种语言的符号对概念的划分是不对应的。每种语言都以任意的方式把现实划分为不同的概念和范畴。语言不是为已经现成存在的事物或概念贴上标签,而是创造自己的施指和所指,即以任意的方式把浑然一体的世界切分成不同的概念和范畴。

语言符号的任意性原则也说明语言是一个社会价值系统。语言符号的意义和价值是由社会群体的习惯、约定和普遍同意决定的,而约定则是任意的。在这个约定的价值系统中,个人不能确定任何价值。(因此不可能存在私有语言)同时,语言系统中的单个要素也不能独立确定价值。仅仅把观念与声音结合起来并不足以产生意义,符号的意义决定于整个系统内不同符号之间的差别。无论是所指还是施指,其价值都是由于在整个系统中跟其他要素的对立和差别形成的。就所指而言,概念不是在系统之前就已经确定的,而是由系统发出的价值。概念"纯粹是表示差别的,它们不是积极地由它们的内容,而是消极地由它们跟系统中其他要素的关系确定的。它们的最确切的特征是:它们不是别的东西"。就能指而言,"它实质上不是声音的,而是无形的——不是由它的物质,而是由它的音响形象和其他任何音响形象的差别构成的"。总之,语言就是一系列声音差别和一系列观念差别的结合,语言系统把一定数目的音响符号和同样多的思想片段联系起来。所以,"有区别的观念总数和表示区别的符号的总数在原则上是一致的"。[①] 因此施指与所指的关系是逻辑上的必然联系,它们不可能不对应。而在语言系统之外,既不存在确定的所指,也不存在确定的施指,也谈不上二者的对应或不对应。

任意性原则也能够解释非语言思维的问题。任意性与差别性是联系在一起的,施指与所指决定于它们与相邻要素的差别。"非语言思维"是个不确切的术语,它只强调了"非声音"的一面。语言符号的本质不在声音

---

① 〔瑞士〕索绪尔:《普通语言学教程》,高名凯译,岑麒祥、叶蜚声校注,第163、165、167页。

本身，而在于声音的差别。"使一个符号区别于其他符号的一切，就构成该符号。"① 所以凡是能够形成差别的媒介都能实现符号的功能。聋哑人只是丧失了使用声音符号的能力，但并未丧失使用其他符号的能力，如使用手势、文字等等。聋哑人的思维并不是"非语言思维"。

自然事物的界限是确定的，似乎不受任意性原则支配。事实上，正是这一现象误导了人们对思想和语言关系的理解。如果我们的思想中全都是这种界限分明的事物，而我们的语言全都是对这些事物的命名，就会导致一个不可思议的结果：思想只是一堆互不相干的孤立的观念，语言则是一个分类命名集。这样一来，思想和概念的存在就是多余的了，它们只是把现实事物的数量增加了一倍而已。单凭对这些具体事物的反映无法形成思想，单凭对这些个体的命名也无法形成语言。语言不仅是对事物命名，更重要的是制定各种语词的使用规则。

言不尽意论的前提是预先确定的观念和声音。而任意性原则表明，施指与所指的关系、不同的施指以及不同的所指之间的关系，都是任意的约定。既然约定了这种关系，当然就必须接受和承认这种关系，否则约定就没有意义了，因此言与意的结合是逻辑上和语法上的。同时这种约定又是形式的，也就是说不存在实质上的强制一种语言如何约定的必然性，于是语言也无须对应于某种既定的现实。但语言系统产生之后，其规则和语法对语言的使用者就是强制和必然的了，这是一种语法上的必然性和强制性。因此又可以说，言与意的结合是强制的和必然的。

究竟是思想决定语言还是语言决定思想，也许这种表达式本身就是没有意义的，因为思想和语言之间并不存在通常所说的因果之间的决定和被决定的关系，决定这个词在这里派不上用场。但如果一定要在二者之间选择一个决定因素，那么索绪尔无疑是一个语言决定论者。不过语言决定论的标签最终被赋予了萨丕尔—沃尔夫假说。

三 萨丕尔—沃尔夫假说

对萨丕尔—沃尔夫假说的简单描述是，语言决定思想，我们使用什么语言决定了我们怎样观察和理解这个世界，因此使用不同语言的人对世界有不同的观念。斯蒂芬·平克在《语言本能》一书中对此极尽挖苦，但这一假说并不像听上去那么荒谬。以下内容集中在萨丕尔对思维和语言关系的讨论上。

---

① 〔瑞士〕索绪尔：《普通语言学教程》，高名凯译，岑麒祥、叶蜚声校注，168 页。

萨丕尔首先指出语言不是本能，而是符号性的。疼痛的喊叫并不是语言，语言是"自己站在一旁，宣称某种情绪正在被感觉到"。萨丕尔在这里实际上指出了语言或者思维并不是对刺激的直接反应，而是第二层次的反思，从而本能的喊叫实际上也不是传达，而只是情绪本身的一部分。①

萨丕尔同样看到了语言的社会性质。符号不是单个经验或印象的代表，而是一组经验。单个的经验是不能传达，也是没有意义的，它必须被社团所公认才成为可传达的。个人的记忆和意念必须和其他人融合起来。萨丕尔把语词比作把思维包装起来的胶囊，"包括着成千累万不同的经验，并且还准备再接纳成千累万的。如果说语言的单个有意义的成分是概念的符号，那么实际上联串的言语就可以认为是把这些概念安排起来，在它们中间建立起相互关系的记录"②。

萨丕尔认为思维和语言不是严格的同义的，思维是语言的一种高级功能，即理性思维或概念思维，而语言实际上可以传达从低到高各个层次的心理内容。概念的用法只是语言的一部分功能。这实际上回答了言不尽意论的一个诘难，即语言只能表达概念思维，而意不全是概念的，那些非概念的内容是语言所无法表达的。萨丕尔在这里的看法恰好相反，在日常生活中，我们对语言的使用恰恰大多是非概念的。语言能够胜任各种任务。他做了一个非常有意思的比喻：语言像是一个有足够动力来开动电梯的发电机，但通常我们只是用它来供给一个门铃。他又把语言比作一架乐器，可以演奏不同高度的心灵活动，而思维只是一些相对高级的心灵内容。总之，那种把语言看作贴在思维上的标签的看法是肤浅的。萨丕尔把语言比作通往思维的道路或工具，而思维则是工具的产品。工具生产产品，而产品又随着工具而改进。语言本来是在概念水平以下使用的工具，而思维则是对语言内容的精练的解释。可见语言在思维之前，思维是语言的较为高级的使用，或者是语言的高级产品。语言和思维一经产生，就会相互作用。"工具使产品成为可能，产品又改良了工具。"③

萨丕尔认为可以不用语言来思想是一种错觉。产生这种错觉的原因之一是没有区分印象和思维。思维不是单个的印象，而是印象与印象的联系，而当我们试图使两个印象在意识中发生关系的时候，就已经在使用语

---

① 〔美〕爱德华·萨丕尔：《语言论》，陆卓元译，陆志韦校订，商务印书馆1985年版，第4页。
② 〔美〕爱德华·萨丕尔：《语言论》，陆卓元译，陆志韦校订，第12页。
③ 〔美〕爱德华·萨丕尔：《语言论》，陆卓元译，陆志韦校订，第13、15页。

词了。因此虽然思维是另一个自然领域,但言语似乎是通向思维的唯一途径。[①]

造成这种错觉的另一个原因是,仅仅把语言作为听觉符号,而语言不限于听觉符号,听觉符号可以被运动符号或视觉符号代替,甚至被其他一些更隐蔽更不确定的转移所代替。萨丕尔借鉴了弗洛伊德的无意识理论。思维符号的使用没有被意识到,从而被误认为是非语言的思维。因此,一个标准的思维过程,可以通过语言的修改或替代而被紧缩。这种紧缩因程度不同而有不同的表现形式。紧缩最小的就是自言自语或出声思想,此时语言与思维几乎是一致的。而典型的思想和各种默语其实都是更进一步的紧缩过程,也正是这一步使人们感受到思想与语言的分离。更大程度的紧缩会使人产生语言跟不上思维的感觉,从而得出思维不依赖语言的结论。典型的思维过程依赖的是听觉—运动系统,而视觉系统是辅助性的,所以正常人体会不到听觉符号的替代。但是当听觉系统受到损伤或有缺陷的时候,其他形式的替代就显示出来了。比如,聋哑人的读唇语、手势语,正常人越过听觉直接读视觉的文字,发电报用的电码,等等。某些电报员甚至能直接使用"嘀嘀"的听觉符号来思维。但所有这一切所谓非语言的思维,都是语言思维的某种转移或替代。"我们可以毫不犹豫地做出这样的结论:除了正常言语之外,其他一切自主地传达观念的方式,总是从口到耳的典型语言符号的直接或间接的转移,或至少也要用真正的语言符号做媒介。"[②] 思维的紧缩是对思维—语言不一致现象的非常有力的解释。萨丕尔的解释通俗易懂,但并不浅薄。而皮亚杰、维果茨基等人的专门的心理学研究,如果不能给予适当的理论描述,反而容易引起重大误解。萨丕尔虽因语言决定论频遭诟病,但他的思维—语言紧缩论其实完全可以反驳一般意义上的言不尽意论。

四 卡西尔的符号论哲学

卡西尔熟悉洪堡特、索绪尔和萨丕尔等人的语言学研究,同时也熟悉当时生物学、动物心理学、比较心理学的研究。在思维和语言的关系问题上,卡西尔的见解并未超越索绪尔等人,但通过他对人类符号活动的考察,可以澄清言不尽意论对动物心理学、比较心理学等研究成果的误解和误释。

[①] 〔美〕爱德华·萨丕尔:《语言论》,陆卓元译,陆志韦校订,第14页。

[②] 〔美〕爱德华·萨丕尔:《语言论》,陆卓元译,陆志韦校订,第19页。

传统观点认为人与动物的区分在于理性和语言。根据这一区分，如果思维和语言是一体的，那么动物就既不能思维，也没有语言。而如果思维和语言是分裂的，那么就要看这二者哪是人类拥有而动物没有的。很多动物心理学的研究者企图证明高等动物能够使用语言，但迄今为止尚没有一例被公认是成功的。还有的研究者从动物行为的角度证明高等动物能够思维，但这种研究的结论往往更不确定。这不是因为研究对象的复杂，而是因为研究者对于思维根本就缺乏一个明确的定义。卡西尔用符号动物取代了传统上理性动物的定义。在卡西尔看来，人与动物的根本区别在于，人在应对环境的过程中除了拥有感受系统和效应系统之外，又产生了第三个环节，即符号系统。符号系统使人类超越了动物，生活在一个新的实在也就是符号世界之中。[1] 卡西尔通过对符号活动的研究，否定了各种关于动物能够思维或动物能够使用语言的观点。

　　人类的符号活动不限于语言，但语言无疑是最重要和最典型的符号。神经生理学和病理学的研究说明，使用语言符号的能力与使用其他符号的能力是同一种能力。因此考察人与动物的本质区别，就可以聚焦于语言能力的考察。卡西尔发现，单纯靠心理学和心理生物学等实证研究无法解决动物是否有语言的问题。动物心理学所发现的动物具备某些通信方式和技能是一个经验事实，但对这种事实的解释却可以是不同甚至矛盾的。"对经验事实的解释总是依赖于某些确定的基本概念的，这些基本概念是必须在经验材料能取得其结果以前就被澄清的。"[2] 因此动物语言的问题就不是一个经验问题而是逻辑问题。卡西尔说这个问题的正确的逻辑出发点是：言语的定义。言语现象不是一个单纯而统一的现象，而是分为不同的层次。最初和最基本的层次是情感语言，这是动物和人类都具备的。而高层次的语言则是命题语言，这是人类所独有的。神经病理学发现，失语症患者并未丧失情感言语能力而是无法在客观的、命题的意义上使用语言。前文已经提到，萨丕尔不认为情感语言是真正的语言。苛勒的研究表明，黑猩猩表达情感的语言不具有客观的指称和描述的意义。卡西尔由此得出结论，情感语言和命题语言的区分就是人和动物的分界线。

　　卡西尔倾向于认为动物没有语言能力，为了说明这一点，卡西尔又区分了信号和符号。[3] 对动物来说，信号与其替代对象无法分别，因此是物

---

[1] 〔德〕恩斯特·卡西尔：《人论》，甘阳译，上海译文出版社1985年版，第33页。
[2] 〔德〕恩斯特·卡西尔：《人论》，甘阳译，第37、36页。
[3] 〔德〕恩斯特·卡西尔：《人论》，甘阳译，第40页。

理的存在世界的一部分,而符号则是人类意义世界的一部分。动物的活动始终停留在信号的水平。由此卡西尔又讨论了动物的智慧问题。"智慧"这个词的模糊性妨碍了对问题的解决,这一点甚至连皮亚杰也无法避免。(详后)卡西尔认为,某些高级动物能够适应环境的变化并具备应对环境的技能,但最多是实践的想象力和智慧,完全不同于人类的符号化的想象力和智慧。而人类个体心理的发展也经历了一个由实践态度到符号态度的转化过程。我们在后面将看到皮亚杰对这个过程的揭示。卡西尔举了心理学研究中的两个典型事例,即海伦·凯勒和劳拉·布里奇曼。这是两个盲、聋、哑儿童,她们以特殊的方法掌握了人类的语言。但在这之前,她们与其他尚未掌握语言的儿童都一样,智力停留在像动物一样使用信号的水平上。只有当她们真正理解了人类语言的意义,她们才超越了动物性的能力而拥有了人类符号化的智慧。然而,这两个事例却经常被用来证明相反的观点,即没有语言能力的聋哑人也能够思维。但卡西尔对这两个事例的解释完全不同:

> 人类文化并不是从它构成的质料中,而是从它的形式,它的建筑结构中获得它的特有品性及其理智和道德价值的。而且这种形式可以用任何感性材料来表达。有声语言比摸触语言有着更大的技能上的进步,但是后者在技能上的这种缺陷并没有抹杀它的基本效用。①

也就是说,由于某种原因而无法使用有声语言的人可以通过使用其他符号来代替语言而进行正常的思维。聋哑儿童无法学会有声语言,但他们能够通过摸触语言等方式代替正常人的有声语言。这一点非但不能用来证明思维不依赖语言,恰恰相反,它说明聋哑人的思维必须建立在理解正常语言的基础上。真正的失语症患者丧失的不是视觉、听觉和发声的能力,而是使用语言符号的能力。这一点恰好与聋哑人相反。由于大脑损伤而丧失语言能力的人能够胜任日常生活中的各种工作,甚至有相当高的技能,但无法进行特殊的理论活动和反思活动,也无法思考、谈及不真实的事情或事物的可能性。②

卡西尔关于外语学习的讨论也在一定程度上揭示了语言与思想的关系。学习外语的真正困难不在于学习新的语言而在于忘掉旧的语言。儿童

---

① 〔德〕恩斯特·卡西尔:《人论》,甘阳译,第46页。
② 〔德〕恩斯特·卡西尔:《人论》,甘阳译,第52页、72页。

最初开始形成一个客观世界概念的那种心理状态，在我们身上已不复存在了。对成人来说，客观世界作为言语活动的一个成果，已经具有了一定的样态。在某种意义上，言语活动决定了我们所有其他的活动。我们的知觉、直观和概念都是和我们母语的语词和言语形式结合在一起的。要解除语词与事物间的这种联结，是极为艰难的。

> 不同语言的比较使我们知道，绝没有什么精确的同义词。两种语言中相应的词很少指称同一对象或活动。它们适用于相互渗透的不同的领域，从而使我们的经验具有多重色彩的视域和各种各样的外观。①

学习一种外语实际上就是学习一种新的思想和世界观，它的真正困难在于我们无法轻易改变已经定型的思维方式。

卡西尔并未直接讨论思维和语言的关系，但他通过对动物能力、神经病患者、儿童、聋哑人等心理现象的考察，直接或间接地摧毁了言不尽意论的常用论据和理论根基。

第三节　言不尽意的正方理论

一　皮亚杰的发生认识论

被用来支持言不尽意的心理学研究，首先要提到的是瑞士心理学家皮亚杰。我们说言不尽意论的支持者和反对者，是在很表层的意义上说的。实际上，所谓的对立双方很可能对经验事实的认定并没有冲突，对立只是因为双方对同一事实的不同解释。这种分歧本身也印证了前面的结论，概念和语词是不可分的。这也是为什么我们要分析双方使用的概念。

皮亚杰认为"智慧"先于言语，这似乎可以成为言不尽意的证据。但我们并不认为皮亚杰的研究结果能够支持言不尽意论。

皮亚杰认为，认识的发生既不是起源于已经有自我意识的主体，也不是起源于在主体看来已经形成的客体，而是起源于主体和客体之间的相互作用。在认识发生的初始阶段，可以说既没有主体也没有客体，也可以说既包含着主体又包含着客体，因为此时主客体间完全没有分化。由于主客

---

① 〔德〕恩斯特·卡西尔：《人论》，甘阳译，第170、171页。

体没有分化，所以二者相互作用的中介不是知觉而是活动。"儿童早期的活动既显示出在主体和客体之间完全没有分化，也显示出一种根本的自身中心化，可是这种自身中心化又由于同缺乏分化相联系，因而基本上是无意识的。"① 皮亚杰区分了认识发生过程的两个前后相继的活动时期：感知运动时期和言语概念时期。这两个时期的本质区分在于，前者没有言语和表象性概念的参与，因而不存在对自身活动的有意识的觉知，而后者则可以说是发生了由动作到概念思维的转变。

在语言出现之前的"感知—运动"阶段，儿童在现实中能够使用动作解决实际问题，皮亚杰把这种实践能力称为语言产生之前的"智慧"。但这一阶段的"智慧"不能脱离实物和动作，局限于直接的空间和时间，"感知—运动智慧是以连续的动作一步一步地进行，而思维特别是通过语言则能同时表达一个有组织的结构的所有因素"②。"感知—运动智力的格局还不是概念，因为它们还不能在思维中被运用，它们起作用仅限于实践上和实物上的应用，儿童一点也不知道它们之作为格局的存在，因为儿童还没有掌握用来称呼它们并在意识中把握它们的符号系统。"③ "在缺乏语言或象征的功能的情况下，这些结构的形成，只是依靠知觉和运动的支持，并通过感知—运动的协调活动，还不存在表象或思维的中介作用。"④ "但是自从有了符号功能之后（言语、象征性游戏、意象，等等），不是现实地感知的情景也可以重现，即有了表象或思维，于是我们就看到有最初的反映抽象作用出现了。"⑤ 从动作到使用符号的过渡也就是内化或概念化。通俗地说，感知—运动时期的儿童能够做某些事情，却不知道自己在做这些事情，也就是没有自觉或意识。在我们看来，只有当他们能够以某种符号把自己的所作所为表征出来的时候，才能够说有了意识或思维。而皮亚杰用"智慧"一词把无意识的行为与有意识的行为都囊括进来。无意识行为当然也需要在心理结构的支配下才能完成。现在的问题成了：这种无意识的心理结构能否称为思维？皮亚杰的贡献是发现了从无意识的感知—运动格局到符号—概念思维是连续的，后者是对前者的抽象和内化。

---

① 〔瑞士〕皮亚杰：《发生认识论原理》，王宪钿等译，胡世襄等校，商务印书馆1981年版，第23页。
② 〔瑞士〕J. 皮亚杰、B. 英海尔德：《儿童心理学》，吴福元译，商务印书馆1980年版，第65—66页。
③ 〔瑞士〕皮亚杰：《发生认识论原理》，王宪钿等译，胡世襄等校，商务印书馆1981年版，第27—28页。
④ 〔瑞士〕J. 皮亚杰、B. 英海尔德：《儿童心理学》，吴福元译，第6页。
⑤ 〔瑞士〕皮亚杰：《结构主义》，倪连生、王琳译，商务印书馆1984年版，第45页。

而造成的误导则是，模糊了思维的界限。这种不依赖语言的"智慧"很难与动物心理区别开来。皮亚杰经常把这种前语言的智慧与黑猩猩等高等猿猴相类比。[1] 事实上学会语言之前的儿童可能在智力上还不如一只成熟的黑猩猩，而儿童一旦拥有语言，智慧就与猿猴有了质的差别。这种差别就是对符号的运用，也就是人与动物的本质区别。

皮亚杰的另一个重要发现是指出了语言之外的其他符号形式。语言是最完美的符号系统，但并不是唯一的符号系统。皮亚杰认为，表象作用和思维的发展不仅与言语有联系，还与象征性游戏、心理表象等符号功能相联系。因此聋哑儿童能够掌握象征性游戏、手势言语等符号功能，并进行相应程度的思维活动。皮亚杰发现："在正常儿童中，语言与信号性思维的其他形式大约同时出现。但在聋哑儿童中，发生有音节的语言要在延迟模仿、象征性游戏和心理表象产生后很久才出现。语言的社会上的或教育上的传递既然必先以这些个别的信号性功能的发展为前提，因此，似乎可表明语言是由发生学上逐渐演化而来。但是，这种发展正如聋哑儿童所证明的那样，能不依赖于语言而独立出现。"[2] 皮亚杰发现的事实是毋庸置疑的，但由此得出的结论很容易产生误导，即没有语言也可以很好地思维。其实皮亚杰的观察恰好印证了神经生理学的发现：语言和其他符号具有共同的生理基础。大脑语言区域损伤，丧失的不仅是语言能力，也包括运用其他符号的能力。因此正常儿童掌握语言和其他符号的时间几乎是同时的，而聋哑儿童则因为听觉和发音的缺陷，无法在学习其他符号的同时掌握音节语言。手势语言只是音节语言的不得已的替代。聋哑人如果不能真正理解人类语言的意义，最终也无法掌握手势语言。

因此，我们不认为皮亚杰的研究能够支持言不尽意论，相反，皮亚杰的经验考察恰恰能够支持卡西尔的理论阐释。这里需要做的，仅仅是澄清"智慧""思维"等语词的用法。

二 维果茨基的内部语言

维果茨基从种系发展和个体发展两个方面论证思维和语言有不同的发生学根源并沿着不同的路线发展，二者彼此独立，因此既存在前语言的思维，也存在前思维的语言。只有在人类发展的某个阶段，二者才合为一

---

[1] 〔瑞士〕J. 皮亚杰、B. 英海尔德：《儿童心理学》，吴福元译，第64页，注1。《结构主义》，第66页。

[2] 〔瑞士〕J. 皮亚杰、B. 英海尔德：《儿童心理学》，吴福元译，第64页。

体,思维变成了语言的,而语言也变成了思维的。① 维果茨基与皮亚杰所观察到的经验现象几乎是一样的,与卡西尔所使用的动物心理学材料也是一样的,他只是对这些经验现象作了不同的解释。对维果茨基的解释,我们有这样的疑问:为什么动物的思维和语言最终没有合并为一体?关于这一点,卡西尔已经从概念上作了澄清。在卡西尔看来,思维与前语言思维、语言与前思维语言,是性质完全不同的东西。也就是说,前语言的思维不是真正的思维,前思维的语言也不是真正的语言。

事实上,维果茨基在分析思维与语言的关系时,针对的既不是非语言的思维,也不是非思维的语言,而是言语思维。他使用所谓的"单位分析法",找到了言语思维的基本单位是"词义"。他指出词义既是一种语言现象,又是一种思维现象,思维和语言就是通过词义联结到一起的。但是,前思维的语言中没有词义,前语言的思维中也没有语词。维果茨基的这些说法显然是不能融贯的。当然这种不融贯只是一个语词使用的问题,维果茨基对"思维"和"语言"这两个词的使用无法适当地描述他的研究成果。

维果茨基把思维单位作为一个整体的分析方法与索绪尔非常相似,他同样区分了语言的两个方面,即内部的、语义的方面和外部的、语音的方面。当维果茨基把语义和语音作为一个整体看待的时候,他得出了与索绪尔相似的结论:"思维不仅仅用言语来表达;思维是通过言语才开始产生并存在的。"他说儿童把整体的尚未分化的思维分配给语词单位,几乎就是索绪尔说的对"模糊的浑然之物"的分节。但另一方面,他与索绪尔又有本质不同:"言语的外部方面和言语的语义方面以相反的方向发展着——前者是从特殊发展到整体,从单词发展到句子,而后者则是从整体发展到特殊,从句子发展到单词。"② 这样,语音和语义又被割裂开,成了两个向相反方向发展的不同实体。而在索绪尔看来,语音和语义在被切分成单位之前,是两个连续的没有分界的无限平面,谈不上整体和部分。

维果茨基对思维与语言关系的描述有独到之处,但也容易产生误解。传统观点把语言作为思维的外衣,隐含着语言可能掩盖真正的思维,因而会导向言不尽意论。而维果茨基认为,正因为言语结构不单纯反映思维结构,所以才不能把语言当作思维的外衣:"思维在转化成言语时经历了许

---

① 〔俄〕列维·谢苗诺维奇·维果茨基:《思维与语言》,李维译,浙江教育出版社1997年版,第46页、49页。
② 〔俄〕列维·谢苗诺维奇·维果茨基:《思维与语言》,李维译,第136、137页。

多变化。它并不仅仅在言语中发现了它的表述；它还找到了它的现实和形式。"① 这实际上是说，语言的结构塑造了思维的结构，语言不是思维的被动反映。

维果茨基主张存在一种内部语言，这一点也很容易被用来支持言不尽意论。但这个问题并不像字面上显示的那样简单。维果茨基认为，内部语言是为自己的，外部语言是为他人的。"外部言语是思维向言语的转化，是思维的具体化和客观表现。而对于内部言语，该过程被颠倒过来：言语转化成内在思维。"所以就发生而言，外部语言在前，内部语言在后，内部语言是由外部语言内化而成的。这个逻辑恰好与言不尽意论是相反的。但内部语言不仅仅是外部语言减去声音，它有自己独特的句法。"与外部言语相比，内部语言显得不联结和不完整。"② 我们认为，维果茨基所说的内部语言并不神秘，它就是外部语言的压缩和简化。这个问题实际上萨丕尔已经做了很好的解释。维果茨基自己也说，外部语言在特定情境中已经表现出某些简略形式。只是这种简略现象在外部语言中是偶然和例外，而在内部语言中则变成了普遍的规律。这些变化包括：主谓结构的谓语化（省略主语），发声的减少，意思比意义占优势，黏合法构词，等等。"内部言语在很大程度上是用纯粹的意义来思维的。它是一种动态的、转移的、不稳定的东西，在词和思维之间波动着，而词和思维或多或少是稳定的，或多或少描绘了言语思维的组成成分。"③ 外部语言用于交流，不得不保持语言的完整结构；而内部语言用于个体，自然可以采取简化形式。但这二者之间没有不可逾越的障碍，外部语言可以内化为内部语言，内部语言同样也可以还原为外部语言。

维果茨基认为思维是一个整体，是一次性的形成的，而语言却是在时间中通过语词一项一项地展现出来。思维在言语中没有自动对应物，思维无法直接过渡到言语，必须通过意义，因此存在着思维无法表达的现象。他举的例子是思维中的一个赤脚穿蓝衬衫的男孩在街上奔跑。④ 但这个例子可以作进一步的分析。如果对这个表象进行反思，我们会发现，对这个男孩的思维并不是一次性整体形成的。我们无法瞬时注意到那么多细节。一旦要形成对这个男孩的具体的思维，我们就不得不在时间中逐一展现他的每一个特征。

---

① 〔俄〕列维·谢苗诺维奇·维果茨基：《思维与语言》，李维译，第137页。
② 〔俄〕列维·谢苗诺维奇·维果茨基：《思维与语言》，李维译，第143、151页。
③ 〔俄〕列维·谢苗诺维奇·维果茨基：《思维与语言》，李维译，第162、163页。
④ 〔俄〕列维·谢苗诺维奇·维果茨基：《思维与语言》，李维译，第165页。

如果说思维在诉诸语言之前已经以某种方式存在了，那么思维又是如何产生的？对此，维果茨基承认还不能解决。他猜测思维的深层是一种情感—意志倾向。思维向语言的过渡经历了情感—意志动机、思维和言语三个层面。中间的过渡反复复杂，无法说清。维果茨基实际上已经放弃了对这个问题的回答。而他的如下说法实际上又否定了思维能够独立于语言：

> 思维和言语之间的关系是一个活生生的过程，思维是通过词而产生的。一个词一旦没有了思维便成了死的东西，而一种思维如果不通过词来体现也不过是一个影子而已。①

三 默会知识论

所谓默会知识，通俗地说，就是知道而无法用语言表述的知识。挪威哲学家哈罗德·格里门区分了三个传统的默会知识论。② 郁振华认为波兰尼的第一类默会知识属于强的默会知识，同时又与现象学解释学传统相通。弱的默会知识并非原则上不可言述，只是在某种情境中暂时不能言述，也就是说弱的默会知识最终是可以言述的。③ 因此，我们只对强的默会知识做出分析和评论。以下提到的默会知识均指强的默会知识，即原则上不能用语言充分表达的知识。

默会知识论的论证纷纭复杂，其主张本身的表述存在模糊之处，容易产生误导。但默会知识论建立的基础和由之以出发的实例却是现实中普通的心理现象，我们不妨从这些简单而具体的实例开始。

哈罗德·格里门为默会知识列举了三类实例。第一类是关于感觉性质的，如我们对颜色、声音、气味的感觉经验，很难通过语言来充分描述。一个人知道什么是蓝色，但无论他怎样向别人描述蓝色，总不如让别人亲眼看一下。其他如单簧管的声音、咖啡的香味等都属此例。第二类是有关格式塔特征的，如识别不同的面容和面部表情。我们可以从众人中很容易识别出一个熟人，但对于自己是如何识别的，则无法充分用语言描述。第三类是关于实施行动和技能的，比如制造和修理机器。游泳、骑自行车等也属于此类。一个人能够实施这些行动或技能，但很难用语言描述自己是

---

① 〔俄〕列维·谢苗诺维奇·维果茨基：《思维与语言》，李维译，第167—168页。
② 〔挪威〕哈罗德·格里门：《默会知识与社会科学理论》，刘立萍译，郁振华校，《思想与文化》第5辑，华东师范大学出版社2005年版，第65页。
③ 郁振华：《人类知识的默会维度》，北京大学出版社2012年版，第18页。

如何实施的。①

约翰内森把关于艺术作品比如绘画和音乐的理解也称为默会知识，并把这种理解称为"非转译性"理解。②"非转译性"理解在本质上与第一二类实例类似。波兰尼也有系统的默会知识论，但格里门认为波兰尼只是主张弱的默会知识。郁振华认为波兰尼同样有强的默会知识论。③ 波兰尼为默会知识举的例子中有很多与上述实例是类似的，比如识别自己的雨衣，游泳、弹钢琴等。所以郁振华认为波兰尼也主张强的默会知识。

默会知识论同时援引赖尔关于"知道怎样做"（know what）和"知道那个事实"（know how）的区分来支持自己的观点，即"知道怎样做"是一种默会知识。但我们认为，赖尔的主要目的是反对知道怎样做的同时伴随着知道事实的理智过程，而不是强调知道怎样做是无法描述的。赖尔的意思只是说，实施技能的时候并不是必须同时发挥命题性能力，而并不是说实施技能必然无法通过命题明述。恰恰相反，赖尔认为："按照各种教导做事情的能力以理解这些教导为必要条件。因此某种陈述能力是获得所有这些做事能力的一个条件。""假如我不能理解别人教授的俯泳课程，我就无法学会俯泳。但当我现在游俯泳时，却无须背诵那些课程。"④ 可见赖尔只是否认做事情的时候同时伴随着对如何做的陈述，而不是说对怎样做无法陈述。

默会知识的三种实例，实际上都可以称作一种能力。关于感觉经验的知识实际上是能够感觉某种东西，关于格式塔特征的知识实际上是能够识别某种东西，关于行动、技能的知识实际上是能够做某些事情。

默会知识论的确指出了人类能力的某些特征，但把这些能力称为默会知识，并认为这种知识是无法通过语言充分表述的，总有某种似是而非和不自然之处。

一般来说，人类知识的形成是从各种经验开始的，但知识中的经验总是与语言结合在一起的经验，我们无法从知识中剥离出纯粹的经验。在人类对于蓝色的经验中，总是伴随着"蓝色"这个语词，而且隐含着世界上存在不同的颜色，我们拥有一个关于颜色的语词系统。如果把对蓝色的经

---

① 〔挪威〕哈罗德·格里门：《默会知识与社会科学理论》，刘立萍译，郁振华校，《思想与文化》第 5 辑，第 74—76 页。
② 〔挪威〕谢尔·S. 约翰内森：《遵循规则、非转译性理解和默会知识》，《跨越边界的哲学：挪威哲学文集》，童世骏、郁振华等译，浙江大学出版社 2016 年版，第 292 页。
③ 郁振华：《人类知识的默会维度》，第 44 页。
④ 〔英〕吉尔伯特·赖尔：《心的概念》，徐大建译，商务印书馆 1992 年版，第 53 页。

验从语言中剥离出来,剩下的就只是对蓝色的感觉。但关于这种感觉的经验仍然隐含着这是一种感觉,这种被称为感觉的经验,离不开关于感觉的语词系统。因此,纯粹的感觉经验就只存在于没有语言的动物身上。对蓝色的感觉决定于蓝色对动物的生理刺激,表现为动物对蓝色做出的生理反应。人类对蓝色的知识在剥离了语言之后,也就只剩下了刺激和反应。这里紧要之处,不是语言能否充分表达这种生理反应,而是这种生理反应能否称为一种知识。事实上,关于颜色、声音、气味等感觉的默会知识论必然导向私有语言论。因为描述感觉经验的语言是公共的,否认感觉经验可以通过语言向别人充分描述,隐含着感觉经验的拥有者能够对自己的经验进行充分描述。但这样一来,感觉经验和描述感觉经验的语言就只能被私人所拥有。而私人感觉与私有语言的关系根本无法建立起来。这一点我们在最后一节再讨论。

关于识别面容,我们当然可以从众人中识别出一张脸而不需要说出根据什么,但这并不意味着我们无法说出。把两张面容放在一起对比,我们完全可以指出二者的不同之处。如果我们不能指出二者的不同之处,那我们就谈不上能够区分二者。另一方面,人眼的识别能力远在人工智能之下。人眼的识别能力是有限的,因此有可能犯错,实际上我们经常认错了人。而人工智能的人脸识别能力是无限的,几乎不会犯错。人工智能的识别原理当然都是可以言述的。如果识别面容是默会的、无法言述的,我们就无法发明出人工智能的人脸识别功能。所谓面容识别的默会知识,本质上是一种模糊的猜测,只是因为这种识别要求精度不高,所以一般不会猜错。当我们把识别的要求提高之后或者把被识别的特征减弱之后,默会知识就没有用武之地了。

对于人类从事的各种技能,我们可以用语言描述动作的程序和规则,默会知识论并不否认这一点。但关于这些动作是如何完成的,默会知识论认为是无法言述的,它们只能在行动的展示中表达出来。可见,关于技能的默会知识实际上就是动作本身,而能做什么和知道怎样做是一回事。这样一来,默会知识和动物的能力之间就没有界限了。挪威学者讨论默会知识不涉及动物能力,而波兰尼恰好在这个问题上认为动物能力与人类的默会知识是一回事。[①] 波兰尼的做法说明,我们无法讨论纯粹的默会知识,只能借助于讨论动物的能力。最终,纯粹的默会知识就是动物能力。

---

① 〔英〕迈克尔·波兰尼:《个人知识:朝向后批判哲学》,徐陶译,上海人民出版社2017年版,第83页。

比较一下猴子的游泳和人的游泳，什么东西是前者缺少而后者具备的？显然，是那些可以言述的程序和规则。把人的游泳活动中可以言述的部分剥离之后，剩下的就与猴子的游泳没有什么不同了。陈嘉映区分了两种不同的知道：通过资料获得的结论和通过经验形成的理解。① 前者对应的是机制和原理，后者对应的是规则和规范。规则和规范是我们已经理解或能够理解的东西，也是行为的施行者可以言述的东西；而机制和原理则是无法或不必通过意识和经验而知道的。使猴子能够游泳的，是一套生物性或生理性的机制，而猴子对这套机制一无所知。在同样的意义上，人类也不知道这套生理机制的存在。所谓默会知识其实就是这样一些生理机制和生理功能。我们在运用这些机制的时候，并不知道也不需要知道它们的存在。但是与动物不同的是，这套机制虽然不在我们的经验之中，却可以通过科学研究而得以认识。我们经验不到呼吸和消化的机制，但我们可以拥有关于呼吸和消化的科学知识。因此人类的能力与动物相比至少有两点不同，一是人类的能力中有可以言述的部分，而动物完全没有。二是对于不可言述的那一部分，也就是所谓默会知识，人类可以通过科学研究而得以认识。

波兰尼一方面夸大了动物智力与本能的距离，另一方面又抹平了动物智力与人类智力的差别。② 诚然，动物具有某种学习能力，这一点不同于呼吸和消化等纯粹的本能，但动物的这种智力明显受到本能的制约，或者说无法超越本能。猴子可以学会骑自行车，但学不会开汽车；可以浮在水里不沉下去，但学不会人类体育比赛中的各种泳姿；可以在树上上蹿下跳，但学不会体操。更不要说应对人类社会中的各种复杂情境。动物有限的学习能力是由其中枢神经系统的生理机制和生理功能决定的。作为一种实证研究，波兰尼对动物和儿童智力的认识并未超出皮亚杰的成果。③ 这种对智力结构的分解和重组只是一种概念的思辨，在科学上没有什么重要意义。

默会知识论本质上是对智力结构的一种重新划分，实际上是把具备知识性质的东西和不具备知识性质的东西混合在一起，又把那些不具备知识性质的东西所具有的非言述的性质扩展到整个结构上。当默会知识论说技能无法言述的时候，指的只是生理机制；当它说技能是一种知识的时候，

---

① 陈嘉映：《语言哲学》，北京大学出版社 2003 年版，第 315 页。
② 〔英〕迈克尔·波兰尼：《个人知识：朝向后批判哲学》，徐陶译，第 83 页。
③ 〔英〕迈克尔·波兰尼：《个人知识：朝向后批判哲学》，徐陶译，第 87—89 页。

又把生理机制与程序、规则混合在一起。

我们在这里不是要否认默会知识论指出的一些现象，而是怀疑把这些现象命名为默会知识有什么意义？实践和第一手经验在知识中的重要性不言而喻，没有人说人类单凭命题性知识就能实现对世界的认识。强调第一手经验和实践的重要性，在已有的心理学和认识论框架内就能得到解释，根本不需要一种默会知识论。当然，默会知识论也不能证成人类有某种经验是不可言传的，因为我们本来就没有关于生理机制的经验。

四　平克的语言本能论

默会知识论认为人的语言能力也是默会的，但否认语言能力是一种本能，而斯蒂芬·平克却明确宣称语言能力是一种本能。平克的语言本能论恰好从一个特殊的角度支持了我们对默会知识的分析，即默会知识是一种生理性乃至生物性的机制和原理。默会知识即使不全是本能，也与本能在性质上更为接近，而语言能力则主要是社会性的。因此我们虽然不赞成语言能力的默会知识论，但也不赞成平克的语言本能论。

平克的主要观点有两个：一是语言是天赋的本能，是一种生物学上预成的机制；二是反对语言决定论，认为思维的媒介不是语言。不过在我们看来语言本能论似乎不利于反对语言决定论。

平克提出语言是一种本能，这恐怕不是在通常意义上所指的我们天生就会说话。我们能够发出声音是本能，我们能够学会说话（具有学习语言的生理基础）也可以说是本能，但如果说我们不需要学习就能说话，则是荒谬的。平克把语言本能作了许多不恰当的类比，如比作蜘蛛结网，比作蝙蝠利用超声波捕捉昆虫，比作候鸟迁徙、苍蝇产卵，等等。[①]

平克所谓的语言本能无非是说人类大脑有一片控制语言能力的区域，这片区域使人类掌握语言成为可能，而这片区域受损的时候，语言能力就会丧失。平克通过大量人类学、生物学、心理学、语言学的成果证明，人类先天具备一种语法能力，这种能力不需要学习。在这一点上平克承认他赞成乔姆斯基的观点。乔姆斯基也认为语法能力是天赋的，类似于一个语言器官。显然，这个语言器官或语法能力是一种生理机制，它是学习语言的基础。但仅有这套机制，还不能说就掌握了语言。如果语言是本能和条

---

① 〔加拿大〕史蒂芬·平克：《语言本能——探索人类语言进化的奥秘》，洪兰译，汕头大学出版社2004年版，第24、27页。

件反射,那么儿童出生二三个月就应该出现了。①

平克反对语言决定论,但语言本能论实际上对反对语言决定论是不利的。语言决定论的对立面是思维决定论,即思维决定语言,思维把语言作为自己的工具。思维决定论是假定思维已经以某种非语言的方式存在,而语言不过是思维表现自己的一种方式。而语言决定论主张的是语言决定思维,语言是思维的前提。如果语言是本能,那它就是独立于思维的一种机能。除非语言与思维没有关系,否则,语言本能就是思维的生理基础,这样就仍然逃不出语言决定论。

平克声称语言决定论是一种传统的谬论。因为有两种工具可以使我们更易于把这个问题思考清楚。一个就是突破了语词障碍的一系列实验,使我们能够考察非语言的思维形态。另一个就是关于思维如何工作的理论。关于非语言的思维,平克的例证有三类:一个是还没有学会语言的婴儿,另一个是学不会语言的猴子,第三个就是宣称他们的最佳思维不依赖语词的成人。② 这些例子都是前人使用过并解释过的,它们没有一个能够真正说明存在非语言的思维。这些实验所记录的现象无疑都是存在的,但作为思维和语言关系的证据却是模棱两可的,因为对于它们究竟能够证明什么可以作不同的解释。对于婴儿和猿类的智力,很难说是一种思维,除非我们对思维作一种特别的解释。而对于失语症、聋哑人以及所谓用意象思维的正常人,他们的思维其实都以某种方式与语言保持着联系。或者说,他们思维的媒介都是语言的某种变形。

关于思维是如何工作的,平克认为人脑与电脑的工作机制是一样的(这一点目前还没有一致意见)。电脑有自己的计算媒介,但是语言却不能做人脑内在计算的媒介。原因是:其一,歧义性,如一词多义;其二,逻辑上的不确定性,日常语言的非形式化使计算机无法处理日常语言;其三,共同指称,多个语词指称同一个对象;其四,指示功能由上下文决定;其五,同义语,一个意思可以由许多不同的语句表达。③

平克所列举的这些语言不能作为思维媒介的理由都是不成立的。这些问题不是语言的缺陷,相反,它们恰恰是语言在表达思维时的优势。语词的歧义性是一个伪命题。既然我们能发现歧义,就说明我们知道如何区别两种不同的意义,而区别两种不同的意义仍然要靠两个不同的语词。一词

---

① 〔瑞士〕J. 皮亚杰、B. 英海尔德:《儿童心理学》,吴福元译,第44页。
② 〔加拿大〕史蒂芬·平克:《语言本能——探索人类语言进化的奥秘》,洪兰译,第76页。
③ 〔加拿大〕史蒂芬·平克:《语言本能——探索人类语言进化的奥秘》,洪兰译,第85—88页。

多义现象并不是因为语言无力为每一个对象单独命名,而是因为没有必要。语言的本质正在于用有限的语词表达无限的意义。同理,共同指称、语境决定和同义语都是语言能够避免而无须避免的,甚至是自觉追求的表达方式。例如,我们说起一个叫约翰的警察,后面再提到他的时候就使用"他""这个警察""这个人"等等。实际上我们完全可以一直使用"约翰"指称他,但如果一个人只会用"约翰"指称约翰,而不会使用其他指称方式,我们恐怕就要怀疑他思维有问题了。而用"约翰"作为约翰的唯一名称,就是平克所要求的逻辑确定性。如果电脑不能处理一词多义、共同指称、同义语等问题,那也只能说明电脑无能,而不是我们的语言有问题。实际上电脑也并不是不能处理这些问题,只是处理起来需要更复杂的程序而已。人脑的思维是否可以等同于电脑的运算,这一点目前还没有一致的意见。退一步说,即使把人脑与电脑类比,要讨论的也是电脑如何模仿人脑,而不是人脑如何模仿电脑。平克把问题整个颠倒了,通过论证电脑无法处理日常语言来论证语言无法作为思维的媒介。

　　平克在否定了语言决定论之后,提出了自己的主张,即思维的媒介是所谓"思想语"。思想语在形式上与日常语言相似,它也有自己的符号,但是与日常语言不完全对应,在某些方面它比日常语言丰富,在另一些方面又比日常语言简单。但它与思想是完全对应的,也就是说,我们是直接用思想语思考的。这样,学会一种语言就是把内在的思想语翻译成日常语言,或者把日常语言翻译成思想语。那些没有语言的婴儿或动物,以及那些宣称自己不用语言进行思维的成人,就是以思想语进行思维的。

　　思想语不是任何一种具体的语言,但又能代替任何语言来进行完美的思维。既然这样,世界上为什么还会存在各种不同的日常语言?正如陈嘉映反问的,我们为什么不直接用思想语交流?而电脑恰恰是用通用的计算机语言传递信息的。思想语不过是对各种不同语言的柏拉图式的抽象,它的存在是无法验证的,同时又是没有必要的。它充其量是经过形式化的日常语言,归根结底是日常语言的变形。况且,思想语假说岂不是一种新的语言决定论?平克所指出的思维内容与语言的各种龃龉不合,通过现有的哲学、心理学和语言学都可以得到解释。正如默会知识论是多余的,思想语的提出同样是画蛇添足。

　　平克援引了很多事例批评语言决定论,比如关于因纽特人有几十个雪的名称的传说。其实这个传说并不像平克讽刺的那样荒谬,毕竟不同语言系统中的概念不完全对应是一个事实。而平克自己所使用的一些事例同样缺乏可靠性。比如关于狼孩,通行的观点认为脱离人类社会的狼孩是无法自发地形成语言的,而平克对此表示怀疑,但又提不出确凿可靠的怀疑证据。平克提出的很多反对语言决定论的证据,其实前人都已经做出解释,但平克似乎无视已有的解释。他的很多论证尽管机智而且幽默,但同时又是极其武断的。类似到2050年我们的精神生活与语言完全分离的预言,不像是严肃的科学推论,而更像是科幻小说。

第四节　言意关系的语法考察

以上我们把近代以来关于思维和语言关系的观点大致分为正反两方:一方主张思维与语言的一致性,可以用来支持言尽意论;另一方主张思维与语言是分离的,可以用来支持言不尽意论。

但是,正反双方对于基本事实的认识其实是没有分歧的。对于动物心理学、儿童心理学、比较心理学等实验中所观察到的那些现象,例如儿童和高等动物的行为方式及其反映的心理活动,双方都不否认它们的存在。分歧在于双方对这些事实所作的理解、解释、描述和运用。儿童和动物没有语言,但它们能够解决某些问题。对此,正方认为这正是它们能够不依赖语言而进行思维的证据,而反方则认为这种解决问题的能力还不能称得上是思维。正方认为聋哑人不使用语言但思维正常,而反方则认为聋哑人只是以手势代替了语言,其思维仍然是以语言为前提的。由此可见,正反双方的分歧不是产生于他们所观察到的事实,而是产生于他们描述事实时所使用的语词。并且对语词的不同用法不仅存在于正反两方,也同样存在于意见相同的一方。例如同属正方的波兰尼和平克,对"本能"一词的使用就是不同的。这就是罗素所说的,我们缺乏的不是关于事实的知识,而是关于这些事实的逻辑分析。也就是说,在语言和思维的关系问题上的争论,不是因为我们对现象、事实有不同的认识,而是因为我们对思维、思想、意识这些词的用法是混乱的。

我们在本章一开始就指出,思想、思维、意识、观念这些词是一些家族相似的概念。在一般情况下,这些词都是用来描述人的,或者说它们是用来区别人和非人,乃至正常人和非正常人的。当然,人和非人之间存在着过渡。我们可以非常确定地说,石头和树没有思维,也可以比较确定地说昆虫没有思维,但对于哺乳动物特别是灵长类动物是否能够思维,我们就有些含糊。这是因为,虽然哺乳动物和昆虫同属非人类,但哺乳动物却更像人类而不像昆虫。因此,我们需要一个词来区分哺乳动物和非哺乳动物,但这个词不必区分人和其他哺乳动物。那么这个词是思维吗？显然,没有任何一种动物学的理论会用思维来区分哺乳动物和非哺乳动物。那么,为了区分人与非人的哺乳动物,除了思维,还有什么呢？如果说动物也有思维,那么思维这个词对于区分人和动物就是没有用的。这样我们就不得不继续问,动物的思维和人类的思维有什么不同。最终,我们只好说,人类的思维是语言的思维,而动物的思维则是非语言的思维。既然这样,我们何苦把这两种不同的东西都叫作思维？相对于马车和汽车的相似性,非语言的思维和语言的思维可以说没有任何相似之处。

20世纪八九十年代,有的学者运用系统论、控制论和信息论来解释思维的本质,提出了"思维内反馈"的观点。这种观点把主体视为一种通过信息反馈来调整自身活动的控制系统。[1] 所谓外反馈,是指主体凭借感觉和知觉获取外部对象的信息,通过神经系统和心理结构控制肢体对对象采取行动,并把行动结果作为信息反馈回主体的过程,而内反馈则是在大脑中以某种符号形式对外反馈进行想象、模拟的同构过程。刘文英认为高等动物的思维萌芽,即是内反馈的发生和发展。[2] 据此,人和动物的分界也就在于能否在大脑中形成思维活动的内反馈。而某些主张动物能思维的观点并未在这一点上做出区分。外反馈同样需要神经系统和心理结构的反映和控制,但这只是单层的反映和控制,而内反馈则是对外反馈的更高一层的反映和控制。有的学者把前者称为动物心理,把后者称为人类意识,以此来区分人与动物。"意识是人所独有的在语言参与下的以自觉为根本特征的心理,是在种系进化过程中在人类祖先创造和传播语言的过程中由动物心理转化而成的高层次的心理。"[3] 心理是意识的上一级概念,是动物和人所共有的,而意识则是人类所独有的。

由于言语的出现,在心理范畴内出现了以言语系列所操作的信息为主导的内在对象化关系。正是因为建立了这种内在的对象化关系,才使人整合下的意识不但能控制人的肢体,而且能控制调节其心理;不但能反映肢体状况,而且能觉知、认识自己的心理,这就是所谓心理范围内的对象化关系。不但如此,人的意识还以人自己诸方面为对象形成自我意识,包括观念中的主体"我"。有了"我"便有了

---

[1] 尚乐林:《思维内反馈刍议》,《哲学研究》1984年第11期。
[2] 刘文英:《漫长的历史源头》,中国社会科学出版社1996年版,第48页。
[3] 苏富忠、董操:《心理学的沉思》,济南出版社2001年版,第67页。

"我"之观或"主"之观；人们的以自觉为根本特征的主观世界意识就这样出现了。自觉是心理范畴内对控制的控制和反映的反映关系形成的结果。①

这样，我们也就从根本上区分了所谓动物的非语言思维和人类的语言思维。动物对外在对象及其自身只有单一层次的反映和控制关系，而人对客体和自身则有双重的反映和控制关系，即对反映的反映和控制的控制。对反映的反映和控制的控制，即人类意识。没有语言，人的心理中就无法建立内在的对象化关系或思维的内反馈，对客体的反映和控制关系就只能是单重的。陈嘉映也从哲学角度指出：用语言表达思想，是自我领会着的、有标的有控制的活动。② 这种对心理和意识的解释同样不是发现了新的事实，而是力图对已有的事实做出更好的逻辑陈述。

思维内反馈观点从某种角度已经揭示出思维与语言的关系是一种逻辑或语法关系，即：内反馈或内在对象化关系是由语言建立起来的。思维内反馈蕴含了语言的使用，语言的使用也蕴含了思维内反馈的形成。因此思维是语言使用的结果，或者说，思维就是语言的意义。

鉴于目前许多心理学理论都把思维的外延扩展到动物心理，思维一词的使用已经约定俗成，我们也不必刻意为之正名。但即使如此，动物思维论者也非常清楚这两种思维在本质上的不同，所以他们往往对思维的内涵加以限制，如称之为"直觉思维""直观动作思维"等等。事实上，这种做法无助于澄清问题，因为动物的直觉思维不仅不同于一般的人类思维，也不同于人的直觉思维。

各种对于思维、思想、心理、意识的定义，都是关于这些语词的使用规则。分歧不在于使用者各自发现了不同的事实，而在于他们对相同的语词作了不同的使用。由于思维一词的用法已经在某种程度上涵盖了动物，在后面的讨论中，谈到动物思维的时候我们使用"动物心理"一词，谈到思维、思想、意识的时候则是指语言层面的人类意识。

言不尽意论的致命失误在于把思想和语言的关系理解成经验层面上两种现成事物的关系。它把概念或思想与语言看成两个各自独立的实体，语言的作用就是去对应那个先于语言并独立于语言而存在的概念或思想。这实际上就是语言哲学中意义的指称论或观念论，"都立足于语词对语词之

---

① 苏富忠、董操：《心理学的沉思》，第69页。
② 陈嘉映：《言意新辨》，《云南大学学报》2013年第6期。

外某种东西的符合"①。"无论在指称论里还是在观念论中，意义的符合论差不多就是经过语言哲学改装的认识的反映论。而指称论、观念论、反映论的根本缺陷在于这些理论把现实设想为现成事物的集合，而没有看到语言是对现实的一种建构。"② 我们前面已经提到，索绪尔认为语言就是"组织在声音物质中的思想"。"思想离开了词的表达，只是一团没有定形的、模糊不清的浑然之物。"③ 语言不是为已经存在的思想贴上标签，而是通过语词的分离—组合机制把本来浑然一体的现实分成不同的概念和范畴，从而创造自己的施指和所指。对于非语言的思想，维特根斯坦曾这样反问："在表达式之前就已存在的思想是由什么组成的？""思想并不是什么无形的过程，给予言谈以生命和意义，而我们可以把它从言谈上剥下来……"④而言不尽意论所做的，就是把思想从语言上剥离下来，然后再寻求二者的对应，但他们始终面临一个无法逾越的障碍：思想在诉诸语言之前究竟是怎样存在的。言不尽意论经常以脱离语言的内心独白或聋哑人的非语言思维来论证这一点。关于聋哑人的思维问题，我们前面已经澄清，其思维同样建立在言语思维的基础上。关于内心独白，言不尽意论往往假定人类在使用语言之前曾经有过一个漫长的内心独白的阶段，内心独白是有声语言的前提，有声语言是对内心独白的翻译。这必然走向内部语言论和私有语言论。我们在前面已经对内部语言和思想语进行了批判，后文还会对其进行进一步的分析，对私有语言的批判放在最后一节。

海德格尔经常被引为道家和禅宗的同道，在很多中国学者的眼里，海德格尔简直就是个言不尽意论者。然而海德格尔对语言的态度似乎并不支持这一点："语言并非只是把或明或暗如此这般的意思转运到词语和句子中去，不如说，唯语言才使存在者作为存在者进入敞开领域之中。在没有语言的地方，比如，在石头、植物和动物的存在中，便没有存在者的任何敞开性，因而也没有不存在者和虚空的任何敞开性。"⑤ "存在在思中形成语言。语言是存在的家。人以语言之家为家。思的人们与创作的人们是这个家的看家人。只要这些看家人通过他们的说使存在之可发乎外的情况形

---

① 陈嘉映：《语言哲学》，第 52 页。
② 陈嘉映：《语言哲学》，第 52、53 页。
③ 〔瑞士〕索绪尔：《普通语言学教程》，商务印书馆 1980 年版，第 157 页。
④ 〔奥〕维特根斯坦：《哲学研究》第 335 节、339 节，陈嘉映译，上海人民出版社 2005 年版，第 128、127 页。
⑤ 〔德〕海德格尔：《艺术作品的本源》，《海德格尔选集》，生活·读书·新知三联书店 1996 年版，第 294 页。

诸语言并保持在语言之中,他们的看家本事就是完成存在之可发乎外的情况。"① 也就是说,唯语言才使得存在者"存在",没有语言就无所谓"存在者"和"不存在者",也无所谓"存在"和"不存在"。说一个东西存在,总得说它是什么。而不借助语言,任何东西都无所谓是什么。虽然汉语的"是"与"存在"不像西方语言中那样用一个系动词来表示,但在这里它们的同一性非常容易理解:存在的东西必定是某种东西,一个什么都不是的东西是不存在的。伽达默尔不像海德格尔那样半吞半吐,他直截了当地说:"语言是先于一切经验而存在的。""世界本身是在语言中得到表现。"②

陈嘉映说:"对于人来说,现实在语词平面上成象,在语词平面上是其所是","每种生物都在一个特定的水平上成象,亦即在这个特定的成象水平上活动。音乐、绘画、建筑,这些都是我们的成象方式,但最为典型的是语言,因此不妨说,人在语词的水平上成象,在这个水平上和世界打交道"。③ 我们认为这是目前对现实、思想和语言的关系问题的最精彩的表述。意、意识、思想、思维乃至存在是由语言编织而成的,并非在语言之外有一个以非语言形式存在的意等待我们去翻译成语言。但这不是说语言能够创造现实,语言是我们对现实的理解和领会。我们和动物面对一个共同的世界,但动物却没有我们的理解和领会。语言是现实的意义,现实只能在语言的水平上得到理解。不过同时我们也认为,把音乐、绘画等艺术形式作为与语言并列的成象方式会形成某种误导。这些非语言的成象方式不能脱离语言而成为独立的成象方式,它们最终仍需在语言水平上成象。语言诚然不能代替音乐和绘画,但要说音乐和绘画也是理解现实的方式,那么它们本身也需要在语言层面上得到理解,否则它们仍然什么也不是。或者说,不上升到语言,我们对音乐、绘画的理解就无法与动物的理解相区别——如果动物也有理解的话。与其说音乐、绘画、建筑是对现实的理解,不如说它们是人类在语言游戏中创造的一种新的现实。因为显然,没有语言的动物不能创造真正意义上的音乐、绘画和建筑。

把思想看作语言的建构,是现实在语言层面上的成象,思想和语言的关系就成了一种逻辑上和语法上的关系。因此我们就不必面对二者如何能够对应的问题,也就没有不可说和言不尽意的问题。语法关系表达在我们

---

① 〔德〕海德格尔:《关于人道主义的书信》,《海德格尔选集》,第358—359页。
② 〔德〕伽达默尔:《真理与方法》,洪汉鼎译,上海译文出版社1999年版,第449、575页。
③ 陈嘉映:《无法还原的象》,《泠风集》,东方出版社2001年版,第163、168页。

对语言的使用之中，通常我们不需要指出这种关系。所以在日常生活中，我们遇不到言不尽意的问题，正如我们遇不到棍子有没有长度的问题。也正如在日常的语言交流中，我们不需要随时指出其逻辑规则。只有在犯逻辑错误的情况下，我们才注意到逻辑规则。之所以出现言不尽意论，是因为它们对语言和思想作了形而上学的理解。"言不尽意"是对"言""意"等语词的误用。在日常语言中，我们根据具体的情境使用"言""意""心里想""心里说"这样的表达式，它们从来不会引起误解，也不会带来"言不尽意"这样的哲学问题。

因此我们需要像维特根斯坦所说的那样把语词的使用带回到日常语言的用法。"言尽意"和"言不尽意"都是语法命题，它们表达的是"言"和"意"这两词的使用规则。"言尽意"的意思是说，思想就是语言的意义，只有通过语言表达的东西才是思想。在日常生活中，我们根本不使用它们。我们通常不会说"我说的就是我想说的"，除非有人指责你说的不是心里话。但言不尽意论者却经常说：我说的不是我想说的，我想说的是不可说的。首先这是一个语法命题，但它是一条无法使用的语法规则。其次言不尽意论对这条规则作了经验的使用，从而导致无穷的误导。下面我们从三个方面剖析"言不尽意"的语法本质。

第一，言不尽意论所谓语言所不能表达的思维，本质上是动物心理。我们已经指出，动物心理与人类意识、思想有着本质的区别。言不尽意论把动物心理设想为与人类意识同质的需要表达的内在的东西，但这些东西却没有对应的语言形式。然而这种设想却是拥有语言的人在意识层面做出的，没有语言的动物和婴儿根本无法作此设想。动物心理是一套机制，这套机制本身不需要表达。在这套机制内部也不存在对自身的认识，因此也谈不上表达。动物的心理过程是单重的外反馈，作为主体的动物和婴儿并不知道各种心理要素的存在。只有在意识层面，作为主体的人才认识到心理要素的存在。在动物心理中，不存在需要被表达的东西，也就是没有东西可说，而不是有某种东西不可说。

动物心理恰好能够应对动物和婴儿的生活，它们运用自己的心理机制对外界对象做出反应，支配自己的肢体控制对象，根据活动结果重建自己的心理结构（同化）。但它们完全不知道这些格局的存在，这一点皮亚杰已经说得很清楚。前面提到的默会知识，大多也是这些内容。它们的确是非语言的，然而它们既不是思想，也不是知识。

皮亚杰已经指出感知—运动时期的儿童是无意识的、主客不分的。老子说"常德不离，复归于婴儿"（第二十八章），"含德之厚者，比于赤子"（第五十五章），庄子主张"齐物""心斋""坐忘"，取消物我差别，回到主客不分的状态。这种状态就是"离形去知，同于大通"的道境。老庄声称大道无言，道境不可言传，然而，从人类的智慧和心灵中减去意识和语言，剩下的就只是动物心理。言不尽意论通常只追寻到主客不分的水平，事实上庄子所说道境有时候更为原始。

在指出言不尽意的这一层语法本质之后，神秘的道境和不可言传的意已经没有任何魅力可言。它们只是一些低级的心理内容，而不是深微幽渺的人类智慧。当然，老庄及其追随者努力寻找的是一种隐藏在语言之外的神秘本体，他们绝不甘心承认道只是一种动物心理。

动物和婴儿没有言不尽意的困扰，只有会说话的人才能编织出言不尽意的论题。言不尽意是语言使用过程中的特有现象，或者说它就是语言游戏的产物。

第二，言不尽意论所谓的言与意的不对应，本质上是两种不同思想的不对应或两种不同语言的不对应，而不是语言与思想的不对应。

我们实际上无法谈论纯粹的无形的思想，任何思想都必须借助某种媒介才能得以表达。当言不尽意论坚持存在非语言的思想时，他们所谓的思想只能以语言之外的其他媒介表达，如皮亚杰所说的意象、象征性游戏、手势，平克所说的思想语、维果茨基所说的内部语言，等等。但是这样一来，无非是用意象、手势、思想语、内部语言等媒介代替了语言的位置。按言不尽意的逻辑，这些非语言的媒介仍然不是思想本身，它们与思想之间仍然隔着一道鸿沟。如果是这样的话，不仅语言无法尽意，而且任何媒介都无法尽意。于是思想就被流放到永远无法抵达的乌何有之乡。然而这并非言不尽意论的本意。言不尽意论蔑弃语言的本意是设想有一种比语言更完美的媒介，这种媒介能够直达思想而不产生丝毫误差。然而迄今为止，言不尽意论还没有举出这种思想媒介的实例。倒是并不主张言不尽意的人工语言学派曾经致力于发明一种精确的人工语言代替模糊的自然语言，但结果以失败告终。

言不尽意论的致命失误在于，看不到或不理解思想与思想的表达是一种语法关系。无论是使用语言媒介，还是非语言媒介，思想和思想的表达之间都不存在间隙。间隙或者存在于不同的表达之间，或者存在于不同的思想之间，却不存在于思想与思想的表达之间。言不尽意论以聋哑人为例论证思想与语言不对应是无效的。聋哑人的思想与其手势语言同样是一种语法关系，二者之间没有间隙。你只能在聋哑人的思想与正常人的思想之间做出比较，或者在聋哑人的手势与正常人的语言之间做出比较，却不能在声哑人的思想与正常人的语言之间做出比较，更不能因此得出语言与思想不对应的结论。更何况，与音节语言相比，手势语言还远远不是理想的思想媒介。

所有的言不尽意论，无一不是把某种方式（如手势）表达的思想与另一种思想的表达方式（如语言）相比较，从而得出二者不能完全对应的结论。然而这种不对应，只是思想与思想的不对应，或媒介与媒介的不对应。

这种不对应，最典型的体现在两种不同语言的翻译之中。魏晋南北朝时期，佛教的传播带来了佛经的翻译问题。在佛经的翻译过程中，人们发现梵文所表达的思想往往不能用汉语准确地表达出来。这大概是言"不尽意"论者愿意听到的。然而，翻译的不确定性说明的恰恰是思想与语言是一致的，不同的思想由不同的语言建构而成，而不同的语言则建构不同的思想。言不尽意论往往设想人们拥有同一种思想，但表达这种思想的时候采用了不同的语言。这种设想是荒谬的。这种情况仅限于"奥古斯丁图画"。"如果语言仅仅是表示普遍概念的名称的集合，那么把一种语言翻译成另一种语言就很容易了。"① 正因为不同的语言对现实的切分和建构是不同的，所以一种语言所形成的概念和范畴用另一种语言表达的时候，就会出现不确定和不对应的问题。

> 语言不是各类事物的命名集。一种语言的概念或所指可能与另外一种语言的概念或所指有根本的不同。
>
> 语言在它自己选择的施指与所指之间建立起任意的关系。各种语言不但各有一套不同的施指，以不同的方式发音和划分声音连续体，而且还有不同的所指。每种语言都以特有的、"任意的"方式把世界分成不同的概念和范畴。②

佛教最初被介绍到中国时采用了"格义"的方法，就是这个道理。汤用彤说："大凡世界各民族之思想，各自辟途径。名辞多独有含义，往往为他族人民所不易了解。而此族文化输入彼邦，最初均抵牾不相入。及交通稍久，了解渐深，于是恍然于二族思想固有相同处，因乃以本国之义理，拟配外来思想。此晋初所以有格义方法之兴起也。"③ 其实不仅"格

---

① 〔美〕卡勒：《索绪尔》，张景智译，中国社会科学出版社1989年版，第22页。
② 〔美〕卡勒：《索绪尔》，张景智译，第22、25页。
③ 汤用彤：《汉魏晋南北朝佛教史》，《中国现代学术经典·汤用彤卷》，河北教育出版社1996年版，第174页。

义","六家七宗"也是以玄学思想来阐释佛学的。支谦认识到佛经在翻译过程中会失去原来的意义,所以采取了"径达"即直译的方法,"因顺本旨,不加文饰,译所不解,即阙不传"①。但从佛教史的现实来看,要做到"径达"并不容易。道安《摩诃钵罗若波罗蜜经钞序》就批评支谦说:"又罗、支越(即支谦),斫凿之巧者也。巧则巧矣,惧窍成而混沌终矣。"②但即使如此,道安对般若空宗"诸法本无自性"的理解,其实仍然是玄学的"以无为本"。因为对梵文 Šūnya(音舜若)的翻译正如我们现在对 being 的翻译,在中文里没有正好对应的词。把它理解成玄学的"无",就不是原来的意思了。而翻译成"空",也不是汉语"空"的本义。要使"空"能够对应于"舜若",就必须改变"空"的本来意义。经过僧肇对"不真空"的解释,汉语"空"所表示的概念产生了变化。所以,"每种语言都以不同的方式表达或组织世界。各种语言不是简单地给已经存在着的范畴命名,它们都创造自己的范畴"。"而且,如果语言是一套名称用来表示独立存在的概念,那么在语言的历史演化中,概念应该是稳定不变的。施指是可以演变的,与某种概念相联系的具体声音序列可以变化,某个声音序列也可以用来表示一个不同的概念。当然有的时候还要创造新的符号来表示新概念。如果概念是独立于语言的实体,那么概念本身就不会随着语言的演化而变化。"③ 僧祐《梵汉译经音义同异记》说:"夫神理无声,因言辞以写意;言辞无迹,缘文字以图音。故字为言蹄,言为理筌,音义合符,不可偏失。"僧祐沿着庄子和玄学的思路,把"神理"理解成预先存在的概念,只待赋予它言辞和文字。至于不同的语言之间,也只是声音不同,表达的概念则是相同的:"言语文字,皆是佛说。然则言本是一,而梵汉分音。义本不二,则质文殊体。"④ 如果这样的话,不同语言之间的翻译就只剩下不同发音或不同文字形式的转换了。

要理解一种语言所表达的思想,最好是学会这种语言,翻译最终会产生不确定性。与其说翻译是通过一种语言理解另一种语言的思想,不如说是两种思想之间的交流和融合。这种交流是否可能?海德格尔曾说:"如

---

① (三国吴)支谦:《法句经序》,载严可均辑《全三国文》卷75,商务印书馆1999年版,第759页。
② (东晋)道安:《摩诃钵罗若波罗蜜经钞序》,载严可均辑《全晋文》卷158,商务印书馆1999年版,第1737页。
③ 〔美〕卡勒:《索绪尔》,张景智译,第23页。
④ (南朝梁)僧祐:《梵汉译经音义同异记》,载严可均辑《全梁文》卷71,商务印书馆1999年版,第786、788页。

若人是通过他的语言才栖居在存在之要求中,那么,我们欧洲人也许就栖居在与东亚人完全不同的一个家中。""那么,一种从家到家的对话就几乎还是不可能的。"① 不过这种对话在历史上其实一直就在进行着,因为据维特根斯坦所说,"共同的人类行为方式是我们借以对自己解释一种未知语言的参照系"②。在翻译过程中,母语会改变外语的意义,同时外语也在改变着母语的意义。并非我们的本土思想中已有关于"存在"的思想却没有一个词来表达,而是在翻译 being 的过程中,"存在"这个词创造了我们原来所没有的思想。倘若汉语中有一个词与 being 完全对应,那么二者就成了只是发音不同而意义相同的两种方言。翻译的过程是一个思想重新成形的过程。

禅宗主张"不立文字""以心传心",否认感觉、体验可以通过语言传达出来。"佛祖拈花,迦叶微笑"被传为超越语言的美谈。如果这种仪式真的能够会意,那么只有一种可能,就是佛祖和迦叶约定了拈花和微笑的意义。否则,它们就起不到任何交流和传达的作用。如果佛祖拈花的意思是让迦叶还钱,而迦叶微笑却是认为不用还钱了,这又如何是好?而一旦约定了拈花和微笑的意义,它们就成了与聋哑人的手势一样的语言的替代物。聋哑人使用手势是不得已,禅宗又不是聋哑人,何必拈花微笑,多此一举?无论是使用眼神、表情、手势还是其他什么,我们还是要在语言的层次上追问:这些东西是什么意思?拈花微笑并不比语言更加源始,相反,它是语言游戏中的附带品,相当于把语言翻译成动作和表情。然而这种翻译永远不会成功,因为人类创造语言本来就是由于动作和表情不足以形成思想。如果再从语言回到动作和表情,语言的直接交流就变成了猜谜游戏。猜谜游戏自有其价值,但其价值绝不在于传达思想,从而也谈不上言不尽意。

无论禅宗和聋哑人如何不使用语言,都不意味着言不尽意。不同思想之间可以交流,不同媒介或语言之间是可以翻译的。我们能够理解不同的思想,也能够重构自己的思想。

第三,言不尽意的另一层本质是,语言不能代替感觉。但这样理解言不尽意显然是无趣的,因为没有人认为语言能够代替感觉。"语言不能代替感觉"既不是先验的形而上学的真理,也不是可以验证的经验命题,它只是关于"语言"和"感觉"这两个词的使用规则。前文提到,默会知识

---

① 〔德〕海德格尔:《从一次关于语言的对话而来》,《海德格尔选集》,第 1009 页。
② 〔奥〕维特根斯坦:《哲学研究》第 206 节,陈嘉映译,第 95 页。

论说感觉性质不可描述，本质上就是说对感觉的描述不能代替真正的感觉。事实上，没有人期待描述能够代替感觉，但我们从不曾放弃对感觉的描述，也从未因描述不能代替感觉而苦恼。说语言不能代替感觉，既不是对的也不是错的，而是无意义的。这样理解言不尽意是一种形而上学的胡说。

默会知识论援引维特根斯坦作为同道，但我们以为默会知识论对维特根斯坦的理解是错误的。对于"知道却说不出"，维特根斯坦举了这样的例子："单簧管的声音是什么样的。"① 另外还有：

  试描述咖啡的香气！——为什么不行？我们没有语词？我们没有干什么用的语词？——但认为一定能够做出这样一种描述的想法从何而来？你可曾缺少过这样一种描述？你可曾尝试描述这香气却做不到？

  （我会说"这些音符述说着某种壮丽的东西，但我不知道是些什么。"这些音符是一种强烈的姿态，但我无法把任何东西放在它们旁边来解释它们。意味深长的点头。詹姆士："我们的语词不够"。那我们为什么不引进语词呢？必须有哪些情况从而我们能引进语词？）②

默会知识论认为维特根斯坦在这里是在承认存在着语言无法表达的知识。但我们认为维特根斯坦并没有这样的意思。维特根斯坦的反问有这样几层意思：

首先，我们并不缺少描述类似咖啡的香气的语词，如果语词不够，那么我们可以引进新词。言不尽意论没有搞清楚，我们究竟缺少什么语词以及怎样算是缺少语词。

其次，认为一定能够对咖啡的香气做出描述的想法是一种对语言的误解，混淆了两种不同的描述的语法。描述咖啡的香气与描述勃朗峰的高度是两种不同的描述，而言不尽意论却要求对二者做出同样的描述。这一点维特根斯坦在《哲学语法》中表达得更清楚：

  请比较：
  1."知道什么是一个植物。"

---

① 〔奥〕维特根斯坦：《哲学研究》第 78 节，陈嘉映译，第 43 页。
② 〔奥〕维特根斯坦：《哲学研究》第 610 节，陈嘉映译，第 189 页。

2."知道人们是如何使用'植物'这个词的。"
3."知道斯蒂芬教堂尖塔有多高。"
4."知道单簧管听起来如何。"

当我们对一个人可能知道某种东西却不能将其说出这样的事情感到吃惊时,难道我们不是受到了与像第 3 种情况那样一种情况的表面上的相似性的引导吗?①

事实上,在物理学、声学层面上,我们完全可以做到像描述教堂尖塔的高度那样去描述单簧管的声音。但在日常生活中我们根本不需要这种描述,如果需要,我们完全可以用频率、振幅等数据把单簧管的声音描述出来。反过来说,向一个对高度没有概念的人描述尖塔的高度并不比描述单簧管的声音更容易。在日常生活中,我们之所以用高度去描述山峰和尖塔,而不用频率和振幅去描述乐器,是因为我们的生活形式就是这样的,我们就是这样生活的。我们可以想象:蝙蝠的世界是一个声音的世界而不是像人类一样的空间世界。对蝙蝠而言,用频率描述单簧管的声音一定比用高度描述尖塔更容易理解。

再次,在日常生活中,我们根本遇不到描述咖啡的香气或单簧管的声音却做不到的问题。维特根斯坦说:"描述一种气氛是语言的一种特殊应用,为的是某些特殊的目的。"② 描述都有具体的目的,然而任何描述的目的都不是取代被描述的东西。描述咖啡的人并不期待听者能够闻到咖啡的香气,听者也并不期待通过别人的描述而闻到咖啡的香气。

我们可以划一条界线——为一个特殊的目的。但划了界线才使这个概念有用吗?根本不是!除非是对于那个特殊的目的。就像用不着给出"一步=75 厘米"这个定义才使"一步"这个长度单位变得有用。你要愿意说:"但在这之前它不是一个精确的长度单位",我就会回答说:好吧,它是一个不精确的长度单位。——但你还欠我关于"精确"的定义。③

"一个模糊的概念到底还是一个概念吗?"——一张不清楚的照片还是一个人的一幅图像吗?——人们总是可以有益地经由一幅清楚的

---

① 〔奥〕维特根斯坦:《哲学语法》,韩林合译,商务印书馆 2012 年版,第 209 页。
② 〔奥〕维特根斯坦:《哲学研究》第 609 节,陈嘉映译,第 189 页。
③ 〔奥〕维特根斯坦:《哲学研究》第 69 节,陈嘉映译,第 38 页。

图像来取代一幅不清楚的图像吗？难道那幅不清楚的图像不是常常恰恰就是人们所需要的东西吗？①

当我们要求一个人向前迈一步的时候，他不会要求一个关于"一步"的精确标准。同样，在日常生活中，我们也不需要一张绝对清楚的照片或一个绝对精确的概念。有弹性的甚至是模糊的概念恰恰是复杂的人类生活所需要的。默会知识论和言不尽意论不能向我们提供一个精确描述的标准：怎样算是描述了咖啡的香气。这里根本就没有绝对的形而上学的标准，只能根据具体的语境和交流的目的来决定。

描述单簧管的声音、咖啡的香气与描述勃朗峰的高度有不同的要求和不同的标准。"知道单簧管的声音"与"知道勃朗峰的高度"具有不同的深层语法。当我们说"我知道单簧管的声音却说不出"的时候，意思是"我能感受到单簧管的声音但无法通过语言描述让你也感受到单簧管的声音"。"我说不出"对音乐的感觉、"我无法描述"对音乐的感觉等说法在日常语言中的意思是："我的描述代替不了音乐，你得亲自去听一下才知道。"它的意思不是说，有一种比语言更好的描述能够代替音乐而语言却做不到这一点。"单簧管的声音""咖啡的香味"这些表达式已经对单簧管的声音和咖啡的香味做出了描述。倘若说对声音和香味的语言描述不能产生对声音和香味的感觉，那么任何其他描述同样不能产生对描述对象的感觉。描述本来就不是让人对被描述对象产生一种同样感觉的。最擅长描述的无疑是文学，但是在阅读文学作品时，我们并不为闻不到咖啡的香味而苦恼。

庄子关于"轮扁斫轮"的寓言也隐含着这样的误解。

> 轮扁曰："臣也以臣之事观之。斫轮，徐则甘而不固，疾则苦而不入。不徐不疾，得之于手而应于心，口不能言，有数存焉于其间。臣不能以喻臣之子，臣之子亦不能受之于臣，是以行年七十而老斫轮。古之人与其不可传也死矣，然则君之所读者，古人之糟魄已夫！"（《庄子·天道》）

这个寓言隐含着三个意思。第一，语言不能描述斫轮的感觉，但轮扁自己却知道这种感觉。所以，第二，存在一种私有语言，使轮扁能够向自

---

① 〔奥〕维特根斯坦：《哲学语法》，韩林合译，第210页。

已描述这种感觉。第三，语言不能使别人学会斫轮。而这三个意思都误解了语言的本质。关于私有语言，我们在本章最后一节讨论。现在先看另外两个意思。

轮扁说自己拥有那种"不徐不疾，得之于手而应于心"的感觉，但无法用语言向别人描述。然而，我们以为轮扁在此已经充分描述了他的感觉。当然，言不尽意论会争辩说，我们无法拥有轮扁的感觉。然而这在哲学上是没有意义的"胡说"。如果我们能拥有轮扁的感觉，"感觉"一词的用法就不是通常所谓的感觉了。语言不仅不能使我们拥有轮扁的感觉，也不能使我们拥有我们自己的感觉。语言只能使你拥有对语言的感觉，斫轮才能使你拥有斫轮的感觉。没有人主张语言能够代替我们对现实的感觉。我们不会蠢到买一张票让别人去听音乐会，然后听他讲述对音乐的感觉。陈嘉映关于现实在语词层面上成象的说法非常富有洞见，但他又说："音乐语言能表达的，绘画能描述的，一旦用字词语言说出来，最多只得些皮毛。"① 在这里，陈嘉映似乎与默会知识论走到一起去了。默会知识论认为我们对艺术的经验和理解同样是不可言传或不可转译的。然而，事实上我们一直在用语言而且只能用语言来讨论艺术表达或描述了什么。如果说这些讨论是皮毛，那么音乐和绘画的精髓就在于它们自身，而不在于它们表达或描述了什么。但这里所说的无非是语言不能替代音乐和绘画。维特根斯坦说：

> 我也许会说——"这幅画对我说的是它自身。"即，这幅画基于它自身的结构、基于它的线条和色彩而对我有所说。（人们说"这个音乐主题对我说的是它自身"，这等于说什么呢？）②

在这个意义上，我们也可以说音乐和绘画没有表达或描述什么，只有在语言的层次上，我们才能说音乐、绘画表达、描述了什么。我们欣赏一幅画或一曲音乐，就像欣赏一处风景。风景又表达了什么呢？这要看我们怎样理解"表达"和"描述"这些词。在非语言的层次上，音乐和绘画什么也没有表达。如果从我们对音乐和绘画的理解中抽掉语言，剩下的东西就和动物的感觉没有什么不同了。

禅宗说的"如人饮水，冷暖自知"，也经常被用来支持言不尽意论。

---

① 陈嘉映：《言意新辨》，《云南大学学报》2013 年第 6 期。
② 〔奥〕维特根斯坦：《哲学研究》第 523 节，陈嘉映译，第 169 页。

你感觉到了水的冷暖，我感觉不到你的那种感觉。但这不等于说，当你说"冷暖"的时候我不能理解你的意思。"冷暖"并不因为我们不能拥有彼此的感觉而有不同的意义，我们也并不因此而无法交流彼此的感觉。喜欢受虐的人痛并且快乐着。我们感觉不到他的快乐，但丝毫不妨碍我们理解他是快乐的。一个人可以不疼而装疼，但正因为我们对疼的理解是一致的才谈得上装疼。如果我们对疼的理解不同甚至相反，假装疼痛就没有意义了。敌人对我们的同志严刑拷打，关云长刮骨疗毒被传为美谈，我们修理汽车的时候不给汽车打麻药，这是因为我们对疼痛的理解是一致的。要感到疼，就必须有一个刺激，比如用针扎一下。语言不是针，当然不能产生和针刺一样的效果。因为语言不能产生针刺的感觉就说言不尽意，或因为语言不能产生斫轮的感觉就说"口不能言"，是形而上学的胡说。

言不尽意论还隐含着一个意思，即语言不能代替现实。斫轮是一个现实的事件，语言则是对这个事件的理解。"得之于手"是现实，"应于心"是对现实的理解，这是两件不同的事情。"应于心"可以形诸语言而且只能形诸语言，"得之于手"则只能靠自己去做，至于能否做到，则跟语言无关。一个人完全可能理解怎样斫轮却因为手脚太笨而不会斫轮，这怪不到语言头上。正如有的人学了那么多游泳的知识，最后还是未必能学会游泳。如果人学不会游泳是因为言不尽意，那么鱼不需要语言就会游泳，又是因为什么呢，是因为鱼有一种比语言更好的交流方式吗？默会知识论经常以游泳、骑自行车、弹钢琴这样的实例来论证存在不可言述的知识，这些实例显然与轮扁斫轮如出一辙。而默会知识论为了凸显默会知识的非言述性质，不得不把跟语言无关的动物行为与语言参与下的人类技能混为一谈，比如波兰尼就把老鼠走迷宫当作一种默会知识。动物行为是纯粹的现实，而人类技能则既是现实，又带有对现实的理解。对此二者的混淆使我们看清了默会知识论和言不尽意论的本质：把语言不能代替现实解释为语言的无能或局限。这是一种不明显的胡说。我们用维特根斯坦的方法，就可以把这种不明显的胡说转换为如下说法：当我们说到"金山"的时候，眼前就要出现一座真正的金山，否则就是言不尽意。这是一种明显的胡说。

第五节　文学中的言意之辩

一　意不称物的符合论困境

魏晋南北朝时期，庄子、王弼等人的"言不尽意"论大行其道。陆机和刘勰都深受这种观点的影响,认为文学创作是一个从物到意再到言的过程。而在这个过程中,意往往不能正确地反映物,言也不能完美地表达意,也就是"意不称物,文不逮意"①。这一观点与今天的通行理解遥相呼应:社会生活(物、世界、现实)是文学创作的基础和源泉,我们对生活的认识和感受产生思想感情,作家用语言把思想感情表达出来形成文学作品。而从构思到表达过程中出现的各种困难,则被解释成语言的局限。

把世界、思想当作在语言之前就已经存在的现成之物,于是就产生了思想如何符合世界、语言如何符合思想的问题。如果世界独立于人的意识有待意识去符合它,我们如何知道意识之外的世界是什么样子?如果某种意识是语言所不能表达的,它又是以什么方式存在的?文学创作是否就是通过意识把握世界本来的样子,再通过语言表现出来?文学创作所欲传达的,是否就是那些不可言传的东西?既然不可言传,文学创作的意义何在?这些问题都不是一句"言不尽意"就能轻易打发掉的。我们尊重古人对这些问题所做的思考,但不能满足于古人给出的答案。对于这些问题本身,同样不能以"言不尽意"作为逃避争论的借口。

在魏晋南北朝文论中,物主要指自然,如在《文心雕龙·物色》篇中,但有时候也涵盖了社会事物,如在《诗品序》中。物相当于今天的世界、现实、事物等概念,它们相似又不完全等同,是"家族相似"的。意则相当于思想、情感、意识、观念等概念,这些概念也是"家族相似"的。我们在论述中会根据语境而选择这些不同的语词。陆机对物、意关系的认识,代表了经典的反映论和符合论观点:物是客观存在的事物,意是人对物的主观反映。郭绍虞认为陆机所谓"意不称物",就是构思之意不能正确地反映事物,即苏轼所谓"观物之妙不能了然于心"②。反映论和符合论简单明了,深入人心。"意称物"就是意正确地反映从而符合物,"意不称物"就是意不能正确地反映从而不符合物。

但这种看似清楚的符合论一经认真推敲就陷入困境。比如在符合论看来,正确反映就是主观认识符合客观现实。但在判断二者是否符合之前,我们首先要知道客观现实是怎样的,否则我们就无法比较二者是否符合。而客观现实在被我们反映之前,我们并不知道它是什么样子的。我们要想知道客观现实是什么样子的,就必须首先对它进行了正确的反映。因此我

---

① (西晋)陆机:《文赋》,载严可均辑《全晋文》卷97,商务印书馆1999年版,第1024页。
② 郭绍虞:《中国历代文论选》第1册,上海古籍出版社1979年版,第175页。

们的反映是否正确就依赖于已经对客观现实进行了正确的反映。最终我们找不到判断主观反映是否正确的依据,只好假定有一种正确的反映,再拿我们的反映跟这种正确的反映去对比。这样,所谓正确反映就成了两种反映的符合,而不是主观与客观的符合。

混乱往往源于我们对语言的使用脱离了具体情境,把日常语言中的某些结合着具体情境的说法上升为普遍的形而上的说法。"意称物"或者说思想、认识符合事实这样的说法,在日常生活中经常用到而且通常也能够被人理解。但"符合事实"并不是在任何情况下都可以使用。海德格尔在批评符合论的时候设计了这样的例子:一个人背对着墙说"墙上的画挂歪了",然后再通过转身知觉到墙上的画来验证自己的判断。[1] 海德格尔设计的这个例子很不自然,我们通常并不背对着墙说"墙上的画挂歪了"。但海德格尔的例子提示我们,通常我们说某种判断是否"符合事实",是在不知道事实如何的情况下做出的。而当我们直接面对事实的时候,并不使用"符合事实"的说法。比如你坐在屋里说"外面下雪了",是否符合事实呢?那就要到外面去验证一下,如果外面的确下雪了,那么你的说法就是"符合事实"。这里设置的情境是,你说"外面下雪了"的时候并不知道外面是否下雪了。如果你就在外面而且外面正在下雪,这时候说"外面下雪了",那么你说的就"是"事实,而不是"符合事实"。有关下雪的事实,已经到达了关于语言使用的最基本的约定。也就是说,面对着下雪说"下雪了",这是一个语法命题,是我们关于如何使用"下雪"这个词的语法规则。此时我们无法再对你说的是否符合事实作进一步的验证。如果面对着下雪,你说"下雨"了,我们不是指责你的说法不符合事实,而是指出你不会使用"下雪"和"下雨"这两个词。

因此,如果我们看到外面正在下雪,这时候说"外面下雪了",就没有符合不符合的问题。在这种情境中,我们不会讨论"下雪"是否符合事实。那么当陆机说"意不称物"的时候,是说当物不在我们面前的时候,我们对它下了一个判断,然后再去直接面对它,从而验证我们的判断是否与物符合吗?显然不是。文学创作不是像海德格尔所说的那样背对着事物下一个判断,然后再转过身来拿这个判断去与事物相对照,看二者是否符合。但文学创作也不是直接面对着事物下一个判断,看到下雪就说"下雪了"不是文学。世界和现实无限丰富,文学不可能也没有必要描写并符合

---

[1] 〔德〕海德格尔:《存在与时间》,陈嘉映、王庆节译,生活·读书·新知三联书店1999年版,第250页。

全部事实。如果文学就是符合事实,那么文学的存在就是多余的了。但是文学也不反对事实,文学选择事实,利用事实,对司空见惯的基本事实进行重组,构筑起一个可能的世界,从而揭示出常人看不到的意义。

  谢太傅寒雪日内集,与儿女讲论文义。俄而雪骤,公欣然曰:"白雪纷纷何所似?"兄子胡儿曰:"撒盐空中差可拟。"兄女曰:"未若柳絮因风起。"(《世说新语·言语》)

  如果不对陆机的"意不称物"作形而上学的理解,而是作日常使用的理解,那么我们可以说,"柳絮因风"比"撒盐空中"更"称物"。但从符合论的角度看,"柳絮因风"怎么就比"撒盐空中"更正确地反映了白雪纷纷?要说符合,"撒盐空中"自然不能反映白雪纷纷,但"柳絮因风"反映的也只是柳絮因风而不是白雪纷纷,"白雪纷纷"反映的才是白雪纷纷。但我们为什么觉得"柳絮因风"比"撒盐空中"更富有诗意?按照海德格尔的说法,"柳絮因风"对白雪有所揭示,白雪的存在因"柳絮因风"而敞开。而"撒盐空中"却无所揭示,它甚至是一件不可思议的事情,我们为什么要在空中撒盐呢?其实,"纷纷"已经对"白雪"有所揭示,试想我们第一次说白雪"纷纷"的时候,该多么诗意盎然。但当最愚钝的人都在说"白雪纷纷"的时候,白雪的意义反而被遮蔽了,"纷纷"已经退化为低层次的基本事实,失去了诗意。这时,敏感的心灵才会有"柳絮因风"的揭示。在俄国形式主义看来,以"纷纷"来表现白雪已经自动化了,不能再引起人们的审美反应。而所谓陌生化,就是以新的视角、新的方式、新的理解和揭示,重新唤起我们对事物的感受。此时,事物被去蔽、被敞开了。在同样的意义上,如果反过来,当"柳絮因风"退化为日常语言,意义被遮蔽时,我们要问:"柳絮因风何所似",此时说"白雪纷纷差可拟",是不是也同样揭示了柳絮的意义?归根结底,"白雪纷纷"和"柳絮因风"都曾开启一个诗意的世界,而"撒盐空中"却做不到这一点。在正确反映的意义上,"池塘生春草,园柳变鸣禽"并不比"大明湖,湖明大,大明湖里长荷花"更"称物"。

  如果文学创作的意义在于对物进行正确的反映,那么不同的作家对同一个事物的反映就应该是一样的。但文学史上的事实显然不支持这一点。《文心雕龙·通变》列举枚乘、司马相如等五个作家对天地日月的描写,说他们是"广寓极状","五家如一"。实际上五个作家的描写各不相同,而且也不可能相同,否则就成了抄袭。

如果把"意称物"理解成意对物的符合，那么"赋体物而浏亮"至少涉及了二者是否符合的问题，但"诗缘情而绮靡"却不涉及意是否符合物的问题。对于文学创作中的心物关系，陆机、刘勰、钟嵘、萧统、萧纲等人都持先秦两汉以来的"物感说"。从物感说的角度看，"情"是主体对外物的反应而不是反映。对于反映，我们会争论谁的反映正确，但对于反应，却不存在这个问题。同样对于战争，有人的反应是"生民百遗一，念之断人肠"，有人的反应是"年年战骨埋荒外，空见蒲桃入汉家"，有人的反应是"凭君莫话封侯事，一将功成万骨枯"，有人的反应是"醉卧沙场君莫笑，古来征战几人回"，有人的反应是"战士军前半死生，美人帐下犹歌舞"，有人的反应是"为有牺牲多壮志""战地黄花分外香"。对此我们只能说境界有高低，却不能说反应有对错。

从反映的角度说，文学创作中的意不必称物；从反应的角度说，意又无往而不称物。无论是"称物"是指反映还是反应，意的价值都不在于正确或符合，而在于对物的理解和揭示。至于理解之高下，揭示之深浅，则在言而不在物。

二 文不逮意与私有语言

不难看出，在分析意与物的关系时，我们说的其实是言与物的关系。我们的讨论本身就显示出言与意是一种逻辑上和语法上的关系，而不是经验上的指称与被指称的关系。也就是说，上文说到的意，都是以语言的形式存在的。倘若说，言与意是经验上的指称与被指称的关系，那就等于是说，意在被言表达之前已经以某种非语言的形式存在了。如果是这样，那么存在于内心的非语言的意就是无法讨论的，因为我们彼此无法看到对方内心的东西。而根据陆机和刘勰，我们对外物的反映形成意，此时的意尚未获得语言的形式。这种非语言的意需要转换成语言才能被别人理解，而在这一转换过程中，就出现了"文不逮意"的情况。既然如此，我们为什么不用语言直接指称物，却要用语言指称那个不能"称物"的内在之意？"文不逮意"的理论前提是语言直接指称我们的内在观念，这就是以洛克为代表的观念论。

观念论最大的问题是，对于同一个语词，每个人在心中产生的观念是不同的，因此指称观念的语词的意义也就不同。"私有经验的本质之点其实不是每个人都拥有他自己的样本，而是没有人知道别人有的也是这个，还是别的什么。"[1] 这就造成不同的人虽然说着同样的话，但内心的意思却

---

[1] 〔奥〕维特根斯坦：《哲学研究》第272节，陈嘉映译，第111页。

不一样。这样人与人之间就无法通过语言进行交流。

　　观念论是在我们已有的语言系统和概念框架中设想语言与内在观念的关系的。在拥有语言之前，我们就无法设想先有观念然后再为自己的观念命名。如果是那样，我们就无法教会孩子说话。我们教孩子说话，是联系着既有的生活形式和语言系统进行的。我们是以一个外在对象，比如一个红色的东西为样本教会孩子使用"红"这个词的。检验一个孩子是否学会了"红"这个词的标准，是外在的、公共可观察的红色的东西，是他是否能够从不同颜色的东西中挑出红色的东西，而不是他关于"红"的内在观念。我们无法教会孩子用语词指称他的内在观念，因为每个人的内在观念对他人是不可见的。倘若先有内在观念，再为观念命名，观念决定语言的意义，那么一个孩子最终将无法学会语言。

　　如果我们接受观念论的假定，承认语词指称的是内在观念，那么拥有这些观念的人知道这些观念吗？观念论认为，我直接确定地知道自己的内在观念、内在感觉和内在经验，但对于他人的观念和经验，我是间接地通过公共语言推测的。每个人都用一种只有自己理解而别人不能理解的语言向自己表达自己的内在经验，这就是所谓的私有语言论。

　　当陆机说"文不逮意"的时候，他已经假定了自己是知道这种意的存在的，只是这种意无法通过语言充分、完美地表达出来。这样，陆机所谓的文所不逮的意，就只能以私有语言的形式存在。在谈论语言的局限性的时候，陆机、沈约、刘勰都曾以轮扁斫轮作比，可见这个寓言的影响之大。我们已经在前面分析了这个寓言蕴含的两个意思，它蕴含的第三个意思就是存在一种私有语言。借助私有语言，轮扁能够向自己表达斫轮的感觉和奥妙，得于心而应于手，但他无法通过公共语言把这种感觉告诉别人。据此，轮扁得出这样的结论：古代的圣人连同他的思想已经不在了，书上的言词传达的并不是圣人本来的思想。也就是说，圣人的思想只有他自己知道，无法通过语言传达给别人。因此我们读的书都是糟粕而已。

　　维特根斯坦把这种指称只有自己才知道的私有感觉而别人却无法理解的语言叫作私有语言。为了说明私有语言，维特根斯坦假设了这样一种情况：一个人将为自己的某种特定感觉做一份日记。每当出现这种感觉的时候他就记下 E 并把注意力集中在这种感觉上，通过这种方式他就建立起了这种感觉和符号 E 之间的联系。私有语言论企图通过在心理内部为某种特定的私有感觉命名的方式建立私有语言，这样每当一个人出现这种特定感觉的时候，他就可以使用这个名称或符号指称这个感觉。但维特根斯坦认为这仅仅是一个毫无意义的仪式而已。① 因为为了使用这个符号,这个人必须能够在这种感觉重复出现时识别它,但在这里他完全没有识别这种感觉的标准。对这种感觉识别得正确与否最终取决于他觉得正确就是正确。但这样也就谈不上正确不正确,因为即使他弄错了,也可以"感觉"是正确的。这就像有人买了许多份同样的报纸来证明报上的消息是真实的一样。②

在日常语言中,识别内在感觉的标准是与它联系在一起的公共可观察的外在表现。内在心理过程不是独立的实体,它是与外在表现逻辑地联系在一起的。但私有语言论恰恰假定了内在感觉可以脱离外在表现而独立存在,认为私有语言可以像公共语言指称一个外在对象那样指称一个内在对象。然而为了指称内在感觉,私有语言论却不得不使用公共语言。在上述建立私有语言的过程中,"感觉"这个词已经是公共语言。如果为了避免使用公共语言不用"感觉"这个词而说"有某种东西",那么"有"和"某种东西"仍然是公共语言里的词汇。所以私有语言的设想,仍然要以公共语言的语法和语词为基础。私有语言不过是嫁接在公共语言上的臆语。

更重要的是,即使在公共语言中,单靠指称也无法建立符号和对象之间的联系。名称要依赖它在整个语言系统中的位置和语法规则才能建立与对象的联系。而语言系统背后则是人类共同的生活方式。而在私有指称定义中,用来指称私有经验的符号根本没有赖以使用的语法规则。所以,如果私有语言论认为公共语言无法表达内在感觉,那么私有语言就更做不到这一点。

语言是一种遵守规则的活动,人不可能私自遵守规则,所以不可能有私有语言。遵守规则是一种社会行为,只有在社会共同体中,遵守规则才是有意义的。我们之所以能够想象自己制定一条私人规则,是因为我们有社会共同体的规则作为参照。因此维特根斯坦说:"我们称为'遵从一条规则'的事情,会不会是只有一个人能做,在他一生中能只做一次的事情?""只有一个人只那么一次遵从一条规则是不可能的。不可能只那么一次只作了一个报告、只下达了或只理解了一个命令,等等。——遵从一条规则,作一个报告,下一个命令,下一盘棋,这些都是习惯(风俗、建制)。"③ 语言之有意义,交流之所以可能,基于我们共同的生活形式。所

---

① 〔奥〕维特根斯坦:《哲学研究》第 258 节,陈嘉映译,第 107 页。
② 〔奥〕维特根斯坦:《哲学研究》第 265 节,陈嘉映译,第 109 页。
③ 〔奥〕维特根斯坦:《哲学研究》第 199 节,陈嘉映译,第 93 页。

以,"人们所说的内容有对有错;就所用的语言来说,人们是一致的。这不是意见的一致,而是生活形式的一致"①。当你自以为在构建一种别人无法理解的思想时,你并不是在使用自己的私有语言,你仍然遵循着人类语言的共同规则。思想和意识的构成元素——语言是公共的。我们不仅用公共语言向别人表达自己的思想,也必须用公共语言向自己表达自己的思想。如果你无法把自己的思想告诉别人,那么你同样也无法把自己的思想"告诉"你自己。无论你多么独特,多么富于个性,多么与众不同,你用来描述自己特征的语言是公共的,"独特""差异""不同"都是我们的公共语言。语言的规则是公共的,我们不能私自建立规则,也不能任意解释规则。"我遵从规则时并不选择。我盲目地遵从规则。"②"因此'遵从规则'是一种实践。以为(自己)在遵从规则并不是遵从规则。因此不可能'私自'遵从规则:否则以为自己在遵从规则就同遵从规则成为一回事了。"③ 所以当你为自己制定一套只有自己才懂的语言并使用它的时候,你就成了"以为自己遵从规则"了。如果"以为自己遵从规则"就是"遵从规则",那就等于没有规则。

著名的"濠梁之辩"其实也建立在私有语言论的基础上。对这一公案的通行看法是,庄子对自然采取了一种审美的态度,而惠子则采取了一种逻辑的态度。因此虽然惠子在逻辑上胜利了,但庄子却在审美上胜利了。这种解释当然说得过去。但如果审美的合法性要通过诡辩来实现,那么这种审美未免显得缺乏自信。因此从逻辑上为庄子辩护仍然是有必要的。

庄子说"鯈鱼出游从容,是鱼之乐也"。鱼在安全的时候动作"从容",在危险的时候会急遽游走。这种描述带有一定的拟人化因素,它表达的并不是鱼的感觉而是人对世界的理解。在日常生活中我们就是这样描述某些动物的,所以庄子这样说并没有什么问题。但惠子却说:"子非鱼,安知鱼之乐?"一方面,人和鱼有不同的生活形式,所以人和鱼并不能交流彼此的快乐。在这样的意义上,维特根斯坦说:"即使狮子会说话,我们也理解不了它。"④ 因此惠子的反诘在一定程度上是有意义的。但庄子在这里并不是要跟鱼讨论什么是快乐,而要跟惠子交流对人类生活的理解,所以另一方面,惠子的话又形成了强烈的误导,即不同人类个体之间的感觉经验也是无法相互交流和理解的。对于"子非鱼,安知鱼之乐?"这样

---

① 〔奥〕维特根斯坦:《哲学研究》第 241 节,陈嘉映译,第 102 页。
② 〔奥〕维特根斯坦:《哲学研究》第 219 节,陈嘉映译,第 99 页。
③ 〔奥〕维特根斯坦:《哲学研究》第 202 节,陈嘉映译,第 94 页。
④ 〔奥〕维特根斯坦:《哲学研究》第二部分,陈嘉映译,第 269 页。

的疑问，是不能用"子非我，安知我不知鱼之乐？"来回应的。因为庄子的第一句话就已经蕴含了答案，即我们是通过观察鱼的行为（出游从容）来判断"鱼之乐"的。在日常生活中，我们判断动物或人类是否快乐，就是通过观察它（他）们的外在表现，而不是揣测它（他）们的内在心理。也就是说，只要我们看到鱼的行为符合快乐的特征（出游从容），那么就可以说鱼是快乐的，而无须知道鱼的内在心理。但庄子却被惠子牵着鼻子误入了歧途，纠缠在内在心理不可知的问题上无法自拔，最终被惠子从逻辑上置于死地："我非子，固不知子矣；子固非鱼也，子之不知鱼之乐，全矣。"所以庄子最后只好强词夺理："请循其本。子曰'汝安知鱼乐'云者，既已知吾知之而问我，我知之濠上也。"（《庄子·秋水》）然而这完全是偷换概念，并不构成对惠子的反驳。

庄子和惠子的辩论已经默认了或者隐含了这样一个前提，即自己的内在心理、内在感觉、内在经验等只有自己才"知道"，他人是无从"知道"的。显然，这里的"知道"只能是一种私有语言。然而在日常生活中，"知道"一词根本没有这样的用法。在日常生活中，当我们说"知道"的时候，指的就是知道自己之外的某种东西，而不是指知道自己的内在心理或内在感觉。我们在第一章第三节曾经讨论过，"我知道我牙疼"这样的表达式是无意义的胡说。"我知道我牙疼"就是"我牙疼"，"知道"一词在这里多余的。而像"我知道他快乐""我知道你快乐"看起来是不确定的，但唯有对于不确定的东西才谈得上"知道"或"不知道"。正因为"我"不是"你"，才能说"我知道你快乐"或"我不知道你快乐"；而"我知道我快乐"或"我不知道我快乐"这样的表达则是荒谬的。因此"我知道你快乐""我知道他快乐"甚至"我知道鱼快乐"这样的表达在日常生活中都是自然而合法的。

其实这里的问题非常明显，当庄子说"鱼之乐"的时候，鱼对庄子的话没有任何回应；而惠子却因此跟他争吵了半天。这足以说明，庄子和惠子完全能够听懂对方的话，也完全能够理解彼此的意思。否则他们就应该像两条鱼一样一言不发，各自游向不同的方向。

观念论和私有语言论的假设是无法成立的。我们并非先在心中形成一种非语言的"意"，然后再寻求语言的表达。相反，我们是在生活中学会说话，学会与他人交谈，然后才学会独白和自言自语。内在观念是学会公共语言之后的产物，非语言的内在观念是在拥有语言背景前提下的设想。维特根斯坦这样反问："可以设想人们从来不讲听得见的语言，但在内部、在想象中，对自己讲一种语言吗？""一个人对自己讲话，这事的标准是他对我们所说的东西以及他的其他行为；只有说到在通常意义上能讲话的人，我们才说他对自己讲话。我们并不这样说一只鹦鹉；不这样说一架留声机。""我们不说一条狗有任何可能对自己讲话。"① 对于这一点，赖尔的解释更通俗易懂：

> 无声地进行自我谈话这种技巧既不是很快就能获得的，也不是轻易就能获得的；获得这种技巧的一个必要条件便是：在此之前我们应当学会出声地进行运用智力的谈话，应当听到过并且明白了其他人在进行这样的谈话。不使我们的思想外露是一种高级的技能。②

我们并不需要一种高级技能把内在观念转换为语言，相反，我们需要一种高级技能把外露的思想隐藏起来。倘若存在着对内在观念进行命名的私有语言，那么我们就可以设想，一个不学习公共语言的孩子最终也能形成一种私有语言，通过这种私有语言，他自己与自己"交流"。如果私有语言是可能的，我们就可以设想，黑猩猩、狗、青蛙、蜘蛛、树甚至石头也都有自己的内在观念和私有语言。它们在清晰地与自己交谈，只是我们不能理解。

因此，陆机和刘勰所谓的内在的意，既无法在心理内部来识别，也无法通过私有语言来指称。因为私有语言对他人不可理解，对拥有者也无法使用，所以陆机自己也无法内在地知道那个不能被"文"所逮的"意"到底是什么东西。语言所无法表达的内在之意、内在感觉、内在经验，在我们的语言游戏中不起作用，它们是一些空转的轮子。

三 意是言的建构

"意不称物，文不逮意"假定了物、意、言是三种性质不同而又各自独立的实体，这就必然产生意如何符合物，言如何符合意的问题。并且无论意多么接近物，它终究不是物；无论言多么接近意，它终究不是意。它最终导致了这样一个荒唐的结论：我们心中的世界不是真正的世界，只是大致近似的世界；我们说的话不是我们本来的意思，而只是大致接近本来的意思。

走出这一困境的途径，不是提高思想反映世界的能力，也不是完善语

---

① 〔奥〕维特根斯坦：《哲学研究》第 344、357 节，陈嘉映译，第 128—129、132 页。
② 〔英〕吉尔伯特·赖尔：《心的概念》，徐大建译，第 23 页。

言表达思想的技巧，而是填平三者之间人为制造的形而上学的鸿沟，消除描述三者关系的语法错误。假定独立于意之外的物不是不可能，而是没有意义。因为我们无法谈论它，无法思及它。说到物，它就已经是意中之物，谈论一个意永远无法抵达的物是没有意义的。说到意，它就已经是言中之意，谈论一个言无法表达的意同样是无意义的。

　　这当然不是说，当我们意识不到物的时候，物就不存在；而是说，当我们意识不到物的时候，物就不以我们意中的方式存在。我们不知道物在意之外以何种方式存在。我们不知道上帝眼中的世界是什么样子，但这丝毫不影响我们谈论真实的世界。同样，我也不知道你看到的红色是否跟我看到的红色是否一样，但这也不影响我们谈论什么是红色。因为"红色"这个词指的既不是你心中的红色，也不是我心中的红色，而是我们共同看到的那个红色的东西的颜色。我们不知道语言之外的意是什么样子，甚至不能确定它究竟是不是"意"。你说你有一种奇特的印象或感觉，但是说不出来。但你说你有的东西是"印象"和"感觉"，这个陈述是在我们人类已有的语言系统和概念框架中做出的。它们在语言中才能"是"，否则就什么也不"是"。

　　世界在语言层面上被理解，从而形成了要说的东西。在理解形诸语言之前，我们没有东西要说，而不是有某种东西不可说。马戏团可以训练狗在听到"2+2"的时候去叼一个写着"4"的牌子，但这并不能让狗学会计算。狗不是会计算而说不出，而是：它不会计算，关于计算它没有东西可说。维特根斯坦说："只有学会了说才能有所说。因此，愿有所说，就必须掌握一种语言；但显然，可以愿说却不说。就像一个人也可以愿跳舞却不跳。"① 说与所说是一种语法上的关系。如果在语言之外还存在其他形式的理解，比如以声音（非语言的声音）、颜色、形状、动作的形式存在，那么关于这种理解无法用语言表达的说法是无意义的。因为这相当于说，我们看不到声音或听不到颜色。我们看到颜色，听到声音，说出思想，这都是些语法命题。也就是说，这些说法都是由我们的生活形式和语言系统规定好了的，只有这样说才有意义。"单簧管的声音""咖啡的香味"分别是听觉的对象和嗅觉、味觉的对象，说"闻不到单簧管的声音""听不到咖啡的香味"是荒谬的，说"说不出单簧管的声音""说不出咖啡的香味"同样是荒谬的。

　　"意不称物，文不逮意"只是一种形而上学的虚构。意是我们对物的

---

① 〔奥〕维特根斯坦：《哲学研究》第338节，陈嘉映译，第127页。

理解和揭示，而"能被理解的存在就是语言"①。所以我们可以说，意是我们在语言水平上对世界的理解；在较弱的意义上，可以说：意是在语言水平上对世界的反映；在较强的意义上，可以说：意是语言对世界的建构。

既然意是言的建构，是世界在语言层面上得到的理解，那么为什么在从构思到写作的过程中，我们的确感到有许多内容没有得到表达，最后写出的似乎只是意的一部分。对此，刘勰有比陆机更为精彩的描述：

> 夫神思方运，万途竞萌，规矩虚位，刻镂无形。登山则情满于山，观海则意溢于海，我才之多少，将与风云而并驱矣。方其搦翰，气倍辞前，暨乎篇成，半折心始。何则？意翻空而易奇，言征实而难巧也。是以意授于思，言授于意，密则无际，疏则千里。或理在方寸，而求之域表，或义在咫尺，而思隔山河。（《文心雕龙·神思》）

即使没有创作经验的人，也会对刘勰的描述深有同感。但我们不能在形而上学的意义上把构思看作一个非语言的"意"转换为"言"的过程。构思之意在获得表达之前，以片段的语句、单个的语词、闪现的想法、缩略的表达式等形式存在，给人的感觉是意象纷呈，思绪奔放，情如泉涌，似乎有无尽之意亟待表达。事实上这些翻空逞奇之意并不是说不出来，而是即使把它们说出来，也是零散的、混乱的、无意义的。构思过程是一个由凌乱的、无序的语言到成形的、有序的语言的过程。从未成形的言（构思之意）到成形的言（作品）之间的过渡是连续的、往复交叉、不分彼此的，二者之间并无距离。即使已成形的作品也仍然可以改动，这时被改动的"言"（旧作）就变成了构思中的"意"（构思），有待于生成新的"言"（新作）。从"春风又过江南岸"到"春风又绿江南岸"，从"僧推月下门"到"僧敲月下门"，都是一个从语言到语言的过程，而不是一个从非语言的"意"到言的过程。因此，所谓"意称物"，不是一个意符合物的过程，而是一个物的意义在意中得以建构的过程。所谓"文逮意"，不是一个把非语言的意转换成语言的过程，而是一个把不成形的语言组织成形从而产生意义的过程。

文学创作是用语言创造一个可能的世界，而不是用语言去符合那个已经存在的现成世界。在这一意义上，刘勰所批评的"为文而造情"（《文心雕龙·情采》）非但不是文学的堕落，反而是文学创作的本质。

---

① 〔德〕伽达默尔：《真理与方法》，洪汉鼎译，第606页。

陆机、刘勰把方枘圆凿的语法误用在言和意的关系上，裂言与意为二物，言意之间就必然产生或疏或密的距离。把日常语言中语词指称外在对象的语法套用在指称内在心理过程上，就会产生说不清楚或"文不逮意"的感觉。语言的意义在于使用，我们用语言做不同的事情，达到不同的目的。文学表达与日常表达是语言的两种不同使用。我们对世界中的事物有不同的言说方式，不同的言说标准，不同的言说理想。我们以某种方式说锅碗瓢盆，但不能以同样的方式说恩怨情仇。文学有自己的言说标准，从而使言说成为文学。对文学而言，"盈盈一水间，脉脉不得语"，"徘徊将何见，忧思独伤心"，"其人虽已没，千载有余情"，这些话已经足够清楚，而且简直无法更清楚。更何况，文学创作有时候恰恰把本来可以说清楚的事情故意说得"不清楚"，这不是文学的无能，反倒是文学追求的理想。

因此，"意翻空而易奇，言征实而难巧"的根本问题不在于我们能否把那些内在的东西用语言表达出来，而在于即使表达出来，它们也还不是文学。诗人与常人的区别，不在于二者都有同样丰富的心灵世界，而唯独诗人具备表现的才能。不存在一个独立于外在表现的内在心理过程。你不是有丰富的心灵却无法表达，而是：你没有丰富的心灵需要表达。人类心灵的丰富性是我们在既有的生活形式和语言系统中通过学习表达而生成的。表达是要形成意义，日常的世界以缺乏意义的形式存在。你看到山，看到水，看到太阳和月亮，不是你说不出你看到了什么，而是你说不出你看到这些有什么意义。文学就是把这个缺乏意义的世界用语言编织成有意义的世界。因此你看到山水、草木、鸟兽，但你看不到"池塘生春草，园柳变鸣禽"，看不到"采菊东篱下，悠然见南山"，否则你就是诗人了。"意不称物"不是你看不清你要看的东西，"文不逮意"不是你说不出你看到的东西，而是你不能像谢、陶那样把看到的东西用语言组织成诗意。

并非现实中已经有了"池塘生春草""采菊东篱下"这样的景色，等待着诗人用"意"去反映。陶渊明也不是先构思好了"采菊东篱下，悠然见南山"的意境，再用"采菊东篱下，悠然见南山"这些语词去对应这样的意境，而是用这些语词创造了这样的意境。王士禛说："通章意在'心远'二字，'真意'在此，'忘言'亦在此"[1]，这么说，陶渊明要表现的意是"心远"，"心远"是通过"采菊东篱下，悠然见南山"这种言语而得到表现的？恐未必然。首先，"心远"并非在语言之外，它已经是语言，

---

[1] （清）王士禛：《古学千金谱》，转引自徐公持《魏晋文学史》，人民文学出版社1999年版，第590页。

所谓"真意"已经被语言说出来了;其次,"结庐在人境,而无车马喧。问君何能尔,心远地自偏",比"心远"说出的东西要多,因此"真意"不仅是"心远";再次,"采菊东篱下,悠然见南山"揭示得更多,蕴含着更多的内容。如果"真意"就是"心远",直接说"心远"岂不是更言简意赅,为什么还要说"采菊东篱下"?陶渊明自己说"此中有真意,欲辨已忘言",这话不可当真。如果把"采菊东篱下,悠然见南山"隐去,这首诗会减色不少。如果只说"此中有真意,欲辨已忘言",恐怕没有人会把它当作诗。总之,"文不逮意"就是"文不成文",根本就不存在一个语言所不能表达的文外之意。有人会说,难道"采菊东篱下,悠然见南山"不是蕴含着许多没有说出的言外之意吗?是啊,如果你能从"采菊东篱下,悠然见南山"中感受到言外之意,不就说明言外之意已经被说出来了吗?你还能通过何种方式感受到这种言外之意呢?言外之意并非语言无法表达的神秘之物,而恰恰就是存在于诗性语言的表达之中。诗人把本来可以直说的东西隐藏起来,通过说出的东西显示那些未说出的东西。"文已尽而意有余""不着一字,尽得风流""言有尽而意无穷"等等,说的都是天才在艺术表达上的高度自由,而不是无法表达的困窘和无奈。

　　正是在上述意义上,我们说不是文学模仿生活,而是生活模仿文学。文学不是让我们产生与现实一样的感觉,相反,我们到文学中寻找与现实中不同的感觉。文学塑造我们对生活的感觉,丰富我们的感觉。否则,我们就只需要现实而不需要文学了。文学揭示出生活中尚未出现的可能性,从而使我们学会一种可能的生活。在这一意义上,"作家是人类灵魂的工程师","诗人是存在的看家人",应该成为我们的常识。

　　根据我们前面对言不尽意的剖析和反思,意是我们在语言层面上对世界的理解。在文学创作中,从物到意,不是一个意符合物的过程,而是一个物的意义在语言中得以建构的过程;从意到言,也不是一个把非语言的意转换成语言的过程,而是一个把不成形的语言组织成形从而产生意义的过程。言外之意是文学语言产生的艺术效果,不是无法表达的神秘之物。

　　在魏晋南北朝文论中,"言不尽意"有时候指的不是创作过程中对思想感情的表达,而是指对创作原理的解释。前者是在创作层面上说的,后者是在理论层面上说的。陆机在论"作文之利害所由"时说"若夫随手之变,良难以辞逮",这里的辞所不逮者,不是前面所说的创作过程中的"文不逮意",而是指无法从理论上解释创作过程。在讲完构思和表现的多样性之后,他说"是盖轮扁所不得言,故亦非华说之所能精",最后说到创作灵感的时候,又说"吾未识夫开塞之所由",说的都是在理论层面上对创作的解释。刘勰说"思表纤旨,文外曲致,言所不追,笔固知止",说的是文学表达中的"言不尽意",但"至精而后阐其妙,至变而后通其数,伊挚不能言鼎,轮扁不能语斤,其微矣乎"(《文心雕龙·神思》),则是指理论层面的不可说。沈约说:"韵与不韵,复有精粗。轮扁不能言,老夫亦不尽辨此。"[①] 这里说的也是对声律的理论认识。

在理论认识上的"言不尽意"就是无"意"可言,就是不懂和不理解,而不是理解却说不出。你说你理解相对论但你的理解却不可言传,对此我们只能说你不理解。"言不尽意"虽然在语法上是一个误导,但它对文学创作和文学理论的影响是截然相反的。对创作而言,它迫使诗人用富有蕴含的语言去说那些所谓"不可说"的东西,从而创造出"言有尽而意无穷"的意境和神韵;对理论而言,"言不尽意"却容易使人放弃思考、终止解释,以故弄玄虚来掩盖思想的贫乏。

[①] (南朝梁)沈约:《答陆厥书》,载严可均辑《全梁文》卷28,商务印书馆1999年版,第310页。

第四章　形神篇

在魏晋南北朝美学中，形神这对范畴经常被用来描述审美对象的形态和构成。形神关系与道不可说、言不尽意一样在历史上引发了持久的争论，但直到今天也没有得出令人满意的结论。这同样不是因为问题本身有多么复杂，而是因为我们的理论表述存在混乱。形神关系与言意关系一样是一种语法上的和概念上的关系，而不是经验上和实质上的关系。但古人和今人对形神关系的理解其实存在相当的误解和混乱，从而掩盖了我们真正要讨论的问题是什么，因此有必要对这对范畴的意义从哲学语法上进行分析。

第一节　形与神的语法关系

在中国古代哲学、美学和文论中，形、神作为成对的概念主要有以下几个有内在联系但又处于不同层面的意义：

一是指肉体和灵魂、形体和精神。神最初的意义是灵魂和神灵。英国人类学家泰勒认为，原始人观察到睡眠、做梦、疾病、死亡等生理、心理现象，从而产生了灵魂的观念。原始人又推己及物，认为一切事物都有灵魂，于是又产生了"万物有灵"的观念。在肉体与灵魂的关系上，原始人认为灵魂是根本性的和支配性的。灵魂离开肉体，人就会生病或死亡。这种观念一直延续到文明时代，并且凝结在我们关于"肉体""灵魂""形体""精神"等语词的理解和使用中。《庄子·德充符》说母猪死后，乳猪"弃之而走"，因为"所爱其母者，非爱其形也，爱使其形者也"。庄子在这里说的是，猪的生命决定于神的存在。神离开猪的形之后，猪就死了。《淮南子·原道训》说："夫形者生之舍也，气者生之充也，神者生之制也。"[①] 所以，神是生命的主宰。但是在《庄子》和《淮南子》中，神

[①] 何宁撰：《淮南子集释》卷1，中华书局1998年版，第82页。

的意义实际上已经从灵魂转移到了精神。

二是指事物的现象和本质。这是形而上学的概念。"万物有灵"观发展为各种各样的神灵崇拜。但也有另外一些人类学家如弗雷泽认为，原始人在产生"万物有灵"观之前就已经相信有一种支配万物的超自然力量。在孔德所说的人类精神的神学阶段，神灵和上帝被认为是世界产生、发展、变化的根本原因和动力。在形而上学阶段，神被本原、本体、本质、规律等概念取代，世界被理解成本质与现象的二元对立。如《荀子·天论》说："不见其事，而见其功，夫是之谓神。"《周易·系辞上》说："阴阳不测之谓神。"在这一意义上，"形"与"神"又相当于"器"与"道"，"形而上者谓之道，形而下者谓之器"。（《周易·系辞上》）形是有形的可感的具体现象，而神则是背后的不可见的本体、本质和原理。

三是指文学艺术作品的内容和形式。形而上学意义上的形与神被抽象为事物的普遍结构，所以任何事物都是由本质（神）和现象（形）构成的，文学艺术也不例外。文学艺术的具体可感的外观就是形（形式），而形式所传达的意蕴就是神（内容）。但是文学艺术的构成因素非常复杂，需要作耐心而烦琐的分析。作品自身作为一物，其形神就是形式与内容。但不同的作品与世界有不同的关系。有时候文学艺术涉及对外在对象的摹仿和描写，而外在对象是有自己的形与神的。这时候我们说文学艺术传神，指的是描写了对象的神。如《淮南子·说山训》："画西施之面，美而不可说；规孟贲之目，大而不可畏，君形者亡焉。"[1] 这里的形神就是作品描写的对象的形神。还有的时候文学艺术涉及对作者精神的表现，这时候神就是创作主体的精神，而形则是用来表现这些精神的语言、色彩、声音等形式因素。但这时候作品自身的形式和表现作者精神的形式就很难区分。我们后面会结合具体作品做出说明。

在神学阶段，神往往被理解成一种有形的东西，比如原始人认为灵魂就是一个居住在肉体之中的"小人"。各种神灵也都有自己的形象。古希腊的神都是人的形象，中国神话中的神也是夸大了的人的形象。在这种情况下，神无非是一种高级的形。在形而上学阶段，神被理解成无形的概念。神作为本原、本体、本质，与有形的事物不是一类的东西。这才有了形（器、形而下、现象）与神（道、形而上、本质）的对立。但是形而上学没有能力从概念上说明形与神的关系。在用概念替代了具有具体形象的神灵之后，神学的思维方式仍然残留在形而上学之中。所以在《庄子》

---

[1] 何宁撰：《淮南子集释》卷16，第1139页。

《淮南子》中，神仍然被理解成一种虽然不可见，但可以离开或寄存在形之中的东西。

在西方哲学中，占统治地位的心身学说是笛卡尔的心物二元论。身体有广延、占据空间但不能思维。心灵能思维没有广延，不占有空间。对于心身二元论，历史上曾出现过各种批判。其中最致命的诘问是：心灵和身体是如何结合到一起并且能够相互影响的？心身二元论不得已只能求助于上帝的安排。维特根斯坦和赖尔使用概念分析和语法分析的方法，对心身二元论带来的混乱和误导进行了有效的澄清。

维特根斯坦认为，不存在独立于身体的心灵实体，也不存在独立于身体活动的心理活动。人们之所以认为存在着独立并行的内在心理和外在行为，是受到描述心理活动和身体行动的语言的表层语法的误导。内在心理不可公共观察，因此对内在心理的描述都是对外在行为的类比。这种描述误导人们以为心理过程也像外在行为一样是一种实体性的存在。例如人们经常说灵魂"离开"了肉体。但"离开"这个词是用来描述物理空间中的事物的，既然灵魂不是物质对象，没有广延没有位置，它又如何谈得上"离开"呢？因此人们描述灵魂的时候不得不借助于物质对象的比喻。我们在日常生活中报道心理状态的时候，经常是与身体状态混合在一起的。比如"他深感痛苦，辗转不宁"，这是一个很平常的说法。但在心身二元论看来却具有悖谬的性质，因为这个说法同时处理了心理过程和身体过程。① 但如果我们把心理过程和身体过程看作是同一个过程，这里就没有任何悖谬之处。同时这也说明，我们无法孤立地描述纯粹的心理过程，对内在心理的描述同时也是对外在行为的描述。"如果我报道他'垂头丧气'，那我报道的是一种行为，还是一种心理状态？'……是两者，但它们不是并列的，而是在一种意义上是这样，在另一种意义上是那样。'"② 在《哲学研究》中有一段大致相同的话，但最后一句是："而是一个通过另一个。"③ 我们觉得，《心理学哲学评论》中的说法更不容易引起误解，因为"一个通过另一个"恰恰容易被理解成两个并列的东西。维特根斯坦说："内部的东西与外部的东西不仅在经验上关联在一起，而且在逻辑上也关

---

① 〔奥〕维特根斯坦：《哲学研究》第 421 节，陈嘉映译，上海人民出版社 2005 年版，第 148 页。
② 〔奥〕维特根斯坦：《心理学哲学评论》，涂纪亮译，涂纪亮主编：《维特根斯坦全集》第 9 卷，河北教育出版社 2002 年版，第 83 页。
③ 〔奥〕维特根斯坦：《哲学研究》第二部分，陈嘉映译，第 215 页。

联在一起。"[1] 逻辑上的关联是说，我们关于描述内在心理的概念已经蕴含在对外在行为的描述之中，因此这也是一种语法上的联系。"一个'内在的过程'需要外在的标准。"[2] 而"人的身体是人的灵魂的最好的图画。"[3] 描述了身体活动也就描述了内在心灵。维特根斯坦说，我们要用图画表现锅里的水在沸腾，就画一个冒出蒸汽的锅，而不是把锅里沸腾的水也画出来。[4]《毛诗序》说："情动于中而形于言，言之不足故嗟叹之，嗟叹之不足故永歌之，永歌之不足，不知手之舞之，足之蹈之也。"中国古人对内在心灵的这种非形而上学的理解同样说明描述了身体行为也就描述了心理过程。

心身二元论对心灵的理解被赖尔讽刺为"机器中的幽灵"。赖尔认为心身二元论把心灵和身体看作处于同等地位的实体，把心理活动和身体行为看作一种逻辑类型，犯了"范畴错误"。这种错误就像一个人参观了牛津大学的一些学院、图书馆、运动场、博物馆、行政办公室等之后，却问道："牛津大学在哪儿？"这个参观者把牛津大学和它的组成部分理解成同一类型的逻辑范畴了。属于同一逻辑类型的词项之间可以组成合取命题或析取命题，否则就不可以。比如一个人可以说他买了一只左手手套和一只右手手套，但不能说买了一只左手手套、一只右手手套和一副手套。再比如这样的笑话："她回家时既痛哭流涕又坐着轿子。""痛哭流涕"和"坐着轿子"不是同一类型的逻辑范畴。[5] 但心身二元论正是犯了这样的范畴错误，它把心理过程和物理过程理解成同一类型的并列的两个过程。而赖尔指出，就某种逻辑类型而言，存在着心理过程，就另一种逻辑类型而言，存在着物理过程；但就同一种逻辑类型而言，却不存在两个并列的系列过程。心理过程和物理过程不是同一类型的范畴，把它们合起来或拆开来都是无意义的。

> "思考我正在做的事情"并不意味着"既在思考所做的事情又在做这件事情"。当我借助于智力做某件事情时，亦即当我思考我正在

---

[1] Ludwig Wittgenstein, *Last Writings on the Philosophy of Psychology*, Vol. II, eds. G. H. von Wright and Heikki Nyman, trans. C. G. Luckhardt and Maximilian A. E. Aue, Oxford: Blackwell, 1992, p. 63.
[2] [奥] 维特根斯坦：《哲学研究》第580节，陈嘉映译，第182页。
[3] [奥] 维特根斯坦：《哲学研究》第二部分，陈嘉映译，第214页。
[4] [奥] 维特根斯坦：《哲学研究》第297节，陈嘉映译，第118页。
[5] [英] 吉尔伯特·赖尔：《心的概念》，徐大建译，商务印书馆1992年版，第17页。

做的事情时,我在做一件事情而不是在做两件事情。我的行为具有一种特定的做法或方式,而不是具有一些特定的先行事件。①

"我谨慎地驾驶汽车",并不是一方面存在着一个身体行为"驾驶汽车",另一方面存在着一个"谨慎"的心理状态。"谨慎"是"驾驶汽车"的一种素质或倾向。判断一个人是否谨慎,不是透视他内在的心理状态,而是根据他驾驶汽车或者做其他事情时表现出的素质或倾向。

塞尔结合神经生物学理论对心身二元论进行了批判。与维特根斯坦和赖尔一样,塞尔同样认为心理过程和物理过程是同一个过程的两种不同层面的描述而不是同一层面的两个不同过程。"因为心理状态是脑的特征,所以对心理状态就有两种层次的描述:一种是较高层次的使用心理术语的描述;一种是较低层次的使用生理术语的描述。脑系统中完全一样的因果力可以分别在这两种不同的层次上进行描述。"② 这就如同一把锤子在宏观层次上具有坚实的固体性,在微观层次上则是粒子的运动。因为意识过程中的因果力和它的神经基础中的因果力是完全一样的,所以我们讨论的意识过程和神经元过程并不是两件独立的事情。"这种情况就像固体的因果力(causal power)和它们的分子组成的因果力。我们不是在讨论两个不同的实体,而是在不同层次上讨论同一个系统。"③

维特根斯坦、赖尔和塞尔揭示出心灵和身体的关系是一种逻辑上和语法上的关系。心理过程和身体行为不是在经验中并行的两个不同过程,而是我们对同一个过程的不同描述。语言哲学对身心二元论的批判同样适用于形神二元论。如果像神不灭论所说的那样,形与神是两个不同的实体或两个不同的过程,那么它们是如何结合到一起并且相互产生影响的呢?在现象与本质、形式与内容的意义上,形神关系同样是一种语法关系。它们都是我们在不同层次上对同一事物的不同陈述方式。因此关于形神关系的陈述并不增加我们关于事实的知识,它们不是经验命题,而是语法命题,在维特根斯坦看来,形而上学的诸多命题都是一些语法命题。它们或者是语法规则,或者是我们的生活常识,或者是无意义的胡说。但是形而上学家认识不到语法命题和经验命题的区别,把自己的语法命题当作关于经验世界的必然真理。其实形而上学命题的必然性,不过是一种语法规则的必

---

① 〔英〕吉尔伯特·赖尔:《心的概念》,徐大建译,第30页。
② 〔美〕约翰·塞尔:《心、脑与科学》,杨音莱译,上海译文出版社2006年版,第18页。
③ John R. Searle, Mind: A Brief Introduction, New York: Oxford University Press, 2004, p.128.

然性。而语法规则的必然性不过是我们约定的关于如何使用语词的一致性。"太阳晒，石头热""天上下雨，地上湿"，这是一种经验的必然性。这是我们通过观察经验事实而得出的结论，而这个结论是可以证实或证伪的，是可以怀疑的。但"有因必有果""有果必有因""本质表现为现象""现象表现出本质"这样的放之四海而皆准的永恒真理，是无须也无法通过经验来验证的。因为这种命题并不涉及经验内容，它们只是一些关于语词使用规则的陈述，也就是说它们只是表达了一些语法规则。我们把表现为现象的东西称为本质，把表现出本质的东西称为现象。如果你不这样使用这些语词，它们的意义就是不可理喻的。原因的概念已经蕴含了它是导致结果的东西，而结果的概念也蕴含了它是被原因导致的东西。本质的概念蕴含着它必然表现为现象，而现象的概念也蕴含着它必然表现本质。没有脱离现象的本质，也没有脱离本质的现象，但这不是说现象与本质在经验上、实质上必然地结合在一起，而是说，离开了现象我们就无法定义什么是本质，离开了本质也无法定义什么是现象。现象与本质的不可分离，是概念上和逻辑上的不可分离，也就是语法上的不可分离。

索绪尔曾经把语言的音响形式与思想的关系比作纸的正面与反面。离开音响形式，思想就无法确定下来。二者是一种无法分离的关系，正如纸的正面与反面。但这个比方并不非常合适，因为在经验层面上，我们可以分别看到纸的正面与反面。但这个比方也说明，在概念上和逻辑上，一张纸无法只有正面而没有反面。陈嘉映的比喻更为贴切，他说事物的可分性有两种，即实质上可分和形式上可分。一个足球有三十二块皮子和一个足球有表面积是两种意义的"具有"，我们可以把足球拆成这些皮子，但我们无法把它的表面积拆下来。表面积与足球只是在形式上是可分的。[①] 无论把形神作何种意义上的理解，把事物区分为形与神，都是逻辑上或形式上的区分，而不是实质上的区分。"桌子有腿"和"桌子有高度"是两种不同意义上的"有"。我们可以在实质上把桌子的腿拆卸下来，但不能在同样意义上把桌子的高度拆卸下来，高度与事物只是在逻辑上或形式上才是可分的。

事物的形是在经验中实存的，但事物的神却不能在同样的意义上"实存"。也就是说，我们是在逻辑上、概念上、形式上、语法上把事物区分为形与神的，而不是在实质结构上把事物分为形与神。形和神既不是两个对象，也不是一个对象的两个部分，而是同一个对象的两种呈现方式，或

---

① 陈嘉映：《语言哲学》，北京大学出版社2003年版，第73页。

者说是主体对同一个对象的两种描述方式。我们不是像动物一样，只看到事物的形象，我们还对事物有所理解，赋予事物以各种意义。形就是我们的感官所把握的事物的形象，神则是我们对此形象的理解和揭示。"吴牛喘月"，只是因形象相似而引起的生理上的条件反射。人在不能正确辨识形象的时候，也会"杯弓蛇影"。"小时不识月，呼作白玉盘。又疑瑶台镜，飞在青云端。"（李白《古朗月行》）儿童不知道月亮是何所是，只好用"白玉盘"或"瑶台镜"的形象来作类比。而当我们把月亮理解成"广寒宫"的时候，月亮就不再仅仅是一个形象。李白会"举杯邀明月"，苏轼会说"又恐琼楼玉宇，高处不胜寒"；而科学家认为那只不过是一颗荒凉的星体。这些都是我们对月亮在不同层次上的理解，但月亮并不因此就成为许多个不同的月亮或被分割成不同的部分，"月亮还是那个月亮"。

　　形神问题之所以产生，是因为世界对人而言，既在语言层面上成象，又在非语言层面上成象。在非语言的层次上，形就是感官所把握的形象。在这一层次上，人和动物是一样的，世界对人和动物都显现为形。在语言的层次上，人把自己的感官所感受到的世界称为形，把自己对形的理解称为神。在非语言的层次上，事物还谈不上"是"什么，因为一旦要说"是"什么，就进入语言的层次了。在语言的层次上，才能说某物"是"什么。一旦说出某物"是"什么，某物就不仅是感官感受到的形，而且有了意义。语言赋予本来不"是"什么的形象以意义，这个意义就是神。神这个概念的产生，源于人类追问世界"是"什么的冲动。当我们说某物"是"什么的时候，就是用语言对其"所是"进行理解和揭示。我们对某物的理解和揭示就是某物的神，即某物之"所是"。语言是事物的意义，却不是事物本身。所谓"言不尽意"无非是说语言不是事物本身。语言当然不是事物本身，这只不过是一个语法命题。语言层次的事物是无形的，非语言层次的事物是无神的。现实世界里的一棵树，本身无所谓形神，它甚至无所谓是什么东西。但当我们指着一棵树说：这是一棵树，就是把这个形象理解为"树"。"树"这个概念的意义，就是这个形象的神。当我们不通过语言把眼睛里看到的"树"理解成一棵树的时候，它就只是树的形。想象一下狗眼睛里的太阳和牛眼睛里的月亮，就很容易理解这一点。动物对世界没有理解，所以它对世界的反映就只有形，没有神。如果上帝存在，我们大概可以说，世界在上帝眼里只有神而没有形。上帝直接把握所谓的"本质"，而不需要像我们一样通过现象认识本质。只有对人而言，事物才既以形的方式存在，又以神的方式存在。

　　形神二分并不是事物自身的实质结构，而是我们关于现象的陈述方式和思考方式。所以讨论形神问题就不是观察现象本身,而是分析我们的理解方式和陈述方式。这就是维特根斯坦所说的语法考察:"这种考察通过清除误解来澄清我们的问题;清除涉及话语用法的误解;导致这类误解的一个主要原因是,我们语言的不同区域的表达形式之间有某些类似之处。——这里的某些误解可以通过表达形式的替换来消除;这可以称作对我们表达形式的一种'分析',因为这一过程有时像是拆解一样东西。"①形而上学的错误就是把形神二分误解为现象的实质结构,把逻辑区域、语法层面的表达形式应用于事实领域。为了澄清这种混乱,就需要对容易产生误解的表达方式进行改写。根据维特根斯坦的分析方法,我们可以把形神概念的意义转换成如下表达:形神的第一个意义相当于说,每一个活的生物都有生命;第二个意义相当于说,每一个事物都是其所是;第三个意义相当于说,每一个审美对象都有它的审美意义。因为动植物、人和审美对象也是一种事物,所以第一种意义和第三种意义也可以在第二种意义上去理解。也就是说生命现象和审美对象在逻辑上也是由现象和本质构成的。对没有生命的事物而言,比如一座山或一片海,它们没有第一个意义;对有生命的事物而言,比如一朵花,就具有以上三个意义,一是花的形象和花的生命,二是花的形象和花的概念,三是花的形象和花的美。

这些命题与"每个物体都有广延""每根棍子都有长度"一样属于语法命题,不同于"西施有胃病"这样的经验命题。语法命题的真假是由概念自身的意义和设置方式决定的,无须也无法通过经验和事实来验证。不过上面所说的"西施有胃病"不是最好的例子。之所以要用这个不是最好的例子,是因为它恰好可以显示语法命题和经验命题的不同。在维特根斯坦看来,语法命题和经验命题并没有绝对的界限。有些语法命题具有经验命题的形式。而有些经验命题在某种情况下也会转变为语法命题。"西施有胃病"在西施生活的年代是一个经验命题,它与"西施有头癣"一样是可以通过经验来验证的。但在我们今天的语言里,"西施病心"已经凝结在"西施"的概念里面,以至于如果"西施"没有胃病("病心"),反倒不成其为"西施"了。我们现在说的"西施"指的就是春秋时期那个有胃病的美女,所以"西施有胃病"几乎也成了一个语法命题。但"西施有头癣"无论是在当时还是在今天都是一个经验命题,根据庄子所说"故为是举莛与楹,厉(头癣)与西施,恢诡憰怪,道通为一"(《庄子·齐物论》),可以推知西施并没有头癣。

---

① 〔奥〕维特根斯坦:《哲学研究》第 90 节,陈嘉映译,第 49—50 页。

因此，形神关系是一种逻辑和概念上的必然关系。形神结构是我们观察事物的方式，而不是事物的真实结构。但庄子和慧远等人都混淆了语法命题和经验命题，在事实层面上理解语法命题，或者把语法命题应用于对事实的陈述，把事物的神当作与事物一样的存在，因此就出现了形与神哪个更重要的问题。"神比形重要"的意思不是说，一个对象分为形与神两个部分而神比形更根本、更重要。它的意思无非是，我们不应该像动物一样只看到对象的形，而是应该对这个看到的形有所理解、有所揭示。"买椟还珠"与"离形得神"的表层语法是一样的，但深层语法却截然不同。我们可以说"珠"比"椟"更重要，但不能说珠的神比珠的形更重要。假币并非只有形而没有神，假币的神就是它的"假"；真币的神就是它的"真"。说假币没有真币的神相当于说"假币不是真币"。而真币之所以"真"恰好在于它与假币有不同的形。我们只能用真币的形去买东西，却不能用它的神去买东西。形与神哪个更根本无关紧要，要紧的是不能把形与神的关系弄成实质上的关系，也就是说不能把形神关系比喻成鸟在笼子里，人在房子里，珠在盒子里。这种比喻在语法上的错误在于，把用来描述同一个对象的形神拆开，分别指两个不同的对象。对形神关系的理解，只要不是故弄玄虚，就不会生出许多似是而非的争论。

庄子说母猪死后，乳猪就不再依恋它了，因为乳猪爱的是母猪的神而不是它的形。庄子要说的无非是，乳猪爱的是活猪而不是死猪。但庄子只顾形与神的分别，却错失了"死形"与"活形"的分别。范缜区分了人的"生形"与"死形"以及树木的"荣体"与"枯体"，[①] 正好用来说明上面活猪与死猪的问题。死猪不再有活猪的神，但活猪何尝有死猪的神。庄子在《德充符》中塑了许多"形残而神全"的"畸人"，同样是把语法命题误为经验命题。据庄子说，"王骀""申徒嘉""叔山无趾""哀骀它"等高人虽然形体丑陋，但精神却是完美的。然而形之残与神之全在这里完全是一种偶然的关系。也就是说"形残"并不必然"神全"，而"形全"也未必不能"神全"。即使我们同意庄子所说的"神全"是一种最高的人生境界，实现这种境界也不必先把自己摧残得不成人样。"精神比肉体更重要"的深层语法不同于"生命比金钱更重要"。虽然"精神比肉体更重要"在日常语言中是一个有意义的说法，但它的意思可以改述为：某种高尚的精神追求比对肉欲的追求更有价值，比如写诗比吃喝更有价值。但某

[①] （南朝梁）范缜：《神灭论》，载严可均辑《全梁文》卷45，商务印书馆1999年版，第479页。

种高尚的追求（神）对应的是某种高尚的行为（形），比如写诗的追求对应着写诗的行为。说"写诗比吃喝更高尚"是有意义的（即使这个命题为假，它仍然是有意义的），但说"写诗的追求比写诗的行为更高尚"就没有意义了。哲学上之所以出现"神比形重要"这样的无意义命题，是因为混淆了语法命题和经验命题。

桓谭对形神关系所作的烛火之喻，何承天作的薪火之喻，虽然坚持形神不离，但形神仍被比喻成同一层面的实存。所以慧远利用这一点说："火之传于薪，犹神之传于形。火之传异薪，犹神之传异形。"① 薪尽而火可以传，正可以说明形灭而神不灭。不过，这个比喻的语法并不像他们理解的那样。燃烧这种现象在本质上就是一种剧烈的氧化反应，"薪火"云云，不过是碳在达到燃点时与氧气产生的化学反应而已。反应结束，火也就灭了。至于火可以传到其他薪上，是因为有了新的反应物。新的反应所产生的火，已经不同于原来的火。不过在薪火之喻中，火只是现象（形），碳和氧的反应才是本质（神）。"薪尽火传"说明的反倒是"神尽形存"。如果慧远懂得这个道理，他断然不会同意这样的比喻。当然说到底，形神既不像桓谭、何承天说的那样结合，也不像慧远说的那样分离。

范缜对形神关系的理解揭示出形神之间是一种逻辑上和语法上的关系："神即形也，形即神也。是以形存则神存，形谢则神灭也。"范缜把形与神的关系比作刃与利的关系，"神之于质，犹利之于刃；形之于用，犹刃之于利。利之名非刃也，刃之名非利也。然而舍利无刃，舍刃无利。未闻刃没而利存，岂容形亡而神在？"② 范缜在这里考察的不是事实而是概念，也就是"刃"与"利"这两个词的用法。范缜比喻的高明之处在于，"利"与"刃"不再是处于同一层次的两种现象，而是我们对同一现象作的不同陈述，因此"利"与"刃"就是一种逻辑上和概念上的必然关系。"刃"的概念蕴含着"利"，"利"的概念则蕴含着"刃"。"舍刃无利"和"舍利无刃"是语法命题而非经验命题。你可以说形是神的显现，也可以说神是形的属性，但你不能说，存在着一个不显现为形的神，或存在着一个没有任何属性的形。九方皋相马，可以不关心"牡而骊"还是"牝而黄"，却不能不关心马是不是有腿。刘翔是男而黄，琼斯是女而黑，他们跑得快慢与这一点没有关系，但绝不会与他们腿部的肌肉没有关系。跑得

---

① （东晋）慧远：《沙门不敬王者论》，载严可均辑《全晋文》卷161，商务印书馆1999年版，第1772页。
② （南朝梁）范缜：《神灭论》，载严可均辑《全梁文》卷45，第478页。

快是神，运动器官才是形。杨玉环没有琼斯跑得快，当然不是因为她皮肤不如琼斯黑；而孙膑没有刘翔跑得快，恰恰就是因为孙膑没有刘翔的形。刘翔后来脚受了伤，就再也不能跑得像原来那样快；琼斯后来则被查出服用了兴奋剂。一切都有形迹可寻。而庄子和慧远不愿意正视桌子腿与马腿的区别，他们会认为如果马的神钻进桌子的形里，桌子就会像骏马一样奔驰起来。

第二节 绘画书法的形与神

在造型艺术中，形是色彩、线条、形体、声音等感性形式及其组合，而神则是这些形式引发的审美感受，也就是主体所揭示的作品的审美意义。克莱夫·贝尔把这些能够引起主体审美感受的感性形式称为"有意味的形式"。[1] 在这个意义上，形就是有意味的形式，而神则是这些形式所具有的意味。这是就艺术作品本身而言的。艺术作品本身有自己的形神，但艺术作品同时又可能描写或摹仿一个对象，而对象又有自己的形和神。这样，作品和作品描写的对象之间就产生了形似和神似、传神和写形的问题。另外，作品还表现作者的思想情感，如果把作者的思想情感也看作一种神，传神又会产生另外一个意义。

《淮南子·说山训》说："画西施之面，美而不可说；规孟贲之目，大而不可畏，君形者亡焉。"据说这里讲的就是绘画不够神似，也就是没有传达出西施和孟贲的神。但这种说法其实没有说清楚不同层次的形与神的对应关系。这里涉及的神其实是现实中的西施或孟贲的神，那么这里的形是西施或孟贲在现实中的形呢，还是在画中的形？西施或孟贲在现实中的形与他们的神是一种语法关系，不存在"君形者亡焉"的问题。除非像庄子所说的母猪那样："君形者亡"就相当于"死了"。所以这个"美而不可说""大而不可畏"的形，只能是画中的形。但画中的形无论画成怎样，它总有自己的神。就算是一幅糟糕的画，那也有一个糟糕的神。那么怎么让画中的形传达出现实中人物的神呢？从逻辑上说这是不可能的。因为画中的形无论多么成功，它传达的都是画中人物的神，而不是现实中人物的神。但中国古代的艺术家却一定要通过绘画中的形来表现现实人物的神，而且认为这是可能的。他们能做到这一点吗？他们是怎样做到的呢？现实

---

[1] 〔英〕克莱夫·贝尔：《艺术》，薛华译，江苏教育出版社2004年版，第4页。

中的西施据说是一个手捂着心口,眉头微蹙的美人。"西施病心而矉其里"(《庄子·天运》),这是她的形;"其里之丑人见之而美之",这是人们对其形的理解,也就是西施的神。我们看到西施捧心蹙眉,同时感到很美,就等于看到了她的神。这个被我们理解了的形同时就是神。要画出西施的神,就是要画出我们对她的理解。现实中有西施的形,我们才能对她有所理解。我们想从画上得到同样的理解,就只能想办法在画中再现她的形。我们在多大程度上复现了现实中西施的形,就能在多大程度上从画中得到对西施的理解。

如果我们能够直接在纸上把西施的神画出来,就不必费力去画她的形。但我们实在画不出一个没有四肢、没有五官、不捧心也不蹙眉的西施的神。我们最终只好画她的形。如何判断我们画的西施好不好呢?见过西施的人可能会说:好,简直和西施一模一样;或者说:不好,一点也不像西施。在日常生活中,我们不使用形神等形而上学的概念,也完全可以谈论画的好坏。但自从有了形神之分,我们的语言就变得无所适从了。一种可能的情况是,如果把像西施叫作形似,那么神似就是比形似程度更高的"似"。而这又相当于说形似就是不太"似",而神似则是非常"似"。但我们只需要"似"和"不似"就能表达上述意义,何必分出形似和神似来惑人耳目呢?所以另一种可能的情况是,形似已经非常"似",神似却是不同于形似的另一种"似"。如果形似已经是在大小、形态、颜色、声音方面几乎完全的"似",那么神似就只能是在这些方面不完全但又可以辨认的"似"。但这样说好像神似倒不如形似更"似"了。神似论想表达的意思大概是,艺术在描绘对象的时候,不必拘泥细节,面面俱到,只要抓住那些能决定对象之所是的特征就可以了。那些决定对象之所是的东西就是所谓神。或者说,主张神似或传神的理论认为对象的某些要素或特征更为根本、更为重要,因此只要抓住这些根本要素或本质特征就可以了,而不必追求全"似"。但这样一来,神无非就是那些被称为形的众多因素中的相对重要的因素。比如相对于鼻子、嘴或肢体,眼睛被认为是最重要的,因此画家们就靠眼睛来传神:

  顾长康画人,或数年不点目睛。人问其故,顾曰:"四体妍蚩,本无关于妙处;传神写照,正在阿堵中。"(《世说新语·巧艺》)

这个似是而非的典故被人们迷信得太久了。在这个关于传神的神话中,眼睛其实并不比其他器官具有更高的逻辑地位。你可以认为眼睛最传神（其实这一点在经验上是可以怀疑的），但神与形的对立显然不同于眼睛与四肢的对立。顾恺之认为四肢无关紧要，总算还说得过去。如果把西施的脸画在狮子的身体上，我们毕竟还能认得出那是西施的脸，不过"捧心"是不可能了；如果把西施的眼睛画在狮子的脸上，我们将不能认出那是西施的眼睛。况且，眼睛仍然是一个包括众多细节的整体。按照传神论的逻辑，眼睛的这些细节，还可以再区分为本质的与非本质的、重要的和不重要的、根本的和非根本的。眼睛有自己的本质特征，本质特征还有自己的本质特征，这样追求下去，神似最终离人物本身就无限遥远了。

在眼睛这个层面上，我们可以说达·芬奇画的蒙娜丽莎的眼睛是完全的形似，而顾恺之画的女史箴的眼睛并不完全形似，缺少了很多细节，你可以把这种不完全的形似叫作神似。神似省略了那些不重要的细节，保留了那些本质性的因素。但问题是，《蒙娜丽莎》的眼睛同样不缺少这些本质性的细节。总不能说，达·芬奇在画《蒙娜丽莎》的时候没有发现眼睛的本质特征，或者他专门去画一些非本质特征。如果我们一定要坚持《蒙娜丽莎》是形似，《女史箴图》是神似，那岂不是说，神似只是局部的形似，神似是形似的缩略图，或者神似是低像素的形似？

神似高于形似还有一个意思大概是说，形似只表现了对象的特征，而神似却表现了主体的精神。朱光潜评论齐白石画的喜鹊说："画喜鹊就得像喜鹊。但是'像喜鹊'并非'就是喜鹊'，只是像喜鹊还不够，如果够，摄影就会高于艺术。齐白石的这幅画就不只是像喜鹊，我们在这画里面还可以见出他对喜鹊的心情和态度，见出他的人生观和世界观，见出他的艺术修养。"[①] 总之，艺术不是现实，艺术对现实有所增删，有所改变。也就是说，艺术里面有我们对现实的理解。不过画喜鹊与画西施还是有些不同。"像西施"和"像喜鹊"具有不同的深层语法。"西施"是一个专名，指称那个叫"西施"的具体的个体。而"喜鹊"是一个通名，指称所有喜鹊构成的类。画上的西施固然也不是现实的西施，但无论是哪个西施，都不同于昭君；而这一只喜鹊和另一只喜鹊却没有这样的分别。所以你画的喜鹊是这只还是那只没有人在乎，但你画的西施不是西施就是另一个问题了。齐白石画的喜鹊不是任何一只喜鹊但又像任何一只喜鹊，你不妨说这是神似；但如果你画的西施不是西施，却只是像任何一个女人，你把这叫作神似就有点说不过去。

我们这里更进一步要问的是，齐白石画喜鹊，是要表现喜鹊的神呢，

---

① 朱光潜：《朱光潜美学文集》第 3 卷，上海文艺出版社 1982 年版，第 102 页。

还是要表现齐白石自己的神。如果是前者,只要"像喜鹊"就足够了;如果是后者,岂止是像不像无所谓,他画的是不是喜鹊也无关紧要了。黑格尔说,"心灵和它的产品比自然和它的现象高多少,艺术美就比自然美高多少"[①]。但这并不意味着描写自然美的艺术可以无视对象的自身特征。"艺术源于生活又高于生活"不能成为画不像的借口。自然美进入艺术之后就已经是心灵的产品了。甚至自然本身之所以美,就是因为已经有主体的理解和揭示了。摄影在摹仿现实方面胜过绘画是一个误解。相机对现实没有理解,摄影如果要成为艺术,必须加上摄影师的理解,但摄影师想通过相机把自己理解了的现实再现出来,比画家要困难得多。不只是摄影,就是现实本身在我们眼里,有时也会不像现实。在黑暗中,即使我们与西施面对面,也看不清她的样子。而在绘画中,我们画的是一个我们看清了和理解了的西施。同样面对自然,张宗昌看到的是"大明湖,湖明大,大明湖里长荷花",谢灵运看到的却是"池塘生春草,园柳变鸣禽"。我们对艺术摹仿现实理解得太肤浅甚至太庸俗,"艺术源于生活又高于生活"不假,但问题是有一种生活本来就高于另一种生活,比如西施本来就美于"里之丑人"。艺术在摹仿现实之初就已经有所选择。艺术摹仿现实是因为艺术家认为他看到的现实已经足够美。困扰他的根本不是艺术如何"高于现实",而恰恰是如何让艺术等于现实。"一切地域、民族和国家的绘画艺术,其早期阶段,基本上都是用'勾线填色'的技法以'摹拟'物象开始的。而这个初级的'摹拟'阶段,其'摹拟'物象的本领有限,往往力不从心——他们力图摹拟得象真,但客观上并不能达到十分'形似'。"[②] 要在二维平面上制造出三维空间里的感觉,需要焦点透视和光影明暗等自然科学知识。中国人从一开始就没有这方面的知识,或者不能把这种知识运用到绘画当中,所以在摹仿对象方面始终达不到似的程度。但这绝不是我们一开始就不屑于摹仿现实。

> 顾长康画裴叔则,颊上益三毛。人问其故,顾曰:"裴楷俊朗有识具,此正是其识具。看画者寻之,定觉益三毛如有神明,殊胜未安时。"(《世说新语·巧艺》)

顾恺之在裴楷颊上"益三毛"以传神,其艺术技巧上的价值是大可怀

---

① 〔德〕黑格尔:《美学》第 1 卷,朱光潜译,商务印书馆 1979 年版,第 4 页。
② 徐书城:《中国画之美》,中国社会科学出版社 1989 年版,第 31 页。

疑的。如果现实中裴楷本来没有这三毛，而画中却必须加上三毛才更像裴楷，那一定是通过这三毛显示出了现实中有而画中却失去了的东西。这些失去的东西，也就是"神明"，其实可以通过透视和明暗等手段表现出来。顾恺之不会运用这种方法，就只有靠增加"三毛"来达到目的。徐复观也指出了顾恺之绘画技巧的局限性。① 我们推测，顾恺之在颊上益三毛的目的，是克服面部形态的平面感。顾恺之在这里也否定了他自己说的"传神写照"，因为他之所以要"益三毛"恰恰说明仅仅靠眼睛是不够的。传神显然不能只靠眼睛，甚至也不能说眼睛是最重要的。人的神情与面部的各种肌肉活动密切相关，而这又需要解剖学、生理学和心理学的知识。

中国绘画理论中之所以会有形与神的对立，是因为工具、材料和绘画技巧做不到画得逼真（形似）。因为实践中做不到形似，所以理论上就出现了似与不似之间的神似。齐白石说："作画在似与不似之间为妙，太似为媚俗，不似为欺世。"② 现在的问题是，这个媚俗的"太似"远比超俗的神似更难以做到。在这里我们走到了形似与神似之分的尽头。你可以把像西施叫作形似，但你不能把不像西施叫作神似。似就是似，不似就是不似，为什么还要分出神似和形似？你把西施画得不像西施，却说这叫神似。我倒要说，我不要神似，你给我画一个形似的看看。结果是，你画不出。你不是因为不屑于形似，超越了形似，直达神似，而是根本就达不到形似。如果你能达到形似，我们就会觉得你实现了神似。赝品之所以能乱真，全在其高度的形似。所以判断真伪最终依据的是检验其形的真伪，而不是去检验那个没有形迹的神。一个只是神似的赝品欺骗不了我们。

当然，绘画如果不再表现对象，而是创造一个新的审美对象，表现主体的精神，就没有似与不似的问题了。"逸笔草草，不求形似"③，但此时也就谈不上神似。虽然没有"似"与"不似"的问题，但形神问题依然存在。此时的形就是艺术形式，神就是审美意蕴。艺术作品的形，就是有意味的形式；艺术作品的神，就是形式传达的意味。当顾恺之为裴楷画像的时候，中国绘画还没有空灵到"逸笔草草"的程度。顾恺之求形似而不得，只好"颊上益三毛"以补形似之不足，这实在不是什么值得骄傲的传神之笔。当中国古代画家们把注意力转向笔墨之性，在线条的轻重与墨色的浓淡之间寻找趣味的时候，画的是裴楷还是西施已经无关紧要了。"这

---

① 徐复观：《中国艺术精神》，华东师范大学出版社 2001 年版，第 96 页。
② 徐改编著：《齐白石画论》，河南人民出版社 1999 年版，第 52 页。
③ （元）倪瓒：《答张藻仲书》，周积寅编著：《中国画论辑要》，江苏美术出版社 1985 年版，第 166 页。

样一来,自然物象的固有特征已遭到了极度蔑视,人们开始把注意力完全放置在一些'笔墨'(抽象美)的'独立'形式的锻铸上,不再重视对那些自然物象的固有特征的忠实'摹拟'了。人们已把画什么东西(题材)的问题置于无足轻重的地位,最重要的是某些特定的'笔墨'形式——'线'和'点'的形式结构的'抽象美'。"[1] 正是在这一点上,书法似乎比绘画更适合表现主体的精神,以至于李泽厚说不是书法从绘画而是绘画从书法中汲取经验。[2] 书法不存在形似神似的问题,虽然古人造字有"象形"之说,但书法的象形与绘画的象形没有关系。[3] 书法不再摹仿或描绘现实中的事物,是纯粹"有意味的形式"。

点线结构的意义不在点线结构之外,虽然中国画最终不以再现现实中的审美对象为最高追求,但那不是所谓"离形得似"。似与不似,总是两个对象之间的比较。书法和音乐不再有现实的再现对象,因此也没有似与不似的问题。但它们仍然有自己的形与神。点、线、形体、结构、音响、节奏、旋律就是形,我们对形的感受、理解和揭示就是神。在日常语言中,我们有时候说王羲之写的字传神,我们写的字无神。这句话的意思无非就是,我们写得不如王羲之好,此外不再有形而上的意义。好与不好,只能在用笔、结构、章法这些具体的形迹上去比较。我们写得不如王羲之,不是说我们能够创造出与王羲之一样的形而唯独缺乏一种看不见的神。我们的字没有王羲之的神,正是因为我们写不出王羲之的形。说我们写的字没有王羲之的神是无意义的,王羲之的字同样没有我们的神。南朝张融就曾说"非恨臣无二王法,亦恨二王无臣法"[4]。王羲之的字和我们的字各有其形神,把我们的字当作无神之形,或把王羲之的字当作无形之神,其形而上的依据是老子所说的"大象无形,大音希声",这种语法上的错误是一切混乱的根源。

书法本来没有神似与形似的问题,但是学习书法需要临摹,在临摹的过程中就有了与原帖形似还是神似的问题。这里暂且不谈入帖和出帖的问题。按照传神说,点画、字形、间架结构这些因素都属于形,仅仅临摹这些形的因素是达不到神似的。然而,传神说的理论只是纸上谈兵,真正练习书法的人临摹的就是点画、字形和间架结构等等。一个连字形都临摹不像的人宣称自己追求的是神似不过是自欺欺人。你的字和王羲之的字都是

---

[1] 徐书城:《中国画之美》,中国社会科学出版社1989年版,第36页。
[2] 李泽厚:《美的历程》,中国社会科学出版社1989年版,第42页。
[3] 徐复观:《中国艺术精神》,第88页。
[4] 《南史》卷32《张融传》,中华书局1975年版,第835页。

汉字，它们之间本来就不缺乏神似。如果为了神似，你根本不需要临摹。

法帖的制作和选择同样不支持传神说的理论。众所周知，目前王羲之传世的书法作品没有一件是真迹。它们最接近真迹的是通过一种叫作向搨的技术对原迹的复制。向搨技术追求的目标就是尽可能完全地复制原迹的所有细节。如果像传神论所说的那样，真迹的根本价值在于其神，摹本的意义也在于保留真迹的神，那么复制原迹的所有细节就是没有必要的。然而，摹搨者为了保留原迹的神，对原迹细节的追求到了变态的程度。因为他们非常清楚，所谓的神，无非就是所有这些被视为形迹的细节。

还有很多法帖是从碑刻上"椎拓"下来的。这种法帖的制作需要更复杂的技术和工序。碑刻相对于原始的墨迹已经失真，而拓本再从碑刻转移到纸上，会产生更严重的走样与变形。拓本一方面可能丢失了原始墨迹的一些细节，另一方面又可能增加了一些原迹本来没有的细节。在这种情况下，临摹者如果拘泥于拓本的形迹，就会把拓本中多出来的东西当作原迹去追求。在这种情况下说不求形似当然是有意义的。但这仍然不能证明传神论是对的。因为拓本因辗转复制而增加的形并不是原迹的形。相反，为了追求原迹的神，不仅需要警惕拓本增加的形，还要考虑拓本失去的形。人们在书法创作中追求的所谓"金石气"，在原始墨迹中是根本不存在的。为了在纸上制造出金石上的神韵，就不得不使用一些不自然的笔法去摹仿金石、碑刻上的形迹。而这只不过从反面证明了所谓的神韵、气韵，只是一些特殊的形迹和细节。总之，能够谈论的只有形，谈论形的时候同时就谈论了神。现在的数字摄影技术可能通过高像素复制原本的细节，笔画和字形基本上已经不是失真的障碍了。如果你认为照片仍然无法与原件相比，这当然是对的。但之所以如此，不仍然是因为照片相对于原件缺少了某些细节吗？你把这些细节叫作形还是神呢？我们可以用维特根斯坦的话来回答：两者都是，在一种意义上是形，在另一种意义上是神。

宋代以后，形似、神似之说在欧阳修、苏轼、葛立方、王若虚、杨慎、李贽等人之间引起了长期的讨论。参与讨论的人都具有高度的艺术修养，但最终并没有使形神之辨取得实质性的进展。这种现象本身就说明形似、神似这些概念是引人误解的。情况就像罗素所说的那样，不是因为现象多么复杂，而是未对语言加以正确的使用。也许我们应该像赖尔对"在心中"这种语词的态度一样，[①] 把神似、传神这样的语词从理论中彻底清除。刘师培在讨论文学创作中对古人的学习和模拟时，讽刺"不主形似，

---

① 〔英〕吉尔伯特·赖尔：《心的概念》，徐大建译，第41页。

但求神似"是"虚无缥缈,似是而非之论"。① 刘师培的讨论已经转到了文学理论,他所说的形似、神似显然是从书画理论中借鉴而来的。但文学理论中本来就有形似的说法,然而最初却没有神似的说法与之相对。这正是我们在下面要讨论的。

第三节 文学创作的形与神

　　文学与绘画、书法、音乐不同,后者以形的方式存在,神是我们对形的理解,而文学直接就是理解,所以文学无形,文学直接就是神。文学对思想情感的表达是直接的,并不需要像书法绘画那样要通过具体的形象。文学当然有自己的形象,比如语言的声音和文字的形状,前者形成歌唱,后者形成书法,但这些形象因素并不构成对其他对象的刻画。文学中所谓的形象,是在语言层面形成的关于形象的概念。文学对形象的刻画是间接的,我们需要克服语言的抽象性而通过想象形成对象的形象。如果说绘画、书法是以形写神,文学却是以神写形。

　　在文学理论中,最初不存在神似和传神的问题,形似都是单独讲的。后来的文学理论中也讲传神和神似,是受了画论的影响。

　　神在文学中同样存在两种情况,一是审美对象的神,二是创作主体的神。通常所说的传神和神似就是表现了对象的内在精神。比如王国维说"叶上初阳干宿雨,水面清圆,一一风荷举"是能得荷之神理者,② 说的是荷花的神。李贽说"武松打虎到底有些怯在"是传神,③ 传的是武松(作为审美对象)的神。但有时候人们又把"文以气为主""风骨""风力""神韵"等主体方面的特征理解成神。前者是对象的神,后者是主体的神。当然,在文学中,对象经常会引发主体的思想情感,但对象引发的思想情感属于主体却不属于对象,对象自己的神有独立性。如果不区分对象的神和主体的神而大谈形似神似,就会产生语法上的混乱。"悲落叶于劲秋,喜柔条于芳春"(《文赋》),"悲""喜"属于主体,是主体的神;而"落""柔""劲""芳"这些特征属于对象,是我们对对象的理解和揭示,那是对象的神。对象的形就是我们通过"落叶""柔条""劲秋""芳春"

---

① 刘师培:《魏晋六朝专家文研究》,《中古文学论著三种》,辽宁教育出版社1997年版,第128页。
② 王国维著,滕咸惠校注:《人间词话新注》,齐鲁书社1981年版,第24页。
③ 陈曦钟、侯忠义、鲁玉川辑校:《水浒传会评本》,北京大学出版社1981年版,第430页。

想象出来的对象的形象。我们看《文镜秘府论》是怎样理解形似的：

> 形似体者，谓貌其形而得其似，可以妙求，难以粗测者是。诗曰："风花无定影，露竹有余清。"又云："映浦树疑浮，入云峰似减。"如此即形似之体也。①

显然，《文镜秘府论》所说的形似就是我们通常所理解的神似。试比较一下，这里所说的形似与王国维所说的"得荷之神理者"有什么不同？这种所谓形似，难道不是得"花""竹""树""峰"之神理者？"形似体"与其他体如"质气体""情理体"等的不同在于，它追求的是对象自身的审美意义，也就是对象的神。

而当我们说刘勰、钟嵘推崇风骨、风力而不重形似的时候，在语法上就产生了混乱。这里作为风骨、风力的神是主体的神，而他们所说的形似实际是对象的神。就对象而言，形似即神似，这是一个语法命题。所以，如果说刘勰、钟嵘不重形似的话，其实他们也不重神似。也就是说，他们不重视对象自身的独立意义（包括对象的形与神），而是重视对象在主体身上所引发的思想情感（表现为风骨和风力）。因此，在文学理论中说形似的时候，往往并不与神似对举，因为形似与神似根本就是一回事。刘勰、钟嵘所说的形似就是指把写作的重心放在对象而不是主体，而说表现主体之神的时候，他们用的是风骨和风力。与风骨、风力对举的是"文辞"而不是形似。如果说在文学中主体的思想感情是神，那么形就是主体的语言——"文辞"。风骨与"文辞"相当于"意"与"言"，同样是一种概念上的必然关系。

因此，在讨论文学创作中的形神问题时，首先要搞清楚，我们指的是审美对象的形神，还是创作主体的形神，否则将会不知所云。

汉大赋大多都是写物的，虽然一般都要义归讽谏，但写物与讽谏之间并没有必然的关系，大赋中对物的描写具有独立的审美意义。"自汉至魏，四百余年，辞人才子，文体三变。相如巧为形似之言，班固长于情理之说，子建、仲宣以气质为体"②，郭绍虞注说："形似，意义相当于描写。相如以辞赋擅长，辞赋重在体物，要写得形象逼肖"③，陆机《文赋》说

---

① 王利器：《文镜秘府论校注》，中国社会科学出版社1983年版，第147页。
② 《宋书》卷67《谢灵运传论》，中华书局1974年版，第1778页。
③ 郭绍虞：《中国历代文论选》第1册，上海古籍出版社1979年版，第217页。

"赋体物而浏亮","浏亮"即把物的特征清晰地表现出来,是形似亦是神似。刘勰说:"赋者,铺也,铺采摛文,体物写志也。"(《文心雕龙·诠赋》)"体物"是表现对象之神,"写志"是表现主体之神。"原夫登高之旨,盖睹物兴情。情以物兴,故义必明雅;物以情观,故词必巧丽。"(《文心雕龙·诠赋》) 可见刘勰主张通过"体物"而"写志",但二者实可分开。刘勰在《诠赋》赞语中说:"写物图貌,蔚似雕画。"即是指表现对象之神。《物色》篇说:"是以献岁发春,悦豫之情畅;滔滔孟夏,郁陶之心凝。天高气清,阴沉之志远;霰雪无垠,矜肃之虑深。岁有其物,物有其容;情以物迁,辞以情发。"这里强调的不是物的自身特征,而是外物在主体身上激发的情感。但物自身是"有其容"的,"献岁发春""滔滔孟夏""天高气清""霰雪无垠",这些自然景物的特征,并不必然要在主体身上引发某种特定的情感,它们自身就具有独立的审美意义。刘勰在后面说:

> 是以诗人感物,联类不穷。流连万象之际,沉吟视听之区。写气图貌,既随物以宛转;属采附声,亦与心而徘徊。故"灼灼"状桃花之鲜,"依依"尽杨柳之貌,"杲杲"为出日之容,"瀌瀌"拟雨雪之状,"喈喈"逐黄鸟之声,"喓喓"学草虫之韵。"皎日"、"嘒星",一言穷理;"参差"、"沃若",两字连形:并以少总多,情貌无遗矣。(《文心雕龙·物色》)

刘勰在这里所说的虽然是"诗人感物",但分析的却是物自身的形神。很多论者往往把对物的描写和对心的表现看作是一个过程。实际上,心的表现不一定要通过对物的描写,而对物的描写不必然要表现主体的情感。刘勰说"以少总多,情貌无遗",此处的"情"并不是主体情感,而是指对象方面的情形。刘勰想在《物色》篇中论证自然景物与主体情感之间的关系,但他最终没有做到。因为激发主体情感最根本的力量来自社会生活中的遭遇。钟嵘《诗品序》谈到"四候之感诸诗者"只有"春风春鸟,秋月秋蝉,夏云暑雨,冬月祁寒",后面大段说的都是主体的遭遇与情感的关系。

"写气"和"图貌",似乎前者是神似,后者是形似,其实二者根本就是一回事。"灼灼""依依"之类,既是写形也是传神。我们并不是像蜜蜂或黄鹂那样看到桃花或杨柳,也不是像蜀犬那样看到日出,或许它们只看到对象的形,但我们看到形的同时就有了理解,也就看到了对象的神。

及《离骚》代兴，触类而长，物貌难尽，故重沓舒状，于是"嵯峨"之类聚，"葳蕤"之群积矣。及长卿之徒，诡势瑰声，模山范水，字必鱼贯，所谓诗人丽则而约言，辞人丽淫而繁句也。至如《雅》咏棠华，"或黄或白"；《骚》述秋兰，"绿叶"、"紫茎"。凡摛表五色，贵在时见，若青黄屡出，则繁而不珍。（《文心雕龙·物色》）

刘勰认为《诗经》的写气图貌，是"以少总多"，从楚辞开始，文辞趋繁，至汉赋则变为淫侈，所谓"楚艳汉侈，流弊不还"（《文心雕龙·宗经》）。我们要指出的是，无论是"嵯峨""葳蕤"，还是"或黄或白""绿叶""紫茎"，都既是对象的形，同时也是对象的神。王达津认为，刘勰所论诗经中的例子"大都情兼比兴，物尽形神之似的……而这描写的所以能够'神似'，却是由于自然景物与作者的思想感情息息相通，并且是由作者的思想感情给添加了生气的"①。王达津说的神似没有区分对象之神和主体之神，而这二者其实并没有必然的关系，晋宋文学就不追求这种统一：

自近代以来，文贵形似，窥情风景之上，钻貌草木之中。吟咏所发，志惟深远，体物为妙，功在密附。故巧言切状，如印之印泥，不加雕削，而曲写毫芥。故能瞻言而见貌，即字而知时也。（《文心雕龙·物色》）

刘勰在这里明确指出晋宋以来文学创作的特点是形似。而"文贵形似"一语，可说是概括了山水文学最显著的艺术特色。所谓形似，即指"细致逼真地描绘客观景物"②。做到形似就能"瞻言而见貌，即字而知时"，也就达到了神似。但刘勰显然认为形似是不足为贵的。他推崇的是诗骚的"并据要害"，"四序纷回，而入兴贵闲；物色虽繁，而析辞尚简；使味飘飘而轻举，情晔晔而更新"（《文心雕龙·物色》）。这里的"味"和"情"，以及后面的"物色尽而情有余"，从刘勰的本意来看，是指自然景物引发的主体情感。但刘勰却不能从逻辑上建立二者之间的必然联

---

① 转引自詹锳《文心雕龙义证》，上海古籍出版社1989年版，第1740页。
② 王运熙、杨明：《中国文学批评通史·魏晋南北朝卷》，上海古籍出版社1996年版，第407页。

系。自然景物的审美特征具有强烈的独立性，并不必通过表现主体情感而获得价值：

> 宋初文咏，体有因革。庄老告退，而山水方滋；俪采百字之偶，争价一句之奇，情必极貌以写物，辞必穷力而追新，此近世之所竞也。（《文心雕龙·明诗》）

此处的"情必极貌以写物"亦是"文贵形似"之意。这是晋宋以来文学创作的普遍追求，而刘勰对此是深表不满的。① 实际上，晋宋以来的主要诗人并非只是单纯描摹自然对象自身的美，其中也有思想情感的寄托，只不过与《诗经》相比，他们对自然美的揭示具有更强烈的独立性，以至于我们可以不顾作品全篇的意蕴，而只是摘句欣赏其中对自然美的描写。在这一点上，刘勰所列举的《诗经》中的物色描写，实际上是缺少独立性的。它们只有依附于全诗的意旨才有意义，也就是前面王达津所说，物色实际上是比兴手段。而单就对自然景物形神的揭示而言，我们的意见与刘勰相反：晋宋诗人的艺术成就不但超越了《诗经》，也超越了楚辞。

钟嵘经常说到形似，但也没有与神似对举。既已形似，自然神似，形似之外不再另有一个神似。"形似之言"就是已经是对对象的理解和揭示。钟嵘认为，五言诗"指事造形，穷情写物，最为详切"（《诗品序》）。虽然钟嵘最重视的是主体的情感，但"写物""造形"并非只是"穷情"的手段，同时也具有独立的审美意义。被钟嵘评为形似或"巧似"的诗人有张协、谢灵运、颜延之、鲍照。此外，颜之推也说："何逊诗实为清巧，多形似之言。"② 钟嵘评张协说："文体华净，少病累，又巧构形似之言。"（《诗品》张协评语）我们看张协《杂诗十首》中的形似之言：

> 浮阳映翠林，回飚扇绿竹。飞雨洒朝兰，轻露栖丛菊。（其二）
> 腾云似涌烟，密雨如散丝。寒花发黄采，秋草含绿滋。（其三）

张协《杂诗》是有寄托的，或感叹时光流逝、标举人格理想，或指斥流俗、忧时伤世。但上引描写自然景物的形似之言，实则具有独立的审美意义。这些能够引起我们审美感受的自然景物的特征，就是对象的神。在

---

① 王运熙、杨明：《中国文学批评通史·魏晋南北朝卷》，第408页。
② 王利器：《颜氏家训集解》，中华书局1993年版，第298页。

这里我们可以再重复问一句，这些描写与前面王国维所说的"得荷之神理者"有什么不同？如果你不能有意义地指出它们的不同，那就说明形似和神似就是一回事。"林"是"翠"的，"竹"是"绿"的，似乎只是自然景物的形，我们不妨假设动物也能感觉到这些颜色。但是"阳"的"浮"，"飚"的"回"，"云"的"腾"，就只能是人的理解而不是动物的感觉。更进一步，动物不能从自然中看出"浮阳映翠林，回飚扇绿竹。飞雨洒朝兰，轻露栖丛菊"这番景色，这是诗人对大自然之神所作的揭示。

钟嵘说谢灵运"杂有景阳之体，故尚巧似"（《诗品》谢灵运评语），也许"池塘生春草，园柳变鸣禽"（《登池上楼》）更能说明"形似"即"神似"的观点。诗中所写的景物不过都是俗目所见，而且谢灵运也没有对它们进行刻意雕画，只是轻易拈出，大自然的形就跃然纸上。但同时，大自然的神也跃然纸上。如果这两句诗只是形似，我们真不知道还有什么能叫神似。"尚巧似"的还有颜延之，其诗句如"峤雾下高鸟，冰沙固流川"（《从军行》）；"庭昏见野阴，山明望松雪"（《赠王太常僧达诗》）；"松风遵路急，山烟冒垅生"（《拜陵庙作诗》）。虽然与谢灵运相比，有"错彩镂金"与"芙蓉出水"之别，但这差别乃是同一层次的差别，而非一个形似，一个神似。

鲍照诗"源出于二张，善制形状写物之词，得景阳之𫍯诡，含茂先之靡嫚"（《诗品》鲍照评语），其中也颇多形似之言。但鲍照诗的形似与众不同，那就是"不避危仄"和"险俗"：

> 雁行缘石径，鱼贯度飞梁。箫鼓流汉思，旌甲被胡霜。疾风冲塞起，沙砾自飘扬。马毛缩如猬，角弓不可张。（《代出自蓟北门行》）
> 高柯危且竦，锋石横复仄。复涧隐松声，重崖伏云色。冰开寒方壮，风动鸟倾翼。（《行京口至竹里诗》）

鲍照对自然景物的选取和描写远超出常人的感觉之外，所谓"雕藻淫艳，倾炫心魂"（《南齐书·文学传论》）。自然景物在鲍照笔下不再以清新明丽的形式出现，而是变得雄奇幽峭。我们说这是鲍照对自然作了不同凡响的理解，实际上是把主体的某种情绪折射到对象身上去了。不过这种主观色彩在诗中却是作为主体对对象的理解而出现的，所以我们感到这仍是对对象的描写。

刘勰、钟嵘等人把上述这些写景之笔称为形似，容易使人误以为在形似之外还有一个无迹可求的神似。但是显然，无论是刘勰还是钟嵘，都没有说在形似之外，还存在一个更高的神似。因为形神之间是一种语法关系，所以他们说的形似其实就是后来人们所说的神似。至于风骨和风力，则是主体思想情感的形态，刘勰、钟嵘并不把它们称为神似或传神。而后来人们说神似的时候，当然也并不指风骨或风力。

第五章　文质篇

在中国古代文论中，文质这对范畴有两种意义，一是指事物的内容和形式；二是指形式的华丽和朴素。王运熙说，古代文论中的文质"一般都是指语言风格的华美和质朴，而不是指作品的形式和内容"，但他也承认文质有的时候就是指形式和内容。[①] 文与质的这两种意义一方面在语义深层有本质的联系；另一方面，这两种意义上的文质关系在语法上却具有不同的性质。比如人们通常认为未经修饰的内容、本体、底子就是质朴的，而用来修饰内容的形式则是华丽的。这种语义上的联系往往导致人们把内容理解成质朴的，把形式理解成华丽的。但华丽与质朴是经验上的并存关系，而内容与形式却是逻辑上的内在与外在的关系。理论通常能够轻易地区分文质的两种意义，却不容易分清文与质之间这两种关系的不同性质。因此内容与形式就经常被误解成珠与椟（买椟还珠）、酒与瓶（旧瓶装新酒）的关系，二者就成了经验层面的并存关系。

第一节　文与质的语法关系

在日常语言中，质有质朴、本性之义，文有修饰、文饰之义，文、质在语义上有一种互相反对的关系。但质与文最初并没有因此而成为一对有固定联系的概念，也就是说质与文最初并不相对而称。质、文对举，主要是因为《论语》的影响。

《论语》中有两处关于文与质的讨论与我们的话题相关，并且对中国古代文论的文质观产生了深远的影响。

一是《论语·雍也》说："质胜文则野，文胜质则史。文质彬彬，然

[①] 王运熙：《文心雕龙探索》，上海古籍出版社1986年版，第237页。

后君子。"① 这里的质指人的本性和本色，文则是指文化修养。人的本性是质朴的，文化教养则是在本性基础上的一种修饰。质朴的东西未免粗野，而过度的修饰则可能走向浮华，因此孔子主张文质相半。这里质和文分别指人的两种不同素质。

二是《论语·颜渊》说：棘子成曰："君子质而已矣，何以文为？"子贡曰："惜乎，夫子之说君子也，驷不及舌。文犹质也，质犹文也。虎豹之鞟犹犬羊之鞟。"君子之质就是"仁"，君子之文则是"礼"，这样理解大致是说得通的。既然如此，那只要有"仁"就足够了，为什么还要"礼"呢？子贡的解释是，君子和小人的分别就在于文，这就如同虎豹和犬羊，二者的区别恰恰在于其毛色不同。如果把虎豹的毛和犬羊的毛去掉，剩下的鞟就没有什么不同了。在子贡看来，质与文同等重要。朱熹认为："文质等耳，不可相无。若必尽去其文而独存其质，则君子小人无以辨矣。夫棘子成矫当时之弊，固失之过；而子贡矫子成之弊，又无本末轻重之差，胥失之矣。"② 文与质都不可或缺，最理想的状态当然是"文质彬彬"，但如果一定要在二者之间分出轻重，那么质毕竟要比文重要。扬雄说："玉不雕，玙璠不作器，言不文，典谟不作经。"③ 这显然是认为文不是可有可无的，但另一方面，文的作用似乎又不是那么重要：

> 或曰："有人焉，自云姓孔而字仲尼，入其门，升其堂，伏其几，袭其裳，则可谓仲尼乎？"曰："其文是也，其质非也。""敢问质。"曰："羊质而虎皮，见草而说，见豺而战，忘其皮之虎矣。"④

扬雄可能并没有意识到文在上述两种情况下的不同作用，也没有意识到自己对于文质地位的不同态度。总的来说，儒家在文质关系的问题上态度是模糊的。一方面说文质彬彬，另一方面又说质比文更重要。这种模棱两可的态度对后人造成了严重的误导，也造成了众多无意义的争论。相对而言，韩非在文质地位问题上的态度非常鲜明，他不但认为质是最重要的，而且认为文是有害的：

---

① （三国魏）何晏注，（北宋）邢昺疏：《论语注疏》卷6，北京大学出版社1999年版，第78页。
② （宋）朱熹：《四书章句集注》，中华书局1983年版，第135页。
③ 汪荣宝撰，陈仲夫点校：《法言义疏·寡见》，中华书局1987年版，第221页。
④ 汪荣宝撰，陈仲夫点校：《法言义疏·吾子》，第71页。

> 礼为情貌者也，文为质饰者也。夫君子取情而去貌，好质而恶饰。夫恃貌而论情者，其情恶也；须饰而论质者，其质衰也。何以论之？和氏之璧，不饰以五采；隋侯之珠，不饰以银黄。其质至美，物不足以饰之。①

说明这一点的还有下面这两个著名的寓言：

> 昔秦伯嫁其女于晋公子，令晋为之饰装，从衣文之媵七十人。至晋，晋人爱其妾而贱公女。此可谓善嫁妾而未可谓善嫁女也。楚人有卖其珠于郑者，为木兰之柜，薰以桂椒，缀以珠玉，饰以玫瑰，辑以翡翠。郑人买其椟而还其珠。此可谓善卖椟矣，未可谓善鬻珠也。今世之谈也，皆道辩说文辞之言，人主览其文而忘有用。②

我们在这里不是要比较法家与儒家在文质关系上的不同主张，而是指出这样一个事实：他们都把文和质作为两种不同的事物，文、质可以独立存在，也可以彼此结合。由于二者是经验层面的两个不同的事物，质是主体、本体，文则是外加的饰物、装饰，所以人们可以在文质之间比较、选择、去取。

如果人们一直用文和质来描述两个不同的事物或事物的两种不同性质，那么无论是他们文质并重、重质轻文还是重文轻质，都不会造成误解和混乱。人们的态度和主张可以不同，但彼此却都能理解对方。这是他们能够进行争论的前提。

但是文还有另外一个重要意义，即事物的现象和形式。文的这个意义把文质关系的争论推入了混乱的深渊。在现象和形式的意义上，与文相对的不是质，而是道。道是无形的抽象原理，器是有形的具体现象。作为现象和形式的文，地位相当于器。这也就是通常所说的：文是现象和形式，道是本质和内容。文与道的这种形上形下的关系，在《易传》中已经被揭示出来。刘勰在《文心雕龙·原道》中根据《易传》作了更具体的发挥。在刘勰看来，天地日月、山川草木、云霞泉石等感性现象，都是文。与道相对的文，显然不同于与质相对的文。前者是"夫岂外饰，盖自然耳"，而后者，恰恰是一种外饰。

---

① （清）王先慎撰：《韩非子集解·解老》，中华书局1998年版，第133页。
② （清）王先慎撰：《韩非子集解·外储说左上》，第266页。

《易传》和刘勰所说的文与道描述的是世界和事物的逻辑结构，而《论语》和《韩非子》中所说的文与质描述的是事物的实质结构。文与道是一种逻辑上的区分，源于我们观察和理解事物的不同方式。道和文的区分，并不是因为存在着道和文这两种事物，我们才分别把它们叫作道和文，而是因为语言的使用规则允许我们分别从道和文两个层面来描述这同一个事物。道和文的区分，不是一种经验现象，而是一种语法现象。所以道与文、本质与现象，内容与形式的关系不是两个具体事物之间的关系，而是我们在概念上设置的一种语法关系。

语法关系是由我们的语言使用规则所决定的两个概念之间在逻辑上的必然关系，比如"棍子"与"长度"的关系就是语法关系。"棍子"这个概念蕴含着"长度"的概念，而"长度"这个概念则蕴含着它只能用于像"棍子"这样的事物而不能用于颜色或思想。我们对"棍子"和"长度"这两个词的合乎语法的使用决定了棍子必有长度，说"一根没有长度的棍子"或"天空的颜色是长的"都是无意义的。那些仅仅显示了语法关系的命题就是语法命题，"每根棍子都有长度"就是语法命题。语法命题无关经验事实，它正确与否不能由经验来证实或证伪。我们不是通过观察经验来证实每根棍子都有长度，而是我们的语法决定了"每根棍子都有长度"在我们的语言中是有意义的说法。所以语法命题的真假是由概念自身的意义和设置方式决定的。而"这根棍子长 1 米"则是一个经验命题。我们可以根据经验事实来质疑这根棍子是否长 1 米，但不能在同样的意义上质疑它是否有长度。

同样，"内容"这个概念蕴含着它必然表现为"形式"，而"形式"的概念则蕴含着它必然表现"内容"。"内容表现为形式"之类的命题则是语法命题。也就是说，内容与形式的关系是逻辑上、语法上的必然关系，事物自身并没有分成内容和形式，而是我们的概念方式决定了我们以内容和形式的方式去理解事物。内容和形式是我们观察事物的方式，不是事物的实质结构。因为语法命题只是显示了语言的使用规则而不反映经验事实，所以关于内容和形式的陈述无关经验事实，而只是关于内容与形式的用法的说明，即我们是怎样使用内容和形式这对范畴的。内容与形式的语法关系可以这样表述：我们把某种形式理解为内容，或者我们把某种内容感受为形式。

《论语》《韩非子》以及扬雄、朱熹等人所说的文与质，描述的都是事物的实质结构，是在同一种观察方式下看到的两个事物或两件事情。这种意义上的文质关系不是内容与形式之间的语法关系。比如《论语》中的文和质就分别是两种不同的状态，二者之间的关系是偶然的，可以结合，也可以分离。正因如此，棘子成才认为君子只要有质就可以了，文的修饰则不是必需的。《韩非子》的寓言对这种关系显示的就更加清楚。秦伯的女儿和陪嫁的媵妾是两种独立的个体，秦女不是内容，媵妾也不是形式。椟和珠也都是独立的事物，椟的内容不是珠，珠的形式也不是椟。这种文质关系的现代形式则是瓶与酒的关系。人们经常说"旧瓶装新酒"，但酒和瓶也都是独立的事物，酒的形式不是瓶，瓶的内容也不是酒。

文与道描述语法关系，文与质描述事实关系，如果它们各司其职，不同的理论表述也就相安无事。但当人们用这两对概念描述文学作品的时候，却产生了严重的混乱。因为文既有现象和形式的意义，又有文饰和修饰的意义，所以它既可以指作品的语言，也可以指对语言的修饰和文采。如果把语言作为作品的形式，那么作品的内容就是语言所蕴含的意义。但是当我们对语言进行额外的修饰的时候，实际上增益的那部分语言也蕴含着自己的内容，就像卖珠的时候加上一个椟，这个椟其实不仅在形式上修饰了珠，它同时也有自己的内容。所以增益形式的同时也增益了内容。语言（形式）与其意义（内容）之间是一种语法关系，而语言与其修饰之间则是一种事实关系。人们往往混淆这两种关系，把表达某种意义的语言（同时也是语言表达的某种意义）作为内容，又把对这种语言的修饰作为形式。于是人们在描述内容与形式的关系时，就大量使用买椟还珠、旧瓶装新酒之类的比喻，这显然是一种语法上的混乱。子贡把动物的毛作为形式，把去了毛的皮（鞟）作为内容，也显示了这种混乱。虎豹之文乃是虎豹之质的必然表现，二者是一种语法关系。把虎豹的毛去掉，剩下的是鞟，但去掉的不是形式，剩下的也不是内容，去掉的毛只是形式的一部分，并且本身就带有自己的那部分内容。剩下的鞟也只是内容的一部分，而且仍然带有自己的那部分形式。虎豹之鞟并不因为去了毛就等同于犬羊之鞟。

刘勰整合了《论语》关于文质关系的理解和《周易》关于文道关系的理解，但同时也就混淆了这两对概念的事实关系和语法关系：

> 圣贤书辞，总称文章，非采而何？夫水性虚而沦漪结，木体实而花萼振，文附质也。虎豹无文，则鞟同犬羊；犀兕有皮，而色资丹漆，质待文也。（《文心雕龙·情采》）

刘勰关于"文附质"的两个类比——"水性虚"和"沦漪结"，"木体实"和"花萼振"之间既是一种经验上的必然关系,也是一种逻辑和语法上的必然关系。前者是原因,导致后者,后者是结果,蕴含着前者。但他关于"质待文"的两个类比却有不同的深层语法。"虎豹"的质与文,前面已经说过,它们的文不是毛,质也不是鞟。皮和毛都是构成虎豹的要素,即都是虎豹的内容,但同时也都表现为一定的形式。而犀兕的皮和丹漆各有其"色",即各有其形式,二者不是内容与形式的关系。

刘勰对文学现象的认识通常是深刻的,但是当他对自己的认识和知识进行表达的时候,却可能由于使用的逻辑和语法使本来清楚的问题产生误解和混乱。传统哲学把内容定义为构成事物的各种要素的总和,但这样定义是有缺陷的。因为这些要素的不同组合会产生不同的功能,一个足球队的内容不仅是十一个队员,更重要的是这十一个队员在比赛中的表现和发挥出的能力。化学上的同分异构体构成要素是相同的,但由于要素之间的结构不同,因此其物理化学性质也不同。我们不能因此说它们内容相同而形式不同。

那么文学的文与质是怎样的呢?

> 夫铅黛所以饰容,而盼倩生于淑姿;文采所以饰言,而辩丽本于情性。故情者文之经,辞者理之纬;经正而后纬成,理定而后辞畅:此立文之本源也。(《文心雕龙·情采》)

"盼倩"是"淑姿"的形式,"淑姿"是"盼倩"的内容,二者之间是语法关系。我们把感官感受到的"盼倩"理解为"淑姿",或者把我们理解的"淑姿"表现为"盼倩"。但"铅黛"却不是"容"的形式,它另有自己的形式和内容,它与本来的"容"之间是经验上的并存关系。经过"铅黛"修饰以后的"容"改变了原来的形式,形成了新的"盼倩",但同时也就改变了原来的内容,形成了新的"淑姿"。新的"盼倩"和新的"淑姿"形成了一种新的形式与内容的语法关系。"辩丽"是"情性"的形式,"情性"是"辩丽"的内容,那么文采是什么?文采是外在于本来的"言"之外的一个东西,如果它要参与到文学里面,就会改变原来的"辩丽"和"情性",形成新的"辩丽"和"情性"。"铅黛"与所饰之容、"文采"与所饰之言是一种经验上的并存关系,刘勰把二者解释为内容与形式的关系,就产生了语法上的混乱。刘勰又认为,"情、理"是经,"文、辞"是纬,这本是一个很有启发的类比。经和纬都只有在与对方的编织交错中才是其所是,离开了对方,经不是经,纬也不是纬。当然,经纬的语法关系仍然不同于文质,因为经纬是同一层次的,而文质是两个层次的。把经和纬的关系理解成内容与形式,在语法上同样是误导的。但是,刘勰还是忽略了这个类比的深微之处,他把经理解为在时间上先于纬的决定性因素,正如他所理解的内容决定形式。最终,经和纬、文和质、内容和形式都被误解成在经验层面上各自独立的两个事物。

由上述分析可见,古人在以文质范畴描述具体现象时所达到的关于经验事实的结论往往并没有错。但他们在内容与形式的意义上描述文质这对范畴的关系时,却混淆了语法关系和事实关系,从而造成对文质关系理解的混乱。其中最典型的是,把内容与形式的关系理解成两个具体事物的关系,也就是把语法关系理解成经验关系,这样一个事物似乎就被分成了两个不同的部分,一个是文,一个是质。同时,既然文和质是两个事物或两个部分,那么同一个质似乎就可以跟不同的文相结合,也就是同一个内容可以搭载不同的形式。这些语法深层的混乱和误解,在日常语言中通常不容易被发现,而且通常并不影响日常的交流,但一旦上升到理论层面,就会导致各种误解。在维特根斯坦看来,导致这类误解的一个主要原因是某些命题在语法表层具有某种相似性。比如"内容重于形式"和"品德重于容貌"这两个命题的表层语法是相似的,其实却有不同的深层语法。一个人可以品德高尚而其貌不扬,也可以仪表堂堂而品行低下,但内容与形式却不是这样的关系。我们可以把内容表现为形式,或透过形式看到内容,但我们无法把品行表现为容貌,也无法通过容貌看出品行。对于同一个对象,我们可以从内容的层面去讨论它,也可以从形式的层面去讨论它,但无论是从哪个层面去讨论它,我们讨论的都是同一个对象。

所以我们在这里考察的,就不是文质范畴所描述的文学现象,而是使用文质范畴描述文学事实时的陈述方式和思考方式。语言哲学主张在讨论某些哲学问题时把关于事质的讨论转变为关于语词的讨论,这样就可以避免很多无谓的争论。[①] 很多理论问题之所以争论不休,不是因为问题本身多么深奥复杂,而是因为我们对语词和概念的使用出现了混乱。罗素说,我们对有些事物已经有足够的知识而且可以达到正确的结论,"但由于我们思想混乱或者缺乏分析的缘故而未能对我们所知的东西加以最好的逻辑的使用"。"这里所需要的,只是关于问题中的这些字应如何使用的知识。"[②] 维特根斯坦更明确地说,哲学的考察是语法性的考察,哲学研究的

---

① 陈嘉映:《语言哲学》,北京大学出版社2003年版,第35页。
② 〔英〕罗素:《西方哲学史》上卷,何兆武、李约瑟译,商务印书馆1963年版,第130页。

不是现象而是现象的陈述方式。① 通过这种语法性的考察，我们就能澄清文质范畴的意义及其相互关系中的混乱和误解。

第二节　重质轻文的语法错乱

把内容与形式之间的语法关系误解为经验事实中的并存关系，就出现了内容和形式哪个重要的问题。通常说的"内容决定形式"，"形式服务内容"，都是对内容与形式在语法上的误用。这些命题不是错的，而是无意义的。为了纠正内容决定论的偏颇而说形式具有一定的独立性并且能够反作用于内容，同样是误导的和无意义的。一般来说对一个无意义的命题的否定同样无意义。

世人所津津乐道的"为情而造文"就建立在这种误解之上：

> 昔诗人什篇，为情而造文；辞人赋颂，为文而造情。何以明其然？盖风雅之兴，志思蓄愤，而吟咏情性，以讽其上，此为情而造文也；诸子之徒，心非郁陶，苟驰夸饰，鬻声钓世，此为文而造情也。（《文心雕龙·情采》）

刘勰对文学史上存在的两种不同创作倾向的认识没有问题，我们只要对比一下《诗经》和汉赋，就知道这是完全不同的两种创作。但是现代学者一般都把这两种经验层面上的关系抽象为内容与形式的关系，从而得出一种创作是为内容寻找形式，另一种创作是为形式而伪造内容的结论，在语法上就产生了强烈的误导。内容与形式并无时间上的先后，因为二者不是经验关系。内容和形式是对同一个作品而言的。作者心中积蓄的情感还不能称为内容，心中的情感可以是创作的动力，但如果这些情感进入作品，就必须被形式化。原始的情感被形式"化"掉了，从而作品中的情感不再是原始的情感。随着作品的完成，原始的情感被改变、升华、成形了，而作品的内容和形式也就同时具备了。

意义随着言说而生成，情感在语言中成形，在语言中显现。当你对自己的情感没有意识的时候，它就只是动物式的本能反应，而不是人的情感。而当你意识到自己的情感时，它已经以语言的方式显现了。每一次不

---

① 〔奥〕维特根斯坦：《哲学研究》第 90 节，陈嘉映译，上海人民出版社 2005 年版，第 49 页。

同的言说，都生成了不同的情感。"长太息以掩涕兮，哀民生之多艰"，我们会想当然地以为，这是屈原用诗句表现了自己固有的情感。其实不然，在这句诗写成之前，它所表达的情感并不存在。这当然不是说屈原本来没有情感，而是说他固有的情感与这句诗表达出来的不是一个东西。文学创作不是表现已有的情感，而是创造新的情感，也就是"为文而造情"。不过也没有必要刻意与刘勰立异，说到底，"为情而造文"与"为文而造情"没有什么不同，二者都是情感的成形与显现。

"为情而造文"与"为文而造情"的区别是非常牵强的人为设定，从语法上说二者没有什么不同，都是通过语言使情感形式化。因此它们的区别就不在于一个是为内容而寻找形式，另一个是为形式而伪造内容，而在于前者的内容符合刘勰的要求，后者的内容不符合刘勰的要求。你可以说"诸子之徒"没有做到"吟咏情性，以讽其上"，却不能说他们只追求形式而忽视了内容。铺张扬厉的大赋并不缺乏自己的情感内容，它们只是缺乏刘勰所尊崇的那种情感内容。

这个问题其实扬雄早就注意到了：

> 雄以为赋者，将以风也，必推类而言，极丽靡之辞，闳侈钜衍，竞于使人不能加也，既乃归之于正，然览者已过矣。往时武帝好神仙，相如上《大人赋》欲以风，帝反缥缥有陵云之志。繇是言之，赋劝而不止，明矣。①

人们通常把"风"理解成辞赋的内容，把铺张扬厉的语言理解成形式，这是对内容与形式语法关系的误解。如果说"风"是内容，那么它的形式却不是"推类而言，极丽靡之辞，闳侈钜衍"之类。后者有自己的内容，就《大人赋》而言，它的内容就是那些使"帝反缥缥有陵云之志"的东西，就是那些"劝而不止"的东西。那么"风"的形式在哪里？当然在它自己的内容里。你想劝汉武帝不要沉迷仙道，使用章表奏议不就行了吗？为什么要把本该用章表奏议表达的东西塞进辞赋里呢？"风"和华丽的语言各有自己的形式和内容，就《大人赋》而言，铺张扬厉的形式恰恰造就了那些使"帝反缥缥有陵云之志"的内容。而讽谏的内容在语法上规定了讽谏的形式应该是章表奏议等文体的语言。用辞赋进行讽谏，辞赋里就有了两个内容，一个是善（讽谏），另一个是美，而美却不是讽谏的形

---

① 《汉书》卷87《扬雄传》，中华书局1962年版，第3575页。

式。辞赋里所缺乏的,不仅是讽谏的内容,而且是讽谏的形式。在辞赋里,讽谏被压缩到了看不见的程度,美的东西却豁人耳目,凭什么不让帝"缥缥有陵云之志"?所以扬雄说:"讽则已,不已,吾恐不免于劝也。"[①]但是,"已"了之后,"帝"自然是无法产生"似游天地之间意"了,而辞赋也就不再是辞赋了。

刘勰批评"为文而造情",无非是指责有些辞赋表达了一种与政教无关的情感,而"为情而造文"则是为了"吟咏情性,以讽其上"。但是从文学自身的角度看,为讽谏而"吟咏情性"实在是一件莫名其妙的事情。其实,《诗经》的美刺功能只是汉儒一厢情愿的主观臆想,倒是楚辞和汉赋在主观上是有讽谏意图的。当然无论是楚辞还是汉赋,也都没有产生政治上的实质作用,否则屈原就不必自沉,扬雄也不必"辍不复为"了。所谓"为情者要约而写真,为文者淫丽而烦滥",不是一个内容和形式的关系问题,而是经验层面的两种不同创作倾向。"后之作者,采滥忽真,远弃风雅,近师辞赋,故体情之制日疏,逐文之篇愈盛",是说他们追求的是一些与政治教化无关的情感,比如个人的生活情感和审美情感。"文不灭质,博不溺心"(《文心雕龙·情采》),就是审美情感不能压倒、掩盖政治道德情感。不过,扬雄以讽谏为标准批评《大人赋》"劝而不止"并且悔其少作,在逻辑上是自洽的,而刘勰一面批评辞赋"为文而造情",一面又盛赞"相如赋仙,气号凌云,蔚为辞宗,乃其风力遒也"(《文心雕龙·风骨》),在逻辑上就显得跋前疐后,有贬"虑周"之令名。

另外,刘勰批评"志深轩冕,而泛咏皋壤。心缠几务,而虚述人外",似乎言之成理,但细想也不尽然。向往权势富贵和寄情山水之间并非水火不容。像陶渊明那样的高风绝尘者绝无仅有,而像谢灵运那样醉心名利的却不乏其人。以潘岳为例,"志深轩冕"是真的,但《闲居赋》中表现的情感也未必就是假的。退一步说,就算潘岳在《闲居赋》中捏造了一种心中本来没有的恬淡的情感,那么这种情感也丝毫不会因为是捏造而减少其价值。作品中的情感与作者心里的情感并不是一个东西,我们大可不必因为它们不一致而遗憾。作品与作品所表达的情感是一种语法关系,与作者心中的情感却是一种经验关系。

由于骈文句式的对仗特点,刘勰经常在第一句从内容方面肯定某种创作,在第二句从形式方面否定另一种创作,所以就刘勰自己的表层语法而言,可以说他是重内容而轻形式。至于有人要辩证地说刘勰重质但也不轻

[①] 汪荣宝撰,陈仲夫点校:《法言义疏·吾子》,第45页。

文，就成了无意义的胡说。轻重是在文质之间的比较，如果文和质都重，那么轻重之分就失去了意义。为了纠正重质轻文的倾向而说形式有独立性也不得要领，因为说形式有独立性就意味着把内容和形式都看作了在经验上各自独立的东西。

澄清这种理论表述的混乱，不是在文质之间来回辩证，而是指出文与质是一种语法关系，不是经验上的并存关系。文与质不能在实质上分割，所以政教之质自有其文，重质就是重文，但此文非彼文；审美之文自有其质，所以重文也是重质，但此质非彼质。刘勰重质，并非一般所谓重视内容，而是重视某一种特定的内容，如政治教化；刘勰轻文，也不是一般地轻视形式，而是轻视某种特定的形式，比如纯粹美的形式。从语法上说，政教教化和审美情感不是内容与形式的关系，而是各有自己的内容和形式。裂文与质为二物者，往往是从政教方面理解内容，而从审美方面理解形式。

通常说内容与形式的统一，其实往往说的是两种内容的统一或两种形式的统一。因为一旦说到统一，就是两个事物、两件事情，一个是目的、意图，一个是手段、工具。而内容与形式在语法上本来就是一个东西，二者不是目的与手段的关系。辞赋作家进退维谷的原因在于企图同时说两件事情，一件是手段，另一件是目的。讽谏的内容本来都可以直说，但是直说的话听者未必愿意听，所以要先说一些听者愿意听的话。但是纵横家成功了，而辞赋家却失败了。因为纵横家想说的话最终是听者所必须关注的，而辞赋家想说的话（讽）对听者来说却是不急之需。我们今天读纵横家的言辞与读辞赋是一样的，关注的是其中的美，但如果当时的人主也像我们一样只陶醉于纵横家美丽的文辞，那就成了韩非讽刺的秦伯嫁女和买椟还珠。最终决定人主意向的是利益和形势，当然，为了让人主听自己把话说完，修饰一下也是必要的，但称职的人主绝对不会因为谁说得好听就听谁的。但辞赋不同，汉代帝王比任何人都清楚自己需要什么，从没打算听辞赋家指手画脚，他们想从辞赋家那里得到的，也仅仅是美的东西而已。事实上，孟子的言说能力不在韩非之下，但结果我们都知道，代表了所谓历史趋势的虎狼之秦选择了申韩而不是孔孟。对辞赋家和纵横家而言，"言之无文，行而不远"，这里的文就不是"辞达"之文，而是质外之文。质外之文相当于诱饵，目的在于使听者上钩，吞下说者所兜售的质；但诱饵之文另有其质，弄不好听者只是喜欢诱饵之质却不上钩，所以辞赋作家就总是难免"翠纶桂饵，反所以失鱼"（《文心雕龙·情采》）。

第三节 文质彬彬

在风格的意义上,文就是华丽,质就是朴素。华丽和朴素是从形式方面讨论一个对象的,也就是说,我们在事物形式的层面说它是华丽的或者是朴素的。朴素和华丽指的是两种不同的形式,而根据内容与形式的语法关系,这两种不同的形式必然在逻辑上对应着两种不同的内容。《诗经》的形式是质朴的,而楚辞的形式是华丽的。但这并不是说《诗经》与楚辞有相同的内容,只是一个穿戴朴素,一个衣着华丽。质朴的形式形成了纯朴敦厚的情感内容,华丽的形式创造了缠绵悱恻的情感内容。有的学者认为,绮靡"是说诗歌应该美好动人。它并非仅仅指辞藻华丽,更无须解作'绮'指文彩,'靡'指声音;而是就作品的体貌而言,指诗总体上给人以美丽动人之感,其中自亦包括情感的动人"[1]。其说甚是。用我们的话说,就是内容与形式是语法上的关系。形式的绮靡必然缘于内容的绮靡,而绮靡的形式也必然造就绮靡的内容。这不是适合不适合的问题,说到适合,就是两个东西之间的关系,也就是一种经验关系。在内容与形式的意义上,文与质是一种语法关系。风格的华丽和朴素则不同,二者是经验上的并存关系,用来指两个对象的不同特征。一个事物是华丽的,那么它就不是朴素的,反之亦然。所以华丽和朴素描述的是两个不同的对象,而内容和形式则只能描述同一个对象。

在魏晋南北朝文论有关文质范畴的理论陈述中,存在着一个不为人注意却又耐人寻味的现象:对于在语法层面无法分离的内容与形式,人们偏偏要讨论哪一个更重要;而对于在经验事实层面各自独立乃至对立的华丽与质朴,人们又往往追求二者的统一、互补和均衡。文质彬彬是华丽与质朴的统一,但华丽与质朴是两种相反的经验形态,二者如何能够统一?文与质的统一不同于品德和仪表的统一,二者有不同的深层语法。品德和仪表虽然也是两种不同的经验形态,但性质并不矛盾,所以可以既有品德又有仪表。但华丽与朴素却是两种矛盾的风格,无法像品德和仪表那样统一在一起。就像冷水与热水混合到一起,得到的并不是既冷又热的两种水,而是既不冷又不热的一种温水。所以文质彬彬不是华丽与质朴两种形式的

---

[1] 王运熙、杨明:《中国文学批评通史·魏晋南北朝卷》,上海古籍出版社1996年版,第103—104页。

结合，而是华丽与质朴之间的中间状态，也就是中和。

因为风格的文质彬彬是一个经验命题，不同于内容与形式那样的语法命题，所以是可以通过文学史的事实来检验的。但是历史的事实显示，文质彬彬的共同主张背后，隐藏的却是截然不同的审美取向。

刘勰在《文心雕龙·原道》中把文作为道的感性形式。文和道同样是一种语法关系，道相当于质。作为感性形式的文，自身又有华丽和朴素两种不同的表现特征。也就是说，在内容和形式的意义上，事物有质和文两个方面；在风格的华丽与朴素的意义上，作为形式的文又有质（朴素）与文（华丽）之分。不过刘勰利用了文的两种意义的相关性，把作为表现形式的文等同于风格上的华丽。一方面道显现为文，另一方面这种感性形式的文又是华丽的：

> 夫玄黄色杂，方圆体分，日月叠璧，以垂丽天之象；山川焕绮，以铺理地之形：此盖道之文也。
>
> 傍及万品，动植皆文：龙凤以藻绘呈瑞，虎豹以炳蔚凝姿；云霞雕色，有逾画工之妙；草木贲华，无待锦匠之奇。夫岂外饰，盖自然耳。至于林籁结响，调如竽瑟；泉石激韵，和若球锽：故形立则章成矣，声发则文生矣。（《文心雕龙·原道》）

照庄子的说法，道无所不在，美的、华丽的形式当然显现了道，而那些质朴的乃至丑恶的形式也都显现着道。但是显然，刘勰没有列举像蝼蚁、瓦甓、屎溺这些同样显现了道却缺乏美的形式的事物。也就是说刘勰已经不自觉地把事物一般感性形式的文等同于华丽的形式了。而作为人道形式的人文自然也是华丽的：

> 逮及商周，文胜其质，《雅》、《颂》所被，英华日新。文王患忧，繇辞炳曜，符采复隐，精义坚深。重以公旦多材，振其徽烈，剬诗缉颂，斧藻群言。至夫子继圣，独秀前哲，熔钧六经，必金声而玉振；雕琢情性，组织辞令，木铎起而千里应，席珍流而万世响，写天地之辉光，晓生民之耳目矣。（《文心雕龙·原道》）

儒家并不轻视文采，这的确也不是刘勰的偏见。《征圣》篇说："颜阖以为：'仲尼饰羽而画，徒事华辞。'虽欲訾圣，弗可得已。然则圣文之雅丽，固衔华而佩实者也。"面对颜阖的指责，刘勰反而要为圣文的华丽辩护了。但是，如果说儒家经典已经是华丽的，则将置楚辞、汉赋、潘、陆、鲍、谢于何地？对此刘勰采取了曲意回护的策略。他把儒家经典的华丽称为"雅丽"，对于那些比儒家经典更华丽的作品，则批评它们是"淫丽"：

> 及《离骚》代兴，触类而长，物貌难尽，故重沓舒状，于是嵯峨之类聚，葳蕤之群积矣。及长卿之徒，诡势瑰声，模山范水，字必鱼贯，所谓诗人丽则而约言，辞人丽淫而繁句也。（《文心雕龙·物色》）

"丽"有"则""淫"之分，其依据来自扬雄："诗人之赋丽以则，词人之赋丽以淫"（《法言·吾子》）。从《诗经》经楚辞到汉赋，形式是越来越华丽的，刘勰并不否认这一点。但出于宗经之旨，他不肯承认《诗经》是质朴的。对于《诗经》之前的文学，他虽然承认比《诗经》质朴，但用词并无贬义："推而论之，则黄唐淳而质，虞夏质而辨，商周丽而雅。"而对于《诗经》之后的文学，他虽然承认更华丽，但用词多含贬义："楚汉侈而艳，魏晋浅而绮，宋初讹而新。从质及讹，弥近弥澹，何则？竞今疏古，风味气衰也。"（《文心雕龙·通变》）理想的文学形态不是"文"的极端状态，而是商周的"丽而雅"。《征圣》篇说："然则圣文之雅丽，固衔华而佩实者也。"《宗经》篇说"文丽而不淫"，《通变》篇说："斯斟酌乎质文之间，而櫽括乎雅俗之际，可与言通变矣。"由此可见刘勰明确的审美取向。

刘勰推崇的这种雅丽的文学形态，实际上仍源于儒家"文质彬彬"的理想。不过，似乎没有人否认理想的文学形态是"文质彬彬"，但究竟怎样才是"文质彬彬"，何种作品代表了"文质彬彬"，则每个人的意见并不一致。刘勰把商周时代和儒家的经典作为雅丽的典范，但这个标准对我们来说并不合适，也并不符合文学史的实际。以刘勰的标准，从楚汉的"侈而艳"开始，文学在形式上的追求就每况愈下。可以说，刘勰关于"文质彬彬"的理想是偏于质的。齐梁时期的其他论者，大都同样主张"文质彬彬"，但标准都比刘勰更偏于"文"。

沈约《宋书·谢灵运传论》说："周室既衰，风流弥著，屈平、宋玉，导清源于前，贾谊、相如，振芳尘于后，英辞润金石，高义薄云天。"[①] 显然并不以商周为"文质彬彬"的标准。沈约又说："若夫平子艳发，文以情变，绝唱高踪，久无嗣响。至于建安，曹氏基命，二祖陈王，咸蓄盛

---

① 《宋书》卷67《谢灵运传论》，中华书局1974年版，第1778页。

藻,甫乃以情纬文,以文被质。"在沈约看来,建安文学才是堪称"文质彬彬"的。

钟嵘论五言诗说:"东京二百载中,惟有班固《咏史》,质木无文。降及建安,曹公父子笃好斯文,平原兄弟郁为文栋,刘桢、王粲为其羽翼。次有攀龙托凤,自致于属车者,盖将百计。彬彬之盛,大备于时矣。"(《诗品序》)可见钟嵘关于"文质彬彬"的标准与沈约一致,并且他明确把曹植诗歌作为文学的理想:

> 骨气奇高,词采华茂,情兼雅怨,体被文质,粲溢今古,卓尔不群。嗟乎!陈思之于文章也,譬人伦之有周、孔,鳞羽之有龙凤,音乐之有琴笙,女工之有黼黻。(《诗品·曹植评语》)

钟嵘又认为四言诗"文约意广",实际上指出了四言诗偏于质朴的特点,这与刘勰认为"四言正体,则雅润为本"不同。因此可以说,钟嵘的"文质彬彬"的标准较刘勰更偏于"文"。但齐梁时期,还有比钟嵘更重文的:"次有轻薄之徒,笑曹、刘为古拙,谓鲍照羲皇上人,谢朓今古独步。"(《诗品序》)在钟嵘所说的"轻薄之徒"看来,曹植和刘桢反倒是古朴质拙的,鲍照、谢朓才是理想的。

萧统《答湘东王求文集及诗苑英华书》说:"夫文典则累野,丽亦伤浮。能丽而不浮,典而不野,文质彬彬,有君子之致。"[1] 联系萧统整体的文学思想,他所谓的"文质彬彬"不像刘勰那样有浓厚的宗经色彩,应该与钟嵘比较接近。刘孝绰的审美趣味与萧统相似,《昭明太子集序》说:"深乎文者,兼而善之,能使典而不野,远而不放,丽而不淫,约而不俭……"[2] 萧纲和萧绎同样主张作品形态在文质上的适度,但他们的"文质彬彬"恐怕比钟嵘、萧统更接近"文""丽"的一端。萧纲《与湘东王书》说:"谢客吐言天拔,出于自然,时有不拘,是其糟粕。裴氏乃是良史之才,了无篇什之美。是为学谢则不届其精华,但得其冗长,师裴则蔑绝其所长,惟得其所短,谢故巧不可阶,裴亦质不宜慕。"裴子野文风质朴,萧纲批评他自不待言。而以刘勰、钟嵘的标准,谢灵运实际已有文胜质之嫌,但这一点在萧纲看来只是"出于自然"。萧绎《内典碑铭集林

---

[1] (南朝梁)萧统:《答湘东王求文集及诗苑英华书》,载严可均辑《全梁文》卷20,商务印书馆1999年版,第216页。

[2] (南朝梁)刘孝绰:《昭明太子集序》,载严可均辑《全梁文》卷60,第672页。

序》提出文学的理想形态是"艳而不华,质而不野;博而不繁,省而不率。文而有质,约而能润"①。萧绎同样是主张文质彬彬的,但从刘勰到钟嵘、萧统再到萧纲、萧绎,"文质彬彬"的标准已经面目全非了。萧绎说文的特征是"吟咏风谣,流连哀思者","绮縠纷披,宫徵靡曼,唇吻遒会,情灵摇荡"(《金楼子·立言》),已经没有了"情兼雅怨,体被文质"的色彩,更不要说"圣文之雅丽",那完全是另外一种文学形态了。

从理论上来看,"文质彬彬"是一个共同的理想,但每一个主张者其实在经验层面都有对文学形态的不同理解。

刘勰和钟嵘都把风骨、风力与辞藻、文采相对而谈,前者与后者的结合往往也被理解为文质彬彬。今天的研究者普遍把风骨、风力理解为内容,把辞藻、文采理解为形式,这种理解在语法上是混乱的。因为风骨和文采是一种经验关系,风骨可以没有文采,文采也可以没有风骨,二者是各自独立的。从语法上说,风骨不是文采的内容,文采也不是风骨的形式。只是在把作品作为一个整体的意义上,可以说风骨构成了内容的一部分,而文采则构成了作品形式的一部分。但风骨和文采却不能互为内容和形式。

风骨在语法上并不蕴含辞藻的华丽,因此还不是最完美、最理想的形态。刘勰和钟嵘都主张风骨与文采的统一。刘勰说:

> 夫翚翟备色,而翾翥百步,肌丰而力沈也;鹰隼乏采,而翰飞戾天,骨劲而气猛也。文章才力,有似于此。若风骨乏采,则鸷集翰林;采乏风骨,则雉窜文囿;唯藻耀而高翔,固文笔之鸣凤也。(《文心雕龙·风骨》)

刘勰在这里为风骨和文采所作的类比,在语法上是恰当的。就风骨而言,可以和质朴的形式结合,也可以和华丽的形式结合,前者是鹰隼,后者是鸣凤;就文采而言,可以和刚劲的形式结合,也可以和柔弱的形式结合,前者是鸣凤,后者是翚翟。所以风骨与文采的统一不是质朴与华丽的统一,而是刚健遒劲的风格与华丽的统一。因为前文已经分析过,质朴与华丽无法统一,只能互相中和。但是如果这样的话,刘勰的宗经思想和他的文学理想就形成了一个深刻的矛盾。站在宗经的立场上,刘勰当然认为儒家经典是有风骨的,他认为潘勖的《九锡文》之所以"骨髓峻",是因为其"思摹经典"。但验之以文学史,儒家经典的形态却是质朴的。所以

---

① (南朝梁)萧绎:《内典碑铭集林序》,载严可均辑《全梁文》卷17,第195页。

即使说儒家经典有风骨，也只相当于"鹰隼"而不是"鸣凤"。刘勰当然不会接受这样的结论，因为他认为儒家经典是"雅丽"的。刘勰同时又赞赏司马相如的《大人赋》风力遒劲，这也是自乱阵脚，因为《大人赋》在扬雄那里恰好是一个反面教材。刘勰的宗经思想与扬雄是一致的，他对《大人赋》的赞赏与其整个宗经语境极不协调。《大人赋》辞藻已经足够华丽，如果再加上风力遒劲，那就与刘勰心中的儒家经典一样完美了。事实上儒家经典在刘勰心中具有至高无上的地位，是文学的源头和典范，其他文体和创作均从经典流出并分有经典的一部分审美特征：

> 若夫四言正体，则雅润为本；五言流调，则清丽居宗，华实异用，惟才所安。故平子得其雅，叔夜含其润，茂先凝其清，景阳振其丽，兼善则子建仲宣，偏美则太冲公幹。(《文心雕龙·明诗》)

因为刘勰的风骨观念与儒家经典密切相关，所以四言的《诗经》理所当然是有风骨的。刘勰称其"雅润"，则是认为它同时具备了辞采的华美。而流行的五言诗的形态则以"清丽"为主，与前者相比，又有"华实"之异。按刘勰的逻辑，"流调"在风骨上应该是弱于"正体"的，但在文采上又胜过"正体"。世之作者，大都只得其一端，只有曹植和王粲可谓"兼善"。刘勰认为左思和刘桢"偏美"，应该指二者偏于质朴，这也符合文学史的实际。应该说，刘勰对风骨与文采的语法关系的认识是准确的，但由于他的宗经思想，他对事实的陈述又不得不面临难以自圆的境地。

钟嵘分析作家作品的方法与刘勰一样，也是从风力和辞采两个方面着眼，主张"干之以风力，润之以丹采"。比如建安风力的代表曹植在钟嵘看来，就是"骨气奇高，词采华茂"。不过他认为能够"体被文质"的只有曹植，其他作者或偏于风力，或偏于词采，或风力词采俱弱。如刘桢"仗气爱奇，动多振绝。真骨凌霜，高风跨俗。但气过其文，雕润恨少"，左思"源出于公幹。……虽野于陆机，而深于潘岳"，风力胜于词采；王粲"发愀怆之词，文秀而质羸"，张华"源出于王粲。其体华艳，兴托不奇，巧用文字，务为妍冶。……儿女情多，风云气少"，词采胜于风力；陆机"出于陈思，才高词赡，举体华美"，应该是风力和词采兼备的，但"气少于公幹，文劣于仲宣"，风力和词采又俱在曹植之下。

钟嵘评骘其余作者，基本也都是从文质两个方面着眼。偏于文的，如：

潘岳　其源出于仲宣。《翰林》叹其翩翩然，如翔禽之有羽毛，衣服之有绡縠，犹浅于陆机。谢混云："潘诗烂若舒锦，无处不佳，陆文如披沙简金，往往见宝。"嵘谓益寿轻华，故以潘为胜；《翰林》笃论，故叹陆为深。余常言陆才如海，潘才如江。

张协　其源出于王粲。文体华净，少病累。又巧构形似之言，雄于潘岳，靡于太仲。风流调达，实旷代之高手。调采葱菁，音韵铿锵，使人味之亹亹不倦。

谢灵运　其源出于陈思，杂有景阳之体。故尚巧似，而逸荡过之，颇以繁芜为累。嵘谓若人兴多才高，寓目辄书，内无乏思，外无遗物，其繁富宜哉！然名章迥句，处处间起；丽典新声，络绎奔会。譬犹青松之拔灌木，白玉之映尘沙，未足贬其高洁也。

郭璞　宪章潘岳，文体相辉，彪炳可玩。

颜延之　其源出于陆机。尚巧似。体裁绮密，情喻渊深，动无虚散，一句一字，皆致意焉。又喜用古事，弥见拘束，虽乖秀逸，是经纶文雅才。雅才减若人，则蹈于困踬矣。汤惠休曰："谢诗如芙蓉出水，颜如错彩镂金。"颜终身病之。

鲍照　其源出于二张，善制形状写物之词，得景阳之諔诡，含茂先之靡嫚。骨节强于谢混，驱迈疾于颜延。总四家而擅美，跨两代而孤出。嗟其才秀人微，故取湮当代。然贵尚巧似，不避危仄，颇伤清雅之调。故言险俗者，多以附照。

谢朓　其源出于谢混，微伤细密，颇在不伦。一章之中，自有玉石，然奇章秀句，往往警遒，足使叔源失步，明远变色。(《诗品》)

偏于质的，如：

左思　其源出于公幹。文典以怨，颇为精切，得讽谕之致。虽野于陆机，而深于潘岳。

嵇康　颇似魏文。过为峻切，讦直露才，伤渊雅之致。然托喻清远，良有鉴裁，亦未失高流矣。

应璩　祖袭魏文。善为古语，指事殷勤，雅意深笃，得诗人激刺之旨。至于"济济今日所"，华靡可讽味焉。

陶潜　其源出于应璩，又协左思风力。文体省净，殆无长语。笃意真古，辞兴婉惬。每观其文，想其人德。世叹其质直。

曹操　曹公古直，甚有悲凉之句。(《诗品》)

具有相同倾向的作家作品之间往往又有源流上的继承关系，如偏于文的往往源出于曹植、王粲，偏于质的则往往源出于刘桢、曹丕。当然其中有一些复杂情况，不能一概而论。但在钟嵘的眼里，各种风格形态的形成总能得到一定的说明。像曹丕"新歌百许篇，率皆鄙质如偶语"，是偏于质朴的，但他又"颇有仲宣之体则"，"'西北有浮云'十余首，殊美赡可玩，始见其工矣"。而出于曹丕的作家，如应璩、嵇康、陶渊明，继承的基本上是他质朴的一面。钟嵘摆脱了宗经的桎梏，不必像刘勰那样一面为了照顾经典一面又不得不正视文学性而左支右绌。

第四节　芙蓉出水

华丽的文学形态是魏晋南北朝时期文学创作的普遍追求，但理论对这种追求始终保持着某种程度的警惕，主张对过分华丽的形式加以约束。理论上的完美形态"文质彬彬"是质朴与华丽的均衡和适度。前文已经指出，不同的理论所确立的文质之间的均衡点是不同的，这实际反映了不同理论的审美标准和审美理想。如果把"文"和"丽"看作文学的必然表现，那么"文质彬彬"就可以说是质对文的一种限制和约束。在扬雄和刘勰那里，文质彬彬表现为"则""雅"对"丽"的规范。这种规范实际上是以一种内容（政治教化）约束另一种内容（审美情感），从而在语法上也就防止了形式的过分华丽。钟嵘则是通过把风力、骨气置于辞藻之上来限制形式的泛滥。还有一种情况，是以一种形式来约束另一种形式，从而在语法上实现相应的审美内容。前一种形式是"清丽""自然""芙蓉出水"，后一种形式是"错彩镂金""铺锦列绣"。

前引刘勰所说"五言流调，则清丽居宗"，"清丽"有别于他所批评的"淫丽"，就是对形式过分华丽的一种约束。而在刘勰之前，陆云早已自觉用"清"字来制约绮丽富赡的文学形态。

  省《述思赋》，流深情至言，实为清妙，恐故复未得为兄赋之最。兄文自为雄，非累日精拔，卒不可得言。《文赋》甚有辞，绮语颇多，文适多体便欲不清，不审兄呼尔不？……《漏赋》可谓清工。……

  《吊蔡君》清妙不可言，《汉功臣颂》甚美，恐《吊蔡君》故当为最。使云作文,好恶为当,又可成耳。至于定兄文,唯兄亦怒其无遗情而不自尽耳。《丞相赞》云"披结散纷,辞中原不清利"……

兄文章之高远绝异,不可复称言。然犹皆欲微多,但清新相接,不以此为病耳。若复令小省,恐其妙欲不见,可复称极,不审兄由以为尔不?《茂曹碑》皆自是《蔡氏碑》之上者,比视蔡氏数十碑,殊多不及,言亦自清美,愚以无疑不存。……云今意视文,乃好清省,欲无以尚,意之至此,乃出自然。……

《祖德颂》无大谏语耳。然靡靡清工,用辞纬泽,亦未易,恐兄未熟视之耳。兄文方当日多,但文实无贵于为多,多而如兄文者,人不餍其多也。……

张公文无他异,正自情省,无烦长作文,正尔自复佳。兄文章已显一世,亦不足复多自困苦……

兄《丞相箴》少多,不如《女史》清约耳。……①

陆云对文学创作提出了"清妙""清工""清利""清新""清美""清省""清约"等审美要求,与"清"相对的则是"绮""多""披结散纷"。② 陆云提倡"清",基本都是针对陆机的作品而言。尽管陆云在信中言词客套,说"多而如兄文者,人不餍其多",但我们仍不难窥见兄弟二人在审美取向上的差异。陆机作品以华丽富赡著称,张华讥其才"太多",孙绰说"潘文浅而净,陆文深而芜"(《世说新语·文学》),钟嵘说他"才高词赡,举体华美"(《诗品》)。刘勰崇尚"风清骨峻",对此尤为敏感。他说"士衡矜重,故情繁而辞隐"(《文心雕龙·体性》),并批评陆机"腴辞弗剪,颇累文骨"(《文心雕龙·议对》)。刘勰还对比陆机和陆云说:"至如士衡才优,而缀辞尤繁;士龙思劣,而雅好清省。及云之论机,亟恨其多,而称清新相接,不以为病,盖崇友于耳。"(《文心雕龙·熔裁》)"陆机才欲窥深,辞务索广,故思能入巧,而不制繁。士龙朗练,

---

① (西晋)陆云:《与兄平原书》,载严可均辑《全晋文》卷102,商务印书馆1999年版,第1074—1083页。

② (西晋)陆云:《与兄平原书》,载严可均辑《全晋文》卷102,第1074—1083页。

以识检乱，故能布采鲜净，敏于短篇。"（《文心雕龙·才略》）可见，陆云主张的"清"与质朴、简约相关，是对过度华丽繁富的一种制约和纠正。"清"又与"自然"密切相关。朱自清说：

> 清与自然意相仿。……后来说到"清谈"，这是对"章句之学"而言的。一方面不必引经据典，一方面用自己的话来说，不要有系统，不要有根据，这样的谈论叫"清谈"。又，以评论为主，不以解释为主。①

以简约代替烦琐是玄学清谈的重要特征。而学术中的引经据典在文学创作中也有类似的表现，这就是钟嵘所批评的"殆同书钞"的"用事"。钟嵘说："观古今胜语，多非补假，皆由直寻。"而典故事义的泛滥造成了"句无虚语，语无虚字，拘挛补衲，蠹文已甚"。"但自然英旨，罕值其人。"（《诗品序》）"自然英旨"实即"清美""清丽"，是一种清新华丽但又不失于繁缛芜杂的美。在用事方面"尤为繁密"的代表人物是颜延之，钟嵘说他"体裁绮密"，"喜用古事，弥见拘束，虽乖秀逸，是经纶文雅才"（《诗品·颜延之》）。"秀逸"与"自然英旨"相近，而"经纶"之文则指"经国文符"和"撰德驳奏"，写这种文章"应资博古""宜穷往烈"，这是颜延之所擅长的，但钟嵘认为这种作法不适于吟咏情性。钟嵘又引汤惠休的话说："谢诗如芙蓉出水，颜如错彩镂金。"《南史·颜延之传》亦载：

> 延之尝问鲍照己与灵运优劣，照曰："谢五言如初发芙蓉，自然可爱。君诗若铺锦列绣，亦雕绘满眼。"②

在时人眼中，谢诗与颜诗是两种相对立的审美形态，一种是自然清新，一种是繁缛雕饰。不过需要指出，"自然英旨""清丽""清妙"等审美形态，是以质朴简约对华丽富赡进行制约的结果，但在形态上仍然是"文"和"丽"，而不是弃绝人工雕饰的"质木无文"。所以谢灵运这种"芙蓉出水"式的"自然"，又不同于陶渊明那种平淡质朴的"自然"。前

---

① 朱自清：《朱自清中国文学批评研究讲义》，刘晶雯整理，天津古籍出版社 2004 年版，第 185—186 页。
② 《南史》卷 34《颜延之传》，中华书局 1975 年版，第 881 页。

者偏于文而后者偏于质。朱自清说：

> 向来人认为陶渊明自然，他不用典，不讲究声病。而谢灵运，当时就有人说他自然。……谢之所谓"自然"，不是指技术上的，而是内容、题材、人方面的自然。陶说田园，谢写山水，俱是自己经验上的。而且，又与人事远，与自然近。山水比田园更远人事。鲍照说谢如"初发芙蓉"，是指材料方面。昭明太子说陶，亦说材料方面。六朝时，人说自然是指材料方面；钟嵘却特别，是说技巧方面的。①

朱自清从材料和技巧两个方面看待"自然"，的确很有见地。也就是说，六朝人所谓"自然"大多是指描写的对象，单就对象而言，山水比田园更接近"自然"，所以谢灵运反而比陶渊明更"自然"。而后人认为陶比谢自然，主要是从方法技巧方面说的。如严羽说："谢所以不及陶者，康乐之诗精工，渊明之诗质而自然耳。"② 但我们对朱自清的说法也不必拘泥。萧纲说"谢客吐言天拔，出于自然"，其实也是从技巧方面说的。而钟嵘所谓"自然"也不完全是技巧方面的。他对时人以"芙蓉出水"许谢灵运、以"质直"叹陶渊明也都表示认可。芙蓉出水当然不同于错彩镂金，但也不同于陶渊明那种平淡质朴的自然。总之，"清丽""自然英旨"是对繁富侈艳之美的限制，但又不同于唐宋之后所推崇的那种平淡和枯淡。

风骨与文采、"芙蓉出水"与"错彩镂金"都是在经验层面谈论质与文的。但"芙蓉出水"和"错彩镂金"不容易产生语法上的误导，因为它们明显是经验层面的两种不同的风格特征。而风骨和文采却容易使人误解为内容和形式，因为人们往往是从内容方面理解风骨的，但其实风骨的形式不是文采；人们又往往从形式方面理解文采，而文采其实是有自己的内容的，只是文采的内容却不是风骨。

---

① 朱自清：《朱自清中国文学批评研究讲义》，刘晶雯整理，第185页。
② 郭绍虞：《沧浪诗话校释》，人民文学出版社1961年版，第151页。

第六章　神思篇

神思这一概念因为《文心雕龙·神思》篇而在当前的研究中显得格外重要，但"神思"这个语词在古代文论中其实并不常用。对于神思的含义，古人一般直接用"思"或"意"来表达。其实刘勰自己也是这样做的。思、意单用，或者使用诗思、文思、立意、顿悟、妙悟等，要比神思频繁得多。简单地说，神思就是今天所说的精神活动、心理活动或思维活动。在文学理论中，它指的是文学创作和审美活动中的精神活动，特别是指想象，但是也包括直觉、灵感、无意识、记忆、理智、情感等思维形式或心理过程。因此神思这一概念涉及文学创作中的各种精神现象和心理过程，但我们在这里主要讨论古人最关注的想象、灵感和直觉这三种心理现象。

第一节　神思与想象

我们前面考察了言意、形神等基本概念，认为意和神都是我们在语言层面上展开的对世界的理解和揭示。语言揭示世界、形成意义的过程就是思维和意识。从心理学上说，动物心理只有单一层次的反映和控制，即外反馈。而人类心理除了外反馈，还有对外反馈过程的觉知，即内反馈，也就是人类意识和思维。在意识和思维中，人类能够使用语言符号把外反馈过程模拟、重演、预演。古人把这个过程叫作神思。《文心雕龙》有《神思》篇，专论文学创作中的精神活动。陆机虽然没有把这种精神活动叫作神思，但《文赋》对创作过程的描述与神思的内涵是相同的。从陆机和刘勰对神思的描述看，神思是文学创作过程中包括想象在内的整个精神活动，而不单纯指想象。不过人们普遍重视神思的想象内涵，往往把神思理解为想象。

想象是人脑对已有的表象进行加工改造形成新形象的心理过程。根据想象独创性和新颖性的不同,想象分为再造的想象和创造的想象。再造的想象根据语言等符号的已有描述形成新形象,如读者阅读文学作品时根据作品的描写想象出人物形象和景象;创造的想象则不依赖外在描述而独立形成新形象,如作家创造的从未有过的文学形象。心理学强调想象是对表象的加工改造,而把经验过的事物形象在意识中的再现叫作记忆表象。在文学理论中,记忆表象也经常被作为一种想象。如朱光潜就把记忆表象叫作"再现的想象",而把对已有形象的剪裁综合叫作"创造的想象"。[①] 再现的想象(记忆表象)受制于事物的本来面目,缺少自由性和创造性。再造的想象受制于已有的描述,但未必与原始形象一致,因而有一定的自由性。显然,文学创作最需要的是独特新颖、纵恣不拘的创造性想象。

《西京杂记》载:"司马相如为《上林》《子虚》赋,意思萧散,不复与外事相关,控引天地,错综古今,忽然如睡,焕然而兴,几百日而后成。"这段话描述了司马相如创作辞赋时近乎迷狂的精神状态,其中涉及灵感和想象。司马相如自己则说:"赋家之心,苞括宇宙,总览人物,斯乃得之于内,不可得而传。"[②] 这里的"控引天地,错综古今""苞括宇宙,总览人物",都需要想象力来把握不在目前的事物。鉴于司马相如辞赋中的很多形象并非现实中所有,而是作者的创造和虚构,因此我们可以推断司马相如对想象的认识包括了创造的想象。陆机在《文赋》中也描述了想象的特征:"精骛八极,心游万仞""观古今于须臾,抚四海于一瞬""笼天地于形内,挫万物于笔端""恢万里而无阂,通亿载而为津"。与司马相如相比,陆机更明确地从时间和空间两个维度来描述想象的特征。所谓超越时空限制,无非是说,我们的感觉都局限于一定的时空范围之内,而想象则能够在意识中形成实际经验范围之外的事物形象。这种描述突出的是想象相对于感觉的自由性,但并没有强调新形象的创造性和虚构性。刘勰同样从时空两个方面的自由性来描述想象的作用和特征:"寂然凝虑,思接千载;悄焉动容,视通万里。"(《文心雕龙·神思》)但与司马相如和陆机相比,刘勰笔下的想象在规模上有所萎缩。"宇宙""天地""古今""四海""万物"等富有激情的描述,在刘勰这里只剩下了"千载"和"万里"。刘勰对想象还有更多的描述,后文再作分析。

想象本质的特征是对表象的加工改造。如果只是超越时空限制,把握

[①] 朱光潜:《文艺心理学》,《朱光潜美学文集》第1卷,上海文艺出版社1982年版,第193页。

[②] (东晋)葛洪:《西京杂记》卷2,中华书局1985年版,第12页。

不在目前的事物，还不一定就是想象。因为记忆表象同样可以再现经验过的不在目前的事物。但记忆表象只是再现的想象，而创造的想象是通过对现实经验的拆分和组合，构建出一个与现实不同的可能世界。天地宇宙、古今人物，有的是我们经验过的，大部分则没有。所以要描写这些我们没有经验过的事物，就需要创造的想象。从司马相如、陆机和刘勰的描述来看，他们对三种不同形式的想象都有所认识，但总的来说，他们的认识侧重于想象超越时空的自由性，对想象的创造性和虚构性认识不足。创造性想象在远古神话、楚辞和汉赋中已经有大量的表现，但理论对此很少从正面加以确认和肯定。相反，很多理论对此是持批判态度的。孔子"不语怪力乱神"，对神话中的神秘、幻想、虚构等因素进行了理性化的解释，加固并推进了西周以来的理性传统。楚辞和汉赋中本来充满奇幻的想象和虚构，但汉代人对于屈原的认可主要侧重于他的人格和遭遇，而不是其作品的浪漫主义手法。司马迁说："相如虽多虚辞滥说，然其要归引之节俭，此与《诗》之风谏何异？"[1]可见他认为司马相如辞赋的价值在于讽谏而不在于那些"虚辞滥说"。扬雄则说："原也过以浮，如也过以虚。过浮者蹈云天，过虚者华无根。"[2]班固批评屈原"多称昆仑冥婚宓妃虚无之语，皆非法度之政，经义所载"[3]。王逸反驳班固，但并不是从正面肯定屈原的"虚无之语"，而是附会经义，这样反而把《离骚》中的创造性想象和虚构等特征掩盖了。王充反谶纬，疾虚妄，其锋芒也殃及文学中的想象和虚构。王充的批评视角是非文学的，而左思则是在文学内部对虚构提出批评：

  然相如赋《上林》，而引"卢橘夏熟"，扬雄赋《甘泉》，而陈"玉树青葱"，班固赋《西都》，而叹以"出比目"，张衡赋《西京》，而述以"游海若"。假称珍怪，以为润色，若斯之类，匪啻于兹。考之果木，则生非其壤；校之神物，则出非其所。于辞则易为藻饰，于义则虚而无征。且夫玉卮无当，虽宝非用；侈言无验，虽丽非经。[4]

---

[1] 《史记》卷117《司马相如传赞》，中华书局1982年版，第3073页。
[2] （西汉）扬雄：《法言》佚文，《文选》卷50，《宋书谢灵运传论》注引，浙江古籍出版社1999年版，第926页。
[3] （东汉）班固：《离骚序》，载严可均辑《全后汉文》卷25，商务印书馆1999年版，第250页。
[4] （西晋）左思：《三都赋序》，载严可均辑《全晋文》卷74，第776页。

左思自己主张的"贵本""宜实"等创作方法其实也离不开想象,但因为过于强调真实,反对虚构,这种方法就只能局限于再现的想象,无法极尽想象之能事。因此可以说,反对虚构必然会限制到对想象的特征的认识。

在这样一个实用理性的传统中,刘勰并没有表现出特别的洞见。与拥有辞赋创作经验的司马相如和陆机相比,刘勰对想象的认识实际上有所倒退,这主要表现在以下两点。

第一,对于司马相如和陆机,我们可以推测他们所说的想象可能包括创造性想象,但刘勰对神思的描述限制了我们的这种推测。刘勰对神思的理解是"形在江海之上,心存魏阙之下"。这句话源自《庄子·让王》,它本来的意思是说虽然隐居江湖,但内心并未忘怀朝廷的荣华富贵。刘勰在这里只采用了这句话的字面意义,即身体在此,而心意在彼。朝廷与江湖可能远隔千里,身在江湖,不可能直接经验到朝廷,因此就需要想象。不过从刘勰的描述来看,这些想象主要是记忆表象和再造的想象。"形在江海之上,心存魏阙之下"的心理过程有两种可能:一是"魏阙"是主体曾经感知经验过的,那么这时的想象就只是记忆表象;二是对"魏阙"没有经验,主体根据某种描述形成了关于"魏阙"的形象,那么这就是再造的想象。从逻辑上说,我们当然可以想象一个与现实的"魏阙"完全不同的形象,但刘勰在此显然没有从正面揭示出这一点。因此,像"寂然凝虑,思接千载;悄焉动容,视通万里。吟咏之间,吐纳珠玉之声;眉睫之前,卷舒风云之色"这样的描述,主要强调的是作者能够超越时间和空间的限制,把握那些不在感知和经验范围之内的事物。这些事物基本上是一种经验之外的现实,而不是创造和虚构的形象。此外像"登山则情满于山,观海则意溢于海",这里山和海的意象基本上也是局限于现实中的实际形象或记忆表象。所以刘勰所说的"神思"在很大程度上仍然是再现或再造的想象,而不是创造的想象。刘勰说"思理为妙,神与物游",这是对精神活动的一般性描述。从逻辑上说,不排除这里的"物"是作者创造的全新形象。但总的来说,刘勰在《神思》篇中主要突出了想象活动的自由性,而没有揭示出想象的创造性内涵,更没有涉及想象的虚构性。

第二,也是最重要的,刘勰对真正的创造性想象和虚构提出了批评。如果说,前面刘勰对神思的描述从逻辑上说不排除也包括了创造的想象,那么刘勰的下述观点可以说从事实上否定了这一点。

刘勰在《文心雕龙·辨骚》中指摘《离骚》异乎经典的四事中,其中有两事就是对虚构性想象的批评:"至于托云龙,说迂怪,丰隆求宓妃,鸩鸟媒娀女，诡异之辞也；康回倾地，夷羿彃日，木夫九首，土伯三目，谲怪之谈也。"这些"诡异之辞"和"谲怪之谈"正是奇特新颖的创造性想象，其实比刘勰所谓的"思接千载""视通万里"更能体现"思理之致"，但刘勰认为这些内容都是不可取的。

在《夸饰》篇里，刘勰一方面肯定了楚辞汉赋中的想象、夸张在文学创作中的积极作用，另一方面又批评神话传说的虚构是"夸过其理"。刘勰认为夸饰之所以必要，是因为"神道难摹，精言不能追其极；形器易写，壮辞可得喻其真"。因此夸饰的目的是对"神道"和"形器"的摹写，而不是新形象的创造。刘勰所谓的夸饰，不仅是今天所说的夸张，还包括虚构性的想象。虚构相当于王充所说的"虚"，是在事物的存在、性质方面进行改变或无中生有。夸张则相当于王充所说的"增"，是在程度、数量方面的夸大。夸张是对现实事物的描写，无论怎样夸大其词，基本的事实总是存在的，而虚构则创造了现实中不存在的事物。"燕山雪花大如席"是夸张，"海南雪花大如席"则是虚构。有了这一层分别，我们就可以看出刘勰肯定的是对现实事物的适度夸张，而否定的恰恰是虚构。刘勰为夸饰列举的例子是《诗经》和《尚书》中的"嵩高极天""河不容舠""子孙千亿""民靡孑遗""襄陵举滔天之目，倒戈立漂杵之论"等夸张性描写。这些基本事实都是存在的，作者为了增强艺术表现的效果而使用了夸张，所以"辞虽已甚，其义无害也"。对于辞赋对"山海""宫殿"等现实事物的描写，刘勰也认为是很成功的：

> 至如气貌山海，体势宫殿，嵯峨揭业，熠耀焜煌之状，光采炜炜而欲然，声貌岌岌其将动矣。莫不因夸以成状，沿饰而得奇也。于是后进之才，奖气挟声，轩翥而欲奋飞，腾掷而羞踢步，辞入炜烨，春藻不能程其艳；言在萎绝，寒谷未足成其凋；谈欢则字与笑并，论戚则声共泣偕；信可以发蕴而飞滞，披瞽而骇聋矣。（《文心雕龙·夸饰》）

这种夸饰显然不是虚构，但是在楚辞汉赋中，还充斥着大量现实中不存在的虚构的事物或现象：

> 自宋玉、景差，夸饰始盛；相如凭风，诡滥愈甚。故上林之馆，奔星与宛虹入轩；从禽之盛，飞廉与鹪鹩俱获。及扬雄《甘泉》，酌其余波。语瑰奇则假珍于玉树；言峻极则颠坠于鬼神。至《东都》之

比目，《西京》之海若，验理则理无不验，穷饰则饰犹未穷矣。又子云《羽猎》，鞭宓妃以饷屈原；张衡《羽猎》，困玄冥于朔野，媟彼洛神，既非魍魎，惟此水师，亦非魑魅；而虚用滥形，不其疏乎？（《文心雕龙·夸饰》）

刘勰所批评的这些描写，在今天看来并不是夸张，而是虚构和想象。在具体的文学创作中，夸张与想象、虚构可能互相交织，难分彼此。夸张相对于实际情况而言，不妨也可以说是"虚"的。不过从我们对这两个词的使用来看，二者还是能够区分的。刘勰虽然把夸张和虚构都说成夸饰，但他一方面对辞赋中那些虚构的成分提出批评，另一方面对那些基于基本事实的夸张还是肯定的。这就说明刘勰也认识到了二者的不同。在了解了刘勰对夸张的虚构的态度之后，再回过头来看他在《神思》篇中对想象的描述，就可以发现刘勰对想象的认识存在很大的局限。

刘勰赞成在尊重事实的基础上对事物进行适度的夸张性描写，反对神话传说中的那些纯粹虚构和奇特想象，即"夸而有节，饰而不诬"。那么怎样才算是适度夸张？刘勰认为适度的标准就是儒家经典，"宗经六义"之三就是"事信而不诞"，所以他要求"酌《诗》《书》之旷旨，翦扬马之甚泰"（《文心雕龙·夸饰》）。宗经思想限制了刘勰对想象的认识，也混乱了他在这一问题上的逻辑。比如他在《正纬》篇中认为纬书荒诞不经，却对"河图洛书"之类深信不疑。实际上"河图洛书"与谶纬在本质上并没有什么不同。当然刘勰也中肯地指出纬书"事丰奇伟，辞富膏腴，无益经典而有助文章"。在《风骨》篇中，他说"相如赋仙，气号凌云，蔚为辞宗，乃其风力遒也"，显然也是着眼于《大人赋》通过想象和虚构产生的感染力量，而不是宗经思想所要求的讽谏作用。沿着这一思路，必然得出对想象和虚构的肯定性结论。遗憾的是这一极富洞见的思想在刘勰那里没有得到更为深入的阐述。

想象的过程是一系列形象在心理中的运动。想象（imagination）的英文词根是 image，也就是汉语中经常说的形象、意象。形象在想象中的这种地位容易使人误以为想象是单纯的形象在活动，似乎不需要语言。事实恰恰相反，想象中的形象活动必须由语言来支配和引导。

想象是一个唤起、特别是改造制作表象的心理操作过程，如何才能实现想象？表象的自然浮现或主动唤起，还仅仅是一个记忆现象。它是想象的必要前提，但想象的核心是改造操作表象，是一种内在的心理操作。对于没有语言的动物，机体和心理的整合力可以支配、控制各心理过程系列的活动，可以唤起不同系列的表象，但难以在头脑内操作、缀合、改造制作表象，进行想象。想象是对直接的控制与反映信息（特别是表象）的再操作，要实现这种再操作，必须具有一个与表象有着对应性联系的心理工具，这就是口头语言。①

没有语言，想象中的形象就是死的。可以推测，如果动物心理能够形成事物的表象，那么表象在动物心理中只能保持事物的原始特征，无法进行拆分组合等操作。对人来说，如果不把记忆表象符号化，同样不能超越原始形象的现实性。想象本质上是一种可能性。我们在《言意篇》中提到神经生理学的研究成果，丧失语言能力的人无法思考可能性。所以没有语言的帮助，想象就无法形成新的可能的形象。

朱光潜借鉴西方心理学的研究，对想象的心理机制作了非常精彩的解释。我们在这里从语言哲学的角度，进一步对想象作一种语法的解释。想象的心理机制有"分想作用"和"联想作用"，前者是选择所必需的，后者是综合所必需的。"'分想作用'就是把某意象和与它相关的意象分裂开，把它单独提出。意象都是嵌在整个经验里面而不是独立的。如果没有分想作用，以往的经验便须全部复现于记忆。""所谓联想作用就是由甲意象而联想到乙意象。""许多漫不相关的事物经过诗人的意匠经营，都可以生出关系来。"②

也就是说，想象是对现实经验的拆分和组合。我们何以能够对现实经验进行拆分和组合？我们在《言意篇》曾引用陈嘉映关于现实在语词层面成象的说法。对人来说，现实本来就是被拆分和组合的，语言就是现实的分解组合。

古人为不同年龄、颜色、用途的马都单独取一个名字，因纽特人对雪有几十种不同的称呼，这种对世界的描述太笨拙了。反对萨丕尔—沃尔夫假说的人指出，因纽特人其实并没有几十种雪的名称。但即使如此，也不能否定语言对现实的分解组合机制。我们每个人都拥有一个只属于自己的名字，这也许是人类与非人的一个不起眼的区别。但是如果给每一匹马、每一棵树都取一个名字，我们的世界将变得无法描述。因此我们不仅需要

---

① 苏富忠：《思维论》，香港中联出版社1992年版，335页。
② 朱光潜：《文艺心理学》，《朱光潜美学文集》第1卷，上海文艺出版社1982年版，第193—194页。

专名，还需要通名。通名是一个类共有的名称。有了马这个通名，我们就不必再为每一匹马命名了。当我们需要指称某一匹具体的马的时候，我们只需要用另外一些语词对"马"这个通名进行限定就可以了。而用来限定的那些语词并不只属于这匹具体的马，而是被其他事物所共同拥有。比如"白马"的"白"，是所有白色的事物共有的特征。名家讨论的"白马非马""离坚白"等问题，一方面是诡辩，另一方面也显示出他们对语言这种分解—组合机制的认识。"我们把世界分解成一些元素。这些元素是我们用以谈论世界的最小单位。"这些单位就是像春夏秋冬，江河湖海、变化生成、赤橙红绿等这样的语词。"一种语言把世界大致分解成了特定数量的基本物体和基本活动而把其他的物体和活动描述为这些基本要素的组合。"这样，我们就可以用"池塘生春草"来对世界进行描述。在非语言的层次上，自然界是不存在"池塘生春草"这一现象的。没有语言，自然就不能被分解成"池""塘""生""春"和"草"，自然是在语言层次上被我们理解成"池塘生春草"的。对一只狗或鸟而言，自然是一个囫囵的信号，在它们对世界的理解中，是不会有"池塘生春草"这种现象的。我们用语言把世界分解，然后再从中选择、组合，才有可能把"池塘生春草"这一审美意象从冥顽不灵的自然中分离出来。由于"池塘生春草"不是一个囫囵的信号，而是一个由许多意义单位组成的结构，所以它的内部成分可以分离出来与其他词形成新的意象。"春"可以组成"欢言酌春酒"，"草"可以组成"孟夏草木长"，等等。这样，我们就不必为现实中的每一个意象创造一个语词，而只需把我们语言中的基本词汇拼装起来，就可以描述这个多姿多彩的世界了。"语言的本质原就是使我们能用有限的语词表达无限多样的可能性。"[①] 在这里可以再回顾一下言不尽意论。言不尽意论假定意是无限的，言是有限的，因此言无法充分表达意。但是通过考察想象的深层语法，我们发现语言的分解—组合机制使语言能够产生无限的可能性，而某种具体的现成的意则只是作为语言的一种可能性而出现的。在这一意义上，与其说言不尽意，不如说意不尽言。当然我们已经在《言意篇》中指出，言意之间是一种语法关系，谈不上尽与不尽。

在语言这种成象方式中，现实不再是一道浊流，而是一个由各种因素构成的世界。每一事件都展现为某些元素之间的联系。按照元素的应有之义，一个元素可以和这些元素结合，也可以和另一些元素结

---

① 陈嘉映：《语言哲学》，北京大学出版社2003年版，第391—392页。

合,它们事实上如此联系着,但那只是各式各样可能中的一种。我们的现实世界只是种种可能世界中的一个。语言分解——结合的机制,构筑起了"逻辑空间",世界是在这个逻辑空间中显现的现实,我们人类从可能性来理解现实性。

我们能够谈论只是可能而非现实的事物,这一点属于语言的本质。在语言的成象层面上,并非现实的事物不是对现实的单纯否定,而是一种可能的构造。现实世界本身就是作为这样一种可能构造现象的。①

也就是说,由于语言的这种结构,我们不仅能用语言描述唯一的现实世界,还能创造出一个事实上并不存在的世界。我们岂止可以说"卢橘夏熟",就语言的可能性而言,我们可以把"夏"换成任何一个时节,可以把"卢橘"换成任何一种植物,可以把"熟"换成任何一种状态,甚至把整个现实全部替换掉,制造出像"绿色的观念疯狂地沉睡"这种无意义的句子,以及不仅是现实上而且在逻辑上也不可能的概念,比如"方的圆"之类。这就是想象的本质,用语言建构一个可能世界。鲁迅说:"天才们无论怎样说大话,归根结蒂,还是不能凭空创造。描神画鬼,毫无对证,本可以专靠了神思、所谓'天马行空'似的挥写了,然而他们写出来的,也不过是三只眼,长颈子,就是在常见的人体上,增加了眼睛一只,增长了颈子二、三尺而已。"②鲁迅说得不错,我们为什么不能凭空创造,我们虚构的可能世界为什么与现实世界保持着如此密切的联系?因为建构可能世界的材料与建构现实世界的材料是一样的。就连"方的圆"这种逻辑上不可能的事物,其组成成分"方"和"圆"不仍然在现实中吗?朱光潜看到"风乍起,吹皱一池春水",这九个词所指的意象,拆开来看每一个都平淡无奇,但这些意象的组合却新鲜有趣,这是因为固有的材料被赋予了新的形式。③朱光潜当时还没有接触到语言哲学的思想,但他的理解暗合了语言哲学的对语言本质的认识。但我们为什么要想象,为什么要虚构?因为"现实世界只有作为诸种可能世界之一才能得到理解"④。人的本质就在于他拥有无限多个可能世界,而不能想象的生物只有一个世界。

---

① 陈嘉映:《语言哲学》,第399页。
② 鲁迅:《叶紫作丰收序》,《鲁迅全集》第6卷,人民文学出版社1981年版,第219页。
③ 朱光潜:《文艺心理学》,《朱光潜美学文集》第1卷,第193页。
④ 陈嘉映:《语言哲学》,第400页。

第二节　灵感与应感、通塞、天机

想象、灵感、直觉等等，都是现代语词，它们不会直接出现于古代文论中。但它们的内涵大致对应着古人对某些思维现象的描述，陆机对如下创作心理活动的描述无疑就是今天所谓灵感：

> 若夫应感之会，通塞之纪，来不可遏，去不可止，藏若景灭，行犹响起。方天机之骏利，夫何纷而不理？思风发于胸臆，言泉流于唇齿；纷葳蕤以馺遝，唯豪素之所拟；文徽徽以溢目，音泠泠而盈耳。及其六情底滞，志往神留，兀若枯木，豁若涸流；揽营魂以探赜，顿精爽而自求；理翳翳而愈伏，思轧轧其若抽。是以或竭情而多悔，或率意而寡尤。虽兹物之在我，非余力之所戮。故时抚空怀而自惋，吾未识夫开塞之所由。（《文赋》）

陆机对创作灵感的描述可以从两个方面来看，一是表现方式上的非自觉性和突发性，也就是灵感出现的方式是突如其来和不由自主的，其来去非人力所能控制；二是内容上的创造性和丰富性，灵感出现之后，文如泉涌，意象纷至。三是我们对灵感的产生完全是无意识的，所以陆机最后说，他不能解释这种现象。

刘勰也注意到了这种现象，但他的描述不像陆机那样集中而明确。"神思方运，万途竞萌"，"登山则情满于山，观海则意溢于海，我才之多少，将与风云而并驱矣"（《文心雕龙·神思》），这种现象非常像灵感爆发时的状况，思绪喷涌，若不可遏。不过刘勰在这里所说的是创作构思的一般情况，而灵感一般来说是一种偶然出现的现象。如果灵感始终伴随着创作时的精神活动，那就没有神秘可言了。刘勰又说"人之禀才，迟速异分"，文思敏捷的现象，也颇似灵感。当然刘勰这里所说的是不同作家的禀赋特征，我们不能说构思迟缓的作家就没有灵感。一般来说，灵感产生的结果，总是一种意外的收获和创造性的价值，如果只是构思敏捷，但并未产生有创造价值的结果，那也谈不上灵感。另外，构思之迟速，还与作品的篇幅有关。前面提到司马相如如梦如醉的创作状态，显然已经进入灵感状态，但因为他的作品体制宏大，几乎需要"百日而后成"。所以正如刘勰所批评的"学浅而空迟,才疏而徒速",灵感的根本特征不在于创作速度的快慢。不过刘勰说"是以秉心养术,无务苦虑;含章司契,不必劳情也",又的确是对待灵感的正确态度。因为灵感"来不可遏,去不可止",非人力所能控制。扬雄曾因作《太玄》而做噩梦,后来唐代的苦吟诗人到了呕心沥血的程度,这种创作的艰苦和疲惫恰好与灵感是相反的两种状态。但是这两种状态在心理机制上又有非常密切的联系,我们在后文再作解释。刘勰在《养气》篇里讲的是人的生理状态和精神状态对创作的影响,其中也谈到了灵感:"且夫思有利钝,时有通塞,沐则心覆,且或反常;神之方昏,再三愈黩。"与陆机不同,刘勰认为灵感的产生是可以解释的,而不同的生理状态和精神状态在某种程度上可以促进或阻碍灵感的产生。

　　灵感的存在是一个事实。不同个体之间,有的人有灵感,有的则没有。有灵感的人动辄斗酒诗百篇,下笔如有神,肆意挥洒,咳唾成珠;没有灵感的人,绞尽脑汁,搜肠刮肚,写出的东西还是空洞苍白。同一个体,有的时候有灵感,有的时候又没有。"江郎才尽"在一定程度上可以说是灵感消失的现象。灵感不限于艺术和科学领域,实际上每个人都有体会到灵感的可能。在体育比赛中,实力强的一方有时表现平平,而实力弱的一方有时则发挥超常,也可以看作一种灵感现象。我们平时做事,有时精神亢奋,得心应手,"率意而寡尤",其实也是一种灵感的表现。

　　朱光潜早在20世纪30年代就借鉴现代心理学中的无意识理论对灵感的心理机制进行了解释。在今天看来,这些解释基本上还是有效的。以下我们主要结合朱光潜先生的研究来讨论古人对于灵感现象的认识。

　　人的心理活动由意识和无意识构成,意识就是意识到、自觉到的心理活动,无意识则是没有意识到的心理活动。对人类而言,意识和无意识之间不是绝对隔绝的,二者可以互相转化。当意识内容被遗忘或暂时不被注意的时候就转变为无意识,而当无意识内容被唤醒或被注意到的时候就转变为意识。灵感从本质上说就是心理活动中大量无意识内容突然涌入意识层面的状态。当然并不是所有无意识内容都能成为灵感。能够被称为灵感的,只是那些有科学价值和艺术价值的能够展示人类创造性本质的内容。

　　无意识大致有三个来源,即动物心理、意识的沉积以及阈限以下的刺激。

　　人与动物的共同之处是都拥有心理机能,不同之处则是人在心理之上又拥有动物所没有的意识。动物的心理活动是无意识的,儿童在某一阶段的心理活动也是无意识的。动物能够凭借其心理结构对自身和外在对象进行反映和控制，但只能形成单一层次的反映和控制关系（外反馈）。而人类意识则既能对自身和对象进行反映和控制，又能对这个心理过程形成反映和控制（内反馈），即双重的反映和控制。但意识并非时时刻刻都在反映和控制着心理活动，心理过程也有可能不受意识控制而独立展开，没有被意识反映和控制的心理活动就是无意识。意识是由动物心理发展而来的高层次心理形式。动物的心理活动是必然性的，这一点突出表现在动物的活动完全由本能和欲望驱使。而人类意识则是自由的，这表现在人一方面能够意识到自己的本能和欲望，另一方面又能控制自己的本能和欲望。

传统的人性论强调人兽之分，重视人性中的道德、理性、意识的因素。而近代以来的非理性主义者如叔本华、尼采、柏格森，特别是弗洛伊德，更强调人与动物的共同之处即动物性、兽性的那一部分。其实孟子虽然主张人性善，但他也指出了这样一个现实："人之所以异于禽兽者几希。"[1] 人与动物的那点细微差别就在于人有意识，从而又有理性和道德。但这不是说人类只有意识、理性和道德，而是说人在拥有动物心理的同时，又拥有动物所没有的意识、理性和道德。而且即使在孟子看来，人同于禽兽之处，毕竟多于人异于禽兽之处。所以人需要时时警惕，避免堕落为禽兽。

在弗洛伊德看来，人类行为的根本动力不是传统上所强调的理性和道德，恰恰就是那些原始的本能和欲望，其中最核心的就是性本能。这些本能和欲望不见容于社会习俗、道德和法律，所以就被排挤到了心理深层的无意识层面。但这些无意识的心理内容虽被压制却并未被驯服，反而变得更加躁动不安。一方面，对本能和欲望的压抑造成了各种精神疾患和心理变态。另一方面，这些本能和欲望又想方设法改头换面以被社会允许的方式获得释放和满足，比如以梦的方式表现出来。而其中最高级的形式就是所谓"性欲的升华"，把利比多转化为艺术、宗教、文化等创造性活动。

精神分析理论始于对经验的观察，最终却发展成脱离经验的思辨的形而上学，性本能被解释成决定一切的本体性因素。弗洛伊德的对文学艺术的泛性论解释过于牵强附会而遭人诟病。因此我们不一定接受他对某一具体创作现象的解释，比如哈姆雷特的俄狄浦斯情结，达·芬奇的同性恋倾向，等等。但我们也不能否认人的本能、欲望等无意识内容在艺术创作和科学研究中所起的某种特殊作用。像艺术是作家的白日梦这样的论断，并不需要科学的论证，它就是一个日常生活中可观察到的现象。

---

[1] （东汉）赵岐注，（北宋）孙奭疏：《孟子注疏》卷8，北京大学出版社1999年版，第223页。

文学艺术表现的似乎都是美好的人性，至少很多人都认为文学艺术应该表现美好的人性。艺术是人的产品，如果人本身不能摆脱自然性和动物性，那么艺术自然也无法摆脱。更进一步，在艺术创作的过程中，起作用的不仅是人类独有的意识、理性和道德，也包括人与动物共同拥有的动物心理，其中最重要的是本能和欲望。

无意识的心理活动是一股盲目、混乱、躁动却又充满活力的力量。它们也许不能直接成为艺术创作的内容，但非常有可能成为天才和灵感的源泉以及创作的冲动和动力。灵感和天才经常被看作一回事，二者也都曾被视为一种精神病的表现。灵感是偶然出现的短暂状态，天才则更接近于一种持续的能力。很多天才都患有精神病，比如尼采、荷尔德林、凡高等等。当然，并非所有的天才都是精神病，更不是所有精神病都是天才。天才与精神之间并没有必然的关系，把二者联系在一起完全出于一种经验上的观察。在精神分析理论看来，正常人和精神病不是质的不同而是量的差别，每个人都有不同程度的精神疾患和心理变态。与常人相比，天才和精神病的共同特征就是反常，超出常规，不循规范。天才大多疯狂，因此平庸之人欲作天才状，装疯是一条捷径。不过天才和精神病的疯狂出于自然，总带有几分可爱，而装疯则不免搔首弄姿，令人肉麻。其实天才的疯狂并不是自己选择的结果，而是生活强加给他们的。所以天才的对立面主要的还不是平庸无能，而是人为造作。

人们往往不愿意正视天才的生物学根源。比如人们喜欢借爱迪生的话说天才是百分之九十九的汗水加百分之一的灵感之类。但后来有人指出，爱迪生后面又强调说灵感比汗水更重要。中国也有"只要功夫深，铁杵磨成针"的说法。但这里的前提是你磨的是铁杵，如果你磨的是木棍，那么即使功夫再深，磨出来的最多也是牙签。通常人们所说的天才其实意味着成功。我们在日常生活中说一个人是天才的时候，往往就是指他在科学或艺术方面是成功的，做出了创造性的成绩。因此天才是一个综合性的评价。但这显然已经歪曲了天才的意思。我们在这里所说的天才，就是指纯粹的天赋，就是不学而能，就是指那些天生就比众人强的能力。你通过后天的努力，可以让自己跑得更快。但是猎豹、兔子和鹿，不需要训练就比经过训练的运动员跑得快。前者是天然的、天赋的。人与人相比，有的人即使不经过训练，能力也超出那些经过训练的人，道理是一样的。在人类身上，存在着天然的，天赋的，生物性的能力，这种能力有强弱，我们把那种天生超出常人的能力叫作天才。

弗洛伊德在讲性欲升华的时候，强调的是无意识表现为文学艺术的内容，并不是从创作才能方面着眼的。但如果我们承认存在一种天赋的能力，那它只能属于本能的范畴。如果这种天赋的能力与科学创造和艺术创作有关，那么当它在某种条件下表现出来的时候，无疑就成为灵感或天才了。事实上，人类身上的天赋的生物性的因素，既可以成为艺术表现的内容，也可以成为艺术创作的能力。

中国古代当然没有像弗洛伊德那样极端的理论，但也并不缺乏对这种现象的朴素认识。前面我们提到孟子对人性的认识，其中就包括人与生俱来的生物性因素。曹丕以气论文的时候也特别强调了这一点，"文以气为主，气之清浊有体，不可力强而致。譬诸音乐，曲度虽均，节奏同检，至于引气不齐，巧拙有素，虽在父兄，不能以移子弟"。人们都注意到曹丕所说的气是先天的气质、性格等方面的内容。气的这些因素与精神分析理论倒不矛盾。其实曹丕所说的气也包括能力和才能的内容。曹丕把这两个方面混合在一起了，而刘勰则把二者分得清楚了。在刘勰那里，气专指个性方面的内容，而才则专指能力和才能。同时刘勰也把主体心理素质的先天方面和后天方面区分开了。学和习是后天教育、环境熏陶等因素，这些都是意识层面的内容。而才和气则是先天的、与生俱来的。但这些所谓先天的东西，其实最终表现出来的时候都是与后天的东西混合的。无论是曹丕还是刘勰都没有对它们进行彻底的分析。结合我们讨论的问题对才和气进行分析，就不得不承认，才和气都含有生物性的成分。它们是在生命产生之初，由各种偶然因素的结合而形成的。正是因为这种偶然性，决定了每一个生命都是独特的不可重复的，也造成了生命的丰富多彩。

因此，即使我们不接受弗洛伊德的观点，也不能否认那些动物性的无意识心理在文学创作过程中，特别是在灵感的爆发和天才的创作中所起的作用。这些先天的、生物性的心理素质，是通过事后的研究、分析才能发现的。作为当事者，不能即时地发现、觉察这些心理因素的存在，也无法自如地控制和运用这些心理因素。但这些心理素质在无意识层面发挥着它们的作用。当灵感产生和天才得以表现的时候，就是这些因素在意识层面的作用。

无意识更重要的来源也是更有价值的内容也许是经由意识内容转化而来的。我们可以随时意识到外部世界的存在和自己的心理状态以及意识到意识自身。但我们不可能对所有意识到的内容一直保持意识状态。在某一特定的时刻，我们只能注意到某一特定的意识内容。那些不被注意的意识就进入了无意识。而当我们需要注意那些暂时进入无意识的内容时，它们就重新成为意识。所以意识与无意识处于不断的转换过程中。暂时处于无意识中的意识内容如果被重新唤醒，就是回忆，如果无法被唤醒就是遗忘。这个过程最典型的就是我们对书本知识的学习。"吾生也有涯，而知也无涯"，学习的最大障碍就是我们无法把所学的知识全部、永久地保存于意识和记忆之中。甚至可以说，意识接受的大部分信息注定要被遗忘，能够被保存的只有极少的一部分。意识内容的遗忘有时候是正常的，有时候是病态的。病态的遗忘是由精神疾病或大脑损伤造成的。有一种精神病患者具有双重甚至多重人格，实际上就是具有多个相互隔绝的意识。每一重人格对于另一重人格都是无意识的。也就是说，当病人处于某一人格时，他并不能意识到另一人格的存在。但在任一人格中，他都能正常地生活、工作、思考问题。被遗忘的意识虽然无法被主动唤醒，但在某种特殊条件下，可以被动地进入意识层面。这些在某种条件下能够被动唤醒的无意识内容，就构成了灵感产生的可能因素。而这个过程又是完全不受意识控制的。

　　意识转化为无意识的另一重要途径是长期重复进行的思维、动作、技能等活动而形成的习惯和定式。一般来说，陌生的事物容易引起我们的注意从而进入意识，而司空见惯的事物则不易被意识注意。初次学习的动作和技能要求我们必须集中意识，而熟练之后就趋向自动化和机械化，成为无意识的行为。在日常生活中，我们大部分的活动都是无意识的，因为它们都是我们每天重复的活动。但当我们面对新的事物和工作时，就不得不把它们置于意识的中心。人类活动是意识与无意识相互配合的统一。如果所有的行为、动作都进入意识，我们的大脑将疲于奔命。正是有了无意识这种心理活动，我们才能把注意力集中到主要的方面，把次要的方面交给无意识处理。

　　赫尔巴特提出了"意识阈"的概念。意识阈其实就是意识和无意识的界限。能够被意识到的对象和观念是无限的，但我们在某一时刻能够意识的范围却是有限的。我们无法把意识同时指向和集中于两个以上的对象或观念。通常所说的"一心不能二用""听而不闻""视而不见"，以及庄子所说的"用志不分，乃凝于神"等现象，都隐含着意识阈的存在。某作家在文章中声称自己于梦中得一佳句"江湖夜雨十年灯"，结果被人指出这原本是黄庭坚的诗句。这位作家当然不是明知这是黄庭坚的诗句却想据为己有。根据我们对无意识的分析，可以推断这里存在两种可能，一种就是这句诗曾经进入他的意识，但因为遗忘而进入了无意识当中。另一种可能是，这位作家在某种情况下曾经接触到这句诗，但因为当时意识的中心集中于其他对象，因此这句诗没有进入意识阈而是进入了无意识。由于梦这一特殊条件，沉睡在无意识中的佳句重新进入了他的意识。但他自己对佳句从何而来却一无所知，因而把它当成了自己的神来之笔。

所以灵感不是无中生有或神灵附体，而是客观存在但未被意识到的心理内容突然被意识到的结果。据此，我们就知道为什么灵感虽然不受意识的控制，但其实不是无源之水，而是平时意识活动积累沉淀的结果。

从神经生理学上来看，大脑的神经活动包括兴奋和抑制两个方面，这两个方面呈现一种"负诱导"关系，即某一部分神经的兴奋会导致其他部分的抑制，而某一部分的抑制则会导致其他部分的兴奋。不同的神经活动不可能同时兴奋，也不可能同时抑制。清醒、睡眠、梦等现象的交替出现就是这一神经活动规律的表现。所以意识与无意识之间没有不可逾越的界限，被抑制了的意识就是无意识，被激活了的无意识就是意识。根据心理学所揭示的灵感的心理机制，可以看出，灵感的出现需要两个条件，一是可供形成灵感的无意识内容，二是要诱导这些内容呈现于意识。

就第一点而言，灵感的来源归根结底是通过感知、记忆、学习、思考、体验、训练所获得的意识内容，所以无论多么富于灵感，谢灵运都不可能发现元素周期律，而门捷列夫也不可能写出一首五言诗，因为这些内容不在他们的意识之内。扬雄说："长卿赋不似从人间来，其神化所至邪？大谛能读千赋，则能为之。"① 陆机虽然声称自己"未识夫开塞之所由"，但他还说："伫中区以玄览，颐情志于典坟。遵四时以叹逝，瞻万物而思纷。悲落叶于劲秋，喜柔条于芳春，心懔懔以怀霜，志眇眇而临云。咏世德之骏烈，诵先人之清芬。游文章之林府，嘉丽藻之彬彬"（《文赋》），所有这些，其实都蕴藏着产生灵感的可能。刘勰说的"积学以储宝，酌理以富才，研阅以穷照，驯致以怿辞"（《文心雕龙·神思》），在客观上也都是为灵感的产生做好了储备。这些对生活的感受、体验，对经典的学习、研究，未必都有针对性的作用，但它们会积淀在无意识层面，并在某种偶然的情况下迸发出来，形成灵感。严羽大谈"妙悟"，看似玄虚，其实他自己说得非常切实，无非就是把楚辞、古诗、盛唐名家等经典作品拿来熟读，"酝酿胸中，久之自然悟入"。② 后来桐城派学习古文的方法，也是这种熟读法。通过反复涵泳诵读，对经典作品的感受就形成了心理定式，积淀在无意识里，为妙悟和灵感的产生奠定了基础。

---

① （西汉）扬雄：《答桓谭书》，载严可均辑《全汉文》卷52，商务印书馆1999年版，第535页。
② 郭绍虞：《沧浪诗话校释》，人民文学出版社1961年版，第1页。

就第二点而言，无意识之为无意识，就在于我们无法随意地控制它，所以灵感的产生是非自觉的。根据神经活动"负诱导"的规律，意识越兴奋，无意识被压抑得越深。陆机说"及其六情底滞，志往神留。兀若枯木，豁若涸流。揽营魂以探赜，顿精爽于自求。理翳翳而愈伏，思乙乙其若抽"，刘勰则说"意授于思，言授于意，密则无际，疏则千里。或理在方寸而求之域表，或义在咫尺而思隔山河"，二人对这种情况都有深切的体会。相反，如果让某种与灵感无关的意识活动抑制下去，无意识反而有可能活跃起来。所以萧子显说："每有制作，特寡思功，须其自来，不以力构。"① 刘勰也说："神之方昏，再三愈黩。是以吐纳文艺，务在节宣，清和其心，调畅其气，烦而即舍，勿使壅滞，意得则舒怀以命笔，理伏则投笔以卷怀，逍遥以针劳，谈笑以药倦，常弄闲于才锋，贾余于文勇。"（《文心雕龙·养气》）他们都认识到灵感不受意识的控制，只能等待、诱导而不能强求。诱导激发灵感的方法各种各样，而且千奇百怪，其实最常见的就是梦。在梦境中，白天的意识抑制了，而那些被压抑的各种无意识内容则活跃起来，所以很多灵感都是在梦中产生的。《诗品》谢惠连条说：

> 《谢氏家录》云："康乐每对惠连，辄得佳语。后在永嘉西堂，思诗竟日不就。寤寐间忽见惠连，即成'池塘生春草'。故常云：'此语有神助，非吾语也。'"（《诗品·宋法曹参军谢惠连》）

这条记载除了说明灵感容易在梦境中产生，还说明灵感也可能在某种事物的诱导下产生，比如谢灵运每见到谢惠连，就容易产生灵感。还有一种诱导灵感的因素是酒，所谓"李白斗酒诗百篇"即是。西方人刺激灵感的方法还有咖啡、鸦片、音乐等等。不管什么方法，本质上都是唤醒沉睡在无意识层面的心理内容，以期形成意识思之不得的创造性内容。

此外，中国古人经常提到的一种精神状态"虚静"也有利于灵感的产生。陆机说构思开始时要"收视反听，耽思傍讯"，刘勰说"陶钧文思，贵在虚静，疏瀹五藏，澡雪精神"。虚静本是老庄体道的方法，要求排除日常生活中的欲望和思虑，而这一点恰恰也是文学创作所需要的。《西京杂记》卷二说："司马相如为上林子虚赋，意思萧散，不复与外事相关"，

---

① （南朝梁）萧子显：《自序》，载严可均辑《全梁文》卷23，商务印书馆1999年版，第259页。

实即一种虚静状态，而"忽然如睡，焕然而兴，几百日而后成"，则是在虚静中产生的灵感状态。生活中与现实利害相关的意识过于活跃，必然会压制艺术灵感的产生，所以虚静也是促使灵感产生的一个因素。

第三节 直觉与直寻

心理学所说的直觉，是一种省略了推理过程直接把握事物本质或做出反映和反应的能力。人们提出的各种定义互有侧重和差别，但一般都是从人类的思维中分离出直觉，把直觉作为逻辑思维的省略、压缩从而变得简捷直接的思维方式。为了认识直觉的本质特征，其实最简单的办法是考察纯粹的直觉，也就是动物心理。因为动物心理中没有思维和意识，动物的直觉也不需要省略思维过程，动物心理就是纯粹的直觉。

动物凭借其心理结构对外界事物直接做出反映和反应，这个过程是一个单一层次的外反馈过程。可以设想，人类的动物祖先在产生意识之前，其实心理结构与动物是一样的。但人类在产生意识之后，情况就不一样了。意识是借助语言符号对上述心理过程形成第二层次的反映和反应，所以人类与外在事物的关系就形成了心理和意识两个层次。凭借语言符号对世界做出的反映和反应就不是直接的而是间接的。所谓的间接，就是增加了意识和语言这一环节。动物的心理结构中已经预制了对世界做出反映和反应的程序，所以只要现实中出现了某种刺激、信号或信息，心理结构就支配肢体直接做出反应。这个程序在哺乳动物那里当然可以通过学习而改变，但这个学习和改变的过程仍然是结合着现实世界直接进行的，而且改变之后的心理结构与外在世界的关系仍然是直接的。人类同样具备而且无法摆脱这个心理结构和过程。但因为有了意识和语言，人类在接收到外界信息之后，会在意识层面提出：这是什么？这就是概念。有了概念，就有概念之间的联系，这就是判断。有了判断，就有了判断之间的联系，这就是推理。人们往往说直觉是省略了推理过程，其实这里最本质的因素还不是推理，而是概念。动物对事物没有概念，因此直接对事物做出反映和反应。人类有了概念，与世界的关系就被概念隔开了，人与世界的关系就是间接的了。

设想室内有一个人和一只狗，这时候突然发生了地震，那么最先做出反应的是谁？当然是狗。因为在这种情境中，人首先要在意识层面确定发生了什么，然后根据判断结果做出肢体的反应。但狗的行为不存在这一环节，它直接以肢体行动对环境变化做出反应。所以最纯粹的直觉就是动物心理，就是直接对事物做出反映和反应。这种直觉在人身上依然存在而且时刻发挥着任用，但人还有动物所没有的直觉，就是对意识过程的压缩和省略。动物没有可供压缩的意识内容，所以也就谈不上这个过程。而人类对意识内容的压缩也有程度的不同。通常所说的省略了推理过程其实只是一个最低限度的压缩。因为推理实际上已经是思维的最高形式了，它只是在科学研究中才是一种普遍的形式。推理在日常生活中要比科学中少得多。在科学中，无推理的判断就已经是直觉了。而在日常生活中，无推理的判断本来就大量存在，它们作为常识处于意识层面。如果对这种常识的判断再进行压缩，那就是无判断的概念。如果对概念再进行压缩，那就是无概念的直觉了。通过概念的压缩而形成的直觉，不同于动物直觉。行文至此，我们已经接近了康德、叔本华、克罗齐等人所说的直觉了。

因为灵感与直觉的心理机制是相同的，它们都是意识过程的压缩或省略，所以人们在讨论灵感和直觉的时候往往不能明确区分二者。比如门捷列夫发现元素周期率、居里人发现镭、凯库勒发现苯环的结构等例子，往往被说成灵感，也被说成直觉。在文学创作中，陆机所说的"应感之会，通塞之纪"，杜甫说的"下笔如有神"说的是灵感，但其中也会有直觉。但在有些情况下的心理状态就只是直觉而不是灵感，比如老子所说的"玄览"、庄子所说的"心斋""坐忘"、僧肇所说的"妙悟"、道生所说的"顿悟"等就只能是直觉而不是灵感。这些哲学思想进入文学理论，像苏轼所说的"空""静"，严羽所说的"妙悟""悟入"，都是直觉而非灵感。灵感似乎都伴随着直觉，但也不尽然。直觉总是非概念、非逻辑的，而灵感有时候只是指一种高度亢奋、效率极高的精神状态，所以我们在进行概念思维和逻辑推理的时候，也未尝不能进入这种灵感状态，而此时的灵感就并非直觉。另外，人们说到灵感，往往隐含着这种心理活动是成功的，获得的结果是有价值的。而直觉则往往只强调过程的非概念性和非逻辑性，至于结果如何，对直觉来说并不是决定性的。因此，灵感的出现是偶然现象，而直觉则无时不在。

通常人们说到直觉，主要就是指那种超越逻辑直接把握事物本质的认识能力。这种意义上的直觉，是一种以浓缩的形式表现出来的认识、判断或决策，主要出现在日常生活的行为中和科学研究的成果中。科学中的直觉，主要是直接的认识、发现和结论。日常生活中的直觉，则主要是直接的判断、决策和行动。但是在文学艺术中，这种直觉的地位是不重要的。因为文学艺术并不是要获得某种认识或结论，也不是做出某种行动和决策,而毋宁就是直接把握事物的形象。严羽所说的"妙悟""熟参""悟入"等等,更侧重学诗过程中由意识向无意识的转化,以及由概念向直觉的压缩,当然其中也伴随着对形象的直觉。不过严羽所批评的"以文为诗"现象,在魏晋南北朝时期并未成为严重问题。我们这里要讨论的,主要是指对形象的直觉,也就是根据对象的形象或形式做出愉快或不愉快的情感判断。我们经常说的审美直觉、审美判断、鉴赏判断就是这样一种直觉。审美判断严格地说不是一种判断,因为它是情感的而非概念的。朱光潜对一点理解得非常透彻:审美经验就是直觉的经验,直觉的对象就是形象。①"这朵花是红的"是一个逻辑判断。"这朵花是美的"则是一个审美判断。其实"这朵花是美的"在形式上仍然是一个逻辑判断。实质的审美判断,只需要主体在情感上表现出对审美对象的愉快就算完成了。对一朵花的形式产生愉快就完成了审美判断,不需要得出"这朵花是美的"这样一个结论。

不难看出,魏晋之后人们对自然山水的鉴赏,就是典型的审美直觉。由审美直觉产生的愉快或不愉快的情感,就是审美情感。同时也不难看出,审美直觉突出地表现在这一时期的文学创作中,但是审美直觉的意义在文学理论中没有得到相应的确认,甚至经常受到限制。

魏晋南北朝的文学创作中主要涉及三种情感倾向:自然情感、道德情感、审美情感。相应地在理论上则出现了对这三种情感的选择和抑扬。萧纲与裴子野的争论最典型地代表了自然情感(缘情)与道德情感(言志)的对立。儒家思想重视作品的思想和道德内涵,形象和形式是被轻视的。所以在言志派那里,道德情感(目的)不仅与自然情感(手段)有冲突,而且与审美情感(形式)也是分裂的。在缘情派那里,审美情感(形式)与自然情感(目的)一般没有矛盾,"诗缘情而绮靡"体现了自然情感与审美情感的统一。但是,自然情感与审美情感的统一是经验上的而不是逻辑上的。审美情感无内容、无目的,而自然情感与道德情感则是有内容、有目的的。所以前者与后二者都存在着分裂的可能。刘勰和钟嵘在理论中都把风骨、风力与文采、词采明确区分为文学的两个要素,由此可见他们对道德情感、自然情感与审美情感(形式)的区分是清醒的。只不过,刘勰重视的是具有政治教化意义的道德情感,钟嵘则更重视个体的喜怒哀乐。但有一点他们是一致的,那就是形象和形式的意义不在于其自身,而在于它们是表现道德情感和自然情感的手段。

---

① 朱光潜:《文艺心理学》,《朱光潜美学文集》第1卷,上海文艺出版社1982年版,第12页。

审美直觉与概念、逻辑是矛盾的，审美情感与非审美情感（如日常情感、道德情感等等）也是矛盾的，而不同的情感之间如自然情感与道德情感也存在矛盾。这些矛盾在古代文论中常常被表述为情与理的矛盾。但情与理其实都分别存在不同但又有联系的意义。理有两个含义，一是礼义和道德，二是概念和逻辑。在唐代之前，理的内容主要是前者，也就是政治和道德。唐代之后，特别是宋代，理的含义才突出了概念和逻辑，表现在文学创作上就是以文为诗。严羽和明代复古主义反对以理为诗，揭示的是情感与概念的矛盾。而童心说、公安派所说的情理矛盾，仍然是道德礼义与自然情感的矛盾，但这时候的情感中又增加了欲望的因素。清代王夫之、叶燮讨论情与理，又回到了复古主义的情感与逻辑、直觉与概念的意义上。这两种情理矛盾，显然具有完全不同的理论内涵。

钟嵘要解决的问题已经不是道德情感（言志）与自然情感（缘情）的矛盾，而是自然情感与它的表现形式之间的矛盾。不过钟嵘只是初步意识到了这个问题，对这一矛盾的揭示尚未深入。原因是，在这一时期的文学创作中，道德情感和日常情感的表现尚未走向概念化和理性化，反直觉的概念化和逻辑思维虽然有所表现，但尚未对诗歌创作造成致命的影响。宋代以文为诗、以理为诗弊病最为严重，所以严羽的反思也最为深刻，对审美直觉的认识也最为透彻。

陆机和刘勰在描述构思活动的时候，其实都涉及了直觉，如"情瞳昽而弥鲜，物昭晣而互进"，"眉睫之前，卷舒风云之色"，"登山则情满于山，观海则意溢于海"，只是他们没有明确形成一种关于直觉的概念。钟嵘提出的"直寻"则是最接近审美直觉的一个概念：

> 若乃经国文符，应资博古，撰德驳奏，宜穷往烈。至乎吟咏情性，亦何贵于用事？"思君如流水"，既是即目。"高台多悲风"，亦惟所见。"清晨登陇首"，羌无故实。"明月照积雪"，讵出经史？观古今胜语，多非补假，皆由直寻。颜延、谢庄，尤为繁密，于时化之。故大明、泰始中，文章殆同书抄。近任昉、王元长等，词不贵奇，竞须新事，尔来作者，浸以成俗。遂乃句无虚语，语无虚字，拘挛补衲，蠹文已甚。但自然英旨，罕值其人。词既失高，则宜加事义。虽谢天才，且表学问，亦一理乎！（《诗品·序》）

钟嵘主张"直寻"，主要是针对诗歌创作中的使用典故和显示学问。严格地说，直寻并不能完全等同于文艺心理学中的直觉。但是要做到钟嵘所说的直寻，最重要的就是要形成对形象的直觉。钟嵘对诗歌的审美本质有充分的敏感，但并没有从理论上充分揭示直寻的具体内涵。只有结合他为直寻所举的那些例子，我们才能推断出直寻所要形成的诗歌形态是怎样的。直寻主要涉及创作中的两个问题，一是直接描写景物，二是直接表达情感。这两种情况可以单独出现，也可以融为一体。（参见《隐显篇》）钟嵘在这里并没有真正从正面阐明如何实现意象、景物和情感的融合，而只是在批评一种破坏直寻的创作现象，也就是诗歌创作中过多地使用典故。创作中使用典故、事义，往往沦为理智的说明和逻辑的论证，而不是一种感性的显现。在这一意义上，直寻与审美直觉产生了内在的联系。不过，虽然"古今胜语，多非补假"，但"自然英旨"也绝不是看到什么就写什么就能实现的。景物描写并不是直书所见，而是一个选择和创造新意象的过程。情感表现也不是直接表现原始情感，而是形成一种形式化、意象化的情感。而这个过程，单凭纯粹的审美直觉是不足以实现的。

从钟嵘称为直寻的那些诗歌来看，直寻并不是纯粹的审美直觉。直寻所把握和创造的那些情感，恰恰不是无概念、无目的、无内容的纯粹审美经验，而是自然情感和道德情感。不过对这种情感在作品中的表现却是以直觉方式为主，如钟嵘所举徐幹的《室思》：

> 浮云何洋洋，愿因通我辞。飘飘不可寄，徙倚徒相思。人离皆复会，君独无返期。自君之出矣，明镜暗不治。思君如流水，何有穷已时。（《室思》）

这首诗表达的是离别和思念，这种情感不是无目的无概念、形式的审美情感，而是有内容的自然情感，但情感的表现仍然不是概念的、理智的，而是直觉的、形象的。尤其是钟嵘所推崇的"思君如流水"一句，不是一般的比喻，而是赋予情感以形式的隐喻。（参见《比兴篇》）同样，曹植的《杂诗》"高台多悲风，朝日照北林"，谢灵运的《岁暮》残句"明月照积雪，朔风劲且哀"，都是把日常生活中的某种情感内容，溶化在、凝结在具体可感的意象中。纯粹的审美经验，只需对审美对象产生愉快或不愉快的情感反应，相当于克莱夫·贝尔所说的"有意味的形式"中的"意味"。但钟嵘所说的"吟咏性情"不是形式性的"意味"，而是具体的社会人生遭遇产生的自然情感和道德情感。这些情感本身并不以审美的形式存在。在文学艺术中，它们不是被表现出来，而是被创造出来。在这个过程中，无形的情感被赋予有形的意象或景物。其实，借助景物来表现情感，又何尝不是一种"补假"？如果象和景顽固地保持其独立意义，对需要成形的情感来说就是不利的。刘勰在《文心雕龙·物色》篇中批评晋宋文学就是因为其中的自然山水拥有了独立的审美意义，因而成了表现道德情感（言志）的障碍。并不是任何景物都能成为表现情感的手段。情感本来是可以直接表现出来的，不必借助景物或意象，甚至不必借助语言。诗人不是不得已才求助于景物的帮助来表达情感，而是要在诗歌创作中造就和形成一种意象化的情感或情感化的意象。象和景本来即是"有意味的形式"，但此时它们却成了表现另一种意味或情感的手段。

除了直寻，钟嵘还提到了"天才"，这一点似乎不被人们注意。钟嵘同样没有解释"天才"的具体内涵。结合钟嵘的表述，天才一方面就是带有天赋性质的审美直觉能力。另一方面，它又是一种把情感形式化的能力。天才是知识和学问所不能代替的。强调天赋的能力，不是否定后天学习训练的重要性，而是指出这样一个现实，不同的人天然具有不同的感受事物的能力和倾向。即使同一个人，也会在不同的情境中对事物采取不同的感受方式。诗歌创作需要作者具备独特的感受能力和思维方式，这就是直寻和天才。

直寻和天才在某种意义上可以说是诗歌创作最深层的审美规律和最本质的审美特征。在这个意义上，钟嵘所触及的可以说是一个文学与非文学、审美与非审美的问题。钟嵘对文学的两个本质特征——情感性和直觉性——的认识，比刘勰更清醒和自觉。刘勰的文学观念是以政治教化为本体的，所以在刘勰的思想中，情感和直觉始终笼罩在理性和道德的阴影下。这也与刘勰的杂文学观念有关，因为刘勰所谓文学不单指吟咏性情的诗歌，也包括许多应用文章和理论文章，而后者的显现方式显然主要不是情感和直觉，而是逻辑和概念。即使对于前者，刘勰也认为情感和直觉是手段，"吟咏情性"的目的在于"以讽其上"。而钟嵘则不同，他讨论的对象只是作为纯文学的五言诗，而且就五言诗而言，除了"吟咏情性"，钟嵘不再认为它有其他外在目的。钟嵘所谓"吟咏情性"，已经没有了刘勰的政治教化色彩。这样，政府文件和歌功颂德等应用文章中所必须使用的典故、事义就成为次要、无用甚至是有害的了。

不过也应该看到，钟嵘所批评的颜延之和谢庄等人，也不是只用典故而不用直觉，否则就不能说是创作诗歌了。事实上有些典故本身就是直觉性的，所以运用得当，不仅无害而且有益。颜延之的《还至梁城作》《五君咏》中的典故，就不使人感到"殆同书抄"。钟嵘反对用典，提倡直寻，是因为当时有些作品中的典故淹没了或阻隔了情感内涵的直接显现。基于同样的逻辑，钟嵘还批评了玄言诗和声律说。玄言诗"理过其辞，淡乎寡味"，钟嵘批评它自不待言。但声律说其实是对语言形式美的发现，对声律的追求恰恰是对直觉性的敏感和重视。按说钟嵘对直寻的追求蕴含着对声律说的肯定。实际上钟嵘的确也没有忽视意象的形似和文辞的华美，其中就包括语言的韵律美。不过与风力和骨气相比，形似之言和韵律之美仍然居于次要地位。因此钟嵘对声律的态度是主张自然和适度，"但令清浊通流，口吻调利，斯为足矣"。也就是说，钟嵘要"直寻"的东西是日常的自然情感，但是对声律的过度追求，会把审美注意引向形式自身而影响对情感的表达和感受，"使文多拘忌，伤其真美"。

声律说在唐代的发展，不但没有妨害诗歌意蕴的表达，反而推动了"盛唐气象"的形成。而推尊盛唐的严羽与钟嵘一样，也是重视直觉，反对以议论、才学和文字为诗的。所以，单纯的反对或支持用典、声律是没有意义的，直寻也好，用事也好，声律也好，其意义全在是否能够形成"滋味""兴趣"和"自然英旨"，也就是我们所说的情感的形式化。曹植、谢灵运何尝不用典，盛唐诸人何尝不讲声律，而"大明湖，湖明大"这样的打油诗又何尝没有直觉和形象？为了避免文学创作的概念化，曾经有人提出过文学创作要使用形象思维。形象思维论带来的一个最大误解是，似乎文学家与哲学家在做同一件事情，只是哲学家使用逻辑和概念，而文学家使用形象和图画。但文学创作远远不是给已经成形的思想配上形象。诗歌创作不是在已有的思想情感中加入形象，而是创造出能够产生美感的形象，更进一步，是要把无形的情感凝结为形象。或者说，诗人根本就是在制造思想和情感，也就是刘勰所反对的"为文而造情"。而这需要形象思维之外的很多能力。

第七章 比兴篇

两千年来关于比兴的纷争，集中在徐复观所说的两个问题上：一是比和兴的区别，二是兴和诗歌意蕴的联系。① 有些分歧是研究对象的性质造成的，有些则是不适当的讨论造成的。主流观念以赋比兴划分《诗经》篇目的依据来自汉儒，但对于比、兴区别的解释以及对比兴意象与诗歌内涵的理解又不同于汉儒，因此造成了比兴阐释的概念错位。《诗经》与楚辞、汉魏五言诗、唐诗宋词相比，无论是在创作方法上还是在艺术特征上，都有很大差异。就上述两个问题而言，单就《诗经》而论比兴和在整个文学范围内论比兴，得出的结论往往龃龉不合。众多论者没有明确区分比兴概念的使用范围和语境，从而造成了比兴阐释中的各种混乱和误解。

第一节 比兴阐释的概念错位

叶嘉莹对赋比兴的解释得到了许多人的赞同，不过其中尚有许多似是而非之处。她的看法主要有两点：一是就心物关系的先后而言，兴是由物及心，即物的引发在先而情的感动在后，比是由心及物，即情的产生在先而物的表达在后；二是就心物关系的性质而言，兴是自然的感发，而比是理智的安排。②

其实这一说法最早是王季思1945年发表在《国文月刊》第三十四期上的《说比兴》提出的，③ 徐复观在1958年也提出了类似看法。④ 此外，

---

① 徐复观：《释诗的比兴》，《中国文学精神》，上海书店出版社2004年版，第18页。
② 叶嘉莹：《中国古典诗歌中形象与情意之关系例说》，《古代文学理论研究》第六辑，1982年版，第25页。
③ 王季思：《王季思文集》，中山大学出版社2004年版，第7、8页。
④ 徐复观：《释诗的比兴》，《中国文学精神》，第23页。

刘永济在《文心雕龙校释》中持论大致相同。① 程俊英和叶朗也都有相同观点或赞同叶嘉莹的观点。② 而这一观点的源头则是《文心雕龙》,刘勰认为"比显而兴隐","故比者,附也;兴者,起也。附理者切类以指事,起情者依微以拟议。起情故兴体以立,附理故比例以生"。(《文心雕龙·比兴》)宋代李仲蒙说得更为具体:"叙物以言情,谓之赋,情物尽也;索物以托情,谓之比,情附物也;触物以起情,谓之兴,物动情也。"③

这种以心物先后、感性触发和理性思索区别比兴的方法在理论上是清楚的,但是用来解释具体的创作和作品特别是用来解释《诗经》的时候,往往又显得捉襟见肘。比如叶嘉莹使用的两个例子,一个是《关雎》,另一个是《硕鼠》,就很难令人信服:

首先,就心物关系的先后而言,我们怎么就能够确定,诗人是先听到雎鸠的鸣叫,又联想到人间的爱情?又怎么能够确定,先有了对剥削者的痛恨,然后才用硕鼠来比喻?对这两首诗我们完全可以作相反的设想:先有了对爱情的渴望,然后用雎鸠作比;先看到了硕鼠,然后引发了对剥削者痛恨的感情。

其次,就心物关系的性质而言,又怎么能确定雎鸠和爱情的关系是自然的触发,而硕鼠和剥削的关系就是理智的安排。如果不持先入之见,由硕鼠想到剥削一点也不比由雎鸠想到爱情更费思索。

更为致命的错乱是逻辑上的。叶嘉莹对《关雎》兴义的理解完全不同于汉儒,但她以《关雎》为兴、以《硕鼠》为比的依据却又来自汉儒。《关雎》是兴,这是汉儒的意见,叶嘉莹对此并不怀疑。但她认为《关雎》之所以是兴,是因为作者先看到雎鸠又想到爱情。而汉儒以《关雎》为兴,想到的却是"后妃之德"。如果说,雎鸠对爱情的触发是自然的,那么它对"后妃之德"的触发就是不自然的。所以叶嘉莹认为《关雎》是兴,所持理由与汉儒完全不同。但如果不是因为汉儒创立比兴之说,那就谈不上《关雎》是不是兴,更谈不上是自然感发还是理性安排。更何况雎鸠和"后妃之德"的关系,显然是一种由心及物的理智安排,而且后世几乎一致认为这是一种非常不自然的安排。这就导致了一个荒谬的结论:汉儒自己认为是兴的,根据叶嘉莹的解释反倒不是兴

---

① 刘永济:《文心雕龙校释》,中华书局1962年版,第142页。
② 程俊英:《诗经的比兴》,《文学评论丛刊》第一辑,1978年版;又《诗经注析》,中华书局1991年版,第3页;叶朗:《中国美学史大纲》,上海人民出版社1985年版,第86页。
③ (宋)王应麟:《困学纪闻》卷3,栾保群、田松青校点,上海古籍出版社2015年版,第85页。

了。

　　为了澄清这种混乱，我们需要区分比兴的三个意义，即毛郑义、本义和变义。毛郑义是汉儒从政治和道德角度对比兴的理解，本义则是汉代以后学者对比兴的文学性解读。比兴的毛郑义代表了汉儒对《诗经》的理解，其最大特征是对政治所作的比附。比兴的本义则是汉代以后从文学自身的角度对《诗经》中的比兴所做的相对合理的解释。比兴的变义，则是对《诗经》之后文学创作中出现的意与境浑、情景交融、言有尽而意无穷等创作方法的概括。毛郑义和本义都仅就《诗经》而言比兴，变义则是就整个文学而言比兴。

　　《毛传》没有直接对赋比兴作解释，对《毛传》所谓比兴的理解，只能根据它对比兴的使用。对此朱自清说："《毛传》'兴也'的'兴'有两个意义，一是发端，一是譬喻；这两个意义合在一块儿才是'兴'。"[1] 也就是说，兴是用于发端的比喻，除了发端与比没有区别。郑众说："比者，比方于物也。兴者，托事于物。"[2] 但所谓"托事于物"，照《毛传》中的例子来看，其实仍是比喻。郑玄的区分倒是清楚："比，见今之失，不敢斥言，取比类以言之。兴，见今之美，嫌于媚谀，取善事以喻劝之。"（《毛诗正义》卷一）但这样的区分问题更多：其一，比兴仍然都是比喻；其二，与《毛传》一样，对政治的比附超出常人想象之外；其三，这个标准既不符合实际，郑玄自己也不能坚持。孔颖达就说："其实美刺俱有比兴也。"（《毛诗正义》卷一）

　　毛郑义对比兴的区别语焉而不详，后人纷纷进行补充和修正。刘勰在坚持毛郑义的基础上，提出"比显而兴隐"（《文心雕龙·比兴》），孔颖达接受了刘勰的看法。而更多的人开始怀疑毛郑的解释，企图从新的角度寻找比兴的本义。郑樵说："凡兴者，所见在此，所得在彼，不可以事类推，不可以礼义求也。"[3] 朱熹说："兴者，先言他物以引起所咏之词也"，"比者，以彼物比此物也"。[4] 但姚际恒说："郝仲舆驳之，谓'先言他物'与'彼物比此物'有何差别？是也。"[5] 的确，"先言他物"中也可以有比

---

[1] 朱自清：《诗言志辨》，华东师范大学出版社1996年版，第53页。
[2] （西汉）毛亨传，（东汉）郑玄笺，（唐）孔颖达疏：《毛诗正义》卷1，北京大学出版社1999年版，第12页。
[3] （宋）郑樵著，福建文史研究社校定：《六经奥论》卷首《读诗易法》，台北：台湾"中央"图书馆藏本1976年版，第26页。
[4] （宋）朱熹集注：《诗集传》卷1，中华书局1958年版，第1、4页。
[5] （清）姚际恒：《诗经通论》卷前《诗经论旨》，中华书局1958年版。

喻，比喻也可以"引起所咏之词"。朱熹又说："兴是借彼一物以引起此事，而其事常在下句。但比意虽切而却浅，兴意虽阔而味长。"① 姚际恒也说："兴者，但借物以起兴，不必与正意相关也。"② 郑樵、朱熹等人虽然不像汉儒那样胶柱鼓瑟，但其实并不否认兴与政治的关系，只是认为这种关系未必确定而已。看来，比是比喻没有什么问题，关键是兴与比有什么不同。古人在对比兴本义的探讨中，已经看出比的喻义是明确而具体的，而兴的喻义则不太明显，甚至不可捉摸。郭绍虞说兴"兼有发端和比喻的双重作用。……但兴亦有仅具发端而无比喻的作用的；也有喻意由于时代久远，已难明确的；也有仅具音律上的联系作用的"③。也就是说，发端就是兴的充分条件，比喻意义可有可无。但在汉儒看来，兴是发端，同时也必然是比喻，常人看不出喻义的他们都能附会得上，而不具发端作用的比喻就只能是比而不是兴了。

目前的研究在朱自清、郭绍虞等人的基础上，已经对《诗经》中兴的意义作了较为全面的揭示。袁长江把兴象与诗意之间的关系概括为如下几种：起兴之物与作者之情没有联系；为了渲染气氛；情感相通；借以为喻；兴象物与作者感情的融会。④ 这几种关系基本上概括了历代学者关于《诗经》中兴的本义的研究成果。比兴毛郑义的最大问题，一是无法从本质上区别比和兴，即兴也是比喻；二是把比兴的喻义都与政治作不切实际的比附。而从朱熹到当代，研究者都在不同程度上接近了比兴的本义。

比兴的毛郑义和本义都是就《诗经》而言比兴。当我们越出《诗经》的范围，把比兴作为一种一般的创作手法时，比兴就有了新的意义。首先是楚辞，"屈原拓宽了'兴'的使用范围，不仅仅局限于在每章或某一章的开头部分地引物入诗，而是在整篇诗歌中从头至尾都使用了兴的表现方法，使作者借以表达感情的兴象物贯穿于作品的始终，使之成为作者塑造的艺术形象有机成分"⑤。楚辞的创作方法对《诗经》有继承也有发展，在这种情况下，是把楚辞的创作方法另起一名呢，还是仍叫比兴呢？显然，古人仍然把楚辞的创作方法称为比兴。但楚辞中的比兴，不仅不同于毛郑义，而且相对于《诗经》中比兴的本义，也有了很大的甚至是本质的

---

① （宋）朱熹：《朱子语类》卷第8，中华书局1986年版，第2069—2070页。
② （清）姚际恒：《诗经通论》卷前《诗经论旨》，中华书局1958年版。
③ 郭绍虞：《中国历代文论选》第1册，上海古籍出版社1979年版，第65页注21。
④ 袁长江：《先秦两汉诗经研究论稿》，学苑出版社1999年版，第264—268页。
⑤ 袁长江：《先秦两汉诗经研究论稿》，学苑出版社1999年版，第274页。

发展。王逸说："离骚之文，依诗取兴，引类譬喻。"① 朱自清说所谓"依诗取兴"应当是依"思无邪"之旨而取喻，"自然也不免傅会之处，但与《史记·屈原传》尚合，大体不至于支离太甚"②。也就是说，王逸所说的兴仍然是毛郑义。至于楚辞中出现的《诗经》中所没有的创作方法，王逸并未看到。朱自清认为楚辞的"引类譬喻"实际上形成了后世"比"的意念。而"后世多连称'比兴'，'兴'往往就是'譬喻'或'比体'的'比'"。也就是说，后世所谓的兴，其实仍然是比喻。不过兴在后世发展出了两个变义，即"言外之义"和"象外之境"。③ 这两个变义基本上相当于后来的兴象和意境。兴之所以会出现这两个变义，是因为楚辞之后，文学创作经汉大赋、抒情小赋，汉魏五言诗，齐梁近体诗，一直到唐诗宋词，创作手法不断丰富成熟，创造了兴象、意境、神韵这样的审美形态。但这种审美形态在《诗经》中并不多见，"建安以来的作家，可以说没有一个用过'传'、'笺'的'比兴'作诗的"④。所以我们可以指责毛郑对政治的附会，却不能怪他们看不到兴在后世的变义。

这样，如果我们仍然把后世这种意与境浑、情景交融、言有尽而意无穷的创作方法叫作比兴，那么它与《诗经》中的比兴相比已经变得面目一新了。也就是说，就比兴的变义而言，《诗经》中恰恰是缺乏"兴"的。这一点历史上敏感的论者早已意识到了。朱熹把《毛传》中的许多"兴也"改为比，就是因为他看到那些所谓的兴不过是喻义明确而有限的比喻而已。而朱熹所谓兴，实际已经多少具有了后世所推崇的意蕴无穷的意思。

关于《诗经》与《楚辞》的对比，恽敬说："《三百篇》言山水，古简无余辞，至屈左徒肆力写之，而后瑰怪之观，远淡之境，幽奥润朗之趣，不名一地，不守一意，如遇于心目之间"⑤。钱锺书《管锥编》引恽敬语之后说：

> 窃谓《三百篇》有"物色"而无景色，涉笔所及，止乎一草、一木、一水、一石，即俳色揣称，亦无以过《九章·橘颂》之"绿叶素

---

① （东汉）王逸：《离骚经序》，载严可均辑《全后汉文》卷57，商务印书馆1999年版，第585页。
② 朱自清：《诗言志辨》，华东师范大学出版社1996年版，第86页。
③ 朱自清：《诗言志辨》，第88页。
④ 朱自清：《诗言志辨》，第102页。
⑤ （清）恽敬：《游罗浮山记》，《大云山房文稿》，世界书局1937年版，第159页。

荣，曾枝刬棘，圆果抟兮，青黄杂糅"。《楚辞》始解以数物合布局面，类画家所谓结构、位置者，更上一关，由状物进而写景。①

钱锺书说《诗经》有物色而无景色，其实也不尽然。《小雅·采薇》"昔我往矣，杨柳依依。今我来思，雨雪霏霏"被王夫之推崇，②《秦风·蒹葭》被王国维称为"最得风人深致"，③ 都在一定程度上做到了情景相生。不过钱锺书的确是敏感的，这种作品在《诗经》中绝无仅有。而且恰恰是这两首诗在朱熹眼中均不是兴而是赋。《毛传》虽然把《蒹葭》作为兴，但其意义却不在情景交融而在政治比附。从这里我们不难体会到兴的本义和变义之间的差别。我们看到，王逸所说的《楚辞》的兴，用的是毛郑义，其实仍然是带有政治意义的比喻。而恽敬和钱锺书所说的《楚辞》的"景色"，乃是兴在后世的变义，即兴象和意境。朱光潜说：

> 《诗经》中比兴两类就是有意要拿意象来象征情趣，但是通常很少完全做到象征的地步，因为比兴只是一种引子，而本来要说的话终须直率说出。例如"关关雎鸠，在河之洲"，只是引起"窈窕淑女，君子好逑"，而不能代替或完全表现这两句话的意思。像"昔我往矣，杨柳依依；今我来思，雨雪霏霏"，情趣恰隐寓于意象，可谓达到象征妙境，但在《诗经》中并不多见。④

朱光潜在这里所说的比兴是其本义，而他所说的"情趣恰隐寓于意象"，就是兴的变义。

《诗经》中的兴基本上都是比喻，虽然有些我们不能确定其喻义是什么，但它在诗中的作用并不具有后世那种情景交融、兴寄无端的效果。叶嘉莹为兴举的例子，有时是兴的变义，有时是兴的本义，而作为变义的兴恰恰是《诗经》中所缺乏的。由雎鸠成双成对想到爱情，不过是一种简单的类比，而不是后世那种意蕴深厚的兴。把汉儒的比附政治换成比附爱情，并没有对兴的作用机制做出更深入的说明。

徐复观虽然也没有避免比兴阐释的概念错位，但他最终看到，兴"在一首诗的构成中，成为与主题不可分的一部分，不像比所用的事物，以那

---

① 钱锺书：《管锥编》，中华书局1986年版，第613页。
② 王夫之：《四溟诗话·姜斋诗话》，人民文学出版社1961年版，第140页。
③ 王国维著，滕咸惠校注：《人间词话新注》，齐鲁书社1986年版，第1页。
④ 朱光潜：《诗论》，生活·读书·新知三联书店1984年版，第64—65页。

比这，与主题还有一点间隙"①。

> 最高作品中最精彩的句子，常是言在环中，意超象外，很难指明它到底是赋，是比，是兴，而实际则是赋、比、兴的混合体，尤其是此时的兴常不以自己的本来面貌出现，而是假借赋、比的面貌出现，因而把赋、比转化为更深、更微的兴，这样，便常能在一句诗中，赋予它以无限地感叹流连的生命感。②

显然，徐复观在这里所说的兴，已经是兴在后世的变义，而不是兴的本义了。徐复观对兴的理解可谓精彩，但他的理解越精彩，就越不适合用来描述《诗经》中的兴。徐复观终究没有朱熹那样的气魄，不敢随便把《诗经》中某些所谓的兴改为比或赋。

因为我们现在所理解的兴主要就是兴的变义，而兴的这种变义在《诗经》中几乎没有得到体现，所以当我们用兴的变义来讨论《诗经》的时候，反而不如汉儒说得自如。对兴的本义和变义不加区别，就会制造出一些新的麻烦。因此最好是用兴的毛郑义和本义讨论《诗经》，用兴的变义讨论《诗经》之后的创作。否则，用兴的变义谈论《诗经》，或用兴的本义谈论楚辞、汉魏古诗、近体诗和唐诗宋词，就会有很多扦格不入之处。

第二节 比兴的变义

刘勰、钟嵘论比兴，都不局限于《诗经》的范围，所以也会面临本义和变义的问题。但刘勰是以比兴的本义甚至毛郑义为准的，批评后世的创作偏离了《诗经》的创作方法；而钟嵘则是用后世新的创作方法扩充了兴的内涵，所以钟嵘是形成兴的变义的重要一环。

诗歌创作方法的发展突破了比兴的毛郑义和本义，面对这种情况，刘勰主张宗经复古。刘勰论比兴，基本上是取毛郑义。他说"比显而兴隐"，"比者，附也；兴者，起也。附理者切类以指事，起情者依微以拟议。起情故兴体以立，附理故比例以生。比则畜愤以斥言，兴则环譬以托讽"，似乎把比兴区分得很清楚，但"畜愤以斥言"和"环譬以托讽"有什么本

---

① 徐复观：《释诗的比兴》，《中国文学精神》，第25页。
② 徐复观：《释诗的比兴》，《中国文学精神》，第31页。

质不同呢？尤其是他说："观夫兴之托谕，婉而成章，称名也小，取类也大。关雎有别，故后妃方德；尸鸠贞一，故夫人象义。义取其贞，无从于夷禽；德贵其别，不嫌于鸷鸟；明而未融，故发注而后见也。"(《文心雕龙·比兴》)这完全是毛郑唾余，所以兴其实还是比。他说屈原"依诗制骚，讽兼比兴"，不过是像王逸一样，从汉儒解诗的角度去理解屈原。而对楚辞体现出的兴的变义（即上述恽敬和钱锺书所论者），刘勰并不重视。

刘勰批评汉代的辞赋作家说："炎汉虽盛，而辞人夸毗，诗刺道丧，故兴义销亡。于是赋颂先鸣，故比体云构，纷纭杂遝，倍旧章矣。"可见他所谓"兴义销亡"，是指辞赋失去了讽喻的作用。但在汉儒看来，比是也有讽喻作用的。而从刘勰所举的例子来看，从宋玉到张衡，"日用乎比，月忘乎兴，习小而弃大，所以文谢于周人"，从扬雄到曹植、刘桢，再到潘岳、张翰，"图状山川，影写云物，莫不织综比义，以敷其华，惊听回视，资此效绩"(《文心雕龙·比兴》)，这些作家所用的比，都缺乏政治上的作用。既然如此，是否可以说"比义"也消亡了呢？考虑到刘勰说"比显而兴隐"，我们可以这样替刘勰解释，在讽谏的意义上，诗骚之后，比义和兴义都消亡了，但在隐显的意义上，可以说"兴义消亡"，而"比体云构"。也就是说刘勰多少意识到，兴较比更为委婉含蓄，不过刘勰没有就此作更多的发挥，我们也只能为他解释到这里了。

总之，刘勰对比兴的解释基本上是在毛郑之后亦步亦趋，他实际上是用汉儒对《诗经》的狭隘理解去规范后世已经发展了的文学创作的。

而钟嵘则企图重新定义赋比兴，以适应诗歌创作的发展。"文已尽而意有余"是比兴的毛郑义和本义向变义的过渡。钟嵘对兴义的重新解释与他重视五言诗的思想密切相关。他不像刘勰那样认为四言是正体，五言是流调，而认为五言诗是"众作之有滋味者也"。那么除非为五言诗的创作方法下一个新的定义，否则，钟嵘就必须重新解释比兴的含义。但是钟嵘说兴是"文已尽而意有余"，比是"因物喻志"，其实还是无法分清比兴。因为"文已尽而意有余"，可以是"因物喻志"而达到的境界；而"因物喻志"也可以实现"文已尽而意有余"。但这已经不重要，重要的是钟嵘所说的比兴已经不是毛郑义或本义，而是根据五言诗的创作实践对诗歌表现方法做出了新的概括。钟嵘没有像刘勰那样为比兴举出实例，不过根据"文已尽而意有余"的定义，我们可以找出这样的诗人或作品。如阮籍《咏怀诗》就是最能体现"文已尽而意有余"的特点的。钟嵘说："《咏怀》之作，可以陶性灵，发幽思。言在耳目之内，情寄八荒之表，洋洋乎会于《风》、《雅》"，"厥旨渊放，归趣难求。颜延注解，怯言其志"。

(《诗品·阮籍》）其实，如果按照汉儒那样的方法，未尝不能为《咏怀诗》附会上政治含义。但既然钟嵘没有强为之解，就说明他不是像汉儒那样去理解比兴的。另外，古诗"文温以丽，意悲而远"，班姬"词旨清捷，怨深文绮"，也有"文已尽而意有余"的特点。它们共同的特点就是意蕴的幽、深、远，而这一点正是兴的变义的重要内涵。

魏晋南北朝文论对兴的变义的认识，更多地体现在对传统物感说的阐释中。刘勰《文心雕龙·物色》和钟嵘《诗品序》都揭示了自然景物对情感的感发作用。与刘勰相比，钟嵘更重视"楚臣去境，汉妾辞宫"等人生遭遇。虽然钟嵘没有把这些遭遇与对兴的阐释联系起来，但这些内容无疑与兴的变义有深刻的联系。陆机在刘勰和钟嵘之前已经描述了自然对主体情感的感发："遵四时以叹逝，瞻万物而思纷。悲落叶于劲秋，喜柔条于芳春。"（《文赋》）又在《怀土赋序》中说："余去家渐久，怀土弥笃。方思之殷，何物不感？曲街委巷，罔不兴咏，水泉草木，咸足悲焉。"[①] 已经触及兴的本质之处。《怀土赋》在后面说："矧余情之含瘁，恒睹物而增酸。历四时以迭感，悲此岁之已寒。抚伤怀以呜咽，望永路而泛澜。"创作与理论相呼应，可谓操斧伐柯，取则不远。宋玉《九辩》把萧瑟的秋景与送归的情感融为一体："悲哉！秋之为气也。萧瑟兮，草木摇落而变衰。憭栗兮，若在远行。登山临水兮，送将归。"[②] 萧子显借题发挥："若乃登高目极，临水送归，风动春朝，月明秋夜，早雁初莺，开花落叶，有来斯应，每不能已也。"[③] 楚辞以来情景交融的创作经验在这里得到了理论的升华。萧纲《答张缵谢示集书》说："至如春庭落景，转蕙承风，秋雨且晴。檐梧初下，浮云生野，明月入楼"[④]，如果说这些自然景物的意义基本还在于其自身的美，那么"伊昔三边，久留四战，胡雾连天，征旗拂日，时闻坞笛，遥听塞笳"与"或乡思凄然，或雄心愤薄"的情感经验之间，则是彼此交织，相互生发。兴的变义已经呼之欲出了。

上述对景物与情感关系的描述，字面上并未涉及比兴的问题，但事实上却是对兴的变义的深入揭示。挚虞《文章流别论》说："兴者，有感之

---

① （西晋）陆机：《怀土赋序》，载严可均辑《全晋文》卷96，商务印书馆1999年版，第1020页。
② （战国）宋玉：《九辩》，载严可均辑《全上古三代文》卷10，商务印书馆1999年版，第138页。
③ （南朝梁）萧子显：《自序》，载严可均辑《全梁文》卷23，商务印书馆1999年版，第259页。
④ （南朝梁）萧纲：《答张缵谢示集书》，载严可均辑《全梁文》卷11，第114页。

辞也"①，未必是自觉地把物感说与兴联系起来，但这一时期的理论普遍重视自然景物与主体情感的联系却是一个事实。而这种联系，恰恰是《诗经》所缺少的。朱光潜说汉魏古诗应用意象的技巧比《诗经》有所进步，他举的两个例子是李陵《与苏武诗》和曹丕《燕歌行》。他认为从情趣与意象的关系看，中国古诗的演进经过了三个步骤：第一步是汉魏之前，意象只是陪衬。（但这一点似乎只适用于《诗经》，楚辞已经实现了意象与情感的交融。）第二步是汉魏古诗，意象与情趣达到了浑然一体的境界。第三步是六朝，山水诗中自然景物的意象具有了独立的审美意义。② 在我们看来，汉魏六朝诗歌创作体现的正是兴的变义。这种意义上的兴，其成熟形态体现于唐诗宋词中，而理论上的表达则是司空图、严羽以及明清复古主义的意境论和神韵论。而在《诗经》中，意象基本上都是陪衬，那是兴的本义。

第三节 文化人类学的阐释

20世纪八九十年代，一些学者开始以新的理论方法如文化人类学诠释赋比兴的内涵。赵沛霖认为兴是通过人类文化的积淀，由复杂的宗教观念内容演化为一般的规范化的艺术形式。"随着观念内容向艺术形式的积淀和演化，对于观念内容的理解和认识也逐渐积淀为对于艺术形式的感受和认识。"③ 需要指出，赵沛霖在这里所说的，是兴的形式，即"以他物引起所咏之词"这种表现形式，而不是兴象的内容。这实际上是形式积淀为形式，而不是内容积淀为形式。也就是说，原始宗教作为兴的源起，实际上只是提供了一种思维方式，而后世诗歌中兴的具体内容实际仍要到原始宗教以外去寻找。叶舒宪认为，比兴是人类神话思维的类比方式发展到文明社会时期的自然遗留物。④ 刘怀荣认为，"在长期的巫术、宗教实践中确立的主体融入外物的感物方式，既是兴的原型中主体'与神同一'的思维特点；在外物褪去神性，还原了其本来面目时，这种思维特点又在诗歌和其他艺术中得到了全面的继承演变为中国古典诗歌和艺术独特的感物、审美

---

① （西晋）挚虞：《文章流别论》，载严可均辑《全晋文》卷77，第819页。
② 朱光潜：《诗论》，生活·读书·新知三联书店1984年版，第68页。
③ 赵沛霖：《兴的源起》，中国社会科学出版社1987年版，第248页。
④ 叶舒宪：《诗经的文化阐释》，湖北人民出版社1994年版，第404页。

方式"①。这些观点比前人更深入地揭示了兴这一思维方式的人类学根源和本质特征。由此也可以推论，《诗经》中那些在今天看来与情感毫无关系的形象，当初一定有着丰富而确定的宗教内容。但正如刘怀荣所说，"除少数例外，《毛传》兴诗之物象所包含的巫术、宗教意义今天已无法弄清"②，那么，在依照这一思维方式创作出来的诗歌中，具体的兴象与诗歌意蕴之间的关系，仍然是根源于这些无法弄清的巫术宗教意义呢，还是有另外的依据？既然我们今天已经不能感知这些宗教内容和兴象之间的联系，就说明我们意识中已经不存在这样一种内容。另外，我们对《诗经》之后的诗歌，比如楚辞、汉魏古诗、齐梁近体诗、唐诗宋词中兴象与情感的关系，却分明有着深切的感受，并且我们知道，兴象中的情感就是我们能意识到的生活中的情感，而不是积淀在兴象中的集体无意识。

即使对原始人而言，他们使用的兴象就一定具有宗教观念吗？原始人的一切精神生活都是宗教的或巫术的吗？答案可能是否定的。宗教、巫术并不是一种必然的思维方式，或者说原始人只是在某种情况下才采用宗教或巫术的观念。在常识能够解释或解决问题的情况下，他们就不采用巫术和宗教。马林诺夫斯基考察了新几内亚东北的梅兰内西亚人，发现他们在从事种植的时候把可控因素和不可控因素分得很清楚。只有在那些人力不可控的领域之内，他们才使用巫术。③

赵沛霖对于兴象的内容，即"他物"所表现的思想情感，或者他物与所咏之词的必然性联系其实并不是通过文化人类学理论，而是通过另一种方式解释的：

> 外物是感情的来源；人们生活在现实的物质世界中，人与人的关系和感情交流既以外物为存在条件和媒介，那么这种关系和感情及其表现形式当然也就要以外物为内容和依据；有些物象与人们的生活有某些相似之处或共同特征，这样的物象很容易引起人们对于某些生活情景和感情的联想；有些物象具有表情作用不在于它们与人们的生活相类似，而在于它们的某些自然属性与人类在长期的社会实践中形成的心理有一定的对应关系，也就是客观物象的运动或形式结构与人类主体的心理情感结构有一定的相似之处和对应关系。这些物象会引起

---

① 刘怀荣：《中国诗学论稿》，中国文联出版社1999年版，第147页。
② 刘怀荣：《中国诗学论稿》，第132页。
③ ［英］布罗尼斯拉夫·马林诺夫斯基：《巫术科学宗教与神话》，李安宅译，上海社会科学院出版社2016年版，第18—19页。

人们的某种联想，或激起人们的某种感情。①

赵沛霖在这里已经超越了文化人类学的理论框架，而直接用生活中的经验事实来说明情感与外物的关系。这几乎是"物感说"的现代版本了。说到底，外物不必有神秘的巫术宗教意义，它在我们日常生活中就是有意义的。我们直接对某些事物产生理解、认识、情感，当然在不同的历史时期，我们的理解可能不一样。原始人对某种形象的体验有巫术宗教意义，而我们对这些形象的体验则可能有另外的意义。"秋风萧瑟天气凉，草木摇落露为霜，群燕辞归雁南翔。"（曹丕《燕歌行》）也许对原始人而言，草木、燕、雁这些意象有着神秘的宗教意义，但对我们而言，秋风、草木、霜露、群鸟就是我们日常的生活环境，我们一点也不会由它们想到祖先或神灵。它们对我们有意义，我们在它们身上寄托着情感，但这些情感的来源不是巫术和宗教。

第四节　比兴变义的深层语法

叶嘉莹说西方文论中的隐喻等修辞方式都属于中国文论中的比，而中国文论中的兴在西方文论中是没有的。不过这种说法已经隐含着把比兴和隐喻作为同类的东西了。朱自清早就注意到《毛诗》中的兴作为比喻有显喻和隐喻的不同。② 目前的不少研究者也都曾对兴和隐喻做过对比分析，但基本上都与叶嘉莹一样把隐喻作为比喻之一种的修辞方式。在修辞学意义上谈论兴和隐喻，无论是说兴就是隐喻还是说兴不是隐喻，都得不出有价值的结论。因为修辞学上所谓隐喻就是一种特殊的比喻，如果说兴就是隐喻，那相当于说兴就是比。如果说兴不是隐喻，那等于重复说兴不是比，而对于解释兴到底是什么则没有帮助。泛泛地说兴是西方所没有的概念也算不上洞见，因为西方所没有的中国概念实在太多。从另一方面看，隐喻在西方文论中的位置显然也不是"以此物比彼物"的比所能相埒的。在兴的深层内涵尚未得到揭示，而对隐喻的理解又过于简单的情况下，断言中国的兴是西方所没有的，或西方的隐喻就是中国的比，都为时过早。

修辞学把比喻词是"像"的比喻叫作明喻，把比喻词是"是"的比喻

---

① 赵沛霖：《兴的源起》，第190—193页。
② 朱自清：《诗言志辨》，第57、58页。

叫作隐喻。塞尔和戴维森是从语言哲学角度研究隐喻的，但仍然认同这个传统的观点。陈嘉映说这种观点把明喻和隐喻的区别弄得很没意思。① 的确，张三像头猪，张三是头猪，张三这头猪，这头猪缺乏外交智慧，这些不同的说法在修辞学上分别叫作明喻、隐喻和借喻，但其实在结构上都是相同的，都是把张三比作猪，因此在本质上都是明喻。这种意义上的隐喻，当然就只能相当于中国文论中的比。

我们在这里要讨论的隐喻不是修辞学意义上的，而是哲学语法意义上的。作为修辞方式的隐喻只是省略了比喻词的明喻，二者的区分是形式上和表面上的，而语法意义上的隐喻与一般比喻的不同在于其深层结构。一般的比喻是两个现成的、具体的、可分离的事物之间的比较，而"隐喻不是对一个离开隐喻而有其所是的东西的比喻，而是从某种东西来确定所喻的本质或曰所是"，"隐喻是借喻体使所喻形式化、语言化，成为可以谈论的东西"，所以隐喻是内嵌在语义之中的。② 在比喻中，喻体和所喻是两个确定的、具体的东西，即使离开喻体，所喻依然是可以理解的。但在隐喻中，所喻是未成形的东西，无法离开喻体而显现，所以喻体规定了所喻之所是。比如"逝者如斯"虽然使用了比喻词"如"，但其实是个隐喻，因为"时间不仅像河流，它就是河流，河流规定时间之所是"③。亚里士多德讨论隐喻时说，有时我们没有专门的称谓来描述某种事物，比如对于太阳放出光芒，就通过播种的"撒播"来表现阳光的撒播。④ 戴维森看到，隐喻使我们注意到的事情是没有限制和无穷无尽的。⑤ 对隐喻的这一深层结构做出精彩描述的是莱柯夫和约翰森。他们认为"隐喻的本质是根据一类事物来理解、经验另一类事物"，比如通过战争理解辩论。"人类的思维过程在很大程度上是隐喻性的"，也就是说，"人类的概念系统是隐喻性地建构和确立起来的"。⑥ 对于有些经验我们没有现成的说法来说它是什么，隐喻机制借助已经在语言中形式化的经验来理解、描述那些尚未得到表达的经验。

韦勒克和沃伦也反对传统理论仅仅把意象、隐喻、象征和神话作为一

---

① 陈嘉映：《语言哲学》，北京大学出版社2003年版，第373页。
② 陈嘉映：《语言哲学》，第374、377页。
③ 陈嘉映：《语言哲学》，第375页。
④ 〔古希腊〕亚里士多德：《诗学》第21章，陈中梅译注，商务印书馆1996年版，第150页。
⑤ 〔美〕戴维森：《隐喻的含意》，载〔美〕A. P. 马蒂尼奇编《语言哲学》，牟博、杨音莱、韩林合等译，商务印书馆1998年版，第866—867页。
⑥ GeorgeLakoff and Mark Johnson, *Metaphors We Live By*, Chicago and London: The University of Chicago Press, 1980, pp. 5 – 6.

种修辞方式。他们认为"人类头脑中存在着隐喻式的思维和神话式的思维这样的活动,这种思维是借助隐喻的手段,借助诗歌叙述的手段来进行的"①。因此无论是在日常语言还是在文学创作中,隐喻都是一种对世界的理解方式,而不是简单的修辞方式。诗歌是我们把情感经验形式化的经典方式。西方诗学重隐喻,中国诗学重比兴,比兴的变义和隐喻不可避免地要在诗歌这一特殊语言形态中产生联系。在哲学语法的意义上,比喻和隐喻才从本质上得以区分。在同样的意义上,比兴的变义与毛郑义、本义也得以区分。因此我们说比就是一般的比喻,或干脆就是明喻,比兴的毛郑义和本义都是一些不同形式的比喻(明喻)。而比兴的变义则遵循与隐喻一样的语法,通过兴象把未成形的情感经验形式化。

"沐猴而冠带"没有比喻词,在修辞学意义上属于"借喻"或"隐喻",但在语法上其实仍然是一个明喻。把那些"知小而谋强"的人比作"沐猴",喻体和所喻都是已经存在的具体的东西,比喻通过二者在属性上的相似把它们联系在一起。而"对酒当歌,人生几何。譬如朝露,去日苦多"(曹操《短歌行》),尽管使用了比喻词"如",但仍然是隐喻。因为人生不像"沐猴"那样是个具体的东西,不通过说朝露,我们就不知道如何言说人生之所是。人生与朝露是一种深层结构上的相似。或者说,人生与朝露本来谈不上相似,在通过朝露为人生赋予结构之后,才有了二者的相似。这是一种事后的相似。宇宙无穷、人生空幻,于是我们会说"人生真没意思"。但其实这句话说得也很"没意思"。而苏轼却说"人生如梦,一樽还酹江月"(《念奴娇·赤壁怀古》),"寄蜉蝣于天地,渺沧海之一粟。哀吾生之须臾,羡长江之无穷。挟飞仙以遨游,抱明月而长终。知不可乎骤得,托遗响于悲风"(《前赤壁赋》)。古诗说"人生寄一世,奄忽若飙尘","生年不满百,常怀千岁忧。昼短苦夜长,何不秉烛游"(《古诗十九首》),李白说"人生得意须尽欢,莫使金樽空对月"(《将进酒》),"世间行乐亦如此,古来万事东流水。……安能摧眉折腰事权贵,使我不得开心颜"(《梦游天姥吟留别》),鲍照说"对案不能食,拔剑击柱长叹息。丈夫生世会几时,安能蹀躞垂羽翼"(《拟行路难十八首》其六)……唯当诗人以兴和隐喻的机制把情感呈现出来,"人生没意思"这句话才有了意思。诗人通过兴象来理解并呈现人生,而不是发现人生与兴象的相似之处。

---

① 〔美〕雷·韦勒克、〔美〕奥·沃伦:《文学理论》,刘象愚、邢培明、陈圣生、李哲明译,生活·读书·新知三联书店1984年版,第209页。

《文心雕龙·神思》说:"夫神思方运,万途竞萌,规矩虚位,刻镂无形。登山则情满于山,观海则意溢于海,我才之多少,将与风云而并驱矣。方其搦翰,气倍辞前,暨乎篇成,半折心始。何则?意翻空而易奇,言征实而难巧也。"正是这样的经验,使我们顿生"言不尽意"和"不可言传"之感。但这种说法在语法上存在严重的误导。在我们赋予那些无法言说的情感经验以语言形式之前,它们什么也不是,它们只有在诗人的语言中才是其所是。"情感既不是语词的基础,语词也不是情感的基础,情感只在语言的使用中得以展现。"① 兴和隐喻通过"已是"的东西说出"尚未是"的东西。"大江东去","人生如梦",不是用来比喻历史和人生的,而是使无形的历史和人生成为可理解的东西。"大江东去"不是"像"历史,它就"是"历史,它规定了历史之所是,凝结了我们对历史的理解。事实上,我们在今天几乎已经没有比"大江东去"更好的言说历史的方式。没有诗人,我们就不能真正拥有这些关于历史和人生的经验。否则就会得出一个荒谬的结论:我们每个人都拥有屈陶李杜那样的诗情,只是我们不说而已。

多数研究者都是从语词层面理解隐喻的,这大概也是叶嘉莹等人主张西方的隐喻相当于比的原因之一。陈嘉映在莱柯夫和约翰逊等人的基础上,把对隐喻的阐释推进到作品整体层面。在作品整体的层面上理解比兴的变义,就不是说诗歌中的某句话、某个词隐喻了什么,而是从整体上说诗歌具有隐喻的性质,因此也可以说比兴是诗歌的蕴含状态。"我们说诗是广义的隐喻的时候,绝不是在说诗人使用较多的隐喻,而是指诗人在句子的层面创造了隐喻。语词的或曰狭义的隐喻通过含义的延伸增加了语词的蕴含,在相似的意义上,特定的语词组织会增加语句的蕴含。"② 因此,在哲学语法的意义上,兴就不仅是一种局部的表现手法,更不是与比喻并列的修辞方式,而是诗歌创作的整体机制。在最宽泛的意义上,可以把作品整体看作喻体,而所喻则是作品所蕴含的所有意义。这样,比兴的变义,也就是情景交融、意在言外、言有尽而意无穷等蕴含状态,就在语法意义上得到了说明。

在诗歌的蕴含状态中,不仅情感经验借助兴象而成形,兴象的原始意义也因为与情感的交织融合而得到丰富。文学研究者对这一点有足够的敏感。威尔斯把意象由低到高分为七种类型。在低级意象中,"造成比喻关

---

① 王峰:《私有语言命题与内在心灵》,《文艺研究》2009 年第 11 期。
② 陈嘉映:《语言哲学》,第 386 页。

系的两方面是彼此分离的、固定的、互不渗透的",但"在隐喻的最高形式中,比喻的双方互相依存、互相改变对方,从而引出一种新的关系,也就是新的理解"。[①] 由于情感和兴象、所喻和喻体互相交融、难分彼此,以至于使人看不出使用了比兴或隐喻的痕迹。前文提到朱熹把《小雅·采薇》和《秦风·蒹葭》都作为赋,就说明在朱熹眼里,这两首诗不是比兴而是直书其事。"大江东去,浪淘尽千古风流人物",何者是景,何者是情?伟大深沉的历史感与天才的意象是纠缠在一起的,我们简直分不清是情感催生了意象还是意象创造了情感。正是在这种意义上,王夫之说"情景名为二,而实不可离。神于诗者,妙合无垠"[②]。而"巧者"的"情中景,景中情",其实已落第二义。

情感经验在日常生活中呈现零散状态,或倏忽即逝,或持续在混乱之中。只有在语词中,它才能找到"存在的家"。既然所喻是未成形的尚未是(存在)的东西,那么以何种喻体成形就存在多种不同的可能。无论我们把女人比作什么,女人都不会因喻体不同而改变自己的本质。但是我们关于历史、人生、爱情、离别等的经验,则没有清晰明确的边界。它们会随着喻体和兴象的不同而使人产生不同的理解。从诗歌创作的角度说,某种情感经验并非一经成形就一劳永逸,它们可以不断以陌生化的方式继续呈现为不同的隐喻和兴象。诗人的天才使我们的情感经验以各种方式显现和成形,文学创作的灵感在天才那里永远不会枯竭。前文列举了不同诗人对于人生的揭示,就足以说明这一点。这样,某种习俗、传统、权力就能通过隐喻塑造我们对世界的理解。但另一方面,我们也可以通过新的隐喻反抗旧的隐喻,重铸对世界的理解。

那么,兴象与情感、喻体和所喻之间的关系是任意的了?就像思想和语言的关系一样,兴象和情感、喻体和所喻之间是一种语法上的必然联系。所谓语法,通俗地说,就是对于某种事物,我们必须这样说,不这样说就不能让人理解。兴象和情感、喻体和所喻的关系当然不是任意的,否则作诗岂不成了儿戏?我们对于世界的理解和情感经验在各种语词和语言片段中纵横交错。它们属于我们的生活形式,对此我们并不选择。但它们在常人的世界里处于遮蔽状态,只有诗人才能令其敞开。朱光潜说:"每人所见到的世界都是他自己所创造的。物的意蕴深浅与人的性分情趣深浅

---

① 〔美〕雷·韦勒克、〔美〕奥·沃伦:《文学理论》,刘象愚、邢培明、陈圣生、李哲明译,第220页。
② (清)王夫之:《四溟诗话·姜斋诗话》,人民文学出版社1961年版,第150页。

成正比，深人所见于物者亦深，浅人所见于物者亦浅。诗人与常人的分别就在此。同是一个世界，对于诗人常呈现新鲜有趣的境界，对于常人则永远是那么一个平凡乏味的混乱体。"从文学创作的角度看，事实的确如此。在现实生活中，并非人人能够作诗。但为什么没有天才的常人却能够理解诗人的天才之作并为之感动？[1] 朱光潜的上述看法大概来自王国维。不过王国维同时指出了常人与诗人之间是可以沟通和理解的：

> 山谷云："天下清景，不择贤愚而与之，然吾特疑端为我辈设。"诚哉是言！抑岂独清景而已，一切境界，无不为诗人设。世无诗人，即无此种境界。夫境界之呈于吾心而见于外物者，皆须之物。惟诗人能以此须之物，镌诸不朽之文字，使读者自得之。遂觉诗人之言，字字为我心中所欲言，而又非我之所能自言，此大诗人之秘妙也。[2]

王国维在古典诗学体系中对境界的理解与我们的语法分析完全契合。境界、兴象、神韵、隐喻其实早已隐藏在我们日常语言的语法之中，因此那些新鲜的意象对我们才如此的熟悉和亲切。这就像数学定理隐藏在数学规则之中。它不是数学家的创造，但是一经被发现，所有人都必然接受它。在这个意义上，它又不是隐藏的。蒲柏为牛顿写的墓志铭说："自然和自然的规律隐藏于茫茫黑夜，上帝说，让牛顿降生吧，于是世界一片光明。"[3] 天才的诗人就是语言的牛顿。康德从创造与摹仿的角度断言天才只存在于艺术，然而在我们看来，艺术天才与科学天才一样，都是把世界中已有的东西昭示出来。在这个意义上理解"社会生活是文学创作的源泉"，也许就不致陷入庸俗。林教头为什么要雪夜上梁山？王子猷为什么要雪夜访戴？"今我来思"，为什么要"雨雪霏霏"？我们的心灵与世界的关系早已凝结在语言之中，这是一种语法层面的必然性。"风萧萧兮易水寒"后面除了"壮士一去兮不复还"，接上任何语句都会是失败的。而"大风起兮云飞扬"却像一句万能发言稿，后面似乎接什么都可以，比如你可以接"彩票中奖兮归故乡"。我们的心灵和语言中究竟隐藏了什么不可告人的东西，让我们不忍直视，以至于要用"言不尽意"这种形而上学的胡说来搪塞？

---

[1] 朱光潜：《诗论》，第51—52页。
[2] 王国维著，滕咸惠校注：《人间词话新注》，齐鲁书社1981年版，第110页。
[3] Alexander Pope, *The Major Works*, New York: Oxford University Press, 2006, p. 242.

现在我们可以说，《关雎》和《硕鼠》只有在毛郑义或本义上才能说一个是兴，一个是比。相对于比兴的变义而言，二者都是比。所以徐复观和叶嘉莹反复通过《诗经》中的例子强调比与兴的区别在于一个是理智的思索和安排，一个是自然的触发，就错失了比和兴最本质的区别。根据我们对比兴的语法分析，比和兴的区别不在于一个是理智的安排，一个是自然的感发，而在于比是一般的比喻，是两个具体的、现成的事物的比较，而兴是却是无形的情感凝结为意象。比的两个成分喻体和所喻是各自独立、彼此分离的，而兴的两个成分，意象和情感却纠缠融合在一起。在比喻中，离开喻体，所喻仍然可以存在。不说女人像花，女人仍然是女人，所以"桃之夭夭，灼灼其华"是典型的比喻。但离开了意象，意蕴就无所谓意蕴。不说"杨柳依依"和"雨雪霏霏"，"昔我往矣"和"今我来思"就不知所云。我们之所以说《诗经》中是缺乏兴的，就是因为像"杨柳依依"这样的诗句在《诗经》中是绝无仅有的。"桃之夭夭，灼灼其华"，比喻还算生动，而像"关关雎鸠"这样的兴，甚至连好的比喻也算不上。"依依惜别"在今天已经成为一个"死隐喻"，而"桃之夭夭"却只能通过谐音成为与原意毫不相干的"逃之夭夭"。

就兴的变义而言，它最本质的特征不是自然感发，而是意象与情感交融所形成的丰富蕴含。当然不排除有些兴象天然、不可凑泊的作品同时也是意蕴丰厚的，"风萧萧兮易水寒，壮士一去兮不复还"（《史记·刺客列传》），"采菊东篱下，悠然见南山"（陶渊明《饮酒》），"春眠不觉晓，处处闻啼鸟。夜来风雨声，花落知多少"（孟浩然《春晓》），庶几近之。但像"池塘生春草，园柳变鸣禽"（谢灵运《登池上楼》），"大漠孤烟直，长河落日圆"（王维《使至塞上》）这样的兴象，恐怕都是经过意匠经营的。更不要说像"东风不与周郎便，铜雀春深锁二乔"（杜牧《赤壁》），"大江东去，浪淘尽千古风流人物"（苏轼《念奴娇·赤壁怀古》）这样的诗句，仅靠感性的触发，没有对历史和人生的深沉反思是不可能写出来的。受严羽标举"兴趣"和"妙悟"、批评宋人"以文为诗"的影响，比兴的非理智因素被夸大了，以至于有些粗通文墨的豪杰也大谈形象思维。其实对话语的蕴含而言，形象不是决定性的。阮籍的一句"时无英雄，使竖子成名"（《晋书·阮籍传》）没有什么形象，但气象与那些形象加豪情的山大王诗相比，岂止霄壤。宋人"以文为诗"的失败不在于没有形象，而在于没有蕴含。而像"君不见咫尺长门闭阿娇，人生失意无南北"（王安石《明妃曲》），"不识庐山真面目，只缘身在此山中"（苏轼《题西林壁》），"春色满园关不住，一枝红杏出墙来"（叶绍翁《游园不值》），都是宋人的成功之处。反之,像"大明湖,湖明大,大明湖里长荷花。荷花上面有蛤蟆,一戳一蹦跶"这样的打油诗,倒是形象丰富而且没有经过什么理性思索,但同时也没有任何诗意。那些意蕴丰厚的兴象,有些的确如徐复观和叶嘉莹所说,是触景生情,自然感发的,有些其实就是直接由思索安排而来的。而大多数情况下,我们并不能确定它们究竟是理智的思索还是感性的触发。

回到开始的两个问题:比和兴有什么区别?兴象与情感到底是什么关系?我们的看法是,就毛郑义而言,比兴实在无法分别或者即使强为区分也没多大意义,它们在本质上都是比喻;就本义而言,兴象或者与诗意没有关系,或者与诗意有关系但仍然是比喻;只有对变义而言,比和兴才有清楚的、本质的区别,比是一般意义上的比喻,而兴则是哲学语法意义上的隐喻。

第八章 隐显篇

隐显是两种不同的文学形态、审美特征或作品风格。我们把隐显作为一对文学理论范畴，一方面是因为古代文论从各种不同的角度对这两种形态和特征有自觉清醒的认识；另一方面是因为《文心雕龙》有"隐秀"篇，而许多研究者对隐秀的解释多有误解。我们认为隐秀之"秀"就是显的意思。这样我们把隐显作为文论范畴也就不仅有了经典文本的依据，而且在文论系统和日常话语系统中也都有了语法上的依据。由于魏晋南北朝文学创作的发展和作品形态的丰富，刘勰和钟嵘都敏感地意识到作品的这两种特征。但同时也受制于创作实践的历史阶段和作品的时代特征，他们对这两种形态的审美内涵的揭示尚未充分展开。

第一节 隐显与蕴含

作为审美形态的隐和显可以从两个层次去理解，一是从外在表现上，隐是平淡质朴的，显是鲜明华丽的，这个意义相当于质和文；二是从内在意蕴上，隐指蕴含丰富深厚，显则指意义单纯明确。合并起来讲，隐往往是形式单纯质朴而蕴含丰富，显则是形式繁富华丽而意义单纯。这是隐和显的典型形态。

但是隐和显并不都以典型的形态存在。也就是说还存在另外的可能，即作品的外在表现是隐的，但内在意蕴却是显的；或者外在表现是显的，而内在意蕴却是隐的。但这不是说同一个内在意蕴，可以表现得显，也可以表现得隐；也不是说同一个外在表现，可以采取显的形式，也可以采取隐的形式。一旦有了隐显的区分，它们就是两种不同的意蕴或两种不同的表现了。

如果内在意蕴与外在形式在隐显方面的表现不一致，似乎二者就是可以分离的了。其实不然。文学意蕴的表现形式是语言，而意蕴与语言的关系是一种语法关系或者说逻辑上的必然关系，这一点我们在《言意篇》和《文质篇》中已经分析过了。但我们在《情志篇》中也分析了作品意蕴的不同情况，即自然情感、道德情感和审美情感。语言除了作为表达思想情感的符号，同时也是物理世界中的一个物质存在。语言作为一种物理现象，有自己的物质特征。而语言的物质特征与它所表达的思想观念以及自然情感和道德情感是没有必然联系的。因此索绪尔才说施指与所指的关系是任意的。但是审美情感与语言的这种感性特征却有一种必然的关系，这就是康德所说的美感无概念而有普遍性和必然性。语言学中有一种观点认为声音与意义的关系带有必然性。语言的这种感特征就是古代文论中通常所说的文采，或者说语言的形式美。所以要说分离，这也是两种不同形式或两种不同意蕴的分离，而不是意蕴与形式的分离。也就是说，把外在形式和内在意蕴分开谈论，并非在实质上把二者割裂，而是在谈论一部分形式和一部分意蕴。

  索绪尔把语言符号分析为音响形式和概念，这二者之间的关系是逻辑的和语法的。但这里的音响形式只是指声音在形式上的差别，也就是说，只有两个不同的声音才能表示两个不同的概念，对于文字同样如此。至于这两个声音（或文字）本身在物质上、感性上有什么特征，对它们表示的概念而言是无所谓的。比如说，"白"的声音表示白的意义，"黑"的声音表示黑的意义，如果"白"和"黑"发音完全一样，它们就不能用来表示两个不同的概念。但是，只要"白"和"黑"能从声音上区别开，那么"白"发音用男声还是女声，用山东方言还是四川方言，甚至用音乐唱出来，那就是无关紧要的。这种物质上的差别同时也是无法避免的，因为不同的人对同一个符号发出的声音是不一样的，如果这个符号因此就有不同的意义，那么人类就无法在符号的同一性上达成一致。同样，只要"白"和"黑"的写法能够区别开，那么"白"的字形无论是王羲之写还是颜真卿写，或者是机器写的印刷体，也都是无关紧要的。发音的不同音色，字体的不同写法，就是我们所说的外在形态。它们对符号表示的意义而言是无关紧要的。当然，这可能存在复杂的情况，比如汉语的声音有四声的区别，如果一个语词符号的发音相同，但声调不同，那么它们就成了两个不同的符号。不过这并不否定前面所讲的道理。作为符号的四声的目的在于区别不同的符号和概念，而作为文学创作讲究的四声八病，为的是突出语言自身的感性特征，也就是形式美。为理解这个道理，只要考虑两个例子就可以了。

  一是王羲之的《兰亭集序》。它一方面是文学作品，另一方面，传说它又是王羲之的笔迹，因此又是书法作品，并且在历史上它作为书法的地位远远越过了其作为文学的地位。隋唐之后，不断有各种不同的临摹版本。作为文学，只有一篇唯一的《兰亭集序》。作为书法，却有各种版本的《兰亭集序》。这些不同版本的《兰亭集序》，在书法意义上是完全不同的作品。但在文学意义上，只是一个作品。

另一个例子，就是关于苏轼和柳永词风格的笑谈，说柳永词要十七八岁的女孩儿执红牙拍板歌"杨柳岸晓风残月"，苏轼的词须关西大汉执铁板唱"大江东去"。[①] 而对于阅读文字的读者而言，不存在由谁来唱的问题。作品的意义是由文字决定的，所以对于文字的意义来说，即使把上面的关系颠倒过来，由女孩唱"大江东去"，由关东大汉唱"杨柳岸"，是没有什么不同的。然而，从音乐的角度去看，同样的文字内容，由不同的声音去表现，就形成了审美特征完全不同的作品。

这两个例子，其实都分别涉及了两种艺术形式，一个是文学和书法，另一个是文学和音乐。用这两个例子是为了说明，外在形态与内在意蕴在实质上无法分离，但构成形式的不同要素是可以分离的，同时相应的意蕴的不同要素也是可以分离的。对文学作品而言，古人所谓的"文采"就是形式的一个要素，而文采带给我们的审美感受则是意蕴的一个要素。文采自身就是"有意味的形式"，意味与形式是不可分离的语法关系。但这个文采的意味并不是《文心雕龙·情采》篇所说的情。文采只是形式的一部分，文采的意味也只是意蕴的一部分。刘勰所讲的情与采就分别是一部分意蕴和一部分形式，而这两个部分在内容与形式的意义上并不对应，因为情与采各有自己的内容和形式。自然情感、道德情感和思想观念另有自己的形式，这个形式可以没有文采；而文采另有自己的意味即审美情感，这个意味可以不含风骨。刘勰说"风骨乏采""为情而造文"就是指前者，"采乏风骨""为文而造情"则是指后者。如果采就是情的形式，情就是采的内容，那么二者就不可分离。但刘勰显然认为存在着没有采的情，也存在着没有情的采。

这样我们就能分别谈论外在形式的隐显和内在意蕴的隐显。语言符号自身的物质特征、感性特征与符号表示的意义没有关系，但是在审美感受中却是至关重要的，所以华丽和质朴就成了两种非常重要的审美形态。魏晋南北朝时期的文质之辩在很大程度上讨论的就是这个问题。我们在这里把外在形态的隐与显等同于质朴与华丽意义上的质与文。因为这方面的内

[①] （宋）俞文豹：《吹剑录全编》，张宗祥校订，古典文学出版社1958年版，第38页。

容已经在《文质篇》中作了分析,这里就不再展开。

我们在这里要重点讨论的是内在意蕴的隐与显,也就是作品内涵的丰富、含蓄、蕴藉与单纯、直接、明确。

在中国古代文论中,作品意蕴的隐大致有三种情况:一是表达的歧义、多义,二是表达的委婉含蓄,三是意蕴的丰富深广。这三种情况有时候独立存在,有时候混合在一起。

单纯的歧义、多义、一语双关等等,只是通过谐音、句式变换等方式改变语词或语句的外在形式,并不增加作品的蕴含,如"莲子清如水""道是无晴却有晴"等等。这是一种最浅显的隐。这种"隐语"一经翻译、解释,意义就完全明确了。第一种情况如果缺乏有深度的思想情感,就容易沦为肤浅的文字游戏。第二种情况并不产生多义和歧义,但表达方式是同样是委婉曲折的,并且蕴含着某种深层的意义,如杜预《左传序》所说的《春秋》五例中的"微而显""志而晦""婉而成章"。① 史家著书,一方面要秉笔实录,另一方面又要顾及统治者的面子,或者出于恐惧,不得已采用所谓"春秋笔法",就形成了这种形式的隐。而在文学创作中,这种委婉含蓄的表达方式则成为一种自觉的追求。例如汉儒解诗,就把比兴手法解释为对思想感情的委婉表达。可以说,文学创作中采用的各种修辞方式如比喻、象征、暗示等都属于这种类型的隐。第三种情况与第二种情况相比,未必采用修辞,但作品蕴含却更加丰富,甚至难以翻译、转述或解释。对于第一、第二种情况,我们往往可以说它们通过某种修辞方式曲折地表达了某种思想情感,而第三种情况往往并不使用什么修辞方式,在形式上更接近于直说,但在意蕴上却无限丰富,比如陈子昂《登幽州台歌》这样的作品。这是一种最深刻的隐,实际就是我们在《比兴篇》里讲的隐喻或兴的变义。

语言哲学在研究隐喻的时候曾经讨论语言的字面意思与隐含意思之间的关系。对于第一、第二种情况,可以说语句在字面意思之外还隐含着另一个意思。但对于第三种情况,并不存在字面意思和隐含意思的对立。陈嘉映说:"我们每一个字都读懂了,但还是不明白一句话所蕴含的深义。你逐字逐句读懂了东风不与周郎便,铜雀春深锁二乔,但不了解这句诗蕴含着对历史兴亡的感叹。"② 杜牧的《赤壁》并没有使用修辞方式,也不

---

① (春秋)左丘明传、(西晋)杜预注、(唐)孔颖达正义:《春秋左传正义》卷第1,北京大学出版社1999年版,第18—19页。
② 陈嘉映:《语言哲学》,北京大学出版社2003年版,第380页。

存在多义和歧义,甚至也不能说在字面之外还有另外一个意思。但恰恰是这种在外在形式上没有任何修饰,也不刻意制造复杂深意的语句,却产生了丰富的意蕴。陈嘉映把语言组织的这种状态称为"蕴含",也就是我们所说的隐的第三种情况。陈嘉映选择了一个非常合适的例子,事实上这样的例子在魏晋南北朝的文学作品中不太容易找到。因为第三种情况的隐,是在魏晋南北朝以后才成为一种普遍追求的。杜牧的另一句诗"一骑红尘妃子笑,无人知是荔枝来"(《过华清宫绝句》)同样是深富蕴含的。这样的例子在唐宋诗词中比比皆是,它们在理论上被称为"不着一字,尽得风流"(《二十四诗品·含蓄》),"言有尽而意无穷"(《沧浪诗话·诗辨》)。但在魏晋南北朝时期,这种文学形态还没有成为一种审美理想。刘勰和钟嵘所推崇的风骨、风力在审美形态上都是显性的。钟嵘说曹植"骨气奇高,辞采华茂",刘勰主张"深乎风者,述情必显",都强调情感表现的鲜明骏爽和文辞的华丽。

隐的第一种情况只是不直说,要说的东西其实是明确并且完全被显示了的。第二种情况则不仅是不直说,而且不说尽,不仅在表达方式上委婉曲折,而且有一部分意蕴是隐藏着的。第三种情况则是说不尽,因为要说的东西是无限的、无形的、没有边界的、有待于成形的,而且可能是以不同形式成形的。不说尽大致相当于钟嵘所说的"文已尽而意有余"。说不尽则相当于唐宋之后常说的"不着一字,尽得风流"或"言有尽而意无穷"。我们在这里只是用"说不尽"来标志一种审美特征,不同于通常所谓的言不尽意或不可言传。按我们的看法,说不尽恰恰是语言的一种能力和功能。有语言方才有"说不尽"。对于没有语言的生命,不存在说与不说,更不存在尽与不尽。

英国新批评理论家燕卜荪用"含混"(或译朦胧)来描述诗歌意义的蕴含状态,并把含混分为七种类型,用来区别多种意义之间的不同关系。赵毅衡主张把《文心雕龙·隐秀》篇中的"复意"改为"复义",用来指燕卜荪所谓的"联合含混"。其实,复意、复义都无法从字面上与多义区别开,并且刘勰所谓"复意"也不足以揭示出隐的真正内涵,所以不如使用陈嘉映提出的"蕴含"。赵毅衡把多种意义间的关系分为三种:一是非彼即此:意义 X = A 解,或 B 解,或 C 解……二是可彼可此:X1 = A;X2 = B;X3 = C……三是"几个意义组成一个综合的、更富于表现力的复合意义":X = A + B + C……最后一种"数解不仅共存,而且组成一个家庭,互相丰富,互相补充,成为一个整体,不是或此或彼,而是亦此亦彼。""同一陈述被语境选择出几个同时并存的意义,这些意义不是分立的歧解，而是能互相补充互相复合，组成一个意义复杂而丰富的整体。"① 赵毅衡对"复义"的解说就是我们所说的蕴含，也就是隐的第三种情况：说不尽。"这种复义应是同一民族经过一般阅读训练的大多数读者都能领会的，不包括只涉及个人经验的联想，也不包括只有专家才能体会到的语源或僻典暗指。"② 而这也正是我们要强调的，单纯的婉曲和多义，像"莲子清如水""落日心犹壮，秋风病欲苏"之类不是蕴含的说不尽的隐，因为它们并未造成诗歌意蕴的深远丰厚。

朱光潜在谈诗歌形态的隐与显时说："写景不宜隐，隐易流于晦；写情不宜显，显易流于浅。"③ 他为写景所举的例子是谢朓的"余霞散成绮，澄江静如练"，杜甫的"细雨鱼儿出，微风燕子斜"，林逋的"疏影横斜水清浅，暗香浮动月黄昏"；为写情所举的例子是古诗"步出城东门，遥望江南路，前日风雪中，故人从此去"，"河汉清且浅，相去复几许？盈盈一水间，脉脉不得语"，李白的"却下水晶帘，玲珑望秋月"，晏几道的"昨夜西风凋碧树，独上高楼，望尽天涯路"。应该说朱光潜引诗极为恰当，不过《步出城东门》后面还有四句："我欲渡河水，河水深无梁。愿为双黄鹄，高飞还故乡。"而这四句则是显性的。《迢迢牵牛星》前面也有六句："迢迢牵牛星，皎皎河汉女。纤纤擢素手，札札弄机杼。终日不成章，泣涕零如雨。"这六句相对来说也是缺少蕴含的。而朱光潜在引用的时候没有选取这些显性的部分，可见他对隐和显的不同特征非常敏感。事实上，《古诗十九首》对情感的表现从整体上说都是显性的，即使朱光潜所举的那几例，也只是局部的隐。钟嵘称其为"惊心动魄""惊绝"，其实就是一种显性的特征。这种隐主要表现为第二种情况，即不说尽，还没有达到说不尽的程度。

魏晋南北朝文学创作对隐这种审美形态的追求并不自觉，因此没有形成主流，当然也并非不存在。比较突出地表现出隐性特征的两位诗人是阮籍和陶渊明。刘勰说"阮旨遥深"，钟嵘则评阮籍说："无雕虫之功。……言在耳目之内，情寄八荒之表。……厥旨渊放，归趣难求。"（《诗品·阮籍评语》）"无雕虫之功"说明阮籍诗在形式上是自然质朴的，所以是隐性的。当然更重要的是内在意蕴的隐。但从阮籍的《咏怀诗》来看，其意蕴的隐还只是在情感表达含蓄蕴藉的意义上来说的，从内涵的丰富性上

---

① 赵毅衡：《新批评》，中国社会科学出版社1986年版，第170—172页。
② 赵毅衡：《新批评》，第175页。
③ 朱光潜：《诗的隐与显》，《朱光潜全集》第3卷，安徽教育出版社1987年版，第356—357页。

说，《咏怀诗》同样没有达到后来唐诗宋词的高度。颜延之说"嗣宗身仕乱朝，常恐罹谤遇祸，因兹发咏，故每有忧生之嗟。虽志在刺讥，而文多隐避，百代之下，难以情测"[1]。阮籍诗的隐可以用"深"和"远"来描述，在这个意义上《古诗十九首》也有"远"的特征，即钟嵘所谓"意悲而远"。但隐最重要的特征还不是"深远"，而是"丰厚"。"深远"可能是意思隐藏得很深，但如果把这种意思分析出来，它仍然是单纯的。比如"夜中不能寐，起坐弹鸣琴。薄帷鉴明月，清风吹我襟。孤鸿号外野，翔鸟鸣北林。徘徊将何见，忧思独伤心"（《咏怀诗八十二首》其一）。尽管我们不知道阮籍所咏何事，但他在表现一种孤独忧伤的情感则是无疑的。而"丰厚"意义上的"隐"则未必是隐晦的，却必定是丰富的，难以分析的。如上面陈嘉映所举的例子"东风不与周郎便，铜雀春深锁二乔"，所言之事并不难测，甚至妇孺皆知，但其中所蕴含的意味却丰富无穷。隐的最高境界，是语句在字面或明面并不难理解，而内涵却耐人寻味。我们可以用穷举法把一句蕴含丰富的诗所涉及的所有内容一一罗列出来，但这样就改变了诗歌原来的蕴含状态。[2] 正是"隐"的言说方式才创造了"隐"的形态。在这一意义上，我们可以说，阮籍的八十二首《咏怀诗》的意蕴是深远的，但都还没有达到"丰厚"的高度。不过他有一句不是诗却极富诗意的话却达到了高度的蕴含状态，那就是——"时无英雄，使竖子成名！"[3] 从话语蕴含的角度看，终魏晋南北朝之世，恐怕只有嵇康死前的一句"《广陵散》于今绝矣！"（《世说新语·雅量》）可与其相提并论，但一豪放，一悲壮耳。其他大概只有桓温的"木犹如此，人何以堪"（《世说新语·言语》）了。

陶渊明的田园诗也有隐的特征，但其形成方式与阮籍诗相同，也是在"深远"的意义上。"采菊东篱下，悠然见南山"（《饮酒二十首》其五），"微雨从东来，好风与之俱"（《读山海经十三首》其一），"暧暧远人村，依依墟里烟。狗吠深巷中，鸡鸣桑树颠"（《归园田居五首》其一），这些诗句在形式上平淡质朴，同时情感的表现则含蓄蕴藉。但我们也不得不说，其情感内涵也是比较纯粹单一的。陶渊明最富有蕴含的诗恰恰不是流为通谈的田园诗而是《咏荆轲》：

---

[1] 《六臣注文选》卷23李善注引，浙江古籍出版社1999年版，第401页。
[2] 陈嘉映：《语言哲学》，第387页。
[3] 《晋书》卷49《阮籍传》，中华书局1974年版，第1361页。

燕丹善养士，志在报强嬴。招集百夫良，岁暮得荆卿。君子死知己，提剑出燕京。素骥鸣广陌，慷慨送我行。雄发指危冠，猛气冲长缨。饮饯易水上，四座列群英。渐离击悲筑，宋意唱高声。萧萧哀风逝，澹澹寒波生。商音更流涕，羽奏壮士惊。心知去不归，且有后世名。登车何时顾，飞盖入秦庭。凌厉越万里，逶迤过千城。图穷事自至，豪主正怔营。（《咏荆轲》）

陶渊明这首诗前面的一大段几乎占了全部篇幅。但与其田园诗相比，这一大段在形态上是显性的。这种描写在陶诗中并不多见，属于豪放一类。诗的最后只有四句："惜哉剑术疏，奇功遂不成！其人虽已没，千载有余情"，这四句却是隐性的。这两个部分审美特征完全相反，并且比例极不协调。但诗人通过"图穷事自至，豪主正怔营"把前后两部分融为一体，中间的过渡可谓天衣无缝，这就把前面处于显性形态的诗句在整体上变成了隐性的。《史记》对刺秦失败的过程描述是非常详尽的，但陶渊明在诗中先是极力渲染入秦之前的悲壮气氛，最后对荆轲的失败却一笔带过，只用了四句便戛然而止。然而最后这四句却蕴含了千言万语，蕴含了陶渊明对历史和人生的全部理解。也就是说，全诗的意义已经远远超出了"咏荆轲"，它咏叹的实际上是一切英雄人物的悲剧命运和历史的偶然，其中有赞叹、同情、惋惜、遗憾，然而似乎又不止于此。这种大隐与大显融合在一首诗中的状态，恐怕不是陶渊明有意为之，只能说是神助天成了。这种蕴含后来被杜甫以另一种形式揭示出来："出师未捷身先死，长使英雄泪满襟。"（《蜀相》）如果以为杜甫只是在咏叹诸葛亮，那只是在字面上、明面上去理解，而这首诗蕴含的意义绝不只限于此。太白诗"牛渚西江夜，青天无片云。登舟望秋月，空忆谢将军。余亦能高咏，斯人不可闻。明朝挂帆席，枫叶落纷纷"（《夜泊牛渚怀古》）在蕴含上属于同一境界。任何改写和解释在这种极富蕴含的诗句面前都是苍白无力的。把左思的"咏荆轲"与陶诗相比，高下自见：

荆轲饮燕市，酒酣气益震。哀歌和渐离，谓若傍无人。虽无壮士节，与世亦殊伦。高眄邈四海，豪右何足陈。贵者虽自贵，视之若埃尘。贱者虽自贱，重之若千钧。（《咏史八首》其六）

左思对荆轲英雄气概的显性描写远逊陶渊明，更重要的是，他对荆轲刺秦的历史意蕴、悲剧意义的揭示是单薄的。但左思的"冯公岂不伟，白首不见招"(《咏史八首》其二)则比上面这首蕴含丰富,不过仍然达不到"言有尽而意无穷"的程度。

从隐显的角度来看,魏晋南北朝时期的文学大都属于不直说和不说尽的水平,其中以阮籍和陶渊明最具代表性。而陶渊明的《咏荆轲》则达到了说不尽的境界,不过在魏晋南北朝时期恐怕只有这一首诗能够臻此神境。

第二节 隐显与隐秀

魏晋南北朝时期,隐的文学形态在陶渊明那里达到了最高境界,但这对陶渊明而言,其实并不是一种自觉的艺术追求。在《古诗十九首》、建安文学以及阮籍的作品中,隐的形态都或多或少地有所表现,但那毕竟是一个"慷慨以任气,磊落以使才"(《文心雕龙·明诗》)、"师心以遣论"、"使气以命诗"(《文心雕龙·才略》)的时代,显性形态更适合主体情感的表现,而隐性形态始终是明而未融的。在理论上,则表现为对隐的形态有所认识,但远没有把隐确立为最高的审美追求。

钟嵘重新解释了"赋比兴",尤其是把兴解释为"文已尽而意有余",以及他说古诗"意悲而远",班婕妤"怨深文绮",还有他对阮籍诗歌特征的认识,都表明他已经触摸到隐这一审美特征的命脉。但其时除了陶渊明,实在没有更多的像唐宋时代那样的富于意境和神韵的作品供他鉴赏。并且钟嵘在评价陶渊明的时候,其实没有特别重视陶诗在形态上的隐的特征。所以钟嵘的理论进展也就止步于此,他的理想只能是"干之以风力,润之以丹彩"和"骨气奇高,辞采华茂"的显性形态。钟嵘说五言诗是"是众作之有滋味者也",理由是"指事造形,穷情写物,最为详切"。所以"滋味"是一种广义的审美感受,钟嵘用它来描述所有五言诗的特征,而不是专门指陶渊明或阮籍诗歌的特征,更不能等同于司空图所说的"韵外之致"和"味外之旨"。

刘勰同样认识到了文学形态有隐显的不同。《文心雕龙·体性》篇说:"远奥者,馥采典文,经理玄宗者也",即隐;"显附者,辞直义畅,切理厌心者也",即显。当然这种意义上的隐显,还是浅层次上的,但仍然能与我们前面对隐显的理解互释。刘永济认为"馥采典文"当作"复采曲文","复者,隐复也;曲者,深曲也。谈玄之文,必隐复而深曲",[①] 可

---

① 刘永济:《文心雕龙校释》,中华书局上海编辑所1962年版,第102页。

从。前述阮籍和陶渊明恰好都是受道家和玄学思想影响甚深者。而"辞直义畅，切理厌心"，则是文辞直率，明白晓畅，意义明确，易于理解，是一种显性形态。《文心雕龙·定势》说："综意浅切者，类乏蕴藉。"浅切为"显"，蕴藉为"隐"。《比兴》篇说："比显而兴隐"，可谓歪打正着。因为兴正是诗歌的一种蕴含状态，也就是隐的形态。但刘勰又说"兴则环譬以托讽"，可见他理解"兴"的视野仍然是汉儒的讽谏说。所以在刘勰那里，兴只是一种复杂的比喻，并不强调蕴含的丰富性。

刘勰在《文心雕龙》的《隐秀》篇中明确提出了隐和秀这两种文学形态：

> 隐也者，文外之重旨者也；秀也者，篇中之独拔者也。隐以复意为工，秀以卓绝为巧。（《文心雕龙·隐秀》）

这里的"隐"，可以理解为我们前面提到的三种意义中的任何一种，也就是，其一，多义和歧义；其二，委婉含蓄；其三，蕴含丰厚。刘勰说："夫隐之为体，义生文外，秘响旁通，伏采潜发"，"深文隐蔚，余味曲包"，那么隐就有委婉含蓄的意思。而"譬爻象之变互体，川渎之韫珠玉也。故互体变爻，而化成四象；珠玉潜水，而澜表方圆"（《文心雕龙·隐秀》），则可兼指多义和委婉含蓄。我们已经指出，委婉和多义只有在一定程度上形成了意义的蕴含，才能成为典型的隐。从文字上看，"重旨"和"复意"就是多义的意思，但许多不同的意义之间其实仍有不同的关系，有的能够形成蕴含，有的则不能。仅就《隐秀》篇残存的文字来看，刘勰对隐的理解，基本上还处于"不直说"和"不说尽"的水平。

对于《隐秀》篇的佚文和补文的问题，我们认可学界的主流看法，即从"始正而末奇"到"此闺房之悲极也"为后人所补。因为原文对"秀"的解释所剩无几，所以后人对"秀"的理解就更为分歧。很多研究者把秀理解为"警句""警策之语"，从"篇中之独拔""卓绝"等文字来看，这样理解也未尝不可。黄侃不满意补文，自己另作了一篇。他对"秀"的理解基本上就是作品中最出色的句子，也就是"秀句"或"警句"。[①] 即使"秀句"不同于警句，它也应该是一篇作品中最突出、最出色、最卓越的部分。这样，在"隐"的作品当中，深富蕴含的部分恰恰就是最为突出的

[①] 黄侃：《文心雕龙札记》，华东师范大学出版社1996年版，第249页。

部分,所以刘永济说"隐处即秀处"。① 当然在不具隐性特征的作品中,又另当别论。但是,"秀"还有一个意思,就是"显"的意思,即不强调意义的蕴含,而强调意义的明确单纯和感性特征的鲜明生动。冯班说:"隐者,兴在象外,言尽而意不尽者也;秀者,章中迫出之词,意象生动者也。"② 张戒《岁寒堂诗话》所引《隐秀》篇佚文"情在词外曰隐,状溢目前曰秀",都是从这个角度去理解"秀"的。当然,这种意义上的秀也不妨同时是"独拔"和"卓绝"的。所以秀有两个意思,一是与隐相对的显,在这个意义上,隐和秀就是两种不同的审美形态;二是突出、卓越、不同凡响,在这个意义上,作品中隐的部分同时也是秀的,即刘永济所说"隐处即秀处"。

刘知幾《史通》论史书的叙事说:"然章句之言,有显有晦。显也者,繁词缛说,理尽于篇中;晦也者,省字约文,事溢于句外。然则晦之将显,优劣不同,较可知矣。夫能略小存大,举重明轻,一言而巨细咸该,片语而洪纤靡漏,此皆用晦之道也。"又说:"言近而旨远,辞浅而义深,虽发语已殚,而含义未尽。使夫读者,望表而知里,扪毛而辨骨,睹一事于句中,反三隅于字外。晦之时义,不亦大哉!"③ 显然,刘知幾所谓"晦",就是我们所说的"隐"。而纪昀则评论说:"显晦云云,即彦和隐秀之旨。"④ 可见在纪昀看来,刘勰所谓"隐秀"就是隐显的意思。

《隐秀》篇的补文虽然不一定真正反映刘勰自己的思想,但至少也是补文作者的一种理解,可以作为我们理解"隐秀"的参考。补文说"隐"的特征是"始正而末奇,内明而外润,使玩之者无穷,味之者不厌矣"。我们以为这种说法比"重旨"和"复意"更能揭示隐的本质——形式的平淡无奇和内蕴的深厚无穷(而不是包含许多互不相关的意义)。而秀则是"波起辞间""纤手丽音,宛乎逸态,若远山之浮烟霭,娈女之靓容华",也就是秀丽、显明、鲜艳之意。"故能藏颖词间,昏迷于庸目;露锋文外,惊绝乎妙心。使酖藉者蓄隐而意愉,英锐者抱秀而心悦。"从这些描述来看,补文对隐秀的理解与我们是接近的。我们前面指出,魏晋南北朝时期的文论尚不能真正揭示出隐的内涵,对隐的深入认识要在唐代之后,标志

---

① 刘永济:《文心雕龙校释》,第157页。
② (清)冯班:《严氏纠谬》,《清诗话三编》第1册,张寅彭选辑,吴忱、杨焄点校,上海古籍出版社2014年版,第12页。
③ (唐)刘知幾撰,(清)浦起龙释:《史通通释》卷6《叙事》,上海古籍出版社1978年版,第173、174页。
④ (清)纪昀:《史通削繁》卷2,道光十三年卢坤刊本。

性的观点则是司空图、严羽以及明清复古主义者的意境论和神韵论。而补文恰好在一定程度上体现了唐宋之后对隐的认识。因此，从理论的时代特征方面看，我们更倾向于认为补文的作者是唐宋以后人。

补文作者似乎深谙刘勰的理论思路，在对"隐秀"进行了描述之后，又列举了代表性的作品，"将欲征隐，聊可指篇"：

> 古诗之《离别》，乐府之《长城》，词怨旨深，而复兼乎比兴。陈思之《黄雀》，公幹之《青松》，格刚才劲，而并长于讽谕。(《文心雕龙·隐秀》)

上述《古诗十九首》中的《行行重行行》、汉乐府《饮马长城窟行》、曹植的《野田黄雀行》、刘桢的《赠从弟》，都使用了古人所谓的"比兴"，在情感表现上是委婉含蓄的。但我们前文已经指出，这种形态还不能算典型的隐。阮籍和陶渊明作品的蕴含程度达到了魏晋南北朝的最高峰，但也不能与后来的唐宋诗词相比。以唐代以前的作品来说明隐的特征，也只好如此了。而补文为"秀"举的例子，则反映了它只是在"秀句""警句"的意义上理解"秀"的，与它在前面对秀的理解不一致：

> "常恐秋节至，凉飙夺炎热"，意凄而词婉，此匹妇之无聊也；"临河濯长缨，念子怅悠悠"，志高而言壮，此丈夫之不遂也；"东西安所之，徘徊以旁皇"，心孤而情惧，此闺房之悲极也；(以下为《隐秀》篇原文)"朔风动秋草，边马有归心"，气寒而事伤，此羁旅之怨曲也。(《文心雕龙·隐秀》)

以上所谓"秀"的诗句其实与前面所谓"隐"的诗句在形态特征上并无二致，也都是委婉含蓄的，正是刘永济所谓的"隐处即秀处"。此处"朔风动秋草，边马有归心"是刘勰原文，也许是为了与刘勰的例子在审美特征上保持一致，补文才选了那些诗句。但由于大段缺失，我们无法判断刘勰这个例子在原文中是用来说明隐的还是用来说明秀的。如果刘勰的原文是在前面说"秀"，而后面说"隐"，那么补文可就弄巧成拙了。补文在理论上对"秀"所作的描述就是"显"的意思，但它为"秀"举的例子在形态特征上实在与"隐"的例子无法区分，只是在"秀句"(突出)的意义上使用的。

由于可依据的原文太少，对隐秀这对概念的阐释就有了极大的空间。张少康先生认为，秀是指意象的外在特征而言，隐则是指意象的内在意蕴而言。[①] 叶朗持论大致相同。[②] 其依据则是刘永济"盖隐处即秀处"之说。但我们前面已经说过刘永济此说另有其义，并不能支持这种观点。这种观点实际上是把"隐秀"作为意象的结构分析，相当于我们通常所说的内容与形式意义上的"文质""言意"或"形神"。单纯从艺术形象构成的角度看，这样理解也未尝不可，但这恐怕不是刘勰的本意。

张世英用海德格尔思想解释"隐秀"，反对传统的典型论，即上述内容与形式、本质与现象统一的艺术形象论。他说隐秀就是"隐蔽与显现的关系"，"情在词外曰隐，状溢目前曰秀"的意思就是"从'目前'的（在场的）东西中想象到'词外'的（不在场的）东西"[③]。这种理解用来说明"隐"的本质也有一定的道理。"不在场的东西"恰好就是被隐藏起来的东西，用这一思路来解释中国古典美学的意境、神韵，要比使用艺术形象、典型形象好得多。但我们觉得张世英的理解仍然远离了刘勰的原意。根据刘勰，隐并不是通过秀来显示自身。隐和秀是两种各自独立的不同性质，而不是相互牵连融为一体。隐自身就具有"在场的东西"，并通过"在场的东西"来显示"不在场的东西"。而"秀"则纯粹是"在场的东西"，是全部显示了的，并不能使人再联想到"不在场"的东西。

我们认为，无论是从刘勰的原文来看，还是从古人的诠释来看，"隐秀"指的都是同一层面的两个东西或两种形态，而不是是同一个东西的内外两个层面，也不是在场和不在场的关系。也就是说，隐和秀指的是两种不同对象、作品的形态或特征。而上述观点则认为任何一篇作品都既是隐的，又是秀的，隐秀是一篇作品的两个方面，隐内而秀外。秀是隐的外在表现，隐是秀的内在意蕴。如果这样理解的话，那么隐和秀的关系就与"情"和"采"的关系一样了。刘勰论"隐秀"和"情采"都使用了水的"源流"和木的"本末"做比喻，"情采"是"水性虚而沦漪结，木体实而花萼振"，而"隐秀"是"源奥而派生，根盛而颖峻，是以文之英蕤，有秀有隐"。"情"与"采"是"水性"和"沦漪"或"木体"与"花萼"的关系，但"隐"和"秀"却不是"源"和"派"或"根"和"颖"的关系，而是"英蕤"的两种不同形态。我们当然不否认一篇作品

---

① 张少康：《文心雕龙新探》，齐鲁书社1987年版，第70页。
② 叶朗：《中国美学史大纲》，上海人民出版社1985年版，第228页。
③ 张世英：《哲学导论》，北京大学出版社2002年版，第157页。

中可能既有隐的部分，又有秀的部分，但在这种情况下隐和秀两个部分在性质上是并列的，而非一内一外、一在场一不在场。比如陶渊明《咏荆轲》最后四句是隐的，而前面一大段则是秀（显）的，但这二者的关系不是意与象的关系。

皎然在《诗式》中把刘勰误为钟嵘，批评钟嵘（刘勰）的隐秀之说。他说"且如'池塘生春草'，情在言外；'明月照积雪'，旨冥句中。风力虽齐，取兴各别"①。李壮鹰推测，刘勰在《隐秀》篇原文中可能对"池塘生春草"和"明月照积雪"作过具体评论，即前者为隐，后者为秀。而皎然对刘勰非常不以为然，认为二者均为隐，只是取兴手法有所不同。②李壮鹰的推测非常有道理，但也存在另外的可能：比如刘勰认为这两句诗都是隐，而皎然则认为仅仅指出二者都是隐是不够的，还要进一步指出它们的取兴方式上的不同。无论如何，这里透露出两个消息：一是刘勰和皎然都把隐和秀作为两种不同的审美特征，而不是艺术形象的意与象。二是从齐梁到唐代，隐显这对范畴的理论内涵得到了更为深入的揭示。

张戒引用《隐秀》篇的那段话是这样的：

> 沈约云："相如工为形似之言，二班长于情理之说。"刘勰云："情在词外曰隐，状溢目前曰秀。"梅圣俞云："含不尽之意见于言外，状难写之景如在目前。"三人之论，其实一也。③

显然，沈约所谓的"形似之言"和"情理之说"指的是两种不同形态的作品，前者无论如何也不能成为后者的象，后者也不能成为前者的意。而张戒认为沈约、刘勰、梅尧臣的意思是一样的。也就是说，隐是一种形态，秀则是与之不同的另一形态（显）。事实上，梅尧臣已经分别为"如在目前"和"见于言外"举了例子。前者是严维的"柳塘春水漫，花坞夕阳迟"，后者是温庭筠的"鸡声茅店月，人迹板桥霜"和贾岛的"怪禽啼旷野，落日恐行人"。可见，梅尧臣同样是把"见于言外"和"如在目前"分别作为两种不同的审美形态，而不是作为艺术形象的内外结构。④

因此，隐和秀不是内在与外在的语法关系，而是同一层面的并列关

---

① （唐）皎然著，李壮鹰校注：《诗式校注》，人民文学出版社2003年版，第153页。
② （唐）皎然著，李壮鹰校注：《诗式校注》，第155—156页。
③ （宋）张戒：《岁寒堂诗话》卷上，载丁福保辑《历代诗话续编》，中华书局1983年版，第456页。
④ （宋）欧阳修：《六一诗话》，《历代诗话》，（清）何文焕辑，中华书局1981年版，第267页。

系。但是有的学者把二者理解为形象和意蕴、外在和内在的语法关系也并非没有依据,其依据就是秀和显在语义上的联系。只不过他们把隐和显的关系等同于形而上学范畴如道与器、言与意、形与神等之间的二元对立关系。道、意、神是隐的,器、言、形则是显的。以这种二元对立关系来看隐秀,秀就成了具体的可感的显现的外在形象,隐就成了不可见的隐含的内在意蕴。《文心雕龙·体性》篇说"因内而符外,沿隐以至显"就是以这种方式去理解隐显的,但是在《隐秀》篇中,刘勰并不是用这种方式去解释隐秀的,因此隐与秀就不是"因内而符外"的关系。我们不同意把隐秀理解为显现和被显现的语法关系,是因为那样理解的话,隐和秀就是同一个东西,我们只能在不同层面上谈论这同一个东西,却不能在同一层面上谈论二者的不同,而刘勰恰恰是在同一层面上谈论隐和秀的不同的。隐与秀在性质上是相反的、对立的,而形象和意蕴之间没有这样一种相反对的关系。

第三节　隐显与情景

　　由前面的讨论可以看出,人们对隐显这对范畴的意义有两种不同的理解。一种是把隐和显作为两种不同的形态或特征,这两种形态是在同一层面上并列存在的。另一种就是把二者视为显现与被显现的关系,隐必然显现为显,而显也必然显现着隐。隐显异名而同谓,是一种语法关系。

　　自唐代以后,古代文论关于作品结构的讨论由意象关系转向讨论情景关系。如果以内在与外在的语法关系来看情与景,则情是内隐的,景是外显的。当然这只是一种逻辑上的推论,事实上中国古代文论中并没有以这种方式来讨论情与景的关系。相反,在古代文论中,人们经常说的是"象外"和"象外之象,景外之景"。意、情不在象、景之内,反而在象、景之外。张世英把传统形而上学的二元对立转化为在场与不在场的对立,虽然不符合刘勰关于"隐秀"的本意,但更适合说明象与象外的关系。不过这种方法揭示的是一种由此及彼的想象和联想关系,只能谈论在场的情与不在场的情、在场的景与不在场的景之间的关系,仍然无法谈论情与景、意与象的关系,

　　意与象、情与景是一种逻辑和语法上的必然关系,也就是一种显现和被显现的必然关系。意与象、情与景不在同一层面上并列存在,因此我们无法在同一层面上谈论意与象、情与景的关系。当我们谈到情的时候,其

实就是在谈论外在层面的景；当我们谈到景的时候，其实是在谈论内在层面的情。情、意显现为景、象，而景、象则显现着情、意。

因为隐显有两种不同的意义，所以当我们以隐显来描述情景的时候，就产生了两种不同的情况。如果把隐显理解为内在意蕴和外在形象，那么，情景关系自然也就成了一种隐显关系。但是，在这种情况下，隐和显就是一种实体性的存在，而不是情与景的表现特征。也就是说，隐就是情本身，显就是景本身。如果情就是隐，景就是显，那么再说情的隐显就没有意义了，或者再说景的隐显也是没有意义的。因此，不是不能把隐显理解成情景本身，而是这样做之后，就无法再谈论情的隐显或景的隐显。

然而事实上，我们经常会谈到情的隐或显，也会谈到景的隐或显，比如我们前面就提到朱光潜认为写情宜隐不宜显，写景宜显不宜隐。这是在隐显作为两种不同特征的意义上谈情景的。它们不是情景本身，而是用来描述情或景的特征的。

因此，我们可以在隐显的两种意义上谈论情景。在显现与被显现的意义上，情就是隐，景就是显。这时就不能再谈论情的显或景的隐了。在隐和显作为两种不同审美特征的意义上，我们可以谈论情是隐的或显的，也可以谈论景是隐的或显的。

"情在词外曰隐，状溢目前曰秀"就是在谈论情的隐和景的显，它同时意味着存在情不在词外的情况，也存在状不溢目前的情况。如果情就是隐，景就是秀，那么无论是否情在词外，情都是隐，无论是否状溢目前，景都是秀。但无论是在逻辑上还是在现实中，景或情都可以既是隐的又是显的。也就是说，对于情，既可以写成隐的，也可以写成显的；对景，既可以写显的，也可以写成隐的。

朱光潜在引用梅尧臣"含不尽之意见于言外，状难写之景如在目前"这句话的时候，分别列举了一些写景的作品和写情的作品。也就是说，他对隐、显的理解与张戒对隐、秀的理解是一致的，即隐与显是两种不同的特征，而不是作品的内外结构。朱光潜把隔、不隔与显、隐相对照，都是在审美特征的意义上而不是在意象结构的意义上理解的。

不过中国古代文论并没有把情与景的隐显作为一个重要问题来讨论。因为王国维提出"隔"与"不隔"的问题，朱光潜才把问题延伸到隐与显的讨论。在此之前，关于情与景的讨论，主要是二者如何结合的问题。但是说到结合，似乎情与景就成了两个东西。事实上，不经过对情景概念的语法分析，我们无法适当地讨论情景关系。

对于情景关系，古今无不称情景交融。如范晞文说"景无情不发，情无景不生","情景相融而莫分也"。① 谢榛说"作诗本乎情景,孤不自成,两不相背"②。王夫之则把情景关系分为三种具体模式:"神于诗者,妙合无垠。巧者则有情中景、景中情。"③ 其中最高境界是神于诗者,情景之间无迹可求,其次则是情中景和景中情。王国维《文学小言》说"文学中有二原质焉:曰景,曰情"。《人间词乙稿序》说:"文学之事,其内足以摅己而外足以感人者,意与境二者而已。上焉者意与境浑,其次或以意胜,或以境胜。"又说:"夫古人词之以意胜者莫若欧阳公,以境胜者莫若秦少游,至意境两浑,则唯太白、后主、正中数人足以当之。"王国维的这些观点显然是出自王夫之。这里的意与境即情与景。意境从构成的角度看,实际上也就是情与景,"意与境浑"即情景交融。但王国维有时候说的"境"只是指景,而有时候说的"境"或"境界"实际就已经是指情景交融。这要看具体的使用,不必拘泥。在普遍使用情与景之前,古人多使用意与象。朱光潜说情趣与意象,也就是情与景。朱光潜认为能够达到情景吻合是汉魏古诗。在汉魏之前的作品中,情多胜于景。汉魏之后,景具有了独立意义。"古诗有许多专从'情'出发而不十分注意于'景'的,魏晋以后诗有许多专从'景'出发,除流连于'景'的本身外,别无其他情趣借'景'表现的。"这两种情况都达不到情与景的忻合无间,但也可以成为上品。④ 唐诗宋词中出现的那种意与境浑、情景交融的意境只是理想的审美形态之一,纯粹写景和纯粹抒情的形态同样也有成功的范例。朱光潜对魏晋前后的古今之变与刘勰和钟嵘有同样的敏感。古人把自然景物作为比兴的手段,魏晋之后自然景物则成为独立的吟咏对象。朱光潜分析的几种情况,实际就是王国维说的以境胜、以情胜或意与境浑。

王国维说"一切景语皆情语",在我们的语法分析中是成立的,因为情与景是一种语法关系,写景就是抒情。但这句话在王国维自己的系统中反而是不成立的,因为王国维所说的"情",是自然情感或道德情感,而不是形式的审美情感。王国维早年虽然熟悉康德和叔本华,但对于文学中自然景物的独立审美意义并没有认识,所以他并不重视自然景物引起的审美情感。在这一点上,王国维与刘勰、钟嵘是一样的。按王国维所说的

---

① (宋)范晞文:《对床夜语》卷2,《历代诗话续编》,丁福保辑,中华书局1983年版,第417页。
② (明)谢榛:《四溟诗话》卷3,《四溟诗话·姜斋诗话》,人民文学出版社1961年版,第69页。
③ (清)王夫之:《夕堂永日绪论·内编》,《四溟诗话·姜斋诗话》,第150页。
④ 朱光潜:《诗论》,《朱光潜全集》第3卷,第69页。

情,"秋兰被长坂,朱华冒绿池"这样的景语就不是情语,因为它并没有传达出王国维所推崇的自然情感或道德情感。王国维说这句话的时候,实际上是把景语当作了表现自然情感和道德情感的手段。

朱光潜在讨论意象与情趣的关系时,也没有区分这一点。他开始讲直觉,直觉产生的情趣是意象自身的,也就是康德、克罗齐意义上的审美情感。后来讲情趣与意象的契合,实际上已经转移到了自然情感和道德情感。事实上,审美情感与对象的形式是无法不契合的,因为前者就是由后者引发的。自然情感和道德情感需要从无形转变为有形,即把形式赋予无形的情感。我们在《比兴篇》中从哲学语法的角度探讨了兴的变义。兴就是把未成形的情感经验赋予形式,这种形式就是象或景。

情感经验的成形是一个创造的过程。生活中存在着大量的情,却不一定获得表现,或者即使表现出来,也不一定采用了美的形式。生活中也存在着大量的景,却不一定表现情感,或者即使表现了情感,这种被表现的情感也未必有意义。情与景的结合就是一个使情感获得形式的过程,在这个过程中情感和景物同时获得了价值。能够自如地将形式赋予情感的就是天才。普通人不是没有情感,而仅将情感保持在原始的状态,也不是不能感觉到意象,而是不能感觉到意象的美。大量平庸的作品,可能既写了情也写了景,但很难说二者之间有什么必然的联系。

王夫之把情景关系概括为三种模式,王国维把情景的表现分为隔与不隔,而朱光潜则进一步提出情景表现的隐与显。对于王国维所谓的隔与不隔,朱光潜是从情景关系的角度来理解的,认为情景契合就是不隔,否则就是隔。有的研究者仅从语言表达、使用典故的角度讨论这个问题,反而错失了这一关键之处。王国维说"语语都在目前,便是不隔"。据此,朱光潜把问题从隔与不隔延伸到了隐显之分。朱光潜认为文学理论中有重隐与重显的两派,王国维属于重显的一派。而朱光潜自己的主张是"写景宜显,写情宜隐"。"写景诗宜于显,言情诗所托之景虽仍宜于显,而所寓之情则宜于隐"[1],有的学者对朱光潜的这种观点提出疑问,认为写情不一定隐,很多写情显的作品同样优秀,而很多写情隐的作品也同样可以做到不隔。[2] 其实这一点朱光潜何尝看不出来。他明确说"这两派诗虽不同,仍各有隔与不隔之别,仍各有好诗和坏诗"[3]。朱光潜在这里只是认为王国维

---

[1] 朱光潜:《诗论》,《朱光潜全集》第 3 卷,第 58 页。
[2] 叶嘉莹:《王国维及其文学批评》,河北教育出版社 1997 年版,第 219 页。
[3] 朱光潜:《诗论》,《朱光潜全集》第 3 卷,第 54 页。

"语语都在目前"的标准过于偏重显而已（我们认为，王国维的确存在这种倾向），并未否认有些不隐的作品同样是一流的，或有些隐的作品同样是不隔的。他认为，显易流于粗浅，隐易流于晦涩，但显也有不粗浅的，隐也有不晦涩的。而写情宜显、写景宜显的主张，正是为了避免写情粗浅和写景晦涩这两种弊病。朱光潜又说"有艺术而不叫人看出艺术的痕迹来，有才气而不叫人看出才气来，这也可以说是'隐'"[①]。朱光潜以"露才"不"不露才"来区分显和隐，对隐显的理解非常独到而且精辟，完全可以杜批评者之口。李白、岑参、苏轼、辛弃疾等人有许多写情显而不隔的优秀之作，朱光潜当然不会否认。然而与陶渊明相比，又都不免有露才之嫌。在这个意义上谈论隐显，就不得不承认陶渊明最为上乘。这是连苏轼都要承认的。我们觉得在这个问题上朱光潜没有多少值得指摘之处。朱光潜自己对那些批评也表示不能接受。[②]

写情宜隐、写景宜显一方面可以说是朱光潜个人的一种审美取向，另一方面其实也是中国古典美学的一个理想。这个理想其实就是"状溢目前"和"情在词外"或"含不尽之意见于言外，状难写之景如在目前"。朱光潜又用"不着一字，尽得风流"和"羚羊挂角，无迹可求"作为自己的注脚。但不同的人尽可以反对这种取向或理想，其实王国维本人在古典诗词的评价上就有很强的个人取向。

朱光潜主张写情宜隐、写景宜显的意义不在于提供一种普遍认同的审美取向，而在于构筑了讨论情景关系的逻辑空间。这个空间就是，情与景、隔与不隔、隐与显的各种可能组合。在这个空间中，情与景都各有隔与不隔之分，同时又有隐与显之分，而隔与不隔也各有隐与显之分，隐与显又各有隔与不隔之分。

因此，就隔、不隔与隐、显的关系而言，不仅存在显而不隔、隐而隔的情况，也存在显而隔、隐而不隔的情况。就情、景与隐、显的关系而言，不仅存在情隐、景显的情况，也存在情显、景隐的情况。但朱光潜为了纠正王国维的偏颇，只讨论了情隐和景显的情况。质疑朱光潜的人无非是看到了其他可能的组合，即情显和隐而不隔的情况。

情景关系的三种不同模式本身就能影响到情景的隐显。一般来说，景胜于情，则景显而情隐；情胜于景，则情显而景隐。这是根据情景构成的分量来看隐显的。当然，隐显的分别并不完全由情景在作品中的分量决

---

① 朱光潜：《诗的隐与显》，《朱光潜全集》第3卷，第359页。
② 朱光潜：《诗的隐与显》，《朱光潜全集》第3卷，第364页注。

定,而且情景比例也很难精确化。在情景交融、意与境浑的情况下,就难以确定究竟是情胜于景还是景胜于情。因此还要考虑影响情景隐显的其他因素,比如语言使用的华与朴,情感表现的直与曲,蕴含的多与少。无论情景关系如何,对情景的表现都有华丽与质朴、含蓄与直率、用力与不用力、露才与不露才的区别,那么情景的表现特征就依然有隐显之不同。另外,隐显总是相比较而言,文学语言与日常语言和科学语言而言,总体上都是富于蕴含的。而在文学语言内部谈论隐显,则是就不同作家、不同作品甚至同一作品的不同部分相对而言的。所以谈到情景的隐显时,采用的标准往往不一,有时候是混合的。

对于朱光潜主张写情宜隐写景宜显的主张,质疑者已经指出写情显而成功以及写情隐而不隔的情况,我们就不再赘述。以下我们结合诗人和作品的具体情况对情景在隐显方面的表现特征略作说明。这种说明只是选择一些代表性的情况,不求穷尽所有可能。同时也不是针对一个作家的所有作品,甚至也不是针对整个作品,而是作品中的某些部分。

刘勰说《诗经》或"一言穷理",或"两字连形","以少总多,情貌无遗","四序纷回,而入兴贵闲;物色虽繁,而析辞尚简;使味飘飘而轻举,情晔晔而更新"。(《文心雕龙·物色》)《诗经》写景不求细密而尚简洁,不求逼真而尚梗概,就可以说是隐而不隔。对于《诗经》的情感表现,我们与朱光潜的观点一致,即《诗经》中的作品很少有能达到情感恰好隐于意象的程度。一方面,《诗经》的情感表现大多是直接率真的;另一方面,《诗经》中的景物描写又是简洁质朴的,因此可以说《诗经》的总体特征是情显而景隐。

与《诗经》相比,楚辞可以说是情景俱显。但汉代辞赋以及晋宋以来的山水文学主要继承了楚辞景显的一面:

> 及《离骚》代兴,触类而长,物貌难尽,故重沓舒状,于是嵯峨之类聚,葳蕤之群积矣。及长卿之徒,诡势瑰声,模山范水,字必鱼贯,所谓诗人丽则而约言,辞人丽淫而繁句也。
>
> 自近代以来,文贵形似,窥情风景之上,钻貌草木之中。吟咏所发,志惟深远,体物为妙,功在密附。故巧言切状,如印之印泥,不加雕削,而曲写毫芥。故能瞻言而见貌,即字而知时也。(《文心雕龙·物色》)

这种"情必极貌以写物,辞必穷力而追新"(《文心雕龙·明诗》)所造成的形态就是显而不隔，也就是朱光潜前面所说的那些专写景而无情趣的作品。写景的显而不隔，是魏晋南北朝文学在表现自然美方面的巨大成就，但这一点并不被重风骨的思想所重视。风清骨峻，骨气奇高，都是情感表现的显。而刘勰、钟嵘经常说的"形似""巧似""形状"都是景物描写的显。一般来说，自然景物有自己的审美特征，如果写景达到显的程度，就会把读者的注意力吸引到景物自身的美上面，这时作品所引发的是纯粹的审美情感。我们可以不在乎作者所表现的生活情感，而只关注自然本身的美。而写情达到显的程度，景物就成了陪衬，我们注意的是主体要表现的生活情感，而不是无利害的审美情感。纯粹写景（没有寄托）和纯粹抒情（不借景抒情）的作品，只需在字面或明面上去理解，并无甚深的蕴含，但同样可以达到诗歌的最高境界。

根据钟嵘，五言诗的发展有三个源头，分别是《诗经》的国风、小雅和楚辞。在情感表现上，可以说国风和楚辞都有显的特征。但在景物的描写上，国风隐而楚辞显。

受国风影响的诗人有两支。古诗、刘桢、左思这一支的特点可以说是情显而景隐。古诗在情感表现上一唱三叹，真挚感人，同时也直抒胸臆，自然率真。在这一点上我们和朱光潜看法不同，认为古诗写情相对而言是显的。如："人生寄一世，奄忽若飙尘。何不策高足，先据要路津。无为守穷贱，轗轲长苦辛。""生年不满百，常怀千岁忧。昼短苦夜长，何不秉烛游。""明月何皎皎，照我罗床帏。忧愁不能寐，揽衣起徘徊。"这些情感表现都是显性的。而古诗对景物的描写，则简洁质朴，不事刻削，因而是隐性的，如："青青河畔草，郁郁园中柳。盈盈楼上女，皎皎当窗牖。""东城高且长，逶迤自相属。回风动地起，秋草萋已绿。""驱车上东门，遥望郭北墓。白杨何萧萧，松柏夹广路。"刘桢最具代表性的作品是《赠从弟》："亭亭山上松，瑟瑟谷中风。风声一何盛，松枝一何劲！冰霜正惨凄，终岁常端正。岂不罹凝寒？松柏有本性。"（其二）刘桢写情同样是显性的，所谓"高风跨俗，真骨凌霜"，但写景却自然质朴，所谓"气过其文，雕润恨少"。左思《咏史》"长啸激清风，志若无东吴。铅刀贵一割，梦想骋良图"。"功成不受爵，长揖归田庐。""世胄蹑高位，英俊沉下僚。""冯公岂不伟，白首不见招。"等诗句都是直抒胸臆甚至带有议论的色彩，因而是显性的。钟嵘"野于陆机，而深于潘岳"之评遭沈德潜、陈祚明、刘熙载等人质疑，或以为"野"当作"浅"。但从"质胜文则野"的角度来理解，谓之"野"并无不可。就情景而言，则是情显景隐。在创作上情显而景隐的还有曹操，其中最典型的如《蒿里行》："铠甲生虮虱，万姓以死亡。白骨露于野,千里无鸡鸣。生民百遗一,念之断人肠。"钟嵘说"曹公古直,甚有悲凉之句",写景"古直",可谓其景隐,抒情悲凉,可谓其情显。

受国风影响的另一支是曹植、陆机、谢灵运等人。曹植、陆机作品的主要特征是情景俱显。曹植在情感表现上最能代表时代精神,志深笔长,梗概多气,骨气奇高,情兼雅怨。曹植写景的显当然还不能与后面的晋宋诗人相比,但在当时不得不说已开晋宋先声。如《杂诗》"高台多悲风,朝日照北林",《箜篌引》"惊风飘白日,光景驰西流",《公宴诗》"秋兰被长坂,朱华冒绿池。潜鱼跃清波,好鸟鸣高枝",《赠丁仪诗》"初秋凉气发,庭树微销落。凝霜依玉除,清风飘飞阁",这些所谓"词采华茂"的句子就造成了写景的显。

谢灵运的主要特征是情隐而景显。最著名的莫过于"池塘生春草,园柳变鸣禽",其他如"林壑敛暝色,云霞收夕霏"(《石壁精舍还湖中作》),"白云抱幽石,绿筱媚清涟"(《过始宁墅诗》),"明月照积雪,朔风劲且哀"(《岁暮》),这些诗句对景物的描写都是显性的。谢灵运做不到陶渊明那样超然,但玄学和佛学的影响多少冲淡了那些抑郁不平之气,所以也不像建安诗人那样慷慨任气,其情感表现其实是一种隐的状态。张协"巧构形似之言",而谢灵运"杂有景阳之体。故尚巧似","形似""巧似"都构成了写景的显。

楚辞的特征本身是情景俱显,但源出楚辞的李陵诗与楚辞的相似之处主要是情感的哀怨,而旧题李陵诗在风格上其实与古诗非常接近,景的表现则较楚辞为隐。而李陵之后的王粲、潘岳、张协、鲍照一支则继承了楚辞情景俱显的特征。这里仅以鲍照为例。鲍照诗虽在中品,但在审美特征的渊源上却最为丰富:"其源出于二张,善制形状写物之词,得景阳之諔诡,含茂先之靡嫚。骨节强于谢混,驱迈疾于颜延。总四家而擅美,跨两代而孤出。"(《诗品·鲍照》)鲍照情感表现之激烈,不仅超过前面的建安,也为后世所不及,如《拟行路难》"对案不能食,拔剑击柱长叹息!丈夫生世会几时,安能蹀躞垂羽翼?""自古圣贤尽贫贱,何况我辈孤且直!""人生亦有命,安能行叹复坐愁!酌酒以自宽,举杯断绝歌路难。心非木石岂无感?吞声踯躅不敢言。"鲍照有《学刘公干体诗》,但与刘桢相比,写景远为炫丽多姿,如"连冰上冬月,披雪拾园葵","暄暄寒野雾,苍苍阴山柏。树迥雾紫集,山寒野风急","回风荡流雾,珠水逐条垂","雁行缘石径,鱼贯度飞梁。箫鼓流汉思,旌甲被胡霜。疾风冲塞起,沙砾自飘扬。马毛缩如蝟,角弓不可张"。(《代出自蓟北门行》)鲍照写景的显，同样可以用"雕藻淫艳，倾炫心魄"来描述，即使在同类中也可谓独树一帜。

受小雅影响的诗人只有阮籍一人，其特征是情景俱隐。代表阮籍特点的当然是《咏怀诗》。阮籍虽然在诗中直言"伤心""心悲""哀伤""感伤"，但所伤何事，难以情测，其写景则"无雕虫之功"，不事渲染，因此可以说情景俱隐。

情景俱隐最典型的当然是陶渊明。陶诗写情的隐已在前面讨论，陶诗写景同样是隐的，如：

> 方宅十余亩，草屋八九间。榆柳荫后檐，桃李罗堂前。暧暧远人村，依依墟里烟。狗吠深巷中，鸡鸣桑树颠。户庭无尘杂，虚室有余闲。(《归园田居》之一)

写景如此，可谓隐而不隔。其他如"寒竹被荒蹊，地为罕人远"，"平畴交远风，良苗亦怀新"(《癸卯岁始春怀古田舍二首》)，"蔼蔼堂前林，中夏贮清阴；凯风因时来，回飙开我襟"(《和郭主簿》之一)。这里的"隐"就是朱光潜说的不露才，含有自然质朴，不事雕琢的意思。与此相反，刻意雕琢，豁人耳目，就表现为显。我们曾在《文质篇》分析陶谢之自然从对象上看有田园与山水之不同。按说，山水比田园更自然。但山水在谢灵运那里是道的显现，田园在陶渊明那里却是隐居的场所。所以在他们笔下，谢灵运的山水就是显性的，而陶渊明的田园则是隐性的。在后人看来，陶比谢更自然。陶渊明诗被世人叹为"质直"，钟嵘为其辩护说像"欢言酌春酒""日暮天无云"等诗却不只是"田家语"。但即使在这种"风华清靡"的作品中，景物描写与谢灵运相比也仍然是隐性的。

以上粗略地讨论了情景关系表现为隐显所形成的几种可能情况，即：情显而景隐；情隐而景显；情景俱显；情景俱隐。我们指出情与景的四种组合，既不是要把古典诗词在形态上分为整齐的四类，更不是用这四种方式来指导创作，而是在前人的基础上对情景关系以及作品的隐显形态作进一步的描述，同时澄清对隐显这两个概念的一些误解。文学创作并不遵循任何一种理论规划的路线，理论只是帮助人们理解创作中的现象。王夫之在讨论情与景关系的时候曾批评某些人的固陋，即机械地把作品割裂为"一联写景，一联写情"之类。情景的隐显之分同样如此。

第九章　刚柔篇

审美对象和文学作品呈现为多种多样的审美形态，这些审美形态的差异有的表现为性质的不同，有的表现为程度的不同。无论是中国还是西方，人们都对两种性质相反的审美形态特别敏感。这两种经典的审美形态在中国被称为阳刚和阴柔，在西方被称为优美和崇高。《文心雕龙·体性》篇说："气有刚柔"，是说人的气质、个性乃至整个生命力有刚柔强弱之不同，而气的刚柔又决定了作品形态的刚柔，"风趣刚柔，宁或改其气"。刘勰后面所列八体中，"壮丽"和"轻靡"分别属之。"壮丽者，高论宏裁，卓烁异采者也"，"轻靡者，浮文弱植，缥缈附俗者也"。不过，确切地说，只有"壮"和"轻"与刚柔有关，"丽"和"靡"属于"文质"的范畴。

第一节　刚柔与风骨、气韵

刚柔本来指事物属性的坚硬和柔软，引申为性情的刚强柔弱。《易传》把阴阳观念与刚柔观念结合起来，以解释世界的生成、发展和变化。汉代的元气论认为，包括人在内的天地万物都是由气构成的，因为禀受了不同的气，所以表现出不同的形态和属性。王充认为，人的善恶、贤愚甚至祸福寿夭都是因为禀气不同造成的，"人之善恶，共一元气，气有少多，故性有贤愚"，"禀气有泊厚，故性有善恶也"。[1] 刘劭《人物志·九征》说："凡有血气者，莫不含元一以为质，禀阴阳以立性，体五行而著形。"[2] 由此也可以推论，主体生命力的强弱和性情的刚柔也是由于禀气不同而形成的。正是在这一哲学基础上，曹丕开始以气论文：

---

[1] 黄晖撰：《论衡校释》，卷2《率性》，中华书局1990年版，第81页。
[2] （三国魏）刘劭：《人物志》，文学古籍刊行社1955年版，第1页。

> 文以气为主，气之清浊有体，不可力强而致。譬诸音乐，曲度虽均，节奏同检，至于引气不齐，巧拙有素，虽在父兄，不能以移子弟。(《典论·论文》)

受现代汉语"为主"一词的影响，今人在语感上不能准确体会"文以气为主"这句话的意思。现代汉语说"为主"，往往是指众多因素中的主要因素或重要因素。但曹丕在这里的意思并不是说，有许多影响作文的因素，其中"气"是最重要的。这里的"为主"意思是"作为主宰、主使"的意思，也就是说，文章的表现以气为主宰，由气所决定。刘若愚把这句话翻译为：In literature, the main thing is Ch'i.① 这样理解显然是受了现代汉语"为主"一词的影响。根据曹丕的意思，这句话可以翻译为：Writing is determined (or dominated) by Ch'i. 曹丕所说的"气"，一般都认为是主体的气质、个性、才能等，表现在作品中，就是作品的风格。这样理解当然不错，但考虑到前面的哲学基础，"气"的意义其实是比较笼统的，不必理解得过于精确。相比而言，叶朗的解释更好一些："就是指艺术家的生命力和创造力"②，这样就涵盖了气质、个性、才能、智慧等主体因素，而又不只是这些具体因素。也就是说，"气"是主体的整体生命特征和表现形态。其实这一点徐复观早已指出。③ 曹丕所举音乐演奏的例子，就是说文本(乐谱)是客观的、潜在的，但不同的主体把它演奏出来，就会表现出主体方面的不同特征，如精力的强弱，理解的不同，技术的巧拙，从而呈现为不同的形态。人的生命、精神形态有清浊之分，在作品中也就形成了清浊的形态。清和浊的意义，曹丕没有明确解释。有人认为，清近于刚，浊近于柔。④ 这种说法不是没有依据，按照元气论的说法，天地由气形成，轻清者形成天，重浊者形成地，天是阳刚的，地是阴柔的。不过这种理解用在人身上未必合适。从东汉到魏晋，以清浊论人已经非常普遍，一般都是指善恶、美丑而不指阳刚阴柔。清浊虽然未必就是刚柔，但曹丕论文确有刚柔之分，并且以阳刚为贵。

> 王粲长于辞赋，徐干时有齐气，然粲之匹也。如粲之《初征》、《登楼》、《槐赋》、《征思》，干之《玄猿》、《漏卮》、《圆扇》、《橘

---

① 〔美〕刘若愚：《中国文学理论》，杜国清译，江苏教育出版社2006年版，第16页。
② 叶朗：《中国美学史大纲》，上海人民出版社1985年版，第219页。
③ 徐复观：《中国文学精神》，上海书店出版社2004年版，第86页。
④ 郭绍虞：《中国历代文论选》第1册，上海古籍出版社1979年版，第162页注27。

赋》,虽张、蔡不过也。然于他文,未能称是。琳、瑀之章表书记,今之隽也。应玚和而不壮;刘桢壮而不密。(《典论·论文》)

刘桢和王粲是公认的七子之冠冕,但在气质个性以及作品风格上,恰好一刚一柔。"壮而不密"是指刘桢作品风格遒劲刚健,但辞藻不够绵密。曹丕还说"公幹有逸气,但未遒耳,其五言诗之善者,妙绝时人"。"逸"是奔放超拔之意,与"壮"相应,但"遒"在这里应该不是劲健的意思,否则"未遒"与"壮""逸"矛盾。有人说此处"遒"是"密集"之意,与"壮而不密"相近,可从。① 钟嵘对刘桢的认识与曹丕是一致的:"仗气爱奇,动多振绝。真骨凌霜,高风跨俗。但气过其文,雕润恨少。"(《诗品·刘桢评语》)也是说刘桢富于刚健挺拔之气,但在文辞方面的雕琢不够细腻。与刘桢相反,王粲作品的特征是文辞秀美,而刚健不足。曹丕说:"仲宣独自善于辞赋,惜其体弱,不足起其文,至于所善,古人无以远过。"② "体弱"是整个生命力气势不足,当然包括肉体方面的。这种生命力的柔弱,造成了王粲作品的"文秀而质羸"。刘桢和王粲的不同特征可以从各自作品中看出:

亭亭山上松,瑟瑟谷中风。风声一何盛,松枝一何劲。冰霜正惨凄,终岁常端正。岂不罹凝寒,松柏有本性。(刘桢《赠从弟三首》其二)

荆蛮非我乡,何为久滞淫。方舟泝大江,日暮愁我心。山冈有余映,岩阿增重阴。狐狸驰赴穴,飞鸟翔故林。流波激清响,猿猴临岸吟。迅风拂裳袂,白露沾衣襟。独夜不能寐,摄衣起抚琴。丝桐感人情,为我发悲音。羁旅无终极,忧思壮难任。(王粲《七哀诗三首》其二)

在文辞上,一朴一华,在情感力度上,一刚一柔。除了刘桢和王粲,曹丕也称赞了其他作家在气势方面的刚健清拔,如"孔融体气高妙,有过人者",孔融是汉末清流,凌轹时辈,高自标持,难免"理不胜词",恃才傲物,对看不惯的东西就会"杂以嘲戏",如讽刺曹操"武王伐纣,以妲

---

① 李泽厚、刘纲纪:《中国美学史·魏晋南北朝编》,安徽文艺出版社1999年版,第42页注。
② (三国魏)曹丕:《又与吴质书》,载严可均辑《全三国文》卷七,商务印书馆1999年版,第66页。

己赐周公"之类。① 孔融在生活和创作中的这些表现，基于他在道德上的自信，这就是所谓"体气高妙"。如果孔融在道德上的标持无往而不胜，不给他带来肉体上的摧残，那他就是席勒所说的"伟大"（详后）。如果由此而带来杀身之祸，那他就造就了崇高。伟大和崇高都是阳刚的。曹丕还说陈琳"章表殊健"（《又与吴质书》），刘勰也说"陈琳之檄豫州，壮有骨鲠"（《文心雕龙·檄移》），可见陈琳作品带有阳刚特征。曹丕评徐干说"时有齐气，然粲之匹也"（《典论·论文》），从语气上看，"齐气"带有贬义，古注认为是"舒缓"之气，应该是偏于阴柔的。但既然是"时有"，就不是总有，所以刘勰还说他"时逢壮采"，又有阳刚的一面。总的来说，曹丕对刚健的形态是赞赏的，对柔弱的形态则有微词。

在建安和正始时期，对慷慨悲壮、刚健挺拔的审美形态的崇尚和追求，既表现在理论上，也表现在创作中。但西晋以后，就只剩下了理论的推崇。刘勰说西晋"采缛于正始，力柔于建安"（《文心雕龙·明诗》），钟嵘说东晋"建安风力尽矣"，正好说明了这两个方面的问题。

《文心雕龙》研究者为风骨作了数不清的解释，虽然这些解释显得"众说纷纭"，但在我们看来其中的分歧并没有声称的那么大，也没有声称的那么重要。梳理一下有关争论，可以得出两点都能接受，也是最关键的结论：其一，风骨是慷慨悲壮、刚健遒劲的文学（艺术）形态和特征；其二，这种形态的典范是建安文学。有了这两点共识，其他细节上的分歧就无关紧要了。要紧的倒是，刘勰的风骨范畴是否像上面概括的那么单纯，刘勰和钟嵘对风骨的认识是否一致，风骨与西方的崇高能否通约。

自然界的风是空气的流动，所以能吹动、影响事物。骨是人体的主干、骨架，所以是稳固、刚健的。用风、骨形容人的精神、作品的形态，无非是从这两个意义引申出来的。《世说新语》说李膺"谡谡如劲松下风"（《世说新语·赏誉》），这里的"风"是自然界的风，但形容的是人的精神，其意义已经显示出由自然界的风向主体精神的风的过渡。王羲之评祖士少："风领毛骨，恐没世不复见如此人。"（《世说新语·赏誉》）风指风度，毛骨指容貌，从形神论的角度看，风是神，骨是形。魏晋南北朝时期，绘画的对象主要是人物，所以人物品藻中使用的风骨也用在绘画理论中。顾恺之经常使用"骨法""奇骨""天骨"等描述画中人物的形态，

---

① （东汉）孔融：《与曹公书》，载严可均辑《全后汉文》卷八十三，商务印书馆1999年版，第840页。

而骨与"神气"是不同的。① 谢赫评张墨、荀勖说:"风范气候,极妙参神。但取精灵,遗其骨法。若拘以物体,则未见精粹。若取之象外,方厌膏腴,可谓微妙也。"② 也可见骨指形体,风指精神。但是,当风、骨或骨、气连称时,就侧重于精神风度了。如"旧目韩康伯:将肘无风骨"(《世说新语·轻诋》),既指形体也指精神。殷浩称王羲之"清鉴贵要",注引《晋安帝纪》曰:"羲之风骨清举也"③,则是指精神。谢赫评曹不兴画说"观其风骨,名岂虚哉",也指精神。汤用彤说:"汉代相人以筋骨,魏晋识鉴在神明。"④ 张少康先生说:"'骨体'属于人的外形方面的特征,因而汉代识鉴人物是以形鉴为主的。魏晋以后,玄学兴起,强调人物的才性主要由其精神气质上来识别,提倡神鉴,重在考察人的情味风韵特征。"⑤ 所以,在魏晋南北朝,即使说"骨",有时指的也是精神方面的,如"时人道阮思旷:骨气不及右军"(《世说新语·品藻》)。

虽然"骨"获得了与风、神、气同样的地位,但在不同的组合中,这些词的意义仍有差异。徐复观据刘勰"气有刚柔"推论,"刚者为骨,柔者为风"⑥,但又认为风也可分出刚柔:

大抵当时称"风神"、"风韵",则指的是一种飘逸雅淡的仪态;称"风气",则指的是一种豪迈俊爽,生命力充溢丰满的仪态。……所谓"骨气"或"骨"指的是一种坚严难犯的仪态。⑦

徐复观的说法基本上是成立的。中国语言的单音词组合成双音词后,原来的意义会有所改变。"气"本来是有刚柔的,但组成"骨气""气势"就成为刚性的了,以至于单说"气"的时候,也仅指刚性的,如钟嵘以气论诗就是这样。"风"本来也可以有刚柔,但与神、"韵"组合,就是柔性的,与"骨""气"组合就是刚性的。

古人把书法作品与人的生命体类比,认为书法也像人一样有骨肉、神

---

① 王运熙、杨明:《中国文学批评通史·魏晋南北朝卷》,上海古籍出版社1996年版,第452页。
② (南朝齐)谢赫:《古画品录》,载严可均辑《全齐文》卷25,商务印书馆1999年版,第260页。
③ 徐震堮:《世说新语校笺》,中华书局1984年版,第260页。
④ 汤用彤:《魏晋玄学论稿》,生活·读书·新知三联书店2009年版,第39页。
⑤ 张少康:《文心雕龙新探》,齐鲁书社1987年版,第135页。
⑥ 徐复观:《中国文学精神》,第93页。
⑦ 徐复观:《中国文学精神》,第92页。

气,所以也用风骨品评书法。袁昂《古今书评》说:"蔡邕书,骨气风远,爽爽为神。"《评书》说:"王僧虔书,犹如扬州王谢家子弟,纵复不端正,奕奕皆有一种风气。"①(徐复观谓:梁武帝《今古书人优劣评》评蔡邕"骨气洞达,奕奕如有神力"。评王僧虔"纵复不端正,奕奕皆有一种风流气骨"。②)传为卫夫人所作的《笔阵图》说:"善笔力者多骨,不善笔力者多肉。多骨微肉者谓之筋书,多肉微骨者谓之墨猪。多力丰筋者圣,无力无筋者病。"③梁武帝《答陶弘景书》:"纯骨无媚,纯肉无力","肥瘦相和,骨力相称,婉婉暖暖,视之不足,棱棱凛凛,常有生气"。④书法不能像语言那样直接表现思想情感,也不能像绘画一样表现人物的神态,只能通过线条形成形式美。所谓骨、肉云云,无非是人们把对事物形成的刚柔等感觉赋予了书法的线条和结构。

谢赫《古画品录》把"气韵生动"作为绘画的最高境界。徐复观认为,气是"表现在作品中的阳刚之美",韵是"表现在作品中的阴柔之美"。⑤这种理解对整个中国美学而言是有道理的,但谢赫有时讲气韵并未刻意区分刚柔,与气韵相对的是形体和色彩。如前面所说的"风范气候,极妙参神。但取精灵,遗其骨法。若拘以物体,则未见精粹。若取之象外,方厌膏腴,可谓微妙也"。他评顾骏之"神韵气力,不逮前贤;精微谨细,有过往哲"。与"神韵气力"相对的是"精微谨细",但"神韵"和"气力"已经有了阴柔和阳刚的分别。谢赫评陆绥"体韵遒举,风彩飘然。一点一拂,动笔皆奇"⑥。"力遒""韵雅"也是刚柔之分。

风骨、气韵都经历了一个意义逐渐凝固的过程,其间词义的一些变化是耐人寻味的。在形神的意义上,风、骨、气、韵、神最初都无所谓刚柔,都指人或对象的内在精神或本质而言,所以与它们相对的概念往往是形体、色彩、技巧。在事物表现形态的刚柔的意义上,上述词语开始了分化和组合。在我们接触到的思想中,只有徐复观对这一点是敏感的。他指出,"气韵"一词,分开讲,气刚韵柔。合起来讲,则意义偏于"韵"。⑦不过徐复观对自己的发现过于执着,把上述概念在刚柔未分化时也强作分

---

① (南朝梁)袁昂:《古今书评》、《评书》,载严可均辑《全梁文》卷48,商务印书馆1999年版,第515—516页。
② 徐复观:《中国文学精神》,第92页。
③ 北京大学哲学系美学教研室:《中国美学史资料选编》上册,中华书局1980年版,第160页。
④ (南朝梁)萧衍:《答陶弘景书》,载严可均辑《全梁文》卷6,第58页。
⑤ 徐复观:《中国艺术精神》,华东师范大学出版社2001年版,第107页。
⑥ (南朝齐)谢赫:《古画品录》,载严可均辑《全齐文》卷25,第260页。
⑦ 徐复观:《中国艺术精神》,第108—109页。

别。如把谢赫评张墨、荀勖的"风范气候,极妙参神",王平子"称其儿风气日上",吕安"有拔俗风气",① 陆绥的"体韵遒举,风采飘然"等都作了阴柔的理解。风神、风气、风韵、风骨、骨气本来都指精神而言,但后来则风神、风韵、神韵偏于阴柔,而风骨、风力、骨气、气势甚至单纯一个"气"字都偏指阳刚。

在这样一种语境中,刘勰和钟嵘使用的风骨、风力就是指一种刚健的审美形态:

> 若丰藻克赡,风骨不飞,则振采失鲜,负声无力。是以缀虑裁篇,务盈守气,刚健既实,辉光乃新。其为文用,譬征鸟之使翼也。
>
> 夫翚翟备色,而翾翥百步,肌丰而力沈也;鹰隼乏采,而翰飞戾天,骨劲而气猛也。文章才力,有似于此。若风骨乏采,则鸷集翰林;采乏风骨,则雉窜文囿;唯藻耀而高翔,固文笔之鸣凤也。(《文心雕龙·风骨》)

刘勰把作品比作鸟,风骨就是鸟高飞和远征的力量,则风骨作为一种刚健遒劲的形态是确凿无疑的。人们关于风骨的争论多集中在风和骨各自的意义上。

黄侃"风即文意,骨即文辞"的说法过于简单,已为多数人所不取。其实,意与辞是一个东西的两种呈现方式,其分别是逻辑上的、形式上的,而不是事实上的、实质上的。(参见《文质篇》)而风和骨如果要分开来讲,却是同一层次的两个东西,其分别是事实上的、实质上的。所以黄侃此说注定不通。风骨作为一个词,其意义就是我们上面概括的。那么,如果一定要把风、骨分开解释,则可以说风是情感的、感性的,骨是思想的、理性的。这种理解最早也是徐复观提出的,"由内容以言风骨,则情是主观的、热的、流动的,所以抒情之文,多偏于风;事义是客观的、冷的、静的,所以叙事言理之文,多偏于骨"②。其他几种代表性的观点与此大同小异。如李泽厚、刘纲纪认为,风的力是一种外向的、飞动的、情感的力,骨的力是一种内向的、凝聚的、理性的力;③ 叶朗认为,风是一种情感的力量,而骨则是一种逻辑的力量。④ 张少康先生认为,"风

---

① 徐震堮:《世说新语校笺》,《简傲》注引《晋阳秋》,中华书局1984年版,第412页。
② 徐复观:《中国文学精神》,第98页。
③ 李泽厚、刘纲纪:《中国美学史·魏晋南北朝卷》,第702页。
④ 叶朗:《中国美学史大纲》,第234页。

侧重于指作家主观的感情、气质特征在作品中的体现；骨则侧重于指作品客观内容所表现的一种思想的力量"①。我们认为以上说法都是可以成立的。《风骨》篇说："怊怅述情，必始乎风"，"情之含风，犹形之包气"，"意气骏爽，则文风清焉"，"深乎风者，述情必显"，"思不环周，索莫乏气，则无风之验也"，可见风的形成与情感的表现密切相关；"沈吟铺辞，莫先于骨"，"辞之待骨，如体之树骸"，"结言端直，则文骨成焉"，"练于骨者，析辞必精"，"瘠义肥辞，繁杂失统，则无骨之征也"，又可见骨的形成与语言精练、思想正确、逻辑清晰有关。

刘勰所谓风骨是指一种刚健的形态，已经没有疑问，但刘勰所指的这种形态，是以建安文学为代表的吗？从刘勰对建安文学的评价来看，也应该没有疑问。他对比建安与西晋诗风也体现了这一点："晋世群才，稍入轻绮。张潘左陆，比肩诗衢，采缛于正始，力柔于建安。或析文以为妙，或流靡以自妍，此其大略也。"（《文心雕龙·明诗》）但刘勰在《风骨》篇中为风骨举了两个例子，一个是司马相如的《大人赋》，一个是潘勖的《九锡文》，它们都不是典型的建安文学。对此，王运熙的解释是，《大人赋》的内容虽然不值得肯定，"但其风貌比较清明爽朗，汉武帝读后飘飘有凌云之志，说明它有颇强的艺术感染力"。而《九锡文》则"刻意学习《尚书》典诰文体，语言质朴劲健，毫无华辞丽藻"②。这些当然都能够成为"风力遒"和"骨髓峻"的理由，但即使如此，仍然不能解释刘勰为什么不用曹植或刘桢作为例证。

钟嵘虽然没有对风力作明确界定，但其含义反而比较单纯。钟嵘与刘勰不同，他明确提出风力是建安文学的特征。并且他也明确表示，建安文学的优秀代表，第一是曹植，第二是刘桢。他评曹植说："骨气奇高，词采华茂，情兼雅怨，体被文质，粲溢今古，卓尔不群。嗟乎！陈思之于文章也，譬人伦之有周、孔，鳞羽之有龙凤，音乐之有琴笙，女工之有黼黻。俾尔怀铅吮墨者，抱篇章而景慕，映余晖以自烛。故孔氏之门如用诗，则公幹升堂，思王入室，景阳、潘、陆，自可坐于廊庑之间矣。"（《诗品·曹植评语》）评刘桢："仗气爱奇，动多振绝。真骨凌霜，高风跨俗。但气过其文，雕润恨少。然自陈思已下，桢称独步。"（《诗品·刘桢评语》）钟嵘对阴柔形态的贬抑也是明确的，他说王粲"文秀而质羸"，地位在刘桢之下，刘勰却说"仲宣溢才，捷而能密，文多兼善，辞

---

① 张少康：《文心雕龙新探》，第131页。
② 王运熙：《中国古代文论管窥》，齐鲁书社1987年版，第58页。

少瑕累,摘其诗赋,则七子之冠冕乎?"(《文心雕龙·才略》)即使在我们今天看来,王粲的文学成就也应该在刘桢之上。对源出王粲的张华,钟嵘说:"其体华艳,兴讬不奇,巧用文字,务为妍冶。虽名高曩代,而疏亮之士,犹恨其儿女情多,风云气少。"(《诗品·张华评语》)风力在钟嵘审美理想中的地位,由此也可见一斑。

应该说钟嵘对建安文学审美特征的概括不如刘勰精彩,把钟嵘对建安文学的定位和刘勰对建安文学的描述结合起来,风骨、风力的内涵就丰满而确定了。按我们的理解,它的内涵包括三种刚健的力量:感性肉体的力量,情感的力量和道德的力量。概括起来说,就是主体整体的生命力。

第二节 中西范畴的错位和对应

中国称为阳刚和阴柔的审美形态,在西方被称为崇高(sublime)和优美(beauty, the beautiful, grace, the graceful beauty)。崇高和优美这两个术语都是从西文翻译过来的,从字面上看,优美(grace)与阴柔之美的对应问题不大,但崇高和阳刚在日常语言中似乎就不那么对应。因为崇高主要是描述理性和道德的,而阳刚则是比较明确的感性形态。不过,从字的本来意义看,崇、高、阳、刚这些字词所描述的事物特征其实恰好是一类的。另外,从西方美学的角度看,中文崇高一词的道德含义恰好又传达出了这一审美形态的道德根源。所以用崇高翻译 sublime 是非常达意的,唯一的缺陷就是在日常使用上与阳刚的对应不那么整齐。为了显示与中国固有的刚柔概念的对应,sublime 有时也被翻译成壮美,这样中国的阳刚和阴柔就对应着西方的壮美和优美。而王国维则把崇高译为"宏壮"。朱光潜也曾经翻译成"雄伟"。我们认为这些翻译都体现了译者企图沟通中西美学的良苦用心,而且在某种程度上都是非常成功的。崇、高、壮、宏、雄、伟、大等汉语词汇,都从不同的角度揭示了 sublime 这一概念的内涵。

但有的研究者如周来祥、叶朗等人指出阳刚、阴柔与崇高、优美两对范畴不是完全对等的。主要区别在于,西方美学的崇高产生于主体与客体的对立冲突,崇高的对象是危险和可怕的,所以崇高感是夹杂着痛感的愉快;而阳刚之美则是和谐的,不产生痛感,所以仍然属于优美的范畴。这种观点指出了崇高的本质特征,也看到了中国美学通常所说的阳刚之美并不是典型的崇高。但因此就把阳刚归入优美,并否认中国美学中存在崇高的范畴和形态,也不能令人满意。对此,我们想指出:在自然和现实中,中国和西方都存在着崇高的对象,如狂风暴雨、惊涛骇浪、舍生取义、杀身成仁等等,所以,中国和西方就都有对崇高的反映和概括,但是,中国和西方的确有不同的审美追求和审美理想,所以阳刚的理想形态和崇高的理想形态就是有差异的。

阳刚和阴柔、崇高和优美都是对对象审美特征的描述。审美对象无非两种,一是自然(现实),二是艺术。就自然而言,无论是中国还是西方,人们面对的审美对象是大致相同的(暂不考虑不同文化对自然对象的不同选择)。在这种情况下,即使人们用不同的概念描述这些特征,这些概念也仍然是相通的。比如狂风暴雨、崇山峻岭之类是中西共同的审美对象,中国谓之阳刚,西方谓之崇高,此时阳刚与崇高意义就是相同的。就社会事物而言,虽然中西方具体的社会结构和社会矛盾不同,但任何社会都存在进步与落后、正义与邪恶的冲突,那些代表了正义和理想的英雄人物、英雄行为,在中国就是阳刚,在西方就是崇高。就艺术而言,不同文化中的艺术有不同的审美特征,比如唐代的边塞诗,中国谓之阳刚,古希腊的悲剧,西方谓之崇高。此时阳刚与崇高就有不同的意义。但是,把西方的悲剧置于中国语境,仍不得不谓之阳刚;而把边塞诗置于西方语境,仍不得不谓之崇高。那么,阳刚与崇高就仍然是相通的。

是什么原因造成有的学者认为这两对范畴是无法对应的呢?原因大致有二:一是中国和西方对这两对审美形态的形成原理和机制的解释不同。二是中国美学最典型的阳刚形态与西方美学中最典型的崇高形态是不同的,或者说,最理想的阳刚和最理想的崇高在形态上是有差异的。

就第一点而言,其实对审美形态的形成机制的不同解释并不构成审美形态本身的差异。即使两种相同的审美形态,也可以做出不同的解释。就像月食这种现象,你可以用天体运行来解释,也可以用神话传说来解释,但我们看到的月食并没有什么不同。

西方美学对崇高和优美形成机制的解释是从主客关系入手的,主客冲突构成崇高,主客和谐构成优美。而中国美学对阳刚和阴柔形成机制的解释是根据阴阳二分的宇宙生成论,阴气生成的事物是阴柔的,阳气生成的事物是阳刚的。中国美学的解释有两个特点。第一,其原理是形而上学的,阴阳系统不是基于对经验的观察,而是概念的推演。在这一点上,中国哲学恐怕不像某些学者所说的那样是非概念化的,阴阳恰恰是两个非常抽象的概念。第二,说阴气和阳气生成的事物分别是阴柔的和阳刚的,这是一种语法命题或者干脆就是分析命题,并不增加我们对现象的知识。柔的意义已经蕴含在阴的概念里，刚的意义已经蕴含在阳的概念里。

阴阳思想是中国古代形而上学的核心内容，阴阳二字的所指最初当然是经验中的具体现象。但以阴阳（包括后来与五行结合）为核心的概念体系完全是无法观察和验证的，所以是一种形而上学。它最大的特征就是可以脱离经验而解释一切。但在相当长的历史时期内，中国古代文论和美学并没有刻意用阴阳系统来解释审美形态。因为审美形态的刚柔是可以直接感受和观察到的，我们直接用刚柔等语词描述这些审美形态即可。阳刚和阴柔概念的形成，无非也是因为阳和刚、阴和柔在概念和语义上的联系，而不是因为刚是由阳气生成的、柔是由阴气生成的。这又一次说明了我们在本书第一章所指出的，文学理论可以直接对文学现象作经验的观察，而不必以形而上学作为自己的理论基础。当然，因为形而上学是解释一切的宏大叙事，所以把阴阳作为本体和原因，把刚柔作为现象和结果，也是顺理成章的。而真正完成这一任务的，已经是到了清代的姚鼐：

> 吾尝以谓文章之原，本乎天地，天地之道，阴阳刚柔而已。苟有得乎阴阳刚柔之精，皆可以为文章之美。阴阳刚柔，并行而不容偏废。有其一端而亡其一，刚者至于偾强而拂戾，柔者至于颓废而暗幽，则必无与于文者矣。然古君子称为文章之至，虽兼具二者之用，亦不能无所偏优于其间，其故何哉？天地之道，协合以为体，而时发奇出以为用者，理固然也。其在天地之用也，尚阳而下阴，伸刚而绌柔，故人得之亦然。文之雄伟而劲直者，必贵于温深而徐婉。温深徐婉之才，不易得也。然其尤难得者，必在乎天下之雄才也。①

姚鼐对阳刚阴柔的描述已经成为经典。但徐复观认为"此种形而上的架子，没有实质上的意义"②。以阴阳二气解释刚柔的不同形态是直观而神秘的。说一个柔弱的事物是因为禀赋了阴气，与说阴气是柔弱事物的表现，有什么不同？刚柔、强弱、大小都是些相对的概念。柏拉图说大的事物分有了大的理念。但老虎相对于狗是大的，相对于大象又是小的。仁者对待人民是柔的，对待敌人是刚的。流氓在弱者面前是刚的，在强者面前

---

① （清）姚鼐：《海愚诗钞序》，《惜抱轩诗文集》，上海古籍出版社1992年版，第48页。
② 徐复观：《中国文学精神》，第114页。

又是柔的。因此刚柔的背后不存在一个绝对的本体，它们只有在两个事物的对比之间才显示出来。阳刚和阴柔、优美和崇高都不仅仅是客观的审美特征，而是同时对应着主体的审美感受。离开主体与客体的关系，说一个对象是阳刚还是阴柔，或者是优美还是崇高，都是没有意义的。也就是说，这些审美形态其实都是主客体关系的反映。因此，中西这两对范畴就可以放在主客关系这一平面上进行比较。事实上，上述几位学者对阳刚和崇高进行的比较就是这样做的。

就上面提到的第二点而言，我们必须承认，中国阳刚之美的理想形态与西方崇高的最理想形态是有差异的。这个差异就是如有些学者所说的，最理想的阳刚并不强调冲突对立，而最理想的崇高恰恰是激烈冲突的。这也表现在中国文学艺术中缺乏西方那种悲剧精神。但这只是说，中国美学不把激烈的主客冲突作为最高理想，而不是说中国美学中不存在这样的审美形态。是否存在崇高形态是一回事，是否把崇高形态作为最高理想则是另一回事。我们将在后面具体讨论这个问题。

讨论阳刚、阴柔和优美、崇高这两对范畴，就不得不提到王国维。因为优美和崇高这对范畴正是王国维第一次从西方美学引入中国的。王国维分别从康德和叔本华那里借鉴了这对范畴。在《古雅之在美学上的位置》中用的是康德的概念，王国维译为"宏壮"，[①] 在《红楼梦评论》中用的是叔本华的概念，译为"壮美"。[②]

王国维并未把优美和壮美与中国的阴柔和阳刚对应起来。也可以说，王国维并未直接用阳刚和阴柔来描述中国诗词的审美形态。王国维对自己的境界说相当自负，他以有我、无我来区分两种不同的诗词境界。而有我、无我之说，一方面植根在中国哲学的物我观念；另一方面，又相通于西方哲学的主客二分观念。无论有我之境和无我之境在美学上带来多大混乱，我们都不得不承认王国维对中西哲学基本概念的敏感。

> 有有我之境，有无我之境。"泪眼问花花不语，乱红飞过秋千去"，"可堪孤馆闭春寒，杜鹃声里斜阳暮"，有我之境也。"采菊东篱下，悠然见南山"，"寒波澹澹起，白鸟悠悠下"，无我之境也。有我之境，以我观物，故物皆着我之色彩。无我之境，以物观物，故不知何者为我，何者为物。

[①] 《王国维文集》第3卷，中国文史出版社1997年版，第31页。
[②] 《王国维文集》第1卷，第4页。

> 无我之境，人唯于静中得之。有我之境，于由动之静时得之。故一优美，一宏壮也。①

有我、无我之分，符合中国人对诗词抒情类型的日常认识。我们很容易就能区分两类不同的诗词，一种带有比较强烈的主观情感色彩，另一种则比较冲淡自然，主观色彩不浓。如果王国维的理论到此为止，就不会引起什么混乱。但在把境界分为有我、无我之后，王国维进而认为，无我之境就是优美，有我之境就是崇高（壮美、宏壮）。在一般人看来，优美相当于阴柔之美，崇高相当于或至少接近于阳刚之美。（我们前面已经分析，这种理解其实基本上是说得通的。）这样，"采菊东篱下，悠然见南山""寒波澹澹起，白鸟悠悠下"是无我之境，王国维把它等同于优美，在中国美学系统中，则属于阴柔之美。这与我们中国美学对审美形态的理解是一致的。王国维把"泪眼问花花不语，乱红飞过秋千去""可堪孤馆闭春寒，杜鹃声里斜阳暮"称为有我之境，这在中国美学系统中也没有问题。但他同时又说这种有我之境就是崇高（壮美、宏壮），就完全背离了我们关于审美形态的常识。因为被王国维称为有我之境的这两句诗，在中国美学系统中是典型的阴柔之美，在西方美学中则应该属于优美。也就是说，王国维所举的这四个不同的例子，在有我、无我的意义上是有分别的，但是在阳刚和阴柔、崇高和优美的意义上则差别不大，它们都接近于阴柔和优美，而不是阳刚或崇高。

但是我们能看到的这种低级失误，难道自诩审美鉴识在严羽和王士禛之上的王国维竟然看不到吗？那么是什么原因造成了王国维的这种概念误置呢？我们认为，主要原因就是叔本华的崇高理论对王国维的误导。

叔本华对优美的认识与康德基本一致，都认为美是无利害的直观的对象，只是叔本华认为在审美活动中直观到的是对象的理念，并把无利害、无概念、无目的等观念发展为"无意志"。但叔本华对崇高的分析却阉割了康德美学的积极内容。康德和席勒都强调崇高的对象在产生痛苦的同时唤起了主体道德、理性的自豪和尊严，而叔本华则只强调主体在面对客体的威胁时要采取直观的态度，不关心主体在道德和理性方面的自由：

> 如果是优美，纯粹认识无须斗争就占了上风，其时客体的美，

---
① 王国维著，滕咸惠校注：《人间词话新注》，齐鲁书社1981年版，第36、39页。

亦即客体使理念的认识更为容易的那种本性，无阻碍地，因而不动声色地就把意志和为意志服役的，对于关系的认识推出意识之外了……如果是壮美则与此相反，那种纯粹认识的状况要先通过有意地，强力挣脱该客体对意志那些被认为不利的关系，通过自由的，有意识相伴的超脱于意志以及与意志攸关的认识之上，才能获得。①

因为优美的对象直接适合主体的纯粹认识（审美直观），所以主体无须做出克服意志和欲望的努力，很容易地就能产生超越现实利害的审美感受。这就是王国维所谓"于静中得之"。但崇高的对象威胁着主体的生命意志，此时主体需要努力克服、挣脱对象对意志的不利关系才能进入审美的观照，这就是所谓"由动之静"。而在康德和席勒那里，崇高感的产生是通过道德和理性战胜对象而实现的，并不存在这样一个"由动之静"的过程，甚至说在崇高感里道德和理性反而是"由静之动"的。叔本华对主体力量的无视影响了王国维，所以王国维在描述"有我之境"时就只看到了物与我、主与客对立，却忽视了主体在道德和理性上的力量、尊严和自由。这样，他为"有我之境"寻找的两个例子，就既不像是中国的阳刚之美，也不像是西方美学的崇高。

但是也要看到，在王国维所说的"有我之境"中，主体与客体毕竟是冲突的，这符合康德、席勒和叔本华对崇高基本特征的描述。另外，王国维并没有说无我之境就是阴柔之美或有我之境就是阳刚之美。并且王国维对境界之大小、气象之刚柔有非常清楚的识别，比如他对"细雨鱼儿出，微风燕子斜"与"落日照大旗，马鸣风萧萧"，以及"宝帘闲挂小银钩"与"雾失楼台，月迷津渡"的区分。而"雾失楼台，月迷津渡"恰好与"可堪孤馆闭春寒，杜鹃声里斜阳暮"都是秦观同一作品里的句子。后两句似乎算不上崇高或阳刚，但前两句境界阔大，谓之崇高并无不可。也就是说即使在同一作品中，不同句子也可能有不同的审美形态。王国维又说"少游词境最凄婉，至'可堪孤馆闭春寒，杜鹃声里斜阳暮'，则变而凄厉矣"②。可见王国维对审美形态的细微差别是非常敏感的。

王国维的困境说明仅仅用优美、崇高二分或阳刚、阴柔二分来描述复杂的审美对象是不够的。优美和崇高的分界在于主体与客体、感性与理性

---

① 〔德〕叔本华：《作为意志和表象的世界》，石冲白译，杨一之校，商务印书馆1982年版，第282页。
② 王国维著，滕咸惠校注：《人间词话新注》，第73页。

的关系是和谐还是冲突,但康德和席勒实际上都注意到有些冲突的形态并不是崇高,比如我们后面将要提到康德所说的"多愁善感",席勒在讨论感伤诗的时候所说的戏谑的讽刺诗。而阳刚和阴柔的区分不以主体与客体、感性与理性的不同关系为依据。既有主客冲突的阳刚,也有主客和谐的阳刚。同样,既有主客和谐的阴柔,也有主客冲突的阴柔。因此,中西美学的这两对范畴其实可以在描述复杂的审美对象时形成互补。像王国维根据主客关系区分的有我之境和无我之境,一方面确有和谐与冲突的不同,但另一方面又都可以纳入阴柔之美。无论是王国维的概念错位,还是当今学者把阳刚之美作为优美,都是削足适履的结果。

王国维所谓的"我"不是通常意义上的自我,也不是作品中的叙述者或抒情者,而是叔本华意义上的有意志和欲望的我。所谓"无我"就是"不带意志的纯粹主体","有我"则是由于对象的威胁而显示出来的带有生命意志和欲望的主体。所以王国维所谓的"我"相当于生命意志。"无我"就是无意志,"有我"就是有意志。抛开王国维为"有我之境"举例时造成的概念错位不谈,他对"有我之境"和"无我之境"在形态上的区分是没有问题的。

但朱光潜对王国维的批评反而带来了更多的误解。他说"有我之境"是经过了"移情作用"。在移情作用中,主体凝神注视,物我两忘,这样"有我之境"反而成了"无我之境",而"无我之境"没有经过移情作用,反而成了"有我之境"。因此他主张王国维的"有我之境"应为"同物之境","无我之境"应为"超物之境"。朱光潜用移情作用来解释"有我之境"和"无我之境"是不成功的,徒增混乱。一方面,在"有我之境"中并未出现物我两忘的状态,而是相反,主体对物我之分是清醒的。另一方面,在"无我之境"中同样存在移情作用,并且实现了真正的物我两忘。朱先生此处可谓智者千虑。

"有我之境"和"无我之境"这对概念的成功之处在于区分了两种不同的审美形态,所以即使王国维用西方美学理论对其进行解释时带来了混乱,这两个概念还是被保留到了今天。而朱光潜提出的"超物之境"和"同物之境"则做不到这一点,因而被理论遗弃了。对一般的读者而言,即使不了解王国维诗学的叔本华背景,仅凭对"有我""无我"这两个词在日常语言层面的理解,就可以用来描述诗词的两种不同形态。这成为一个形而上学语言回归日常语言的典型案例。至于说诗歌在任何境界中都有"我"的存在,则近乎强词夺理。任何作品都设定了一个叙述者或抒情者,但这个叙述者或抒情者在不同的作品中却有不同的地位、姿态或面目。你可以说任何诗歌中都有"我"的存在，但这个"我"在不同作品中仍然表现出不同的甚至对立的特征，因此就仍然是一些不同的"我"。"有我""无我"无非是区分了两种对立的"我"，一种带有强烈的主观情感，以至于"物皆着我之色彩"；另一种则如同客观对象一样无情无欲，以至于"不知何者为我，何者为物"。

第三节　主客关系中的刚柔

西方美学最早对崇高形态做出描述的是朗吉弩斯。他以溪流与莱茵河、多瑙河、海洋对比，认为前者是美的，而后者特别是海洋则是崇高的。显然，如果只看朗吉弩斯的描述，我们根本无法分辨中西这两对范畴有什么不同，因为姚鼐等人同样是这样描述阳刚和阴柔的。近代的博克一方面指出崇高对象的可怖性，另一方面又指出崇高感的产生缘于人的自我保存本能。在这里，中西美学才表现出明显的差异。但这种差异主要还不在于西方美学强调崇高对象的恐怖性，而在于博克对崇高产生的原因和机制所做的经验的和心理学的解释。这种解释与阴阳理论大相径庭。此后，西方美学的崇高理论主要就是在博克思想的基础上发展起来的。

康德认为，崇高对象的特点是"无形式"和"无限制"，所以"显得对我们的判断力而言是违反目的的，与我们的表现能力是不相适合的，并且仿佛对我们的想象力是强暴性的"，但正是这种"不适合"，激发着我们的心灵"离开感性而专注于那些包含有更高的合目的性的理念"。[1] 面对一个无限的对象，想象力是无力的，但又"同时表现出它的使命是实现与这个作为整体的理念的适合性"，"所以对自然中的崇高的情感就是对于我们自己的使命的敬重，这种敬重我们通过某种偷换而向一个自然客体表示出来（用对客体的敬重替换了对我们主体中人性理念的敬重），这就仿佛把我们认识能力的理性使命对于感性的最大能力的优越性向我们直接呈现出来了"。[2] 所以，崇高感是一种"间接产生的愉快"，"是通过对生命力的瞬间阻碍，及紧跟而来的生命力的更为强烈的涌流之感而产生的"，所以"包含着惊叹和敬重"，是一种"消极的愉快"。[3] 席勒对康德的崇高理念

---

[1] 〔德〕康德：《判断力批判》，邓晓芒译，杨祖陶校，人民出版社2002年版，第83、84页。
[2] 〔德〕康德：《判断力批判》，邓晓芒译，杨祖陶校，第96页。
[3] 〔德〕康德：《判断力批判》，邓晓芒译，杨祖陶校，第83页。

作了更为明晰而流畅的表述:"在有客体的表象时,我们的感性本性感到自己的限制,而理性本性却感觉到自己的优越,感觉到自己摆脱任何限制的自由,这时我们把客体叫作崇高的;因此,在这个客体面前,我们在身体方面处在不利的情况下,但是在精神方面,即通过理念,我们高过它。"①

席勒指出崇高包含三个要素,一是"一种客体的物理威力",二是"我们主体的物理的软弱无力",三是"我们主体的道德优势"。② 我们在前文已经指出,阳刚或阴柔的背后不存在一个绝对的本体,它们是在主体与客体的关系中显示出来。现在我们看到,西方美学在通过主客关系解释崇高的机制时同样也涉及主体和客体的刚柔强弱。康德和席勒对崇高的理解都涉及了三个要素:对象自身的特征,主体的感性生命以及主体的理性、道德。这三个要素之间的刚柔强弱对比,就形成了不同的审美形态。这样,优美和崇高、阳刚和阴柔这两对审美范畴就可以分解为主体和客体、感性和理性以及彼此之间的强弱刚柔等要素,从而实现中西美学范畴的通约。

在康德看来,优美是直接令人愉快的,优美的对象与主体的想象力和知性是和谐的。而崇高的对象与主体的关系就比较复杂,一方面,崇高的对象对主体的感性能力——想象力是一种压抑、威胁,也就是说,此时对象是刚强的,而主体的感性生命是柔弱的,所以主体在感性方面是不自由的;但另一方面,面对崇高的对象,虽然主体的感性是软弱和无能为力的,但理性却是不可战胜的,是独立和自由的,所以从理性方面说,面对崇高的对象,主体又是刚强的。从刚柔的角度看,崇高的形态就是感性生命的柔弱加上理性观念的刚强。

优美和崇高只是主客关系的典型形态,除此之外,还存在着一些中间或过渡形态。因为涉及主体和客体的几个要素的不同情况和不同组合,阳刚和阴柔、优美和崇高的形态并不是简单的非彼即此、二元对立,而是表现出复杂的多样性。

康德先分析广义的美(beauty)的本质,然后过渡到对崇高的分析。美和崇高的共同之处是都具有令人愉快的性质,而崇高与美的不同则是崇高带来的快感是间接的、由痛感转化而来的。与崇高相对而言的美就狭义

---

① 〔德〕席勒:《论崇高》Ⅰ,《席勒散文选》,张玉能译,百花文艺出版社1997年版,第67页。
② 〔德〕席勒:《论崇高》Ⅰ,《席勒散文选》,第82—83页。

的了,只是指那种和谐的直接使人愉快的美。为了突出与崇高的区别,狭义的美在中文里被称为优美。康德注意到优美和崇高都存在更多的不同形态。比如有这样一种情况,如果主体的感性生命受到了压制,但理性观念也同样畏缩不前,丧失了独立和自由,这样主体在客体面前,就在感性和理性两方面都显示了软弱和萎缩,康德把这种情况叫作"多愁善感",但康德没有为它单独命名,仍然称之为美。① 而席勒则把与崇高相对的美称为 grace,中文翻译成秀美或优美,以区别于通常所说的广义的美(beauty)。与康德相比,席勒对与优美比较接近的一些审美形态作了更细致的区分。张玉能分别翻译为美丽(reiz, atrraction)、秀美(anmuth, charm)和优美(grazie, grace)。② 但这些概念都需要结合具体的审美对象才能理解,仅仅从理论上很难辨别其中细微的差别。叔本华则把康德所说的那种带有感官快适的对象称为媚美(charm)。

对于崇高,康德又分为数学的和力学的两种形态。席勒则把前者称为理论的,后者称为实践的。前者与我们认识的条件相矛盾,"它随身带着无限性概念,想象力感到自己是不能胜任表现无限性的";后者与我们存在的条件相矛盾,"它随身带着危险性概念,我们肉体的力量感到自己是不可能克服危险性的"。席勒说前者的例子是风平浪静的海洋,后者的例子是风暴中的海洋。③ 由此可见,危险、可怕、恐惧等因素只是对实践的崇高而言,理论的崇高不以危险和可怕为前提。此外,席勒又把实践的崇高分为观照的崇高和激情的崇高。④

根据康德和席勒的理论,崇高的对象在形式上是无限的或可怕的,因此造成了主体感性与理性的矛盾,感性受到了限制和压抑,而理性却感到了独立和自由。对象的无限性与人的表象能力的矛盾形成认识的崇高,对象危险性和可怕性与人的自我保存本能的矛盾形成实践的崇高。在崇高形态里,感性生命是受到压制的,而理性观念则是高扬的,而且二者之间有因果关系;但如果主体的感性生命没有受到压抑,在身体和智力上保持着对自然的优越性,这是一种什么形态呢?席勒把这种形态叫作伟大,而不是崇高。"战胜可怕的东西的人是伟大的。即使自己失败也不害怕的人是崇高的。"⑤

---

① 〔德〕康德:《判断力批判》,邓晓芒译,杨祖陶校,第113页。
② 〔德〕席勒:《秀美与尊严》,文化艺术出版社1996年版,第152页。
③ 〔德〕席勒:《论崇高》Ⅰ,《席勒散文选》,第70页。
④ 〔德〕席勒:《论崇高》Ⅰ,《席勒散文选》,第83、89页。
⑤ 〔德〕席勒:《论崇高》Ⅰ,《席勒散文选》,第72—73、81页。

在《审美教育书简》中，席勒又区分了溶解性（schmelzend, gentle）的美和振奋性（energisch, energetic）的美。① 前者产生于感性与理性的和谐而带来的松弛，后者产生于感性与理性冲突而造成的紧张。朱光潜把这两种美理解为中国的阴柔和阳刚，② 而张玉能则把这两种美译作柔软的美和刚毅的美。③ 在这里席勒并没有把振奋性的美与崇高等同起来，也并未强调振奋性的美带有恐怖和痛苦的特征。但这两种美在表现特征上的确与阳刚和阴柔是相同的。

席勒又把诗歌分为素朴的诗和感伤的诗。粗略地说，素朴的诗产生于主体与客体、感性与理性的统一，感伤的诗则产生于主体与客体、感性与理性的分裂。其中感伤的诗又分为讽刺诗和哀歌诗，讽刺诗又分为惩罚的和戏谑的，而哀歌诗又分为狭义的哀歌和广义的牧歌。席勒明确说，惩罚的讽刺诗是崇高的，戏谑的讽刺诗是优美的。④ 至于哀歌和牧歌，席勒没有明确指出它们与优美和崇高的关系。

可见，席勒对审美形态的认识远不限于单纯的优美和崇高，而是根据涉及主客体的各种要素之间的不同关系划分为丰富多彩的形态。关于这些不同的审美形态，席勒并没有形成一个系统的见解，我们也不必过于附会。但席勒的见解至少提示我们，西方美学中的审美形态并不是简单的优美和崇高二分。而中国美学同样不止于阳刚阴柔二分。比如邵雍就把阴阳又细分为太阳、少阳、太阴、少阴，当然这种四分法其实早已出现在《易传》关于两仪四象八卦的结构中。姚鼐在区分了阳刚之美和阴柔之美之后，也认为阳刚阴柔之间同样存在着丰富多彩的形态。曾国藩则把阳刚又细分为雄、直、怪、丽四种形态，把阴柔细分为茹、远、洁、适四种形态。而那些直接描述作品特征，不以形而上学的阴阳结构为依据的审美形态就更为多姿多彩，如皎然的"辨体一十九字"，司空图的"二十四品"，严羽的"九品"，等等。因此我们不必在优美、崇高和阳刚、阴柔之间寻求简单的对应。

叔本华的崇高理论阉割了康德和席勒所高扬的道德和理性，但他把崇高与优美的关系看作一种逐渐过渡的关系，却很有意义。叔本华认为，崇高感的产生是因为对象的形态与主体的意志有敌对关系，威胁着意志，但

---

① 〔德〕席勒：《审美教育书简》第十六封信，冯至、范大灿译，北京大学出版社1985年版，第83页。
② 朱光潜：《西方美学史》，人民文学出版社1979年版，第451页。
③ 〔德〕席勒：《审美教育书简》第十六封信，《席勒散文选》，第217页。
④ 〔德〕席勒：《素朴的诗与感伤的诗》，《秀美与尊严》，第290页。

主体却能够无视这种关系，或强力地挣脱这种关系，而"只是作为认识的纯粹无意志的主体宁静地观赏着那些对于意志（非常）可怕的对象，只把握着对象中与任何关系不相涉的理念"[①]。这样，按照客体与意志关系的敌对程度，就产生了从优美到崇高逐渐过渡的不同形态。叔本华为最低限度的崇高举的例子是，在严冬里堆砌的砖石反射的斜阳的夕晖。这里，光线只有照明而没有温暖的意义，"缺少助长生命的原则"，已经开始了从优美到崇高的过渡。另一个例子是，一望无际的寂寞地区，天空完全无云，树木纹丝不动，没有动物、人、流水，只有肃穆。如果把这个地区的植物也去掉，只剩下赤裸裸的岩石，那么意志就会感到威胁。随着可怕因素的增加，崇高的程度也加剧了。如果狂风怒号，乌云密布，山雨欲来，巨岩怪石挡住视线，山洪暴发，一片荒凉，就会引起更强烈的崇高感。

无论是崇高与优美，还是阳刚与阴柔，对立范畴之间并不是一种非彼即此的关系，而是存在许多过渡和中间状态。因此，无论说崇高与阳刚、优美与阴柔之间是对应还不对应，都没有太大的意义。因为这些概念本身就带有不确定性，可以容纳多种审美特征。审美对象变幻多端，概念、范畴不是为了完整地取代它们，而是为了说明和理解它们。阳刚、阴柔与崇高、优美当然是可以通约的，但相通的不是它们所描述的具体特征，而是它们背后共通的原理和机制。

因此，西方的审美对象可以用阳刚和阴柔来描述，而中国的对象也可以用优美和崇高来描述。"春风春雨，秋月秋蝉"是优美的，因为对象与主体的感性能力是和谐的。而"夏云暑雨，冬月祁寒"则接近崇高，因为对象已经与主体的感性有所冲突了。刘勰论建安文学："观其时文，雅好慷慨，良由世积乱离，风衰俗怨，并志深而笔长，故梗概而多气也。"（《文心雕龙·时序》）钟嵘说："嘉会寄诗以亲，离群托诗以怨。至于楚臣去境，汉妾辞宫；或骨横朔野，或魂逐飞蓬；或负戈外戍，杀气雄边；塞客衣单，孀闺泪尽；或士有解佩出朝，一去忘返；女有扬蛾入宠，再盼倾国。"（《诗品序》）在这里，作为客体的社会生活，与主体的感性生命无疑是矛盾的。而主体的"志深而笔长""梗概而多气""骨气奇高""仗气爱奇，动多振绝。真骨凌霜，高风跨俗"，则表现出主体理性观念的自由。崇高感的特点，是感性能力受到压抑，因而产生痛苦，但理性和道德却因此而感到自由，因而主体的情感由痛感转化为愉快。可见，能够代表阳刚之美的建安风骨与西方美学的崇高是完全一致的。建安风骨无疑既是

[①] 〔德〕叔本华：《作为意志和表象的世界》，石冲白译，杨一之校，第281页。

阳刚的，又是崇高的：

> 贼臣持国柄，杀主灭宇京。荡覆帝基业，宗庙以燔丧。播越西迁移，号泣而且行。瞻彼洛城郭，微子为哀伤。（曹操《薤露行》）

> 铠甲生虮虱，万姓以死亡。白骨露于野，千里无鸡鸣。生民百遗一，念之断人肠。（曹操《蒿里行》）

> 剧哉边海民，寄身于草墅。妻子象禽兽，行止依林阻。柴门何萧条，狐兔翔我宇。（曹植《泰山梁甫行》）

> 踯躅亦何留，相思无终极。秋风发微凉，寒蝉鸣我侧。原野何萧条，白日忽西匿。归鸟赴乔林，翩翩厉羽翼。孤兽走索群，衔草不遑食。感物伤我怀，抚心长太息。（曹植《赠白马王彪诗》）

> 步栖迟以徙倚兮，白日忽其将匿。风萧瑟而并兴兮，天惨惨而无色。兽狂顾以求群兮，鸟相鸣而举翼，原野阒其无人兮，征夫行而未息。心凄怆以感发兮，意忉怛而惨恻。循阶除而下降兮，气交愤于胸臆。夜参半而不寐兮，怅盘桓以反侧。（王粲《登楼赋》）

上述建安文学的代表作品，描写了山河破碎，生灵涂炭，表达了作者的悲伤痛苦，并由此激发起理性的思索和道德的关怀，我们认为就是一种崇高的审美形态。

不过，建安文学不同作家作品中所反映的主客冲突、情感和道德的力度，的确又存在强弱的不同。王粲作品表现的主客冲突是最激烈的，但理性和道德的力量却不及曹操、曹植和刘桢。而后者所表现的主客冲突有时却不甚激烈，如曹操的《观沧海》：

> 东临碣石，以观沧海。水何澹澹，山岛竦峙。树木丛生，百草丰茂。秋风萧瑟，洪波涌起。日月之行，若出其中；星汉灿烂，若出其里。幸甚至哉！歌以咏志。（《观沧海》）

诗中的意象并不可怕，这种形态类似数学的崇高或理论的崇高。再如刘桢诗：

秋日多悲怀，感慨以长叹。终夜不遑寐，叙意于濡翰。明灯曜闺中，清风凄已寒。白露涂前庭，应门重其关。四节相推斥，岁月忽已殚。壮士远出征，戎事将独难。涕泣洒衣裳，能不怀所欢。(《赠五官中郎将诗四首》其三)

曹植诗：

白马饰金羁，连翩西北驰。借问谁家子，幽并游侠儿。少小去乡邑，扬声沙漠垂。宿昔秉良弓，楛矢何参差。控弦破左的，右发摧月支。仰手接飞猱，俯身散马蹄。狡捷过猴猿，勇剽若豹螭。边城多警急，胡虏数迁移。羽檄从北来，厉马登高堤。长驱蹈匈奴，左顾陵鲜卑。弃身锋刃端，性命安可怀。父母且不顾，何言子与妻。名编壮士籍，不得中顾私。捐躯赴国难，视死忽如归。(《白马篇》)

这里虽有主客冲突，但主体的感性似乎仍然是独立和自由的，并未因危险和可怕而受到挫折。这种形态类似于席勒所说的"伟大"。

如果我们像叔本华那样，把崇高描述为一个主客冲突不断加剧的过程，而不是一种固定不变的形态，就不必再为中国美学中主客冲突的程度达不到西方崇高的程度而感到阳刚和崇高无法沟通。根据叔本华的崇高理论，我们可以说，中国美学的阳刚范畴容纳了从最低度到最高度的崇高，理论的崇高和实践的崇高，还有席勒所说的不属于崇高的"伟大"。

从外延上看，阳刚与阴柔、优美与崇高各自区分的位置点是不对应的。或者说，阴柔的对象与优美的对象、阳刚的对象与崇高的对象，其范围不完全对应。大致而言，阴柔的对象都属于优美，优美对象的范围大于阴柔。崇高的对象都属于阳刚，阳刚对象的范围大于崇高。也就是说，优美和阳刚有一部分外延是重合的。这部分重合的外延在中国不是阴柔，而在西方又不属于崇高。崇高是高度的阳刚，阴柔是低度的优美。

以"天人合一"和"主客二分"来描述中国和西方在文化、哲学、美学上的不同带来了非常大的混乱。天人合一和主客二分分别是一种理论上的解释或理想的追求，而不是一种现实。但作为一种理想，无论是中国还是西方，都追求天人合一；作为现实，无论是中国还是西方，都是主客二分的。天、人二字，就已经把世界分成了天与人、物与我、主体与客体。如果始终是一，从未分裂，那又何必"合一"？就审美形态而言，美的事物使人忘我，暂时泯灭了物我界限，这就是所谓"天人合一"了。但这种形态不也正是西方美学对美的本质的认识吗？反过来说，代表着建安风力的三曹七子的作品，反映的不都是强烈的主客冲突吗？哪里有天人合一的影子？

我们在前文指出，中国和西方各自理想的审美形态是不同的。由于中庸观念的影响，最典型、最理想的阳刚形态，是低度和中度的崇高、理论的崇高和"伟大"，而西方美学最理想的崇高则是最高度的崇高——悲剧。中国美学从先秦起，就推崇理性和道德的伟大力量，但又排斥主客关系的激烈冲突，所以理性和道德的力量往往是从正面直接表现出来，而不是通过与客体的对立而表现出来。由于没有对立，所以又对主体的力量以中和的原则进行约束，不必表现得过于极端。《尚书·洪范》说："沉潜刚克，高明柔克"[1]，就是要对过刚和过柔的性情进行克制。《尧典》说："直而温，宽而栗，刚而无虐，简而无傲。"[2]《论语·子罕》说："岁寒，然后知松柏之后凋也"，"三军可夺帅也，匹夫不可夺志也"。《孟子·滕文公下》说："富贵不能淫，贫贱不能移，威武不能屈，此之谓大丈夫"，《礼记·乐记》说"阳而不散，阴而不密，刚气不怒，柔气不慑"。对情感表现力度的制约如果是出于主体的道德自觉，那么它不但不会减弱其价值，反而显示了道德和理性的力量。但如果是出于对专制极权的恐惧，则成为主体屈辱的表现。所谓温柔敦厚，《礼记·经解》篇说："温谓颜色温润，柔谓情性和柔。诗依违讽谏，不指切事情，故云温柔敦厚，是诗教也。"对此，徐复观指出：

> 从《论语》看，孔子对子路的勇气，总是加以抑制，独对于他问事君时，特别鼓励他说"勿欺也，而犯之。"（《论语·宪问》）孔子答时君及卿大夫之问，总是一针见血，"指切事情"，何取于这种乡愿性格的诗教？所以《正义》的解释，乃由长期专制淫威下形成的苟全心理所逼出的无可奈何的解释。[3]

无论是出于理性和道德的自觉，还是出于专制的压迫，刚柔相济的中和之美已经积淀为中国古典美学的审美理想。《人物志》在人格理想上已

---

[1] （西汉）孔安国传、（唐）孔颖达疏：《尚书正义》卷12，北京大学出版社1999年版，第312页。
[2] （西汉）孔安国传、（唐）孔颖达疏：《尚书正义》，卷3，第79页。
[3] 徐复观：《中国文学精神》，第35页。

经对儒家思想有所突破，但仍然说："凡人之质量，中和最贵矣。中和之质，必平淡无味；故能调成五材，变化应节。"（《人物志·九征》）如果从这个角度去理解曹丕所谓的"气之清浊有体"，那么，"清气"一定不是纯粹的阳刚之气，而是刚柔相济的中和之气。颜之推说："凡为文章，犹人乘骐骥，虽有逸气，当以衔勒制之，勿使流乱轨躅，放意填坑岸也。"① 恰好席勒也曾经用马来作审美形态的比喻："一匹自由而不驯服地在森林里来回奔跑的马，作为一种比我们优越的自然力量，对我们说来是可怕的，而且可能作为一个崇高表现的对象。驯服的，装上鞍子或套在车上的同一匹马，丧失着它的可怕性，同时也丧失着一切崇高。但是，当这匹驯服的马挣断了缰绳，恼怒地反抗它的骑者，用暴力重新使自己有了它的自由时，它就又有了它的可怕性，而且它重新成为崇高的。"② 但是一匹驯服了的马仍然不同于一头猪或一只宠物狗，因为前者毕竟还是有力量的。后来的严羽对此也极为敏感："坡、谷诸公之诗，如米元章之字，虽笔力劲健，终有子路事夫子时气象。盛唐诸公之诗，如颜鲁公书，既笔力雄壮，又气象浑厚，其不同如此。"③ 这里又提到子路，正好与前面徐复观的说法相参照。子路"行行如也"的刚勇之气，是不合中和之美的。中国古典美学的理想就是这样一种既崇尚阳刚，又回避冲突的形态。

前文论风骨，只谈到情感的力和理性的力的结合，没有强调二者的对立。实际上，理性、道德的力量对情感未尝不是一种约束。刘勰把"思摹经典"的《九锡文》称为"骨髓峻"，从这个角度看就不难理解了。在崇高的形态中，道德理性是作为情感的支撑而出现的，而在风骨形态中，道德是作为约束情感的力量而出现的。在崇高里，道德是兴奋剂，在风骨中，道德却是脱敏剂，它减弱了情感反应的强烈程度。钱锺书对中国古典诗歌的审美特征极其敏感：

> 和西洋诗相形之下，中国旧诗大体上显得情感不奔放，说话不唠叨，嗓门儿不提得那么高，力气不使得那么狠，颜色不着得那么浓。在中国诗里算是"浪漫"的，和西洋诗相形之下，仍然是"古典"的；在中国诗里算是痛快的，比起西洋诗，仍然不失为含蓄的。④

---

① 王利器：《颜氏家训集解》，中华书局1993年版，第266页。
② 〔德〕席勒：《论崇高》Ⅰ，《席勒散文选》，第74页。
③ 郭绍虞：《沧浪诗话校释》，人民文学出版社1961年版，第251页。
④ 钱锺书：《中国诗与中国画》，《钱锺书论学文选》第6卷，花城出版社1990年版，第15页。

其实中国美学中不是没有极端的崇高形态，只是理论往往不把这种形态作为最高理想。太史公的肉体在帝王的屠刀面前是脆弱的，但太史公的精神则不可摧毁，是强大的、刚健的，而帝王的淫威是软弱的、渺小的、猥琐的。后来的东汉党人和嵇康同样以脆弱之肉躯，赴流氓之血刃。这种刚柔之间对比就是典型的崇高。如果太史公和嵇康不算崇高，还有什么能算崇高？《史记》本身就是文学和艺术上的崇高形态，而对《史记》表现形态的概括就是理论上的崇高范畴。当然，中国美学是否把《史记》的形态作为审美理想，则是另一个问题。从班固等人对太史公的非议来看，很多人是不把崇高作为审美理想的。但班固能否代表儒家乃至整个中国文化，却又大可怀疑。嵇康临刑时有三千太学生"请以为师"，说明这个民族曾经不乏崇高精神和悲剧意识。但曾几何时，我们被流氓的屠刀征服，已经不会再为太史公和嵇康的崇高而感动。"所以中国一向就少有失败的英雄，少有韧性的反抗，少有敢单身鏖战的武人，少有敢抚哭叛徒的吊客；见胜兆则纷纷聚集，见败兆则纷纷逃亡。"① 如果一个民族长期醉心于盗贼的丰功伟绩和流氓的雄才大略，就会失去欣赏崇高和悲剧的能力。

在文学创作上表现出极端的崇高形态和悲剧色彩的是鲍照。钟嵘说他"骨节强于谢混，驱迈疾于颜延"。但是鲍照的风骨与建安文学却颇为不类，其中最突出的一点，就是鲍照作品中表现的主客冲突，突破了古典美学的中和理想。鲍照诗中的意象许多具有阴森可怕的因素，如：

> 孟冬十月交，杀盛阴欲终。风烈无劲草，寒甚有凋松。军井冰昼结，士马毡夜重。晨登岘山首，霜雪凝未通。息鞍循陇上，支剑望云峰。表里观地险，升降究天容。东岳覆如砺，瀛海安足穷。（《从拜陵登京岘诗》）

其他如"沈空绝景声，崩危坐惊栗"（《从庾中郎游园山石室诗》），"高柯危且竦，锋石横复仄。复涧隐松声，重崖伏云色。冰开寒方壮，风动鸟倾翼"（《行京口至竹里诗》），"束薪幽篁里，刈黍寒涧阴。朔风伤我肌，号鸟惊思心"（《拟行路难》之六），"朔风萧条白云飞，胡笳哀急边气寒"（《拟行路难》十四），这些意象与人的感性生命是矛盾的，威胁着主体的自我保存能力，因而具有崇高的特征。鲍照还经常写到坟和死：

---

① 鲁迅：《这个与那个》，《华盖集》，《鲁迅全集》第 3 卷，人民文学出版社 2005 年版，第 152—153 页。

君不见河边草，冬时枯死春满道。君不见城上日，今暝没尽去，明朝复更出。今我何时当然得，一去永灭入黄泉。(《拟行路难十八首》其五)

孤魂茕茕空陇间，独魄徘徊绕坟基。但闻风声野鸟吟，岂忆平生盛年时。(《拟行路难》之十)

除了诗歌，鲍照的赋也有强烈的崇高色彩，如《芜城赋》：

泽葵依井，荒葛胃涂。坛罗虺蜮，阶斗䴥鼯。木魅山鬼，野鼠城狐。风嗥雨啸，昏见晨趋。饥鹰厉吻，寒鸱吓雏。伏暴藏虎，乳血飧肤。崩榛塞路，峥嵘古馗。白杨早落，塞草前衰。棱棱霜气，蔌蔌风威。孤蓬自振，惊沙坐飞。灌莽杳而无际，丛薄纷其相依。通池既已夷，峻隅又以颓。直视千里外，唯见起黄埃。凝思寂听，心伤已摧。①

鲍照赋中意象的危险可怕的色彩甚至比诗中更为强烈，而这种审美特征显然与中国古典美学的审美理想是冲突的。因此，即使是思想比较开明的钟嵘，对鲍照作品的审美形态也是不满的。那么这种形态是否符合新变派的理想呢？钟嵘对风力的约束不是通过经典的雅、政教的雅，却是通过情感的强度、色彩。而齐梁新变派突破的是前者，却不是后者。所以，永明体和宫体同样没有在情感的强度和色彩上突破中庸，鲍照在钟嵘和新变派的眼里都是异端。

---

① （南朝宋）鲍照：《芜城赋》，载严可均辑《全宋文》卷46，商务印书馆1999年版，第453页。

第十章　通变篇

通变这对范畴取自《文心雕龙》，但我们对其意义的阐释却不限于《文心雕龙·通变》篇。目前学界一般都把通变理解为文学创作的继承和创新。这种理解本身并没有什么不妥，但对这个问题仅仅理解到这一层是不够的。通变这对范畴更深层的意义是一个同与异、一与多、普遍与特殊的关系，而继承与创新只是这种关系的一种表现。另外，这种普遍与特殊、统一与杂多的关系不仅表现在文学创作和文学发展中，也同样表现在文学接受过程中。

第一节　文学创作的通变

一　通变的语法分析

在古代文论中，通变的"通"主要有两个含义，一是通过、通行、畅通；二是共同的、普遍的。这两个意思在语法上有联系但又不能完全等同。能够推行通过的东西往往就成为被普遍接受的共同的东西，而具有普遍意义的东西往往也就能够畅行无阻。但是"通"的第一个意义与变不相反对，第二个意义与变则是相反对的。在第二个意义上，通就是同，变就是异，通是普遍，变是特殊。

在《周易·系辞》中，与变联系在一起的"通"主要是上面的第一个意义，也就是通过、通行、畅通的意思。如：

广大配天地，变通配四时，阴阳之义配日月，易简之善配至德。
是故阖户谓之坤，辟户谓之乾，一阖一辟谓之变，往来不穷谓之通。
变而通之以尽利，鼓之舞之以尽神。

是故形而上者谓之道，形而下者谓之器。化而裁之谓之变，推而行之谓之通，举而错之天下之民谓之事业。(《系辞上》)

变通者，趣时者也。
易穷则变，变则通，通则久。
困，穷而通。(《系辞下》)

在这个意义上，与通相反对的不是变，而是穷。穷即不通，通即不穷。但通却不是不变，变也不是不通。穷、变、通三者的关系是，因为穷而变，由于变而通。穷是变的理由，而变是通的原因，通是变的结果。所以通与穷能构成一对意义相反的范畴，与变却不能。毋宁说，因为通必须要由变来实现，变和通就成了一个前后相继不可分割的过程，所以变和通的意义就出现了相互融合的倾向。在《系辞》中，"变通"本来是两个词，但现代汉语中所谓的"变通"，就已经成为一个词了。在考察《文心雕龙·通变》篇时，我们有必要考虑通和变在意义上的融合，而不是习惯性地把通和变理解为两个意义相反对的概念。

《系辞》中"通"的另外一个意义是通晓、洞察的意思，如"极数知来之谓占，通变之谓事，阴阳不测之谓神"。"参伍以变，错综其数。通其变，遂成天下之文；极其数，遂定天下之象。"(《系辞上》)"神农氏没，黄帝、尧、舜氏作，通其变，使民不倦，神而化之，使民宜之。"(《系辞下》) 这里的"通变""通其变"就是通晓天地阴阳的变化规律。这个意义上的"通变"只是在字面上与《文心雕龙·通变》相同，实质上与我们讨论的问题基本无涉，因此可以不论。

而我们一开始提到的"通变"的第二个意义，即普遍与特殊、共同与差异，在《系辞》中基本上是不存在的。

刘勰对"通变"一词（或为两词）的使用主要依据的就是《周易·系辞》。因此刘勰所谓"通变"，主要不是作为意义相反对的两个词，而是作为一个词使用的。它的意思就是通过变化来推动文学创作的持续发展，保持文学的恒久生命。在这个过程中当然就会有继承和创新的问题，但从概念或语法上说，"通变"并不能简单地分成两个词分别与继承和创新对应。我们看刘勰是怎样使用"通变"一词的。

"凡诗赋书记，名理相因，此有常之体也；文辞气力，通变则久，此无方之数也。"我们知道，《文心雕龙》用骈文写成，大多数语句都是对仗的。一般上句讨论的问题与下句是对应的。在这里，刘勰上句说的是"有常之体",下句说的是"无方之数",这是对应的。而"通变则久"对应的是"名理相因",刘勰是把"通变"是作为一方与"名理"相对的,而不是把"通"作为一方与"变"相对。他后面又说:"名理有常,体必资于故实;通变无方,数必酌于新声",仍然是以"通变"与"名理"相对。"然绠短者衔渴,足疲者辍途,非文理之数尽,乃通变之术疏耳",又把"通变"与"文理"相对。刘勰又以草木比喻文章,"根干丽土而同性"说的是"名理有常",而"臭味晞阳而异品"说的则是"通变无方",可见"通变"只是强调异和变的一个方面,而不是分别指继承和创新两个方面。而与继承有关的,是"体必资于故实",却属于"名理有常"一方,不属于"通变无方"一方。

按说喜欢使用对偶对仗的刘勰应该在行文中把"通"和"变"相对而称,但事实上他没有这样做。这说明刘勰并没有把通作为与变相对立的概念。其中的原因大概是因为刘勰尊崇经典,所以不敢或不愿随意改变"通变"一词在《周易·系辞》中的用法。因此,在《文心雕龙·通变》篇中,与通相反对的,不是变,而是《系辞》中所谓的"穷"。他说通变"故能骋无穷之路,饮不竭之源",显然通就是"无穷""不竭"的意思,而不是继承的意思。刘勰在《通变》篇赞语里说"变则可久,通则不乏",仍然是把变和通作为共同的一方,即"久"和"不乏",与"穷""竭""乏"相对立,而不是把通作为继承与作为创新的变相对立。

这样在《通变》篇里,其实存在着两组相对立的概念,即常与变,穷与通。通变作为一方或者与常对立,或者与穷对立,唯独不存在通与变的对立。但是,在日常语言里"通"与"常"的确存在着概念和语法上的联系,现代汉语中"通常"一词就是这种联系的表现。所以"通"在语法上本身就有"常"的意思,也就是普遍性和共同性。但我们也指出了,无论是在《系辞》中还是在《通变》篇里,"通"的这个意义基本上是不存在的。但是刘勰的确又有对不变与变也就是普遍与特殊的对立关系的认识,只是他的这种认识并不是通过通和变这两个概念来表达的。刘勰的确也有对继承和创新的关系的认识,但这种认识同样也不是通过通和变这两个概念来表达的。

普遍与特殊、继承与创新是两种不同的关系,我们觉得刘勰并没有清楚地区分这两种关系。而《通变》篇的多数研究者同样没有认清这两种不同的关系,并且往往持先入之见,牵强地把通和变理解成继承和创新。但这些研究者其实在《通变》篇文本中找不到刘勰把"通"作为"继承"的证据,所以就非常勉强地把刘勰关于普遍性和共同性的认识当作对继承性的认识。比如他们把"名理相因"的"有常之体","九代咏歌""序志述时"的"文则",以及汉赋创作中的"广寓极状,而五家如一"都理解为文学创作中的继承现象。这样理解并非完全没有道理,况且刘勰在描述这种普遍性的时候,使用了诸如"循环相因""参伍因革"之类的话语,也容易使人误解为继承和创新。然而这种理解在语法上却是一种不容小觑的混乱。

普遍性、共同性是从众多对象中概括、归纳出来的,所以它们在逻辑上和语法上必然被所有这些对象所拥有,否则这些对象就不能被纳入普遍性和共同性之下。而继承性却不同,它可以最少只被两个对象拥有,而不必被所有对象拥有。当然具有继承关系的对象之间也就具有了某种共同性。但是,继承关系在语法上没有必然性。也就是说,对于某些文学现象,可以继承,也可以不继承,可以继承这一方面,也可以继承另一方面。继承是可以选择的,但普遍性和共同性却不是选择的结果,而是概括和归纳的结果。

也可以说,普遍与特殊、共性与个性是一些共时性的概念,而继承和创新却是历时性的概念。继承和创新一定是前后相继的,普遍与特殊、共性与个性却不存在时间上的先后关系。由陶渊明继承了左思风力一定能推出左思在前而陶渊明在后,但由陶渊明和左思具有共同的风格却推不出两者时代的先后。

如果把前代文学的共同性和普遍性作为文学创作的普遍原则,要求所有的文学都必须符合这些原则,它们就成为文学创作必须遵循的规则。这些必须遵循的规则作为一种普遍性在时间上是在先的,但后代文学对于这种在先的普遍规则,只能说是遵守,却不能说是继承。普遍规则对于遵行者来说是必然的,而继承的对象对于继承者来说是偶然的。

普遍性和共同性是某类作品在任何时代都必须具备的本质属性。对于本质属性,我们不能说继承或不继承,因为本质对于现象是一种逻辑上和语法上的必然性。倘若本质的东西可以继承也可以不继承,那么它们就称不上是本质。所以,后代从前代那里继承的,只能是这类作品的非本质属性,因为只有对那些可有可无的属性,才谈得上继承或创新。或者说,对那些非本质属性而言,无论是继承还是创新,无论怎样创新,都不会改变那个普遍本质。

刘勰在《通变》篇中讨论的不仅是继承与创新的问题,还有不可变(常)与可变的问题。人们往往误把不可变(常)当作继承,把可变当作创新。但通过前面的概念分析可以看出,对于不可变的东西,是不适合用

"继承"来谈论的。继承是一种选择,但不可变的东西不能选择。对于"有常之体",我们必须遵守,不能选择。只有对于"无方之数",我们才可以选择变或不变。对于可变的东西,如果我们选择了不变,就是继承;如果选择了变,就是创新。

刘勰说的"有常之体"指的是普遍性,各种文体都有自己的普遍要求,"文辞气力"指的是特殊性,每个作者的创作却又表现出不同的个性。我们可以说陶渊明继承了左思风力,但不能说陶渊明从左思那里继承了五言诗的文体规则。

刘勰说"九代咏歌,志合文则",这个文则就是从黄唐到晋宋的"序志述时",也就是所谓的"有常之体"。按照刘勰的逻辑,每个时代同时还应该有各自的"无方之数"。这个"无方之数"就是每个时代的"文辞气力"都有不同的表现,其总的趋势则是由质朴趋于华丽,由华丽坠入淫滥。但刘勰又把九个时代分成两段来描述。第一段从"黄歌断竹"到"商周篇什",文学的发展遵循着刘勰所揭示的由质及文的变化趋势。但刘勰在描述第二段即从楚到晋的时候,却笔锋一转,开始渲染"风采辞章"也就是"文辞气力"的继承和因循。本来刘勰认为这九个时代一脉相承的是"序志述时"这个"有常之体",但到了从楚到晋这里,被继承因循的却成了"文辞气力"这个"无方之数"。这样,从楚到晋辗转继承的就不是不可变的"序志述时",而是可变的"文辞气力"。我们不得不说,刘勰的描述暴露出他不能区分普遍—特殊与继承—创新这两种不同的关系。但这一点同时也印证了我们前面的语法分析,即继承和创新针对的是文学创作中的那些可变因素。而对于那些不可变因素,是不适合用继承和创新来描述的。

出于同样的混淆,刘勰为了说明文学创作中的共同性,却列举了五个汉赋作家因循相袭甚至模拟的例子。这些例子使众多研究者误以为是关于继承和创新的,因此他们纷纷指责刘勰在这一问题上的局限,即只强调因循继承,没有指出变化和创新。刘勰对历代文学创作的发展变化了如指掌,难道竟然找不出一个说明创新变化的例子吗?人们往往高估了刘勰在文学发展问题上的积极倾向,却低估了刘勰对作品的鉴别能力。刘勰这样做恰恰说明,他真正要讨论的,不是继承和创新,而是普遍与特殊。刘勰要做的是从各种创作中找出不变的因素。这些不变的因素是保证文学健康发展的首要条件,而变的因素必须在不变划定的范围内活动,否则就会误入歧途。不过汉代辞赋在"夸张声貌"中"循环相因"的,同样不是"序志述时"的"有常之体",而是"并广寓极状,而五家如一"的"无方之数"。刘勰在这里应当被指责的,不是忽视了创新,而是他用继承性的例子来说明创作的共同性。

无论是在中国还是在西方,传统形而上学都热衷于追求事物的普遍本质,企图把众多不同的事物、现象纳入同一个概念或范畴。刘勰论通变,仍然跳不出这一哲学传统。在刘勰看来,各种文学现象无论怎样变化,最终不能逃离它们共同的普遍的本质,即所谓"轩翥出辙,而终入笼内"。现代哲学对这种普遍主义和本质主义进行了尖锐的批判。维特根斯坦认为归属于一个概念之下的各种事物和现象并不具备唯一的共同之处,而是一些与另一些在某一方面相似,另一些又与其他一些在另一方面相似。以语言游戏为例:"我无意提出所有我们称为语言的东西的共同之处何在,我说的倒是:我们根本不是因为这些现象有一个共同点而用同一个词来称谓所有这些现象,——不过它们通过很多不同的方式具有亲缘关系。由于这一亲缘关系,或由于这些亲缘关系,我们才能把它们都称为'语言'。"[1]这就像一个家族中的不同个体之间,有些有相同的体型,有些有相同的头发,有些有相同的眼睛,但他们却没有一个唯一的共同特征。这就是所谓的家族相似性。

家族相似性的目的是消解本质主义对普遍性的极端追求,而不是解释世界的宏大叙事,否则也就同样成为一种形而上学,最终导致任何事物都是相似的。"故狗似玃,玃似母猴,母猴似人,人之与狗则远矣。"[2] 但家族相似性当然不是为了达到这样一个荒谬的目的。家族相似性恰好在本质主义山穷水尽之处才显示出它的解释力。

家族相似性能够很好地解释刘勰所面临的问题。刘勰企图为不同时代、不同作家的创作寻找一个共同的本质,然而这是徒劳的。文学是一种特殊的语言游戏,各种文学现象之间只有家族性的相似,却没有唯一的共同本质。文学创作中的变与不变、继承与创新,是一种典型的家族相似性。如表1所示:我们假定《诗经》、楚辞、汉赋以及曹植、陆机、谢灵运的创作之间存在着继承和创新的关系,而每一作家或作品都有几个特征,那么某些作家作品之间可能会有一个或几个相同的特征,但并不是所有作家作品都有一个共同的特征。

---

[1] 〔奥〕维特根斯坦:《哲学研究》第 65 节,陈嘉映译,上海人民出版社 2005 年版,第 59 页。
[2] (东汉)高诱注,(清)毕沅校,徐小蛮标点:《吕氏春秋》第 22 卷,《慎行论·察传》,上海古籍出版社 2014 年版,第 554—555 页。

表1　　　　　　　　　　作家作品的家族相似性

作家和作品	诗经	楚辞	汉赋	曹植	陆机	谢灵运
特征1				✓	✓	
特征2	✓	✓		✓		✓
特征3	✓	✓	✓		✓	
特征4	✓					✓
特征5		✓	✓	✓		✓
特征6			✓	✓	✓	
特征7					✓	✓

当然这个表格只是一种逻辑上的可能，它只是为了说明：每一个时代的文学都可能与其他时代的文学有某种共同的特征，但所有时代的文学却未必都有一个共同的特征。每个作家也都有可能与其他作家存在某种共同特征，但所有作家之间却未必都有一个共同的特征。在继承与创新的问题上，钟嵘的理解要比刘勰更切合文学史的实际。首先，五言诗的发展源头就不止一个，而是《国风》《小雅》和楚辞。其次，不同支流中的作家所受的影响不是单一的，而是可能受到其他源头的影响，如陶渊明"源出于应璩，又协左思风力"，鲍照"总四家而擅美，跨两代而孤出"。可以说，钟嵘描述的作家源流基本上是一种家族相似性。

文学创作不遵循抽象的形而上学的普遍原则，而是一代一代文学、一个一个具体作家之间的家族相似。家庭相似概念的优势在于对继承和创新这一现象做出了非常适当的解释。如果为文学确立一个不可改变的普遍原则，那么文学的发展就只能局限在这个普遍性之中。相反，如果把文学创作看作一种家族相似，那么文学就可以在继承和创新的过程中获得发展的无限空间和无限的可能。我们看到，文学创作的复古派，要求作家遵循的正是一个形而上学的普遍原则。而新变派的创作要求的则是无限延展的家族相似性。

面对文学从《诗经》、楚辞到汉赋，直到魏晋南北朝五言诗的发展过程中表现出的不同特征，理论上表现出两种截然不同的判断。一种认为这种发展趋势是退化的，背离了文学发展的健康轨道，因此主张复古。另一种意见则完全相反，认为从商周到当代，文学发展的趋势是进步的，因此主张新变。以下分别考察这两派的通变观。

二　复古派的通变观

复古主义的理论基础是荀子和扬雄的宗经思想。一旦确立了儒家经书在文学创作中的典范地位,任何相对经典的变化都将是离经叛道。扬雄的一句"诗人之赋丽以则,辞人之赋丽以淫"(《法言·吾子》),就是以《诗经》为标准对屈原和其他辞赋作家所作的抑扬。也就是说,屈原相对诗经所做出的发展是可以接受的,而景差、唐勒、宋玉、枚乘之徒相对于屈原的发展就过分了。扬雄对辞赋的批判在建安时期被曹植引为同调,不过却不是在文学发展的意义上而是在文学价值的意义上,所以杨修驳斥扬雄也是在文学价值的意义上。直至西晋的挚虞,才在文学发展的意义上,一面批评文学创作的退化,一面主张宗经复古。

挚虞说:"前世为赋者有孙卿、屈原,尚颇有古诗之义。至宋玉则多淫浮之病矣。楚辞之赋,赋之善者也。故扬子称赋莫深于《离骚》。贾谊之作,则屈原俦也。"[①] 挚虞非常熟悉扬雄的思想,他在《文章流别论》中引扬雄的话几乎是信手拈来。当然他对辞赋的发展状况也有自己的认识:"古诗之赋,以情义为主,以事类为佐。今之赋,以事形为本,以义正为助。情义为主,则言省而文有例矣;事形为本,则言当而辞无常矣。文之烦省,辞之险易,盖由于此。夫假象过大则与类相远,逸辞过壮则与事相违,辩言过理则与义相失,丽靡过美则与情相悖:此四过者,所以背大体而害政教。是以司马迁割相如之浮说,扬雄疾辞人之赋丽以淫。"(《文章流别论》) 挚虞在宗经复古这一根本原则上,与扬雄完全一致。他对扬雄所批评的"丽以淫"作了进一步发挥,指出屈原之后的辞赋有"四过"。同时,挚虞的复古思想还涉及诗歌创作:"夫诗虽以情志为本,而以成声为节。然则雅音之韵,四言为正,其余虽备曲折之体,而非音之正也。"(《文章流别论》) 这就把汉末以来五言诗的发展也否定了。

扬雄和挚虞虽然批评辞赋相对于经典的过度华丽,但他们都对屈原作了充分肯定,认为屈原没有背离文学发展的正确道路。也就是说,文学发展误入歧途是在屈原之后,从宋玉等人开始的。但裴子野却把文学退化的始点提前到了屈原:"古者四始六艺,总而为诗,既形四方之气,且彰君子之志,劝美惩恶,王化本焉。后之作者,思存枝叶,繁华蕴藻,用以自通。若悱恻芳芬,楚骚为之祖,靡漫容与,相如和其音。"[②] 如果把诗经作为文学发展的源头的话,这岂不是说文学还没有发展,倒先开始倒退了。其后更是每况愈下:"由是随声逐影之俦,弃指归而无执,赋诗歌颂,百

---

① (西晋)挚虞:《文章流别论》,载严可均辑《全晋文》卷77,商务印书馆1999年版,第819页。
② (南朝梁)裴子野:《雕虫论》,载严可均辑《全梁文》卷53,商务印书馆1999年版,第575—576页。

帙五车，蔡邕等之俳优，杨雄悔为童子，圣人不作，雅郑谁分。其五言为家，则苏李自出，曹刘伟其风力，潘陆固其枝叶。爰及江左，称彼颜谢，箴绣鞶帨，无取庙堂。"而近代的文学创作，则是儒家所谓的"乱世之音"："自是闾阎年少，贵游总角，罔不摈落六艺，吟咏情性，学者以博依为急务，谓章句为专鲁，淫文破典，斐尔为功。无被于管弦，非止乎礼义，深心主卉木，远致极风云，其兴浮，其志弱，巧而不要，隐而不深，讨其宗途，亦有宋之风也，若季子聆音，则非兴国，鲤也趋室，必有不敢。荀卿有言，乱代之徵，文章匿而采，斯岂近之乎。"（《雕虫论》）不过裴子野是明确从政治上，从选拔政治人才的角度立论的。① 如果单纯以文学价值为标准，也许裴子野会对屈原之后的文学创作做出适当的肯定。而刘勰如果站在和裴子野相同的角度上，对文学发展的态度也未必会比裴子野更宽容。扬雄和挚虞对屈原都是全面肯定的，但裴子野和刘勰对屈原都有微词。刘勰在《文心雕龙·辨骚》篇中明确指出了《离骚》"异乎经典"的四事，称其"风杂于战国"，乃"雅颂之博徒"，对楚辞的批评反而比裴子野更为具体。

　　历来的研究者都赞赏刘勰在文学发展观上的折中或辩证态度，即既要继承，又要创新。文学的发展可以从许多方面去认识，比如题材对象、思想情感、技巧方法、形态风格等等。笼统地说刘勰主张文学创作既继承又要创新，容易混淆视听。我们在前面已经指出，刘勰所谓通变，不仅是一个继承和创新的问题，同时也是一个普遍（不变）与特殊（变）的问题。刘勰真正关心的是确立一个作为普遍本质的"有常之体"，这个"有常之体"是不能变的。从历史的发展来看，刘勰所谓的"诗赋书记"，也并没有"名理相因"，而是一直在变。当然，其中自有不变者，这是我们把《诗经》、楚辞、唐诗、宋词一直到现代新诗甚至西方现代派的诗都叫作诗歌的最后依据。但是刘勰会把现代诗歌叫作诗吗？或者说他能接受这种变吗？挚虞早就开始批评扬雄、傅毅、马融等人所作的"颂""非古颂之意"（《文章流别论》），从他们两人对屈原的态度来看，刘勰与挚虞至少在逻辑上是一致的。

　　诗歌的共同特征是"序志述时"，既然是共同特征，就不是一个发展的问题，因为这个"通"不能说是"商周"从"黄唐"那里继承的，而是从所有时代的诗歌创作中概括出来的。从历时性的角度看，从"黄唐"

---

① 王运熙、杨明：《中国文学批评通史·魏晋南北朝卷》，上海古籍出版社 1996 年版，第 296 页。

到"商周",文学发展就只是一个在形态上由质及文的过程。也就是说,刘勰没有真正指出"商周"从"黄唐"那里继承了什么。而"暨楚之骚文,矩式周人;汉之赋颂,影写楚世;魏之策制,顾慕汉风;晋之辞章,瞻望魏采",这才真正从文学发展的意义上指出后代文学对前代文学的继承。但这时又出现了一个悖谬的现象,楚汉和魏晋相对于商周,正是文学形态发生巨大变化,文学创作快速变革的一个时期,刘勰却把这一过程描述成一个"通"(继承意义上的)的过程。这个过程当然有"通"的因素,如汉赋之于楚辞,晋之于魏。但这个过程却不像刘勰所描述的那样是一个匀速的过程,例如楚辞之于诗经,魏晋之于楚汉,"变"(创新意义上的)的因素就大于汉赋之于楚辞、晋之于魏。

从楚汉到魏晋南北朝,文学的发展新变是全方位的。在文学本体上,由政教本体转向了情感本体和自然本体,由此又带来了题材、对象的空前扩大。在创作方法上,突破了汉儒所谓的比兴讽喻,以至刘勰感叹:"炎汉虽盛,而辞人夸毗,诗刺道丧,故兴义销亡。于是赋颂先鸣,故比体云构,纷纭杂遝,倍旧章矣。""日用乎比,月忘乎兴,习小而弃大,所以文谢于周人也。"(《文心雕龙·比兴》)但楚汉之后的文学创作对情感和自然美的表现方法其实更加丰富,所谓的"兴义销亡",其实是转变成了"文已尽而意有余"。文学形态和审美追求上,则越来越多样化。虽然总的趋势是由理性到感性,由雅趋俗,由刚趋柔,由隐趋显,但相反的文学形态也没有消亡。但这些历史性的变化在刘勰的通变观里没有得到足够的重视。虽然"三闾忠烈,依《诗》制《骚》,讽兼比兴",但刘勰对屈原在比兴之外创造的奇幻想象是不认可的。魏晋南北朝文学对无关政教的形式美、自然美、形似之美的追求,也是刘勰所反对的。这样,刘勰通变观的内涵就受到极大的削弱。他为通变举的一个具体的例子是:

> 夫夸张声貌,则汉初已极,自兹厥后,循环相因,虽轩翥出辙,而终入笼内。枚乘《七发》云:"通望兮东海,虹洞兮苍天。"相如《上林》云:"视之无端,察之无涯,日出东沼,月生西陂。"马融《广成》云:"天地虹洞,固无端涯,大明出东,月生西陂。"扬雄《校猎》云:"出入日月,天与地沓。"张衡《西京》云:"日月于是乎出入,象扶桑于濛汜。"此并广寓极状,而五家如一。诸如此类,莫不相循,参伍因革,通变之数也。(《文心雕龙·通变》)

我们在前文已经指出,刘勰在这里所讨论的不只是文学创作的继承和创新，同时更是普遍性与特殊性。普遍性就是所谓"并广寓极状，而五家如一"。而所谓特殊性则是五个作者使用了不同的"文辞"，表现出不同的"气力"，所谓"轩翥出辙""参伍因革"。当代学者一方面把这种关系理解成继承与创新，另一方面又因为刘勰在这里没有表现出他们想象中的那种宏大的历史眼光而感到遗憾。刘勰没有揭示魏晋南北朝文学相对于先秦两汉所产生的全方位的变革，他的文学发展观忽略了文学史上最重要的内容，只用一句"由质及讹，弥近弥澹"就轻描淡写地打发掉了。而一谈到应当如何变革，他就熟练地回到了宗经的老路上："故练青濯绛，必归蓝蒨；矫讹翻浅，还宗经诰。斯斟酌乎质文之间，而隐括乎雅俗之际，可与言通变矣。"（《文心雕龙·通变》）因此，刘勰的通变观有两个基本特征：一是规定了文学的某些因素是不能改变的，这些因素主要出自经典。二是可以变的也只是"文辞气力"，即作品形态或语言形式。如前面所说的文、质、雅、丽、侈、艳、浅、绮、讹、新等。

　　刘勰主张通变，是为了文学的生存和发展，或者更确切地说，是为了一种健康的发展。而现实中出现的新变，未必都是健康的。多数研究者往往持先入之见，认为通变就是继承与创新的结合，或者是所谓推陈出新。这种观点孤立地看当然也没错，但刘勰关注的焦点其实不在继承与创新，而在于如何使陷入困境（穷）的文学继续发展（变、通、久）。因此刘勰所主张的变，就不是一般所谓今天出现的相对于古的变。而是相反，是以古为标准相对于今的拨乱反正的变。因为在刘勰看来，今天的变是不正常的，已经走入穷途末路，已经"穷"而不"通"了，"夫青生于蓝，绛生于蒨，虽逾本色，不能复化"，所以要通过"变"而实现"通"。从这个逻辑来看，纪昀和黄侃等人说刘勰以复古为新变是非常有道理的。

　　刘勰把商周以后文学发展的历史描述为"弥近弥澹"、每况愈下的历史，他的复古主义文学史观是明确的。这一点纪昀、黄侃、范文澜、郭绍虞等人早已指出。只是近来研究者不愿正视刘勰的复古倾向，往往曲为之说，竭力寻找刘勰不反对新变的蛛丝马迹，反而把这一问题弄模糊了。较为一致的意见是刘勰属于"折中"派。其实为刘勰辩护者在逻辑起点上就是有问题的。他们首先认定，复古是保守的、倒退的、错误的主张，而新变则是进步的正确的主张。然后为了保持刘勰思想的高度，就竭力否认刘勰主张复古。所以我们首先就要纠正这种以复古为倒退和错误的文学史观。文学史的发展有高峰也低谷。文学史的高峰在后世成为经典、典范，后人对它仰慕、赞叹、模仿、追随没有什么错误，相反，以变为名，以对经典的浅薄的不敬和亵渎来掩饰自己的空乏，却只是可笑而已。宋代严羽、明代前后七子的复古主义,都不是倒退的,他们的复古主张建立在对古典诗歌独特审美特征的深刻体认上。文学进化论者在对复古进行彻底批判,对新变作了无原则的肯定之后,不是还得把唐诗作为中国文学的高峰甚至最高峰吗?反对复古的人,又有谁敢说自己对唐诗审美特征的认识超越了严羽?不过,刘勰的复古主义不是没有问题。问题就在于,他复的"古"和宗的"经",不能成为中国文学的高峰,但被他视为"弥近弥澹"的魏晋南北朝却是无可争议的高峰。所以刘勰的复古主义在逻辑上是没有问题的,问题是他确立的文学高峰算不上巍峨。

三 新变派的通变观

建安时期,理论并没有刻意关注文学发展问题。曹丕只说"诗赋欲丽"而不说"丽以则",可以从侧面反映出他对新变的肯定。曹植对形式美的肯定也可作如是观。陆机也没有讨论文学发展问题,但"谢朝华于已披,启夕秀于未振"(《文赋》)则是新变派的主张。在文学史观上明确主张新变的是葛洪。不过葛洪的新变思想仍然比较复杂,需要作具体分析。一方面,葛洪在社会历史观上是主张进化的,认为今胜于古。但另一方面,葛洪在文学本体论上持政教本体观(参见《情志篇》),所以从逻辑上讲,用情感本体和自然本体取代政教本体的新变是葛洪所反对的。事实上,葛洪对汉末以来出现的新思潮、新风尚是非常不满的。[①]所以,葛洪也是只从文学形态的文与质、朴与华的方面谈发展,而不是谈文学的全面发展。

葛洪主张新变,针对的是一种厚古薄今的思想。有人说"古之著书者,才大思深,故其文隐而难晓;今人意浅力近,故露而易见"。对此,葛洪回答:

> 且古书之多隐,未必昔人故欲难晓,或世异语变,或方言不同,经荒历乱,埋藏积久,简编朽绝,亡失者多,或杂续残缺,或脱去章句,是以难知,似若至深耳。且夫《尚书》者,政事之集也,然未若近代之优文诏策军书奏议之清富赡丽也;《毛诗》者,华彩之辞也,然不及《上林》《羽猎》《二京》《三都》之汪濊博富也。然则古之子书,能胜今之作者,何也?然守株之徒,喽喽所玩,有耳无目,何肯谓尔。其于古人所作为神,今世所著为浅,贵远贱近,有自来矣。故

[①] 罗宗强:《魏晋南北朝文学思想史》,中华书局1996年版,第152页。

新剑以诈刻加价,弊方以伪题见宝也。是以古书虽质朴,而俗儒谓之堕于天也;今文虽金玉,而常人同之于瓦砾也。①

葛洪认为古书之艰深是一种历史造成的假象,而今书实际上比古书更为华丽繁复。由此,他推出当代的文学作品也胜过古代,汉赋胜于毛诗的结论:

今诗与古诗,俱有义理,而盈于差美。方之于士,并有德行,而一人偏长艺文,不可谓一例也;比之于女,俱体国色,而一人独闲百伎,不可混为无异也。若夫俱论宫室,而奚斯"路寝"之颂,何如王生之赋"灵光"乎?同说游猎,而叔畋"卢铃"之诗,何如相如之言"上林"乎?并美祭祀,而"清庙""云汉"之辞,何如郭氏"南郊"之艳乎?等称征伐,而"出车""六月"之作,何如陈琳"武军"之壮乎?则举条可以觉焉。近者夏侯湛潘安仁并作补亡诗,白华、由庚、南陔、华黍之属,诸硕儒高才之赏文者,咸以古诗三百,未有足以偶二贤之所作也。

且夫古者事事醇素,今则莫不雕饰,时移世改,理自然也。至于屦锦丽而且坚,未可谓之减于蓑衣;辎车并妍而又牢,未可谓之不及椎车也。

若舟车之代步涉,文墨之改结绳,诸后作而善于前事,其功业相次千万者,不可复缕举也。世人皆知之快于曩矣,何以独文章不及古邪?②

葛洪的文学新变观只是其历史进化论的附属物,既然历史是进化的,那么文学当然也应当是进化的。但是葛洪所谓的今胜于古,只是从文学形态的质朴与华丽方面说的,我们前文指出,文学的发展绝不仅仅是文学感性形态的改变。那么,文学在其他方面的发展,比如在功能上,魏晋南北朝文学是沿着无功利、纯审美的方向发展的,葛洪能够接受这样一种进化吗?冷卫国指出,葛洪肯定"繁华",更强调"有益",他的审美理想是繁华与有益的统一。③ 因此我们不妨说,葛洪在文学本体论和文学功能论

---

① 杨明照:《抱朴子外篇校释》下,中华书局1997年版,第65—71页。
② 杨明照:《抱朴子外篇校释》下,第75—78页。
③ 冷卫国:《"繁华"与"有益"——试论葛洪赋学批评的二重性》,《古籍研究》2005年第1期。

上是主张复古的,在文学形态论上是主张新变的。

萧统的文学发展观也是进化的,其根据与葛洪相同,建立在社会历史进化的基础上:

> 式观元始,眇觌玄风。冬穴夏巢之时,茹毛饮血之世,世质民淳,斯文未作。逮乎伏羲氏之王天下也,始画八卦,造书契,以代结绳之政,由是文籍生焉。《易》曰:"观乎天文,以察时变;观乎人文,以化成天下。"文之时义远矣哉!若夫椎轮为大辂之始,大辂宁有椎轮之质;增冰为积水所成,积水曾微增冰之凛。何哉?盖踵其事而增华,变其本而加厉。物既有之,文亦宜然。随时变改,难可详悉。①

萧统在列举了《毛诗序》的"诗有六义"之后说:"至于今之作者,异乎古昔。古诗之体,今则全取赋名。荀、宋表之于前,贾、马继之于末。自兹以降,源流实繁。述邑居则有'凭虚'、'亡是'之作。戒畋游则有《长杨》《羽猎》之制。若其纪一事,咏一物,风云草木之兴,鱼虫禽兽之流,推而广之,不可胜载矣。"虽然萧统是从文体的角度讨论赋,但可以看出他对赋在汉代的发展和取得的成绩是从整体上肯定的。在描述了诗、颂、箴、戒、论、铭等文体的发展和特征之后,萧统说:"众制锋起,源流间出。譬陶匏异器,并为入耳之娱;黼黻不同,俱为悦目之玩。作者之致,盖云备矣!"(《文选序》)这也可以看出他对文学发展的全面肯定。

如果说萧统对文学进化的肯定是抽象的、笼统的,那么,沈约对文学发展新变的肯定则是具体的:

> 周室既衰,风流弥著,屈平、宋玉,导清源于前,贾谊、相如,振芳尘于后,英辞润金石,高义薄云天。自兹以降,情志愈广。王褒、刘向、扬、班、崔、蔡之徒,异轨同奔,递相师祖。虽清辞丽曲,时发乎篇,而芜音累气,固亦多矣。若夫平子艳发,文以情变,绝唱高踪,久无嗣响。至于建安,曹氏基命,二祖陈王,咸蓄盛藻,甫乃以情纬文,以文被质。②

---

① (南朝梁)萧统:《文选序》,载严可均辑《全梁文》卷20,第221页。
② 《宋书》卷67《谢灵运传论》,中华书局1974年版,第1778页。

前文指出，刘勰认为商周之后，文学的发展就走上了下坡路，但沈约却说"周室既衰，风流弥著"，那么，这无疑是说，屈原、宋玉、贾谊、司马相如的文学成就是胜过《诗经》的。需要指出，沈约在这里对近世文学的肯定与葛洪不同，葛洪只是着眼于形态上的文与质，而沈约是从文学本体上肯定的。虽然他也指出汉代辞赋多有"芜音累气"，但也与刘勰的批评不同，刘勰是以经典为标准囊括辞赋创作，沈约则是从审美和形式的角度对辞赋提出更高的要求。或者可以说，刘勰是认为辞赋的发展在形式上过分了，而沈约则认为它发展得还不够。而"以情纬文，以文被质"则是对建安文学近乎完美的评价。

> 自汉至魏，四百余年，辞人才子，文体三变。相如巧为形似之言，班固长于情理之说，子建、仲宣以气质为体，并标能擅美，独映当时。是以一世之士，各相慕习，原其飚流所始，莫不同祖《风》、《骚》。徒以赏好异情，故意制相诡。（《宋书·谢灵运传论》）

沈约没有大谈通变，但他在这里却真正揭示了文学发展过程中的继承和创新。他指出了汉代辞赋的"异轨同奔，递相师祖"，张衡的"文以情变"，"自汉至魏"，司马相如、班固、曹植和王粲创造了不同的文学形态，但又无不以《诗经》和楚辞为源头。而"降及元康，潘、陆特秀，律异班、贾，体变曹、王，缛旨星稠，繁文绮合"，但又"缀平台之逸响，采南皮之高韵"，继承了汉魏的文学成就。而他们的创新，又将成为新的文学遗产，"遗风余烈，事极江右"。到了东晋，"有晋中兴，玄风独振，为学穷于柱下，博物止乎七篇，驰骋文辞，义单乎此。自建武暨乎义熙，历载将百，虽缀响联辞，波属云委，莫不寄言上德，托意玄珠，遒丽之辞，无闻焉尔"（《宋书·谢灵运传论》）。文学创作中的玄学因素，相对西晋文学而言未尝不是一种新变，不过沈约以文学自身的规律为标准，对这种新变并不认可。随后，"仲文始革孙、许之风，叔源大变太元之气。爰逮宋氏，颜、谢腾声。灵运之兴会标举，延年之体裁明密，并方轨前秀，垂范后昆"（《宋书·谢灵运传论》），这才又回到了文学发展的正确轨道上。沈约的可贵之处在于，每当他对某些作家做出高度评价之后，都不忘指出他们既继承了前代作家的成就，又为后代作家确立了典范。而这才是继承和创新意义上的通变。显然，沈约对文学发展的揭示比刘勰要丰富、具体、深刻。

文学的发展，总是一种前进，所谓的"折中"，只能是在前进的快与慢，变化的强与弱之间折中，而不是在进与退之间折中，进退之间的折中，只能是原地踏步。所以要说折中，我们以为沈约在文学发展观上才是折中的。之所以这样说，是因为毕竟存在着比沈约还要激进的新变派。张融《门律自序》说：

> 吾文章之体，多为世人所惊，汝可师耳以心，不可使耳为心师也。夫文岂有常体，但以有体为常，政当使常有其体。丈夫当删《诗》、《书》，制礼乐，何至因循寄人篱下。①

张融虽然早于刘勰，但此文简直就是针对《通变》篇而发。刘勰说"设文之体有常"，张融则说"文岂有常体"。作品创作完成，自然就有其体，既然已有其体，则此体已为常矣。张融认为，文学创作就是要使体的创造成为一件正常而普通的事情："吾之文章，体亦何异，何尝颠温凉而错寒暑，综哀乐而横歌哭哉？政以属辞多出，比事不羁，不阡不陌，非途非路耳。然其传音振逸，鸣节竦韵。或当未极，亦已极其所矣。"对于别人的创作，张融也不以其异于己为意："汝若复别得体者，吾不拘也。"（《门律自序》）这是一种彻底的开放性的新变理论。张融完全否认文学创作中有什么固定不变的东西："吾无师无友，不文不句，颇有孤神独逸耳。"② 其《戒子》书说："吾文体英绝，变而屡奇，既不能远至汉魏，故无取嗤晋宋。"③ 张融在书法创作上同样持绝对的新变观，齐高帝遗憾他的书法"无二王法"，他却说："非恨臣无二王法，亦恨二王无臣法。"④ 其风度举止也不同凡响，常叹"不恨我不见古人，所恨古人又不见我"。要说通变，张融的主张是变而不通。置刘勰和张融于两端，沈约难道不是折中派吗？

在文学发展观上主张新变而态度又比较温和的还有江淹，《杂体诗序》说：

> 夫楚谣汉风，既非一骨，魏制晋造，固亦二体，譬犹蓝朱成采，

---

① （南朝齐）张融：《门律自序》，载严可均辑《全齐文》卷15，商务印书馆1999年版，第151页。
② 《南齐书》卷41《张融传》，中华书局1972年版，第729页。
③ （南朝齐）张融：《戒子》，载严可均辑《全齐文》卷15，第152页。
④ 《南史》卷32《张融传》，第835页。

杂错之变无穷，宫商为音，靡曼之态不极。故蛾眉讵同貌，而俱动于魄，芳草宁其气，而皆悦于魂，不其然与？①

江淹要说的其实是一个共时性的文学形态多样性的问题，但这个问题如果从历史发展的角度看，就是一个新变的问题。江淹对不同时代文学创作表现出的不同特征，既不认为是进化的，也不认为是退化的，而是认为它们在形态上是各异的，但在价值地位上是平等的。既然如此，从逻辑上说，复古的追求和新变的追求都是可以理解的，因为古代的经典同样是一种合理的存在，但他并不赞成复古："贵远贱近，人之常情，重耳轻目，俗之恒蔽；是以邯郸托曲于李奇，士季假论于嗣宗，此其效也。"（《杂体诗序》）江淹在文学发展上的态度虽然温和，但只强调了不同时代文学创作的独特性，而没有指出它们之间的继承。他论五言诗的发展说："然五言之兴，谅非复古，但关西邺下，既已罕同，河外江南，颇为异法；故玄黄经纬之辨，金璧浮沉之殊，仆以为亦各具美兼善而已。"（《杂体诗序》）江淹认为五言诗的出现是晚近的事，没有为它寻找一个远古或经典的源头。而且，五言诗产生之后，在不同时代如汉、魏、两晋的特征也很少有共同之处。也就是说，江淹并不重视不同时代文学创作之间的继承，而是强调新变。

萧子显对文学发展历史的描述与沈约同样精彩，不过他的新变主张更为明确："属文之道，事出神思，感召无象，变化不穷。俱五声之音响，而出言异句；等万物之情状，而下笔殊形。吟咏规范，本之雅什，流分条散，各以言区。"②萧子显指出文学创作是变化无穷的，虽然诗经在文学创作上是历史的源头，但其后的发展则各不相同。"若陈思《代马》群章，王粲《飞鸾》诸制，四言之美，前超后绝。少卿离辞，五言才骨，难与争鹜。桂林湘水，平子之华篇，飞馆玉池，魏文之丽篆，七言之作，非此谁先？卿、云巨丽，升堂冠冕，张、左恢廓，登高不继，赋贵披陈，未或加矣。显宗之述傅毅，简文之摘彦伯，分言制句，多得颂体。裴頠内侍，元规凤池，子章以来，章表之选。孙绰之碑，嗣伯喈之后；谢庄之诔，起安仁之尘。颜延《杨瓒》，自比《马督》，以多称贵，归庄为允。王褒《僮约》，束晳《发蒙》，滑稽之流，亦可奇玮。"（《南齐书·文学传论》）萧子显以历史顺序描述了各种文体的发展状况，认为每一个时代都创造了文

---

① （南朝梁）江淹：《杂体诗序》，载严可均辑《全梁文》卷38，第405页。
② 《南齐书》卷52《文学传论》，中华书局1972年版，第907页。

学发展的高峰，都产生了超越前代的杰出作家。这无疑是一种健康的文学发展观。就文体的发展而言，他认为出现较晚的五言诗是所有文体中最优秀的：

> 五言之制，独秀众品。习玩为理，事久则渎，在乎文章，弥患凡旧。若无新变，不能代雄。建安一体，《典论》短长互出；潘、陆齐名，机、岳之文永异。江左风味，盛道家之言：郭璞举其灵变；许询极其名理；仲文玄气，犹不尽除；谢混情新，得名未盛。颜、谢并起，乃各擅奇，休、鲍后出，咸亦标世。朱蓝共妍，不相祖述。(《南齐书·文学传论》)

在对四言诗和五言诗的态度上，我们已经有了一组对照：挚虞和刘勰认为四言是正宗，五言是支脉，而钟嵘和萧子显则认为五言在抒情方面胜过四言。同时，萧子显明确指出，不同时代之所以能够不断涌现出杰出作家和文学高峰，根本的原因就在于创新变化。萧子显对近代的颜、谢、鲍的文学成就是高度肯定的，但也批评了在他们影响下所形成的不良文风。也就是说，萧子显对文学发展过程中新出现的某些因素也是不满的：

> 今之文章，作者虽众，总而为论，略有三体。一则启心闲绎，托辞华旷，虽存巧绮，终致迂回。宜登公宴，本非准的。而疏慢阐缓，膏肓之病，典正可采，酷不入情。此体之源，出灵运而成也。次则缉事比类，非对不发，博物可嘉，职成拘制。或全借古语，用申今情，崎岖牵引，直为偶说。唯睹事例，顿失精采。此则傅咸五经，应璩指事，虽不全似，可以类从。次则发唱惊挺，操调险急，雕藻淫艳，倾炫心魂。亦犹五色之有红紫，八音之有郑、卫。斯鲍照之遗烈也。(《南齐书·文学传论》)

但是，把萧子显和刘勰对当代文学的批评对照一下，就会发现，萧子显所依据的标准不是宗经复古的标准，而是发展的标准。当然，萧子显的标准是否合理是可以讨论的。

萧纲没有自觉地发表对文学发展历史的看法，但他透露出来的文学发展观却是激进的新变观：

> 比见京师文体，懦钝殊常，竞学浮疏，争为阐缓，玄冬修夜，思

所不得，既殊比兴，正背风骚。若夫六典三礼，所施则有地，吉凶嘉宾，用之则有所，未闻吟咏情性，反拟内则之篇，操笔写志，更摹酒诰之作，迟迟春日，翻学归藏，湛湛江水，遂同大传。吾既拙于为文，不敢轻有掎撅，但以当世之作，历方古之才人，远则杨马曹王，近则潘陆颜谢，而观其遣辞用心，了不相似。若以今文为是，则古文为非，若昔贤可称，则今体宜弃，俱为盍各，则未之敢许。①

萧纲是新变派，在这一点上研究者没有不同意见。但萧纲上面所说的"今文""今体"指的是"京师文体"，而"古文"和"昔贤"恰恰是过去那段不断创新的历史。（参见《情志篇》第二节）与萧子显一样，萧纲也高度评价了当代作家，"至如近世谢朓沈约之诗，任昉陆倕之笔，斯实文章之冠冕，述作之楷模，张士简之赋，周升逸之辩，亦成佳手，难可复遇"（《与湘东王书》）。我们不一定同意萧纲对具体作家的评价，但他在这些评论中所表现出的文学发展观无疑是值得肯定的。

萧绎的文学发展观是通过对"文笔"古今之变的描述表现出来的：

> 然而古人之学者二，今人之学者有四。夫子门徒，转相师受，通圣人之经者谓之儒，屈原宋玉枚乘长卿之徒，止于辞赋则谓之文。今之儒博穷子史，但能识其事，不能通其理者，谓之学。至如不便为诗如阎纂，善为章奏如柏松，若此之流，泛谓之笔，吟咏风谣，流连哀思者，谓之文。而学者率多不便属辞，守其章句，迟于通变，质于心用。学者不能定礼乐之是非，辩经教之宗旨，徒能扬榷前言，抵掌多识。然而挹源知流，亦足可贵。笔退则非谓成篇，进则不云取义，神其巧惠，笔端而已。至如文者，惟须绮縠纷披，宫徵靡曼，唇吻遒会，情灵摇荡。②

齐梁时期的"文笔之辨"，看似是对事实的认定，实则表达了论者的价值倾向。颜延之认为圣人的经典是"言"，连"笔"都算不上，就引起了刘勰的不满。（《文心雕龙·总术》）萧绎在这里表面上是对"文笔"的概念发展作历时的梳理，但语气中透露出对抒情性的纯文学的推崇和对非

---

① （南朝梁）萧纲：《与湘东王书》，载严可均辑《全梁文》卷11，第115页。
② （南朝梁）萧绎：《金楼子·立言》，许逸民校笺：《金楼子校笺》，中华书局2011年版，第966页。

抒情的泛文学的排斥。而纯文学不断地从泛文学手中挣脱、独立，正是新变派和复古派都看得见的历史事实。所以，在对文学发展的事实性描述方面，新变派和复古派并没有什么不同。正是因为他们对这一事实的认识是一致的，所以才从不同的价值观念出发，或感到痛心疾首，或感到欢欣鼓舞。萧绎显然属于后者。

魏晋南北朝文学发展观的主流是主张创新变革，但主张复古的声音也是强大的。挚虞、裴子野和刘勰在文学发展观上是接近的。刘勰与裴子野的不同，在于裴子野根本就不是站在文学的角度上谈文学发展，而在指责文学的发展总是在不断地背离经典这一方面，二者是一致的。与新变派的主张相比，不能说刘勰的文学发展观是折中，刘勰的复古主张明确而又自觉，与新变派的主张是对立的。沈约、萧统、萧子显、萧纲、萧绎代表了进化的文学发展观，其中后三者的主张更为激进，可以说与裴子野和刘勰恰好针锋相对。如果一定要说折中，其沈约、萧统之谓乎？

第二节　文学接受的通变

一　一与多的语法分析

文学创作是创造一个新的作品，而文学接受则是对一个既定作品的理解。在文学接受中，存在着对同一部作品有多种不同理解的现象。因此，如果我们把通变理解成普遍与特殊、共同与差异，那么文学接受中的变当然是一种对作品不同的理解，但通却不是对作品的共同理解。因为文学接受中的同，不是从众多不同理解中抽象出共同性，而是本来就已经存在的作品本身。无论对作品的理解在读者之间有多么不同，这些不同理解之间可以不一致，但任何理解都不得与已经存在的作品本身不一致。作品的唯一性是时间上在先的，而不是事后从众多理解中概括出来的。

作品与读者的理解之间，既不是本质与现象的关系，也不是家族相似的关系。作品不是一个统摄各种不同理解的概念。作品既不是从各种不同理解中抽象出的共同性，也不是各种不同理解之间的家族相似性，而是形成各种不同理解的共同基础。这个共同基础与各种不同理解之间的关系不是地位平等的并列关系，而是处于优先的基础地位。我们可以在各种不同理解之间取舍，但不能在作品本身与对作品的理解之间取舍。理解是对作品的理解，离开这个共同的作品，理解就是没有意义的。文学接受中的通，既是时间在先的，也是逻辑在先的。

传统的文学接受理论不重视读者的作用和地位，一般都简单地把作品视为作者思想情感的表达，而读者则是通过作品理解和接受作者的原意。虽然传统的接受理论并非完全无视读者的不同理解，但仍然把作者的原意作为唯一值得追求的目标，而把读者的不同理解视为不同程度的误解。现代的文学阐释学和文学接受论则把作品视为作者与读者合作的产物，即读者的不同理解参与了作品意义的构成，作品的意义不再仅仅是作者原意的表达。这样，在作者、作品和读者的三角关系中，就产生了同与异、一与多，也就是通与变的问题。

但是在文学接受中的通与变、同与异、一与多的关系却不同于文学创作中的通与变，或者说，文学接受的通变与文学创作的通变有不同的语法。文学接受中的通变至少有三个维度。

一是作者原意与读者众多不同理解之间的异同。在这里，通就是各种不同理解与作者原意相同的部分。在传统的以作者为中心的接受论看来，那些与作者原意不同的部分是对作品的误解，应当加以排斥。

二是这些与作者原意不同的被排斥的各种理解之间的异同。在这里，读者的各种不同理解虽然异于作者原意而被视为误解，但这些误解之间仍然有异同之分。但这一维度似乎只有逻辑上的意义，因为无论是传统的还是现代的接受理论，似乎都不在意这一维度。

第三也是最重要的，即作品意义与读者的各种不同理解之间的关系。因为伽达默尔和尧斯认为重建作者的原意是不可能的，所以就不存在作者原意与读者理解之间的异同问题了。这样第一个维度就被排除了。但他们关心的并不是读者的不同理解之间的异同，而只是作品意义与读者理解的关系。这样第二个维度也被排除了。而作品意义与读者理解的关系甚至不能用同与异来描述，而只能用一与多来描述。

我们这里要讨论的主要就是第三个维度。因为在接受美学看来，作品的意义其实是由读者赋予的，所以在读者阅读之前，作品意义其实是不存在的。伊瑟尔区分了第一文本和第二文本，以显示尚未获得意义的作品和被读者阅读之后产生意义的作品。因此，未被读者接受的作品没有意义，只是一个物理的文本结构。但这样一来，文本结构与读者的理解就是性质不同的东西。因此二者之间就无法进行比较，也就谈不上同与异。但是就同一个文本产生了众多不同的理解和解释而言，又存在着一与多的关系。一指的是作品文本的唯一性，多则是对作品的各种不同理解和解释。

但是另一方面，我们又可以说，作品的这个唯一的文本结构，划定了读者理解和解释的范围。就此而言，由文本结构所已经确定的那些因素对所有读者都是共同的。比如"两个黄鹂鸣翠柳"这个文本结构，按照现代接受理论的看法，不同读者是可以对其进行不同的理解和解释的。但无论读者的理解如何不同，这个文本已经确定了这里描写的是"黄鹂"而不是麻雀，是"两个"而不是三个，是"翠柳"而不是白杨。对这些确定的因素，读者不能有不同的理解。

在文学创作中，不同作家作品的范围是无限延展的。但在文学接受中，读者的创造是受到限制的。因此，对同一部分作品，读者虽然可以有不同的理解和解释，但这些理解和解释不是任意的，它们必须与作品一致。伊瑟尔所谓的"召唤结构"和"隐含的读者"，其实已经承认了文本对读者解释的限制。

因此，不妨把作品比作一座房屋。这个房屋已经具备了基本的结构和居住功能，但房屋的使用者可能根据自己的需要对房屋进行不同的装修和装饰，添置不同的家具。但无论使用者怎样装修布置，都不能改变这座房屋已有的基础结构。如果使用者把房屋推倒，重建一所自己的房屋，那么对文学而言，这相当于读者自己重新创作了一篇新作品，与他本来阅读的作品已经没有关系了。这个隐喻可以指涉作者死亡的理论。这个问题我们留在最后再讨论。

但这个隐喻也存在不可克服的缺陷，那就是它相当于说作者的作品只相当于建筑商建造了一所毛坯房。这样所谓的第一文本就只是一个半成品，完美的作品还需要读者最后去完成。这不符合文学史上的常识。难道那天才的作家创造的那些流传千古的杰作，只相当于一些有待完成的半成品，而完成它们的反倒是在创造和趣味上都比作者平庸的读者？

如果把作品视为一种特殊的语言游戏，那么根据维特根斯坦的"意义即用法"的观点，作品的意义即在于其使用，各种不同理解和解释实际上是对作品的不同使用。作者创造作品，本身就是对作品的一种使用，甚至作者自己对作品就有多种不同的用法。而读者当然也可能对作品进行各种不同的使用。但是正如使用工具，某种工具适合何种工作是由工具自身的性质决定的。当然在某种情况下，我们缺少称手的工具，难免用不称手的工具替代一下。比如杀鸡的时候用牛刀。但也可能在某种情况下，你选取的工具对于你的工作是无法胜任的。也就是说，工具的功能总有一个范围。虽然用手术刀来切面包是过于精确了，但餐具刀用来做手术肯定是行不通的。文学接受中的各种不同理解，也就是变的因素，有些是"通"的，有些是"不通"的。我们的日常语言蕴含着丰富而深刻的道理，这些道理是"通"的,它是我们彼此能够理解的前提,也是作品能够有意义的前提,也是读者能够理解作品的前提。你可以反抗、否定这些前提。但是在你否定和反抗之后,我们不知道你为什么要阅读文学,我们甚至不知道你是否真的在反抗和否定,因为你对"反抗"和"否定"这些语词的理解很可能跟我们是不一样的。

在读者与作品意义的关系问题上,中国古代的文学接受论恰好有两种对立倾向,其源头可以追溯到孟子和庄子。孟子强调接受的绝对性和共同性,认为不同的主体对同一对象的感受、理解是相同的。《孟子·告子上》说:"口之于味也,有同耆焉;耳之于声也,有同听焉;目之于色也,有同美焉。"因此孟子主张"以意逆志",也就是说阅读的最终意义就在于把握作者的原意(志)。而庄子则强调理解的相对性和个别性,认为同一对象在不同的主体看来,意义是完全不同的。《庄子·齐物论》说:"毛嫱西施,人之所美也,鱼见之深入,鸟见之高飞,麋鹿见之决骤。四者孰知天下之正色哉?"庄子一派的接受理论认为,作品没有绝对的意义,读者对作品的阅读、理解存在着差异性和多样性。

"以意逆志"的"意"在历史上有两种解释,一是指读者之意,二是指作品之意,但在"志"是指作者本意这个问题上则没有分歧。孟子的学生咸丘蒙针对《诗经·小雅》中的"普天之下,莫非王土,率土之滨,莫非王臣"提出疑问,因为它不完全符合事实。孟子批评咸丘蒙误解了作者的本意,因为作者那样说的目的是做一个铺垫,衬托自己对不公正待遇的不满情绪,即"莫非王事,我独贤劳"。但咸丘蒙却从字面上把它理解为对事实的一种陈述。在这里,孟子对作者之意的还原是成功的,从而也证明了"以意逆志"在理论上的价值。但文学接受的现实存在着与"以意逆志"相对立的情况。一是自春秋以来,"赋诗断章,余取所求"已经形成一个传统,从先秦诸子到汉儒,都是脱离作者本意而解释《诗经》的,孟子自己也不例外。这倒不是苛求孟子言行一致,而是说在作者原意之外对作品进行解释是一个既成的事实。二是古人和今人都已经把"普天之下,莫非王土"作为对古代社会政治制度的一种真实描述,这说明咸丘蒙对《诗经》的误读具有一定的合理性。孟子的本意是以"读者之意"逆"作者之志",但"读者之意"已经隐含着主观性和相对性,不同的读者所理解的"作者之志"可能是不同的。所以"以意逆志"在一开始就隐含了自己的否定因素。

中国古代的文学接受论基本上就是在孟子的绝对主义和庄子的相对主义的影响下形成的。魏晋南北朝时期的文学思想,大都认识到了批评鉴赏中存在的差异性和多样性，但有的认为这种多样性的地位是等同的，有的则认为这些多样性中仍有一个唯一正确的标准。

二 文学接受的多与变

曹丕在《典论·论文》中提出了"文人相轻"的问题，注意到不同创作主体在文学批评上表现出重己轻人的不良倾向："夫人善于自见，而文非一体，鲜能备善，是以各以所长，相轻所短。"① 文人相轻一方面是道德上的原因，另一方面则是客观上看不到自己的缺点和别人的优点，因而不能做出公正的判断，即"闇于自见，谓己为贤"。曹丕反对这种鉴赏批评上的偏执，主张多元和宽容。建安诸子各有所长，"于学无所遗，于辞无所假，咸自以骋骥騄于千里，仰齐足而并驰"，因此彼此很难做到互相认可和推服。为了"能免于斯累"，就应该"审己以度人"。曹丕作《论文》的目的，就是客观地评价每个作家的不同特点和优劣。而不同作家的创作个性最终是因为"文以气为主，气之清浊有体，不可力强而致"（《典论·论文》）。由于每个人先天禀赋的"气"不同，因此就有不同的气质和个性及其作品的不同风格，其实这也是造成文学接受差异性的原因。这种差异构成了理解、鉴赏和批评的前提，从而产生了文人相轻的结果。除了"文人相轻"，曹丕还批评了"常人贵远贱近，向声背实"，即受到某种"成见"或"偏见"的影响，从而影响到对作品的鉴赏和批评。曹丕所说的"气"以及各种偏见，都构成了接受美学所说的"期待视野"。曹丕一方面揭示了文学接受中的差异性，另一方面似乎仍然认为文学批评应该有一个客观的标准。

曹植同样看到了文学鉴赏批评的差异性，他虽然没有说建安作家"相轻所短"，但同样认为他们在"谓己为贤"方面不能免俗：

> 昔仲宣独步于汉南，孔璋鹰扬于河朔，伟长擅名于青土，公幹振藻于海隅，德琏发迹于大魏，足下高视于上京。当此之时，人人自谓握灵蛇之珠，家家自谓抱荆山之玉也。②

曹植对建安诸子的自视甚高颇为反感，他批评陈琳不擅长辞赋却自比

---

① （三国魏）曹丕：《典论·论文》，载严可均辑《全三国文》卷8，商务印书馆1999年版，第82页。
② （三国魏）曹植：《与杨德祖书》，载严可均辑《全三国文》卷16，第159页。

司马相如,嘲笑他没有自知之明。曹植和曹丕都反对敝帚自珍,"谓己为贤",但也都对鉴赏批评的差异性表示理解。曹植说:"人各有所好尚。兰茞荪蕙之芳,众人之所好,而海畔有逐臭之夫;《咸池》《六英》之发,众人所共乐,而墨翟有非之之论。岂可同哉!"(《与杨德祖书》)曹植在这里对接受者差异性的认识比曹丕更为明确,不同的接受者不仅会选择不同的对象,而且对同一对象,也会表现出不同的评价。

为了保证批评的质量,曹植认为文学批评的前提是批评者在创作才能上高于作者:"盖有南威之容,乃可以论于淑媛;有龙渊之利,乃可以议于割断。"(《与杨德祖书》)他批评刘修才能不如作者,却喜欢"诋呵文章,掎摭利病"。而他自己则不敢对别人的作品妄加评论,以免贻笑于大方之家:"昔丁敬礼尝作小文,使仆润饰之,仆自以才不能过若人,辞不为也。"但他对于自己的作品,却"常好人讥弹其文;有不善者,应时改定"(《与杨德祖书》)。曹植的这种批评主张在逻辑上难以说通。按曹植的主张,在进行文学批评之前,先要鉴定一下批评者的文学才能。但在今天看来,当时的作家几乎没有人在创作才能上超过曹植,这样曹植就找不到有资格批评他的人了。而别人请曹植批评的时候,他又自谦才能不如对方。这样文学批评就成为不可能的了。刘勰和钟嵘在创作才能上都不及曹植,但这并不妨碍他们对曹植进行批评。指出这一点并不是什么深刻的洞见,但这里面其实还隐含着一个文学接受的问题,即有创作经验的接受者和没有创作经验的接受者对作品的理解是不同的。有没有创作经验乃至自身创作才能的高低,同样也构成了接受主体的期待视野。心理学研究证明不同个体对相同的颜色、声音有不同的理解。有人根据听者对音乐的不同感受把他们分为四类:主观类,他们专注于音乐对感觉情绪和意志的影响;联想类,他们专注于音乐所引起的联想;客观类,他们专拿一种客观的标准来批评音乐本身的技巧;性格类,他们把音乐加以拟人化。其中,音乐专家大半属于客观类,他们由于训练的影响,注重技艺方面,态度是批评的而不是欣赏的。[①] 曹植在文学批评上的主张,类似于这种客观类的批评,要求批评者的文学才能至少要达到与作者相同的程度。从接受美学的角度看,这四种接受模式其实无非是四种不同的期待视野。

陆机注意到不同主体在审美倾向上的差异:"夸目者尚奢,惬心者贵当。言穷者无隘,论达者唯旷。"(《文赋》)陆机这段话主要是从创作方

[①] 朱光潜:《文艺心理学》,《朱光潜美学文集》第1卷,上海文艺出版社1982年版,第310页。

面说的,但既然审美主体在创作上有不同的追求,那么这种偏好也就会表现在文学接受上。而葛洪则更详尽地列举了不同主体的不同审美倾向:"人情莫不爱红颜艳姿,轻体柔身,而黄帝迷笃丑之嫫母,陈侯怜可憎之敦洽。人鼻无不乐香,故流黄郁金、芝兰苏合、玄胆素胶、江离揭车、春蕙秋兰,价同琼瑶,而海上之女,逐酷臭之夫,随之不止。周文嗜不美之菹,不以易太牢之滋味。魏明好椎凿之声,不以易丝竹之和音。人各有意,安可求此以同彼乎?"① 葛洪这段话要论证的是不能因为圣人不谈神仙,就说天下没有神仙。因为不同的人对问题的理解、对事物的追求是不同的,所以不能强求一致。他对文学接受的认识与上述观点相通:

> 五味舛而并甘,众色乖而皆丽。近人之情,爱同憎异,贵乎合己,贱于殊途。夫文章之体,尤难详赏。苟以入耳为佳,适心为快,鼗知忘味之九成,雅颂之风流也。所谓考盐梅之咸酸,不知大羹之不致;明飘飖之细巧,蔽于沈深之弘邃也。其英异宏逸者,则网罗乎玄黄之表;其拘束龌龊者,则羁绁于笼罩之内。振翅有利钝,则翔集有高卑,骋迹有迟迅,则进趋有远近。驽锐不可胶柱调也。文贵丰赡,何必称善如一口乎?②

葛洪在这里想说的实际上是不能单纯追求文学的丰赡之美,而忽视那些有益于政教的作品。把这种观点抽象出来,就是说,文学接受不能确定一个单一的标准,而排斥其他不符合这一标准的作品。葛洪批评的是对某种对象或某种特征的轻视,但他并非反过来又轻视对方的偏爱,而是认为不同的对象、特征都有其存在的合理性。延伸到文学接受上,就是对理解差异性和多样性的宽容。

江淹《杂体诗序》所论既是一个文学发展问题,同时也是一个文学接受问题。他说"夫楚谣汉风,既非一骨,魏制晋造,固亦二体",指的是文学创作的多样性,而"至于世之诸贤,各滞所迷,莫不论甘则忌辛,好丹则非素,岂所谓通方广恕,好远兼爱者哉?"③ 则是一个文学鉴赏和批评的问题。江淹反对读者从自己的偏爱出发否定不适合自己口味的作品。他对时人论不同作家之优劣颇不以为然:"乃及公幹仲宣之论,家有曲直,

---

① 杨明照:《抱朴子内篇校释》,中华书局1985年版,第230页。
② 杨明照:《抱朴子外篇校释》下,中华书局1997年版,第395—397页。
③ (南朝梁)江淹:《杂体诗序》,载严可均辑《全梁文》卷38,第405页。

安仁士衡之评，人立矫抗，况复殊于此者乎？又贵远贱近，人之常情，重耳轻目，俗之恒蔽；是以邯郸托曲于李奇，士季假论于嗣宗，此其效也。"由于读者偏执于某种批评标准或道听途说，以至于有些作品需要假托名人才能获得世俗的承认。江淹认识到在接受过程中读者有不同的审美趣味和不同的批评标准，他反对固执某种单一的取向和标准，主张兼容并蓄。

萧子显说文学创作"莫不禀以生灵，迁乎爱嗜"，而文学批评同样也是"机见殊门，赏悟纷杂"。萧子显认识到，不同的批评主体由于选择了不同的角度、出于不同的意图，从而表现出不同的批评形态："若子桓之品藻人才，仲治之区判文体，陆机辨于《文赋》，李充论于《翰林》，张眎摘句褒贬，颜延图写情兴，各任怀抱，共为权衡。"① 萧子显虽然也有自己的批评标准，但并不排斥异己，他同样认可历史上出现过的不同批评模式的价值。

以上曹丕、曹植、陆机、葛洪、江淹、萧子显等人代表了这样一种文学接受观：主体对文学作品的阅读、理解、鉴赏、批评存在着差异性和多样性。但他们没有确定是否存在一种唯一正确的理解和解释。

三　文学接受的同与通

另外一种文学接受观其实同样注意到接受的差异性和多样性，但他们明确表示其中存在着唯一正确的理解。

嵇康在讨论音乐与情感反应的关系时说："夫殊方异俗，歌哭不同。使错而用之，或闻哭而欢，或听歌而戚，然其哀乐之情均也。今用均同之情而发万殊之声，斯非声音之无常哉？"② 嵇康所论，为的是消解儒家思想赋予音乐作品的情感意义，从而确立音乐独立的审美意义。但嵇康在论证过程中，从侧面揭示了不同个体对音乐接受的差异性。嵇康认为，同一种情感可以表现为不同的声音，或歌或哭。反过来说，一个人以为悲哀的声音，另一个人可能以为欢乐："会宾盈堂，酒酣奏琴，或忻然而欢，或惨然而泣。"（《声无哀乐论》）嵇康想论证的是声音、音乐的意义不在于引发主体情感的反应，但最终揭示的却是审美对象引发主体情感反应的不确定性和差异性。不过嵇康并不认为主体产生的各种情感反应是音乐作品的本来意义。他认为无论主体对音乐做何种情感反应，都与音乐本身无关。音乐的意义在于体现了没有哀乐差别的"和"。所以嵇康是排斥对音乐作品

---

① 《南齐书》卷 52《文学传论》，第 907 页。
② （三国魏）嵇康：《声无哀乐论》，载严可均辑《全三国文》卷 49，第 509 页。

的不同理解的,他认为音乐的价值和意义是唯一的、确定的。

刘勰是魏晋南北朝文学接受理论的总结者,《文心雕龙·知音》首先讨论了历史上出现的各种文学接受现象:

> 夫古来知音,多贱同而思古。所谓"日进前而不御,遥闻声而相思"也。昔《储说》始出,《子虚》初成,秦皇汉武,恨不同时;既同时矣,则韩囚而马轻,岂不明鉴同时之贱哉?至于班固、傅毅,文在伯仲,而固嗤毅云"下笔不能自休"。及陈思论才,亦深排孔璋,敬礼请润色,叹以为美谈;季绪好诋诃,方之于田巴,意亦见矣。故魏文称:"文人相轻",非虚谈也。至如君卿唇舌,而谬欲论文,乃称史迁著书,咨东方朔,于是桓谭之徒,相顾嗤笑。彼实博徒,轻言负诮,况乎文士,可妄谈哉?故鉴照洞明,而贵古贱今者,二主是也;才实鸿懿,而崇己抑人者,班、曹是也;学不逮文,而信伪迷真者,楼护是也。酱瓿之议,岂多叹哉?(《文心雕龙·知音》)

刘勰认为自古以来的文学鉴赏批评,存在三种错误做法,即贵古贱今,崇己抑人,信伪迷真。对于"贵古贱今"的鉴赏批评态度,从王充到曹丕、葛洪、江淹一直都在批判,但刘勰在这里讲的"贵古贱今",实与前者不同。曹丕等人讲的"古今",是指古人的作品和今人的作品。而刘勰讲的"古今",指的却是与批评者同时的作品和它的作者。"秦皇汉武"所贵的"古",其实就是与他们同时的作品——韩非和司马相如的作品,只是"秦皇汉武"误以为它们是古人的作品。所以在纯粹文学接受的意义上,与其说他们"贵古",不如说恰恰是"重今";而他们所轻的"今",实际上指的是韩非和司马相如本人。当然,"秦皇汉武"之所以重视韩非和司马相如的作品,最终是因为"贵古贱今"这一"偏见"的影响。而"崇己抑人"之说,其实就是曹丕所谓"文人相轻",这是文学鉴赏批评中的一种常见现象。不过曹植批评陈琳和刘修,赞赏丁廙,本身就是对鉴赏批评态度的辨析,而这种辨析在刘勰看来,也是文人相轻的一种表现。刘勰认识到"崇己抑人"与批评者具有较高的才华有关,这实际上把曹丕和曹植对"文人相轻"的认识深化了一步。因为批评者具有高度的文学修养,所以就构成了与一般人不同的批评基础和前提。"信伪迷真",则是不明事实真相,这种情况在文学接受中属于真正的误解,是应该避免的。所以刘勰至少认识到构成期待视野的三个重要因素,一是历史的"成见",二是批评者的文学艺术修养,三是批评者的文化知识。只是刘勰不加区分地认为这些因素对文学批评都是不利的，造成了对文学作品理解的偏执和误解。刘勰评论这些错误倾向对文学批评的不良影响说：

> 夫麟凤与麈雉悬绝，珠玉与砾石超殊，白日垂其照，青眸写其形。然鲁臣以麟为麈，楚人以雉为凤，魏民以夜光为怪石，宋客以燕砾为宝珠。形器易征，谬乃若是，文情难鉴，谁曰易分？夫篇章杂沓，质文交加，知多偏好，人莫圆该。慷慨者逆声而击节，酝藉者见密而高蹈；浮慧者观绮而跃心，爱奇者闻诡而惊听。会己则嗟讽，异我则沮弃，各执一隅之解，欲拟万端之变，所谓"东向而望，不见西墙"也。（《文心雕龙·知音》）

刘勰在这里着重批评的是读者由于期待视野与作品视野不一致而出现的误解和误读，对符合自己偏好的对象就赞赏，对不符合自己趣味的对象就排斥。但是我们注意到，刘勰为说明这个问题所做的比喻，已经与曹丕、曹植、葛洪、江淹等人不同。曹丕等人所说的"各以所长相轻所短"，指的是基于不同主体的个性而产生的不同好恶等价值倾向，虽然固执某种价值倾向并不值得肯定，但不同的价值判断之间却没有对错之分，所以不同的偏好、趣味在地位上是平等的，需要注意的只是不同价值之间的相互理解和包容。而刘勰所说的"麟凤"与"麈雉"、"珠玉与砾石"之间的差别，则不是一种好恶的不同，而是事实判断上的正确与错误。也就是说，刘勰认为，存在着一个绝对的、终极的标准，能够检验鉴赏批评者对于一个对象的判断是否正确。而且刘勰认为，通过一定的训练，鉴赏批评者最终能够掌握这个标准，从而对作品进行正确的阅读、理解、鉴赏和批评：

> 凡操千曲而后晓声，观千剑而后识器。故圆照之象，务先博观。阅乔岳以形培塿，酌沧波以喻畎浍。无私于轻重，不偏于憎爱，然后能平理若衡，照辞如镜矣。是以将阅文情，先标六观：一观位体，二观置辞，三观通变，四观奇正，五观事义，六观宫商。斯术既行，则优劣见矣。（《文心雕龙·知音》）

刘勰认为，通过"博观"，大量阅读不同特征的文学作品，就能形成全面公正的批评态度，超越个人的偏见，对作品的优劣做出正确判断。而正确的鉴赏批评，则是从"位体""置辞""通变"等六个方面对作品进行观照。可见，刘勰主张不私不偏，并非包容各种不同的批评意见，而是通过一个固定的批评程序，最终把握那个终极的意义。这一点从下面一段话看得更清楚：

> 夫缀文者情动而辞发，观文者披文以入情，沿波讨源，虽幽必显。世远莫见其面，觇文辄见其心。岂成篇之足深，患识照之自浅耳。夫志在山水，琴表其情，况形之笔端，理将焉匿？故心之照理，譬目之照形，目瞭则形无不分，心敏则理无不达。然而俗监之迷者，深废浅售。此庄周所以笑《折扬》，宋玉所以伤《白雪》也。昔屈平有言："文质疏内，众不知余之异采。"见异唯知音耳。扬雄自称："心好沉博绝丽之文。"不事浮浅，亦可知矣。夫唯深识鉴奥，必欢然内怿，譬春台之熙众人，乐饵之止过客。（《文心雕龙·知音》）

刘勰认为，文学阅读的意义就在于通过作品追寻作者的思想情感。无论多么深奥的作品，只要按照刘勰指出的阅读方法，都能够从中理解作者要表达的意思。照刘勰的意思，越是优秀的作品越是不容易读懂。我们需要经过努力，才能寻找到作者隐藏在作品中的深意。刘勰举了一个例子，就是钟子期能从俞伯牙的琴声中听出他"志在太山"和"志在流水"的故事。我们前面指出，嵇康是否认音乐能够表现思想情感的，人们从音乐中听到的内容可因人而异。不过音乐和文学毕竟不同，钟子期说俞伯牙的琴声"巍巍乎若太山"，你不妨说"峨峨乎若崂山"；但如果杜甫说"岱宗夫如何"，你却说他说的是"崂山"，我们只能说你理解错了。但即使如此，说文学阅读的意义就在于把握作者的思想情感也为时尚早。这倒不是因为刘勰所说的"岂成篇之足深，患识照之自浅"，而是因为作者的思想情感与作品的意义之间实在还有许多悬而未决的问题。在刘勰看来，作品就是作者思想情感的表现，"为情而造文"的主张也是建立在这个基础上，所以读者才能"披文以入情"。但是事实上我们从作品中感受到的，未必就是作者的原始意图和思想情感。作品中的"情"，在很大程度上就是作者为文而造出来的，它存在于作品中，而不是存在于作者的生活中。曹丕等人已经认识到文学接受过程中不同读者、批评者之间的差异和多样，而且对这种现象给予了充分的理解，但刘勰却认为，这些差异和多样性的理解中，只有一个是正确的。文学批评就是要寻找这个正确的解释："洪锺万钧，夔旷所定。良书盈箧，妙鉴乃订。流郑淫人，无或失听。独有此律，不谬蹊径。"（《文心雕龙·知音》）

钟嵘与刘勰在这一点上是相同的，认为文学鉴赏批评有一个确定的标准,据此可以判断作品的优劣:"观王公缙绅之士,每博论之余,何尝不以诗为口实。随其嗜欲,商榷不同,淄、渑并泛,朱紫相夺,喧议竞起,准的无依。近彭城刘士章,俊赏之士,疾其淆乱,欲为当世诗品,口陈标榜。其文未遂,感而作焉。"(《诗品序》)可见钟嵘作《诗品》的目的,就是要为淆乱无依的文学鉴赏批评确立一个标准,并据此为古往今来的诗人定品级、排座次。

嵇康、刘勰和钟嵘虽然也认识到主体对作品接受的差异性,但他们倾向于认为不同的理解之中有一个是唯一正确的。

刘勰是"以意逆志"的忠实执行者。但刘勰在创作论上受"言不尽意"论的影响,认为言与意之间存在着或疏或密的距离,作者的思想情感最终只能在作品中表达出一半:"方其搦翰,气倍辞前,暨乎篇成,半折心始。何则?意翻空而易奇,言征实而难巧也。"(《文心雕龙·神思》)既然连作者自己都无法通过作品完整地传达自己的原意,又有什么理由要求读者通过作品理解作者的思想情感呢?伽达默尔和尧斯都认为阅读不可能重建作者的原意,伊塞尔则认为本文存在许多空白和未定点,需要读者去填补。如果作品确如刘勰所说是"言不尽意"的,那么作品的未尽之处恰好就形成了有待读者去填充的空白。由于期待视野的不同,读者对空白的填充可能因人而异,这又对"以意逆志"的初衷构成了挑战。

曹丕、曹植、葛洪、江淹等人在文学接受问题上认识到了不同主体之间的差异,但他们关注的主要是这种差异所造成的不同个体对众多审美对象的选择,而不是不同个体对同一对象的不同解释。其实,把对不同对象选择的差异性应用在对同一对象的不同理解上,就成了一个解释的差异性的问题。刘勰的文学接受论的价值在于,除了认识到不同主体在选择上的差异性,也认识到了对作品意义的理解和解释。不过,既然刘勰认为对不同审美对象的选择有正确与错误之分,对同一作品的不同解释当然就只有一个是正确的。

四 保卫作品

阐释学美学和接受美学对文学接受过程中的种种现象进行了深刻揭示。海德格尔认为此在在对存在进行解释之前已经有所理解,即包括先行具有、先行视见与先行掌握的"前结构"。[①] 伽达默尔发展了海德格尔的这一思想,认为"一切理解都必然包含某种前见","个人的前见比起个人的

---

① 〔德〕海德格尔:《存在与时间》,生活·读书·新知三联书店2006年版,第176页。

判断来说，更是个人存在的历史实在"。① 对本文原意的重建是一种历史主义的诱惑，在实践上是不可能的。接受美学理论家尧斯认为，"在作者、作品和读者的三角形中，读者绝不是被动部分，绝不仅仅是反应连锁，而是一个形成历史的力量。没有作品的接受者的积极参与，一部文学作品的历史生命是不可想象的"②。尧斯把伽达默尔的"前见"具体化为文学接受的"期待视野"，"作为事件的文学的连贯性主要是在当时和以后的读者、批评家和作者的文学经验的期待视野之内被完成的"，"这些期待是在每一部作品产生的历史时刻出现的对于该作品的期待，它们产生于对于文类的先前的理解、已经为人熟知的作品的形式和主题，以及诗的语言与实用语言的对立"。③ 正如"前理解"和"前见"，任何读者在阅读之前就已经生活在既定的历史文化之中，都已经具备了特定的生活经验、思想观念、审美趣味、文化水平等期待视野。这个期待视野会对本文提供的历史视野有所选择和取舍，使文学接受成为一种主观性、创造性和阐释性的接受。当然，另外，期待视野也会被本文的视野所打破、补充、改变、重塑，形成所谓的视野融合。

阐释学美学和接受美学都把文学研究的重心转向了读者。读者不是被动接受作者原始意图和作品绝对意义的容器，而是积极参与作品意义的构成因素。由于读者具有不同的前理解、偏见和期待视野，对同一文本的不同理解和解释就是一件自然而然的事情。事实上，即使是同一读者，在不同的时间和不同的情境中，对同一文本的理解也会表现出某种程度的差异。这在中国文学批评史上司空见惯，扬雄早期和后期对辞赋的不同态度就是如此，而这也说明同一个人的期待视野也处于不断的改变和形成之中。这样，曹丕、刘勰等人所说的"贵古贱今""崇己抑人"等成见和偏见，就不是必须消除的错误观念，而是构成读者期待视野的必然因素。我们现在批评汉儒对《诗经》的曲解，实际上就是因为我们有一个与汉儒完全不同的期待视野。在对待屈原的问题上，不同期待视野的冲突更加明显。刘安、扬雄、班固、王逸等人对屈原都有不同理解和评价，刘勰对这些不同的解释作了总结。他批评屈原的期待视野仍然是宗经，但屈原作品的视野也改变着刘勰的期待视野。《辨骚》就是一个视野融合的例子。同理，后人往往批评钟嵘对曹操、陶渊明和鲍照的评价不够公允，无非是因

---

① 〔德〕伽达默尔：《真理与方法》，洪汉鼎译，上海译文出版社1999年版，第347、355页。
② 胡经之、张首映主编：《西方二十世纪文论选·读者系统》，中国社会科学出版社1989年版，第152页。
③ 胡经之、张首映主编：《西方二十世纪文论选·读者系统》，第156页。

为后人与钟嵘有不同的期待视野。在齐梁时代，不同期待视野所造成的对作品的不同理解也是显然可见的。裴子野、刘勰、钟嵘、萧统、萧纲、萧子显对同一作家或作品就常常表现出不同的理解和解释。从接受美学的角度来看，作品的意义在历史上是不断变化的。这样，刘勰所谓的"缀文者情动而辞发，观文者披文以入情"，就不是作者把自己的"情"隐藏在作品中让读者去寻找，而是"情"随着读者期待视野的不同而呈现出不同的样子。伊瑟尔认为本文存在许多空白和未定点，需要读者去填补。由于期待视野的不同，读者对空白的补充可能因人而异。从理论上说，对一部作品意义的解读存在着无限的可能性。从曹丕到刘勰，理论注意到了鉴赏者、读者在对作品理解、反应、选择上的差异性，但在那个时代，理论还不可能把读者的因素作为作品意义的构成去考虑。理论能够对这些现象有所察觉并做出适当的描述，就已经弥足珍贵。

解释学美学和接受美学并没有一劳永逸地解决所有问题，至少就中国古代诗歌而言，在作者、作品和读者的三角关系中，尚有许多疑问。

首先是作者原意和作品的关系。伽达默尔和尧斯都认为阅读不可能重建作者的原意。但"原意"在这里究竟指什么似乎不像看上去那样清楚。难道说作者在其作品之外还有一个"原意"？既然如此，作者为什么不把原意直接告诉我们，却要绕道一部不直接表达其原意的作品，让读者从里面猜测其原意。一个可能的原因是，即使作者把自己的原意直接告诉读者，读者仍然可能对这种原意产生不同的理解。原意无非就是一个新的不确定的文本。这样就会陷入一个永无休止的死循环。但是，如果我们不是必须假定作品之外还存在一个不可还原的作者意图，那么作者的原意一开始就已经表达在作品中了，除非作者不想让人知道他的原意。但作者为什么要创作一部不表达自己原意的作品呢？

针对伽达默尔等人在文学接受上的相对主义和怀疑主义，赫施宣称要"保卫作者"。赫施认为作者的意图决定了作品的意义，还原作者的意图不仅是可能的，而且是必要的，否则理解和解释就失去了确定的标准。但赫施并不否认不同读者对作品有不同的理解。为此他区分了作品的两种意义，即 meaning 和 significane。前者是作者的意图（M），后者是读者的理解（S）。作品的意义由两部分构成，一是作者的原意 M，二是读者的各种理解 S。M 是恒定不变的，S 则随着读者的理解产生变化。[①] 这样赫施就既

---

① E. D. Hirsch, *Validity in Interpretation*, New Haven and London: Yale University Press, 1967, p. 8.

捍卫了作者的原意，又包容了读者对作品的不同理解。

但赫施仍然面临着两个困难。一是作者的意图可能因为某种原因没有在作品中得到表达。比如像刘勰所说的那样，"方其搦翰，气倍辞前，暨乎篇成，半折心始"。由于"意翻空而易奇，言征实而难巧"（《文心雕龙·神思》），作者的意图无法全部表达在作品中。追寻这样的原意不仅是不可能的，也是不必要的、无意义的。因为作者没有说出的东西是无限的，原则上你可以任意地重建，这样阅读就成了读者自己的创作。二是作者本来没有的意图却在作品中获得了表达。比如著名的寓言"郢书燕说"，隐喻的就是因为文本的独立性和语言的自律性造成了作者本来没有的意思却出现在了文本中。这样，还原作者的原意就只能靠读者猜测。而根据作品去猜测作者的原意，既可能猜得过多，又可能猜得过少。最终作者的原意仍然是不确定的。所以，一方面，作者的原意的确就存在于作品之中，否则它还能存在于哪里呢？但另一方面，把 M 和 S 剥离又存在实践上的困难。

也许无论是伽达默尔还是赫施都陷入了某种形而上学。在日常阅读中，我们有时候会追问作者的原意，有时候根本连作者是谁都不关心；而在追问作者原意的时候，有时候能够证明什么是作者的原意，有时候根本就无法证明；还有的时候我们明知作者的原意，但还是有意地选择了一种错误的理解，因为误解有时候比原意更有价值。这在日常阅读中司空见惯，习以为常，不值得大惊小怪。在阐释学和接受美学产生之前，我们不见得就不能很好地阅读；而在阐释学和接受美学产生之后，我们也未见得就能更好地阅读。

不过赫施关于 M 和 S 的区分仍然是富有启发性的，那就是作品的意义的确存在着某些确定不变的因素，它不因读者的理解不同而改变。虽然一个读者能够从作品中读出不同于其他读者的意义，但各种不同的理解不是任意的，它们受到作品中那些确定因素的限制。不过在我们看来，这个限制读者理解的确定因素却不是作者的意图，而是作品自身的结构。如果一定要坚持有一个原意，那么这个原意只能是作品的而不是作者的。所以最好把 M 视为作品的原意而不是作者的原意。作品的原意就是由作品结构所决定的那些读者不能任意解释的确定因素。因此，与其像赫施所宣称的那样保卫那个不确定的作者意图，不如直接保卫看得见摸得着的作品。无论作者有什么意图，我们只能通过作品来推测。无论读者有怎样的理解，都是关于作品的理解。作品是追寻作者原意和读者产生理解的唯一确定的依据。

其次是作品的原意和读者解释的关系。把握作品的原意是可能的，如果我们不知道作品的原意，我们如何判断读者的理解是否正确？总不能说，读者的任何理解都是正确的。一方面，我们说许多读者的不同理解都是有效的；另一方面，我们很清楚地知道，有些理解是错误的，比如把"采菊东篱下"理解成"不须放屁"就是错误的。朱狄在研究了各种接受理论之后提出一种理论构想，即既承认一件作品可以有不同的解释，又认为这些不同的解释同属于一件作品所具有的客观意义。① 也就是说，作品本身就是一个可以进行多种有效解释的可能性结构。如果作者对自己的作品进行解释，也只形成了其中一种可能性。作者并不能意识到所有的可能性，这些可能性有待于不同的读者去完成，但它们仍属于作品结构的组成部分。不同的有效解释之间可能是矛盾的，但绝不可能与作品的原意矛盾。如果读者对作品的解释竟然与作品的原意不同，那么所谓阅读就成了读者对原作的改作。刘勰的问题在于，"披文以入情"是寻找一个唯一正确的解释，而实际上作品中的"情"本身就可作多种不同的解释。但另一方面，我们对于读者的想象和创造要保持适当的谨慎。伊瑟尔认为，"文学本文具有两极，即艺术极与审美极。艺术极是作者的本义，审美极是由读者来完成的一种实现。从两极性角度看，作品本身与本文或具体化结果并不同一，而是处于二者之间"②。这种观点从理论上看没有什么问题，但对于中国古代诗歌而言，事实却又不这样简单。"采菊东篱下""池塘生春草"好像已经足够完美，不需要读者再对它们进行具体化。"悠然见南山"比"悠然望南山"好，但后者对于前者，不是一种具体化的理解而是一种改写。即使反过来，假如陶渊明的原诗是"悠然望南山"，你把"望"读成了"见"，也不是你对这句诗理解得好，而是你改写得好。你只能把"望"改成"见"，却不能把"望"理解成"见"。至于菊花是什么颜色，是一朵还是两朵还是一把一捆，读者当然有想象的自由，不过这样去理解作品的读者未必是高明的读者。陶渊明不是不能把菊花的情况描写得更为确定、具体、细致，但是陶渊明不那样做自有他的道理。如果"采菊东篱下"本应该更具体而陶渊明却没有写得更具体，那么陶渊明的创作水准就成了问题。如果按照具体化的逻辑把"采菊东篱下"写成：下午三点四十在宿舍东面一点五米高的篱笆墙下采两束黄色的菊花，具体倒是具体了，

---

① 朱狄：《当代西方艺术哲学》，人民出版社1994年版，第307页。
② 〔德〕伊瑟尔：《阅读活动——审美反应理论》，金元浦、周宁译，中国社会科学出版社1991年版，第29页。

但诗也不再是诗了，正可谓"日凿一窍，七日而浑沌死"（《庄子·应帝王》）。况且即使写成这个样子，也还是有许多不确定性。对确定性的追求是无限的，但我们并不需要绝对的确定性。就中国古典诗歌的理想而言，"采菊东篱下"就已足够确定，而且恰到好处，我们不需要再去想象菊花的细节。

再次是读者的各种解释之间的关系。强调作品意义的多种可能性，并不意味着可以对作品进行任意的解释，甚至也不意味着作品的意义是无限的。同时，对作品意义的不同解释，其地位也不是等价的。鲁迅说《红楼梦》"单是命意就因读者的眼光而有种种。经学家看见易，道学家看见淫，才子看见缠绵，革命家看见排满，流言家看见宫闱密事"[①]，毛泽东看见阶级斗争。这些都是对《红楼梦》的可能解释，但它们的价值却并不能等同。从逻辑上讲，不同的解释中肯定有一种或某几种更好，但要确定哪种更好却不太容易。不过，在无法确定好的解释之前，不妨先排除坏的解释：从"采菊东篱下"里读出性压抑或阶级斗争未尝不可能，但那肯定不是好的解释。从这个意义上说，刘勰主张作品有唯一正确的意义虽然并不符合现代接受理论的基本原理，但他提出在阅读之前"务先博观"，主张从"位体""置辞""通变""奇正""事义""宫商"等六个方面对作品进行分析解读，无疑有利于读者更好地把握作品的意义。

阐释学和接受美学似乎更支持庄子一派的观点，他们都认识到对象和文本意义的相对性和可能性。庄子也喜欢说作者的原意不可把握，但庄子与前者有一点根本的不同，就是他最终把文本的意义也彻底消解了。阐释学最终会走到"作者死了"这种绝路，与庄子可谓殊途同归。只是中国人的认识一不小心又比西方人早了两千多年。《庄子·天道》说："意之所随者，不可以言传也。""古之人与其不可传者死矣，然则君之所读者，古人之糟魄已夫！"按照庄子的说法，陶渊明已经死了，他的原意也就不得而知，我们现在读的"采菊东篱下"只是一句糟粕而已。这样，文学接受在庄子那里也就成了一件无意义的和不必要的事情。

庄子虽然消解了文本的意义，却又并不否认作者原意的存在。他只是认为，作者的原意不能通过语言或作品而传达，因此也不能被读者所把握。那么这种神秘的作者之意是如何存在呢？庄子最终只能求助于私有语言，也就是说，作者的原意以一种只有作者自己理解而不能被其他人理解

---

① 鲁迅：《〈绛洞花主〉小引》，《集外集拾遗补编》，《鲁迅全集》第 8 卷，人民文学出版社 1981 年版，第 179 页。

的语言存在着。但是，私有语言无法在两个不同的时间内保证自己的使用是一致的和正确的，否则它就是公共语言了。我们不妨以庄子的诡辩方式来推论：陶渊明写诗的时候是一个陶渊明，写完诗就是另一个陶渊明了，后面这个陶渊明知道前面那个陶渊明的原意吗？这两个不同的陶渊明要形成沟通和交流，依然要靠"采菊东篱下"这样的公共语言。所以那种以神秘方式存在的"原意"只是一种形而上学的虚构，庄子永远无法证明那个既不可言传又无比完美的"原意"的存在。能够证明的，只有文本的存在以及读者对文本的理解。因此，作者原意的存在，也只能通过对文本的解释而得到证明。也就是说，作者的"原意"并不神秘，它就是作者对自己作品的一种理解。在这种意义上，作者并不比读者具有更优越的地位，他只是阅读自己作品的一个读者。作品本身就是一个可以进行多种有效解释的可能性结构。如果作者对自己的作品进行解释，也只形成了其中的一种可能性。作者并不能穷尽作品所有的可能性，这些可能性有待于不同的读者去完成，但所有可能性都属于作品结构的组成部分。因此你可以说读者的理解不能重建作者的原意，却不能说文本是无意义的糟粕。

"采菊东篱下"表达的就是陶渊明的原意，"夜中不能寐"表达的就是阮籍的原意。至于后人难以情测的"志"，那是因为阮籍没有表达在作品中而不是因为他表达了读者却无法理解。而且，即使阮籍自己注明了《咏怀诗》所言之志，也仍然不能代替我们对《咏怀诗》的理解。因为《咏怀诗》所表达的，不仅是那些政治寓意。或许读者从《咏怀诗》中读出的意义不是阮籍当初想要表达的意义，却不能不是《咏怀诗》的意义。然则圣人之意其不可见乎？圣人之意，藏在心里不说，当然就不可见；只要他说了，就没有什么不可见的。圣人说得不清楚、不确定的，那就把它当作不清楚不确定的东西去理解。如果圣人想说"黑"却说成了"白"，那就是圣人说错了，却不是他想说"黑"而说不出，并且"黑"的意思也不会因此就成了"白"。你不能因为圣人不全对，就说圣人全是错的。也不能因为后人不能完全理解圣人的话，就说后人完全不能理解圣人的话。圣人使用与我们一样的人类语言，这种语言出自人类共同的生活方式，我们与圣人之间不得不相互理解。

中国古代文论中的"言不尽意""不可言传"等命题最终会导致一个悖论：一方面，文学接受的意义在于通过作品理解作者的原意，但另一方面，作者的原意又无法通过作品获得表达。如果是这样，那么文学创作如何可能？文学接受又如何可能？对此，我们只能说，一方面，作者的原意在作品中获得了表达，这一点可以通过作者自己的解释而得到证明；另一方面，读者阅读的目的却又不是把捉作者的原意，因为读者的解释可能与作者不一致。为描述这一文学现象，我们宁可采取"意不尽言"这样一种矫枉过正的说法。"意不尽言"可以从创作和接受两个层面来理解。在创作层面，作者通过语言形成作品，作品只是完成了语言的一种可能性，而语言在本质上的可能性是无限的。在接受层面，读者通过作品之言获得理解，也只是实现了作品之言的一种可能性，而作品在理论上被理解的可能性也是无限的。无论在哪个层面，"言"自身都是无限可能的，而我们的"意"倒是有限的，永远不能穷尽"言"的所有可能性，因此可以说"意不尽言"。

第十一章　外篇：文学的自觉

铃木虎雄和鲁迅关于"文学自觉"的说法在 20 世纪二三十年代之后长达半个多世纪的时间里产生了深远的影响，一度成为一个非常具有描述力的概念。但自 20 世纪 80 年代以来，各种过度阐释和混乱的质疑、曲解、误读以及不适当的争论使这一概念沦为一个失去理论意义的飘浮不定的能指。而这些质疑和争论最终也未能产生有价值的结论，成为一个在学术讨论中滥用语言、偷换概念的失败案例。为澄清这些混乱，我们需要追溯"文学自觉"这一概念产生的理论背景，考察"文学自觉"的初始含义，纠正相关讨论中对这一概念的歪曲。

第一节　纯文学与杂文学之辨

根据张健的考察，"纯文学"概念在 20 世纪初由日本输入中国，而"纯文学"与"杂文学"区分的依据则是英国学者戴昆西关于"力的文学"与"知的文学"之区分。张健注意到，"纯文学"与"杂文学"本为文学内部之分，即"杂文学"亦为文学之一种，但也有人主张只有"纯文学"才是文学，"杂文学"不是文学，这样"纯文学"与"杂文学"之分就成了文学与非文学之分。[①]

这两种不同的区分表面上反映的是对文学广狭范围的不同理解，但更重要的是反映了概念深层的逻辑关系。"纯文学"与"杂文学"之辨的众多讨论者，实际是在两个层面上区分文学的"纯"与"杂"的，一是在文学本质的层面，二是在文学功能的层面。但讨论者对这两个层面的区分并不自觉，这就导致他们在使用这两个概念时造成某种程度的混

---

① 张健：《纯文学、杂文学观念与中国文学批评史》，《复旦学报》（社会科学版）2018 年第 2 期。

乱。但这并不是说，这两个概念是没有价值的。恰恰相反，这两个概念的提出，深化了对文学本质的认识，是文学观念的必然发展。我们现在要做的，不是否定这两个概念的理论价值，而是澄清在使用这两个概念时产生的混乱。

在文学本质的层面，"纯文学"与"杂文学"之辨反映的是人们对文学本质的理解，即什么是文学，什么不是文学。在文学功能的层面，"纯文学"与"杂文学"之辨反映的是人们对文学功能的理解，即文学有什么作用，文学为什么而存在。

在文学本质的层面，"纯文学"与"杂文学"对应着"狭义的文学"和"广义的文学"。"广义的文学""杂文学"在外延上包括"狭义的文学""纯文学"。也就是说，属于"纯文学"的作品，一定也属于"杂文学"；而属于"杂文学"的作品，却未必属于"纯文学"。"纯文学"观念只承认"纯文学"是文学，也就是狭义的文学；"杂文学"观念则把"纯文学"观念所谓的"文学"之外的非文学也当作文学，所以它所谓的文学就是广义的文学。比如，"纯文学"观念认为《离骚》属于文学而《论衡》则不是文学；而"杂文学"观念不仅认为《离骚》是文学，《论衡》也属于文学。因此在文学本质的层面，"杂文学"是一个包括"纯文学"、比"纯文学"更大的类，而不是一个与"纯文学"并列的类。也就是说"纯文学"与一些非文学的作品构成了"杂文学"这个类。之所以会有"杂文学"这个概念，是因为有些观念把"非文学"也当成了文学，这样"文学"里就"掺杂"了"非文学"，所以成了"杂文学"。

"纯文学"观念在确定什么是文学什么不是文学的时候一般都把"情感""审美""想象""虚构"等要素作为区分的标准。（我们不讨论这些标准是否适当，只考察概念之间的逻辑关系。）"杂文学"观念则没有这样一个具体的标准，几乎把所有文字写成的作品都称为"文学"。

在文学功能的层面，"纯文学"与"杂文学"是并列的两个同属于"文学"的类。之所以要把文学再分为"纯文学"和"杂文学"，是因为被称为"文学"的那些作品在作用和目的上有所不同。比如，在文学本质的层面上，王维的山水诗和白居易的讽喻诗都属于文学，但二者却有不同的作用和目的，前者只有审美作用，后者虽然也有部分审美作用，但主要作用却是道德教化。那么，根据二者产生的作用和追求目的的不同，把前者称为"纯文学"，把后者称为"杂文学"。这里的"纯"，是指作品只有审美功能而无其他功能；这里的"杂"，是指作品除了审美功能，还"掺杂"了（比如认识、教育等）其他功能。正是在这个意义上，王国维认为

"《三国演义》无纯文学之资格"①。显然，这个意义上的"纯文学"观念源于康德、叔本华的"审美无利害"和唯美主义的"为艺术而艺术"。

文学的本质层面和功能层面互相规定着对方。文学的本质决定了文学的功能，而文学的功能也限定着文学的本质。但"纯文学"与"杂文学"在这两个层面上并不完全对应。功能层面的"纯文学"规定了文学在本质上只能是纯粹审美的，而本质层面的"纯文学"则可以既有审美功能也有其他功能。在本质层面既有审美功能又有其他功能的"纯文学"在功能层面却是"杂文学"，而本质层面的"杂文学"还包括一些完全没有审美作用的作品。

在文学本质的层面，"杂文学"观念混淆文学与非文学，"纯文学"观念的意义就在于区分了文学与非文学。在文学功能的层面，"纯文学"观念的意义不在于区分文学与非文学，而在于把文学分为功能不同的两类。如果混淆这两个层面谈论"纯文学"与"杂文学"，就容易导致如下两个混乱：一是在文学本质层面上，把"纯文学"与"杂文学"作为并列的两类，这样就把非文学也当成了文学，导致文学的范围太宽；二是在文学功能的层面，如果只把"纯文学"当作文学，而否认"杂文学"也是文学，就把很多公认的文学作品排除在文学之外，导致文学的范围过窄。

如果把上述两个层面上的"纯文学"与"杂文学"投射到一个平面上，就出现了这样三种可能的情况：其一，只有审美意义、没有认识教育意义的作品；其二，既有审美意义也有认识教育意义的作品；其三，没有审美意义、只有认识教育意义的作品。显然，第三类作品是非文学，如果把这类作品也纳入文学，就成了在文学本质层面的"杂文学"。第一类则是文学功能层面的"纯文学"，如果只承认这类作品是文学，那么第二类通常也被认为是文学的作品就被排除在文学之外。而文学本质层面的"纯文学"包括了第一类和第二类，是今天通行的文学观念。文学本质层面的"杂文学"已经成为一个历史的存在，因为今天已经没有人采取这种宽泛的文学观念了。因此文学本质层面的"纯文学"与"杂文学"之分只有历史意义而没有现实意义了，它的意义只在于区分历史上的文学与非文学。但文学功能层面的"纯文学"与"杂文学"之分在今天仍然是有意义的，因为现代文学观念所谓的"文学"，在功能上仍然有"纯""杂"之分。

根据上述三种情况，我们可以这样说，文学可以具有多种功能，但不

---

① 王国维：《文学小言》，《王国维文集》第 1 卷，中国文史出版社 1997 年版，第 29 页。

是必须具有多种功能。而在文学的众多功能中，只有一种功能是必不可少的，那就是审美功能，而其他功能都不是必不可少的。这样，功能层面的"纯文学"即审美作用实际上构成了在文学本质层面区别文学与非文学的必要条件。也就是说，一件作品，只有具备了审美因素，才是文学，否则就不是文学。但这不是说，文学只能有这一个功能。在具备了审美功能的前提下，文学可以同时具有其他功能，比如道德教化和认识真理。在历史和现实中，我们很容易找到那些把审美与知识、道德结合得很完美的创作，比如杜甫那些具有现实意义的作品、西方的批判现实主义，等等。但是无论这些作品具有多么崇高的道德价值和历史意义，都必须以美的方式呈现出来。这也就是黑格尔所说的"理念的感性显现"。

但是另一方面，无论这些因素在现实的创作中结合得多么浑然一体，在逻辑上总是可以分析出其中的审美作用和教育作用，而且人们总是会争论审美和教育哪个才是最重要的，或者哪个才是文学最本质的功能。这个问题也就是长期争论不休的文学究竟是"为艺术而艺术"还是"为道德而艺术"。这不是理论故意制造混乱，而是现实中的确存在这样两种不同的创作倾向。

"为道德而艺术"的文学观念把文学作为宣扬道德的手段。但是从逻辑上说，文学的审美功能只是有助于政治教化，并不是说政治教化离不开审美。而且在历史上，强调政治教化的文学观念总是表现出一种担忧，审美作为道德的手段，极有可能喧宾夺主，从而造成读者在文学接受中买椟还珠。在汉代，扬雄就已经揭示了辞赋的形式美与政治讽谏之间的矛盾。齐梁时期的裴子野则认为审美对政治教化是有害的，所以他否定了《诗经》之后几乎所有文学创作在审美上的追求。历史上不断有人企图兼顾二者，比如刘勰和韩愈。韩愈自诩"志在古道，又甚好其文辞"[1]，但朱熹却认为他"裂道与文以为两物"[2]。周敦颐说"文以载道"已经是很给文学面子了，[3] 程颐干脆毫不客气地说"作文害道"。[4]

另一方面，在"为艺术而艺术"的文学观念看来，政治教化等非审美因素对文学而言也不是必需的，并且有些情况下是有害的。萧纲批评"为道德"的倾向完全背离了文学的本质："比见京师文体，懦钝殊常，竞学浮疏，争为阐缓，玄冬修夜，思所不得，既殊比兴，正背风骚"，而真正

---

[1] （唐）韩愈：《答陈生书》，《韩昌黎文集校注》，上海古籍出版社1986年版，第176页。
[2] （宋）朱熹：《读唐志》，《朱熹集》卷70，四川教育出版社1996年版，第3655页。
[3] （宋）周敦颐：《周子通书》，上海古籍出版社2000年版，第39页。
[4] （宋）程颢、程颐：《二程遗书》，上海古籍出版社2000年版，第290页。

的文学创作并不需要顾及道德观念,"未闻吟咏情性,反拟内则之篇,操笔写志,更摹酒诰之作,迟迟春日,翻学归藏,湛湛江水,遂同大传"。在宋代,"以文为诗"的极端发展造成了诗歌文学性的缺失,于是有严羽起而矫之。当然"以文为诗"并非"为道德而艺术",严羽也并未主张"为艺术而艺术"。但"以文为诗"中的"议论""才学""文字"等与道德一样属于非审美因素。严羽说"诗有别材,非关书也;诗有别趣,非关理也"①,本质上与萧纲一样揭示了构成文学的必要条件。在具备了"别材""别趣"的前提下,未尝不可以"读书""穷理"。但缺少后者,文学尚不失为文学;而缺少了前者,则文学将不复是文学。

可见,文学与道德在逻辑上对彼此而言都是一种可有可无的关系。文学可以宣扬道德,道德也可以利用文学,但文学不是必须宣扬道德,而道德也不是必须利用文学。

因此,并不是说文学不能"为道德而艺术",也不是说文学只能"为艺术而艺术",而只是说"为艺术"是文学不可或缺的一个条件,而"为道德"只是文学功能的一种可能性,尽管是一种非常重要的可能性。"为艺术而艺术"的理论价值,就在于当道德等非审美因素削弱了文学的艺术性的时候,提醒人们不要遗忘了文学最本质的特征和最主要的功能。所以,无论现实情况多么复杂,在逻辑上,"为艺术而艺术"的"纯文学"观念都坚守着构成文学的必要条件从而使文学不至于失去自己的本质,而"为道德而艺术"的观念则给淡化文学的审美特征乃至完全否定文学的审美价值留下了空间。就这一点而言,文学功能层面的"纯文学"观念在理论上的价值远远超过了它所带来的混乱。

至此,我们厘清了"纯文学"与"杂文学"这两个概念在文学本质层面和文学功能层面的逻辑关系以及各自的理论意义。后面我们将论证,"文学的自觉"这一概念正是在文学功能层面上使用的"纯文学"观念。

第二节 文学自觉与纯文学观念

在讨论"文学的自觉"之前,首先要分清"文学"和"文学观念"这两个概念。"文学"指称文学创作、文学作品等具体的文学现象,而"文学观念"则指称对这些文学现象的思想认识。"文学的自觉"是一种

---

① (宋)郭绍虞:《沧浪诗话校释》,人民文学出版社1961年版,第26页。

在思想观念中对文学的认识,而不是一种具体的文学创作或文学作品。

"文学的自觉"因为鲁迅的使用而影响深远,但后来人们发现,最早使用这一概念的是日本学者铃木虎雄。铃木虎雄所谓的"文学的自觉"本来是一个极其单纯、清晰而确定的概念,以至于对这一概念本身几乎没有争论的必要和余地:

> 通观自孔子以来直至汉末,基本上没有离开道德论的文学观,并且在这一段时期内进而形成只以对道德思想的鼓吹为手段来看文学的存在价值的倾向。如果照此自然发展,那么到魏代以后,并不一定能够产生从文学自身看其存在价值的思想。因此,我认为,魏的时代是中国文学的自觉时代。①

据此,我们可以确定"文学自觉"这一概念所蕴含的几个决定性因素:

第一,"文学自觉"指的是一种"文学观",即对于文学的观点和看法,也就是在思想和理论层面对文学的认识,而不是指在创作和作品中表现出的某种特征。

第二,从反面来看,文学的"不自觉"是指在理论上把文学作为鼓吹道德的手段;从正面来看,"文学的自觉"就是在理论上把文学自身而不是道德作为目的和价值。对于这一点,铃木说得非常清楚而且一再强调:"从总体上看,我认为孔子是出于实用性的目的而编诗,决非出于文学方面的考虑。""可以说,自周朝直至汉代,文学是一直没有达到自觉的程度的。"② 铃木又引申自己的观点说:

> 中国人关于文学的思想,魏晋以前只是从以文学作为扶翼道德的工具方面认识其存在价值,至魏晋以来,则逐渐离开道德论而取得自身的独立地位。这种使其得到独立地位的文学观,有曹丕的"诗赋欲丽"之说,陆机、挚虞等人的"以道理、情志为本,以譬喻、形容为末"之说。③

---

① 〔日〕铃木虎雄:《中国诗论史》,广西人民出版社1989年版,第37页。
② 〔日〕铃木虎雄:《中国诗论史》,第112页。
③ 〔日〕铃木虎雄:《中国诗论史》,第66页。

根据这段话，我们又可以得出"文学自觉"所蕴含的另外两个推论：

第三，"文学的独立"是指从理论上确认文学相对于道德的独立并形成脱离道德观念的独立的文学思想，意思与"文学的自觉"是一样的。"可以说，其一旦将文学联系到道德方面，便抹煞了文学的独立地位"①。而齐梁时期"诗赋文章则具有了作为文学的独立地位，人的情绪、感兴的抒发不再被认为是道德的和政治的附属物"②。

第四，"文学自觉"在时间上涵盖了整个魏晋南北朝，因此不必再为"文学的自觉"确定更为具体的时间段。"在中国文学的悠久历史中，真正的评论产生于魏晋以降，兴盛于齐梁时代……"③

鲁迅对铃木上述思想的理解可以说非常准确，并且阐述得更具有个性：

> 后来有一般人很不以他（曹丕）的见解为然。他说诗赋不必寓教训，反对当时那些寓训勉于诗赋的见解，用近代的文学眼光来看，曹丕的一个时代可说是"文学的自觉时代"，或如近代所说是为艺术而艺术（Art for Art's Sake）的一派。④

鲁迅的解释蕴含了"文学自觉"是指思想和理论上的（见解），即铃木所谓"文学观"，蕴含了在理论上反对把文学作为道德（训勉）的工具，并把"文学自觉"的意义以更明确的方式表达出来——"为艺术而艺术"。另外，根据铃木，所谓"曹丕的一个时代"可以理解为整个魏晋南北朝时期，而不是局限于魏晋。

"文学自觉"的概念在三四十年代被中国学界普遍接受，接受者的理解基本没有出现歧义，而尤以郑振铎和刘大杰的理解最为贴切。郑振铎说："孔丘以后，直至建安以前，虽间有片断的对于文艺的评论，却都是被压抑于实用主义的重担之下的。""其能就文论文，不混入应用主义，纯以文艺批评家的论点来批评文学作品，评论当世名家，当始于建安时代的曹氏"，"那种文艺批评的主张又是纯出于主观，纯然是为文学而论文学，

---

① 〔日〕铃木虎雄：《中国诗论史》，第101页。
② 〔日〕铃木虎雄：《中国诗论史》，第114页。
③ 〔日〕铃木虎雄：《中国诗论史序》，《中国诗论史》，广西人民出版社1989年版。
④ 鲁迅：《魏晋风度及文章与药及酒之关系》，《鲁迅全集》第3卷，人民文学出版社2005年版，第526页。

毫没有一点功利的作用在内的"。① 刘大杰说"他（曹丕）对于文学的对象，有离开六艺而注重纯文学的倾向"，"在这里看不到宗经原道的意思，也没有班固那套正统的伦理观念，脱尽了儒学的桎梏"，"已有艺术至上主义的倾向，对于纯文学的发展，是要给予重大影响的"。② 郑振铎和刘大杰对"文学自觉"的理解都着眼于脱离实用主义和伦理观念的文学评论，并与当时通行的"纯文学"观念结合在一起。罗根泽没有直接定义"文学自觉"，但他对魏晋时期文学观念的理解与时人是一致的："文学含义的净化，基于文学概念的转变。……古代文学概念的突变时期在魏晋。""'理'与'意'则是由'道'至'情'的桥梁；两汉的载道文学观便借了这架桥梁，过渡到魏晋六朝的缘情文学观。""阻止文学独立，压抑文学价值的，是道德观念与事功观念。"③ 郭绍虞说："迨至魏、晋，始有专门论文之作，而其所论也有专重在纯文学者，盖已进至自觉的时期。"④ 但郭绍虞持"魏晋文学自觉"说的理由比较模糊，本书将在最后对此作一辨析。陈钟凡虽然没有使用"文学自觉"的概念，但对这些问题的认识与众多学者殊途而同归。比如他说"儒家的偏见"是"以文章为缘饰礼乐之工具，不认其有独立之价值"。"汉世虽重辞赋，然诸家论文，仍不脱儒家之窠臼也。"而"魏晋时人"则"确认文章有独立之价值，故能尽扫陈言，独标真谛……"⑤ 陈钟凡对魏晋文学思想的这些描述其实也就是"文学自觉"的内涵。

从上述学者对"文学自觉"的理解来看，"文学自觉"并不是一个容易产生歧义的概念，而且把魏晋时期的文学思想称为"文学的自觉"是一个普通的共识。

20世纪80年代以来，一些思维严谨的学者仍然坚持在本来的意义上使用"文学自觉"这一概念。比如王运熙等人认为魏晋南北朝时期"文学不再仅仅当作政教工具和附庸"，"审美作用被充分肯定"，所以鲁迅"将这一时期概括为文学的自觉时代确是十分精确的"。⑥ 再如章培恒认为："曹丕的这一主张，一方面肯定了文学必须具有美感……另一方面他除

---

① 郑振铎：《中国文艺批评的发端》，《郑振铎全集》第6卷，花山文艺出版社1998年版，第35、39、41页。
② 刘大杰：《魏晋思想论》，上海古籍出版社1998年版，第134、135页。
③ 罗根泽：《中国文学批评史》，上海书店出版社2003年版，第123、125、126页。
④ 郭绍虞：《中国文学批评史》，百花文艺出版社1999年版，第72页。
⑤ 陈钟凡：《中国文学批评史》，中华书局1927年版，第14、21—22、31页。
⑥ 王运熙等：《魏晋南北朝文学批评史》，上海古籍出版社1989年版，第46页。

'丽'以外没有对诗、赋提出政治、伦理上的要求，第一次表现出将诗赋从政治，伦理的附庸地位解脱出来的倾向。"并由此合乎逻辑地推出，"就文学的自觉这个角度来看，最终完成这一历程的，是萧纲、萧绎"①。这是迄今为止对"文学自觉"最准确的解释，其表述甚至比铃木和鲁迅还要完美。如果说，铃木和鲁迅的表述由于语言和时代的限制仍有可能引起某种误解，那么章培恒的解释可以说消除了任何误解的可能性。

"文学自觉"的提出是"纯文学"与"杂文学"之辨的一个理论结果。"纯文学"与"杂文学"在文学功能层面区分了两种不同的文学。"文学自觉"是对功能层面的"纯文学"观念的描述，即反对"为道德而艺术"，主张"为艺术而艺术"的文学观。

第三节　质疑者的逻辑错乱

但有些学者虽然在形式上使用"文学自觉"的说法，却对这一概念作了过度阐释。李泽厚对"文学自觉"的理解本来是准确的，比如"确认诗文具有自身的价值，不只是功利附庸和政治工具，等等"。但当他用这一概念描述历史的时候，就不限于文学理论上的主张，而且兼及文学创作中的表现，比如他说"从玄言诗到山水诗，则是在创作题材上反映着这种自觉"②。用创作上的具体表现来印证理论上的主张，本来也无可厚非，但这样做却容易形成一种误导，导致众多论者特别是文学史的研究者只从文学创作和作品审美特征的表现来理解"文学自觉"，忽略了"文学自觉"是一种特殊的文学观念，从而在误解误释的道路上愈骛愈远。

袁行霈指出"文学的自觉"有三个标志："第一，文学从广义的学术中分化出来，成为独立的一个门类。""第二，对文学的各种体裁有了比较细致的区分，更重要的是对各种体裁的体制和风格特点有了比较明确的认识。""第三，对文学的审美特性有了自觉的追求。"③ 袁行霈所指出的三个标志，第一和第二都是在文学本质层面对文学特征的认识，而"文学自觉"是在文学功能层面主张"为艺术"、反对"为道德"，所以袁行霈提出的这两个标志与"文学自觉"关系不大。第三个标志涉及了功能层面的

---

① 章培恒：《中国文学史》导论，复旦大学出版社1997年版，第54—56页。
② 李泽厚：《美的历程》，中国社会科学出版社1989年版，第92—93页。
③ 袁行霈：《中国文学史》第2卷，高等教育出版社2003年版，第4、5页。

审美作用，但指的是创作上表现出的追求，而不是理论上提出的主张。虽然这两个方面有密切的联系，本质上却不是一回事。

我们在前面已经指出，"文学自觉"的本来意义是指，在理论上主张文学应当摆脱道德而以审美和艺术为其存在价值。"文学自觉"已经蕴含了袁行霈提出的三个标志，但袁行霈提出的这三个标志却不能蕴含"文学自觉"。也就是说，仅有这三个标志是不够的，"文学自觉"的内涵比这三个标志更丰富。一个概念的内涵越丰富，它的外延即适用的范围就越小。袁行霈提出的三个标志缩小了"文学自觉"的内涵，必然造成这一概念的适用范围变大。而这一点恰好被"魏晋文学自觉"的质疑者所利用，因为他们发现，这三个标志在魏晋之前就已经具备了。

因为以李泽厚和袁行霈为代表的接受者在形式上是肯定"魏晋文学自觉"说的，所以他们对概念使用的微妙变化就不容易被发现。但是当质疑者从同样的角度反对"魏晋文学自觉"说的时候，错乱之处就较然可见了。

质疑者最严重的错乱是，混淆文学创作和文学理论，把文学创作中表现出的脱离政治教化和追求形式美的倾向作为"文学自觉"的标志。比如有的学者认为汉代辞赋创作就已经表现出了浪漫主义、对华丽辞藻的追求等等，所以文学在汉代就已经自觉了。[①] 这一点也成为后来众多质疑者最重要的理由之一。但这种理由首先在情理上就难以令人惬心，辞赋具有想象、夸张、华丽等特征，这是文学史上的一个常识，指出这一点并不需要特别的洞察力。难道铃木和鲁迅在提出"魏晋文学自觉"的时候，竟然没有看到辞赋所具有的这些显而易见的审美特征吗？铃木和鲁迅不说"汉代文学自觉"，是因为他们所谓"文学自觉"并不是指文学创作上表现出华丽，而是指理论上认可这种华丽。"创作上表现出华丽"，已经蕴含在"理论上认可华丽"的内涵之中。也就是说"理论上认可华丽"的时候，必然已经出现了"创作上表现出华丽"，否则理论的认可就失去了依据。但反之则否，"创作上表现出华丽"，理论上却未必认可这种表现。在创作上表现出辞藻华丽是一回事，在理论上认可、主张、提倡辞藻华丽却是完全不同的另一回事。"文学自觉"指的是后者，而不是前者。

主张汉代文学自觉的另一个理由就是这一时期出现了"比较系统的文艺理论"[②]。然而，汉代的文艺理论恰恰不看重辞赋辞藻华丽的审美特征，

---

① 龚克昌：《汉赋——文学自觉时代的起点》，《文史哲》1988 年第 5 期。
② 龚克昌：《汉赋——文学自觉时代的起点》，《文史哲》1988 年第 5 期。

而是看重辞赋是否具有政治上的讽谏作用。最经典的案例莫过于扬雄晚年对辞赋的反思。铃木虎雄并未看到质疑者的理由，但讽刺的是，他无意中已经对这种质疑作了回答：

> 汉代虽有较多诗赋作品出现，但却很少为人所推重，即使自身从事诗赋创作者尚且轻视诗赋，更何况他人了。武帝时如司马迁可谓文坛雄杰，也称诗赋为如蓄优倡，其他一般文人不重文赋的程度自可想见。后汉诗赋作者虽然逐渐增多，但即以其中代表人物如班固、傅毅之徒，亦只以翰墨作为投赠献媚于权贵的工具，而没有真正以文章本身为贵。①

当然，我们也可以在汉代找到重视辞赋的言论，比如司马迁也曾说"相如虽多虚辞滥说，然要其归引之于节俭，此亦《诗》之风谏何异？"班固对此也表示赞同，并针对扬雄批评辞赋"劝百而讽一""曲终而奏雅"反驳说"不已戏乎！"② 但他们重视辞赋的理由却不是因为辞赋华丽的形式，而是认为辞赋在道德和政治上有用。更何况班固也曾像扬雄一样批评辞赋"竞为侈丽闳衍之词，没其讽谕之义"③。轻视辞赋是因为它在道德上无用，重视辞赋又是因为它在道德上有用。正反双方都以道德为标准而不是以审美为标准。先不说文学在哪个时代"自觉"，如果要在历史上找一个"不自觉"的时代，恐怕没有比汉代更典型的了。

"魏晋文学自觉"的质疑者一直在创作与理论的问题上纠缠不清。创作与理论的关系，无非有这样几种可能。一是创作上表现出某种特征、倾向，理论对此或表示支持，或表示反对。前者如刘勰、钟嵘赞赏建安风骨，后者如汉儒批判辞赋铺张扬厉。二是理论上提出某种主张，创作对此或表示响应，或表现出背离。前者如古文家之于"文以载道"，后者如宫体诗之于"征圣""宗经"。汉代文学思想显然并不认可同时期辞赋创作表现出来的那种审美特征。

根据文学创作的表现来确认"文学自觉"，必然得出文学在汉代已经"自觉"的结论，并且可以依据同样的理由把"文学自觉"的时代提前到战国、春秋，一直到原始歌舞。因为文学之为文学，当然是因为它

---

① 〔日〕铃木虎雄：《中国诗论史》，第 112 页。
② 《汉书》卷 57《司马相如传赞》，中华书局 1962 年版，第 2609 页。
③ 《汉书》30《艺文志》，第 1756 页。

表现出了文学的特征。如果表现出文学的特征就是"文学的自觉",那就相当于说"文学的出现等于文学的自觉"。这显然是荒谬的。

除了混淆创作层面的表现和理论层面的主张,质疑者也混淆了两种不同意义的"独立"。铃木所谓文学的"独立",是指文学在价值和功能上相对于道德的独立,也就是在理论上主张文学的价值在其自身而不是依附于道德。显然,这种意义上的文学"独立",就是在文学功能层面上的"纯文学"观念。而质疑者所谓的文学"独立",是指根据文学的特征把文学从其他文化类型中区分出来。把文学从其他学术中区分出来,同时也就伴随着对文学内部各种体裁及其风格特征的认识等等。[1] 这是在文学本质的层面区分"文学"与"非文学"。在这个层面上区分"文学"与"非文学"当然不始自魏晋,并且魏晋之后在这一方面也没有明显的发展,所以这一点就成了质疑者的重要依据。但"文学自觉"所谓的"独立",是指在区分了"文学"与"非文学"之后,再把"文学"区分为"为艺术"的文学和"为道德"的文学。它认为"为艺术"的文学是"独立"的,"为道德"的文学是不独立的。魏晋之前,虽然从各个方面认识到了"文学"与"非文学"的区别,但并没有认识到文学的价值和意义不是为道德而存在。而到了魏晋之后,虽然沿袭着之前对"文学"与"非文学"的区分,但同时认识到文学可以仅仅以自身的美而有价值,而不必作为道德的附庸而有价值。而这一点是汉代所没有的思想。当理论上主张文学应该以自身而不是以道德为价值的时候,文学必然已经从其他文化类型中分离出来了;但当文学从其他文化类型区分出来的时候,却未必能在理论上认识到文学自身的价值。刘向《别录》、班固《汉书·艺文志》都在分类上把诗赋作为不同于其他学术的门类分立出来,但他们并不因此就认为诗赋独立于道德。因此即使文学作为一个门类独立了,但理论仍然把文学作为道德的手段和工具,那就仍然是"不自觉"和"不独立"的。

质疑者关注的是"文学是什么","怎样识别文学",所以就不断地考察文学的表现特征、文学与其他文化类型的区别、文学的体裁风格、作家群体的出现等问题。而铃木和鲁迅关注的是区分两种不同的文学思想,一种是主张为道德而文学,另一种是主张为艺术而文学。质疑者要么对"为什么而文学"的问题避而不谈,要么就是抛开理论只从创作的层面说作品表现了对美和形式的追求,完全不得要领。

质疑者还有一个错乱是把"文学自觉"理解成一种衡量文学创作成就

---

[1] 赵敏俐:《"魏晋文学自觉说"反思》,《中国社会科学》2005 年第 2 期。

高低的标准和文学发展进步的标志。这样，"文学自觉"又被曲解成了"优秀文学"的表现特征。而什么才是优秀文学又是一个见仁见智的问题。于是，"文学自觉"就成了一个命题函项的变项，任何人都可以把自己心目中的优秀文学代入这个变项。比如有的质疑者认为"文以载道"是中国文学的优秀传统，于是把"文以载道"说成"文学自觉"。① 在铃木和鲁迅那里，"文以载道"恰好是"文学自觉"的对立面，在质疑者这里反倒成了"文学自觉"的标志了。

"文学自觉"的理论意义与文学创作成就的高低无关。质疑者始终不能辨别"文学自觉"在理论上和在创作中的不同意义。"文学自觉"在文学功能层面倡导一种"纯文学"，即"为艺术"而不是"为道德"的文学，但"纯文学"不一定就是"好文学"。韦勒克、沃伦说"情感""审美""想象""虚构"等概念"是用来说明文学的本质，而不是用来评价文学的优劣"②。"文学自觉"正是这样一个概念，它是从文学审美功能的角度来说明文学的本质的，而不是用来判断文学价值高低的。王维诗歌在审美的纯粹性上要高于杜甫，但文学史上杜甫是公认的"诗圣"，地位高于王维。③ 审美无利害是康德美学的核心观念，康德据此把美区分为纯粹美和依附美，但康德认为最理想的美是依附美而不是纯粹美。④ 这也就不难理解，为什么鲁迅在理论上认为魏晋是"为艺术而艺术"的"文学的自觉时代"，但他自己的创作追求却是"为人生"而不是"为艺术"。

而"文以载道"在相当长的历史时期却是一个用来说明文学优劣的概念，在某些观念看来只有载道的文学才是好文学。先秦两汉文学思想无疑是一种载道文学观。孔子说韶乐"尽善尽美"，武乐则尽美未尽善。用今天的话来说，"尽美"就是"为艺术"，"尽善"就是"为道德"。这种文学观不仅要求文学"载道"，而且把没有"载道"的文学也要解释成"载道"，比如汉儒对《诗经》的阐释。对此，罗根泽说汉儒"崇高了《诗经》的地位，汩没了《诗经》的真义"⑤。而魏晋之后，有些观念认为文学不是必须"尽善尽美"。曹丕认为诗赋只要"丽"就可以了，陆机认为诗赋只要"绮靡""浏亮"就可以了，而萧绎认为"至如文者，惟须绮縠

---

① 赵敏俐:《"魏晋文学自觉说"反思》,《中国社会科学》2005 年第 2 期。
② 〔美〕雷·韦勒克、〔美〕奥·沃伦:《文学理论》,刘象愚、邢培明、陈圣生、李哲明译,生活·读书·新知三联书店 1984 年版,第 15 页。
③ 钱锺书:《中国诗与中国画》,《钱锺书论学文选》第 6 卷,花城出版社 1990 年版,第 20 页。
④ 〔德〕康德:《判断力批判》,杨祖陶校、邓晓芒译,人民出版社 2002 年版,第 69 页。
⑤ 罗根泽:《中国文学批评史》,第 71 页。

纷披，宫徵靡曼，唇吻遒会，情灵摇荡"①，就是说文学只要能够"尽美"就可以了。在某种意义上，"文学自觉"也就是传统上经常批判的"形式主义"。形式主义把美看成是文学所必需的，而道德上的善则不是必需的。铃木和鲁迅就把这种形式主义的思想称为"文学的自觉"。质疑者望文生义，把"文学自觉"理解成文学的美名，所以想方设法要把这个美名赋予自己理想中的文学。但"文学自觉"本没有那么崇高，它毋宁是对崇高的文学思想的一种背叛。如果你认为被铃木称为"文学自觉"的这种思想不值得推崇，或者不是中国文学的优秀传统，那就径须像裴子野那样说"文学自觉"在倡导一种不良的创作倾向，而文学的"不自觉"才能促使文学追求更充实的社会历史内涵和崇高的道德意义，又何必与声名狼藉的形式主义争夺"文学自觉"这个"形式"上的虚名呢？

第四节 质疑"魏晋文学自觉"如何可能

对"文学自觉"的曲解、误读导致对这一概念的争论成为一场毫无章法的混战。比如，袁行霈所说的"魏晋文学自觉"的三个标志，恰好也是质疑者主张"汉代文学自觉"的理由。因为这些标志是汉代和魏晋南北朝所共有的，所以这些理由既可以用来说明"魏晋文学自觉"，又可以用来说明"汉代文学自觉"，甚至用来说明"春秋文学自觉"。但由于袁行霈并没有揭示出"魏晋文学自觉"的真正内涵，所以对袁行霈的质疑也就不能构成对"魏晋文学自觉"的质疑。再如，质疑者指出在魏晋之前，人们就已经认识到了文学与其他学术的不同之处，而且以一定的方式把文学从其他学术中分离出来。但这些事实其实三四十年代的学者已经看到了，只是他们没有把这些事实当作"文学的自觉"。郭绍虞把这种现象称为"文学观念的演进"②，罗根泽称之为"文学含义的净化"③。这些事实当然也都有其文学史和思想史的价值，但完全可以从另外的角度加以描述，而不必用来否定"魏晋文学自觉"说。

质疑者或许还会进一步质疑：为什么要像铃木和鲁迅那样理解"文学自觉"？我们就不能拥有与他们不同的解释吗？一般来说，不能。因

---

① （南朝梁）萧绎：《金楼子·立言》，许逸民校笺：《金楼子校笺》，中华书局2011年版，第966页。
② 郭绍虞：《中国文学批评史》，第5—6页。
③ 罗根泽：《中国文学批评史》，第121页。

为交流和争论的前提是对语言使用的一致。如果我们对一个语词的用法彼此不同，那么我们就无法交流，更谈不上争论。在对"文学自觉"的使用取得一致之前，讨论"魏晋自觉"还是"汉代自觉"是没有意义的。如果质疑者所理解的"文学自觉"与鲁迅所说的不是一回事，那么你们之间就构不成争论，又谈何质疑呢？任何质疑都必须以某种一致性为前提。鲁迅说葡萄是甜的，你不妨说葡萄是酸的。但这种争论已经隐含了酸甜是两种味道，葡萄是有味道的，你们所说的葡萄是同一种水果。在这些问题上你们必须是一致的。如果你所说的葡萄意味着一头骆驼，而酸甜是两种不同的颜色，那么你对鲁迅的质疑就谈不上对错，而是无意义的。

把魏晋时期文学思想表现出来的与先秦两汉不同的特征称为"文学的自觉"，这是一种初始的命名活动。这种命名活动在很大程度上是一种自然的权利，对此是没有质疑的余地的。举例来说，如果鲁迅给自己的儿子取名"周海婴"，你却说，鲁迅错了，他儿子不叫"周海婴"。这显然是荒谬的。如果你给自己的儿子也取名"周海婴"，然后说你儿子才是真正的"周海婴"，鲁迅的儿子不是真正的"周海婴"。这就更加荒谬了。能够质疑的只是，被命名的那种现象是否存在？如果鲁迅没有儿子，那么他给自己的儿子取名"周海婴"的活动就是没有意义的。

因此，对"文学自觉"最可行的质疑策略是：被命名为"文学自觉"的现象是否存在？一般来说，质疑者的策略是无视或回避魏晋南北朝与先秦两汉在文学思想上的差异，从而论证"文学自觉"不仅在魏晋存在，而且在汉代也存在，乃至在整个文学史上都存在。而有的质疑者采取了另外一种策略，就是不仅否认魏晋南北朝存在"文学自觉"指称的那种"为艺术而艺术"的思想，而且整个中国历史上都不存在这种思想。如果后一种策略能够成功，就构成了对"魏晋文学自觉"的真正质疑。但是，要说铃木虎雄和鲁迅用"文学自觉"命名了一种历史上根本不存在的现象，而其后半个世纪的众多学者竟然都在用"文学自觉"谈论这种子虚乌有的现象，以至于要等到今天的学者来指出其虚妄，这种可能性不是没有，而是违背我们的直觉和常识。"为艺术而艺术"是西方唯美主义的理论主张，如果一定要咬文嚼字，中国古代当然并不存在这种主张。但鲁迅的意思显然并不是魏晋时期有人提出了与唯美主义一字不差的主张。它的意思无非是：有一种思想，把文学的审美价值放在第一位，无视或忽视文学的道德价值。而这种思想，最早出现在魏晋时期。也正是在这一意义上，朱东润认为在唐代文学思想中，殷璠、高仲武、司空图是"为艺术而艺术"的一派,而元结、白居易、元稹是"为人生而艺术"的一派。[①]"为艺术而艺术"是当时学界通谈,我们很容易就能理解这个术语的使用者的意思所在,因此大可不必胶柱鼓瑟。

第二种质疑策略其实早在郭绍虞那里就已经露出端倪,只是郭绍虞并不是以质疑的姿态出现的,因为他在形式上同意"魏晋文学自觉"说。但他主张"魏晋文学自觉"说的理由却与铃木和鲁迅不同。郭绍虞认为曹丕对文章价值、文体、文气方面的认识,在魏晋之前都已经出现(这一点正是今天的质疑者所强调的),但曹丕"能融会贯通,加以廓充,而说来亦更觉透澈,此所以为中国文学上之自觉时代也"[②]。但这一点并不是铃木和鲁迅所主张"魏晋文学自觉"的关键理由。而对于被铃木和鲁迅称为"文学自觉"的"为艺术而艺术",郭绍虞却没有提及,相反,他认为曹丕和曹植"在批评上不脱儒家传统的论调,以致不能导创作入正轨,转开后世文人主张文以明道或致用的先声"。尽管有这样一种错位,但郭绍虞同样认为儒家传统的功利主义不是创作的"正轨",这却是那个时代的共识。

郭绍虞关于曹丕"在批评上不脱儒家传统的论调"的判断是准确的。曹丕说"盖文章经国之大业"不是"文学自觉"的表现,而是一种传统的看法。而且事实上曹丕并没有直接"说诗赋不必寓教训"。那么铃木和鲁迅根据什么来说曹丕摆脱了道德而单从文学自身的价值来看文学呢?唯一的依据就是曹丕所说的"诗赋欲丽"。但正如质疑者所说,诗赋的"丽"在汉代就已经被充分认识到了。如果曹丕说"诗赋欲丽"只是对汉代的重复,那就没有重要的理论意义,铃木和鲁迅以此来主张"魏晋文学自觉"就不能成立。在这一点上,我们不得不说铃木和鲁迅比今天的质疑者具有更敏锐的学术洞察力,他们觉察到了曹丕对"丽"的认识与汉儒存在着微妙而至关重要的差异。曹丕说"奏议宜雅,书论宜理,铭诔尚实,诗赋欲丽",这里的"宜""尚""欲",都有"需要""应当""追求"的意思。所以,铃木说曹丕认为诗赋"以丽为特点是理所当然的"[③]。也就是说,曹丕不仅认识到诗赋在事实上的"丽",更重要的是他提出了价值上的"欲"和"应当"。而这种认识恰恰是汉代所没有的。汉代文学思想认识到了诗赋在事实上的"丽",但偏偏在价值上认为诗赋不应当"丽"。而曹丕的"诗赋欲丽"却是一种正面的主张,而不是单纯对事实的确认。因

[①] 朱东润:《中国文学批评史大纲》,上海古籍出版社1983年版,第81页。
[②] 郭绍虞:《中国文学批评史》,第74页。
[③] 〔日〕铃木虎雄:《中国诗论史》,第38页。

此鲁迅说"华丽好看，却是曹丕提倡的功劳"。有的质疑者说鲁迅是错误的，①对此我们只能说质疑者对文本的理解远不及鲁迅通透。

也许正是有了这样一种基本的认识，铃木才说曹丕所谓的"经国"，恐非对道德的直接宣扬，而可以说是以文学为经纶国事之根基。②铃木的解释多少有些勉强，因为即使曹丕不是对道德直接宣扬，毕竟"以文学为经纶国事之根基"还是离纯粹的文学价值很远。"国事"与"道德"不过五十步与百步之差。另外，铃木提到的挚虞，实际上也在相当程度上承袭着汉代的政教观念。即使齐梁时期，也存在着裴子野那样的"不自觉"因素。就连最激进的萧纲，有时也难免说一些"移风易俗"等冠冕堂皇的套话。但正因为这些"不自觉"因素的存在，才凸显出"文学自觉"的重要意义。正因为有了"为艺术"而文学的自觉，才显示出理论对文学价值的不同认识。魏晋南北朝之所以是"文学自觉"的时代，不是因为一夜之间扫荡了传统的政教观念，而是在传统政教观念的重压之下和强大惯性之中，产生了以前所没有的全新的"为艺术"的文学价值观。思想史的发展有连续也有新变，质疑者看到的是文学从先秦两汉到魏晋发展过程中的连续因素；而"文学自觉"揭示的是魏晋以来产生的新思想、新观念。如果要描述魏晋南北朝文学思想相对于先秦两汉的不同，恐怕没有什么比"文学自觉"更合适的了。

还有的质疑者反对使用西方文学理论的概念讨论中国文学的问题。③那么解决"文学自觉"问题的最好办法将是采取另一个完全不同的概念框架，在这一全新的概念框架中，没有"道德""情感""审美""形式""想象""虚构"等概念，甚至连"文学"这个概念都没有。这将是一个釜底抽薪的办法，但这一点对质疑者来说是不现实的。质疑者没有这样的能力另起炉灶去建构一个全新的概念框架。那么在既有的概念框架内取消"文学自觉"的概念是否可能呢？即使取消了"文学自觉"这个概念，"文学自觉"所指称的问题依然存在，那就是重道德、政治还是重审美、艺术？取消这个概念不是不可能，而是不必要。混乱并不产生于概念自身，而是产生于我们对概念的不适当的使用。

不适当的争论和质疑造成了文不对题、自言自语和答非所问的怪诞现象，以至于最终有人认为，"文学自觉"是一个伪命题，"文学自觉"这

---

① 赵敏俐：《"魏晋文学自觉说"反思》，《中国社会科学》2005年第2期。
② 〔日〕铃木虎雄：《中国诗论史》，第38页。
③ 詹福瑞等：《"文学的自觉"是不是伪命题？》，《光明日报》2015年11月26日第7版。

个概念是不科学的。"文学自觉"当然不是一个伪命题,它断言了一个文学思想史上的事实,对这个命题我们可以进行有意义的讨论。"文学自觉"这个概念既不是科学的,也不是不科学的,它与科学无关,它只是对文学思想史上的一种现象进行了命名而已。

余 论

以上所论,主要是一种概念分析和逻辑分析,目的不在于提出我们自己对"文学自觉"的独立看法,也不在于否定当代学者在"文学自觉"这一问题上的实证研究,而在于澄清目前关于这一问题的争论中存在的逻辑错位和混乱。对于当代学者在这一问题上的研究,我们补充以下两点看法:

首先,我们不否定质疑者对某些文学现象、历史事实所作的实证考察和文学史阐释。众多学者在质疑"魏晋文学自觉"说的过程中,把研究范围扩展到诸如文学的审美特征、文学体裁、学术分类、作家群体、士人心态甚至典章制度等。这些研究对我们深入理解文学自觉都是非常有意义的,对此我们应予充分的肯定。我们讨论的主要是质疑者的逻辑,而不是质疑者的实证研究。我们并不否认质疑者对文学现象进行历史考察时所发现的一些事实,而只是指出,他们发现的这些历史事实在逻辑上与铃木虎雄和鲁迅的观点并不构成对立。如果这些学者不用自己的实证研究去质疑和否定鲁迅,也就不存在我们对质疑者的质疑。因此先有当代学者对鲁迅的质疑,然后才有我们对质疑者的质疑。质疑者当然有质疑和否定鲁迅的权利,我们也有为鲁迅澄清和辩解的权利。在这种相互质疑和争论中,真理才能够得以彰显。

其次,我们澄清铃木虎雄和鲁迅关于"文学自觉"的本义,并不是说我们一定要执着于"文学自觉"的本义,也不是认为这一概念不能发展变化。而是说,当我们对这一概念的内涵进行阐释、丰富和发展的时候,不要忘记了它最初的含义,其后的各种理解都是由此而衍生出来的。铃木虎雄和鲁迅提出"文学自觉"的时候实际上并未涉及"人的自觉",李泽厚在《美的历程》中把"文学的自觉"扩展到"人的自觉",并把二者联系起来;袁行霈则概括了"文学自觉"的三个标志。这些做法都可以看作对"文学自觉"概念内涵的一脉相承的发展。同样,众多质疑者通过实证研究发现的历史事实也可以融入"文学自觉"的概念之中。但以李泽厚和袁行需为代表的学者并未因此否定鲁迅关于"魏晋文学自觉"的判断，所以他们对"文学自觉"概念的发展就不会引起无谓的争论。而另外一些学者则旗帜鲜明地指出鲁迅的观点是不正确和不准确的，这就不得不让我们思考鲁迅究竟错在哪里。一个概念的发展可能会脱离最初的本义，甚至发展成一个全新的概念。但此时，我们只能说这个概念的内涵和外延发生了变化，却不能说最初使用这个概念的人是错的，因为最初使用这个概念的人是按照这个概念最初的含义使用的。也就是说，鲁迅所主张的"魏晋文学自觉"是就鲁迅所理解的"文学自觉"而言的。即使后来"文学自觉"的含义发生了变化，也不能据此说鲁迅的判断是错的，因为鲁迅无法预见这个概念将来会变成什么样子。因此，如果要质疑鲁迅，就必须以鲁迅的本义为依据，否则质疑就成了无的放矢。这就是我们要考察鲁迅的本义的目的。

事实上，众多否定鲁迅的学者在"文学自觉"的问题上也从未取得一致意见。他们根据自己对"文学自觉"的理解，纷纷提出"汉代文学自觉""春秋文学自觉""宋齐文学自觉"等观点与鲁迅立异。这种现象本身就说明，大家对"文学自觉"这一概念的理解存在混乱，以致造成形式上似乎是在争论，实际上说的却并不是一回事。

参考文献

古　籍

（春秋）左丘明传，（西晋）杜预注，（唐）孔颖达正义：《春秋左传正义》，北京大学出版社1999年版。

（西汉）孔安国传，（唐）孔颖达疏：《尚书正义》，北京大学出版社1999年版。

（西汉）毛亨传，（东汉）郑玄笺，（唐）孔颖达疏：《毛诗正义》，北京大学出版社1999年版。

（西汉）司马迁：《史记》，中华书局1982年版。

（东汉）班固：《汉书》，中华书局1962年版。

（东汉）高诱注，（清）毕沅校，徐小蛮标点：《吕氏春秋》，上海古籍出版社2014年版。

（三国魏）刘劭：《人物志》，文学古籍刊行社1955年版。

（三国魏）王弼：《王弼集校释》，楼宇烈校释，中华书局1980年版。

（西晋）陈寿：《三国志》，中华书局1959年版。

（东晋）葛洪：《西京杂记》，中华书局1985年版。

（南朝宋）范晔：《后汉书》，中华书局1965年版。

（南朝宋）沈约：《宋书》，中华书局1974年版。

（南朝梁）皇侃：《论语集解义疏》，商务印书馆1937年版。

（南朝梁）萧统编，（唐）李善等注：《六臣注文选》，浙江古籍出版社1999年版。

（南朝梁）萧绎著，许逸民校笺：《金楼子校笺》，中华书局2011年版。

（南朝梁）萧子显：《南齐书》，中华书局1972年版。

（唐）白居易著，朱金城笺校：《白居易集笺校》，上海古籍出版社1988年版。

（唐）房玄龄等：《晋书》，中华书局1974年版。
（唐）韩愈：《韩昌黎文集校注》，上海古籍出版社1986年版。
（唐）皎然著，李壮鹰校注：《诗式校注》，人民文学出版社2003年版。
（唐）李延寿：《南史》，中华书局1975年版。
（唐）刘知幾著，（清）浦起龙释：《史通通释》，上海古籍出版社1978年版。
（唐）姚思廉：《陈书》，中华书局1972年版。
（唐）姚思廉：《梁书》，中华书局1973年版。
（宋）程颢、程颐：《二程遗书》，上海古籍出版社2000年版。
（宋）道原著，顾宏义译注：《景德传灯录译注》，上海书店出版社2010年版。
（宋）黄庭坚：《黄庭坚全集》，刘琳、李勇先、王蓉贵校点，四川大学出版社2001年版。
（宋）普济：《五灯会元》，苏渊雷点校，中华书局1984年版。
（宋）苏轼：《苏轼文集》，孔凡礼点校，中华书局1986年版。
（宋）王应麟：《困学纪闻》，栾保群、田松青校点，上海古籍出版社2015年版。
（宋）俞文豹：《吹剑录全编》，张宗祥校订，古典文学出版社1958年版。
（宋）郑樵：《六经奥论》，台北：台湾"中央"图书馆藏本1976年版。
（宋）周敦颐：《周子通书》，上海古籍出版社2000年版。
（宋）朱熹：《四书章句集注》，中华书局1983年版。
（宋）朱熹：《朱熹集》，四川教育出版社1996年版。
（宋）朱熹：《朱子语类》，黎靖德编，王星贤点校，中华书局1994年版。
（宋）朱熹集注：《诗集传》，中华书局1958年版。
（清）何文焕辑：《历代诗话》，中华书局1981年版。
（清）纪昀：《史通削繁》，道光十三年卢坤刊本。
（清）沈德潜等：《原诗　一瓢诗话　说诗晬语》，人民文学出版社1979年版。
（清）王夫之：《四溟诗话·姜斋诗话》，人民文学出版社1961年版。
（清）王先慎：《韩非子集解》，中华书局1998年版。
（清）严可均编：《全上古三代秦汉三国六朝文》，商务印书馆1999年版。
（清）姚际恒：《诗经通论》，中华书局1958年版。
（清）姚鼐：《惜抱轩诗文集》，上海古籍出版社1992年版。
（清）恽敬：《大云山房文稿》，世界书局1937年版。

曹旭：《诗品集注》，上海古籍出版社1994年版。
程俊英：《诗经注析》，中华书局1991年版。
丁福保辑：《历代诗话续编》，中华书局1983年版。
谷继明：《王船山〈周易外传〉笺疏》，上海人民出版社2015年版。
郭绍虞：《沧浪诗话校释》，人民文学出版社1961年版。
何宁撰：《淮南子集释》，中华书局1998年版。
黄晖撰：《论衡校释》，中华书局1990年版。
刘永济：《文心雕龙校释》，中华书局1962年版。
逯钦立辑校：《先秦汉魏晋南北朝诗》，中华书局1983年版。
汪荣宝撰，陈仲夫点校：《法言义疏》，中华书局1987年版。
王利器：《文镜秘府论校注》，中国社会科学出版社1983年版。
王利器：《颜氏家训集解》，中华书局1993年版。
徐震堮：《世说新语校笺》，中华书局1984年版。
郁沅、张明高编选：《魏晋南北朝文论选》，人民文学出版社1996年版。
詹锳：《文心雕龙义证》，上海古籍出版社1989年版。
张寅彭选辑，吴忱、杨焄点校：《清诗话三编》，上海古籍出版社2014年版。

著　述

北京大学哲学系美学教研室：《中国美学史资料选编》，中华书局1980年版。
蔡仲德：《乐记声无哀乐论注译与研究》，中国美术学院出版社1997年版。
曹道衡、沈玉成：《南北朝文学史》，人民文学出版社1991年版。
陈鼓应：《老子注译及评价》，中华书局1984年版。
陈嘉映：《泠风集》，东方出版社2001年版。
陈嘉映：《语言哲学》，北京大学出版社2003年版。
陈良运：《中国诗学批评史》，江西人民出版社1995年版。
陈曦钟、侯忠义、鲁玉川辑校：《水浒传会评本》，北京大学出版社1981年版。
陈钟凡：《中国文学批评史》，中华书局1927年版。
冯友兰：《贞元六书》，华东师范大学出版社1996年版。
冯友兰：《中国哲学简史》，涂又光译，北京大学出版社2010年版。
冯友兰：《中国哲学史》，华东师范大学出版社2000年版。
冯友兰：《中国哲学史论文二集》，上海人民出版社1962年版。

冯友兰：《中国哲学史新编》，人民出版社 1998 年版。

傅刚：《魏晋南北朝诗歌史论》，吉林教育出版社 1995 年版。

郭绍虞：《中国历代文论选》，上海古籍出版社 1979 年版。

郭绍虞：《中国文学批评史》，百花文艺出版社 1999 年版。

韩林合：《虚己以游世》，北京大学出版社 2006 年版。

黄侃：《文心雕龙札记》，华东师范大学出版社 1996 年版。

蒋寅：《古典诗学的现代诠释》，中华书局 2003 年版。

李泽厚、刘纲纪：《中国美学史》，安徽文艺出版社 1999 年版。

李泽厚：《美的历程》，中国社会科学出版社 1989 年版。

刘大杰：《魏晋思想论》，上海古籍出版社 1998 年版。

刘怀荣：《中国诗学论稿》，中国文联出版社 1999 年版。

刘师培：《中古文学论著三种》，辽宁教育出版社 1997 年版。

刘文英：《漫长的历史源头》，中国社会科学出版社 1996 年版。

刘笑敢：《老子古今：五种对勘与析评引论》，中国社会科学出版社 2006 年版。

鲁迅：《鲁迅全集》第三卷，人民文学出版社 2005 年版。

罗根泽：《中国文学批评史》，上海书店出版社 2003 年版。

罗宗强：《魏晋南北朝文学思想史》，中华书局 1996 年版。

钱锺书：《管锥编》，中华书局 1986 年版。

钱锺书：《钱锺书论学文选》，花城出版社 1990 年版。

任继愈主编：《中国哲学发展史》（先秦），人民出版社 1983 年版。

苏富忠、董操：《心理学的沉思》，济南出版社 2001 年版。

苏富忠：《思维论》，香港中联出版社 1992 年版。

汤用彤：《汉魏晋南北朝佛教史》，河北教育出版社 1996 年版。

汤用彤：《魏晋玄学论稿》，生活·读书·新知三联书店 2009 年版。

滕咸惠：《人间词话新注》，齐鲁书社 1981 年版。

王国维：《王国维文集》，中国文史出版社 1997 年版。

王季思：《王季思文集》，中山大学出版社 2004 年版。

王晓升：《走出语言的迷宫——后期维特根斯坦哲学概述》，社会科学文献出版社 2010 年版。

王运熙、杨明：《中国文学批评通史·魏晋南北朝卷》，上海古籍出版社 1996 年版。

王运熙：《文心雕龙探索》，上海古籍出版社 1986 年版。

王运熙：《中国古代文论管窥》，齐鲁书社 1987 年版。

闻一多：《神话与诗》，华东师范大学出版社 1997 年版。
熊伟：《自由的真谛——熊伟文选》，中央编译出版社 1997 年版。
徐复观：《徐复观文集》，湖北人民出版社 2002 年版。
徐复观：《中国文学精神》，上海书店出版社 2004 年版。
徐复观：《中国艺术精神》，华东师范大学出版社 2001 年版。
徐改编著：《齐白石画论》，河南人民出版社 1999 年版。
徐公持：《魏晋文学史》，人民文学出版社 1999 年版。
徐书城：《中国画之美》，中国社会科学出版社 1989 年版。
杨明照：《抱朴子外篇校释》，中华书局 1997 年版。
叶嘉莹：《王国维及其文学批评》，河北教育出版社 1997 年版。
叶朗：《中国美学史大纲》，上海人民出版社 1985 年版。
叶舒宪：《诗经的文化阐释》，湖北人民出版社 1994 年版。
俞宣孟：《本体论研究》，上海人民出版社 1999 年版。
郁振华：《人类知识的默会维度》，北京大学出版社 2012 年版。
袁行霈：《中国文学史》第 2 卷，高等教育出版社 2003 年版。
袁长江：《先秦两汉诗经研究论稿》，学苑出版社 1999 年版。
张岱年：《中国哲学大纲》，中国社会科学出版社 1982 年版。
张隆溪：《道与逻各斯》，四川人民出版社 1997 年版。
张少康：《文心雕龙新探》，齐鲁书社 1987 年版。
张少康：《中国古代文学创作论》，北京大学出版社 1983 年版。
张世英：《哲学导论》，北京大学出版社 2002 年版。
张祥龙：《海德格尔思想与中国天道》，生活·读书·新知三联书店 1996
　年版。
章培恒：《中国文学史》，复旦大学出版社 1997 年版。
赵敦华：《西文哲学通史》，北京大学出版社 1996 年版。
赵敦华：《现代西方哲学新编》，北京大学出版社 2001 年版。
赵沛霖：《兴的源起》，中国社会科学出版社 1987 年版。
赵毅衡：《新批评》，中国社会科学出版社 1986 年版。
郑振铎：《郑振铎全集》，花山文艺出版社 1998 年版。
周积寅编著：《中国画论辑要》，江苏美术出版社 1985 年版。
周振甫：《文心雕龙注释》，人民文学出版社 1983 年版。
周作人：《中国新文学的源流》，华东师范大学出版社 1995 年版。
朱狄：《当代西方艺术哲学》，人民出版社 1994 年版。
朱东润：《中国文学批评史大纲》，上海古籍出版社 1983 年版。

朱光潜：《诗论》，生活·读书·新知三联书店1984年版。
朱光潜：《西方美学史》，人民文学出版社1979年版。
朱光潜：《朱光潜美学文集》，上海文艺出版社1981年版。
朱光潜：《朱光潜全集》，安徽教育出版社1987年版。
朱自清：《诗言志辨》，华东师范大学出版社1996年版。
朱自清：《朱自清中国文学批评研究讲义》，天津古籍出版社2004年版。

论 文

陈嘉映：《谈谈维特根斯坦的"哲学语法"（续）》，《世界哲学》2011年第4期。
陈嘉映：《言意新辨》，《云南大学学报》2013年第6期。
陈嘉映：《缘就是源》，《读书》1998年第12期。
程俊英：《诗经的比兴》，《文学评论丛刊》第一辑，中国社会科学出版社1978年版。
邓晓芒：《凡高的"农鞋"》，孙周兴等编：《视觉的思想：现象学与艺术国际学术会议论文集》，中国美术学院出版社2003年版。
邓晓芒：《迷失的路标》，《人文杂志》2020年第1期。
龚克昌：《汉赋——文学自觉时代的起点》，《文史哲》1988年第5期。
胡经之、李健：《言不尽意：语言的困惑与文学理论的拓展》，《深圳大学学报》2003年第5期。
冷卫国：《"繁华"与"有益"——试论葛洪赋学批评的二重性》，《古籍研究》2005年第1期。
尚乐林：《思维内反馈刍议》，《哲学研究》1984年第11期。
王峰：《私有语言命题与内在心灵》，《文艺研究》2009年第11期。
叶嘉莹：《中国古典诗歌中形象与情意之关系例说》，《古代文学理论研究》第六辑，上海古籍出版社1982年版。
郁振华：《说不得的东西如何能说？——维特根斯坦的"沉默"和冯友兰、金岳霖的回应》，《哲学研究》1996年第6期。
詹福瑞等：《"文学的自觉"是不是伪命题？》，《光明日报》2015年11月26日第7版。
张健：《纯文学、杂文学观念与中国文学批评史》，《复旦学报》（社会科学版）2018年第2期。
张世英：《说不可说——再论哲学何为》，《北京大学学报》1995年第1期。

张祥龙：《从"不可说"到"诗意之说"——海德格尔与孔子论诗的纯思想性》，《河北学刊》2006年第5期。

赵敏俐：《"魏晋文学自觉说"反思》，《中国社会科学》2005年第2期。

译　著

〔奥〕汉斯立克：《论音乐的美》，杨业治译，人民音乐出版社1980年版。

〔奥〕克拉夫特：《维也纳学派》，商务印书馆1999年版。

〔奥〕维特根斯坦：《论确实性》，〔英〕G. E. M. 安斯康、〔芬兰〕G. H. 冯·赖特合编，张金言译，广西师范大学出版社2002年版。

〔奥〕维特根斯坦：《维特根斯坦与维也纳学派》，魏斯曼记录，徐为民译，孙善春校，同济大学出版社2004年版。

〔奥〕维特根斯坦：《哲学研究》，陈嘉映译，上海人民出版社2005年版。

〔奥〕维特根斯坦：《哲学语法》，韩林合译，商务印书馆2012年版。

〔德〕恩斯特·卡西尔：《人论》，甘阳译，上海译文出版社1985年版。

〔德〕伽达默尔：《真理与方法》，洪汉鼎译，上海译文出版社1999年版。

〔德〕海德格尔：《存在与时间》，陈嘉映、王庆节译，生活·读书·新知三联书店1999年版。

〔德〕海德格尔：《海德格尔选集》，孙周兴选编，生活·读书·新知三联书店1996年版。

〔德〕黑格尔：《美学》，朱光潜译，商务印书馆1979年版。

〔德〕黑格尔：《哲学史讲演录》第四卷，商务印书馆1978年版。

〔德〕卡尔纳普：《卡尔纳普思想自述》，陈晓山、涂敏译，上海译文出版社1985年版。

〔德〕卡尔纳普：《语言的逻辑句法》，上海外语教育出版社2012年版。

〔德〕卡尔纳普：《哲学和逻辑句法》，傅季重译，上海人民出版社1962年版。

〔德〕康德：《判断力批判》，邓晓芒译，杨祖陶校，人民出版社2002年版。

〔德〕莱因哈德·梅依：《海德格尔与东亚思想》，张志强译，中国社会科学出版社2003年版。

〔德〕叔本华：《作为意志和表象的世界》，石冲白译，杨一之校，商务印书馆1982年版。

〔德〕特奥多·阿多尔诺：《否定的辩证法》，张峰译，重庆出版社1993年版。

〔德〕威廉·冯·洪堡特：《论人类语言结构的差异及其对人类精神发展的影响》，姚小平译，商务印书馆1997年版。

〔德〕席勒：《审美教育书简》，冯至、范大灿译，北京大学出版社1985年版。

〔德〕席勒：《席勒散文选》，张玉能译，百花文艺出版社1997年版。

〔德〕席勒：《秀美与尊严》，张玉能译，文化艺术出版社1996年版。

〔德〕伊瑟尔：《阅读活动——审美反应理论》，金元浦、周宁译，中国社会科学出版社1991年版。

〔俄〕列维·谢苗诺维奇·维果茨基：《思维与语言》，李维译，浙江教育出版社1997年版。

〔古希腊〕亚里士多德：《诗学》，陈中梅译注，商务印书馆1996年版。

〔古希腊〕亚里士多德：《形而上学》，苗力田译，中国人民大学出版社2003年版。

〔加拿大〕史蒂芬·平克：《语言本能——探索人类语言进化的奥秘》，洪兰译，汕头大学出版社2004年版。

〔美〕A. P. 马蒂尼奇编：《语言哲学》，牟博、杨音莱、韩林合译，商务印书馆1998年版。

〔美〕爱德华·萨丕尔：《语言论》，陆卓元译，陆志韦校订，商务印书馆1985年版。

〔美〕卡勒：《索绪尔》，张景智译，中国社会科学出版社1989年版。

〔美〕克里斯托弗·克利帕：《海德格尔的不可教的教义》，卓洪峰译，邓晓芒校，《德国哲学》2016年上半年卷，社会科学文献出版社2017年版。

〔美〕蒯因：《语词和对象》，陈启伟、朱锐、张学广译，中国人民大学出版社2005年版。

〔美〕雷·韦勒克、〔美〕奥·沃伦：《文学理论》，刘象愚、邢培明、陈圣生、李哲明译，生活·读书·新知三联书店1984年版。

〔美〕刘若愚：《中国文学理论》，杜国清译，江苏教育出版社2006年版。

〔美〕罗伯特·所罗门、凯思林·希鑫斯：《大问题：简明哲学导论》，张卜天译，清华大学出版社2018年版。

〔美〕梅耶·夏皮罗：《描绘个人物品的静物画——关于海德格尔和凡高的札记》，丁宁译，《世界美术》2000年第3期。

〔美〕威廉·阿尔斯顿：《语言哲学》，牟博、刘鸿辉译，生活·读书·新知三联书店1988年版。

〔美〕约翰·塞尔:《心、脑与科学》,杨音莱译,上海译文出版社 2006 年版。

〔挪威〕哈罗德·格里门:《默会知识与社会科学理论》,刘立萍译,郁振华校,《思想与文化》第 5 辑,华东师范大学出版社 2005 年版。

〔挪威〕谢尔·S. 约翰内森等:《跨越边界的哲学:挪威哲学文集》,童世骏、郁振华等译,浙江大学出版社 2016 年版。

〔日〕铃木虎雄:《中国诗论史》,广西人民出版社 1989 年版。

〔瑞士〕J. 皮亚杰、B. 英海尔德:《儿童心理学》,吴福元译,商务印书馆 1980 年版。

〔瑞士〕皮亚杰:《发生认识论原理》,王宪钿等译,胡世襄等校,商务印书馆 1981 年版。

〔瑞士〕皮亚杰:《结构主义》,倪连生、王琳译,商务印书馆 1984 年版。

〔瑞士〕索绪尔:《普通语言学教程》,商务印书馆 1980 年版。

〔英〕布罗尼斯拉夫·马林诺夫斯基:《巫术科学宗教与神话》,李安宅译,上海社会科学院出版社 2016 年版。

〔英〕怀特海:《过程与实在——宇宙论研究》,李步楼译,商务印书馆 2012 年版。

〔英〕吉尔伯特·赖尔:《心的概念》,徐大建译,商务印书馆 1992 年版。

〔英〕克莱夫·贝尔:《艺术》,薛华译,江苏教育出版社 2004 年版。

〔英〕罗素:《西方哲学史》上卷,何兆武、李约瑟译,商务印书馆 1963 年版。

〔英〕罗素:《西方哲学史》下卷,马元德译,商务印书馆 1976 年版。

〔英〕迈克尔·波兰尼:《个人知识:朝向后批判哲学》,徐陶译,上海人民出版社 2017 年版。

〔英〕特雷·伊格尔顿:《二十世纪西方文学理论》,伍晓明译,北京大学出版社 2007 年版。

韩林合编译:《维特根斯坦文集》,商务印书馆,2019 年版。

洪谦主编:《逻辑经验主义》,商务印书馆 1982 年版。

胡经之、张首映主编:《西方二十世纪文论选·读者系统》,中国社会科学出版社 1989 年版。

涂纪亮主编:《维特根斯坦全集》,河北教育出版社 2002 年版。

涂纪亮主编:《语言哲学名著选辑》,生活·读书·新知三联书店 1988 年版。

外文著作

Alexander Pope, *The Major Works*, New York: Oxford University Press, 2006.

E. D. Hirsch, *Validity in Interpretation*, New Haven and London: Yale University Press, 1967.

G. E. M. Anscombe and R. Rhees eds. *Philosophical Investigations.* 2nd edn, trans. G. E. M. Anscombe. Oxford: Blackwell, 1997.

GeorgeLakoff and Mark Johnson, *Metaphors We Live By*, Chicago and London: The University of Chicago Press, 1980.

HermanPhilipse, *Heidegger's Philosophy of Being: A Critical Interpretation*, New Jersey: Princeton University Press, 1998.

John R. Searle, *Mind: A Brief Introduction*, New York: Oxford University Press, 2004.

Ludwig Wittgenstein, *Last Writings on the Philosophy of Psychology*, Vol. II, eds. G. H. von Wright and Heikki Nyman, trans. C. G. Luckhardt and Maximilian A. E. Aue, Oxford: Blackwell, 1992.

P. M. S. Hacker, *Insight and Illusion: Themes in the Philosophy of Wittgenstein*, Oxford: Clarendon Press, 1986.